A. J. Finn

End of Story

Der Mörder unter uns

A. J. Finn

end of story

DER MÖRDER UNTER UNS

THRILLER

Deutsch von
Christoph Göhler

blanvalet

Die Originalausgabe erschien 2024 unter dem Titel *End of Story*
bei William Morrow, New York.

MIX
Papier | Fördert
gute Waldnutzung
FSC® C014496

Penguin Random House Verlagsgruppe FSC® N001967

1. Auflage 2024

Redaktion: René Stein
Umschlaggestaltung: www.buerosued.de
nach einer Originalvorlage von Harper Collins US
Umschlagdesign: Elsie Lyons
Umschlagmotive: yozzo / Getty Images;
Shutterstock.com (Dunaeva Natalia; Miloje; LongQuattro);
toluk / stock.adobe.com
StH · Herstellung: sam
Satz: Uhl+Massopust, Aalen
Druck und Bindung: GGP Media GmbH, Pößneck
Printed in Germany
ISBN 978-3-7645-0746-6
www.blanvalet.de

Für
Jennifer Noel
und
Felicity Blunt

Ja, und sogar in feinen Familien,
in vornehmen Familien, in sehr hohen Familien …
Sie haben keinen Begriff, … was da
für Geschichten vorkommen.

Bleak House

Dienstag, 23. Juni

Gleich wird man sie finden.

Im marmorierenden Wasser treibend, die Finger weit gespreizt, das Haar ausgebreitet wie ein japanischer Fächer. Koi gleiten darunter weg, schieben sich hindurch; streichen an ihrem Körper entlang.

Die Filteranlage brummt. Der Teich simmert, schimmert. Sie schaudert leicht an der Wasseroberfläche.

Am frühen Morgen wälzten sich noch dicke Nebelschwaden über den Boden – typischer San-Francisco-Nebel, samtdicht und kühl –, aber inzwischen verbrennen die letzten Schleier in der Wärme, und der Garten der Villa badet im Sonnenschein: die Pflastersteine, die Sonnenuhr, ein stummer Chor von Narzissen. Und natürlich der Teich, dieser perfekt gezogene Kreis nahe der Hauswand mit den glänzenden Fischen und den sterngleichen Seerosen.

Gleich wird ein Schrei die Luft zerreißen lassen.

Bis dahin ist alles still, alles reglos, bis auf das leichte Kräuseln an der Wasseroberfläche, die langsamen Bewegungen der Koi, das Schaudern ihres Körpers.

Auf der anderen Seite des Innenhofs öffnet sich eine Terrassentür, und Sonnenstrahlen prallen vom Glas ab. Ein Atemholen. Dann der Schrei.

Man hat sie gefunden.

Sechs Tage zuvor:
Mittwoch, 17. Juni

1.

»Stehen Sie auf ungelöste Fälle?«

Nicky hebt den Blick zum Rückspiegel. Der Taxifahrer blinzelt sie durch schnapsglasdicke Brillengläser an.

»Sieht aus, als würden Sie da einen Krimi lesen«, krächzt er. Das Taxi donnert über ein Schlagloch, erbebt unter ihnen.

Sie hebt das Taschenbuch an. »Agatha Christie. *Mord in Mesopotamien.«* Der Mann will Unterhaltung, und Nicky möchte ihm den Gefallen tun. Taxifahren ist bestimmt ein einsamer Job.

»Rauchen Sie?«

»Nein, Sir.«

»Gut.« Wobei er sich eine Zigarette zwischen die Zähne schiebt. »Zu hübsch, um jung zu sterben.«

Er zündet die Zigarette mit einem verbeulten Zippo an und Nicky drückt auf die Fenstertaste. Weiße Luft quillt kühl und feucht in den Wagen und flutet den Fond; sie fährt das Fenster wieder hoch, bis nur ein Spalt offen bleibt, und dreht sich der Scheibe zu, sieht ihren Zwilling darin sitzen: die mit Mascara nachgezeichneten Wimpern, den schimmernden Lipgloss auf dem Mund. Sie ist nicht besonders hübsch – das weiß sie, aber es stört sie nicht wirklich.

Das Taxi macht einen weiteren Satz. Ihre Tasche springt vom Rücksitz. »Ich glaube, Sie haben gerade den Bordstein gerammt.«

»Kann sein.« Er starrt grimmig nach vorn. »Hätte nicht gedacht, dass der Flughafen geöffnet ist. Ein Wunder, dass der Flieger überhaupt landen konnte.«

Nicky, keine geborene Fliegerin, empfindet es jedes Mal als Wunder, wenn das Flugzeug landet. Sie schaut an dem Fahrer vorbei in den wabernden Abendnebel, der im Scheinwerferlicht wie Perlmutt glänzt.

»Wir nennen das *June Gloom*. Ich wette, bei euch drüben im Osten habt ihr im Juni kein so trübes Wetter.«

»Nein.« *Bei euch drüben im Osten* – das klingt weit entfernt, fast mythisch.

Er grunzt zufrieden, schlägt auf den Blinkerhebel, und im nächsten Moment jagen sie um eine Ecke und schießen hügelaufwärts. Nicky hält sich an ihrem Gurt fest.

»Ungelöste Fälle.« Der Rauch steigt aus seinem Mund, strudelt durch die kalte Luft. »In San Francisco gibts zahllose ungelöste Fälle. Haben Sie schon mal von dem *Zodiac-Killer* gehört?«

»Er wurde nie erwischt.«

»Er wurde nie – genau.« Er wirft einen strafenden Blick in den Rückspiegel. Nicky verstummt; es ist seine Stadt, seine Geschichte. »Er ist so was wie unser Jack the Ripper. Dann gab's da noch die *Romance of the Skies*. Eine Düsenmaschine, die in den Fünfzigern spurlos verschwand. Sie war auf dem Flug nach Hawaii, und auf einmal …« ein Zug an der Zigarette. »Weg.« Eine Qualmwolke.

»Was ist mit ihr passiert?«

»Wer weiß? Mit dem *Ghost Blimp* wars genauso. Im Krieg stiegen ein paar Jungs aus der Army in einem Zeppelin auf, und als er in Daly City runterkrachte, war kein Mensch mehr an Bord. Der nächste ungelöste Fall, genau wie – da drüben!« Er schwenkt schlaff die Hand nach rechts. »Das älteste Haus in Pacific Heights.«

Nicky blickt auf ein farbloses viktorianisches Haus mit Fenstern wie entsetzt aufgerissenen Augen. »Fünfzig Jahre *vor* dem großen Erdbeben erbaut«, prahlt der Taxifahrer. »Das Haus hatte damals schon fünf Jahrzehnte auf dem Buckel und *trotzdem* hat es überlebt.«

»Es sieht überrascht aus«, merkt Nicky an. »Als könnte es kaum glauben, dass es immer noch steht.«

Er grunzt wieder. »Ich kanns auch kaum glauben.«

Sie rumpeln weiter. Links und rechts blitzen im Nebel weiße Straßenschilder auf, nach vorne weisende Phantomfinger: *Hier entlang, immer weiter.*

»Sie sind aus New York, haben Sie gesagt?«

»Genau.«

»Also, *das hier* ist das teuerste Viertel im ganzen Land.«

Wie Schemen tauchen am Straßenrand Villen aus dem Nebel auf: elegante Damen des neunzehnten Jahrhunderts, schlank und züchtig in Pastell gehüllt; eine hingebreitete spanische Villa unter wuchernden Efeuranken; ein falsches Tudor-Haus mit Fachwerkbalken und weißem Verputz auf einem Backsteinsockel in Fischgrätmuster; zwei Queen Annes mit Holzverzierungen wie Spitzendeckchen.

»In manchen davon wohnen Techstars«, erklärt ihr der Taxifahrer. »Google. Uber. Über Uber könnte ich Ihnen Sachen erzählen …« Sein Gesicht verfinstert sich, doch erzählen tut er nichts. »Es gibt aber auch noch viel altes Geld. Die Wir-waren-schon-immer-reich-Typen.«

Nebelschleier tasten sich durch die Straßen vor ihnen. Wie Dünung fließen sie über das Pflaster, in steigenden, fallenden Wellen. Nicky hält den Atem an.

»Wir haben auch Krimiautoren in San Francisco. Dashiell Hammett – der wohnte da hinten. In der Post Street.«

Das nächste Schild sticht aus dem Dunst heraus, drängt sie weiter. *Hier entlang. Nicht stehen bleiben.*

»Ah, jetzt fällt mir noch ein ungeklärter Fall ein.« Er kaut auf der Zigarette. »Ein Krimiautor aus – war das Pac Heights? Jedenfalls irgendwo in der Nähe. Also, eines Nachts verschwinden seine Frau und sein Sohn auf Nimmerwiedersehen.«

Nicky schaudert.

»Als hätten sie sich in Luft aufgelöst. So wie dieses Flugzeug. Das muss vor fünfundzwanzig … nein – zwanzig Jahren gewesen sein. An Silvester neunundneunzig.« Die Worte treiben in einer Rauchwolke und wabern durchs Auto.

»Was ist passiert?«

»Das weiß niemand! Manche hatten den Bruder unter Verdacht – den Bruder des Schreiberlings – oder dessen Frau oder vielleicht beide. Andere waren überzeugt, dass ihr Kind dahintersteckte. Das Kind vom Bruder, meine ich. Es gab auch Angestellte, einen Mann und ein Mädchen. Aber die meisten«, sie kurven um die nächste Ecke, »*die meisten* glauben, dass er es selber war. Und da wären wir«, verkündet er, während das Taxi unter einem gepeinigten Quietschen am Bordstein bremst und Nicky nach vorn geschleudert wird, dass ihr das Buch vom Schoß rutscht.

Sie verfolgt, wie sich der Taxifahrer aus dem Fahrersitz hievt und zum Kofferraum geht; die Spitze seiner Marlboro sticht wie ein Irrlicht durch den Nebel.

Nicky steckt das Buch in ihre Tasche. Inhaliert tief, hustet – das Auto riecht wie ein Aschenbecher –, und stößt dann die Tür auf, um in den Nebel zu treten. Die Straße gleicht einer Geisterstadt, gesäumt von schattenhaften Häuserkolossen und Fassaden wie Totenköpfen, die sich über die Straße hinweg anstarren. Sie schaudert wieder.

»Schlau von Ihnen, im Pullover zu kommen«, sagt der Taxifahrer, während hinter ihr die Tür klackend ins Schloss fällt.

Nicky sieht an sich herab. Ihr teuerstes Kleidungsstück: aus Kaschmir, ein schlichter Pullover mit V-Ausschnitt, frisch aus der Reinigung. Irgendwo über Oklahoma hat sie Bier darüber gekippt. Ihre Jeans, erkennt sie, ist immer noch mit rauen Hundehaaren übersät, obwohl sie eine ganze Zeitzone damit zugebracht hat, eines nach dem anderen abzuzupfen.

Als sie den Blick wieder hebt, starrt der Taxifahrer mit großen Augen die steile Einfahrt hinauf. Er dreht sich zu ihr um.

»Das ist das Haus«, sagt er. »Von dem ich gerade geredet habe. Wussten Sie das?«

»Schuldig.« Sie fühlt sich auch so.

»O Mann. Und Sie lassen mich einfach weiterquatschen.«

»Ich wollte Sie nicht unterbrechen«, erklärt sie sanft; sie wollte ihn wirklich nicht vorführen. Aber sie hat alles über die Frau und den Sohn gelesen, die eines Nachts auf Nimmerwiedersehen verschwanden; inzwischen weiß sie mehr als die meisten Menschen darüber. Mehr als fast jeder andere.

Der Taxifahrer zieht noch einmal an seiner Zigarette und schnippt sie grimmig auf die Straße, wo sie einen kleinen Kometenschweif von Funken hinter sich herzieht. »Sieh einer an. Ein Freundschaftsbesuch?« Ein Blick auf ihr Gepäck, einen Kabinentrolley und einen kleinen, altmodischen, mit Reiseaufklebern übersäten Überseekoffer mit Lederschnallen und Nagelbeschlag.

»Ich habe einen Termin.« Sie versenkt eine Hand in ihrer Handtasche und zieht drei Zwanziger und einen Fünfer heraus.

Er betastet die Scheine. »Bargeld sieht man heutzutage nicht mehr oft.«

»Ich bin altmodisch.«

»Und Sie haben keine Angst? Sie glauben nicht, dass er die beiden auf dem Gewissen hat?« Raunend, als würde er sie fragen, ob sie nicht der Meinung sei, sie hätte schon genug intus.

»Ich hoffe nicht«, antwortet Nicky fröhlich.

»Na dann. Viel Spaß bei Ihrem ungelösten Fall.« Er geht in einer Nikotinschwade an ihr vorbei; Nicky ist unschlüssig, ob er den Mordfall in Mesopotamien oder den Vermisstenfall in San Francisco meint. Als er sich auf den Fahrersitz sinken lässt, stößt der Wagen ein erschöpftes Seufzen aus, genau wie der Fahrer selbst. »Und viel Spaß in San Francisco«, ruft er ihr zu. »Fünfzig Quadratmeilen, umgeben von Realität.« Die Tür knallt zu.

Nicky bleibt mit dem Rücken zum Fahrzeug und dem Blick auf ihrem Gepäck stehen. Der Motor räuspert sich kurz; aus dem Auspuff strömen Abgase gegen ihr Bein; dann hört sie, wie der Wagen davonrollt.

Als sie sich umdreht, hat sich die Nebelwand schon wieder geschlossen und steht glatt und reglos hinter ihr wie ein vereister Spiegel, so als hätte es das Taxi und den Fahrer nie gegeben.

2.

Sie steht im Nebel, die Arme vor der Brust gekreuzt, die Hände um die Schultern geschlossen; sie umarmt sich selbst, wie so oft, wenn sie aufgeregt oder nervös oder beides ist. Sie spürt, wie hinter ihr das Haus den Atem anhält. Genau wie sie.

Nicky neigt nicht zur Dramatik, wirklich nicht – in ihrem Freundeskreis gilt sie als Netteste und gleichzeitig Bodenständigste –, aber sie hat fünf Jahre darauf gewartet, hier anklopfen zu dürfen. Ihre Erinnerung spult im Schnelldurchlauf zurück: durch fünf Sommer, ein verschwommenes Panorama in Stahlblau; durch fünf Winter, Manhattan unter Schnee; bis zu dem Zeitpunkt, als sie in genau diesem Monat vor fünf Jahren ihren ersten Brief schrieb.

Sehr geehrter Mr. Trapp, Sie kennen mich nicht …

Schon als Teenager hatte Nicky Fanbriefe an Krimiautoren und -autorinnen verfasst, in denen sie um Aufklärung und Autogramme gebeten hatte; später, während ihres Studiums, waren es tiefgründigere Schreiben mit komplexeren Fragestellungen gewesen. Sie steht bis heute in Kontakt mit den wenigen, die bereit waren, ihre Laptops zuzuklappen und einen Brief zum Briefkasten zu bringen. Tinte sickert ins Papier ein, unauslöschlich wie eine Narbe; eine E-Mail löst sich in Nichts auf wie ein Atemhauch auf Glas.

Dann, in den Nachwehen des Julis: ein blassblauer Umschlag, ihr Name quer darüber geworfen, tief ins Papier gekerbt: *Mr. oder Ms. Nicky Hunter.*

Sie inspizierte die Rückseite, die Adresse in San Francisco. Lächelte sanft.

Drei Wochen schliff und feilte sie an ihrer Antwort, bevor sie schließlich den Ball zurückspielte. *(Sehr geehrter Mr. Trapp: Ich bin tatsächlich eine Frau.)* Ein weiterer Monat, ein weiterer blauer Umschlag. Und so weiter bis in den Herbst, in den Winter, ins neue Jahr, dann durch vier weitere hindurch – mal ein Absatz von ihr, mal ein paar Sätze von ihm –, bis zu seinem letzten Schreiben, wie immer in Druckbuchstaben und rissiger Tinte verfasst, mit schwankenden, taumelnden Buchstaben wie Reisende auf einem Schiff im Sturm.

Wir freuen uns auf Ihren Besuch in unserem Heim.

Sie reibt sich die Arme. Dreht sich langsam um. Der Nebel

reißt auf, teilt sich wie ein Vorhang, enthüllt das Haus, das in einer versteinerten Woge über ihr aufragt.

Ein Neorenaissance-Schloss in Beige, erbaut von Bliss und Faville im Jahr 1905, dem Jahr vor dem Erdbeben; seither Heimstatt von nur vier Familien, die gegenwärtigen Bewohner eingeschlossen. »Eine der elegantesten und geschmackvollsten großen Villen in Pacific Heights, mit einem spektakulären Blick auf die Golden Gate Bridge«, hauchte der *Architectural Digest* ehrfürchtig in einem Artikel unter der Überschrift HAUS DER GEHEIMNISSE. »Weitläufig, elegant im Dekor und eifersüchtig bewacht von seinem Hausherrn.« Der Tonfall des Artikels war so kurzatmig gehalten, dass es schon an Asthma grenzte.

Dennoch: Über zwölfhundert Quadratmeter verteilt auf vier Stockwerke (plus Keller). Sieben Schlafzimmer. Acht Badezimmer. Eine Bibliothek mit Walnussvertäfelung und etwa sechstausend Büchern; ein ummauerter Garten mit eingelassenem Teich für die Koi. Durchgehend Parkett in Weißeiche. Vom steilen Schieferdach herunterspähende Gaubenfenster. Eine Eingangshalle mit Gewölbedach. Ein wahres Feuerwerk an exotischen Details.

Nicky blickt auf die Haustür, die Schleuse zu dieser Eleganz, dieser Pracht. Und irgendwo dahinter der Autor, der sie so fasziniert. Sie ist aufgeregt wie ein kleines Mädchen am ersten Schultag.

Vor ihr schwingen sich dreizehn elegante Marmorstufen in die Höhe. Nicky zählt sie ab und streckt dann die Schultern durch. Ihr Körper ist leicht, aber drahtig, gestählt und durchtrainiert; als Nicky Hunter – diese glückliche Person, diese Sanftmut in Person, diese Menschenfreundin – vor fünf Jahren zu boxen begann, entdeckte sie überrascht, dass sie ein gewisses Talent für Jab, Haken und Cross mitbrachte.

Sie wuchtet ihren Koffer hoch, klemmt die Trolley-Tasche unter den anderen Arm und erklimmt die steilen Stufen.

Vor der Tür setzt sie Koffer und Tasche ab. Aus dem Holz wölbt sich ein Türklopfer: Ein extravagant verschnörkeltes und oben verdicktes Fragezeichen, das etwas von einer Brillenschlange hat. Nicky fährt es mit einer Hand nach und zielt dann mit einem Finger auf die Klingel.

Die Klingel schreit auf, erstirbt.

Sehr geehrter Mr. Trapp: Sie kennen mich nicht, aber ich halte es für möglich, dass ich in Ihrem Roman einen Lapsus entdeckt habe …

Das schnelle Klicken eines Schlosses. Nicky tritt einen Schritt zurück.

Die Tür öffnet sich.

Ihr gegenüber steht, vor bernsteingelbem Licht, die schönste Frau, der sie je begegnet ist.

3.

Während Diana ihr Darjeeling einschenkt, betrachtet Nicky sie eingehend.

Sie strahlt ein inneres Leuchten aus – wie eine Laternen-Lady. Über vierzig, mit üppigen Wimpern und ausgeprägtem Amorbogen an der Oberlippe. Das Haar fällt ihr lose über die Schulter. Ein uneitles taubenblaues Kleid – eine uneitle Frau, ungeachtet ihrer Schönheit: ein schüchternes Lächeln, das eine Bein züchtig über das andere geschlagen. Ihre Stimme (»Milch? Zucker?«) ist leise, klingt wie eingestaubt.

Diana schaut auf, und Nickys Blick wandert sofort durch den Salon: über die mit Schmetterlingen bedruckten Tapeten; über die Stehlampen beiderseits der Sofas, den kleinen Kronleuchter. Durch die zweiflügelige Terrassentür kann sie in den Garten sehen, der dämmernd im dahinsiechenden Tageslicht liegt. An einer Wand ein schmales Bücherregal; unter ihren Füßen ein kunstvoll abgewetzter Perserteppich. *Wir waren schon immer reich.*

Oder jedenfalls lange genug.

»Und Ihre Reise war …?« Die Frage verpufft. Dianas Akzent ist wie Nebel, im Kern englisch und an den Rändern ausgefranst.

»Holprig.«

»Von New York an?«

»Vom Flughafen an bis hierher. Wir konnten keine zwei Meter weit sehen. Es war fast, als würde ich an einen geheimnisvollen Ort verfrachtet. So wie in *Der Daumen des Ingenieurs.*«

Diana blinzelt höflich.

»Von Sherlock Holmes«, ergänzt Nicky.

»Ach so.«

»Es geht darin um diesen Ingenieur – nein danke; nur Milch –, einen Hydraulikingenieur, der vom Bahnhof zu einem zwölf Meilen entfernten, mysteriösen Haus gebracht wird. Die Kutschenfenster sind verdunkelt, und die Fahrt scheint kein Ende zu nehmen. Anschließend versuchen seine Kunden ihn in dem fraglichen Haus umzubringen. Und zwar in einer Hydraulikpresse. *Dann* kombiniert Sherlock Holmes, dass das Haus in Wahrheit in der Nähe des Bahnhofs steht. Die Kutschenfahrt war nur vorgespielt: Der Ingenieur wurde sechs Meilen vom Bahnhof weg- und wieder zurückgefahren.«

Diana kneift die Lippen zusammen. »Ich muss gestehen«, es klingt wirklich nach einem Geständnis, »ich bin kein so großer Fanatiker in Bezug auf Krimis wie Sie. Sie beide.« Jetzt ein Stirnrunzeln. »Wobei ›Fanatiker‹ nicht böse gemeint ist.«

»Ich hätte es auch nicht so aufgefasst. Was lesen Sie denn gern?«

Diana nennt eine Nobelpreisträgerin und zwei französische Romanschriftsteller.

»Wir haben nichts gemeinsam«, stellt Nicky fest.

»Ich habe jahrelang Französisch unterrichtet. Und Latein. Aber ich habe einige Ihrer Arbeiten gelesen – ich kann mich an den Essay über Edgar Allan Poe und an den über Ngaio Marsh erinnern. Ihre Texte haben etwas sehr Menschliches. Ich nehme an, wir neigen dazu, Krimiautoren als Möchtegernkiller zu sehen, nicht wahr? Als verhinderte Mörder? Aber nach Ihren Essays hätte ich sie alle gern kennengelernt. Vor allem wollte ich ihre Bücher lesen.« Sie nimmt einen Schluck Tee. »Und Sie unterrichten Krimischreiben?«

»Ich biete im Sommersemester ein Krimiseminar an. Ansonsten können meine Studenten schreiben, was sie wollen. Gewöhnlich ist es Belletristik. Ich führe ihnen vor Augen, dass viele berühmte amerikanische Romane im Grunde Kriminalromane sind. *Lolita* beispielsweise. *Wer die Nachtigall stört. Der große Gatsby* – eine reine Detektivgeschichte. Auch wenn der Detektiv keine Marke und keinen breitkrempigen Hut trägt, versucht er doch, ein Geheimnis aufzudecken.«

Diana nimmt wieder einen Schluck Tee, und Nicky senkt den Blick auf ihren Schoß, zupft ein Hundehaar von ihrem Knie. Sie nimmt sich fest vor, weniger zu reden. »Ach ja – ich habe etwas mitgebracht«, redet sie prompt weiter und zieht dabei den Reißverschluss ihrer Reisetasche auf. »Ich habe es nicht geschafft, es schöner zu verpacken …« Obwohl sie sich vierzig Minuten abgemüht hatte, die Zunge zwischen den Zähnen wie ein kleines Mädchen, das ein Bild auszumalen versucht.

Es ist unübersehbar eine Lupe, trotzdem fragt Diana höflich, was es wohl sein könnte, ehe sie das Geschenkpapier abschält. »Ach, wie bezaubernd – so ein schöner Griff. Aus Kupfer? Wie alt ist sie denn?«

»Vom Anfang der Zwanzigerjahre.«

»Das wird ihn wahnsinnig freuen.«

»Das Mindeste, was ich tun konnte.« Nicky sieht den Dampf über ihrem Tee aufsteigen. »Ich bin Ihnen so dankbar«, hört sie sich sagen und sieht wieder Diana an. »Das ist ein … wirklich außergewöhnliches Privileg.«

Ein Lächeln, ein schüchternes Lippenlupfen. »Haben Sie schon einmal an einem ähnlichen Projekt gearbeitet?«, fragt Diana. »Einer … Privatbiografie? Nur für geliebte Menschen?« Wobei sie zaghaft auf sich selbst deutet, als wäre sie nicht sicher, ob sie wirklich geliebt wird. »Gibt es dafür eigentlich einen Begriff?«

»Noch nie. Und ich kenne keinen.«

»So typisch für Sebastian, dieser Paukenschlag in letzter Minute. Ich habe ihm vorgeschlagen – ich hoffe, Sie nehmen mir das nicht übel –, ich habe ihm natürlich vorgeschlagen, dass er es selbst niederschreiben sollte, aber …« Ein Achselzucken. »Er hat Angst, dass er nicht mehr die Zeit hat, etwas Ordentliches zu Papier zu bringen. Außerdem kann er nur aus seiner Perspektive schreiben. Und er möchte etwas mit …« Wieder verglimmt der Satz.

»… unterschiedlichen Erzählperspektiven«, vollendet Nicky den Satz.

»Exakt.«

»Wie geht es ihm?«

Die Untertasse klirrt, als Diana sie auf dem Tisch abstellt. »Offenbar bringt dich ein Nierenversagen erst um, wenn … es dich eben umbringt. Man kippt zwar nicht irgendwann tot um, aber offenbar kann man damit bis kurz vor dem

Ende mehr oder weniger wie gewohnt weiterleben. Wenn auch mit mehr Schlaf. Also, er hat noch ein paar Monate. Vermutlich.«

Nicky nickt.

»Obwohl ich aus Erfahrung weiß, dass man ihn nie unterschätzen darf.« Diana streicht mit beiden Händen über ein Schienbein. »Außerdem freut er sich so auf Ihr Treffen.«

»Nicht so sehr wie ich.«

»Das können Sie unter sich ausfechten. Er liebt ebenbürtige Gegner.«

Der Schlag einer sonoren Glocke außerhalb des Zimmers. Diana sieht auf ihre Armbanduhr. »Haben Sie schon gegessen?«

»Ich könnte ein Sandwich vertragen«, gibt Nicky zu. »Oder ein Spiegelei.«

»Wie wär's mit beidem? Ich mache Ihnen ein *Croque Madame.«* In akzentfreiem Französisch. Diana streicht im Aufstehen ihr Kleid glatt. »Ein hochtrabendes Wort für ein Schinken-Käse-Sand…«

In diesem Moment bricht eine Flutwelle in den Salon.

Durchläuft ihn, überschwemmt ihn – Nicky hätte es nicht gewundert, wenn die Möbel auf den Schallwellen zu treiben begonnen hätten; wenn Fenster zerborsten wären; der Kronleuchter zu schaukeln begonnen und seine Kristalle verstreut hätte.

»Bringt mir das Kind!«

4.

Ihr stockt das Herz.

Das Echo tropft von der Decke herab, versickert im Boden – dunkel und voll und donnergöttlich.

»Klingt nicht nach einem Mann, der im Sterben liegt, oder?«, fragt Diana, und Nicky sieht eine zarte Morgenröte auf ihre Wangen treten: eine Frau, die ihren Mann liebt. »Nehmen Sie sich in Acht«, rät sie Nicky. »Dieses Haus trägt den Schall. Hier gibt es keine Geheimnisse.«

Nicky steht auf, hängt sich die Tasche über, wischt die Hände an ihren Schenkeln ab (wozu sind schwitzige Hände eigentlich gut?) und folgt ihrer Gastgeberin in das große Gewölbe der Eingangshalle, wo Dianas Pumps – natürlich zurückhaltend – über den Boden klackern. Eine prachtvolle Treppe mit breit hingelagertem Fuß führt ins Obergeschoss und teilt sich dort. Nicky folgt Diana schweigend zum oberen Treppenabsatz.

Zwischen zwei hohen Fenstern hängt ein Gemälde. In Öl, aber so klar und fein gemalt, dass es fast fotografisch wirkt. Nicky bleibt davor stehen.

Ein Paar auf einer Bank: der Mann schlank wie ein Degen, in einem elfenbeinfarbenen Anzug steckend, an seinem Hals ein überquellender Krawattenschal, eine Braue stark hochgezogen; die Frau breit lächelnd in dunkelroter Hose und einem am Hals offenen, dunkelblauen Poloshirt. Neben dem Mann steht, in seinen Arm eingehakt, ein dickliches, etwa dreizehnjähriges Mädchen in einem weißen Sommerkleid. Auf dem Schoß der Frau sitzt ein kleiner blonder Junge, genau wie sie in Rot und Blau gekleidet. Er stellt lächelnd ein »Gartenzaungebiss« zur Schau, wie Nickys Onkel solche Zahnreihen gern nannte (»Hier 'ne Lücke, da 'ne Lücke.«). In den Händen hält er einen weißen Papierschmetterling.

Eines Nachts verschwinden seine Frau und sein Sohn auf Nimmerwiedersehen, sagte der Taxifahrer. *An Silvester neunundneunzig.* Als Hope und Cole Trapp, Frau und Sohn des gefeierten Kriminalschriftstellers, an zwei unterschiedlichen Orten in San Francisco verschwanden … um nie wiederaufzutauchen.

Worte, die in Nickys Ohren nach Theaterdonner klingen. Nur dass sich das Trappsche Mysterium als echte Sensation erwies – eine Zeitschrift erhob den Vorgang zum »verblüffendsten literarischen Entschwinden seit Agatha Christies elf Tagen auf der Flucht 1926« –, das noch heute, zwei Jahrzehnte später, im Internet herumgeistert, genau wie in den Hirnen der Taxifahrer und in Nickys Kopf.

Diana biegt nach rechts ab, an einer Treppe vorbei, dann wieder nach links, und führt Nicky durch einen Flur, auf dem ein roter Teppich die Schritte schluckt. Auf einer Seite säumen Wandleuchter ihren Weg; auf der anderen sickert durch eine Folge hoher Fenster gedämpftes Abendlicht herein. Das Haus ist in Hufeisenform angelegt, mit Flügeln zu beiden Seiten des kleinen Gartens, in dem sich ein kniehohes Heckenlabyrinth eingerollt hat. In einer entlegenen Ecke, am Schnittpunkt zweier Mauern, sieht sie den Teich, unter dessen Oberfläche orange leuchtende Fische dahintreiben.

Seine Fische. *Sein* Labyrinth. *Sein Heim!* »Der Meisterschwindler«, feierten ihn die Kritiker einst; der Schöpfer von Simon St. John, dem englischen Gentleman-Detektiv (und seiner treuen französischen Bulldogge Watson); ihr Briefpartner über die vergangenen fünf Jahre hinweg. Und nun schlendert sie durch sein Haus.

Nicky spürt das Blut in ihren Adern glühen wie in Neonschläuchen.

Sie kommen an eine angelehnte Eichentür. Das Türblatt wird von einem faustgroßen, elfenbeinhellen Totenkopf vor zwei gekreuzten Knochen geschmückt. Im Kiefer baumelt ein Metallring. *Der Mann hat definitiv eine Schwäche für Türklopfer,* denkt Nicky und starrt in die leeren Augenhöhlen, während Diana dreimal anklopft. Und wartet.

»*Herr-rein!*« Gerade, dass die Tür nicht bebt.

Sie treten herr-rein.

In einen Raum, den sie nur als *Gemach* beschreiben kann: tief und breit und hoch, mit Holzdielen und einer Decke aus Walnussholz. Nicky blickt auf eine Reihe hoher Fenster mit blank geputzten Scheiben und auf die Golden Gate Bridge, die sich dahinter über die dunkle Bucht spannt; aber der Raum selbst schluckt – höhlenartig, hungrig – das Abendlicht, frisst es auf.

Über die anderen Wände ziehen sich deckenhohe Regale, die unter den erwähnten sechstausend eng gepackten Büchern ächzen. Da drüben, knapp über dem Boden, ein paar ledergebundene Sammelbände mit goldgeprägtem JOHN DICKSON CARR auf dem Rücken; über Nickys Kopf Stapel von babyblauen Taschenbüchern *(Frühe Detektivgeschichten, viktorianische Kriminalistinnen, Morde in geschlossenen Räumen)* mit brüchigen, rissigen Bücherrücken; auf Höhe ihrer Hand ein Roman von Ellen Raskin mit kaschiertem Hochglanzeinband und daneben anscheinend eine Erstausgabe von *Der Monddiamant*, drei Bände in violettem Leinen. Regalbrett über Regalbrett voller rissiger, gebrochener und fleckiger Buchrücken, die mit winzigen, wie Goldstaub funkelnden Glanzbuchstaben tätowiert sind.

Spektakulär, denkt Nicky. *Absolut spektakulär.*

An einem Regal lehnt eine Leiter, die Füße in kleinen Rollen, das obere Ende in eine Bronzeschiene unter dem obersten Fach eingehakt. Nickys Blick folgt dem Lauf der Schiene bis zum tiefsten, abgelegensten Ende des Raumes.

Dort hinten in der Wand gibt es einen Kamin, in dem Flammen winken, als wollten sie Nicky einladen, vor ihnen niederzuknien. Sie würde sofort in Flammen aufgehen, denkt sie; sie ist völlig ausgetrocknet.

Und vor dem Kamin steht ein Schreibtisch – alt und aus Holz.

Und auf dem Schreibtisch eine Schreibmaschine – alt und aus Metall.

Und hinter der Schreibmaschine sitzt ein Mann – alt, aber älter, als er aussieht, wie Nicky weiß. Langsam erhebt er sich und entfaltet dabei wie bei einem Klappmesser jeden Zentimeter seines unglaublich langen Körpers. Er neigt den Kopf.

»Hallo, Mr. oder Ms. Hunter«, begrüßt er sie. »Ich bin Sebastian Trapp.«

5.

»Verzeihen Sie, dass ich Sie warten ließ. Ein schrecklicher Auftakt für eine Geschichte. Niemand mag es, wenn zu viel herumgesessen wird.« Seine Stimme ist wie verknitterter Samt, satt und tief und abgewetzt; sie durchläuft mühelos den Raum.

Nicky zittert, was sie selbst überrascht.

Plötzlich senkt sich die Stimme um eine Oktave: »›Ich habe solche Symptome schon öfter gesehen‹«, fährt er mit Schauspielerstimme fort. »›Wir können davon ausgehen, dass die junge Dame verwirrt ist …‹«, und in diesem Moment geht ihr ein Licht auf: Holmes, *Eine Frage der Identität*, als der Detektiv seine neueste Klientin in der Baker Street beobachtet. Ein Lächeln zupft an ihren Mundwinkeln.

»›Aber hier nähert sie sich uns persönlich, um uns von unseren Zweifeln zu erlösen‹«, fordert er sie heraus.

Diana murmelt in ihrem Rücken: »Nach Ihnen.«

Nicky nähert sich langsam, während Sebastian hinter

seinem Schreibtisch fortfährt: »›Fortwährend zeigt ihr Gesicht einen Ausdruck der Angst. Ich hoffe, sie kann mir vertrauen. Sie würde bald herausfinden, dass ich ihr bester Freund wäre.‹« Er neigt den Kopf. »›Doch bis sie spricht, kann ich nichts dazu sagen.‹«

Jetzt erst bemerkt Nicky den wackligen Stuhl vor dem Schreibtisch; jetzt erst bemerkt sie die neben der Schreibmaschine auf der Schreibunterlage arrangierten Accessoires: eine kleine schmiedeeiserne Galgenschlinge; einen bronzenen Kerzenständer ohne Kerze; ein leeres, vipperngrünes Giftfläschchen ohne Verschluss; einen schlanken, silbernen Dolch; eine Webley-Fosbery Halbautomatik – Simon St. Johns bevorzugte Waffe.

Der Tisch ist aus dunkler Eiche, die Tischplatte eine gläserne, Handbreit tiefe Vitrine, in der sich zahllose Insekten tummeln, ein bunter Schwarm von Schmetterlingen, rot und azurblau und tropisch rosa, jeweils auf einen Korken gepinnt, die Flügel kapitulierend ausgebreitet.

Drei weitere Schritte, dann steht Nicky ihm gegenüber. Sie widersteht der Versuchung, schützend die Arme um ihren Körper zu schließen. *Er ist nur ein Mann*, ermahnt sie sich. Ein Mann, der, wie ein Kritiker anmerkte, »die besten viktorianischen Krimis seit dem Ende des viktorianischen Zeitalters« schrieb. Ein Mann, dessen Bücher sie über Jahre hinweg in Erstaunen versetzt haben.

Er ist so *groß*.

Und hat etwas Patrizierhaftes, mit seiner scharfen Nase und dem kantigen, geteilten Kinn; den hohen Wangenknochen und dem Schlag stahlgrauer Haare. Er trägt einen schattengrauen Dreiteiler und eine rote, unter dem Adamsapfel verknotete Krawatte. »Man hat das Gefühl, dass er sich kleidet wie sein Serienheld, und zwar exakt bis auf die Taschenuhr«, hatte irgendwer geschrieben – und da ist sie schon, eine feine Kette, die von der Westentasche zu einem Knopf unterhalb der Brust führt.

»Was führt Sie zu mir?«

Nicky sagt nichts.

»In Ihren Briefen sind Sie viel gesprächiger.«

Nicky sagt nichts.

Seine Augen werden schmal. »*¿Habla inglés*?«

»Sie ist sehr wohl gesprächig.« Diana stellt sich neben Nicky. »Ihr hat es nur die Stimme verschlagen. Deinetwegen.« Wobei sie ihm die Lupe überreicht. »Und sie hat dir ein bezauberndes Geschenk mitgebracht.«

»Hüte dich vor Danaern mit Geschenken«, sagt er. »Sie sind doch keine Danaerin, oder?«

Nicky schüttelt den Kopf.

»Du hast recht, Schatz, sie kann keine Sekunde den Mund halten.«

»Wenn du aufhören würdest, Agatha Christie zu zitieren …«

»Conan Doyle«, korrigieren Sebastian und Nicky sie im Chor.

Diana wirft die Hände hoch. »Ich komme in ein paar Minuten wieder«, sagt sie. »Heute gehst du früh zu Bett, junger Mann.«

Sie sehen einander an, während sie aus dem Zimmer geht. Die Flammen schwatzen leise flüsternd im Kamin.

»Was ist mit *Mord im Orientexpress?«*, fragt Nicky schließlich.

»Es lebt!« Er setzt sich, deutet auf den Stuhl ihm gegenüber. »Bitte. Was ist mit *Mord im Orientexpress?«*

Sie stellt die Tasche auf ihren Schoß. »Sie haben gesagt, dass es niemand mag, wenn in einer Geschichte zu viel herumgesessen wird. Aber die ganze Geschichte ist im Grunde nur eine Aneinanderreihung von Befragungen.«

»Aber sie beginnt nicht so. Sie beginnt mit Rummel und Trubel und Hast. Der Vorhang sollte immer schwungvoll gehoben werden. Um die Dinge in Bewegung zu bringen.« Er schnippt einen Füllfederhalter über die Schreibunterlage; Nicky sieht zu, wie er über das Leder rollt. »Also, beschleunigen wir die Dinge!« Er zieht eine Schublade auf, zieht einen Brief heraus und zieht ein Blatt Papier aus dem Umschlag.

Und beginnt ihren ersten Brief vorzulesen.

Sehr geehrter Mr. Trapp,

Sie kennen mich nicht, aber ich halte es für möglich, dass ich in Ihrem Roman Little Boy Blue *auf einen Fehler gestoßen bin. Es fühlt sich wie ein Sakrileg an, das auch nur zu behaupten!*

Er blickt Nicky düster an.

Auf Seite 222 in meiner Ausgabe behauptet St. John, Der erbleichte Soldat *und* Die Löwenmähne *seien die einzigen Holmes-Geschichten, die von Holmes selbst und nicht von Dr. Watson erzählt werden. Wenn mich nicht alles täuscht, wird aber auch* Das Musgrave-Ritual *– genau betrachtet – von Holmes erzählt.*

Hochachtungsvoll
Nicky Hunter

»Sehen wir uns Ihren Brief an. Nein – nehmen wir zuerst den Umschlag in Augenschein.« Er schiebt ihn über den Schreibtisch.

Nicky nimmt ihn in Augenschein: das leicht verknitterte Papier, die Verlagsadresse in ihrer klaren Handschrift. Die verblassten Wellen des Poststempels. Die immer noch farbenprächtige Schmetterlingsbriefmarke.

»Der *Limenitis Archippus* hat mich ausgesprochen gefreut«, ergänzt Sebastian. »Eine nette Aufmerksamkeit. Immerhin ist dies …« Er schwenkt die Lupe. Inspiziert die Briefmarke durch die Linse.

»Es ist ein Monarchfalter, glaube ich?«, sagt sie. Simon St. Johns Lieblingsinsekt.

»Ein weitverbreiteter Irrtum. Es ist sein Stellvertreter – der Vizekönig. Ein Mimikrifalter. Er hat sich im Verlauf der Evolution dem giftigen Monarchfalter *angeglichen*. Wobei Lepidopterologen vor einiger Zeit festgestellt haben, dass tatsächlich *beide* Gattungen giftig sind.«

Nicky schiebt den Unterkiefer von links nach rechts. Eine Kindheitsangewohnheit; *du wirst dir noch den Kiefer ausrenken*, haben ihre Eltern sie immer gewarnt. »Wieso sollte er sich dann einer anderen giftigen Spezies angleichen?«

»Vielleicht weiß er nicht, dass er giftig ist«, erwidert Sebastian fröhlich. »Vielleicht ist der Vizekönig gar nicht so *unschuldig*. Wo war ich? Richtig: Ich habe für mein fünftes Buch einen Grafologen konsultiert. Einen Experten für Handschriften.«

Nicky weiß, was ein Grafologe ist.

Er tippt auf den Umschlag. »Durch Ihre Buchstaben weht ein leichter Ostwind. Sie neigen sich nach links. Eine rebellische Persönlichkeit.«

Nicky wartet ab.

»Hier, auf dem Umschlag: ›Sebastian‹ und ›Francisco‹.« Der Stift bewegt sich von einem Wort zum anderen. »Sie setzen die i-Punkte links über den Stamm. Das deutet darauf hin, dass Sie prokrastinieren.«

Sie lächelt höflich.

»Und …« Plötzlich flackert in seiner Miene etwas auf,

fast wie eine Flamme hinter einer Glasscheibe. Er lehnt sich zurück. »Wo bin ich vom Weg abgekommen?«

»Ganz am Anfang. Ich bin Linkshänderin.«

Er klatscht sich mit der flachen Hand an die Stirn. »Natürlich. Natürlich.«

»Die Neigung meiner Buchstaben bedeutet demnach …«

»Dass Ihnen Regeln wichtig sind.«

»Und meine i-Punkte stehen für …«

»Methodik. Ach, eine Linkshänderattacke. Mit der hatte ich nicht gerechnet. Was würde Simon dazu sagen?«

»Sagen Sie ihm nicht, was er sagen soll?«

»Wir sprechen nicht mehr miteinander. Ist Ihnen vielleicht kalt? Das sind zwar nur Gasflammen, aber sie wärmen immerhin ein wenig.«

»Mir ist nicht kalt«, sagt Nicky, der leichter Schweiß auf der Stirn steht.

»Gut. Mein Kamin ist immer an. Ich mag es, wenn er brennt.« Sebastians Blick zuckt kurz zum Umschlag. Lächelnd tippt er auf die Briefmarke. »Ist das wirklich schon fünf Jahre her?«

Praktisch die längste Beziehung ihres Lebens. »Ich habe Ihren jüngsten Brief mitgebracht«, sagt sie und zieht dabei einen blauen Umschlag aus ihrer Tasche. »Darf ich?«

»Nur zu gern.«

Sehr geehrte Miss Hunter,

der Tod hat schon Bessere ereilt. Der Tod hat schon Schlechtere ereilt. Nun wird er mich ereilen.

Vor fünf Wochen habe ich erfahren …

»Wir wissen, was ich erfahren habe«, sagt er.

Nicky springt zum nächsten Absatz.

Ich bin Geschichtenerzähler. Ein uraltes Gewerbe, zu dem ich siebzehn Romane beigetragen habe, die hoffentlich über die Dauer ihres Copyrights hinaus Bestand haben werden.

Sie lächeln beide. Seines erlischt zuerst.

Doch ich habe schon vor Simon St. John ein Leben geführt. Auch neben ihm und nach ihm. Es gibt Passagen aus *jenem* Leben, *jener* Geschichte, die ich gern dokumentieren würde, um meine Leser mit etwas Glück zu unterhalten (denn natürlich bin ich Unterhalter) oder sie sogar – darf ich so anmaßend sein? – zu erhellen.

Sie verstummt. »Ich meine mich zu entsinnen, dass da noch mehr kam«, sagt Sebastian.

Da kam noch mehr, aber Nicky fühlt sich unwohl bei Komplimenten, zumindest, wenn sie an sie gerichtet sind.

Ihre veröffentlichten Arbeiten sind tiefgründig und menschlich – Eigenschaften, die nur wenige Kritiker auszeichnen. Sie kennen Simon durch und durch, und selbstverständlich bin ich ebenso Teil von ihm, wie er Teil von mir ist. Darum sehe ich in Ihnen, Miss Hunter, die ideale Zuhörerin für die letzte Geschichte, die ich je erzählen werde. Ich sehe in Ihnen eine Erzählerin, die meine Geschichte allen weitertragen kann, die sie hören mögen.

In drei Monaten werde ich tot sein. Kommen Sie und erzählen Sie meine Geschichte.

»Und im Postskriptum schlugen Sie ein Ankunftsdatum vor und sagten, ich solle …«

»Ein Kleid und eine Partymaske mitbringen, genau. Und was verraten Ihnen meine kalligrafischen Künste?«

»Dass Sie mit Schreibmaschine geschrieben haben.«

»Aber sicherlich nicht signiert.«

»Doch, aber die Signatur beschränkt sich auf zwei Buchstaben.«

Er lacht leise. »Das zeichnet eine Signatur aus.«

Nicky faltet den Brief zusammen. Irgendwo außerhalb der Bibliothek ächzt das Haus wie ein alter Mann beim Aufstehen.

»Das ist Otis, unser Aufzug«, seufzt Sebastian. »Eines Tages wird er mich umbringen. Allerdings wird er sich beeilen müssen.« Zwei knochige Finger wandern die Kette seiner Taschenuhr entlang, seiltanzen über die Senke in der Mitte, dann hoch zum Westenknopf. »Wir sprechen hier nicht über eine ausgewachsene *Biografie* – nichts derart Ödes. Eher so etwas wie ein …«

»Erinnerungsbuch?«

Die Finger pausieren in ihrem Marsch. »Bei meinem Wort, Watson, Sie halten bewundernswert Schritt. *Ein Erinnerungsbuch.«* Ein kurzer Ruck an der Kette und die Uhr rollt aus der Tasche.

»Die gehörte meinem Vater«, sagt er. »Eines seiner wenigen Geschenke an mich. Diese Uhr und das militärische Gehabe.« Er streckt sie über den Schreibtisch.

Behutsam hebt Nicky die Uhr aus seiner Hand. Das Metall ist kühl. Es ist etwas eingraviert. Der Text lautet: DER BESTE MÖRDER IST DIE ZEIT.

Sie schiebt den Daumennagel in die Einkerbung am Deckel, fragt sich, ob sie ihn aufklappen soll. Sieht auf. Ein leises, zufriedenes Lächeln steht auf seinem Gesicht, und seine Augen funkeln wie Rasierklingen. Nicky unterdrückt ein Schaudern.

Sie drückt die Uhr in seine Hand. Als ihre Fingerspitzen über seine Haut streichen, stockt ihr der Atem.

»Haben Sie schon meine Tochter kennengelernt?«, fragt er. »Nein? Das Kind bräuchte eine ordentliche Tracht Prügel. Also, sprechen Sie mit Maddy; sprechen Sie mit meinem idiotischen Neffen. Er erträgt es nicht, wenn er übergangen wird. Sprechen Sie mit Simone, meiner – seiner Mutter. Sie *duldet es nicht,* dass sie übergangen wird. Natürlich mit Diana. Vielleicht mit einigen Gästen auf unserer Party nächste Woche; die Menschen werden nachsichtig, wenn du im Sterben liegst. Auch nachdem du gestorben bist – *nil nisi bonum,* Sie wissen schon –, aber ich würde es gern vorher hören.«

Nicky nickt. »Ich habe mich gefragt, ob ich auch mit Ihrem ehemaligen Assistenten sprechen sollte? Isaac …«

»Isaac Murray.« Sebastian sieht sie verschlagen an. »Den Burschen habe ich zwanzig Jahre nicht mehr gesehen. Aber ich konnte ihn gut leiden. Und wichtiger noch, er konnte mich gut leiden. Isaac muss demzufolge in aller Ausführlichkeit zitiert werden. Ich werde Diana bitten, ihn anzurufen.«

»Und wie lange habe ich, bis …«

»Bis zu meinem vorzeitigen Ableben? Drei Monate.« Sebastian deckt die Hand über die Webley, liebkost die Ameisenbärenschnauze.

»Nein, ich – ich wollte fragen, wie lange ich hierbleiben soll.«

»Gewiss nicht *länger* als drei Monate. Wer weiß eigentlich, dass Sie in San Francisco sind?«

Nicky lächelt nervös. »Ach – meine Freunde. Alle. Also nicht *alle,* versteht sich ...«

»Aber mehr oder weniger schon.« Er erwidert ihr Lächeln.

»Hat er sich benommen?« Nicky dreht sich in ihrem Stuhl um und sieht Diana in der Tür stehen, ein Phantom im Halbdunkel.

»Einigermaßen.«

»Einigermaßen«, wiederholt Sebastian wohlgefällig. »Hast du eben im Otis dein Leben aufs Spiel gesetzt?«

»Das war Freddy, der Nickys Koffer ins Dachgeschoss gebracht hat. Fred ist Sebastians Neffe«, erläutert Diana.

»Deiner auch, Schatz.«

»Na gut. Er arbeitet als Baseball- und Fußballtrainer in der Highschool.«

»Er trainiert Soccer.«

»Was überall sonst auf der Welt als Fußball bezeichnet wird, nachdem es im Unterschied zu einigen anderen Sportarten mit einem Ball und Füßen gespielt wird. Fred hat den Sommer über frei und ist so nett, seinem Onkel bei der Dialyse und seinen Medikamenten und anderen Besorgungen zu helfen. Er ist äußerst hilfsbereit.«

»Er ist ein Esel.«

»Hör auf. Für dich geht es jetzt ins Bett – morgen ist reichlich Zeit zum Reden. Ich warte hier.«

Nicky steht zusammen mit Sebastian auf und will sich von ihm verabschieden.

Aber im selben Moment steht er schon neben ihr, Schulter an Schulter, sie mit dem Gesicht zum Feuer, er mit dem Gesicht zur Tür. »Danke, dass Sie den weiten Weg auf sich genommen haben«, sagt er. »Nachdem Sie bei jedem zweiten Autor, über den Sie geschrieben haben, etwas Gutes ausgraben konnten, werden Sie bestimmt auch in mir etwas

Gutes finden.« Ein Grinsen. »Hoffentlich müssen Sie nicht allzu tief graben.«

Er riecht ganz dezent nach Salzwasser und Seife. Sie atmet tief ein. Er senkt den Kopf zu ihrem, als wollte er sie auf die Wange küssen. Ihr Herz klopft wild.

Und dann flüstert Sebastian Trapp so leise, dass sie hinterher nicht weiß, ob er überhaupt etwas gesagt hat: *»Sie und ich könnten sogar ein, zwei alte Geheimnisse aufklären, wenn wir schon dabei sind.«*

6.

Erst als sie sicher ist, dass er den Raum verlassen hat, spürt sie, wie ein leises Schaudern sie durchläuft.

Sie und ich könnten sogar ein, zwei alte Geheimnisse aufklären.

Einen wilden Moment sieht sich Nicky als junge Detektivin in einem Jugendbuch, ein Geschöpf aus Papierbrei und schwarzer Tinte. Eine *Hauptfigur.*

Ihr Blick liegt auf der Schreibmaschine mit ihren im Feuerschein glänzenden Tasten, dem gedrungenen, wie sprungbereiten Korpus; es ist eine Remington, wie sie weiß, und sie hat jede Seite ausgespien, die Sebastian Trapp je veröffentlicht hat.

Er höchstpersönlich.

Sogar drei Monate vor seinem Ende versprüht er noch Energie: Selbst als er nur vor ihr saß, schien sie von ihm auszustrahlen wie von einem sterbenden Stern. Sein Blick, während sie seine Taschenuhr untersuchte; seine in ihrem Ohr schmelzende Stimme. Ehrfurcht erfüllt sie. Und Furcht.

Und Neugier.

Langsam geht sie um den Schreibtisch herum, hört das

Flüstern der Flammen. »Huch«, entfährt es ihr, als in ihrer hinteren Hosentasche ihr Handy zu zittern beginnt.

»Schon ermordet?«, fragt er mit der angeschlagenen Stimme, die Nicky immer noch mag.

Sie lächelt und widersteht der Versuchung, sich auf Sebastians Stuhl niederzulassen. »Ich würde mich glücklich schätzen, wenn ich in diesem Haus ermordet würde.«

»Warum flüsterst du?«

»Warum *rufst du an,* Irwin?«

Irwin ist sein zweiter Vorname. Im Lauf der zwei Jahre, die sie zusammen waren, hatte sich Nicky angewöhnt, ihn damit aufzuziehen; als er mit ihr Schluss machte, war ihre erste Frage: »Weil ich dich immer Irwin nenne?« (Nein: weil sie »zu nett« für ihn war. So nett, dass sie Freunde blieben. So nett, dass Nicky ihn in den vergangenen sechs Monaten kein einziges Mal darauf hingewiesen hat, wie oft er anruft oder schreibt – nämlich fast täglich.)

»Warum ich anrufe? Ich verweise auf meine vorige Frage zu einem möglichen Mordfall.«

»Ich bin gerade in seiner Bibliothek.«

»Die voller Waffen ist, wette ich.«

Ihr Blick fliegt über den Schreibtisch: Galgenschlinge, Dolch, Giftflasche. Pistole. Sie überlegt, ob sie sie berühren darf.

»Im Ernst, Babe.« Er stutzt. Eine alte Angewohnheit. »Noch mal, im Ernst: Glaubst du nicht, dass der Typ ein Killer ist?«

»Wäre ich hier, wenn ich glauben würde, dass der Typ ein Killer ist? Er hat Bücher geschrieben, die ich liebe, er hat ein *interessantes* Leben geführt – ich bin überglücklich, dass er mich eingeladen hat. Wie geht es Potato?«

»Ich habe ihm erzählt, dass du nie wieder zurückkommst.«

»Ich schneide dich in Stücke.«

»Jesus. Dabei bist du angeblich so nett.«

»Manche sagen zu nett.« Sie holt kurz Luft. »Also, wie geht's meinem Hund?«

»Willst du mit ihm sprechen?«

Die Welt hinter dem Fenster verdüstert sich plötzlich; die Flammen im Kamin verebben, der Schaukasten im Schreibtisch hüllt sich in Dunkelheit – die Bibliothek verschwindet. Es wird hier abends schnell dunkel.

»Ich will ihn nicht verwirren. Aber danke fürs Hundesitten.«

»Ist fast wie in alten Zeiten. Ich nehme an, ich war deine dritte Wahl.«

Die vierte. »Die erste. Du findest unter dem Kissen ein kleines Dankeschön. Ich muss Schluss machen.« Eine Packung Oreos. Es führt zu nichts, wenn sie allzu nett ist.

Ein Knacken wie ein Peitschenknall im Kamin, und Nicky eilt zu ihrer Tasche, eilt an den Bücherreihen, der Leiter, den Fenstern vorbei in das weiche Licht im Flur. Rechts von ihr windet sich eine schmale Hintertreppe ins Halbdunkel, als hätte sie Böses im Sinn, darum geht Nicky den Weg zurück, den sie gekommen ist. Sie wird im Salon auf Diana warten.

Am oberen Treppenabsatz bleibt sie stehen. Vor dem Porträt steht ein Mann und sieht finster zu der Familie auf.

Massig, einen Meter achtzig groß, Muskelpakete in den Hemdsärmeln. Ein Leinenshirt, das in den Jeans steckt. Tintenschwarzes Haar, das fast bläulich schimmert; grobkörnige Stoppeln auf Wangen und Kinn.

»Bis heute«, sagt er, ohne den Blick vom Gemälde zu nehmen, »warte ich darauf, dass mir ihre Blicke folgen.« Seine Stimme ist tief, der Akzent kalifornisch.

Nicky wartet. Nicky ist erfahren im Warten.

Als er sie mit seinen braunen Augen ansieht, lugen sie

unter dichten, schwarzen Wimpern hervor; die Pupillen sind voll. »Freddy.«

»Nicky.« Sein Händedruck ist fest, aber ihrer genauso. Sie lächelt ihn an – es ist aufregend, einen weiteren Trapp kennenzulernen –, und er erwidert ihr Lächeln ungezwungen.

»Freddy«, sagt er noch einmal und wie beim ersten Mal. »Sebastian ist mein Onkel. Ich bin der Hausbursche. Nein, war nur Spaß: Dreimal in der Woche werfe ich den ollen – den ollen Dialyseapparat an, sonst nichts. Und heute Abend habe ich dein Gepäck nach oben geschleppt.«

»Danke.«

»Gab nicht viel zu schleppen. Hast du dich verlaufen?« Wobei er mit einem Finger an ihr vorbeizeigt, in Richtung Bibliothek. »Dort liegt Sebastians Reich. Und da entlang ...« Mit einem Daumenschwenk über die Schulter, »hätten wir Hopes Büro und den *Wintergarten*, ohne Witz. Inzwischen völlig überwuchert.« Er sieht an ihr vorbei, und schlagartig beginnt er zu strahlen: ein Megawattlächeln wie von einem Kellner an seinem ersten Arbeitstag oder von einem Kinderstar. »Alles gut?«, ruft er.

Nicky dreht sich um und sieht die Dame des Hauses die Treppe herunterkommen. Ein Schlüssel baumelt an ihren Fingern. »Entschuldige, dass ich dich noch mal herbestellt habe, Freddy. Es war den Weg kaum wert.«

»Immer gern.« Er richtet sein Lächeln auf Nicky. »Soll ich dir dein Zimmer zeigen?«

»Das wäre nett.«

»Das übernehme ich«, sagt Diana, und im nächsten Moment fliegt ihre Hand zum Mund. »Ihr Sandwich. Ihr Croque Madame. Wie dumm von mir. Ich weiß nicht, warum ich in letzter Zeit derart zerstreut bin.«

Nicky weist sie nicht darauf hin, dass ihr Ehemann in wenigen Monaten ins Jenseits eingehen wird. »Schon okay«, sagt sie, wobei ihr Magen protestiert. »Ich würde sowieso gern noch mal losziehen. Ich war ewig nicht mehr in San Francisco.«

»Ich kann noch ein paar Minuten bleiben«, bietet Freddy ihr an. »Falls du jemanden brauchst, der dich fährt. Ist im Service eingeschlossen.«

»Den brauche ich auf jeden Fall.«

Diana sieht ihn weiter kritisch an. »Danke, Fred. Und noch einmal – na schön.« Sie dreht sich um, geht die Treppe wieder hinauf. Nicky folgt ihr.

Die Treppe kringelt sich empor zu einem langen, lichtgrün tapezierten Flur. »Die Schlafzimmer«, erklärt Diana noch auf der Treppe. »Die meisten sind *Kuriositätenkabinette*, wie er es nennt. Vollgestopft mit Rüstungen und Spinnrädern und einer beunruhigenden Anzahl an ausgestopften Tieren oder ...«

Als sie sich dem dritten Stock nähern und der Treppenaufgang unter ihnen im Dunkel entschwindet, sieht Nicky oben an der Treppe ihren Koffer im Halbdunkel vor einer Tür stehen. Diana wird langsamer; ihre Knöchel spannen sich an, als sie den Schlüssel fester fasst.

»Sebastian dachte, dass Sie vielleicht etwas Privatsphäre möchten. Also – hier wären wir auf dem Dachboden.« Eine Pause. »Und hier der Schlüssel.« Womit sie ihn in Nickys Hand drückt.

Nicky hebt ihn an – schwer liegt er in ihrer Hand – und schiebt ihn unter einem metallischen Schrappen ins Schloss.

Dreht ihn.

Die Tür schwingt auf.

Der Raum strömt einen miefigen Staubgeruch aus, als würde er ihn aushusten. Diana hustet ebenfalls. »Ich dachte, wir hätten alles durchgelüftet«, murmelt sie, hebt Nickys Koffer an und tritt ein.

Nicky steht neben ihrer Reisetasche und wagt einen Blick in den in grauem Licht badenden Dachboden. Ein weiter Raum breitet sich vor ihr aus, auf einer Seite mit ungenutztem Mobiliar vollgestellt – einem Diwan mit Damastbezug, einem bodentiefen Spiegel voller Spinnweben, einer Harfe von der Größe eines Walkiefers – und auf der anderen Seite mit einem Doppelbett, einer Kommode und einem Rollschreibtisch ausgestattet; direkt an der Wand stehen in einer langen Reihe Kinderbücher mit rissigen Rücken in Bonbonfarben. Sie erkennt die Agatha-Christie-Taschenbücher wieder, die sie als Kind gelesen hat.

Jeweils sechs Gauben dominieren beide Seiten des Dachbodens, und zwischen ihnen schweben Galaxien von Staub im fahlen Licht.

Diana tritt an das Bett, legt den Koffer darauf ab, schaltet die Stehlampe ein. Der tiefe Raum schluckt das Licht komplett. »Es wirkt ein bisschen wie bei Miss Havisham aus Dickens' *Große Erwartungen*. Sie spielen nicht zufällig Harfe?«

»Ich bin ein bisschen eingerostet.« Nicky steht immer noch in der Tür. Das ist das Zimmer eines verloren gegangenen Kindes.

Diana geht weiter zum Sekretär; der Schirm der Schreiblampe erstrahlt ampelgrün. »Das Bad ist dort drüben.« Eine offene Tür in einer entlegenen Ecke – pfenniggroße Fliesen und eine Wanne mit Klauenfüßen. »Früher waren das hier die Dienstbotenräume, als es noch Dienstboten gab.«

»Ich verstehe.« Nicky fragt sich, ob sie überhaupt hier sein sollte.

»Der Hausschlüssel.« Diana legt ihn auf den Schreibtisch und neben ein Blatt Papier. »Ich habe Ihnen meine Handynummer aufgeschrieben und die von Madeleine und auch die von Freddy, falls er Sie irgendwohin fahren soll. Sebastian glaubt nicht an Handys. Das Wi-Fi-Passwort lautet Watson7. Großes W, die Sieben als Ziffer. Kommen Sie, kommen Sie!«

Nicky betritt den Dachboden, wagt sich Schritt für Schritt vor, durchquert weiche Lichtteiche, einen nach dem anderen, drei, vier, fünf. Der Bereich um das Bett leuchtet wie ein heimeliges Lagerfeuer, als sie sich nähert, den rumpelnden Trolley hinter sich herziehend. »Morgen Nachmittag kommt unsere Haushaltshilfe«, erklärt ihre Gastgeberin. »Falls Sie den Raum für Sie aufhübschen soll. Adelina ist eine Heilige und eine Tyrannin.«

»Danke.«

Diana kehrt zur Tür zurück. »Betrachten Sie es als Ihr Zimmer und Ihr Heim. Und …«

Nicky wartet.

Diana lächelt und verschwindet. Ihre Schritte verhallen in den Tiefen des Treppenhauses.

Nicky dreht sich um. Neben dem Spiegel steht eine Gipsbüste, ein wohlproportionierter, lorbeerbekränzter Kopf, und direkt daneben lehnt ein Strauß von Kricketschlägern an einem Martinitisch. In einem Karton ein Kronleuchter, der seine Kristallstränge auf den Boden ergießt; außerdem ein enthauptetes Schaukelpferd; vier oder fünf alte Landkarten, gerahmt, aber mit abblätternder Vergoldung; und dort, knapp über dem Boden, ein funkelndes Augenpaar.

Nicky weicht zurück. Die Augen starren sie an.

Sie entdeckt ein weiteres Paar direkt daneben. Dann noch eines. Und noch eines. Insgesamt elf Augen von sechs französischen Bulldogen mit erhobenen Köpfen und gespitzten Ohren. Ein Wachkommando aus untoten Kaniden.

Nicky muss beinahe lachen. Sie geht vor dem ersten Hund in die Hocke, einem tintenschwarzen Exemplar mit Hängebacken, und inspiziert die Marke am Halsband: WATSON VI. Sein Nachbar, ein muskelbepackter Schecke:

WATSON V. Dann ein kleiner Brauner und so weiter, bis Nicky einem buntscheckigen Zyklopen Augen in Auge gegenüberhockt: WATSON.

Sie geht zum Schreibtisch, steckt den Hausschlüssel in die Tasche. Zieht die Schublade auf – eine Kinderschere, eine Plastiklupe, Neonmarker. Sie stellt sich die Hände vor, die das alles gehalten haben, und sieht ihre eigenen Hände zittern.

Aus einem Fenster schaut sie nach unten. Eine einsame Straßenlaterne. Wolken umschwärmen den aufgehenden Mond.

Ihr Zeh stößt an einen staubüberzogenen *Magic 8 Ball* – eine Art Wahrsagekugel für Kinder in Form einer Billardkugel. Sie hebt sie auf, überlegt kurz, schüttelt sie und sieht die blaue Pyramide auf einem Floß von kleinen Luftblasen aufsteigen: UNMÖGLICH VORHERZUSAGEN.

Ein Schimmern über ihrem Kopf. Über dem Bett, jenseits der Lampe, ist die Decke mit Sternen beklebt – blass und selbstleuchtend, kaum von der Deckenfarbe zu unterscheiden. Nicky kneift die Augen zusammen und der kleine Kosmos offenbart sich.

C O L E

Sie setzt sich auf das Bett – überraschend fest und mit frischem Bettzeug bezogen –, und seufzt leise, während das Licht aus dem Raum sickert, sich die Fenster verdunkeln und sich die Umrisse der Möbel auflösen.

Cole Trapps Kinderzimmer. Wer hätte das gedacht.

7.

Freddys ausgemergelter Nissan ist mit einem CD-Wechsler ausgestattet. »Der ausschlaggebende Grund für den Kauf dieser Schönheit«, erklärt er.

»Und was hast du eingelegt?« Nicky hofft, dass es keine Arschlochmusik ist.

»Hauptsächlich Maroon 5. Und ein Audiobuch von Onkel Sebastian. *Jack Fell Down.*« In dem zum ersten Mal Simon St. Johns Erzfeind auftaucht – eine an Professor Moriarty erinnernde, immer nur »Jack« genannte Figur. »Ich dachte, dann hätten wir was, worüber wir reden können. Er und ich. Bevor er den Löffel abgibt.«

»Und hat es funktioniert?«

»Nein. Wohin soll's gehen?«

Sie verlassen Pacific Heights; wenn Freddy das Lenkrad dreht, spannen sich Muskelbänder in seinen Unterarmen. Nicky studiert sein Gesicht. *Mein idiotischer Neffe,* hat Sebastian gesagt. Eigentlich würde sie sich gern mit ihm unterhalten – sie ist hergekommen, um etwas über die Trapps zu erfahren, sogar über ihre idiotischen Ableger –, aber nach dem Taxifahrer und der Missus und dem Mister sind ihr die Worte ausgegangen. Stattdessen betrachtet sie Freddy, vergleicht ihn mit dem Jungen auf den Fotos vor zwanzig Jahren, als er in den Zeitungsartikeln als der Teenager-Traum-Cousin im Trappschen Familienmysterium hingestellt wurde. Er sieht immer noch gut aus, so Typ Baseballspieler, wirkt aber gleichzeitig umgänglich mit seinem draufgängerischen Lächeln und dieser leicht beschränkt klingenden Stimme; das hatten die Bilder nicht vermittelt.

Freddy bremst vor einer Ampel, grunzt und verzieht das Gesicht im roten Schein der Armaturenbeleuchtung. »Hab mir letztes Jahr eine Labrumläsion eingehandelt«, erläutert er. »Jetzt beklagt sich meine Schulter hin und wieder. Vollkommen grundlos. Wie ein verzogenes Kind. Wie wär's damit?«

Ein kleiner Diner an der Ecke wie eine Leihgabe aus den Fünfzigerjahren.

Als Freddy darauf deutet, schiebt sich sein Ärmel nach oben und Nicky entdeckt in der Haut über seinem Ellbogen eine kleine tätowierte Textzeile. Er lenkt den Wagen an den Straßenrand, bremst.

»Möchtest du mitkommen?«, fragt sie höflich.

Er kaut auf seiner Lippe. »Schon, aber – ich bin zu einem Turnier verabredet.« Er nennt ihr ein Computerspiel. Nicky hat es einst durchgespielt und daraufhin ihre Begeisterung für Computerspiele verloren. Sie fummelt an ihrem Gurt.

»Aber du hast meine Nummer, oder? Falls ich dich auflesen soll. Mit dem Auto.« Sie hebt den Blick und sieht ihn rot werden. Könnte auch die Armaturenbeleuchtung sein.

Der Gurt schliddert über ihre Brust. »Diana hat sie mir aufgeschrieben. Danke fürs Fahren«, sagte sie schon im Aussteigen, die Laptoptasche über der Schulter.

»Willkommen in San Francisco. Lass dich nicht dumm anmachen«, ergänzt er noch, dann rollt der Nissan davon, gefolgt von einer Kielwelle aus Maroon-5-Gejammer.

Der Diner: Jukebox, laminierte Speisekarten, Abbildungen der Vorspeisen. Nicky verzieht sich in eine Nische und überprüft in einem glänzenden Serviettenspender ihr verzerrtes Spiegelbild. Klappt den Laptop auf.

Klappt den Laptop zu. Lehnt sich zurück.

»Darf's was sein?«

Setzt sich auf. »Ein Corona, bitte. Mit Limette.« Lehnt sich wieder zurück.

Ein Rätsel oder zwei …

Cole und Hope Trapp verschwanden am Silvesterabend

1999 – oder, streng genommen, am folgenden Tag, an dem sie vermisst gemeldet wurden, denn beide waren noch nach Mitternacht gesehen worden, wenn auch an unterschiedlichen Orten: Cole um Viertel nach zwölf im Stockbett seines Cousins Frederick, kurz bevor Freddy einschlief; Hope vor einem Schnapsladen im Presidio, wo Sebastians Bruder und Schwägerin sie um 01:50 Uhr absetzten und wo sie einen besonders exotischen Mezcal für die legendäre Silvesterfeier der Trapps (»Schillernd!« »Protzig!« »Glamourös!« überschlugen sich die Zeitungen) nachkaufen wollte. Sie würde danach mit dem Taxi nach Pacific Heights zurückfahren, hatte sie den beiden erklärt, und dem letzten Nachzügler ihren Schlummertrunk bringen.

Zehn Minuten später warfen Dominic und Simone einen Blick in das Schlafzimmer ihres Sohnes. Freddy sahen sie zusammengerollt im unteren Bett liegen; daraus schlossen sie, dass Cole oben lag, mussten aber später zugeben, dass sie nicht wirklich nachgesehen hatten. (»Unerklärlich!« »Schockierend!« Unvorstellbar!«)

Madeleine Trapp, die Tochter, fuhr am Neujahrsmorgen um 09:00 Uhr von ihrer Studentenwohnung außerhalb des Universitätscampus in Berkeley nach Pacific Heights (der Freund ihrer Mitbewohnerin bestätigte, dass er um kurz nach drei vor dem Bad mit ihr zusammengestoßen sei), während Sebastian etwa zur selben Zeit bei seinem Bruder anrief und sich nach Hope erkundigte, die nicht mehr aufgetaucht war, bevor er zu Bett gegangen war; er war davon ausgegangen, dass sie in der Nacht bei Dominic und Simone gestrandet wäre und noch dort sei.

Das sei sie nicht, erklärte ihm Dominic. Ebenso wenig wie – eröffnete ihm in diesem Moment Freddy, den das Läuten des Telefons aus dem Schlaf gerissen hatte – der kleine Cole.

Nur Stunden später wurden erste Ermittlungen aufgenommen. Überwachungsbänder wurden gesichtet – vom Flughafen und Bahnhof, von Taxiständen und Highways. Nachbarn wurden vernommen; Klassenkameraden befragt; die (schillernden, prominenten, glamourösen) Partygäste gaben bereitwillig Auskunft. Doch …

»Ein Corona mit Limette.«

Nicky lächelt und setzt die Flasche an, lässt das Bier durch den Limettenschnitz strömen.

Die Kellnerin wedelt sich mit einer Speisekarte Luft zu. »Auch was zu essen?«

»Einen Burger, bitte. Blutig.«

»Wir sind ein veganes Café, Süße. Darum heißen wir auch *Give Peas a Chance.*

Gib Erbsen eine Chance. Oh Mann, gottverfluchtes San Francisco. Nicky verschluckt ein Seufzen und bestellt Karotten und eine Portion Hummus. Schließt wieder die Augen.

Irgendwann schoben die Leiter der Ermittlungen – ein knorziger Veteran kurz vor der Pensionierung und eine scharfsichtige, grünhaarige junge Frau, die erst seit zwei Jahren bei der Polizei war – den Fall auf die Warmhalteplatte. Da waren Hope und Cole schon sechs Monate verschwunden.

Hatten sie gemeinsam die Flucht ergriffen? Waren beide zusammen entführt worden? Das konnte doch unmöglich ein Zufall sein? Im Internet – die Sache ereignete sich in den späten Frühzeiten des World Wide Web – webten Verschwörungstheoretiker ihre Spinnennetze, und nach Klicks dürstende Webseiten garnierten Fotos von Hope und Cole mit grellen Schlagzeilen: SEKTENWAHN! ZEUGENSCHUTZPROGRAMM! VON AUSSERIRDISCHEN ENTFÜHRT!

Im Februar sprach die Polizei Sebastian von jedem Verdacht frei und dankte ihm für die konstruktive Zusammenarbeit. Noch am selben Tag reiste er nach England, wo er und Hope vor Jahren ein Cottage in ihrer Heimat Dorset gekauft hatten, und dort blieb er, während Madeleine wieder an ihre Uni zurückkehrte und Dominic und Simone und Freddy ihr Leben wiederaufnahmen.

Mangels Kadaver drehten irgendwann auch die wie Aasgeier über dem Fall kreisenden Medien ab.

Ende des Jahres tauchte Sebastian Trapp wieder in San Francisco auf, nur um gleich wieder so spurlos zu verschwinden wie der Hof des Vikars in *London Bridges*, wie die gestohlene Urne in *Ashes, Ashes*. Wie seine Frau und sein Kind.

Zehn Jahre lang sollte er kein neues Buch schreiben. Fünfzehn Jahre lang nicht wieder heiraten, wobei die Wahl seiner Braut durchaus für Aufsehen sorgte.

Denn es gab im Haus – nicht zu vergessen – zwei Hilfskräfte. Ehemann und Ehefrau hatten jeweils Unterstützung, er bei seinen Recherchen, sie bei ihren Komiteearbeiten. Sebastians Assistent war ein Student namens Isaac.

Hopes Assistentin eine junge Engländerin namens Diana.

8.

Nicky sitzt fast zwei Stunden im Café. Eine Handvoll Freunde haben ihr geschrieben, alle mit dem gleichen witzigen Bist-du-schon-tot-Spruch; sie schickt ihnen ein Lebenszeichen und versichert ihnen, dass sie einen Leibwächter oder wenigstens ein Body-Double einstellen wird. Vor dem Fenster wird die Luft von neuem Nebel getrübt, durch den vereinzelt Autos treiben – ganz anders als die

Lavaströme von Heckleuchten in New York. Sie zählt neun Teslas, bevor sie bezahlt und sich ein Taxi nimmt.

Wieder erklimmt sie die Stufen; wieder streicht sie mit einem schlanken Finger über den Fragezeichentürklopfer. Aber diesmal schiebt Nicky den Hausschlüssel ins Schloss, dreht ihn und öffnet die Tür. In der höhlenartigen Eingangshalle brennt warmes, weiches Lampenlicht; am anderen Ende gleitet die Treppe in die Dunkelheit empor, dem Porträt entgegen, das als Schattenriss über dem oberen Ende hängt. Die Fenster zu beiden Seiten sind schwarz.

In der Stille fühlt sie sich wie ein Teenager, der sich nachts ins Haus schleicht.

»Und wo waren *Sie* so lange unterwegs?«

Nicky schreckt zusammen und sieht nach rechts.

Dort liegt ein Zimmer, das ihr bisher nicht aufgefallen war. Durch die offene Tür wird der Rücken einer Frau sichtbar, die sich über einen Spieltisch beugt. Während Nicky auf sie zugeht, zählt sie fünf weitere Tische, jeweils mit Puzzleteilchen übersät: In einer Ecke ein Schwarm von sahnig orange-weißen Clownfischen; gleich daneben John Singer Sargents *Madame X* mit zwei nackten Armen und Wespentaille, aber ohne Kopf.

Sie tritt über die Schwelle – und ins neunzehnte Jahrhundert, ins alte England. Über alle vier Wände zieht sich ein extravagantes Wandgemälde: London im Licht der Gaslaternen, mit regenglänzendem Kopfsteinpflaster, nebligen Seitengassen, Pferd und Kutsche in glänzendem Schwarz … und über die Steine stolpernd, durch den Nebel schreitend, um das Hansom Cab rennend – Waisenkinder und Trunkenbolde und Marktschreier und Ratten und Katzen und zwei Gentlemen mit silbergekrönten Spazierstöcken. Eine komplette Wand wird von der Fassade einer Taverne eingenommen: die milchigen, rußigen Fenster, hinter deren Scheiben verlorene Seelen vor ihrem Pint sitzen, sind offenbar auf Verdunkelungsrollos gemalt worden, die vor den Frontfenstern des Hauses angebracht sind.

Nicky studiert die Frau von hinten. Ihr blondes Haar ist nachlässig frisiert, ihre Schulterpartie rund. Blauer Rauch kringelt sich über ihrem Kopf. In einer Hand birgt sie ein Weinglas mit einer Pfütze Rotwein. Nicky würde zu gern ihr Gesicht sehen.

Die Frau zupft eine Zigarette aus dem Aschenbecher. »Hinter Ihnen steht jemand sehr Gefährliches.«

Nicky dreht sich um und hat ihn sofort entdeckt, gleich neben der offenen Tür: eine Gestalt im Hintergrund, direkt unter dem Bogen einer Eisenbahnbrücke, im fahlen Licht einer einsamen Straßenlaterne; Zylinder auf dem Kopf, ein wehendes Cape über den Schultern, Nebelschwaden um die Füße. Jack the Ripper. Sie muss sich zusammenreißen, um nicht zurückzuweichen.

»Kommen Sie her und lassen Sie sich ansehen.«

Nicky tritt vor und wirft einen Blick auf das Werk vor der Frau: eine getigerte Katze auf den Hinterpfoten, die mit der Tatze nach einem Kanarienvogel im Käfig schlägt. »Ein Trick-Puzzle«, erklärt sie, während sie die Katze Stück für Stück auseinandernimmt, bis alle Gliedmaßen amputiert sind und nur vereinzelte Schnurr- und Fellhaare zurückbleiben. »Es lässt sich auf verschiedene Weisen zusammensetzen. Aber es gibt nur eine richtige Lösung.«

Jetzt dreht sie sich um, und endlich kann Nicky ihr ins glatte, freundliche Gesicht sehen. Sie wirkt wie eine Galionsfigur vom Bug eines Wikingerschiffes, aber gleichzeitig leicht amüsiert, so als würde sie ein Geheimnis hüten – ein schmutziges Geheimnis.

Nicky bemüht sich, sie nicht allzu offensichtlich anzustarren: diese Person – in ihrer ausgebeulten Strickjacke, mit ihren schlaffen Haaren – hat kaum etwas mit der College-Athletin gemeinsam, die vor zwanzig Jahren in der Presse abgebildet wurde.

Unter dem Tisch rührt sich grunzend ein Hund – eine gedrungene französische Bulldogge mit einer verknitterten schwarzen Maske als Gesicht und zwei aufgestellten Fledermausohren.

»Das ist Watson.« Das Tier betrachtet Nicky mit Basedowaugen und seufzt scheinbar enttäuscht. »Und ich bin Madeleine.« Ihr Händedruck beschränkt sich auf ein knappes, einmaliges Pumpen, so wie es auch Nicky beigebracht wurde.

»Ich bin Nicky.«

»Ach, ich weiß.« Madeleine schwenkt einen Arm über die Wände. »Mein Vater ist besessen vom Viktorianischen Zeitalter. Gaslaternen und Groschenromane. Er hätte seine Romane am liebsten damals spielen lassen, allerdings ist ihm Conan Doyle zuvorgekommen. Ich bin übrigens eine Straßenhure.«

Nicky stutzt.

»Sehen Sie?« Sie deutet auf eine Prostituierte in einer schmalen Gasse, mit verschmutztem Rocksaum und überreifem Busen. Sie trägt Madeleines Gesicht.

»Dad fragte mich, ob ich die Lady in der Kutsche sein wollte, und ich: ›Auf keinen Fall, nein – ich will ein bisschen Action. Und einen ordentlichen Vorbau, wo wir schon dabei sind.‹« Ein Schluck Wein. »Entschuldigen Sie das mit Ihrem Zimmer.« Ein Anheben der Zigarette. »Mein Bruder hat früher darin geschlafen.« Sie nimmt einen tiefen Zug, bläst den Rauch zur Seite, zerquetscht den Stummel im Aschenbecher – »Furchtbare Angewohnheit!« – und spült mit Wein nach. Sie erhebt ihren weichen, vollen Körper zu seiner vollen Größe von beinahe einem Meter achtzig und wandert an den nächsten Tisch – auf dem ein Kätzchen über den Worten OH SHIT an einem Ast baumelt. Am Boden watschelt ihr Watson hinterher wie ein gemütlicher Hausgeist.

»Dad verkündet also vor nicht einmal einer Woche, dass er …« – ein Achselzucken – »*Reminiszenzen* zu Papier bringen möchte. Okay, klar – achtzig Millionen Bücher, natürlich hat er was zu erzählen. Wo er überall war, wen er alles kennengelernt hat.« Sie rammt eine Hand in die Tasche ihrer Strickjacke, zieht ein verknittertes Zigarettenpäckchen und ein Feuerzeug heraus und zündet sich die nächste Zigarette an. Wandelt weiter zur enthaupteten *Madame X.* »Er kennt Gott und die Welt. Na gut – er *kannte* Gott und die Welt. Bis vor zwanzig Jahren.«

Nicky hört das Tremolo in ihrer Stimme, spürt den Wunsch zu trösten.

Madeleine studiert die kopflose Vision und ergänzt mit zwei Fingern eine Schulter. »Aber ich finde nicht«, sagt sie dann, »dass er seine letzten Monate damit zubringen sollte, die Vergangenheit aufzuwühlen. Er spricht *nie* über sie, müssen Sie wissen. Ihnen ist das … alles … bekannt?«

»Natürlich«, versichert ihr Nicky.

»Wenn Sie also darauf aus sind …« Madeleine kehrt zu ihrem Weinglas zurück und stellt fest, dass es leer ist.

»Ich bin auf gar nichts aus«, sagt Nicky zu dieser gänzlich unerwarteten Version Madeleine Trapps.

»Sie sind hoffentlich keine Trappistin.«

Nicky muss sich beherrschen, um nicht das Gesicht zu verziehen. Trappisten: True-Crime-Gaffer und Paranoiker und selbst ernannte Sherlocks, die, meist bis über beide Ohren beschäftigt mit den Dramen in ihren eigenen Reihen, immer noch Hopes und Coles Verschwinden sezieren. Sie berichten über angebliche Sichtungen; sie stellen – zumindest mit Worten – den mutmaßlichen Doppelmord nach; sie debattieren ausgefeilte Methoden der Leichenbeseitigung (ein Säurebad wie in *Baa Baa Black Sheep;* zerhacken, kochen und zu Hundefutter verarbeiten wie in *Everywhere That Mary Went);* sie zerreißen sich den Mund über Diana, die ganz offensichtlich niemand unter ihnen persönlich kennt. Nicky hat im Lauf der Jahre hin und wieder an die Türen ihrer Chaträume geklopft, die Kloaken der sozialen Medien durchwatet – es ist trotz allem eine faszinierende Geschichte –, aber ausschließlich als Beobachterin.

»Ich nehme das als Nein.« Die Zigarette erlischt zischend in der Weinlache. »Nichts gegen *Sie.* Sie sind bestimmt ein Sonnenschein. Behauptet Dad jedenfalls.« Ein Lächeln – ihr Lächeln ist perfekt: nicht zu wenig, nicht zu viele Zähne, nicht zu wenig, nicht zu viel Boshaftigkeit. »Und Sie sind bestimmt extrem feinfühlig.«

»Feinfühlig ist mein zweiter Vorname.«

»Wer verwendet heute noch seinen zweiten Vornamen?« Madeleine geht in die Hocke und die Bulldogge schiebt sich in ihre Arme. »Nun – uff –, damit haben wir uns kennengelernt. Das reicht für einen Abend, glaube ich.«

Sie treten aus den schmutzigen Straßen Londons ins milde Licht der Eingangshalle. »Da drüben geht's in meinen Kaninchenbau.« Madeleine nickt zu einer Tür am anderen Ende der Eingangshalle hin. »Gleich neben der Standuhr. Meine süße kleine Suite. Watson ist meine Zimmergenossin.«

Ihre Füße schreiten lautlos über den Marmor. »Wie lange wohnen Sie schon wieder hier?«, fragt Nicky.

»Als Erwachsene? Ich bin im dritten Semester meines Jurastudiums heimgekehrt und nie wieder ausgezogen. Auch das Studium habe ich nie zu Ende gebracht. Tatsächlich habe ich viele Dinge nie gemacht.«

»Und was haben Sie gemacht?«

Madeleine rückt Watson in ihren Armen zurecht. »Jesus, sie wird immer schwerer. Dad füttert sie mit Pastete. Haben Sie einen Hund? Geben Sie ihm bloß keine Pastete. Mal sehen: Ich habe ein schreckliches Buch geschrieben. Ich frage Sie nicht, ob Sie es gelesen haben: Ihnen wäre es peinlich, wenn Sie es nicht gelesen hätten, und mir wäre es peinlich, wenn Sie es gelesen hätten. Es war eine Auftragsarbeit. Dads Verleger fragte mich, ob ich eine anständige Detektivgeschichte zustande bringen würde.« Der Hund grunzt. »Ganz richtig, Watson. Nein.«

Das schreckliche Buch drehte sich um eine Privatdetektivin, die im San Francisco der Fünfzigerjahre einem Brandstifter nachstellt – »eher zu Brei verkocht als hart gesotten«, urteilte ein Kritiker damals verschnupft über das Werk. Nicky fragt sich, ob sie das Thema wechseln soll, ob sie Madeleine Mut zusprechen oder ein gemeinsames Mittagessen oder vielleicht eine dieser Citytouren in einem GoCar vorschlagen soll (allerdings nicht sofort, nicht, nachdem sie beide getrunken haben) oder …

»Während meiner Highschool-Zeit habe ich Dad bei ein paar Simons geholfen«, fährt Madeleine fort. »Bei der Recherche, meine ich. Auch darin war ich eine Fehlbesetzung. Aber ich bin gut im Umsorgen. Er hat Sie vor dem Otis gewarnt?« Sie sind bei ihrer Tür angekommen.

Nicky blickt nach rechts auf das Scherengitter vor der Aufzugtür. Ehe sie antworten kann, hat Madeleine Watson auf ihre Hüfte gesetzt und den anderen Arm wie einen Flügel ausgebreitet. Nicky tritt in die Umarmung – in Madeleine Trapps Umarmung. Sie spürt die schnuppernde Schnauze der Hündin an ihrer Seite.

»Gute Nacht.« Zigaretten und ein überraschend blumiges Shampoo.

»Gute Nacht«, erwidert Nicky.

Ein kurzer Druck. »Ich wünschte wirklich, Sie wären nicht hier.«

Nicky beschließt, den Druck dennoch zu erwidern – ein Gebot der Höflichkeit –, aber Madeleine hat sie schon unter einem Lächeln entlassen. Und verschwindet in ihrer Suite.

Das Kind bräuchte eine ordentliche Tracht Prügel, hatte Sebastian über seine Tochter gesagt. Nicky könnte sich niemanden vorstellen, der weniger Prügel verdient hätte.

Sie steht allein in der Eingangshalle, belagert von schwarzen Schatten in den Ecken, die weißen Stufen aufgefächert vor ihr. Um sie herum ist alles still. Die Wände sprechen nicht miteinander; die Böden schweigen störrisch. Kein Heizungsrohr flüstert. Nicht einmal das Ticken einer Uhr ist zu hören. Ein Haus ohne Stimme. Nicky stampft auf dem Marmorboden auf. Ein erbärmliches Klopfen, das ist alles – kein Nachschwingen, kein Nachhall.

Sollte der Schall nicht angeblich durch das ganze Haus tragen? Oder gilt das nur für menschliche Stimmen?

Ihr Blick wandert die Treppe hinauf zu dem in der Dunkelheit schwebenden Porträt einer Gespensterfamilie.

Wenig später erreicht sie den Treppenabsatz. An der Wand vor ihr flankiert Madeleine in ihrem weißen Kleid ihren Vater, den Blick fest auf die Eingangshalle gerichtet. Sie hält sich kerzengerade, ihr plumpes Gesicht wirkt nüchtern und ernst. Die Frau unten saß zusammengesunken an ihrem Tisch und fixierte Nicky durch einen Gazevorhang aus Qualm.

Warum hängt ein Mann, der nie über seine erste Frau und sein Kind spricht, ihr Porträt auf?

9.

Madeleine klemmt sich hinter ihren Schreibtisch, einen zierlichen Damensekretär, der gegen ihre Oberschenkel drückt, und erweckt ihren Laptop aus dem Tiefschlaf. Stellt dabei fest, dass sie heute Morgen zwei Lampen brennen lassen hat. San Franciscanerin des Jahres.

Sie hat sie *umarmt.*

Warum hat sie sie *umarmt?*

Wahrscheinlich war es Mitleid. Mitleid und billiger Wein. Das Mädchen wirkte nervös, gleichzeitig still, und Madeleine misstraut stillen Menschen. Warum bei allen Höllenhunden hat ihr Vater einen derartigen Homunkulus rekrutiert? Warum hat er überhaupt jemanden rekrutiert? Soll sich der Homunkulus frei im Haus bewegen dürfen? Erwartet Nicky vielleicht eine geführte Tour? Wird sie Madeleines Zimmer sehen wollen?

Sie dreht sich um. »Und hier«, verkündet sie getragen wie eine Museumsführerin, »sehen wir ein größtenteils unverändert erhaltenes Schlafzimmer aus dem Ende des zwanzigsten Jahrhunderts.« Das abgewetzte Sofa mit den zwei dazugehörenden Sesseln, die gemeinsam vergeblich auf ein Beisammensein zu fünft warten; das Bett in seiner Nische, das vergeblich auf ein Stelldichein zu zweit wartet; die Vorhänge, die in dicken, karmesinroten Kaskaden die drei hohen Fenster zur Straße verhüllen; die Kommode und der Spiegel und das ans Zimmer anschließende Bad – alles genauso wie vor fünfundzwanzig Jahren. »Man bemerke das Cindy-Lauper-Konzertposter«, fährt die Führerin fort, »und die vergrößerte Reproduktion einer deutschen Postkarte aus dem neunzehnten Jahrhundert. Wir können daraus schließen, dass die Bewohnerin eine möglicherweise ironisch gebrochene Schwäche für Retropop hatte und außerdem irgendwann eine prätentiöse Phase.« Und an der Wand gegenüber das tiefe Regalgerüst voller Tennistrophäen und Taschenbücher und CD-Hüllen und gerahmter Fotografien (ausgewählte Watsons in ausgewählten Posen), mit einer (erloschenen) Lavalampe und einem (trockengelegten) Aquarium und einem Frauenhaarfarn.

Watson beschwert sich auf ihrem Arm. »Du hast recht«, sagt Madeleine. »Keine Besucher.« Sie wendet sich wieder ihrem Laptop zu.

Die in einem verborgenen Ordner versteckte Datei nennt sich *Abstrichbefunde*, was abschreckend genug wirken sollte. Madeleine klickt darauf.

Simon Says

Ein Theaterstück von Madeleine Trapp
Nach dem Roman von Sebastian Trapp

Sie scrollt durch fünfundzwanzig Seiten, zwei Morde und viele, viele Auftritte von Simons Hund. Das Stück hat definitiv all die Mängel, die sie befürchtet hat, aber auch weitere, die offenbar ihre eigene Schöpfung sind. Sie ist froh, dass ihr Vater nichts davon weiß.

Drei der Krimis um St. John wurden bereits verfilmt, allesamt kunstvoll arrangiert und wohlwollend aufgenommen, und allesamt vor vielen Jahren – worauf der Filmproduzent, der sie vergangenen Februar kontaktierte, ausdrücklich hinwies. Madeleines Lebenslauf ist ein Reigen von Abbrüchen – vier Jahre College ohne Abschluss, drei Jahre Jura ohne Abschluss, diverse Praktika, der letzte Eintrag aus dem Jahr 2008 –, aber der Produzent war nicht auf der Suche nach einer arbeitslosen Halbanwältin: Er wollte Simon St. John wieder zu kommerziellem Leben erwecken, er wollte einen kompletten Reboot des Detektivs und ob Madeleine ihm vielleicht Kontakt zu dessen Autor verschaffen könnte?

Sie könnte, aber sie hat es nicht und wird es nicht. Noch nicht. Wer könnte Simon, sollte er tatsächlich auf der Leinwand zu neuem Leben erwachen, besser aus dem Totenreich zurückholen als – ta-da! – Madeleine Trapp! Sie malt sich aus, wie ihr Vater stolz durch hundert Seiten an witzigen Wortwechseln und nicht allzu hemmungsloser Gewalt blättert; sie kann hören, wie er ihre brandneuen Einfälle preist, so brandneu, dass sie ihr noch nicht eingefallen sind. »Du hast dir Simon zu eigen gemacht, mein Spatz«, wird er leise lachen. »Sag diesem Produzenten, dass ich auf seiner Toilette herumspuken werde, falls er auch nur ein Wort an diesem Text ändern sollte.«

Madeleine rutscht auf ihrem Stuhl herum. Dies ist ihre erste berufliche Bewährungsprobe seit über zehn Jahren. Und die Zeit läuft ihr davon.

22:13 Uhr. Ihre Finger tanzen über die Tastatur. Sie wird bis Mitternacht schreiben. Zwei Stunden im London der Zwanzigerjahre, zwei Stunden auf der Jagd nach einem Mörder mit vergifteter Regenschirmspitze.

Um 22:16 Uhr rauscht sie in die Küche und sieht ihren Cousin am Herd stehen. »Ich dachte, du hättest dich bis morgen abgemeldet«, sagt sie.

»Hab mein Handy vergessen.« Freddy sticht auf ein in der Pfanne brutzelndes Ei ein. »Und Hunger bekommen.«

Er hat immer Hunger. »Wo ist die kleine Boswell?«, fragt Madeleine und beugt sich in den Kühlschrank.

»Die was?«

»Dads Fanclub.«

»Ich versteh nur Bahnhof.«

»Boswell schrieb eine Biografie über seinen Freund Samuel Johnson und wurde weltbekannt.«

»Keine Ahnung, wovon du sprichst.«

»Lust auf einen minderwertigen Pinot Noir?«

»Nein. Lust auf ein hochwertiges Sandwich?«

»Sicher.«

Sie schenkt sich ein Glas ein, trinkt, lässt sich an der Kücheninsel nieder und den Blick durch die Küche schweifen: skandinavisch karg, Schieferboden, gepolsterte Fensterbank mit Blick in den Garten. In einer Ecke eine Tür nach draußen und daneben der Zugang zur düsteren Hintertreppe. Alles vor fünf Jahren renoviert, ein Hochzeitsgeschenk ihres Vaters für Diana. Diana, die so gut wie nie kocht.

Ihre Mutter hat nie einen Fuß in diesen Raum gesetzt.

»Keiner würde darauf kommen, dass dein alter Herr mit einem Fuß im Grab steht«, sagt Freddy eben. »Erinnerst du dich noch an unsere Projektwoche im Pflegeheim? In der Highschool? An die Alte, die immer durch die Gänge gewandert ist und Todesfälle prophezeit hat? ›Morgen geht Henry von uns‹, sagte sie. ›Er wird immer schwächer. Ich kann fast durch ihn durchsehen.‹«

»Eine echte Stimmungskanone.«

»Aber ihre Trefferrate war gespenstisch. Ich habe mich damals gefragt, ob sie vielleicht bei den Leuten ein bisschen nachhilft, deren Tod sie vorausgesagt hat.«

»Hast du dich mit ihr unterhalten?«

»O Mann, ja. Die Alte war der Brüller.«

»Entschuldige – ich meinte die Kreatur von oben. Nicky.« Das mit leisem Ekel.

»Sie hat sich von mir fahren lassen. Nett. Nicht allzu gesprächig.« Er stellt ein getoastetes Sandwich vor ihr ab.

»Was für eine Köstlichkeit ist das?«

»Das *war* bis jetzt ein gegrillter Käseschinkentoast«, antwortet Freddy, hebt das Ei aus der Pfanne und lässt es durch die Luft in Richtung Sandwich schweben. »Es *war* ein Croque Monsieur. Aber setze ihm einen schicken Eierhut auf, und aus deinem Croque Monsieur wird«, er platziert das Ei auf dem Sandwich, »ein Croque Madame.«

Madeleine blinzelt.

»Diana hat vorhin davon geredet. Und ich habe mich im Internet schlaugemacht.«

Wenn Diana von Arsen geredet hätte, würde Freddy jetzt damit gurgeln. Sollte unerwiderte Liebe nach zwanzig Jahren nicht langsam erlöschen? Sollte ein Mann nicht irgendwann weiterziehen? »Was hat sie gesagt?«

»Diana?«

»*Nein.* Diese Nicky. Wir reden über diese Nicky.«

»Wirklich? Keine Ahnung – dass sie seine Bücher mag? Sie ist nett. Gute Vibes. Hat mich nicht nach irgendwelchen … *Familiendramen* ausgehorcht, falls du das wissen wolltest.«

Glauben Sie, dass er sie umgebracht hat? Das hätte Madeleine sie vorhin fragen sollen. Sie hätte auf die zwei extrem großen, extrem toten Elefanten im Raum zeigen und sie direkt danach fragen sollen.

»Tja, unsere Familie ist eben dramatischer als die meisten anderen.«

»Madeleine.« Freddy wedelt ernst mit dem Pfannenwender. »Sie sind seit drei Jahren Brieffreunde. Falls sie auf einen Pressecoup aus wäre oder so, würde er das inzwischen wohl wissen. Und wenn sie glauben würde, dass er … du weißt schon …«

»Sie umgebracht hat.«

»… genau, dann wäre sie doch kaum hergekommen, oder?«

Madeleine denkt darüber nach. »Fünf Jahre«, korrigiert sie ihn widerwillig.

»Da hast du es.« Er nickt mit dem Pfannenwender ein-, zweimal in Richtung Spüle. »Glaubst du, ich kann ihn von hier aus versenken?«

»Das sind nicht mal zwei Schritte.«

»Ist das ein Ja?«

»Im Gegenteil, das ist ein Nein.«

Der Pfannenwender landet klappernd im Spülbecken. »Eins zu null für mich.«

Madeleine nimmt den Teller mit ins Bett, teilt das Sandwich mit dem Hund. Das Drehbuch kann warten. Ihr Vater kann warten … allerdings nicht mehr lang.

Sie rutscht in die Kissen. Zweimal hat er schon versucht, mit Madeleine über die Zukunft zu sprechen, und zweimal hat sie das Gespräch verweigert. Nicht sein Vermächtnis macht ihr Sorgen – sie weiß, dass er für sie und für Diana und wahrscheinlich auch für Freddy und dessen Mutter sorgen wird –, sondern das Leben (ihres) nach dem Tod (seinem): Wie wird es aussehen? Wie wird es *klingen?* Wer wird sie dann noch Maddy nennen? Ihre Mutter nannte sie immer Mad; ihr Bruder nannte sie früher Magdala, allerdings nur sparsam und nur im Vertrauen – sein Codename für sie und ihrer für ihn, dem Agatha-Christie-Roman *Das Haus an der Düne* entnommen, in dem zwei gleichnamige Cousinen eine wichtige Rolle spielen. Madeleine weiß nicht mehr, wie alles anfing, aber sie kann sich erinnern, wie Cole »Frohe Weihnachten, Magdala« murmelte, wenn er ihr am Weihnachtsbaum ein Geschenk in die Hand drückte, bevor ihre Eltern nach unten kamen; sie erinnert sich an die Zettel, die er nachts unter ihrer Tür durchschob, wenn sie miteinander einen auch nur ansatzweise gruseligen Film geschaut hatten:

An: Magdala
Kann ich bitte heute bei dir schlafn?
In Liebe Magdala

Danach klopfte er jedes Mal an, und sie kletterte aus dem Bett und las seine Bitte und sagte: »Komm rein, Magdala«, und am nächsten Morgen flüsterte er regelmäßig: »Danke, Magdala«, und dann wurde der Name wieder stillgelegt bis zum nächsten Mal.

Magdala, Mad, Maddy. Bald nur noch Madeleine.

Auf dem Schreibtisch an der Wand gegenüber schlummert der Laptop ein. Das sollte sie auch tun, beschließt sie, und streckt die Hand nach der Nachttischlampe aus.

Nach ein, zwei Sekunden im Dunkeln hört sie sich fragen: »Was meinst du, wie ich heiße, Watson?«

Die Hündin grunzt. »Dachte ich mir«, seufzt Madeleine.

10.

Eine blühend schöne Engländerin; eine dahinwelkende Tochter. Ein weitläufiges Haus. Ein Teich mit Koikarpfen und eine gewaltige Treppe. Ein ganzes Gebinde von Fluren, eine Standuhr. Eine Bibliothek. Ein Dachboden – ein *gruseliger* Dachboden. Das Haus ist Styles, wo Poirot seinen ersten Fall aufklärte; es ist Baker Street 221B, die Wände voller pockennarbiger Einschusslöcher, die Fenster gegen die Londoner Nebelsuppe verschlossen. Es ist Manderley. Es ist die Wohnung in Piccadilly, in der sich Lord Peter Wimsey zum Detektiv stilisierte.

Es ist perfekt.

Nicky gräbt ein Buch aus ihrem Überseekoffer, schleicht damit auf Zehenspitzen zum Bett. In frisch gewaschene

Leintücher gebettet, frisch geduscht und mit noch feuchtem Haar nimmt sie das Cover in Augenschein: *The Crooked Man: Simon St. Johns neuer Fall.* Inzwischen nicht mehr so neu, versteht sich, genauso wenig wie ihre Ausgabe. Sie blättert zu Seite vier, auf der Sebastian Trapps gesammelte Werke aufgelistet sind.

Die Romane um Simon St. John
Simon Says (1983)
Everywhere That Mary Went (1984)
The Man With Seven Wives (1985)
Little Boy Blue (1987)
Jack Be Nimble (1988)
There Was an Old Woman (1989)
Jack Be Quick (1990)
The Itsy Bitsy Spider (1991)
Roses Are Red (1992)
Jack Fell Down (1993)
Baa Baa Black Sheep (1994)
Ashes, Ashes (1995)
Walk Into My Parlor (1996)
And When She Was Good (1997)
Seven for a Secret (1998)
If You Have No Daughters (1999)
The Crooked Man (2010)

SACHBUCH
Wahnsinn und Methode: Gedanken eines Schriftstellers über die Kriminalliteratur (2000)

Über zehn Jahre sind inzwischen seit *The Crooked Man* vergangen – der ebenfalls zehn Jahre bis zu seiner Veröffentlichung brauchte. Nicky klappt das Buch zu.

Und hört eine Salve scharfer Knallgeräusche wie dicke Regentropfen auf einer Fensterscheibe.

Sie setzt sich auf, sieht zum Fenster. Der Himmel ist klar.

Es wird wieder still. Nicky sinkt wieder in die Kissen.

Wieder die Knallgeräusche, so als würde jemand eine Blasenfolie zum Platzen bringen: *Tack-tacktacktack-tack.* Dann ein leises Klingeln.

Geräusche wandern *wirklich* durch dieses Haus.

Sie reißt die Augen auf. Mit Sicherheit die Remington zwei Stockwerke unter ihr.

Weitere Briefe? Aber an wen? Oder sind es nur Dokumente, Im-Vollbesitz-meiner-geistigen-Kräfte-vermache-ich-hiermit-Schriftsätze? Trotzdem: eine schöne Vorstellung, dass er wieder arbeitet, dass er wieder in die Gassen von Spitalfields eintaucht, in Bermondsey Sand siebt. Eine letzte Nacht in Soho.

Sie schwenkt den Arm in Richtung Lampe, schaltet sie aus.

Als 2010 der Verlag eine neuen St.-John-Roman veröffentlichte, den ersten in diesem Jahrhundert, jubilierten die Buchhändler: Sebastian Trapp, so viele Jahre verschollen! Sebastian Trapp, dessen Ruf so lange gelitten hatte! Aber würden sich die Leser noch an Simon erinnern, jenen jovialen Aristokraten aus dem England der Zwanzigerjahre, der in den Schützengräben Frankreichs wahre Folterqualen erleiden musste? Würden sie sich, vielleicht sogar noch liebevoller, an seinen kleinen Begleiter Watson erinnern, nicht eben der hellste tierische Held in der Literatur? (»Watson hat noch nie auch nur einen einzigen Hinweis erschnüffelt, noch nie auch nur einen einzigen Verdächtigen gestellt«, erklärt St. John einem Klienten in einem seiner früheren Abenteuer. »Er ist einfach nur mein Freund und ich könnte mir keinen besseren vorstellen.«) Auch an seine Schwester, die

Opernsängerin Laureline, die zum öffentlichen Missfallen in *Seven for a Secret* dahinscheiden musste, aber oft in Erinnerungsfetzen auftaucht; seine Freunde und Feinde beim Scotland Yard, insbesondere den ehrgeizigen Inspector Trott; Mr. Myers, den umwerfenden Apotheker aus Essex (»der beste Mann Englands«) und obendrein St. Johns Geliebter in zahllosen Online-Fangeschichten, der geschickt die Medizin unseres Helden dosiert und kenntnisreich Gifte identifiziert – würden die Leser sie alle aufs Neue ins Herz schließen?

Und würden sie es wagen, erneut St. Johns Erzfeind ins Auge zu blicken, seinem Moriarty, dem genialischen Serienmörder, einzig bekannt als …

Tack. Tacktacktacktrapp. Ting.

… Jack! Eine magere Gestalt mit gespenstischer Maske – dazu lakenweißer Haut, winzigen, eingesunkenen Augen und riesiger Nase, zwei Teufelshörnern und einem Feixen wie einem Säbelhieb. »Das menschliche Abziehbild von *Spring-Heeled Jack*«, wie Inspector Trott erklärt, »jenem Schreckgespenst aus dem viktorianischen Zeitalter, das mit Beinen wie Sprungfedern über Hausdächer setzen konnte und nachts an die Fenster der Kinder klopfte.«

Nicky zieht die Füße ein.

Ja: Die Leser erinnerten sich und die Leser wagten es. *The Crooked Man* erstürmte weltweit die Bestsellerlisten. Kritiker priesen das Buch, zum Teil überschwänglich. Endlich, nach so langer Zeit, war Sebastian Trapp zurück.

Er schrieb danach kein weiteres Wort mehr.

Tack tacktack a-Trapp!

Bis jetzt, so wie es aussieht. Eigenartig beruhigend, diese Stakkatoattacken, das helle Klingeln des Glöckchens; Nicky fragt sich, ob das Feuer im Kamin brennt, ob Flammen an den Scheiten lecken, ob die Bücherrücken im Widerschein flackern.

Sie wälzt sich auf die Seite. Die Harfensaiten glänzen wie silberne Seide; das kopflose Pferd schimmert; die Glasaugen der mumifizierten Hunde funkeln.

Sie vergräbt sich unter den Laken, in ihren Gedanken.

In den Jahren seit seinem zweiten Rückzug tauchte Sebastian Trapp immer wieder sporadisch auf, mal bei einem Dinner im Baron Club, mal bei einem Galaabend zugunsten der Bibliothek oder zu einem Segeltörn mit seiner Jacht über die Bucht. In den Artikeln über ihn wurden Hope und Cole allmählich zu Nebendarstellern in einem längst vergangenen Drama herabgestuft, und inzwischen gilt er nur noch als äußerst populärer Schriftsteller. Als äußerst populärer Schriftsteller, dem ein grässliches Unheil widerfuhr. Oder als äußerst populärer Schriftsteller, der das perfekte Verbrechen begangen hat.

Nicky zwingt sich, ruhig zu bleiben. Ihre Interviews werden informell und freundschaftlich sein. Eigentlich werden es kaum Interviews; nur Unterhaltungen.

Unterhaltungen sind immer gefährlich, wenn man etwas zu verbergen hat. Wer sagte das noch mal?

Ihr Handy erwacht auf dem Kissen.

Ruf Nicky an

Nicky ruft die Nummer im Display zurück. Tante Julia ist kein Freund der Technik.

»Eigentlich sollte mein Handy dich anrufen. Lebst du noch?«, ist ihre erste Frage, als die Verbindung steht.

»Den Witz höre ich heute nicht zum ersten Mal.«

»Das ist kein Witz. Ich rufe nicht nach Mitternacht an, um Witze zu reißen.«

»Tut mir leid«, sagt Nicky aufrichtig und setzt sich auf. »Ich lebe noch und ich bin begeistert. Es ist großartig!«

»Mit einem Mörder zusammenzuwohnen, ist nicht großartig. Hör auf, an deinen Nägeln zu zupfen.«

»Tue ich nicht.« Tut sie doch. »Alles gut in Savannah, Tante J?«

»Lenk nicht ab. Ich *hasse* den Gedanken, dass du dort ...«

»Du *hasst* ihn nicht«, verbessert Nicky, die immer bemüht ist, nichts zu hassen. »Er ist dir unangenehm. Er ist irgendwie sogar *mir* unangenehm. Aber auf interessante Weise. Zeit mit jemandem zu verbringen, der ...«

»... jemanden umgebracht hat ...«

»Das wollte ich bestimmt nicht ... ich bin hier, um seine Geschichte zu erzählen, vergiss das nicht.«

»Sagst du.«

»Und vielleicht erfahre ich dabei etwas, was noch niemand weiß.« Insgeheim hofft sie das. »Aber Angst habe ich keine.«

»Jedenfalls nicht *genug.*«

Nicky hört das Gurgeln eines Strohhalms, sieht Julia im Geist auf ihrer Verandaschaukel sitzen, einen Mint Julep in einer Hand, und nach Moskitos schlagen. Ein Witwenleben.

»Du bist zu *nett*, Nicky. Du denkst immer zu *gut* von den Menschen. Menschen nutzen andere aus, vergiss das nicht.« Stille. »Bist du ihm schon begegnet?«

»Ihm und der ganzen Familie, ausgenommen seiner Schwägerin.«

»Wie sind sie so?«

Nicky denkt an Madeleine mit ihren Zigaretten und dem Wein, an Freddy, der plaudernd hinter dem Steuer sitzt. Diana auch, höflich, aber distanziert. »Ein bisschen ... vielleicht ein bisschen traurig. Als wären sie alle irgendwie fehl am Platz. Irgendwie verloren. Am liebsten würde ich sie ganz fest umarmen.«

»Du würdest Raubkatzen umarmen, junge Lady. Und was ist mit Sebastian Trapp?«

»Sebastian Trapp«, antwortet Nicky, »ist eine Naturgewalt.«

»Das hast du so erwartet.«

»Er ist wie ein Feuer. Du willst dich neben ihn setzen und deine Hände wärmen.«

»Warum hast du das nicht gleich gesagt? Nichts ist so harmlos wie ein Feuer.«

»Also, er hat mich eingeladen und ich will das Beste daraus machen. Moment – willst du wissen, was das Wort des Tages war? Ist?« Julia hat Nicky letzte Weihnachten einen überaus überflüssigen Wort-des-Tages-Kalender geschenkt, der inzwischen nur noch halb so klobig ist wie zu Anfang. Nicky hat ihn heute Vormittag eingepackt, nur ihrer Tante zuliebe.

Sie wühlt ihn aus dem Überseekoffer, schält das gestrige Blatt ab, studiert das aktuelle.

»Und?«

»Pressentiment«, sagt Nicky nach einer Sekunde.

Gurgeln. »Ein bisschen platt. Vergiss nicht, du sollst es in einem Satz unterbringen, bevor du schlafen gehst.«

»Ich habe in diesem Haus kein schlechtes Pressentiment.«

Nachdem Nicky aufgelegt hat, gesteht sie sich ein, dass das nicht ganz der Wahrheit entspricht. Er ist *wirklich* wie ein Feuer, und hier zu sein – in diesem Geisterhaus, nur eine Treppe von ihm entfernt – fühlt sich an, als würde sie mit der Hand durch eine Flamme streichen. Der Kitzel des Kontakts mit einem gefährlichen Element.

Sie ist erstaunt, dass er ausgerechnet sie auserwählt hat, dieser Autor, dessen Bücher sie so liebt; erstaunt, dass er überhaupt jemanden auserwählt hat. Sie schließt die Arme um sich – aufgeregt und ängstlich.

Und Sie haben keine Angst?, hatte der Taxifahrer gefragt.

Jedenfalls nicht genug, flüstert Julia in ihrem Ohr.

Nicky kniet sich auf das andere Bettende, öffnet die Schnallen des dort lehnenden Überseekoffers. Sie wühlt ein schmales Papierpäckchen heraus, setzt sich wieder und lässt einen Stapel von neun Postkarten auf ihren Schoß gleiten. Auf der ersten Postkarte ist ein indigoblauer Schmetterling abgebildet, die Flügel geöffnet wie Blütenblätter.

Auf der Rückseite in krakeliger Handschrift:

Liebe Nicky:
Ich bin Cole, und ich glaube, wir sind Brifpartner! Ich mag lesen, Milch schockolade, Tiere vor alem Hunde + die Beachboys. Erzäl mir was von dir, was magst du so? Was für Musik magst du? Was ziest du gern an? Ich freu mich auf dienen Brief!
Dein Fruend Cole

Als Datum ist *April 1999* angegeben.

Nicky inspiziert die nächste Postkarte, *Mai 1999*, mit einem lächelnden, schwimmenden Golden Retriever.

Liebe Nicky,
ich war am Postkartenladen an der Werft aber da hatten sie keine französiche Bulldogge. Unsere Bulldogge heist Watson 4, sie ist ganz braf. Mein Fruend Isaac hat mir ein neues Tishirt geschenkt, aber das ist mir zu groß, darauf steht BLONDIE. Willst du es haben? Wenn du was gutes lesen willst, dann lies doch Dads Bücher, die sind cool
Dein Fruend Cole

Ein Lehrer hatte sie bei einem »Briefpartnerprogramm mit Schwerpunkt Ökologie und Tierschutz« eingeschrieben, wie sie sich erinnert – »Damit du ein paar Freunde findest«, hatte er ihr wohlmeinend erklärt –, aber nachdem ihre zugewiesene Brieffreundin nicht antwortete, stand sie irgendwann mit Cole Trapp in Kontakt. Jeden Monat kam eine neue Postkarte: der Schmetterling, der Hund, der rote Panda, das Faultier, eine nach der anderen – das Seepferd, der Flughund –, bis zu seinem letzten Gruß im Dezember 1999.

Briefpartner werden nur selten in den Nachrichten vermisst gemeldet. Noch seltener zusammen mit ihren Müttern.

Nicky lässt sich wieder in die Kissen sinken, studiert die Bilder im Mondschein. Die Biene, die Würfelqualle …

Sie wird ihrem Gastgeber nichts davon erzählen – er braucht nicht zu erfahren, dass sein Sohn vor zwanzig Jahren ein paar Postkarten verschickt hat. Deshalb ist sie nicht hier. Obwohl diese Karten sie seither begleitet haben.

Ihr Atem geht tiefer. Ihre Lippen öffnen sich. Die letzte Postkarte gleitet aus ihren Fingern. Der Skorpion.

Sie schaut zur Decke hoch. Auf die vier Buchstaben, die dort als geisterhaftes Sternbild glimmen; aber immer noch in der Dunkelheit glimmen.

Und während sich ihre Lider flatternd schließen, scheint Coles Name ein bisschen heller zu leuchten.

Donnerstag, 18. Juni

11.

»›Spinnen, die ihr künstlich webt, webt an einem andern Ort.‹« Ein schimmerndes Bier in der Hand, schmeckt Sebastian jedem Wort einzeln nach. »Das Clubmotto. Und trotzdem sind Sie hier.«

Nicky ringt lächelnd in ihrem Lederclubsessel um Haltung, doch das Leder ist so butterweich, dass sie immer wieder auf den Boden zu rutschen droht. Auf der anderen Tischseite sitzt ihr Gastgeber kerzengerade in einem halb kahlen Samtfauteuil. Sie umklammert die Armlehne und lächelt angestrengter.

Sie hat nachts tief und fest geschlafen – wie eine Märchenprinzessin, wie nach einem vergifteten Apfelbissen – und ist in einem von der Sonne ausgebleichten Dachzimmer erwacht; während sie zur Dusche tappte, entflammten Lichtstrahlen ihr Haar und brachten ihre Haut zum Glühen. Sie fühlte sich wie neugeboren.

Eine Fotonachricht wartete schon auf sie: Irwin und Potato zusammen im Bett, die Hundeschnauze tief in der Achsel des Mannes, eine Pfote an seinen Lippen. *Sexy.*

Irwin hat seit Februar nicht mehr in ihrem Bett geschlafen. Beneidet sie ihren Hund? Hat sie vielleicht doch Liebeskummer?

Nicht wirklich, nein. Ich hoffe, du bist geimpft, antwortete sie vor dem Anziehen. Und spazierte danach aus dem Zimmer. Kehrte noch einmal um. Fand im Bett den Kalender ihrer Tante. Das Wort des Tages: *retirieren,* »sich zurückziehen; sich aus dem Kreis anwesender Personen entfernen«. Darunter: *Verwenden Sie dieses Wort noch heute!*

»Wohl kaum«, antwortete Nicky.

Dann die Fahrt zum Baron Club in Sebastians grünem Jaguar mit Steuer rechts, vor dem sich die Straße entrollte, während aus den Lautsprechern klassische Musik wehte (»Ich mag sie nicht besonders, aber ich habe das Gefühl, dass man das von mir *erwartet.*«) Vor einem massiven Kasten aus rotem Backstein in Lower Nob Hill übernahm der Junge vom Parkservice Sebastians Platz am Lenkrad (»Guten Morgen, Mister Trapp.«), dann öffnete ihnen der Portier die Tür (»Schön, Sie wieder mal zu sehen, Mister Trapp.«), der Mann vom Empfang platzierte sie an einem niedrigen Tisch in einer Ecke (»Wie üblich, Mister Trapp?«), ein Kellner brachte ein Pils (»Und für die Lady, Mister Trapp?«).

»Ananassaft, bitte«, sagt Nicky. Der Kellner würdigt sie keines Blickes, sondern erweckt stumm die Tischlampe zum Leben, woraufhin Lichtflecken den schwarzen Lampenschirm tüpfeln.

Die Clublounge ist luftig für einen so alten Backsteinbau. Kellner – ausschließlich männlichen Geschlechts, genau wie die Clubmitglieder – gleiten mit Gläsern voller klimpernder Eiswürfel vorbei. An der Wand Gemälde, größtenteils von Pferden und weißen Männern, gelegentlich auch von Eulen – es gibt sogar ein paar ausgestopfte Exemplare, die Nicky mit Scheinwerferaugen anstarren.

»Webende Spinnen – das heißt, dass wir hier drin nichts Berufliches besprechen sollen.« Sebastian betrachtet verliebt sein Bierglas.

Der heutige Anzug – mit Weste – hat ein braunes Hahnentrittmuster und wird von einer waldgrünen Krawatte begleitet. Sebastian Trapp war immer bekannt für seine extrem stilvolle Kleidung, wenn er nicht gerade auf Abenteuerreise war – Nicky erinnert sich an Bilder von ihm im Safari-Outfit, triumphierend auf dem Rücken eines Elefanten, oder in einen Parka gehüllt in der finnischen Tundra. Sie rutscht unruhig in ihrer Jeans mit Bluse herum; sie fühlt sich, als hätte sich auf ihr ein Schwarm von Blicken niedergelassen wie Vögel auf einem Telegrafendraht.

»Ich bin nicht schick genug angezogen«, murmelt sie.

»Sie sind wie eine Frau angezogen. Und Frauen sind in diesem Club nicht erlaubt.« Sebastian erhebt sich und wendet sich dem Raum zu: »Genug, Gentlemen, die Show ist vorbei. Nur ein weibliches Wesen. Kein Problem«, versichert er seiner Begleitung. »Sollen sie mich etwa rauswerfen? Bevor sie den Beschluss gefasst haben, bin ich tot!«

Der Kellner kommt mit Apfelsaft zurück, Nicky moniert es nicht. »Auf Ihr Wohl!«, sagt sie zu Sebastian, noch während er sich niederlässt.

»Auf das Sterben«, sagt er.

Sie trinken. *Seht mich an,* denkt sie, *ich trinke mit Sebastian Trapp.*

»O Gott, vormittags schmeckt es einfach am besten«, seufzt er. »Fühlen Sie sich wohl in diesem Museum da oben?«

»Ausgesprochen. Sie haben ein wunderbares Heim.«

Er trinkt wieder, saugt Schaum durch seine Zähne. »Ich glaube schon. Ich bekomme kaum noch was davon zu sehen. Das Esszimmer, wenn mir zivilisiert zumute ist. Meine Bibliothek.«

»Ich habe gestern Nacht Ihre Schreibmaschine gehört.«

»Wirklich? Das Zimmer direkt unter Ihrem steht leer. Offenbar trägt es den Schall.«

»Darf ich fragen, woran Sie arbeiten?«

»Ich arbeite – Sie fackeln nicht lang, wie? – ich arbeite an meinem Nachlass. Wer was erbt. Wie viel ich dem Hund hinterlasse. Das ist also die Bibliothek. Wo treibe ich mich sonst noch herum? In meinem Schlafzimmer, wo ich schlafe und träume und mir dreimal die Woche das Blut reinwaschen lasse. Was für ein befriedigendes Wort. *Rrrreinwaschen.«* Er knittert vergnügt sein Gesicht. »Sagen Sie es mal.«

»Reinwaschen.«

»Das war Mist. Sie müssen dem Wort nachschmecken.«

»*Rrrreinwaschen«*, trällert sie und spürt, wie auch ihr Gesicht knittert. *Seht mich an, ich reiße Witze mit Sebastian Trapp.*

»Ha!«, dröhnt er. Eine Welle durchläuft den Raum, fünf oder sechs Essensgäste erheben sich halb von ihren Stühlen und sehen finster zu ihnen her. »Also, Diana hat ihr eigenes Schlafzimmer, genau wie meine erste Frau. Genau genommen dasselbe Zimmer. Habe ich meine erste Frau schon erwähnt?«

Nicky durchzuckt ein elektrischer Schlag. Ja, er hat sie erwähnt – in einem Halbsatz, in drei oder vier Briefen. »Ja, das haben Sie.«

»Also, als wir damals einzogen, steckten wir unser jeweiliges Territorium ab. Kurz vor der Geburt meines Sohnes. Habe ich meinen Sohn erwähnt?«

»Ja, haben Sie.« In einem Halbsatz, in zwei oder drei Briefen. Nicky wagt den Sprung ins kalte Wasser. »Möchten Sie mit den beiden anfangen?« Sie platziert einen Notizblock auf ihrem Schoß, erweckt ihr Handy mit einem Wischen zum Leben und legt es auf den Tisch, in den Lampenschein. Ermahnt sich, konzentriert zu bleiben – das ist eine Gelegenheit, gute Arbeit zu leisten. Tippt auf das Aufnahmesymbol.

»Sind wir auf Sendung? Ach, wo soll ich beginnen – ›Mein Kopf ist wie eine übervolle Rumpelkammer voller darin aufbewahrter Pakete, derart zahlreich, dass ich wohl nur eine vage Vorstellung davon habe, was alles sich darin befinden mag.‹« Er sieht sie fragend an.

»Sherlock, *Die Löwenmähne.* Sie sagten …«

»Kennen Sie sich mit Heiligen aus?«

Nicky schüttelt den Kopf. »Nicht mein Genre.«

»Mein Vater kannte sich aus. Alter Soldat. Hatte damals den Omaha Beach überlebt. Ein Treffer hier …«, er tippt sich an die Hüfte, »… und einer da.« Auf den Magen. »Folglich setzte er hohe Hoffnungen in seine Nachkommen. Also, der Heilige Sebastian ist der Schutzpatron der Soldaten und Athleten. Die Kirchenmaler lieben Sebastian. Ein obszön gut aussehender Häretiker, mit Pfeilen gespickt wie ein Nadelkissen. Meist mit schmerzvollem Blick nach oben.« Der neuzeitliche Sebastian winkt währenddessen schmerzfrei einem Vorbeikommenden zu. »Die Szene: eine Basis der Army in Westberlin. Auftritt eines neuen Sebastians, eines übergewichtigen Kindes. Das einzige Neugeborene, das gleich auf einer Trage ausgelegt wurde.« Er trinkt von seinem Bier, und auf seiner Oberlippe bleibt eine Schaumspur zurück. »Irgendwann gesellte sich mir ein Bruder zu, nach dem Schutzheiligen der Astronomen benannt, also eins zu null für mich. Zwei Eltern. Dann nur noch ein Elternteil. Dann gar keine Eltern mehr. Dann kein Bruder mehr.« In fünf Sätzen hat er ebenso viele Dekaden übersprungen. »Ich war … zehn, zwanzig und sechzig Jahre alt, in dieser Reihenfolge. Nette, glatte Zahlen. Erst starb meine Mutter, an Lupus, ein schneller Tod. Dann starb mein Vater durch eine Waffe in seinem Mund, was noch schneller ging. Sagen Sie mir noch mal: Sind eigentlich Ihre Eltern noch am Leben?«

Nicky blinzelt verdattert. »Nein.« Er wartet ab. »Meine Mutter starb, als ich auf dem College war«, sagt sie, »und mein Dad hatte vor fünf Jahren einen Herzinfarkt.«

»So etwas kommt vor. Dominic entdeckte seine Leiche

am Küchentisch.« Er schlägt die endlos langen Beine übereinander und lässt einen Slipper auf seinem Fuß wippen. »Der Sergeant – so nannten wir unseren Vater; eigentlich war er damals schon Sergeant Major, aber *Sergeant Major* ist ein Ungetüm von Anrede – der Sergeant hatte zuvor Kaffee getrunken. Was für eine Koffeinverschwendung.« Sein Fuß kommt zur Ruhe; versonnen fahren seine Finger die Falte in seinem Hosenbein nach. »Ich stand gerade singend unter der Dusche und versuchte einen Albtraum abzuschütteln, als Dominic am Vorhang zupfte.«

Sie merkt, dass sie den Atem anhält. Der Mann ist ein begnadeter Erzähler.

»Er starb um sieben Uhr achtundfünfzig morgens.« Nicky weiß nicht, was sie damit anfangen soll, notiert es auf ihrem Block, streicht es wieder aus. »Sie müssen wissen, dass die Kugel seinen Schädel durchschlug und sich in die Uhr über dem Ofen bohrte. Wie in einem Kriminalroman – eine zerschmetterte Uhr, die den Todeszeitpunkt bestätigt. Noch heute rufe ich mir, wenn irgendein Fernsehdetektiv auf eine stehen gebliebene Uhr deutet, in Erinnerung, dass solche Dinge tatsächlich vorkommen. Nicht, dass ich je so tief gesunken wäre. Eine angehaltene Uhr, also bitte.« Er nimmt wieder einen Schluck. »Damals wohnte ich schon länger in San Francisco. Ich war nur nach Berlin geflogen, um meinen Bruder nach Berkeley zu bringen. Wir verschoben die Rückreise. Aber nicht lang.« Er zieht die Brauen hoch. »Und ab da waren wir nur noch zu zweit.«

Nicky schweigt einen Augenblick. »Das war bestimmt hart«, sagt sie gefühlvoll.

»Das Leben ist hart. Früher oder später bringt es uns um.« Er streicht über seine Krawatte. »Dominic erwischte es auf einer dunklen Straße. Und ließ ihn dort liegen. Ein nächtlicher Unfall mit Fahrerflucht auf dem Pacific Coast

Highway. Das nenne ich tief sinken. Eine grausame Wendung – er hat mich am Leben erhalten, nachdem Hope und Cole verschwunden waren.«

Nickys Haut kribbelt wie elektrisch aufgeladen. *Er spricht nie über sie.*

»Dominic hat für mich gekocht – er besaß mehrere Restaurants –, und Frederick, der Idiot, kümmerte sich um Watson den Vierten. Er und Cole waren zusammen aufgewachsen. Freddy, meine ich. Fast dasselbe Alter. Zeitweise dieselbe Schule.« Er umfasst das Bier mit beiden Händen, streichelt das Glas. »Er war Coles einziger Freund.«

In allen Zeitungen wurde damals dasselbe Bild abgedruckt: der dunkeläugige, dunkelhaarige Freddy neben seinem schmalen, blassen Cousin, beide mit Tennisschlägern in der Hand. Für Nicky wirkten sie wie Angehörige verschiedener Spezies.

»Und die Frau meines Bruders, Simone, plapperte«, schließt Sebastian.

»Sie plapperte?«

»Ja. Simone ist die ideale Unterhalterin, denn es kümmert sie nicht besonders, ob ihr jemand zuhört oder nicht. Ich habe einige meiner besten Passagen geschrieben, während sie in meiner Nähe monologisierte. Sie fabriziert ein exquisites Hintergrundrauschen. Ich finde das beruhigend.«

»Ich verstehe.« Nicky ist gespannt auf das Gespräch mit Simone.

»Die Familie schaute fast täglich bei mir vorbei, entweder einzeln oder gemeinsam. Wobei Dominic natürlich nicht mehr vorbeischaute, nachdem er gestorben war.«

»Und was haben Sie gemacht?«

Sebastian sieht sie stirnrunzelnd an. »Wann?«

»All die Jahre. Bis zu *The Crooked Man.*«

»Das habe ich doch gerade erzählt. Ich war zu Hause und

schnellte wie ein Squashball von einer Wand zur anderen. Was hätte ich Ihrer Meinung nach denn tun sollen?«

»Das weiß ich nicht.« Schlagartig schüchtert er sie ein. »Das weiß niemand.«

Er leert sein Glas und winkt nach einem neuen Bier. »Junge Miss Hunter«, verkündet er, »ein Mann, der in einer einzigen Nacht seine Frau und seinen Sohn verloren hat, kennt nur ein einziges Bestreben – dem übermächtigen Drang zu widerstehen, sich das Hirn aus dem Schädel zu blasen.«

12.

Nicky starrt ihn an.

Er zupft das Taschentuch in seiner Brusttasche zurecht und lässt den Fuß regelmäßig wie einen Puls auf und ab wippen, während sein Todeswunsch zwischen ihnen in der Luft steht.

Noch nie hat sich Sebastian Trapp öffentlich über Hope und Cole geäußert – nicht einmal in den Tagen direkt nach ihrem Verschwinden, als die Polizei auf mehreren Pressekonferenzen um hilfreiche Hinweise bat und als Radio- und Fernsehmoderatoren ihr eifriges Publikum ermutigten, nutzlose Tipps abzugeben.

Sebastian setzte binnen kürzester Zeit eine Belohnung von einer Million Dollar für Hinweise aus, die zu seiner Frau oder seinem Kind führen würden. Eine Woche später verdoppelte er den Betrag. Die Telefonleitungen glühten. Die Skeptiker höhnten.

Aber wie er selbst sich dabei fühlte – wie er trauerte (falls er trauerte) –, blieb ein Mysterium.

»Viele Jahre war ich besessen vom Tod.« Er nippt an einem frischen Pils und lehnt sich entspannt zurück wie jemand, der Publikum gewohnt ist. »Nach dem Tod unserer Mutter.« Nicky hätte ihn gern in den späteren, verlorenen Jahren gehalten, ihn dort festgepinnt wie einen Schmetterling auf den Kork; doch er ist schon davongeflattert. »Sie arbeitete in der Bücherei auf dem Militärstützpunkt, und nach der Schule ging ich immer zu ihr und las. Meine Mutter erstellte mir Lektürelisten. Anfangs Abenteuergeschichten; *Tim und Struppi* natürlich – sehr lustig, sehr rassistisch – und *Der schweizerische Robinson*. Ach, in einem Baumhaus zu leben!« Er klatscht selig mit der Hand auf sein Knie, und Nicky merkt, dass sie lächelt. »Oder *Der Graf von Monte Christo*. Was für eine Vorstellung, einen derart ruchlosen Rachefeldzug zu planen!« Er knetet die Finger, hebt sie an sein Grübchenkinn. »Unsere Mutter war – sie war ganz besonders *fürsorglich* gegenüber allen, die von anderen und vielleicht auch sich selbst für chancenlos gehalten wurden. Den Ungeliebten. Den Glücklosen. Den Hoffnungslosen. Den Hilflosen.« Bei jedem Wort sinkt seine Stimme tiefer und wird weicher, wie von einem Gewicht herabgezogen.

Er greift wieder nach seinem Bier. »Daran habe ich seit Jahren nicht mehr gedacht.«

»Woran haben Sie seit Jahren nicht mehr gedacht?«

»Sie müssen aufhören, meine Sätze zu wiederholen. Das könnte nervtötend werden.«

»Wir sprachen über Ihre Frau und Ihren Sohn.«

»Meine Frau und meinen Sohn.« Er trinkt und schmatzt. »Cole hatte Schwierigkeiten beim Lesen, müssen Sie wissen. Das hatte er von mir. O ja«, fügt er an, als sich ihre Brauen heben. »Damals gingen Eltern natürlich nicht gleich zum Spezialisten. Sie hofften einfach, dass ihr Kind darüber hinwegkommen würde.«

Wieder ist er ihrem Griff entschlüpft, ist im Nebel der

Vergangenheit eingetaucht. Nicky seufzt lautlos; selbstverständlich interessiert sie sich auch für seine Vergangenheit, doch dieses rätselhafte Verschwinden an der Jahrtausendwende ist wie eine wütende Narbe – sie kann den Blick nicht davon abwenden, selbst wenn sie es wollte.

»In meiner Not machte ich das Lesen zu einem Spiel«, erklärt Sebastian. »Jedes Wort war dabei ein eigenes kleines Rätsel. Zeile um Zeile ackerte ich durch, denn ich wusste, dass es eine Auflösung geben musste. Das ganze Chaos stellte im Grunde nur einen Tathergang dar, der in die richtige Reihenfolge gebracht werden musste.«

»Wie in einem Krimi.«

»Elementar, meine liebe Miss Hunter. Und meine Mutter, Gott segne sie, hätte in einem Detektivroman die perfekte Widersacherin abgegeben. Seite um Seite kämpften wir uns – unendlich langsam – durch *Das Zeichen der Vier*. Danach ließ sie ein halbes Dutzend Agatha Christies auf meinen Schreibtisch fallen. Als Dreizehnjähriger schrieb ich an Dame Agatha und bat um ein Autogramm – damals war sie noch quicklebendig, vergessen Sie das nicht. Und ein paar Wochen später hielt ich es tatsächlich in Händen: das signierte, matt gedruckte, achtzehn mal fünfundzwanzig Zentimeter große Foto einer fünfundsiebzigjährigen Lady in schlichtem Schwarz. Ich hätte fast geweint. Man hätte meinen können, Jayne Mansfield hätte mir ihr Foto geschickt.«

Nicky lächelt höflich; sie kennt diese Geschichte bereits aus anderen Interviews. Er erzählt in Spiralen und kehrt dabei immer wieder zur Eröffnungsszene zurück, so wie Simon immer wieder die gleichen Zeugen aufsucht, Schicht um Schicht enthüllt, bis er das unter der Oberfläche verborgene Geheimnis freigelegt hat. »Hat der Sergeant jemals mit Ihnen gelesen?«

»Der Sergeant«, antwortet Sebastian, »hat nur sehr wenig

mit mir unternommen.« Er lässt den Deckel seiner Taschenuhr aufspringen und schließt ihn wieder, ohne die Uhrzeit abzulesen. *Zappelig wie ein Schulbub, der etwas verheimlichen will,* schrieb jemand einst. »Während ich all diese Bücher las, ersann ich alternative Enden, suchte ich nach anderen Wegen aus dem Labyrinth. Mit den Motiven war es schwieriger, aber Motive sind immer schwierig. Vor allem für ein Kind. Nach dem Tod meiner Mutter«, ein Schluck Bier, »war ich geradezu … davon besessen.«

»Von *ihrem* Tod?«

»Vom Tod im Allgemeinen.« Er sieht sie aus schmalen Augen an. »Ich fragte mich, ob er mich ebenfalls holen würde. *Wann* er mich holen würde. Wenn ich beim Tod nicht halten wollt', ständ' dennoch er für mich bereit?«

Da ist sie wieder! Die nachtdunkle, elektrisierende Spannung in seinem Blick, in seiner Stimme. Der kurz gebleckte Zahn. Die Ausstrahlung von Macht. Der Mann ist eine gefährliche Substanz.

Er stellt das Glas auf dem Tisch ab. »1986 zog ich nach Boston, so geht die Geschichte weiter, und wurde Automechaniker. Und Elektriker. Das Kabelgewirr unter der Haube! In jedem Volt ein eigenes Mysterium! Ich hatte ein Faible für Getriebe, für Drähte, für Rätsel. Ich wusste meine paar grauen Zellen zu nutzen …«, er tippt sich mit einem schlanken Finger an die Schläfe, »… und ich war geschickt. Diese Leute sind Magier. Es sind ehrenwerte Berufe.« Sein Blick wandert finster durch den Raum, über die stereotype Besetzung aus blassen Männern in dunklen Anzügen; gleich darauf verzieht er das Gesicht und wedelt sie beiseite wie eine Rauchschwade. Nicky rechnet halb mit einem: »Igitt.«

»Im folgenden Jahr zog ich nach Kalifornien und ging bei einem Uhrmacher in die Lehre. Das war im Jahr des Zodiac-Killers. Und seiner rätselhaften Nachrichten in Geheimschrift.« Ein Kopfschütteln. »Insgesamt vier davon schickte er an die Presse – eine Anfang August, die übrigen im weiteren Verlauf des Jahres und im darauffolgenden Frühjahr. Die erste hatte er, wie Sie sich erinnern werden …«, Nicky tut es nicht, sie war damals noch nicht geboren, hat bis zu der Taxifahrt am Vortag noch nie viel über den Zodiac-Killer nachgedacht, »… in drei Abschnitte aufgeteilt und an drei verschiedene Zeitungen in San Francisco geschickt. Alle druckten, wie verlangt, ihren Teil ab. Und innerhalb eines Tages waren die Geheimsymbole entschlüsselt.«

»Wer hat sie entschlüsselt?«

»Die meisten Menschen würden behaupten, dass es ein Paar in Salinas war. Nach zwanzig Stunden.«

»Irren sich die meisten Menschen?«

»Ich brauchte nur zwölf.« Er fährt mit dem Finger den Glasrand nach. »Ich rief noch vor Arbeitsbeginn bei der Zeitung an und hinterließ dort die Nummer der Uhrmacherwerkstatt. Doch als die Zeitung zurückrief, holte mich der Uhrmacher nicht ans Telefon. Er hatte sich über mich geärgert, weil ich ein notorischer Zuspätkommer war – die Ironie ist mir durchaus bewusst –, so auch an diesem Tag. Ich verbrachte den ganzen Nachmittag bis zu den Handgelenken in Eingeweiden aus Zahnrädern und Sprungfedern und in Gedanken bei meiner gelungenen Dechiffrierung, bei dem Zodiac-Killer. Doch als ich am Abend endlich einen Redakteur ans Telefon bekam – er hieß St. John; Michael St. John, überaus katholisch –, hatte das Pärchen aus Salinas bereits den *Chronicle* kontaktiert.« Er zuckt mit den Achseln. »›Der Mensch ist das gefährlichste Tier von allen‹, schrieb der Zodiac-Killer. Mein Gott, was für ein Monster.« Sebastian leert sein Bier; Schaumreste wandern innen am Glas abwärts. »Und auch in Rechtschreibung war er schwach.«

»Das bin ich auch.«

»Jetzt sind Sie also der Zodiac-Killer.«

»Was passierte dann?«

»›Was passierte dann? Was passierte dann?‹ Sie klingen wie meine Kinder, wenn ich ihnen Gutenachtgeschichten erzählte.«

Nicky nimmt einen Schluck Saft.

»Dann passierte Folgendes: Michael St. John erzählte mir, dass der Kreuzworträtselredakteur der Zeitung allmählich senil werde – offenbar hatten sie schon mehrere Rätsel mit interessanten Rechtschreibfehlern publiziert –, und lud mich ein, ein paar Probearbeiten einzureichen. Und ta-da …« Er breitet die Arme aus, als würde er sich selbst präsentieren wie einen Preis bei einer Spielshow. »Zwanzig Jahre alt und Kreuzworträtselredakteur. Nicht schlecht für ein Kind, das nicht lesen konnte, wie? Die Arbeit lag mir. Vier Jahre lang nahm ich mir keinen einzigen Tag frei, bis ich schließlich meine Sachen packte, um Dominic auf seine neue Schule zu bringen. Was geschah, als ich nach Berlin zurückkehrte, wissen wir bereits.« Er schaut in sein leeres Glas, wirft einen kurzen Seitenblick auf ihr Handy.

Nickys Haut kribbelt; er wird etwas sagen, was er noch nicht gesagt hat.

Als er weiterspricht, spricht er betont langsam. »Ich rief St. John an und erklärte ihm, dass ich eine Lungenentzündung hätte. Tackerte drei Extratage für die Beerdigung an. Und erzählte niemandem, dass ich meinen Vater zu Grabe getragen hatte.«

»Warum nicht?«

Sebastian seufzt. »Menschen Ihres Alters – junge Menschen, meine ich – stellen ihr Leben in aller Öffentlichkeit und ohne Rücksicht aus, so wie in einer Galerie. Mein Leben ist keine Galerie. Mein Leben ist eine Gruft, eine

Blackbox, und – sehen Sie mir nach, dass ich es nicht eleganter formulieren kann – mein Leben geht niemanden einen feuchten Dreck an.«

Nicky wartet ein, zwei Sekunden ab. »Ich betrachte mein Leben nicht als Galerie.«

»Gut. Denn es ist keine. Außerdem«, fährt er fort, die Stimme wieder auf dem Rückzug, und klopft sich dabei auf die Taschen, »schämte ich mich. Das ist unlogisch; verstandesmäßig ist mir das klar. Aber man empfindet nicht mit dem Verstand und ich empfand Scham. Ich fragte mich, ob manche Menschen annehmen würde, dass auch ich mit dem Gedanken spielte, mir das Leben zu nehmen.« Er angelt eine Pfeife aus seiner Jacke. »Echtes Kirschholz«, flüstert er. »Ich habe letzten Monat damit angefangen. Ein guter Zeitpunkt, um schlechte Angewohnheiten aufzunehmen, finden Sie nicht auch? Sollte ich?«

Wieder zeigt er dieses ansteckende Grinsen – er klingt wie ein Junge, der seine Freundin zu einer Mutprobe herausfordert.

»In Kalifornien ist es ein Schwerverbrechen, in geschlossenen Räumen zu rauchen, nicht wahr?«, fragt Nicky. »Vielleicht sollten Sie lieber warten?«

»Wahrscheinlich.« Sebastian versenkt die Pfeife wieder in der Tasche. »Wo war ich? Ach ja: Fünfundsiebzig lernte ich meine Frau kennen …«

»Auf einer Silvesterfeier.«

»Sie haben sich *wirklich* vorbereitet. Wir heirateten, wir gingen auf Hochzeitsreise, wir knauserten und sparten. Und ich zimmerte über Jahre hinweg Kreuzworträtsel. Kein üppiger Verdienst, aber immer noch höher als Hopes Gehalt als Sozialarbeiterin. Ich fand es beruhigend, immer die Antwort zu kennen.« Er schweigt ein, zwei Sekunden. Dann setzt er eine Fingerspitze an seine Schläfe und zieht kleine Kreise, als wollte er eine Uhr aufziehen. »1984. Ich war schon eine ganze Weile Kreuzworträtselzimmerer. Eines Tages – das wissen Sie natürlich –, eines Tages sage ich zu mir: ›Sebastian, du unerhört gut aussehender Teufel, was hältst du von einem ehemaligen Soldaten als Privatdetektiv?‹ Der Erste Weltkrieg ist zu Ende, und ein aristokratischer Kriegsveteran sucht Zerstreuung. Er ist reich genug, um finanziell unabhängig zu sein, beschließe ich, denn das sind sie alle. Kein Mensch möchte einen Detektiv, der jeden Penny umdrehen muss. Ich wollte ihn jedenfalls nicht. Damals hatte ich ein paar ausgesprochen wohlhabende Menschen in San Francisco kennengelernt und fand das Konzept inspirierend. Ach, Sie verwöhnen mich.« Das nächste Pils wird schaumgekrönt vor Sebastian abgestellt. Nickys Glas ist leer, aber der Kellner ist schon wieder disappariert.

»Gut, das war eindeutig von Dorothy Sayers abgepaust. Aber ich hatte Dorothy Sayers nie gelesen, darum konnte mein Held nicht über ihren Peter Wimsey stolpern, als er in meinen Kopf spaziert kam. Ich taufte ihn St. John, nach Mike, und Simon nach meinem Vater. Ein seltener sentimentaler Augenblick.« Er setzt das Bier an die Lippen. »Er sollte ebenso besessen vom Tod sein wie ich. Kurz vor dem Finale prägte ich noch eine feste Phrase: ›Mir hätte schon viel früher ein ganzer Kronleuchter aufgehen müssen.‹ Mir gefiel die Selbstironie. So viele Detektive sind unerträgliche Besserwisser und brauchen doch Ewigkeiten, um ihren Fall zu knacken.«

Nicky nickt zustimmend. So etwas hatte sie nirgendwo sonst gelesen.

»Jemand aus meinem Bekanntenkreis, ein Autor, verschaffte mir Kontakt zu diesem Verlag, und – ich überspringe die drögen Details – jedenfalls nahm zu guter Letzt meine jüngst verstorbene Lektorin das Werk in ihr Programm auf. Für ein kärgliches Honorar. Und selbst dafür ließ sie mich schwer schuften. Sie sah die Story nicht nur als gedrucktes und gebundenes Buch vor sich, sondern gleich als Bestseller. Für manche Menschen ist das ein schmutziges Wort. Für Menschen, die keine Bestseller schreiben.«

Er nimmt einen tiefen Schluck, atmet aus – und Nicky fragt sich, ob der Mann nicht doch leise Nervosität zeigt.

»Der Rest ist Legende. Ein überwältigender Erfolg. Keine Ahnung, warum. Sobald die Tantiemen hereinströmten, zogen wir in unser Haus – aus einer Zwangsvollstreckung gekauft, vergessen Sie nicht das kärgliche Honorar –, und ich stapfte zwei Stockwerke aufwärts, Hope auf meinen Armen, obwohl sie damals schon schwanger war. Ein paar Wochen später und ein paar Monate zu früh kam Cole zur Welt.« Er nickt. »Am 16. Oktober 1985.«

Nicky notiert das Datum auf ihrem Block, unter dem Todeszeitpunkt des Sergeanten.

Sebastian verfolgt, wie sich ihre linke Hand über das Papier bewegt. »Ich war gut zu St. John. Er war gut zu mir. Eine Weile war er gut *für* mich. Aber irgendwann nicht mehr.« Er lässt das Glas und das Bier darin kreisen.

»Früher war es mir unbegreiflich, wenn Autoren ihre Hauptfiguren nicht leiden konnten. Sie waren diesen Figuren zu Dank verpflichtet, schließlich waren es ihre Goldesel! Conan Doyle ermordete Holmes, wie Sie wissen. Stieß ihn den Reichenbachfall hinunter. Fast zehn Jahre blieb er tot. Christie konnte Poirot nicht ausstehen – sie bezeichnete ihn als ›kleinen Widerling‹. Ein bisschen undankbar, fand ich.« Er setzt das Glas ab, rutscht an die Sesselkante. »Aber eines Tages empfand ich ganz ähnlich für Simon. Immer in Tarnung, immer verkleidet. Mir stießen seine vielen kleinen englischen Spleens auf: sein *Pimm's Number Three* und sein Kricketschläger und sein ›Poppycock!‹ und sein Morgentee und der Nachmittagstee …«

»Ich liebe Simon«, platzt es aus Nicky heraus. »Und ich liebe Ihre Bücher. Es sind wahrscheinlich meine liebsten Detektivgeschichten.«

Er zieht eine Braue hoch. »Wahrscheinlich?«

»Wahrscheinlich.« Aber ihr Herz pocht stolz, und ihre Zähne sind fest zusammengebissen; Nicky verteidigt geliebte Bücher wie eine Löwin. Selbst gegen ihren Autor.

Sebastian sinkt strahlend in seinen Ohrensessel. »Also packte ich Simon ein. Verschnürte ihn wie eine Weihnachtsgans. Und warf die Gans in die Kühltruhe. Und wer hätte es gedacht …« Er beugt sich vor und flüstert: »Ich habe ihn nicht vermisst.«

Nicky zögert. Und geht das Risiko ein: »Wann haben Sie beschlossen, ihn wegzupacken? Kurz nach …«, sie senkt die Stimme, »… jenem Silvesterabend?«

Sebastian sieht sie ausdruckslos an. Sie wappnet sich, hält den Atem an.

Sein Blick wandert zur Seite. »Das genügt vorerst, denke ich. Ich werde schnell müde.« Ein letzter tiefer Schluck Bier, dann stemmt er sich aus dem Sessel, klatscht auf seine Schenkel und streicht seine Ärmel glatt. »Unsere Kalesche wartet.«

Doch dann bleibt er reglos stehen, während Nicky ihr Handy einpackt. Sie blickt zu ihm auf, stellt fest, dass er auf sie herabblickt. »Wissen Sie«, sagt er, »viele Jahre lang wäre ich jeden Tag beinahe gestorben.«

Seine Stirn ist gefurcht, sein Blick kummervoll; sie fragt sich, ob er sich damit selbst überrascht hat. Und dann ist er verschwunden.

13.

Mehrere Sekunden sitzt Nicky still da, schiebt den Kiefer von links nach rechts, denkt nach.

Dann fällt ein Schatten über sie. Sie sieht auf.

Auf und zur Seite. Der Mann ist ein Riese, eine wandelnde Sonnenfinsternis in Mantel und Krawatte und das pinke Leinenhemd spannt über seinem Bauch wie die Schale einer unbekömmlichen Frucht. Schwarze Augen, die unter Zickzackbrauen hervorstechen. Ein rotes Gesicht wie rohes Rindfleisch. Flaum auf dem fast kahlen Schädel.

»Lionel Lightfoot«, stellt er sich vor und streckt ihr eine Eisbeinpfote entgegen. »Ja. Ah. Ich habe ihr Gespräch mitgehört …« Ein Knochenbrecherhändedruck. »Ihr Gespräch war *nicht zu überhören.*«

Nicky bezweifelt das. Sie entschuldigt sich dennoch.

»Ah. Nein. Ja. Also. Ah. Sie müssen diese *Geschichtensammmlerin* sein. Eine Art Schwester Grimm!«

»Die bin ich.«

Er verzieht das Gesicht zu einem Lächeln und entblößt üppiges Grün zwischen den angeschlagenen Zähnen. »Höchst *clever*, unser Sebastian. Ich sagte oft zu meiner inzwischen verstorbenen Frau, ich sagte oft zu ihr: ›In einem Raum von *zehn Männern* ist Trapp klüger als …‹« Ein Husten durchläuft seinen bebenden Körper.

»Klüger als neun von ihnen«, schlägt Nicky vor.

Lionel Lightfoot tupft seine Lippen mit einem Stofftaschentuch trocken. »Klüger als die anderen neun *zusammen*«, beendet er seinen Satz und streckt ihr eine steife Karte hin. »Ich kenne die Familie seit *Urzeiten.* Besuchen Sie mich in Sea Cliff. Ich *bestehe* darauf, ich *verlange* es.«

Sie nimmt die Karte, sammelt Tasche und Jacke ein. »Wenn Sie darauf bestehen und es verlangen.«

»Ja, tue ich. Lionel Lightfoot«, ruft er ihr ins Gedächtnis.

»Nicky Hunter.«

»Wie charmant. Ah. Ja. Ah. Bis dann.«

Er schaukelt von dannen wie ein von der Leine losgerissener Zeppelin.

Hätte er sich nicht vorgestellt, hätte sie Lionel Lightfoot garantiert nicht erkannt: Sprössling einer alteingesessenen Familie, Autor zahlloser Romane über andere Sprösslinge alteingesessener Familien in San Francisco – und der Mann, der ein Jahr, nachdem Sebastians Frau und Kind verschwunden waren, einen Schlüsselroman über einen Kriminalautoren veröffentlichte, dessen Frau und Kind verschwinden.

Vielleicht sagt sie Sebastian lieber nicht, dass er sie angesprochen hat.

»Hat Lightfoot Sie angesprochen?«, fragt Sebastian, sobald sie aus der Tür tritt. Sie blinzelt gegen das weiße Sonnenlicht an, sieht ihn an der Backsteinmauer lehnen. »Eigentlich kein Name für einen Menschen, oder?« Die Pfeife wippt zwischen seinen Lippen auf und ab. »Klingt eher nach einem Hobbit.«

»Er sieht nach – sehr altem Geld aus.«

»So alt, dass es inzwischen dahingeschieden ist.« Er saugt an der Pfeife. »Ein alberner Vogel, unser Lionel. Alberner Ort, der Baron Club. Dieses ganze eitle Getue.«

»Augenwischerei«, stimmt Nicky ihm zu. Eine von Simon St. Johns Standardphrasen, wenn ein Verdächtiger ein zweifelhaftes Alibi angibt.

Sebastian verzieht das Gesicht. »Ich bereue aufrichtig, dieses Wort wiedererweckt zu haben. ›Augenwischerei‹ – also wirklich.«

Wieder kribbelt ihre Haut. Er kann sich über sein Werk lustig machen, aber ihm sollte klar sein, dass er sich damit auch über seine Leser lustig macht.

»Verzeihen Sie mir.«

Er ist auf sie zugetreten, zwischen Nicky und die gleißende Sonne, sodass der baumlange Schatten über sie fällt.

»Ich will nicht undankbar klingen. Weder St. John noch meinen Lesern gegenüber. Nichts freut einen Autor mehr als die Aufmerksamkeit seiner Leser. Und Krimileser sind die aufmerksamsten aller Leser. Bitte überhören Sie es, wenn ich mich beschwere.« Er wendet sich zur Straße, und sein Schatten gleitet von Nicky ab. »Das ist nichts als Augenwischerei.«

Der Jaguar rollt über ihre Antwort hinweg (»Ich werde es überhören.«). »Haben Sie jemals Fahrstunden genommen?«, fragt Sebastian.

Sie blinzelt. »Ehrlich gesagt nein. In New York ist das nicht nötig.«

»Dann ist heute Ihr Tag gekommen.« Er hustet und Rauch quillt aus seinen Lippen. »Die junge Dame übernimmt das Steuer«, verkündet er und öffnet die Beifahrertür. »Nichts ist leichter, als Auto fahren zu lernen. Sind Sie als Kind je Autoscooter gefahren?«

Nur ein einziges Mal, soweit sie sich erinnern kann, in einem Vergnügungspark, zum zehnten Geburtstag irgendeines Kindes; grelles Neon, plärrende Popmusik, Autos wie Bienen, die sie umschwärmten und zustachen, bis ihre Zähne klapperten. *»Mädchen können nicht Auto fahren!«*, kreischten die Jungs. *»Mädchen können nicht Auto fahren!«*

»Ich kann nicht Auto fahren«, sagt sie.

Sebastian faltet sich in den Beifahrersitz, grinst. »Und ich habe drei Bier getrunken, ich bin sehr müde, darum ist es mir zu riskant, selbst zu fahren. Ich lenke Sie da durch.«

Sie bleibt neben der Fahrertür stehen, sieht ihre Hände zittern; sie nimmt sich blitzschnell selbst in die Arme, dann steigt sie ein. Die Tür schließt sich. Sebastian räuspert sich. »Fuß auf die Bremse.« Sie gehorcht. »Den Automatikhebel auf D und dann aufs Gas treten. Behutsam. Und nach Möglichkeit Theo nicht überfahren.«

Nicky packt den Ganghebel, zieht ihn zu sich her, spürt, wie sich der Jaguar entspannt. Sie setzt den Fuß aufs Gaspedal.

»Gas geben.«

Der Wagen macht einen Satz. Ihr Fuß schießt nach links, stemmt sich wieder auf die Bremse.

»Probieren Sie es noch mal.«

Diesmal rollt der Wagen langsam an. Nicky kurbelt vorsichtig am Lenkrad und sie lösen sich vom Bordstein. Sie bremst wieder. »Entschuldigung.«

»Eine Entschuldigung bringt uns nicht nach Hause.« Er sagt es in entspannt zurückgelehnter Haltung.

Nicky atmet durch. Drückt wieder aufs Gas.

Langsam rollen sie die Straße entlang; langsam – wenn auch ein bisschen schneller – biegt sie in eine Seitenstraße; langsam – wenn auch noch ein bisschen schneller – dirigiert Sebastian sie durch ein Kreuzworträtselgitter von Straßen.

»Also: Wer ist Nicky Hunter?«

Ein Stoppschild. Sie reißt den Kopf wie eine Meerkatze nach links und rechts. »Entschuldigung?«

»Hören Sie auf, sich zu entschuldigen. Ich habe mir das Kiefergelenk lose geredet. Was ist mit Ihnen? Beschreiben Sie sich.«

»Ich dachte, Sie wüssten schon alles über mich. Aus meiner Handschrift.«

»Fünf Worte.«

Sie will den Blinker setzen, stattdessen aber setzen sich die Scheibenwischer in Bewegung. »Scheiße. Neugierig.«

»Wir zählen das als ein Wort. Neugierig? Inwiefern?«

Die Scheibenwischer kommen quietschend zur Ruhe. »Ich will alles wissen. Alles verstehen.«

»Ah – wie eine Detektivin. Was noch?«

»Einfühlsam.« Während sie den Jaguar über eine Kreuzung drückt. »Oder vielleicht empathisch. Falls das nicht zu hochtrabend klingt.«

»Tut es nicht. Und wie zeigen Sie Ihre Empathie?«

Wie geschickt er die Rollen getauscht hat! Sie versucht, sich herauszuwinden. »Ach, ich … auf alberne Weise. Unpraktische Weise.« Schweigen auf dem Beifahrersitz. Nicky seufzt, entdeckt ein ZU-VERMIETEN-Schild in einem staubigen Schaufenster, auf dem AMY'S LAUNDRY steht.

»Wenn ich so ein Schild sehe«, sagt sie, »denke ich, o Mann, wie *aufregend* das für Amy gewesen sein muss, ihre eigene Wäscherei zu eröffnen, ich sehe sie das Fenster beschriften, Visitenkarten drucken, die große Eröffnungsfeier … bestimmt war ihre Familie wahnsinnig stolz.« Sie gleiten unter einer grünen Ampel durch. »Ich sehe sie lange schwer arbeiten, um sich ihre Wünsche zu erfüllen, all die Schwierigkeiten, die sie durchstehen musste, nur um letztendlich zu scheitern.« Das Amy-Schaufenster verschwindet aus ihrem Blickfeld.

»Eine Geschäftseröffnung hat etwas von einer Hochzeit«, schließt Nicky. »Wer sich darauf einlässt, kann sich nicht vorstellen, dass die Sache schlecht enden könnte. Doch für sie war es so. Für Amy, meine ich. Also tut sie mir unendlich leid. Weil sie einen Traum hatte, und dieser Traum nicht in Erfüllung ging, und das ist traurig. Ich weiß, wie es sich anfühlt zu versagen; die meisten Menschen wissen das, wenigstens in gewissem Maß. Es ist demütigend! Und unfair! Und ich glaube, die meisten Menschen – nicht alle, aber die meisten – hätten etwas Besseres verdient.«

Respektvolle Stille. Nach zwei Sekunden schlägt Sebastian die Augen auf und sagt: »In Amys Waschsalon wurde vor allem Geld gewaschen.«

Nicky zieht die Stirn in Falten. »Wie bitte?«

»Der Laden war nur Fassade. Für ein hochkriminelles Unternehmen. Hinten hatten sie ein Methamphetaminlabor, genau dort, wo Amy die Schachtel mit ihren Visitenkarten aufbewahrt hätte.«

»Sie machen Scherze.«

»Nein, genauso wenig wie die Leute, die vergangenen Monat zwei Drogendealer auf dem Parkplatz hinter dem Haus erschossen haben, genau dort, wo Amys Familie die große Eröffnung gefeiert hätte.«

Nicky fehlen kurz die Worte. »Amy, du Bitch!«

Er lacht. »Das haben Sie sich selbst zuzuschreiben! Die tödlichsten Fallen sind die, die wir uns selbst stellen. Außerdem fahren Sie immer besser.«

Sie lacht auch, kann nicht anders.

»Ihr drittes Wort, bitte. Nach dem Park links.«

»*Leidenschaftliche Leserin*. Das sind zwei Worte«, stellt sie triumphierend fest.

»Zwei wichtige Worte, aber ich lasse sie nicht zu. Wir nehmen stattdessen *bibliophil*. Das vierte Wort?«

»Ich dachte, ich sollte etwas über Sie erfahren.«

Er wedelt mit vier knochigen Fingern.

Nicky biegt ab. »*Abenteuerlustig*. Nicht so abenteuerlustig wie *Sie,* aber ich würde überallhin reisen und alles essen. Ein paar Freunde und ich lernen Mandarin.«

»Und wie geht es voran?«

»Das Wort für ›miserabel‹ haben wir noch nicht gelernt. Außerdem boxe ich …«

Er sieht sie an. »Wirklich?«, fragt er bewundernd.

»Gegen einen Boxsack. Bitte lassen Sie mich nicht in einen Ring steigen.«

»Wie unerwartet. Und ihr letztes Wort?«

Sie denkt an ihre Freunde, ihre Familie, ihren Hund;

denkt an die Kurse am Freitagnachmittag und an das Meer im sommerlichen New England; denkt an Lasagne, an Musicals, an die Liebe. »Glücklich.«

Im Rückspiegel sieht sie einen Wagen aufblenden. Sebastian tippt auf die Fenstertaste; Wind zaust sein Haar. »Ich habe gemerkt, dass ich kaum über Hope oder Cole gesprochen habe«, sagt er und Nicky geht vor Überraschung vom Gas. Der Fahrer hinter ihnen zieht mit aufheulendem Motor und laut schimpfend vorbei.

»Was hat er gesagt?«, fragt sie.

»Ich will es nicht wiederholen, sonst müsste ich rot werden. Noch zwei Blocks, dann sind wir zu Hause.«

Sie rollen weiter. »Ihre Frau und Ihren Sohn«, hakt Nicky nach – doch ihr Beifahrer schaut stumm aus dem Fenster.

Schließlich, drei Häuser zu früh, bremst der Wagen auf Schrittgeschwindigkeit ab (»Das ist keine Sightseeingtour, Hunter«) und kommt zuletzt unten an der Einfahrt zu stehen. Nicky dreht den Schlüssel im Zündschloss. Der Jaguar brummt seinen letzten Atemzug.

»War das Ihre erste Fahrstunde?«

»Mehr oder weniger.«

»Sie sind ein Naturtalent.«

»Wirklich?« Sie fühlt sich geschmeichelt.

»Ehrlich gesagt nein. Aber wir sind heil angekommen.«

Ein Stich der Enttäuschung. »Danke, dass Sie mich in Ihren Club mitgenommen haben.«

»Sie würden eine gute Psychoanalytikerin abgeben. Oder zumindest eine gute Priesterin. Sie haben etwas an sich, das anderen Geständnisse entlockt.« Sebastians Augen sind schmal, als würde er nach den passenden Worten Ausschau halten. »Auf einmal begreift man, dass man Dinge gesagt hat, die man gar nicht sagen wollte. Das ist eine Gabe. Und eine Waffe.«

Er schaut die Einfahrt hinauf. Nicky studiert seinen Hinterkopf, die silbernen Locken, die ihm in den Nacken fallen.

»Sind Sie wirklich glücklich?«, fragt er.

»Ja«, antwortet sie aufrichtig.

In der plötzlichen Stille hört sie ihn tief und gleichmäßig atmen. »Wissen Sie, was ich während unserer Unterhaltung dachte?«, immer noch mit dem Hinterkopf zu ihr. »Die Vergangenheit ist ein merkwürdiger Ort. Meine Vergangenheit zumindest. Was ist mit Ihrer?«

Sie schaut über seine Schulter hinweg auf die Marmorstufen, die zur Haustür emporgleiten, auf den Fragezeichenanklopfer, der wie eine zusammengerollte Schlange in der Sonne badet. »Vielleicht. Ist das nicht immer so?«

»Wie Simon St. John uns erklärt hat, ist die Vergangenheit ein Gift. Nur in winzigen Dosen verträglich.«

»Ich erinnere mich. Aber die Vergangenheit liegt hinter uns.«

»O nein.« Jetzt dreht er sich zu ihr um, und sein Lächeln ist so traurig, dass sie heulen könnte. »Die Vergangenheit liegt nicht hinter uns. Sie liegt auf der Lauer.«

14.

Nachdem Sebastian sich in sein Schlafzimmer zurückgezogen hat, durchquert Nicky die Eingangshalle. Der Laptop in ihrer Tasche schlägt gegen ihre Hüfte, das Handy in ihrer Hosentasche ist prall gefüllt mit seiner Stimme. Heute wird sie den Garten als Tonstudio nutzen.

Auf dem Sofa im Salon liegt ein zusammengerollter Frauenkörper.

Mit geschlossenen Augen, das Haar über das Polster gebreitet. In einem grauen Kleid. Mit nackten, schlanken Füßen. Eine Hand umklammert ein Fotoalbum.

»Oh«, sagt Nicky.

Ein Lid flattert. Diana erblickt ihre Besucherin und seufzt; im nächsten Moment springen ihre Augen weit auf. Sie setzt sich auf und das Album purzelt auf den Boden. »Ich habe Sie gar nicht gesehen«, sagt sie mit rauchiger Stimme. »Ich – natürlich habe ich Sie nicht gesehen. Tee?« Zwei Finger an der Kanne. »Er ist noch warm. Nein? Dann nur für mich.«

Nicky setzt sich auf das Sofa gegenüber, während Diana mit einer Hand Tee in ihre Tasse gießt und mit der anderen ihr Haar glatt streicht. »Wie hat Ihnen der Baron Club gefallen?«

»Viele Eulen«, erwidert Nicky. »Ich habe Lionel Lightfoot kennengelernt.«

Diana wartet ab. Selbst ihr Stirnrunzeln wirkt lieblich; bestimmt schmollt sie ganz bezaubernd.

»Sebastian war gerade nicht im Raum«, ergänzt Nicky.

Diana setzt die Tasse an, nimmt einen Schluck und hebt anschließend das Fotoalbum vom Boden auf den Tisch. »Was für eine Saga. Lionels Dynastie – falls der Ausdruck auf irgendeine Familie zutrifft, dann auf seine. Sobald sie den Mund aufmachen, hört man das Geld. Seine Romane waren – ach, im Grunde Melodramen aus der High Society. *Der nicht ganz so große Gatsby,* wie Sebastian gern sagt.«

Watson taucht zu Nickys Füßen auf. »Sie möchte hochgehoben werden«, übersetzt Diana. Nicky leistet Folge.

»Nach *Simon Says* waren es Lionel und seine Frau – Cassandra hieß sie, eine Furcht einflößende Erscheinung –, die Sebastian und Hope in die Gesellschaft von San Francisco einführten. Das Wort trifft es wohl am ehesten. Sebastian wurde Mitglied im Baron Club. Hope engagierte sich – in der Bibliothek, einem Rehabzentrum, bei *richtigen* Projekten, nicht bloß Rettet-unseren-Park-Aktionen. Und die Lightfoots wurden Coles Paten. Aber als Cole weg war …«

Weg war. Als hätte sich Cole nur kurz vom Abendessen verabschiedet. Nicky streichelt den Billardkugelkopf des Hundes, die Berggipfelohren, und wartet ab.

Diana seufzt erneut. »Da schrieb Lionel diesen Roman. *Had a Wife …«*

»… and Couldn't Keep Her«, ergänzt Nicky murmelnd.

»Ich vermute, er brauchte irgendwann doch Geld. Oder Aufmerksamkeit.« Sie beugt sich zur Teekanne. »Das war natürlich lang vor meiner Zeit.«

Nicky scrollt durch die Mikrofiches in ihrem Kopf und stößt auf ein Zeitungsfoto vom 2. Januar 2000: *Diana Gibson, Assistentin der Vermissten, verlässt nach ihrer Aussage das Polizeirevier, begleitet von Lionel Lightfoot, einem Freund der Familie.* Sein Mund an ihrem Ohr; ihr Blick zu Boden gerichtet, einen Vorhang aus Haar über einer Wange. Sie sahen ganz und gar nicht wie ein Verschwörerpaar aus.

»Aber Sie kannten Lionel schon früher, nicht wahr?«

Der letzte Tee tröpfelt aus dem Ausguss. Bedächtig stellt Diana die Kanne wieder ab. »Ich glaube schon. Ja. Ich denke eigentlich kaum an diesen Abschnitt meines Lebens.« Sie deutet auf Nicky. »Jedenfalls bisher nicht.«

»Welchen Abschnitt?«

»Ehrlich gesagt einen ziemlich großen.« Sie senkt den Blick in die Tasse in ihren Händen. »Einen Großteil meines Lebens. Und jetzt spüre ich, wie sich schon wieder alles verändert.« Sie setzt die Tasse ab und knetet ihre Finger. »Aber wo waren – ach ja, Lionel. Er will nach all den Jahren endlich Frieden. Sein Buch war grausam, das stimmt, aber ich halte *ihn* nicht für grausam.«

»Das *war* er aber«, sagt Madeleine.

15.

Minutenlang hat sie gelauscht, draußen neben der Tür zum Salon. Dann sagt Diana: »Lionel will endlich Frieden schaffen«, und Madeleine hätte fast losgeprustet, denn Lionel schafft rein gar nichts nichts, er schafft es nicht einmal, ein Sandwich zu belegen –, und warum sollte sie in ihrem eigenen Haus lauschen müssen?

»... ich halte *ihn* nicht für grausam.«

»Das *war* er aber«, sagt Madeleine und tritt in den Salon: barfuß, die Schuhe über zwei Finger gehakt, die Jacke über einem Arm. Ihre Stiefmutter dreht sich zu ihr; Nicky sitzt auf dem Sofa, den Schoß zum Überlaufen mit französischer Bulldogge beladen.

»Hallo«, sagt Diana. »Kennst du schon Nicky Hunter?«

Madeleine strahlt. »Sie sind noch hier.«

Der Homunkulus nickt.

Während Madeleine den Raum durchquert, weht ihr Dianas Parfüm entgegen, dieser Mollakkord aus Blumen und Wasser; sie hat sich nie erkundigt, wie es heißt. Sie lässt sich neben Nicky auf die Couch fallen, platziert eine Ferse an der Tischkante. »O Gott, mir tun alle Knochen weh.«

»Madeleine arbeitet in der Bücherei«, erklärt Diana.

»Ich *helfe aus*. In der Kinderbücherei. Mein einziger Lohn ist der Zauber eines Kinderlächelns.« Sie krault Watson am Bauch. »Heute gab's Doktor Seuss.«

»Wie waren die Kinder?«, fragt ihre Stiefmutter.

»Es stört mich nicht, mit ihnen in einem Raum zu sein, ich will bloß keines in meinem Bauch haben. Beim Fingermalen habe ich mich dann verdrückt.«

»Sie haben sich retiriert«, sagt Nicky.

Madeleine starrt sie an.

»Entschuldigung«, ergänzt Nicky.

Diana rührt in ihrem Tee. »Nicky war heute Morgen im Club und hat Lionel Lightfoot kennengelernt.«

»Ich finde es toll, wie Dad Frauen in den Baron Club einschleust«, sagt Madeleine, deren Vater sie nie in den Baron Club eingeschleust hat. »Nächstes Mal nimmt er eine Cheerleader-Truppe mit.«

Nicky lacht ein süßes, kleines und sehr einnehmendes Glöckchenlachen; Madeleine beschließt, dass sie es hasst. »Er erkundigte sich nach den Memoiren Ihres Vaters …«

»Neuigkeiten verbreiten sich schnell. Machen Sie sich keine Gedanken wegen Lionel. Dad hat das damals sehr persönlich genommen, wissen Sie?«

»Wahrscheinlich hätte man das kaum anders nehmen können«, schlägt Nicky vor.

»Immerhin hat sich niemand einen Roman aus den Rippen geschnitten, als *Lionel*«, mit erhobener Hand, »unter ›zweifelhaften Umständen‹ seine Frau verlor, wie manche finden. Haben Sie ihn *danach* gefragt?«

»Das ist eigentlich nicht mein Thema«, murmelt der Homunkulus.

»Nichts von alledem ist Ihr Thema und doch sind Sie hier.«

»Cassandra stürzte die Treppe hinunter. In ihrem Haus in Sea Cliff«, erläutert Diana würdevoll wie ein Armeeoffizier, der Hinterbliebene informiert.

»Herzattacke am oberen Treppenabsatz, die Leiche am unteren. So lautet die offizielle Version.« Madeleine wartet darauf, dass Nicky nach der inoffiziellen fragt. Als sie es nicht tut: »Sandy war extrem elegant. Ich sehe fast vor mir, wie sie Räder schlagend die Treppe hinunterfliegt wie eine Bodenturnerin. Aus einem unerfindlichen Grund in fließenden weißen Gewändern. Ich bin eben eine Drama-Queen«, murmelt sie, wischt sich unter den Augen entlang und lässt den Kopf in den Nacken fallen. »Wie dem auch sei. Sandy vergötterte meine Mutter. Jeder mochte meine Mutter. *Du* mochtest sie.«

Diana nickt. Es war ohnehin keine Frage.

»Selbst Isaac mochte sie – erinnerst du dich? Und er hasste absolut *alles.* Ein Student kurz vor dem Abschluss«, informiert sie Nicky, »da ist so etwas zu erwarten.« Ein Husten rumort in ihrer Aschenbecherlunge.

»Isaac half Sebastian bei seinen Büchern, während ich damals für Hope arbeitete«, erklärt Diana. »Er recherchierte für ihn in der Bibliothek. Internetsuche in grauer Vorzeit.«

»Isaac Murray«, ergänzt Madeleine gedehnt, während sich ihre Haut leicht erwärmt. »Ich war in ihn verschossen wie ein kleines Mädchen.« An Diana gewandt: »Hattet ihr nicht …«

»Nein.«

»Mein Fehler. Er studierte Philosophie«, erklärt Madeleine Nicky. »Weshalb er für eine junge Collegestudentin tiefgründig wie der Marianengraben war. Und er hatte den perfekten Dreitagebart.« Wieder sieht sie Diana an. »Bist du nicht mit ihm ausgegangen …?«

»An Silvester, ja. Nur das eine Mal. Ich habe ihn nie wiedergesehen. Allerdings habe ich ihn heute Morgen angerufen und gefragt, ob er Zeit hätte, mit Nicky zu sprechen. Sie wollten das doch?« Nicky nickt. »Er erzählte, er würde gerade die Memoiren einer jungen Influencerin ghostwriten, die dümmer ist als ein Sack Haare – seine Worte –, und darum jede Ablenkung begrüßen.«

Plötzlich wird es still, als hätte jemand die Stromleitungen gekappt. Madeleine schaut versonnen auf den Lichtschleier, der von den Regalen herabgleitet.

Neben ihr rutscht Nicky auf dem Sofapolster herum. »Ich könnte mir vorstellen, dass sich nach diesem Abend vieles verändert hat«, sagt sie sanft.

Will sie nur Konversation betreiben? Oder stochert sie nach Informationen?

»Die Leute haben mich gefragt«, setzt Madeleine an. »Nein, sie haben nicht *mich* gefragt; sie haben sich *gegenseitig* gefragt, wie ich weiter mit meinem Vater unter einem Dach leben konnte.« Sie sieht Nicky an, die nun unter demselben Dach wohnt. »Die Antwort ist, dass es keinen sichereren Ort gibt als in seiner Nähe.«

Diana wendet sich an Madeleine. »Ich wollte dich fragen, ob du Lust auf ein Tennismatch morgen Vormittag hast. Sie sind ebenfalls eingeladen, Nicky. Aber seien Sie sich bewusst, dass Madeleine in der Universitätsmannschaft spielte.«

Nicky zieht die Brauen hoch. »Zu meinem Glück bin ich morgen um zehn mit Ihren Cousins verabredet.«

»*Meinem* Cousin, Singular«, korrigiert Madeleine. »Und danke, aber in meinem Terminkalender steht, dass ich morgen den ganzen Tag fett und außer Form sein werde, darum muss ich leider ausschlagen.«

Diana nickt zu dem Fotoalbum hin. »Ich wollte Nicky gerade ein paar Familienbilder zeigen.«

Madeleine sieht sie mit großen Augen an. »Weiß Dad davon?«

»Er hat die Bilder ausgesucht.«

Ein Schlag ins Genick. Ein Messer im Rücken. Wann hat ihr Vater das letzte Mal in Madeleines Gegenwart die beiden Namen ausgesprochen? An einem ihrer Geburtstage zum Gedenken das Glas erhoben? Wann hat er zuletzt das Porträt angeschaut, das immer noch oben an der Treppe Wache hält? Und doch sucht er nur einen Tag, nachdem diese Fremde hier aufgetaucht ist …

»Möchtest du uns Gesellschaft leisten?«, fragt Diana.

Madeleine erstickt den Aufschrei in ihrer Kehle und erwidert stattdessen: »Weißt du, ich sollte unbedingt rauchen gehen.« Sie wuchtet sich aus dem Polster, sammelt Jacke und Schuhe ein und dampft aus dem Raum, die watschelnde Watson in ihrem Kielwasser.

In der Eingangshalle schnürt es ihr die Kehle zu. Das war extrem unhöflich.

Sie kehrt an die Tür zurück, ihr Blickfeld ist verschwommen. »Ich weiß, dass sich Dad das wünscht«, sagt sie zu zwei Frauen, die sie nicht erkennen kann. »Ich weiß, dass Sie ihm nur helfen.«

Sie kehrt erneut um, stolpert über den verfluchten Hund und geht nach oben zu Dianas Zimmer.

Vor der Tür bleibt sie stehen. Die elfenbeinweißen Laken, die elfenbeinweißen Vorhänge; die violett gestrichenen Wände – Violett war die Farbe ihrer Mutter. Dies war das Zimmer ihrer Mutter.

Es waren auch ihre Möbel: das Bett, der perlgraue Sekretär mit dem verglasten Aufsatz an der Wand. Früher beherbergte die Vitrine gerahmte Fotos und Hirnkorallenstücke und eine Sammlung von Champagnerkorken; jetzt ist sie leer. Abgesehen von der bernsteingelben Pillenflasche auf dem Nachttisch deutet nichts darauf hin, dass der Raum bewohnt ist.

Das Zimmer selbst betritt Madeleine nie, doch von hier, vom Gang aus, kann sie sich einbilden, ihre Mutter säße in einer nicht einsehbaren Ecke. Jetzt berührt Madeleine sanft die Tür, und der übrige Raum schwingt in ihr Blickfeld: die kleine Kommode, in der einst der Schatz ihrer Mutter an alten Brettspielen lagerte. Die Bodenvase aus Rauchglas, aus der einst die in Dorset gesammelten Birkenzweige sprossen. Der begehbare Kleiderschrank, in den Hope vor zwanzig Jahren ihre Blusen und Hosen, ihre Kleider und Röcke hängte. Madeleine wollte sie dort hängen lassen, als Diana einzog. »Das macht dir doch nichts aus, oder?«, fragte sie. »Wir haben sonst keinen Platz.« Natürlich hätten sie überall Platz gehabt, aber darauf hätte ihre Stiefmutter hinweisen müssen.

»Das macht mir nichts aus.« Diana hängte ihre Kleider in den kleineren Seitenschrank. Irgendwann befahl Sebastian Madeleine, den begehbaren Schrank auszuräumen – doch selbst jetzt, Jahre später, ist er immer noch leer, hängt nicht ein einziger Schal darin, steht kein einziger Schuh am Boden.

Ansonsten ist der Raum vollkommen unverändert, ein Museum. Warum hat ihre Stiefmutter so lange Madeleines Spiel mitgespielt? Oder spielt sie ihr eigenes Psychospiel? Madeleine runzelt die Stirn; sie kann sich Diana vielleicht bei einem Kartenspiel oder Golfspiel vorstellen, aber nicht bei einem Psychospiel.

Unten in ihrer Suite, an ihrem Schreibtisch, tritt sie in den Bellona Club in Soho, wo in einer Toilettenzisterne ein abgetrennter Kopf aufgetaucht ist.

Simon St. John: Potzblitz, was ist das denn? Die Augen – die Pupillen! Eindeutig erweitert. Die unglückliche Frau hat innerhalb der vergangenen vier Stunden Belladonna in ihre Augen geträufelt.

Inspector Trott: Genug Belladonna, um sie umzubringen, St. John?

Simon St. John: Nein, Inspector, was sie umgebracht hat, war, geköpft zu werden, fürchte ich.

Madeleine starrt den Bildschirm an.

Inspector Trott: Im Buch war die Szene längst nicht so albern.

Simon St. John: Weil Madeleine Trapp nicht einmal eine Einkaufsliste verfassen könnte, von einem Drehbuch ganz zu schweigen.

Inspector Trott: Ha ha! Was für eine Dumpfbacke.

Simon St. John: Und abnehmen könnte sie auch mal.

Madeleine: Ich hasse euch beide.

Sie zieht ihre Ausgabe von *Simon Says* vom Schreibtisch und studiert die Szene, die ihr Vater einst schrieb. Bei ihm sah alles so einfach aus.

Madeleine beißt die Zähne zusammen, knurrt und klatscht das Buch so oft auf den Schreibtisch, dass sich die Seiten aus der Bindung lösen und wie Herbstblätter zu Boden wirbeln.

16.

»Echte Fotos, kaum zu glauben«, sagt Diana. »Auf echtem Papier.«

Sie setzt sich neben Nicky und schlägt das Album auf. Die laminierten Seiten quietschen. »Sebastian hat eine kleine Sammlung für Sie kuratiert. Sie glänzen wie neu, nicht wahr?« Staunend betrachtet sie die erste Seite. »1995.« In einer Ecke des Fotos leuchtet ein Datumsstempel.

Aber Nickys Blick gilt ausschließlich dem Jungen.

Er steht auf einem namenlosen Strand, zu seinen Füßen glatt geleckter, kupferfarbener Sand, in seinem Rücken die heranbkriechende Brandung. Er ist klein, das T-Shirt hängt an seinen Schultern wie an einem Kleiderbügel, und eher unscheinbar: Stupsnase, weißblonde Haare und Brauen, nicht außergewöhnlich blaue Augen. Gartenzaunzähne: lückig und schief.

»Neun Jahre alt«, sagt Diana. »Ein Oktoberkind.«

»Sie haben sich Coles Geburtstag gemerkt.«

Diana beißt sich auf die Lippe. »Natürlich. Seine Mutter vergötterte ihn und ich vergötterte seine Mutter. Er nannte sie immer *Mama*, niemals Mom oder Mommy. Sehen Sie hier – sein Origami.« Sie tippt auf eine rote Scherbe in Coles Hand: ein Papierschmetterling mit fünf Zentimeter großen Flügeln, scharf und grell wie ein Drachen. »Er konnte Schwäne und Fische basteln, wenn man ihn darum bat, aber am liebsten faltete er Schmetterlinge. Sebastian beschäftigte sich damals mit Lepidopterologie«, Nicky rechnet es Diana an, dass sie ihr das Wort nicht erklärt, »und Jungen eifern immer ihrem Vater nach, nicht wahr?«

Nicky studiert den Schmetterling, die grün eingerahmten Schwingen, die zwei winzigen Fühler am Kopf. Dann blättert sie um und erblickt die erwähnte Mama, in bunten Farben, mit breiten Schultern, breitem Lächeln; an ihrer Seite lächelt auch Cole, inzwischen ein bisschen älter, die Zähne fest verklammert. Sie halten gemeinsam ein überdimensionales Blaupausenblatt, auf dem in grauenhafter Schreibschrift und Neonbuchstaben Cherchez la femme zu lesen ist.

»Das ist ein Begriff aus einem Detektivroman, glaube ich.«

»Halte Ausschau nach der Frau«, erklärt Nicky der Französischlehrerin Diana.

»Oui.«

»Verzeihung. In jedem klassischen Kriminalroman ist eine Frau die Ursache allen Übels.«

»Gut möglich, dass das ein Mann geschrieben hat. Ich glaube, Cole hatte das irgendwo aufgeschnappt – vielleicht in einem von Sebastians Büchern – und interpretierte es so, dass er sich im Zweifelsfall am besten von einer Frau helfen lassen sollte. Genau gesagt von seiner Mama. Das war ihr kleiner privater Scherz. *Une petite blague.*« Diana lächelt das Foto an, streicht gedankenverloren über ihre Wade. »Er mochte die französische Sprache. Jedenfalls den Klang. Ich habe nicht viel Zeit mit ihm verbracht. Ich hoffe, dass ich nett zu ihm war. Watson haart in letzter Zeit ganz fürchterlich.« Sie wischt mit den Händen über ihre Schenkel, erhebt sich. »Sehen Sie sich alles in Ruhe an. Ach!«

Selbst das Fingerschnippen ist bei dieser Frau perfekt.

»Am nächsten Montag geben wir unsere Mittsommernachts-Cocktailparty«, sagt sie. »Pünktlich zur Sonnenwende. Eine jährliche Tradition. Einmal im Jahr mischt sich seine Hoheit gern unters Volk. Sie haben nicht zufällig eine Partymaske eingepackt?«

Nicky beobachtet, wie Diana die Füße in ihren Schuhen platziert. »Mister Trapp …«

»Sebastian.«

»Er hat mir geschrieben, dass ich etwas Festliches zum Anziehen mitbringen soll. Und eine Maske.«

»Sie können tragen, was Ihnen gefällt. *Comme vous voulez.*« Diana schwebt aus dem Raum.

Nicky hört ihre Absätze scharf und gleichmäßig über den Boden der Eingangshalle klicken und dann einen kurzen Stepptanz.

»Entschuldige.« Freddy.

Eine Pause.

»Ist er …?«

»Er ist.«

Dianas Schritte verhallen. Freddys sind hingegen nicht zu hören. Es sei denn, er beobachtet sie heimlich.

Nicky schiebt den Fingernagel unter die nächste Seite

und blättert sie langsam um. Sebastian als junger Mann, der, über eine gähnende Motorhaube gebeugt, das Innenleben eines Pontiac Firebird inspiziert. Er und Hope, versunken über einem Scrabblebrett, beide mit einem Schmunzeln um die Lippen, sie mit der Hand auf ihrem angeschwollenen Bauch. Eine Frau im Sommerkleid, mit nacktem Rücken, nackten Schultern, beide Hände im Griff eines kleinen Jungen. Ein blondes rundliches Mädchen vor einem Kamin mit einem Baby auf dem Schoß. Das Baby ist winzig, die blaue Decke rollt in Flutwellen darüber weg; es reckt eine kleine Faust hoch, als würde es um Hilfe rufen. Nicky liebt Babys und merkt, wie ihr das Herz übergeht.

Und Madeleine, die diese Hand mit beiden Händen umgreift. Hier muss sie fünf oder sechs sein, das Leben liegt noch vor ihr. Nicky sieht zur Tür, falls sie wiederauftaucht, falls Nicky ihr Zuspruch geben kann.

Aber Madeleine tut es nicht und Nicky kann es nicht.

Eine Stunde wandelt sie durch die Trappsche Vergangenheit, Dutzende Fotos aus Dutzenden Jahren, sie sieht, wie Akne Madeleines Haut zeichnet, wie Sebastian und Hope auf Kamelrücken schaukeln, wie Cole und Freddy einen wild dreinblickenden Hund waschen …

Sie schiebt den Kiefer hin und her.

Sebastian wird kaum etwas über seine Frau und seinen Sohn erzählen. Das hat Madeleine ihr mehr oder weniger prophezeit; das hat *er* ihr mehr oder weniger prophezeit. Und doch hält Nicky jetzt, auf seine persönliche Anordnung hin, eine von ihm persönlich arrangierte Sammlung von Familienporträts in ihrem Schoß. *Ein Dreipfeifenproblem,* pflichtet Sherlock Holmes ihr bei.

»Meint er etwa Bongs?«, fragt Irwin später am Telefon, während sich Nicky in ihren Pyjama windet. »Sherlock hat doch Drogen genommen, oder?«

»Kokain. Aber das habe ich nicht gemeint. Das Album: Warum sollte jemand, der …«

»… seine Familie umgebracht hat und damit durchgekommen ist, für dich ein solches Album komponieren? Keine Ahnung. Fragen wir doch eine echte Kriminologin. Komm her, Potato.«

Nachdem Nicky den beiden eine gute Nacht gewünscht und das Licht ausgeschaltet hat, zählt sie sechs Mondscheinspeichen, die schräg durch die Fenster brechen – fahl, fahler, am fahlsten zum anderen Ende des Dachbodens hin –, und studiert dann die Galaxie an der Zimmerdecke. C O L E.

Ihr Blick gleitet am C entlang, schlittert um das Schwarze Loch des O, sinkt am langen Bein des L abwärts …

Rat-tatt. Trapp. Schreibmaschinentasten knallen mit dem Kopf auf den Boden. Sie legt einen Arm über ihre Brust, spürt ihr Herz unter den Rippen flattern.

Das Fieber hat sie ergriffen.

Fühlen Sie nicht eine unbehagliche Wärme im Magen? Ein fatales Klopfen im Kopf? Ich nenne diese Malaise das detektivische Fieber … Es wird Sie nicht mehr loslassen. Wilkie Collins, *Der Mondstein* – der allererste Landhaus-Whodunit-Kriminalroman. Die Lightshow hinter ihren Augen, die Springflut in ihren Adern: eindeutig ein Fall von *detektivischem Fieber.*

Rattarattatrapp-tat-trapp.

Vielleicht sollte sie die Decke zurückschlagen, die Füße auf den Boden stellen, zur Tür gehen, die zwei Treppen hinunter, den Korridor hinab bis in sein Arbeitszimmer. *»Sie und ich könnten sogar ein, zwei alte Geheimnisse aufklären,* würde sie ihm ins Gedächtnis rufen.

Und er würde sie anlächeln und sagen: *Nur herein – nur herein; setzen wir uns ans Feuer und kombinieren wir.*

Freitag, 19. Juni

17.

Vor vielen Jahren analysierte ein Therapeut messerscharf Madeleines Ängste vor dem Verlassenwerden: »Ein möglicher Grund wäre das Verschwinden Ihrer Mutter und Ihres Bruders«, schlug er vor. Sie dankte ihm für diese weltbewegende Einsicht. Dennoch überraschte sie sein nächster Satz: »Darum ziehen Sie es vor, sich selbst zu lösen.«

Und wahrhaftig, sie hatte sich von vielem gelöst und würde sich von noch mehr Dingen lösen: ihrem Jurastudium, ihrem zweiten Roman, diversen Beziehungen zu Männern, die »ohne sie besser dran« waren. Nur ihren Vater hat sie nie im Stich gelassen.

So sinniert Madeleine, während sie in ihre heutige Rüstung steigt, eine weite Hose (in der sie hoffentlich ohne Beschwerden an die tiefen Regalfächer kommt) und eine Bluse, die noch vor einem Monat besser gepasst hat. Als Sebastian aus England zurückkehrte, wartete sie zu Hause auf ihn; ein paar Jahre später ging sie von der Uni ab und nahm die Suite im Erdgeschoss in Beschlag, die sie schon immer haben wollte; seither haben sie Seite an Seite ein ruhiges Leben geführt, gelesen und gekocht und sich bisweilen bis sogar ins Freie gewagt – allerdings nie so weit oder so lange, dass Madeleine Angst haben musste, da draußen in der Wildnis zurückzubleiben. Sie traf sich mit ein paar Männern, hauptsächlich, um ihre damaligen Freundinnen zufriedenzustellen, die sie unbedingt verkuppeln wollten;

vor allem widmete sie sich denselben Projekten, die früher auch ihrer Mutter am Herz gelegen hatten: einem Tierheim, einem Drogenkonsumraum, einem Stadtbauernhof ... doch nacheinander löste sie sich von allen, abgesehen von der Bücherei (noch ist nicht das Ende aller Tage). Auch von ihrem Therapeuten hat sie sich längst gelöst.

Nur von ihrem Vater hat sie sich nie gelöst. Jetzt löst er sich von ihr.

Sie verzieht das Gesicht und knöpft ihre Bluse zu, ermahnt sich, erwachsen zu werden. »Er *stirbt*«, ergänzt sie leise.

Aber ist das Ergebnis letztendlich nicht dasselbe? Sie wird allein zurückbleiben. Wozu ist sie ihm wirklich nütze? *Ich werde mich um dich kümmern,* versprach sie ihrem Vater bei ihrem Einzug. *Ich werde die Lücke ausfüllen* – das hat sie damals nicht gesagt, das hat sie nie gesagt, aber zwanzig Jahre lang versucht. Doch in Wahrheit ist es Adelina, die für ihn kocht und putzt; Diana begleitet ihn zum Jachtclub, ins Theater, nach Skandinavien und in die Savanne und in die Welt außerhalb dieses Hauses. Und Madeleine? Sie ... plaudert mit ihm, das schon, entspannt und häufig; manchmal lesen sie dasselbe Buch oder nehmen ein Puzzle von zwei Seiten in die Zange, sehen von ihrem Posten auf Lands End aus die Dämmerung anbrechen – er nennt es Sonnenaufstehen. Aber wie viel trägt sie abgesehen von ihrer Anwesenheit wirklich zu seinem Leben bei? Sie ist das Anhängsel im Team, das bei jedem Spiel dabei ist, das jedes Spiel verfolgt, aber nie aufs Spielfeld darf und am Ende der Saison einen Preis für seine Teilnahme überreicht bekommt. *Herzlichen Glückwunsch, Madeleine: Du warst dabei!*

Was wird sie tun, wenn er nicht mehr da ist?

An der Küchentür bleibt sie so unvermittelt stehen, dass

Watson gegen ihre Knöchel rumpelt. Ihr Gast sitzt in Jacke und Jeans auf dem gepolsterten Fensterrahmen, hat die Ohrhörer eingestöpselt und spricht langsam und klar in das Handy in ihrem Schoß.

»Braves Mädchen!«, sagt sie. *»Du!«* Eine Pause, dann ein helles Lachen. Als Watson hinübertrottet und sich wie ein gotischer Wasserspeier neben dem Fenster platziert, sieht Nicky auf, winkt Madeleine zu und neigt dann das Handy dem Hund zu. Madeleine kann auf dem Display ein kleines Kind mit dunkler Haut und Gesichtsverband erkennen.

Nicky lacht wieder und verabschiedet sich fröhlich. Zieht dann die Ohrhörer ab und wickelt einen Müsliriegel aus. »Hallo«, strahlt sie, und Madeleine vermutet mit Grauen, dass sie ein Morgenmensch ist.

»War das dein Freund?«, fragt sie, falls Nicky glaubt, sie hätte heimlich hingesehen.

»Das war ein vierzehn Monate altes Mädchen aus Boston, dem gerade die Hasenscharte operiert wurde.« Nicky kichert – die Frau ist heute von unerschütterlicher Fröhlichkeit erfüllt; Madeleine wünscht, sie könnte sich darüber ärgern. Dann erklärt Nicky mit hörbarer Erleichterung: »Meine Patentochter. Ich bin ein bisschen … aufgedreht. Ihre Eltern hatten solche Angst …« Nicky verstummt und räuspert sich – *o Gott, sie wird doch nicht anfangen zu heulen?* »… vor der Operation. Schließlich ist es das Gesicht ihres Kindes. Aber sie war die perfekte Patientin.« Ihre Augen glänzen, aber die Wangen bleiben trocken.

»Schön.« Madeleine dreht sich um, schenkt sich Kaffee ein, lehnt sich an die Kücheninsel. Hält inne. »Haben Sie den gemacht?«

»Aber nicht gut, fürchte ich. Ich trinke keinen Kaffee.«

»Sie haben ihn extra für uns gemacht? Sind Sie ein Gutmensch oder so?«

Nicky beißt in ihren Müsliriegel. »Wohl eher ›oder so‹.«
»Puh – der Kaffee ist wirklich übel.«
Nicky zuckt kauend mit den Achseln.
Madeleine entdeckt das Buch in ihrem Schoß. »Eins von meinem Dad?«
»Mm. *The Crooked Man.* Ich habe es schon sechstausendmal gelesen.«
»Nur sechstausendmal?«
»Er hat es Ihnen gewidmet.«
»Er hat mir vier Bücher gewidmet. Meiner Mutter fünf, aber die musste es auch länger mit ihm aushalten als ich. Damals.«
Nicky nickt. Dann, vorsichtig: »Und Ihrem Bruder?«
»Das ist privat.«
Nickys Augen werden groß. Die Hündin zu ihren Füßen grunzt, als wollte sie Nicky trösten.
Wie kann das privat sein?, fragt Madeleine sich selbst. Achtzig Millionen verkaufte Exemplare bedeuten achtzig Millionen gedruckte Widmungen. »Drei, glaube ich?«, mutmaßt sie. »Oder – vielleicht auch zwei. Definitiv eines. *Little Boy Blue*. Das schrieb Dad, nachdem Cole geboren war.«
Vier zu eins. Es überrascht sie selbst, dass sie nie nachgezählt hat.
»Die Leser haben *Crooked Man* nicht gut aufgenommen«, sagt sie stattdessen. »Sie haben es gekauft, weil sie annahmen, dass Dad nach einem Jahrzehnt *endlich* Jacks Identität lüften würde. Und nun …«, ein Seufzen, »… werden wir es nie erfahren. Nicht einmal ich weiß, wer es ist«, ergänzt sie, ehe Nicky nachfragen kann. »Und ich habe ihn gefragt. Oft.«
»Ich hätte auf Simons Schwester getippt. Bis Jack sie umgebracht hat.«

»Das macht sie zu einer eher unwahrscheinlichen Kandidatin. Ich würde auf den Apotheker setzen. Mister Myers. Niemand ist so perfekt.« Madeleine trinkt wieder von ihrem Kaffee, schluckt ihn unter Mühen hinunter.

»Irgendwo habe ich gelesen, dass er – Ihr Vater – zuerst immer das Ende einer Geschichte entwirft«, sagt Nicky währenddessen. »Wissen Sie …?«

Die Küchentür schwingt auf und Diana tritt in strahlend weißer Tennisgarnitur ein. Augenblick fühlt sich Madeleine wie der Hulk in Bürokleidung. »Ist das Kaffee?«

»Habe ich noch nicht herausgefunden.«

Diana wedelt mit der Hand. »Nein, keine Zeit. Nicky und ich – guten Morgen, wo wir schon dabei sind – fahren gleich zu deiner Tante und deinem Cousin. Simone hat offenbar viel über Sebastian zu sagen.«

»Es gibt kein Thema, zu dem Simone nicht viel zu sagen hätte.«

»Ich dachte, die beiden sollten sich vor der Cocktailparty am Montag kennenlernen. Nicky wird auch daran teilnehmen.«

Natürlich. »Meine Eltern gaben diese Party jedes Jahr«, erläutert Madeleine, während Nicky sich von der Fensterbank erhebt. »Mir hat immer davor gegraut. Bis heute. ›Mittsommernacht‹ – ziemlich prätentiös, finden Sie nicht auch? Sie brauchen nicht zu antworten. Das ist es.« Niemand widerspricht. »Nachdem Dad zum zweiten Mal geheiratet hatte, beschloss er, dass das eine gute Möglichkeit wäre, alle mit Diana bekannt zu machen. Mit dir. Nur dass er es Simone überließ, die Einladungen zu schreiben. Und Simone dachte sich: ›Hey, wisst ihr, wie man am besten Leute kennenlernt? Indem sich alle eine Maske aufsetzen.‹ Und dabei ist es geblieben«, schließt sie getragen.

»Dabei ist es geblieben«, pflichtet Diana ihr bei.

Nachdem sie und Nicky die Küche verlassen haben, sieht Madeleine Watson unter dem Fenster sitzen und verloren zur Tür blicken, durch die der Homunkulus entschwunden ist. »Vergiss nicht, du gehörst zu mir, Lady«, ruft Madeleine ihr in Erinnerung. Watson stellt sich taub.

18.

Sie kreuzen in Dianas klobigem Volvo durch Pacific Heights und darüber hinaus. »Ich wollte einen Panzer«, erklärt sie. »Ich fahre immer noch ungern auf der rechten Seite.«

»Ich fahre überhaupt ungern«, erwidert Nicky.

»Der hier stellt automatisch den Motor ab, sobald ich anhalte. Totenstille. Als leide er an Apnoe. Ich habe jedes Mal Angst, dass er nicht wieder anspringt.«

Nicky würde Diana gern über ihren Mann ausfragen – nach seinem Heiratsantrag, nach Geschichten aus ihrem Eheleben, von gemeinsamen Reisen –, aber ihre Chauffeurin scheint zufrieden damit zu sein, den Soundtrack des heutigen Morgens mitzusingen. »›*Girls who want boys who like boys to be girls …*‹«, trällert sie; ihr Alt ist charmant unmelodisch. »Wie eine Zeitreise in meine Jugend. Entschuldigung – ich kann nicht singen.«

»Ich brauche nur eine Karaokebar zu betreten und schon rufen sie die Polizei«, sagt Nicky. »Kommen Sie ab und zu nach England?« Auch Hope war Engländerin. Sebastian Trapp hat definitiv ein Beuteschema.

Diana schüttelt den Kopf. »Sebastian hat ein Ferienhaus in Dorset – früher hat die Familie die Sommer darin verbracht –, aber ich war nie dort. ›*Let's all meet in the year 2000 …*‹«

Nicky schaut durch die Windschutzscheibe auf die niedrigen Geschäfte, einen dahingebreiteten Park. Der Himmel überlegt, ob er es regnen lassen soll, trotzdem lungert eine Handvoll junger Menschen auf dem Gras und raucht Joints, während Demoschilder lustlos an ihren Schultern lehnen: KONSUMIEREN STATT KONFISZIEREN. »Ich bin nicht sicher, wie intensiv ich Sebastian über seine Frau und seinen Sohn befragen kann.«

Sogar Dianas Augenkneifen ist entzückend, bemerkt Nicky – ein winziges Craquelé in den Augenwinkeln. »Immerhin war es seine Idee«, sagt Diana schließlich. »Dieses Erinnerungsbuch. Sie können ihn also fragen, was Sie wollen. Vielleicht braucht er einen Schubs, vielleicht *will* er einen Schubs. Wenn er nichts sagt, warten Sie einfach ab. Schweigen erträgt er nur schwer.«

Es gibt so vieles, was Nicky gern wissen würde. »Also, diese Trapps, die ich heute treffe …«

»Freddy und seine Mutter. Dominic bin ich nur ein paarmal begegnet. In dem Herbst, in dem ich für Hope arbeitete, eröffnete er gerade ein neues Restaurant. Und als ich«, Diana biegt in eine Seitenstraße, »wieder nach San Francisco kam, war er schon gestorben. Jahre zuvor.«

»Direkt nach der Veröffentlichung von *The Crooked Man.*«

Diana nickt. »Er hatte eine Autopanne auf dem Pacific Coast Highway. Und dann – Unfall mit Fahrerflucht. Mehr werden wir nie erfahren. Jemand hat nicht aufgepasst, jemand ist gestorben, jemand ist geflüchtet.« Sie seufzt. »Es kursiert das idiotische Gerücht, dass Sebastian seinen Bruder getötet hätte oder töten ließ.«

Eine mit Vorliebe gesponnene Theorie unter Trappisten: Dass in Wahrheit Dominic die Simon-St.-John-Romane geschrieben, aber seinem Bruder die Ehre überlassen hätte … bis zu der folgenreichen Publikation von *The Crooked Man,* nach der Dominic demzufolge drohte, das Doppelspiel aufzudecken, woraufhin Sebastian seinen verärgerten Ghostwriter am Straßenrand niedermähte.

»Simone, seine Frau – Witwe –, ist eine Naturgewalt.« Diana wirft Nicky einen kurzen Blick zu. »Ich bin sicher, dass Sie sie mögen werden«, sagt sie und klingt dabei, als wäre sie keineswegs sicher.

Sie rollen in die breite Einfahrt eines im Hintergrund kauernden Hauses im spanischen Kolonialstil mit dick verputzten Wänden und dickem Ziegeldach. Nicky schickt einen Blick zum Himmel – gebürsteter Stahl, schimmernd und flach – und nimmt ihre Tasche aus dem Wagen. Gemeinsam steigen sie aus; gemeinsam gehen sie zur weiß gekalkten Haustür. »Dort drüben liegt der Baker Beach«, erläutert Diana. »Und diese Bäume da – das ist das Presidio. Früher war es eine Militärbasis, jetzt ist es wirklich wunderbare Natur …«

Sie erstarren beide, als sie den Schuss hören.

Nicky bewegt sich zuerst, stößt die Tür auf und platzt in ein abgewohntes, durch zwei Oberlichter grau getöntes Wohnzimmer. »Warten Sie!«, ruft Diana hinter ihr, aber Nicky bemerkt durch eine offene Tür eine Bewegung im Hof, mehrere Gestalten, eine schreiende Frau …

»Die Terrasse ist *brandneu,* Frederick!«

Nicky klatscht mit der Hand an die Wand, bleibt an der Tür stehen.

»*Sieh dir das an.*« Die Frau deutet mit einem dicken Zeh auf einen versengten Pflasterstein, eine fünfzehn Zentimeter große, mit schwarzem Pulver bedeckte Brandstelle, und dreht dann den Kopf weg, als könnte sie den Anblick nicht ertragen.

»Und los geht's«, sagt Diana.

Nicky folgt ihr in den Garten hinter dem Haus. Unkraut erhebt sich protestierend aus dem Rasen, vereinzelte Zweige versuchen den Hecken zu entfliehen, Efeu würgt einen Lorbeerbaum. Am anderen Ende der Terrasse steht Freddy, beißt sich auf die Fingerknöchel und kichert, dass seine Schultern zucken. Auf seinem T-Shirt in Fettdruck: SURELY NOT EVERYBODY WAS KUNG FU FIGHTING.

Neben ihm starrt ein kleinerer Mann zerknirscht auf den Brandfleck.

»Tut mir leid. Tut mir leid.« Freddy reibt sich mit den Fäusten die Augen. »Kann ich – kann ich es nicht einfach wegspülen?«

»Nein, das kannst du nicht wegspülen, Frederick.«

Sie ist eine korpulente Frau, schon im Anflug auf die siebzig, in einem knallroten Top, ausgebeulter gelber Hose, grünen Sandalen. Eine Mensch gewordene Ampel, denkt Nicky.

»Oh«, sagt sie und dreht sich zu ihnen um. »Ihr seid schon hier. Ich entschuldige mich für meinen idiotischen Sohn und seinen idiotischen Freund.«

»Jonathan ist kein Idiot«, protestiert Freddy. »Jedenfalls nicht immer.« Er schwingt einen Arm um den Teilzeitidioten, dessen Kopf an Freddys Schulter endet und der die Hände tief in den Taschen seiner Shorts vergraben hat. Jonathan wippt auf den Fußballen und verknittert zwei schlierige Augenbrauen, unter denen große, schuldbewusste blaue Augen leuchten. Seine Nase läuft spitz aus, hat aber eine breite Wurzel, stellt Nicky fest. Durchscheinende Haut und ein Schopf aus zerzaustem, sandblondem Haar. Sie würde darauf wetten, dass er Brite ist.

»Allerdings die meiste Zeit«, murmelt er und Nicky hätte ihre Wette gewonnen.

Jetzt legt Freddy beide Hände auf die Schultern seiner Mutter. »Wir haben auf dem Speicher eine alte Silvesterrakete ausgegraben. Jonathan hat so was noch nie gesehen.«

Simones Augen werden schmal. »Jonathan hat noch nie eine Silvesterrakete gesehen?«

»Noch nie *so eine.«*

»Und was für eine?«

»Sie heißt *Schrecken der Nachbarschaft*«, verkündet Freddy ehrfürchtig.

»Aber sie erschreckt zu schnell«, ergänzt Jonathan.

Zu fünft stehen sie im Kreis um den geschwärzten Terrassenstein, als hätten sie sich zu einer Séance versammelt. Dann seufzt Simone und tätschelt mit den Fingern die Hand ihres Sohnes. »Was wolltest du überhaupt auf dem Speicher?«

»Das war meine Schuld.« Jonathan räuspert sich. »Fred war oben, weil er was holen wollte – alte Fotos von deinem Onkel, glaube ich? Oder Briefe? Jedenfalls meinte er, ich sollte mitkommen und mir ein paar alte Filmrequisiten anschauen.«

»Geiles Zeug«, berichtet Freddy. »Simons Schnupftabaksdose, sein Monokel, einen abgetrennten Finger. Dann sind wir auf den *Schrecken der Nachbarschaft* gestoßen. Tut uns leid, Simone.«

Sie wendet sich an Nicky. »Mein Sohn spricht mich mit meinem Vornamen an. Und er verschreckt unsere Nachbarn. Ich weiß nicht, was ich falsch gemacht habe.«

Diana räuspert sich. »Das ist Nicky Hunter.«

Vorstellungen rundum, fünf Arme im Nahkampf wie bei einem Lanzenturnier. Freddy hebt Dianas Hand an seine Lippen, ehe Jonathan sie ergreifen kann. »Diana Trapp«, informiert ihn Simone. »Sebastians zweite Frau.«

»Und wo kommen Sie her?«, fragt er.

»Wiltshire. Ursprünglich. Dann London.«

»Lyme Regis. Aber ich hab kurz in Shoreditch gelebt, bevor ich nach Frisco gekommen bin.«

»Niemand sagt das«, verkünden Mutter und Sohn im Chor. »Schon okay, Kumpel«, ergänzt Freddy. »Du bist immer noch neu in der Stadt.«

Nicky betrachtet Jonathan, seinen schlanken Körper, die gebrochene Nase. Sie hat eine Schwäche für Imperfektion; beschädigte Dinge ziehen sie magisch an.

Dann, ganz kurz, sieht er zu ihr her – und zwinkert, ein kurzes Kameraklicken seines linken Auges.

Automatisch zwinkert Nicky zurück.

Die Dinge kommen ins Rollen.

»Was hat Sie nach San Francisco gebracht?«, fragt Diana. »Die Arbeit?«

»Ganz im Gegenteil. Ich bin hergekommen, um meine Arbeitslosigkeit zu genießen.«

Freddy klatscht seinem Freund auf den Rücken. »Jonno ist letzten Monat meiner Soccer-Liga beigetreten.«

»Genauer gesagt deiner Fußballliga.«

»Und er hat einen Hammerschuss.«

»Wir sind nicht zusammengekommen, um über Jonathan zu reden«, ruft Simone ihnen in Erinnerung. »Oder über meinen Sohn. Du möchtest nicht bleiben, Diana?«

»Tut mir leid, ich habe noch einiges zu erledigen.« Diana zieht sich zur Terrassentür zurück. »Jonathan, ich hoffe, du genießt das Fußballspielen. Sei gnädig zu den Amis.«

»Ich bin wirklich kein Kandidat für die Weltmeisterschaft.«

»Bullshit«, sagt Freddy. »Entschuldige, Simone. Aber ich wette, er hat früher inkognito in der Premier League gespielt. Und irgendwann fliegt der Schwindel auf!«

»Ich könnte jeder sein«, stimmt Jonathan ihm zu.

19.

Warum hat sie gezwinkert? Nicky fühlt sich, als hätte sie ungewollt eine Ware über den Scanner geschoben.

Und warum sitzt Jonathan jetzt mit ihnen zusammen im Wohnzimmer? Dass seine Gastgeber zu höflich wären, ihn vor die Tür zu schicken, kann definitiv nicht der Grund sein. (»Jonathan, du Neandertaler!«, tadelt Simone ihn. »Nimm eine Serviette.«) Und doch lungert er in einem Schaukelstuhl vor dem Kamin, als wäre er hier zu Hause. Vielleicht möchte Freddy einen Verbündeten dabeihaben.

Vielleicht ist er auch ein Fan. »Hast du die St.-John-Romane gelesen?«, fragt Nicky, als Simone in die Küche trottet.

»Leider nein. Ich lese eigentlich nur Bücher über Geldanlage. Oder über Selbsthilfe und Selbstoptimierung.«

»Von denen solltest du deutlich mehr lesen«, bemerkt Freddy.

Wieder lässt Nicky den Blick durch den Raum wandern: Bohème-Schick, abgewetzte Polster, der Flokati mit wolkigen Weinflecken gefärbt, der Tisch mit Kaffeeringen vernarbt. Beide Sofas flankiert von Bodenvasen, aus denen Pfauenfedern sprießen. Ein Knäuel von Katzen liegt im erkalteten Kamin, die Schwänze aufgerollt wie Garn. An der Decke kreiselt zwischen den beiden Oberlichtern ein mürrischer Ventilator, der widerwillig die Luft umrührt.

Sie spürt Jonathans Blick wie ein Gewicht. Merkt, wie die Röte an ihrem Hals entlang nach oben schleicht. Spürt das Summen des Handys in ihrer Tasche. Wirft einen Blick aufs Display. Sie wird Irwin später zurückrufen.

Die Wand gegenüber ist mit Fotos tapeziert, satten Schwarz-Weiß-Aufnahmen unter glänzendem Glas. Auf vielen, vielleicht sogar den meisten ist Sebastian mit einem

Mann zu sehen, der wie sein fernes Echo wirkt. Die Arme um die Schultern gelegt, mit breitem, zahnreichem Grinsen und der widerborstigen Stirnlocke. Auf Dominics Kopf.

»Ach, da ist mein Mann«, ruft Simone aus, einen Krug mit Limonade in der Hand. »Er ist der, der so übel zugerichtet wurde. Er starb bei einem Unfall mit Fahrerflucht.« Nicky nickt tröstend.

Simone betrachtet das Foto. »Das kann einem doch keine Ruhe lassen, oder?«, fragt sie düster. »Jemandem das Leben zu nehmen. Einfach – über ihn wegzubrausen. Wie über eine Bodenwelle. Und sich nie jemandem anvertrauen zu können. Wer bringt so was fertig?«

»*Cui bono*«, murmelt Nicky.

»Ich spreche kein Spanisch, Herzchen.«

»Das ist – Latein. Tut mir leid.« Das ist nicht gelogen. Die Frau trauert um ihren Ehemann und Nicky erteilt ihr eine Lektion. Sie sollte den Mund halten – aber alle sehen sie an und prompt hört sie sich weiterreden: »Eine Grundregel beim Krimischreiben. ›Wem zum Vorteil.‹ Bei der Aufklärung eines Verbrechens ist immer darauf zu achten, wer … na ja, wer einen Nutzen daraus zieht.« *Eine wirklich zu Herzen gehende Entschuldigung, Nicky!*

»Das stammt von Cicero«, sagt Jonathan. »Ich hatte an der Uni klassische Literatur belegt«, ergänzt er.

Simone schenkt Limonade in ihr Glas, wobei das Fruchtfleisch wie Treibgut nach oben steigt. »Was für ein bildungsreicher Tag für mich. Und wem nutzte der Tod meines Mannes?«

»Niemandem«, versichert Nicky ihr. »Natürlich nicht. Ich bin – das war nur Wichtigtuerei. Ich …«

»Sei nicht so empfindlich.« Freddy beugt sich aus dem Sofa und knetet die Hand seiner Mutter. »Wir sitzen nicht wegen Dominic hier. Heute ist Sebastian-Tag. Wobei ihm mein Vater ein guter Bruder war«, versichert er Nicky, während Simone ihm nachschenkt. »Als Cole und Hope verschwanden, war er sofort zur Stelle.«

Endlich – die Worte in dieser Reihenfolge: *Als Cole und Hope verschwanden.* Nicky tippt ihr Handy an, studiert kurz ihren Notizblock und geht, nachdem sie Simone ohnehin schon vor den Kopf gestoßen hat, aufs Ganze. »Wie war das für *euch?«* Sehr direkt, aber das interessiert sie wirklich.

Freddy zuckt mit den Achseln. »Anfangs habe ich gehofft, er wäre einfach abgehauen. Wer hätte es ihm verübeln können? Aber …«

»Wie meinst du das?« Wenn Jonathan die Stirn runzelt, werden seine Augen schmal, und die Brauen neigen sich zur Mitte; er sieht gleichzeitig verwirrt und betroffen aus. Niedlich, denkt Nicky. Es lenkt sie ab.

»Ich meine – ich arbeite inzwischen seit dreizehn Jahren an verschiedenen Schulen, und trotzdem habe ich nie erlebt … das war schlicht *Mobbing.«* Freddy schiebt eine Hand durch seine Haare; Nicky hört getrocknete Pomade knistern. »Die ständigen Beleidigungen. Die Streiche – von wegen ›Streiche‹. Die unzähligen Tritte in seinen kleinen Hintern – das Schlagen, das Spucken, einmal sogar *Beißen* …«

»Diese Beißerin hatte ich ganz vergessen«, murmelt Simone. »Primitive kleine Schlampe.«

»Und Cole konnte sich einfach nicht verteidigen. Zu nett. Zu zierlich.«

»Was wir uns nie erklären konnten«, mischt sich Simone ein. »Sein Vater ist zwei Meter groß. Mein Mann war kaum kleiner. Frederick ist noch ein bisschen kleiner. Aber Cole wäre *viel* kleiner gewesen.«

»Vielleicht ist er es«, schlägt Jonathan vor, während eine Katze an seinem Schienbein entlangstreicht.

Alle starren ihn an.

»Ich meine – hey, Krallen einziehen! –, er könnte immer noch irgendwo da draußen sein, oder? Vielleicht sogar mit ihr zusammen.«

Nicky sieht ihre Gastgeber an.

»Jonathan, solltest *du hier* sitzen?«, fragt Simone.

»Lass ihn«, widerspricht ihr Sohn. »Ihn interessiert das auch.«

»Also, nein – ich meine, ich interessiere mich nicht für die *Bücher*. Aber die Story ist schon interessant. Ich kann auch gehen, falls das gewünscht ist. Vielleicht nehme ich den kleinen Kerl hier mit.«

»Kein Problem, Dude. Wo waren wir?«

»Bei Cole«, sagt Simone. »Auf dem ständig herumgehackt wurde. Hope machte das ganz krank. Sie liebte ihren Jungen über *alles*. Schob ihn von einer Schule zur nächsten, nicht wahr, Frederick?«

»Wie eine Schachfigur. Privatschule, katholische Schule, diese Knabenakademie ...«

Jonathan legt die Stirn in Falten. »Hat jemand mal an eine öffentliche Schule gedacht?«

»Sie wollten *wenigstens* verhindern, dass er ermordet wird«, erklärt Simone.

»Was ist mit Sebastian?« Drei Köpfe drehen sich Nicky zu, als wären alle überrascht, dass sie noch da ist. Sie beugt sich vor, faltet ihre Finger unter dem Kinn. »Er hat mir kaum etwas über Cole erzählt.«

»Überrascht mich nicht.« Simone steht auf, wobei sie eine Hand auf Freddys Kopf stützt, und geht erneut in Richtung Küche. »Cole war für seinen Vater ein *Rätsel*«, ruft sie von dort. »Der Junge hatte nichts für Sport übrig. Er hatte nichts für Computerspiele übrig oder – was mögen Teenager noch?«

»Hauptsächlich Computerspiele«, sagt Jonathan.

»Cole liebte *richtige* Spiele. Brettspiele. Verstecken. Und Zeichnen.« Sie kehrt mit Hummus und Stangensellerie zurück. »Und – ich vergesse immer, wie das heißt: Oregano?«

»Origami«, sagt Freddy.

»Diese chinesische Papierfalterei. Aber er war kein guter Leser. Dyslexie oder etwas in der Art.« Sie hat die Stimme gesenkt, als müsste sie ihnen eine schlimme Prognose eröffnen. »Das hat Sebastian gar nicht gefallen.«

Kaum Coles Schuld, denkt Nicky. »Kaum seine Schuld«, brummt Jonathan.

»Ich würde nicht sagen, dass er Cole *nicht mochte.«* Simone setzt sich neben ihren Sohn. »Es war eher so – ach, wie würdest du das sagen, Frederick?«

»Ich würde sagen, dass er Cole nicht mochte.«

»Nein, nein.« Simones Hand flattert durch die Luft. »Er hat sich durchaus *bemüht.* Er nahm euch Buben jeden Samstag mit zum Fußball, erinnerst du dich?«

»Cole hasste Fußball.«

»Und die Pfadfinder! Eure Väter meldeten euch beide bei den Pfadfindern an. Ihr wart richtige Abenteurer!«

»In den meisten Nächten wachte Cole davon auf, dass jemand an sein Zelt pisste. Aber sein Vater weigerte sich, ihn abzuholen.«

»Immerhin warst du für ihn da. Du warst ihm ein guter Freund.«

Der Augenblick drückt sich langsam vorbei, wie ein Kloß in der Kehle, bis ein Regentropfen auf dem Oberlicht zerplatzt. Simone beugt sich zum Tisch und zündet mit einem langen Streichholz zwei Stumpenkerzen an. Als Freddy weiterspricht, ist es fast so, als hätten sie sich um ein Lagerfeuer versammelt.

»Einmal waren wir zusammen auf einer Party, auf der

alle Flaschendrehen spielen wollten«, erzählt Freddy. »Wir saßen in irgendeinem Keller, bei MarioKart und Cola, und alberten mit dieser sabbernden französischen Bulldogge rum – Cole war nur ihretwegen mitgekommen; irgendeine Watson war eben abgekratzt –, um uns für das Hauptereignis warmzulaufen. Nur dass der Hund Cole die kalte Schulter zeigte, genau wie alle anderen. Darum verzog Cole sich irgendwann ins Bad. Ihr wisst, wie solche Spiele laufen. Das Augenverbinden, das Flaschendrehen, die Oohs und Aahs und dann der Kuss. Ich wollte um jeden Preis Alice Poor küssen.«

»Die sich später zu einer ziemlichen Schlampe entwickelt hat«, erinnert sich Simone.

»Ein paar andere zerrten Cole irgendwann aus dem Bad.« Mit suchendem Blick, in Gedanken im Keller. »Er zitterte so, dass er sich Cola aufs Hemd schüttete. Er bekam die Augen verbunden, er drehte die Flasche, und … Alice Poor. Ich konnte einfach nicht hinsehen.« Freddys Kiefer spannt sich an. »Als ich trotzdem hinsah, beugte sich Cole gerade nach vorn, ein Handtuch vor den Augen, während ihn alle gebannt beobachteten. Weil«, seine Nasenflügel flattern, »Alice sich den Hund geschnappt hatte und ihn mit baumelnden Beinen vor sich hinhielt. Ehe ich was sagen konnte, hatte Cole den Hund geküsst. Es war totenstill.« Regen trommelt auf die Dachfenster. »Dann leckte der Hund ihn ab.«

Die Flamme duckt sich verlegen. Nicky verzieht das Gesicht.

Freddy reibt sich den Nacken. »Chaos. Schreien, Kreischen. Cole zieht die Augenbinde ab und sieht den sabbernden Hund vor sich.«

Nicky neigt sanft den Kopf, als wollte sie ihn bitten weiterzusprechen. »Wie hat er reagiert?«

»Er lächelte nur und sagte: ›Ich würde sagen, das war eindeutig ein Zungenkuss.‹ Aber niemand hörte ihn. ›Hundeschwuchtel, Hundeschwuchtel‹, grölten alle, weil der Hund ein Rüde war. Cole saß nur da, völlig verwirrt, und streichelte der Bulldogge den Kopf. Also nahm ich ihn mit nach oben und brachte ihn heim. Und das war Coles erster Kuss.«

Stille. »Und Französische Bulldoggen sind so hässliche Tiere«, merkt Simone an.

Freddy sieht sie an. »Die Rasse tut wirklich nichts zur Sache.«

»Wohl nicht.«

»Immer, wenn Cole bei uns übernachtete, schlief ich im oberen Bett; er hatte Angst, er könnte rausfallen. Und meistens zwang er sich, zwanzig Seiten zu lesen, bevor wir das Licht ausmachten – er ackerte sich durch Sebastian Trapps gesammelte Werke, obwohl sie eigentlich viel zu schwierig für ihn waren.«

»Dyslexie«, ruft Simone ihnen ins Gedächtnis. »Oder etwas in der Art.«

»Aber in dieser Nacht schaltete er sofort das Licht aus. Und dann hörte ich ihn weinen. Eine volle Stunde lang.«

Nicky sieht den kleinen, unter der Decke zusammengerollten Körper vor sich, sieht vor sich, wie Cole das Laken über seinen Kopf zieht; wie Freddy lauschend im Bett über ihm liegt.

»Hört sich nach einem sehr einsamen kleinen Jungen an.« Jonathans Stimme ist schwer.

Simone drückt ihrem Sohn die Hand. »Aber du hast dich *trotzdem* gut um ihn gekümmert.«

Die Oberlichter schaudern, auf der Scheibe bebt das Wasser. Nicky schaut auf und Simone erklärt: »In drei bis fünf Minuten ist der Spuk vorüber.«

»Sieht eher nach einer Sintflut aus«, bemerkt Jonathan zweifelnd.

»Ich habe lebenslange Erfahrung mit dem Wetter in der Bay Area, junger Mann. Drei bis fünf Minuten.«

»Nicky«, sagt Freddy mit glühendem Gesicht über einem verlegenen Lächeln. »Ich bin ein Esel.«

»Selbsterkenntnis ist der erste Schritt zur Besserung, Kumpel.«

»Halt die Klappe, Jonno. Wir haben eben eine halbe Stunde nur über Cole gequatscht, dabei ist Nicky hier, um über Sebastian zu reden.«

»Ich habe keine Eile«, sagt sie.

»Ach, du meine Güte.« Wieder rappelt Simone sich auf. »Die Fotos! Ich habe doch eine Liste gemacht – wo war die noch …« Sie verlässt den Raum, verfolgt von einer Katze.

»Ich mach mich vom Acker«, verkündet Jonathan und steht auf. »Und lass euch allein.«

»Dude.« Freddy deutet auf die Scheibe unter dem prasselnden Regen, aber Jonathan wedelt mit der Hand.

»Für Engländer ist so was Strandwetter«, sagt er. »Außerdem hat deine Mum vorhergesagt …«

Und noch während er spricht, hört der Regenguss auf, als hätte jemand einen Wasserhahn zugedreht. Alle drei sehen zum Oberlicht auf. »Ist sie eine Hexe?«, flüstert Jonathan.

»Das frage ich mich manchmal auch.« Sie verabschieden sich mit einem Bro-Hug, einer einarmigen Umarmung, bei der sie sich auf den Rücken schlagen, als wollten sie sich gegenseitig einen Brotkrümel aus der Kehle klopfen.

»Tut mir leid, dass ich so plötzlich abhaue«, sagt Jonathan. »Eigentlich wollte ich schon früher los«, das mit Blick auf Nicky, »aber dann wurde es unerwartet interessant.« Er geht auf sie zu und sie steht auf. »Darf ich dir meine Nummer geben? Wir gehören beide noch nicht wirklich in diese Stadt. Vielleicht können wir unsere Erkenntnisse abgleichen?«

»Oder du entscheidest dich für jemanden, der nicht ganz so gut aussieht«, bietet Freddy Nicky an, wobei er eine einäugige gefleckte Katze anhebt. »Aber dafür mit einer Katze kommt?«

Nicky betrachtet Jonathan, seinen stumpfen Dreitagebart und die zotteligen Brauen, und analysiert die Situation wie einen Roman: Reizt sie die Geschichte um den mysteriösen Auswanderer? Sie spürt eine leise Hitze von ihm ausstrahlen.

Sie streckt ihm ihr Handy hin. »Ruf an«, sagt er, während er seine Nummer eintippt. »Oder schreib, falls dir das lieber ist.«

»Raus aus meinem Haus!«, ruft Freddy.

Er bringt Jonathan zur Tür. Nicky tritt währenddessen an die Galerie an der Wand gegenüber: Dominic und Sebastian und Simone und immer wieder die Kinder in verschiedenen Altersstufen und in Kleidung aus diversen Jahrzehnten.

Hope fehlt. Kunst, die das Leben imitiert.

Handy ruf Nicky an wähl Nicky

Sie betrachtet seufzend das Display, lächelt und wählt die Nummer ihrer Tante. »Ich kann gerade nicht, Tante J …«

»Ganz offensichtlich kannst du gerade sehr wohl.«

»… ich wollte dir nur sagen, dass ›sanguinisch‹ das heutige Wort des Tages ist. Ein optimistischer oder positiver Charakter. Ich werde noch zu einem sanguinischen Menschen, was meinen Aufenthalt hier angeht. Du hoffentlich genauso.«

»Das Wort ›sanguinisch‹ wurzelt auf dem lateinischen

Wort für Blut. Das sagt dir eine Lehrerin. Also nein, ich sehe das keineswegs so positiv. Wo steckst du gerade?«

»Ich bin bei …« Ein Zittern im Glas der Bilder: Nicky sieht Freddy in ihrem Rücken, die Katze auf dem Arm. Still und reglos bleibt er in der Tür stehen.

»Du bist bei …?«

Sie will ihrer Tante nicht antworten – irgendwie fände sie das in Freddys Gegenwart unhöflich. »Ich rufe später zurück.«

Freddy kommt langsam auf sie zu. Sebastian hat ihn im Lauf der Jahre ein paarmal erwähnt, nie ohne Schärfe (`Sein Intellekt konkurriert mit dem eines Köderwurms`), dennoch mag sie ihn. Ein bisschen tollpatschig und viel zu bemüht – aber auch Nicky kann tollpatschig sein. Und sie hat sich viel zu sehr bemüht.

Ehe sie sich umdrehen kann, hat er gesprochen: »Tiefsinnige Gedanken?« Seine Stimme näher als erwartet.

Das Blut zischt in ihren Adern; Fragen überschlagen sich in ihrem Kopf. *Fühlen Sie nicht eine unbehagliche Wärme im Magen?* Und wie. Das erste Symptom dieser *unwiderstehlichen Malaise … detektivisches Fieber.*

Sie dreht sich um. »Willst du auch mal?«, fragt er, während er die Katze streichelt, und Nicky, die noch nie einem Tier widerstehen konnte und erst recht keinem zyklopischen, massiert den daunenweichen Bauch, bis sich die Katze vor Behagen windet.

»Du kennst dich aus«, sagt Freddy und sie lacht.

Dann sagt sie: »Wegen Cole und Hope …«

»Genug von Cole. Und Hope.« Simone kommt in den Raum gestürmt, einen dicken Packen Fotos in jeder Hand und einen Stapel Papiere unter dem Arm. Sie scheucht Nicky und Freddy zurück zu den Sofas – »Husch husch!« – und verspricht, während sie sich neben ihrem Gast niederlässt: »Ich habe so viel zu erzählen.« Dies so eindringlich, dass es ihrem Publikum beinahe unheimlich ist. »So viele Erinnerungen! Wo soll ich nur anfangen?«

»Vielleicht lassen wir sie einfach einen Blick auf die Fotos werfen, Simone.« Freddy greift nach dem Hummus.

»Genau, genau«, antwortet seine Mutter. »Natürlich. In dieser Familie gibt es keine Geheimnisse.«

20.

Heute ist Madeleine für die Vorlesestunde in der Bücherei verantwortlich und verfüttert literarisch *Grünes Ei mit Speck* von Dr. Seuss an eine Schar Kleinkinder, von denen die meisten ruhig und friedlich sind, ein paar sich aber nicht gut bei einer Sorgerechtsanhörung machen würden. Mittags lässt sie sich erschöpft auf dem Teppichboden in der Botanikabteilung nieder, wo niemand sie jemals finden würde, wahrscheinlich jahrelang nicht.

Bei jedem Löffel Joghurt muss sie an die Fremde auf dem Dachboden denken, an diese Frau, die einen unerwünschten Gastauftritt in Sebastian Trapps letztem Akt bekommen hat.

Den frühen Nachmittag verbringt Madeleine mit Büchereinräumen, Hock- und Streckübungen, Aerobic in Zeitlupe; und jetzt hört sie, barfuß vor dem Bilderbuchregal kauernd, ihren Namen, in Honig und Licht getränkt.

»Maddy Trapp! Steh auf – steh auf und lass dich umarmen!«

»Bissie«, strahlt Madeleine und wünscht sich, eine von ihnen würde sich in Luft auflösen.

Bissie Bentley steckt wie vakuumversiegelt in einem Aufzug, den Menschen, die Madeleine hasst, gern als »Athleisure« bezeichnen. Das Gesicht mit sanftem Rouge getönt – natürlich schminkt sich Bissie fürs Fitnessstudio. Madeleine weiß, dass sie unfair ist; Bissie meint es gut, sie hat es immer gut gemeint, schon in der Highschool, wo sie zur »Topnettesten« gewählt wurde (»Wer zum Teufel bringt euch eigentlich Englisch bei?«, hatte Hope gefragt). Bisweilen kann man bei ihr, in einer leichten Brise, sogar einen Anflug von Persönlichkeit erkennen.

»Sieh dich an, beim Staubwischen, genau wie Cinderella!«

Madeleine sieht auf ihre geröteten Füße. »Na ja, beim Einräumen. Arbeiten«, ergänzt sie würdevoll.

»Witzig«, sagt Bissie, und Madeleine weiß, dass es keinesfalls witzig ist, worum auch immer es gehen mag, »eben haben Ben und ich über dich gesprochen. Und über die Party. Und deinen Dad. Wie geht es ihm?«

»Er steht mit einem Bein im Grab.«

Bissie blinzelt. »Das tut uns so leid.«

»Leider wird ihm das kaum helfen.«

»Weißt du, ich habe unsere Umarmung nicht vergessen!«

Madeleine erhebt sich, ein Buch in der Hand (natürlich *Vom kleinen Maulwurf, der wissen wollte, wer ihm auf den Kopf gemacht hat*), und tritt in Bissies weit geöffnete Arme. Sie duftet nach Regenbogen. »Und wie läuft es mit deinem Franzosen?«, fragt Bissie. »Jean-Luc, nicht wahr? Werden wir ihn endlich kennenlernen?«

Jean-Luc ist seit drei Jahren Madeleines Teilzeit-Lover, ein Pariser, den sie auf einer Dinnerparty in Marin County kennengelernt hat. Jean-Luc ist gut aussehend. Jean-Luc ist Architekt. Jean-Luc ist imaginär.

»Das hat sich erledigt«, überrascht Madeleine sich selbst; eigentlich hatte sie nicht vorgehabt, die Beziehung heute zu beenden. Oder jemals. »Ich habe Schluss gemacht«, ergänzt sie. *Sehr nett, Madeleine.*

»Oh! Also, weißt du, mit wem du Bekanntschaft machen solltest?« *Wessen Bekanntschaft*, denkt Madeleine. Aber auch: Mit wem? Sie merkt, dass sie neugierig ist.

Bissies Miene erstarrt mit einem Lächeln auf Autopilot, und Madeleine begreift, dass die arme Frau aus einem Reflex heraus gesprochen hat und ihr tatsächlich kein einziger Kandidat einfällt. »Ich überlege mir was!«, versichert Bissie ihr schließlich. »Ich muss los. Ich wollte nur Benji für die Vorlesestunde eintragen. Im August wird er fünf, ist das zu glauben?« Das ist es und Madeleine tut es. Benji heißt mit vollem Namen Benjamin Bentley der Dritte und ist der Sohn von Benjamin Bentley dem Zweiten, einstmaliger Lover von Madeleine Trapp der Ersten. Vor fünf Jahren marschierte sie von der Babyparty durch den Sommerregen nach Hause, einen schmelzenden hellblauen Cupcake in der Hand, und fragte sich, ob sie und Ben hätten heiraten sollen, ob irgendetwas … egal. Wahrscheinlich nicht, denn Ben war ein Arsch. Aber der Cupcake war gut.

Madeleine sieht Bissie in einer Wolke Feenstaub davonschweben und spürt, wie sich ihr Herzschlag allmählich wieder verlangsamt.

Um drei stempelt sie sich aus, begleitet einen obdachlosen Gentleman aus dem Gebäude – einen betagten Veteranen aus dem Vietnamkrieg, der die meisten Tage in einer abgeschiedenen Ecke der Bücherei verbringt – und fährt ihn zu seiner Unterkunft vier Blocks weiter, den Anschnallgurt fest über ihre Brust gezurrt.

Später sitzt sie im Esszimmer, kaut an einem Sandwich und lässt Simon St. John in ihrem Laptop mit Inspector Trott über den Verbleib einer Mordwaffe diskutieren (»O nein, sie ist nicht *verschwunden,* sondern *geschmolzen:* Unser Freund, der Albino, wurde mit einem *Eiszapfen* erstochen!«), als plötzlich …

»Ich habe *so* viel zu erzählen!«

Madeleine hätte sich beinahe verschluckt.

Er spricht mit seiner Wildwasserstimme, diesem dröhnenden Bass, der um Ecken tost und durch Mauern platzt. Er könnte irgendwo im Haus sein; gleich darauf antwortet Nicky und klingt dabei wie aus weiter Ferne.

Jetzt hört sie Schritte in der Eingangshalle; jetzt sieht sie ihn an der Esszimmertür vorbeigehen, Nicky im Schlepptau. Und gleich danach, leise hinterhertrottend, Watson, die kurz stehen bleibt und fragend ihr Frauchen anblickt.

Madeleine bleibt reglos sitzen. Die treulose Hündin dackelt weiter.

Durch das Fenster und die Krone einer ungezogenen Zwergweide hindurch beobachtet Madeleine, wie die drei das Gartenlabyrinth betreten, sieht ihren Vater zur Unterhaltung seines Gastes die Augen schließen, ehe er Nicky durch die verschlungenen Pfade führt. Früher, als der Garten noch eine wilde Wiese war, jagten Madeleine und ihr Bruder dort aufeinander zu, zwei Krocketschläger untergehakt wie Lanzen; das Labyrinth mochten sie noch lieber: Entweder verband sie Cole die Augen oder Cole verband ihr die Augen oder ihr Vater verband ihnen beiden die Augen und dann tapsten sie eine halbe Stunde zwischen den Hecken entlang. Manchmal auch quer hindurch.

Sebastian und Nicky erreichen den Steinsockel mit der Sonnenuhr und der haifischflossengleich herausragenden Metallklinge und er deutet auf die kleine Eisentafel daneben.

In einem anderen Labyrinth würde sich der Sockel im Zentrum erheben. Hier allerdings gibt es kein Zentrum, nur ein Gewirr von Wegen. Warum er die Hecken so angelegt hatte, hat Madeleine ihn einst gefragt. »Was wir am meisten fürchten, ist ein Irrgarten ohne Zentrum«, erwiderte ihr Vater.

Warum also hatte er in seinem Heim genau das angelegt, was er am meisten fürchtet? Wo er es wässern und stutzen, pflegen und schützen musste?

Er senkte damals den Blick auf seinen Schreibtisch und studierte sekundenlang stumm die Reihen von Schmetterlingen unter dem Glas. »Ich finde, wir sollten lernen, mit unserer Furcht zu leben«, antwortete er. »Unserer Furcht und unserem Scheitern. Und dem Unbekannten.«

Das war vor einem Vierteljahrhundert. Sie fragt sich, was er heute fürchtet, wo das Schlimmste längst eingetreten ist.

Madeleine erhebt sich leise. Im Salon geht sie an ein schmales Regal und legt einen Finger an einen Buchrücken. Dann kippt sie das Buch um fünfundvierzig Grad aus dem Fach.

Geräuschlos schwingt die Wand auf, und Madeleine tritt in den Raum, der sich dahinter verbirgt.

21.

Vor vier Jahren wurde während einer Begehung durch die Behörde für Erdbebensicherheit hinter einer Wand des Salons eine drei mal vier Meter große, leer stehende Kammer entdeckt. Ohne Fenster und ohne offenkundige Bestimmung; ein Tresorraum (schlug Diana vor), vielleicht auch ein Geheimversteck (meinte Simone) oder ein Sexkerker (das von Freddy).

»Und schon bald wird es Mrs. Trapps Zeichenstudio«, verkündete Sebastian, der die Entdeckung gefeiert hatte wie ein Archäologe den Fund eines verborgenen Tempels.

»Das wird ein Ruheraum«, erwiderte Mrs. Trapp, »für alle Verkaterten, die morgens Ruhe brauchen.« Seither ist dies die wichtigste Bestimmung dieser Kammer, und Madeleine die wichtigste Nutzerin, auch wenn Diana das Sesam-öffne-dich-Buch auswählen durfte. *Rebecca.*

Zwei Lampen erblühen schüchtern, sobald Madeleine eintritt. Botanische Drucke an den Wänden; dazu alte Karten von exotischen osteuropäischen Städten und ein halbes Dutzend Kohlezeichnungen auf rauem Papier – Dianas gezeichnete Stillleben. Die Muschel ist wirklich gut, muss Madeleine zugeben. Die Tulpe noch besser. Was kann ihre Stiefmutter eigentlich nicht?

Madeleine setzt sich auf eine flaschengrüne Chaiselongue, das einzige Möbelstück im Raum. Zieht die Beine an, beugt sich vor, hört das Samtpolster zischen, spürt das Haar über ihre Schultern gleiten.

In die Bodenleiste vor ihren Füßen ist ein altes bronzenes Ventilationsgitter eingelassen. Die Schlitze transportieren, wie Madeleine eines Tages entdeckte, während sie ihren Hund jagte, nicht nur Luft, sondern auch Geräusche – Geräusche aus dem Garten.

Jetzt spülen sie das Blubbern von Teichwasser herein und darüber seine Stimme, entfernt, aber deutlich: »Diesmal beschränken wir uns auf die heiteren Dinge, in Ordnung?«

Madeleine lauscht.

Er gibt einige amüsante Anekdoten von seinen verschiedenen Auslandstourneen zum Besten. Madeleine kennt die meisten davon: Wie ihn eines Morgens eine kampflustige Wallaby-Mutter im Zoo von Sydney mit einem kräftigen Tritt um einen Backenzahn brachte; wie ihm eines Abends in Rio de Janeiro ein neunzigjähriger Barmann das Geheimnis des perfekten Caipirinha offenbarte (ein Geheimnis, das Sebastian auch heute nicht lüftet: »Ich habe dem Mann mein Wort gegeben«, erklärt er stets todernst); wie in einer Silvesternacht die letzte Fähre von Tallinn nach Helsinki mitten auf der Ostsee stoppte und die Passagiere – größtenteils Finnen, die sich mit billigem Schnaps eingedeckt hatten – die Reißverschlüsse ihrer klirrenden Reisetaschen aufzogen, die klimpernden Rucksäcke öffneten, ihre ausgebeulten Jackentaschen leerten und auf das neue Jahr anstießen.

»Wahrscheinlich die überraschendste Silvesterfeier meines Lebens«, sagt Sebastian, nur um dann hinzuzufügen: »Nun, abgesehen von einer.«

Madeleine merkt, wie ihre Augen groß werden. Doch schon plaudert er über einen Stierkampf in Argentinien; sie rutscht auf den Boden, lehnt sich neben den Lüftungsschlitzen an die Wand.

Er zählt seine Hobbys auf: Schwimmen und Segeln und Squash – jedenfalls bis zu seiner Dialyse. Er beschreibt seine gesammelten Schmetterlinge und wie jeder einzelne davon in der Vitrine in seiner Bibliothek gelandet ist. Er hat unzählige Kuriositäten gesammelt – von denen viele auf dem Dachboden zu sehen sind, wo Nicky zurzeit schläft, merkt er an, und noch mehr in den Gästeschlafzimmern: Jahrhunderte alte Schlüssel, viktorianische Scherenschnitte, ein ganzes Orchester an exotischen Musikinstrumenten (»Nur Dudelsäcke hat mir meine Frau verboten«).

Vor allem aber liest er für sein Leben gern. »Die meisten meiner Lieblingsautoren sind tot. Von denen, die noch leben, kenne ich zu viele.« Frauen, ergänzt er, schrieben bessere Krimis als Männer. »Ich glaube, weil sie sich jeden Tag mit finsteren Mächten herumschlagen müssen.« Nicky antwortet etwas Unverständliches. Sebastian meint daraufhin: »Männern.«

Um Madeleine wird es schwarz. Sie rührt sich nicht. Mit einer Handbewegung könnte sie die Lampen wieder einschalten, doch vorerst verharrt sie in der Dunkelheit – Tiefseeschwärze, in der das Wasser in ihren Ohren rauscht – und lauscht weiter ihrem Vater.

Er hat Abertausende von Kriminalromanen gesammelt, teils zu horrenden Preisen in Antiquariaten erworben, teils für wenige Pennys in Romantauschbörsen erstanden. Außerdem in seinem Besitz: persönliche Gebrauchsgegenstände verschiedener Autoren – Ngaio Marshs Opernglas; George Simenons Manschettenknöpfe; ein Tumbler, aus dem Anthony Horowitz einst Whisky süffelte; ein von Louise Penny abgestaubter Füllfederhalter; David Handlers Regenschirm. Während er seine Schätze aufzählt, hellt sich seine Stimme auf; Madeleine muss an die Vorführstunden in der Bücherei denken.

»Wild für einen halbwüchsigen Hund«, hört sie wenig später. »Wir wollten ihn von Anfang an Watson nennen – unseren Sidekick. Bedauerlicherweise waren auf der Militärbasis keine Hunde erlaubt.«

Den folgenden Monolog kann Madeleine praktisch Wort für Wort rezitieren. Die Geschichte erzählte er früher ständig in Interviews oder im Fernsehen: Wie er und Hope aus ihren Flitterwochen in Mexiko zurückkehrten und ihren asbestverseuchten Bungalow in Twin Peaks ausgeraubt vorfanden. Nachdem Sebastian von einem öffentlichen Fernsprecher die Polizei gerufen hatte, hockten er und Hope wartend im Nieselregen auf dem Bürgersteig, er mit dem Kopf auf ihrer Schulter, sie mit der Wange an seinem Haar.

Dann hörten sie in der Nähe ein zerbrechliches, kleines Zirpen. Sie sahen auf: Auf der Straße, am Bordsteinrand, kämpfte ein winziges Wesen – groß wie eine kleine Kartoffel und mit glattem, feinem und geflecktem Fell – gegen einen Sturzbach von Regenwasser an, der es in den Gully zu spülen drohte. Das Gesicht war völlig verknittert, der Körper ermattet. Ein Ohr war aufgerichtet, das andere abgeknickt; ein Auge weit aufgerissen, das andere nur ein runzliges Loch.

Sie sollten nie erfahren, wie die kleine Hündin ihr Auge verloren oder wer sie ausgesetzt hatte. Aber noch ehe die Polizei eintraf, hatten sie sie Watson getauft.

Seine Geschichten explodieren wie Feuerwerksraketen, eine nach der anderen; sie steigen auf und überwältigen. Nickend begleitet Madeleine ihn auf seiner Tour durch die Vergangenheit, bei der er die Toten zum Leben erweckt; sie grinst; einmal muss sie so lachen, mit zusammengekniffenen Augen und bebenden Schultern, dass die Lampen wieder aufflammen. Und sie begreift plötzlich, warum ihr Vater eine Biografin rekrutiert hat: Er verzehrt sich nach Publikum. Er will sich schriftlich, aber auch mündlich verewigen. Sebastian Trapp schöpft seine Freude vor allem aus dem Erzählen.

Der erste Jaguar, den er je reparierte. Der merkwürdigste Fanbrief. Seine zweiten Flitterwochen. Der Mord.

Madeleine setzt sich auf.

»Viele Menschen glauben, ich wäre zum Mörder geworden und ungestraft davongekommen«, sagt er leichthin.

Sie presst die Handflächen auf den Boden, legt das Ohr an das Gitter.

»Wer kann es ihnen verdenken? Wahrscheinlich sollte ich … Manchmal frage ich mich, ob Diana je Zweifel hatte …« Seine Stimme zerkrümelt.

Madeleine hält den Atem an.

Teichwasser.

Er sollte nicht darüber reden – das wird ihn aufregen. Sie steht abrupt auf, schiebt ihr Haar zurück; sie stellt sich an die Wand mit den Kartendrucken und drückt auf einen Hebel direkt unter der Straßenkarte von San Francisco im Jahr 1906. Die Tür schwingt auf und sie tritt in den Salon.

»Ich habe eine Überraschung für dich«, sagt Freddy.

Madeleine muss einen Aufschrei unterdrücken. »Jesus, Fred! Hast du mir etwa *aufgelauert?*« Die Tür schwingt hinter ihr zu.

»Ich wollte gerade rausgehen …« Ein Kopfrucken zu den weit geöffneten Terrassentüren hin. Madeleine blickt in den Garten, auf den Rücken ihres Vaters, das silberne Haar auf seinem Kragen; ihm gegenüber sitzt Nicky mit strahlenden Augen und lauscht.

»Mordmethoden!«, dröhnt Sebastian. »Also, hier wären *einige*, auf die nicht einmal Simon gekommen wäre …«

»Eine Speziallieferung.« Wieder Freddy. »Hab ich an der Haustür gefunden.«

Er hält eine kleine Schachtel in den Händen: einen perfekten Würfel, in rosa Papier und babyblaues Band verpackt. Madeleine nimmt ihm das Päckchen ab; es wiegt so gut wie nichts. Kein Zettel, kein Porto. In einer Ecke in korrekten Druckbuchstaben mit Handschrift ST.

Sie runzelt die Stirn. Früher klebten Fans oft Briefe an den Briefkasten unten an der Einfahrt oder legten Päckchen auf den Stufen ab – oftmals eigene Manuskripte, aber auch … ach ja, ein Hundehalsband für eine Watson oder einen altmodischen Giftflakon (ohne zugehöriges Gift). Später verunstalteten besorgte Bürger den Gehweg mit Morddrohungen und zerrissenen Ausgaben von Simon-St.-John-Romanen, einmal sogar mit einer Plastiktüte voller Fäkalien, bis ihnen irgendwann der Zorn und vielleicht auch die Fäkalien ausgingen.

»Madeleine?«

»Ich gebe es ihm.« Sie drückt die Schachtel an ihre Brust. »Hast du Adelina gesehen?« Wie auf ihr Stichwort hin Töpfeklappern aus der Küche und ein italienischer Fluch.

Freddy liebt ihre Haushälterin, die Simone vor über einem

Jahrzehnt eingestellt hat und die Madeleine noch überflüssiger gemacht hat als zuvor. Nicht, dass sie besonders gut für ihren Vater gekocht hätte – meist hatte er darauf bestanden, für sie zu kochen, möglicherweise in einem Präventivakt –, und nicht, dass sie besonders gründlich geputzt hätte, darum war sie Sebastian ohnehin kaum von Nutzen gewesen. Adelina scheint sich ein wenig vor ihm zu fürchten, dafür vergöttert sie Freddy, der im Weggehen singt: »*Gonna get me (sì) some arancini (tutto bene!) …*«

Madeleine dreht sich zum Garten um. Nickys Lippen sind geschlossen. So viele Menschen hören mit offenem Mund zu, um ihrem Gegenüber bei der erstbesten Gelegenheit ins Wort zu fallen. Diese Frau scheint geduldig zu warten. Es ist eine einnehmende Eigenschaft, muss Madeleine zugeben, die ihrerseits öfter mal den Mund halten sollte.

»Also«, sagt ihr Vater, »der Stromschlag eines Zitteraals ist nicht stark genug, um einen Menschen umzubringen. Aber er tut höllisch weh, wie ich in Trinidad erfahren musste …«

In der Küche flucht Adelina erneut und inbrünstig, während Wasser auf den Boden klatscht. Madeleine packt die Schachtel fester und geht aus dem Salon, die Finger schon am Knoten des Bandes.

22.

»Glauben Sie, dass mein Vater die beiden umgebracht hat?«

Madeleine sieht Nicky über den Esstisch hinweg an, auf dem Kerzen glühen und Platten voller Köstlichkeiten dampfen. Adelina hat zu Ehren ihres Gastes ein sizilianisches Festmahl zubereitet: Pasta ’ncasciata, Cannoli mit Schafsmilch – »*Bellissima*«, hat ihr Vater gegurrt –, und eben hat Sebastian eine Runde Tisch-Boccia angeregt (»Wir könnten mit unseren Arancini spielen«, schlägt er vor), als Madeleine spürt, wie ihre Lippen die Worte formen.

Aber sie haucht ihnen kein Leben ein. Nicht hier.

»Erzählen Sie uns von sich«, sagt Sebastian und lässt dabei eine Reiskugel über den Tisch rollen. »Ihre Eltern sind gestorben, richtig? Sie sind ein Waisenkind?«

»Sie ist zu alt, um eine Waise zu sein, Dad«, seufzt Madeleine.

»Ich dachte, man kann in jedem Alter Waise sein«, widerspricht Diana, die ebenfalls keine Eltern mehr hat, wie Madeleine einfällt. Eine weitere Waise, wenn man so will.

»Ich fühle mich zu *alt* für eine Waise.« Nicky schießt ihre Arancini in Sebastians Richtung; sie rollt vom Tisch und Watson stürzt sich darauf.

Diana gießt Wein in Nickys Glas. »Haben Sie Geschwister?«

»Ich bin ein Einzelkind. Aber ich habe eine Tante und Cousins …«

Ich auch, denkt Madeleine.

»… und eine Patentochter und meine Studenten und mehr Freunde, als ich eigentlich verdiene.«

Ach, halt doch den Mund, denkt Madeleine, die ein wenig weich wird, als Nicky den Hund erwähnt.

Sie leeren eine Flasche Vermentino und dann noch eine. Offenbar ist Sebastian der Zeitreisen müde; die Unterhaltung verharrt fest in der Gegenwart. (Die Zukunft bleibt unerwähnt.) In unregelmäßigen Intervallen schlägt er neue Themen vor, als würde er sich bei einem Konzert neue Lieder wünschen: Hat Nicky schon auf vielen Dachböden geschlafen? (»Nur diesem.«) Welche Watson vermisst Madeleine am meisten? (»Watson Fünf war eine Psychopathin, aber alle anderen habe ich geliebt.«) Und was hält Diana eigentlich von Freddys neuem Spielkameraden? Dem Engländer, von dem Nicky ihm am Nachmittag erzählt hat? (»Er kommt aus Dorset ...« Neuigkeiten, die Sebastian mit mildem Interesse aufnimmt.)

Nicky kichert – das gleiche süße Kichern – und will einen Toast ausbringen: »Auf Sie alle und Ihre unglaubliche Gastfreundschaft.«

Madeleine hebt lächelnd ihr Glas an. *Aber glaubst du, dass er sie umgebracht hat?*

Um neun haben die Flammen zu zittern begonnen, wächserne Eiszapfen tropfen aufs Tischtuch und lautes Schnarchen kräuselt sich unter Sebastians Stuhl empor. »Watson hat recht«, sagt er und beugt sich schnaufend nach unten – »Komm her, Schatz« –, bevor er sich aufrichtet und aufsteht, beide Arme mit Bulldogge beladen. »Ich danke euch allen für einen charmanten Abend. Nicky«, eine Verbeugung in ihre Richtung, »lassen Sie Gnade walten an Ihrer Tastatur. Lügen Sie, falls und so oft es notwendig werden sollte.«

Nicky erwidert die Verbeugung. »›Eine Frau, die nicht lügt, ist eine Frau ohne Fantasie und ohne Mitgefühl.‹«

Das muss irgendein Zitat sein. *O verfluchte Scheiße,* denkt Madeleine. *Noch so eine.*

Nachdem Geschirr und Besteck in den Geschirrspüler einsortiert sind, die Servietten verstaut wurden und die Flaschen im Eimer für das Altglas klimpern, verschwinden Nicky und Diana. Madeleine kehrt an den Esstisch zurück und bläst nacheinander die Kerzen aus, verdüstert den Raum mit jedem Atemzug mehr, bis sie zuletzt allein im Dunkeln steht.

In ihrer Suite nimmt sie die rosa-blaue Schachtel von ihrem Schreibtisch. Hält sie an ihr Ohr, als wäre es eine tickende Zeitbombe.

Nichts. (Natürlich nichts.)

Seine Tür oben steht einen Spalt offen. Sie tritt über die

Lichtsäule, die quer über dem Flur liegt, und bleibt vor der Schwelle stehen.

Von hier aus kann sie das riesige Bett mit dem Himmel aus rosenroten Samtvorhängen sehen. (Ihr Vater mag es selbst beim Schlafen dramatisch.) Sie sieht auch die Kommode und den Spiegel, den ein quer laufender Sprung durchzieht – »Er ist kaputt«, bemerkte Diana irgendwann, worauf Sebastian »Er ist perfekt« antwortete –, und die Edwardianische Récamiere in Senfgelb mit ihren prallen Polstern und dem verschnörkelten Arm (die er altmodisch als »Fainting Couch« bezeichnet, obwohl Madeleine noch keinen Mann kennengelernt hat, der weniger zu Ohnmachtsanfällen neigt). Sie sieht den Stuhl am Bett, auf dem Diana während Sebastians Dialyse bisweilen höflich abwartend sitzt.

Gegenüber dem Bett, in dem er ganz alleine träumt, steht ihr Vater vor dem Spiegel, der einst das Abbild seiner kostbaren Frau zurückwarf, und zieht seine Jacke aus.

Madeleine schwebt wie ein Geist durch die Tür.

Er sieht sie im Spiegel an, während seine Finger die Knöpfe an seiner Weste bearbeiten. »Hallo, Frucht meiner Lenden.« Er zwinkert ihr zu und bemerkt dann die Schachtel in ihren Händen. Die Finger halten inne. »Das wäre doch nicht nötig gewesen.«

»Es ist nicht von mir.« Sie stellt sich neben ihn. »Es lag an der Haustür.«

Er nimmt ihr die Schachtel ab, legt den Kopf schief. »Ich liebe Überraschungen«, sagt er schelmisch wie ein Kind, das ein neues Spiel geschenkt bekommen hat.

Madeleine lächelt verlegen.

Die Schleife kollabiert, sobald er am Band zieht. Er schält das Papier weg, hebt den Deckel hoch, späht in die Schachtel.

Und versteift sich.

Sie tritt neben ihn.

In der Schachtel liegt, flach auf dem Rücken, ein knallroter Schmetterling.

In Falten und Kniffen, Flächen und Kanten, klaren Linien und winzigen Ornamenten: ein geriffelter Thorax, Schnörkel an jeder Flügelbasis, dazu zwei Fühler, die den Kopf krönen.

Auf dem linken Flügel in schwarzer Tinte und merkwürdig kindlicher Schrift steht

CHERCHEZ

und auf dem rechten

LA FEMME.

Madeleine sieht verdattert auf. Ihr Vater hat die Stirn gerunzelt, mit Falten durchfurcht, den Mund leicht geöffnet. Er greift in die Schachtel und hebt den Papierschmetterling so behutsam heraus, als wäre er lebendig.

Er ist bezaubernd und gefährlich und scharf wie ein Wurfstern. Sebastian hebt und senkt seine Hand wie ein Kurator, der ein Exemplar abwiegt. Er kippt den Schmetterling in die andere Handfläche, inspiziert den Rücken. Kippt ihn wieder zurück. Dann untersucht er die Schachtel, die Inschrift. ST.

»Ich mag Überraschungen wirklich«, murmelt er.

Madeleine empfindet das stille Bedürfnis, das Papier zu berühren, so wie man ein Schmuckstück berühren möchte. Doch schon reißt Sebastian dem Schmetterling erst den linken und dann den rechten Flügel ab und lässt beide in die Schachtel fallen. Den geriffelten Körper zermahlt er zwischen beiden Handflächen; Madeleine hört das Papier knistern, als würde er ein Lebewesen zerdrücken. Als er die Hände wieder öffnet, ist die Schmetterlingskarkasse nur noch ein roter Papierfetzen. Er kippt ihn in die Schachtel, auf die ausgerissenen Flügel.

»Das verstehe ich nicht«, sagt sie.

»Ich auch nicht.« Er knüllt auch das Geschenkpapier und

Band zusammen, drückt das Knäuel in die Schachtel und presst den Deckel darauf. »Ein dummer kleiner Streich. Bestimmt von irgendeinem Höhlenmenschen aus dem Club.« Er drückt die Schachtel in Madeleines Hände. »Nur ein Scherz.«

»Ein schlechter.«

»Allerdings. Wir sollten Diana nicht damit behelligen.« Er senkt den Kopf und setzt einen Kuss auf Madeleines Scheitel. »Und nun, mein Tochterherz«, sagt er und zieht sich zur Kommode zurück, »ist es Zeit fürs Bett.«

Madeleine denkt an ihr Queensize-Doppelbett mit den Hundehaaren auf den Laken. Das selbst halb so groß noch zu groß wäre.

Sie wendet sich ab und geht zur Tür. Als sie sich umdreht, sieht sie ihn wieder vor dem Spiegel stehen und an den Knöpfen nesteln, bis sich das Hemd öffnet wie ein Bühnenvorhang und sein bleiches Fleisch zum Vorschein kommt, auf dem sich schwach der Saum seiner Blinddarmnarbe im Lampenschein abzeichnet.

Madeleine verlässt das Zimmer. Die Schachtel – nur ein windiger kleiner Karton, in dem ein paar Papierfetzen rascheln – wiegt schwer in ihren Händen.

23.

Unter dem Dach setzt sich Nicky an den Schreibtisch und entfaltet ihren Laptop, auf dessen Bildschirm das gestrige Transkript aufleuchtet. Heute Abend wird sie mit dem Schreiben beginnen, wird sie redigieren und komprimieren, seine Worte mit ihren verquicken – so wie sie es heute Nachmittag abgesprochen haben.

»Sie müssen mich nicht buchstabengetreu zitieren, junge Miss Hunter, aber vergessen Sie nicht, dass niemand so gut über mein Leben Bescheid weiß wie ich. Und niemand (wenn Sie verzeihen) wird nach diesem Buch greifen und denken: *Wen interessiert's, wie der Mann tatsächlich war – ich will wissen, was die* Autorin *aus ihm gemacht hat!*«

»Wo Sie schon davon sprechen: Wer wird überhaupt nach dem Buch greifen? Nur Ihre Angehörigen?«

»Wissen Sie, während ich heute früh Fluchtrouten für unsere Feier nächste Woche entwarf, kam mir ein Gedanke: Vielleicht sollte ich Ihre Ergüsse etwas weiter zirkulieren lassen. Also, *ich* werde sie natürlich nicht zirkulieren lassen. *Ich* werde mich dann der großen Mehrheit angeschlossen haben.«

Sie lädt eine Playlist mit klassischer Klaviermusik auf ihr Handy. Der Wein brennt heiß und süß in ihrem Inneren. Ihre Finger dehnen sich wie Katzen vor der nächtlichen Jagd.

Nicky schreibt gut, wenn sie getrunken hat, und heute Abend ist sie sich ihrer selbst und ihrer Mission besonders sicher. Offenbar mag er sie. Sie! Sebastian Trapp! Und die Familie – natürlich hat sie von diesen Leuten gelesen, aber sie hatte nicht damit gerechnet, dass sie … mit solchem Staunen auf sie reagieren würde, anders kann sie es nicht ausdrücken. Und so offenherzig.

Im Luftholen zwischen zwei Musikstücken muss sie an den Schatten in seinem Blick denken. Sie hat ihn in der Bibliothek bemerkt, im Baron Club; und heute im Garten. »Viele Menschen glauben, ich wäre zum Mörder geworden und ungestraft davongekommen«, hatte er leichthin erklärt. »Wer kann es ihnen verdenken? Wahrscheinlich sollte ich das als Kompliment nehmen. Manchmal frage ich mich, ob Diana je Zweifel hatte …« Dann verzog sich der Schatten. »Ach, lassen wir das. Sprechen wir lieber über Mord*methoden!* Also hier wären einige, auf die nicht einmal Simon gekommen wäre …«

Nicky seufzte.

Jetzt, beim Überfliegen des Transkripts, wählt sie ihre Eröffnungszeile: »Das Leben ist hart. Früher oder später bringt es uns um.«

Im Schein der Schreibtischlampe und unter den glasigen Blicken sechs toter Hunde beginnt sie zu tippen.

Drei Stockwerke tiefer, im Salon, auf dem Sofa, die grunzende Bulldogge zu ihren Füßen, sitzt Madeleine reglos da – ein Schatten unter Schatten, in einer Hand ein Weinglas, das Fotoalbum aufgeschlagen auf ihrem Schoß. Die Gesichter leuchten gespenstisch bleich in der Dunkelheit: Sebastian mit einer Zigarette zwischen den zusammengebissenen Zähnen; Hope und Cole tratschend beim Maisentkernen; Madeleine selbst mit gesenktem Kopf über einem Puzzle.

Ratatat-ting. Hagel auf dem Dach – ein Stockwerk über ihr attackiert ihr Vater seine Remington. Madeleine schließt die Augen, lauscht den prasselnden Anschlägen. Was *schreibt* er nur? Vor gut einer Woche haben die Stürme eingesetzt – Tastenanschläge Tag und Nacht, die den Boden der Eingangshalle überschwemmen, die ihr Zimmer und die Küche überfluten, wo auch immer sie …

Ihr Handy beginnt auf dem Couchtisch zu schaudern.
Seufzend angelt sie danach. Dreht es auf den Rücken. Und merkt, wie ihr der Atem stockt.

Hi, Magdala.

Sie zuckt zurück, als hätte sie an einen Elektrozaun gefasst.

Das ist unmöglich.

Drei Punkte pulsieren.

Ich bin's. Magdala.

Samstag, 20. Juni

24.

Vor dem Esszimmer sieht Nicky, die Tasche über einer Schulter, noch einmal auf ihre Uhr: 10:00 Uhr. An diesem Morgen hat sie bereits Julia beschwichtigt, mit Potato geplaudert, ihrer Patentochter beim Öffnen ihrer Geburtstagsgeschenke zugeschaut und einen Studenten ihres Sommerkurses sanft zu überzeugen versucht, seine Werwolfnovelle zu überarbeiten. Jetzt beobachtet sie, wie Diana am Tisch Melonenstücke aufgabelt.

Nicky wartet ab. Sie ist ein geduldiger Mensch – doch das ist Diana auch: geduldig mit ihrer Stieftochter, geduldig mit ihrer Schwägerin. Und die fünfzehn Jahre zwischen Hopes Verschwinden und Dianas Rollenwechsel zur neuen Mrs. Sebastian Trapp: Erforderten die ebenfalls Geduld?

Die Dame des Hauses sieht von ihrem Laptop auf. »Leisten Sie mir Gesellschaft. Mit diesem Frühstück könnte man eine hungrige Meute ernähren«, sagt sie und nickt zum Esstisch hin: zusammengeklappte Omeletts, die an frisch gewaschene Servietten erinnern, wellige Speckstreifen, ein Obstkorb. »Sebastian ist oben in seinem Zimmer. Heute ist Behandlungstag.«

Nicky setzt sich. Sie trägt einen Rock und einen Anflug von Make-up; doch gegenüber Diana in ihrer ärmellosen Bluse, mit ihren perfekten Schultern fühlt sie sich wie ein hässliches Entlein. »Störe ich?«

»Oh …« Diana klappt den Laptop zu, als wäre er eine

Unterwäscheschublade, die sie versehentlich offen gelassen hat. »Ich ... schreibe nur einer Freundin in England.«

Nicky kratzt Speck und Eier auf ihren Teller. Sie kann sich nicht recht vorstellen, dass Diana Freunde hat.

»Sie hat eine Tochter namens Pandora. Panda genannt.«

Nicky verzieht das Gesicht.

»Ganz recht«, meint auch Diana. »Sie treffen sich heute mit Isaac Murray, nicht wahr?«

»Gibt es irgendetwas, was ich ansprechen oder nicht ansprechen sollte?«

Ein Lächeln bricht durch Dianas Lippen. »Er hat mich mal geküsst«, erklärt sie schüchtern. »Ausgerechnet auf einer Party. Ich erinnere mich noch gut – an seine 2000-Jahr-Brille. Sie wissen schon, eine von denen, wo die beiden Nullen vor den Augen saßen.« Ihre Wangen röten sich. »Sie spielten *›Hungry like the Wolf‹* und Isaac sang: *›I'm on the hunt, I'm after you.‹* Trotzdem blieb er Gentleman.«

Nicky zerschneidet ihr Omelett und lächelt. »War das an Silvester?«

Die Farbe versickert. »Ja.«

»Was war an Silvester?«

Nicky dreht sich um und sieht Freddy in der Tür stehen. Er kann posen, das muss sie zugeben, hat den Brustkorb unter den verschränkten Armen angespannt und die Bizepse in den Ärmeln nach oben gedrückt.

»Sebastian ist oben«, erklärt Diana ihm.

»Cool.« Freddy zielt mit einer Zweifingerpistole auf Nicky. »Hey – was isst du da?«

»Frühstück«, antwortet sie mit vollem Mund.

»Wessen? Das sind, keine Ahnung, ungefähr fünf Frühstücksportionen auf deinem Teller.«

»Du brauchst dich nicht bedroht zu fühlen, nur weil mein Frühstück größer ist als deins.«

»Schön, dass ihr so gut miteinander auskommt«, sagt Diana.

Freddy strahlt. »In einer halben Stunde lese ich dich auf, Nicky.«

Sie blinzelt. »Soll ich denn aufgelesen werden?«

»Ich dachte, Freddy könnte Sie zu Isaac fahren«, erklärt Diana. »Macht Ihnen das etwas aus?«

»Im Gegenteil, ich freue mich darauf.«

»Cool. Ist Mad da?«

»Sie ist samstagvormittags in der Bücherei.«

»Das Auto steht draußen. Kriege ich einen Apfel?«

Nicky wirft ihm einen Granny Smith zu. Freddy fängt ihn mit einer Hand auf, beißt hinein, verschwindet.

Als sie sich wieder umdreht, sieht sie Diana in ihre Teetasse starren. »Die Dialysetage sind schwer für mich. Ich spüre, wie er schwächer wird. Als würde eine Kerze ausbrennen. Immer matter werden.«

»Vielleicht trotzdem besser als ein plötzlicher Tod«, sagt Nicky.

Diana hebt ihren Blick zu Nicky. »Das weiß ich nicht.«

Und dann erzählt sie ihre Geschichte.

Sie war einem Jungen nach San Francisco gefolgt. Die zwei trennten sich mehr oder weniger direkt nach ihrer Ankunft, doch da hatte sich Diana schon in Kalifornien verliebt und unterrichtete darum vorübergehend Studenten, bis Hope Trapp, ebenfalls Engländerin und Fürsprecherin aller Geknechteten, sie vor der Ausweisung rettete. Diana arbeitete sechs Monate lang als ihre Assistentin; nach Hopes und Coles Verschwinden kehrte sie nach England zurück und trat dort eine feste Stelle als Lehrerin an: Zehn Jahre bereitete sie in der sechsten Klasse verschwitzte Jungs und verschüchterte Mädchen auf ihre Französisch- und Lateinprüfungen vor und musste sich dabei mit Akneexplosionen und Maschinengewehrsalven an anzüglichen Vorschlägen (*Voulez-vous coucher avec moi ce soir, Mademoiselle Gibson?)* herumschlagen. Schließlich, an ihrem vierunddreißigsten Geburtstag – ein Jahrzehnt nach San Francisco, einem Jahrzehnt halbherziger Dates und wachsender Einsamkeit – begegnete sie auf einer Hochzeit Ewart.

Sein Name störte sie nicht. (»*Mich* stört er umso mehr«, beklagte er sich.) Genauso wenig wie seine Wohnung in Bermondsey mit dem leeren Kühlschrank, den vollen Aschenbechern und den Papierbergen auf dem Boden. Ewart war Grafiker und liebte seinen Job, doch nach nicht einmal einem Monat liebte er Diana noch mehr.

Drei Jahre und drei Fehlgeburten später war sie schwanger. Sie allein, nicht sie beide – »Ich bin die Einzige hier, die sich morgens übergibt«, wies sie ihn zurecht, als er einem Freund fröhlich eröffnete: »Wir bekommen ein Kind!« Aber er hielt ihr Haar zurück, wenn sie vor der Toilette kauerte, streichelte ihren Rücken und versprach, dass er dem kleinen Lümmel dafür eine Tracht Prügel verpassen würde.

Sie wollten das Geschlecht des Kindes nicht wissen. Jedenfalls Diana nicht; Ewart brachte die Neugier fast um. »Lass es dir von der Ärztin ins Ohr flüstern«, schlug sie ihm vor, doch das wollte ihr Mann nicht.

»Du kannst Geheimnisse für dich behalten«, grinste er. »Ich nicht.«

Gemeinsam strichen sie das Kinderzimmer mit breiten Bahnen in Rosa und Blau. Ihr Bauch schwoll an. Er gewöhnte sich an, mit zwei Fingern darauf zu klopfen – »Morsecode«, erklärte er ihr.

Und dann schoss an einem Morgen zu Beginn von Dianas (ihrem alleinigen!) letztem Trimester, als sie unter einem Himmel wie nasser Wolle von der Babyparty wegfuhren, den SUV mit Baumwollstiefelchen und handgehäkelten Decken und einem Einteiler mit den Worten *Nicht von schlechten Eltern* beladen, ein Lkw im Nieselregen über eine rote Ampel, spießte ihren Wagen auf und tötete Ewart auf der Stelle.

Bis die Sanitäter eintrafen, hatten bei Diana die Wehen eingesetzt. Während sie in den Rettungswagen geladen wurde, sah sie Ewart reglos im Gurt hängen, den welken Airbag an seiner Brust. Die Tür knallte zu. Alles weitere erlebte sie im Schnelldurchlauf: ein Rollstuhl. Ein OP-Saal. Eine Epiduralanästhesie. Ein fester Druck. Ein Schrei.

Das Baby war ein Mädchen. Das Baby war tot. Der Schrei war aus ihrem Mund gekommen.

Zwei Jahre vergingen, bis Diana, immer noch trauernd, an Sebastian schrieb. Es war ein befremdliches Gefühl, die Adresse auf einen Umschlag zu setzen; noch befremdlicher, ihre Geschichte jemandem zu erzählen, mit dem sie so lange nichts zu tun gehabt hatte, selbst wenn möglicherweise niemand außer ihm sie verstehen konnte. Wie hatte er damals den Verlust seiner Frau und seines Kindes überlebt? Wie sollte sie weiterleben?

Sie solle nach Kalifornien kommen, antwortete er.

In England hielt sie nichts – weder ihre Schule, wo sie jedes Mädchen an ihr Kind erinnerte; noch ihre Wohnung, das düstere Apartment, in dem sie jede Nacht allein schlief, wenn sie überhaupt schlief; noch ihre Eltern, die Jahre zuvor gestorben waren; noch ihre Freundinnen, die sie nicht mehr sehen wollte.

Und so ging Diana nach Kalifornien. Gleich an ihrem ersten Morgen in der Stadt machte Sebastian mit ihr einen Rundgang durch das Haus, das sie fünfzehn Jahre zuvor verlassen hatte. »Die Bibliothek habe ich aufs Doppelte vergrößert«, prahlte er. »Und ich habe einen Koiteich anlegen lassen. Die Karpfen sind fette Biester. Eines Tages werde ich sie wie ein Bär mit bloßen Pranken aus dem Wasser fischen und sie mit Schuppen und Gräten verschlingen.«

In dieser Woche trafen sie sich zweimal; in der darauffolgenden Woche zweimal zum Abendessen und einmal zu einem Ausflug. Diana stellte fest, dass sie ihren Rückflug immer wieder verschob: um vierzehn Tage, dann um einen Monat und dann um drei. Sie mochte San Francisco, mochte die Stadt mit ihren multiplen Persönlichkeiten. Sie mochte ihr gemietetes Apartment in Russian Hill. Und sie genoss nach all den Jahren Sebastians Gesellschaft.

Diana näherte sich auf Zehenspitzen ihrem vierzigsten Geburtstag. Dem reiferen Alter. »Von reiferem Alter kann keine Rede sein, du Kindergartenkind«, schalt er sie. »Wir fangen gerade erst an, wir beide.« Das war am Abend seines Fünfundsechzigsten.

Er zeigte ihr die vergilbten Briefe seiner Lieblingsautoren, legte sie aufgefächert auf dem Boden der Bibliothek aus, analysierte die Handschriften, die Unterschriften, sogar die Briefmarken auf den Umschlägen. »Sieh dir diese Schlaufen an!«, rief er etwa und deutete dabei auf die Ls einer britischen Nationalheldin. »Was für ein geiles Luder.«

Sie zeigte ihm schwer schluckend Bilder von Ewart. Zeigte ihm mit feuchten Augen die Geburtsurkunde ihres Babys. Zeigte ihm die wenigen Kondolenzkarten, die sie aufgehoben hatte; zeigte ihm das Tagebuch, in dem sie seither ihre unergründliche Verzweiflung und ihre zart sprossenden Hoffnungen festgehalten hatte.

Sie heirateten in der City Hall, mit Madeleine und Freddy als Trauzeugen (Simone entschuldigte sich eine Stunde vor der Zeremonie, angeblich wegen ihrer Allergien.) In einem gesetzten grauen Kostüm stand Diana Sebastian in seinem kohleschwarzen Anzug gegenüber – »Wir sehen aus wie zwei Schatten«, bemerkte er –, und dann wurden die Ehegelübde gesprochen, vier Hände klatschten und zum Schluss gab es einen federleichten Kuss. Sie fuhren nach Hause, wo Sebastian seine Braut die große Treppe hinauftrug und sie anschließend einlud, ihre neue Domäne in Augenschein zu nehmen.

(Er trug sie bis in den ersten Stock, wo er ihr erklärte, dass er nie wieder heiraten könne, weil sein Rücken das nicht mehr mitmache.)

Seither saß Diana an dem Tisch, an dem einst Hope saß, ging durch die Flure, durch die Hope gegangen war, schlief in dem Bett, das Hope gehört hatte. Ein neues Leben, oder vielleicht eines aus zweiter Hand, Tausende Meilen von den Trümmern ihrer Vergangenheit entfernt.

»War es bisher eine glückliche Ehe?«, fragt Nicky.

Ein Nicken. »Anders als die mit Ewart. Auch anders als die mit Hope, nehme ich an. Aber glücklich. Wir haben die Welt bereist, wir …« Diana verstummt, sieht zum Fenster.

Nicky wartet ab.

»Sie fragen sich, ob ich ihn je verdächtigt habe.«

Nicky fragt sich exakt das.

»Das habe ich nie. Ehrlich nicht.« Ein langsames Kopfschütteln. »Ich kann mir beim besten Willen nicht vorstellen, dass er einem anderen Menschen Gewalt antun würde. Schon gar nicht zweien. Das kann ich einfach nicht. Wir haben nie darüber gesprochen, aber – nein, niemals.«

Nickys Lippen haben sich überrascht geöffnet.

»Und ich weiß, dass das ungewöhnlich ist«, fährt Diana fort. »Aber in jeder Ehe – Sie sind nicht verheiratet? Dachte ich mir –, in jeder Ehe gibt es Themen wie gefährliche Ecken eines Viertels, die man vorsichtshalber meidet. Wie vermintes Gelände.«

Nur dass dieses Gelände in diesem Fall theoretisch sechs Fuß tief und zwei menschliche Körper breit ist, denkt Nicky.

»Leben bedeutet auch Verlust«, sagt Diana ganz leise.

Nach einer Sekunde zuckt Nicky mit den Achseln. »Leben bedeutet auch Veränderung. Und – Entdeckung.«

»Ich hatte genug Veränderungen. Und ich habe schon zu viel entdeckt.«

»Wie meinen Sie das?«

»Ach – vergessen Sie das. Sie sind Sebastians wegen hier, nicht meinetwegen. Sebastian, den sie *zu neuem Leben erweckt* haben.« Nicky lächelt. »Wirklich! Er staubt sein altes Material ab, er kuratiert Fotos, er besucht seinen Club. Der Mann ist *ganz aus dem Häuschen.*«

»Aber warum?«

Diana schaut zum Fenster, die Augen leicht zusammengekniffen. »Das habe ich mich auch gefragt. Sebastian lernt für sein Leben gern neue Dinge. Vielleicht lernt er von Ihnen.«

»Ich glaube kaum, dass ich ihm etwas beibringen kann.« Kurze Stille.

»Sie sehen aus, als wollten Sie noch etwas sagen«, bemerkt Diana.

Nicky rutscht nervös herum; sie sucht noch nach den richtigen Worten. »Ich habe ihm – es ist fast so, als hätte er, ohne viel zu sagen, einen Seitenblick auf Hope und Cole geworfen. Ich weiß nicht, wie ich es beschreiben soll … darauf, wie die zwei waren. Wie *waren* die beiden?«

Stille. Nicky hält den Atem an.

Dann stößt sich Diana vom Tisch ab und steht auf. »Ich zeige es Ihnen.«

25.

»Das Ding ist ein Fossil«, verkündet Diana, während sie den Videorekorder in das Fach unter dem Fernseher hebt. »Aus grauer Vorzeit.« Sie zieht eine Faustvoll schlangenhaft verwundener Kabel zur Rückseite des Fernsehers; verärgert, dass sie aus dem Tiefschlaf geholt wurde, erwacht die Maschine grollend zum Leben, und auf dem Bildschirm nächtlicher Schneefall.

Nicky späht in den Fernsehschrank: eine klobige Videokamera und ein Dutzend Kassetten, alle mit Klebeband versehen und korrekt beschriftet – *Mad 1. Skitag 1985, T'giving/Weihnachten 87, Bibliothek 91 (4 min).*

»Mal sehen ...« Diana zieht *Fußball + Tanz Herbst 95* heraus. »Da war Cole zehn. Oder beinahe zehn. Wollen wir?«

Sie schiebt die Kassette sanft, aber mit Nachdruck in das Maul des Rekorders, als würde sie ein widerspenstiges Kind füttern. Schließlich gibt das Gerät nach, schluckt das Band – und prompt leuchtet der Bildschirm in verschmelzenden Abstufungen grasgrün auf. »Diese neuen Camcorder sind so schwer«, hört man die Kamerafrau lachen. Ihre Stimme ist erdig, tief und warm.

Neben Nicky rutscht Diana unruhig auf ihrem Stuhl herum. »Seltsam, sie zu hören«, murmelt sie.

Morgensonne, ein Fußballplatz. Kinder in Trikots – teils rot, teils blau (die Trikots; die Kinder sind ausnahmslos weiß). Pferdeschwänze an den Mädchenköpfen. Die Jungen haben Sticker an ihren Stollenschuhen kleben. Hopes Linse fängt die Füße des Torwarts ein.

»Was haben sie an ihren Schuhen?«, fragt sie.

»Ninja Turtles.« Trocken, aus der Distanz. Madeleine.

»Wo sind die von Cole?«, fragt Hope. »Wo sind seine Turtle Ninjas?«

Die Kamera schwenkt auf Madeleine, massig und mürrisch, mit Aknewolken an der Wange. Den Blick gesenkt, kaut sie auf einer Haarsträhne, während sich die Kamera an ihrem Körper abseilt, an dem Buch in ihrer Hand vorbei bis zu den Sneakers. »Wo sind deine Schildkröten?«, fragt Hope.

Madeleine schlurft aus dem Bild. Die Kamera schwenkt über das Feld.

»Und wo ist dein Bruder?«

»Ja, wo nur?« Auftritt Sebastian, mit mehreren Pappbechern in den Händen, in Nickys Augen identisch zu heute, groß und kantig, das Haar in einer Sturmwelle zurückgestrichen. Sein Blick wird schmal. »Was *macht* er da?«

Hope entdeckt ihn in einer entlegenen Ecke des Spielfelds, das blonde Haar von der Sonne entflammt, ein Winzling in roter Uniform, der aufs Gras starrt und schwankend seine Arme schwingen lässt wie die Klangröhren eines Windspiels. Hope zoomt auf sein reptilienloses Schuhwerk und dann auf sein Gesicht. Seine Lippen bewegen sich langsam.

»Beobachtet er *seinen Schatten?«,* entfährt es Sebastian.

Cole beobachtet wahrhaftig seinen im Morgenlicht lang gezogenen Schatten, der sich von den Schuhen wegstreckt, als versuche er sich von seinem Besitzer zu lösen. Er schiebt die Arme in sein Trikot und verwandelt die Ärmel in leere Löcher.

Es wird laut. Die Kamera zieht erschrocken übers Feld. »Die Gegenmannschaft hat gerade ein Tor geschossen«, rumort Sebastian. »Kannst du – mach ihn auf dich aufmerksam, ja?«

»Ernsthaft, Mom.«

»Hört auf. Alle beide.« Hope schwenkt erneut auf Cole, dessen Arme wiederaufgetaucht sind und dessen Hände jetzt mit einem himmelblauen Papierquadrat beschäftigt sind.

Nicky beobachtet ihn interessiert. Es ist das erste Mal seit ihrer Ankunft, dass sie Cole in Bewegung sieht.

Jetzt kniet er sich hin, faltet das Papier, dreht es um, faltet es wieder. »Er vertreibt sich die Zeit«, sagt Hope.

»Er sollte sich die Zeit mit *Fußballspielen* vertreiben!« Sebastian tritt in die Aufnahme und legt eine Hand an den Mund. »Cole!« Lauter: *»Cole!«*

Hope (»Hör auf!«) und Madeleine (»Jesus, Dad!«) versuchen ihn zu bremsen, aber Sebastian brüllt: »Sie haben ein Tor gemacht! Ein *Mädchen* hat ein Tor gemacht, während er *mit Puppen* spielt.«

Hope steht Cole zur Seite. »Es ist ein Schmetterling.«

»Ich kann nicht länger zusehen«, seufzt Sebastian und seine Stimme entfernt sich. »Richtet Pelé meine Grüße aus.«

»Gaylé«, murmelt Madeleine.

»Vorsicht.« Hopes Stimme wie Trockeneis.

»Er ist so peinlich. Ehrlich, du musst was unternehmen. Weißt du, was Misty gesagt hat?«

»›Warum zur Hölle haben meine Eltern mich Misty getauft?‹, nehme ich an.«

Ein Lächeln zupft an Nickys Lippen. Cole kneift die Flügelspitzen des Schmetterlings zusammen.

»Ihre Schwester Aspen hat ihr erzählt, dass Cole in der Schule nur ›das schwanzlose Wunder‹ genannt wird. Und die Lehrer lassen ihn nie vorlesen, weil er nicht lesen kann. Aspen hat sogar eine *Cole Patrol* gebildet, und jeden Tag – hey, was machst du da?«

Hope hat auf ihre Tochter geschwenkt, deren Concealer bestäubtes Gesicht nun den Bildschirm füllt. Sie versteckt es unter einem Hoodie und einem grimmigen Stirnrunzeln.

Diana runzelt ebenfalls die Stirn. »Vielleicht sollten wir ein anderes Video ansehen«, murmelt sie.

»Erzähl mir von dieser Patrouille«, sagt Hope. »Ich muss das wissen. Was machen sie jeden Tag?«

Madeleine zögert. »Jeden Tag erklären sie ihm, dass er sich umbringen soll. Sie schreiben Selbstmordbriefe, die er unterschreiben muss, und kleben sie an seinen Spind. Er verbringt ganze Schulstunden auf dem Klo.«

Die Kamera ist ein paar Grad zur Seite gekippt.

»Cole und Aspen waren Partner in einem Projekt über unsichtbare Tinte, und nachdem alle ihre Namen auf den Zettel geschrieben hatten, stellte sich raus, dass Aspen *Ich bin schwul* geschrieben hatte und Cole nur *Cole*, so als hätte er unterschrieben.«

Die Kamera kippt weiter zur Seite. Nicky und Diana sehen jetzt Madeleines verschränkte Arme. Eine Hand hält ihr Buch; Sebastian Trapp blickt streng von der Rückseite des Umschlags.

»Ihre Freundin wollte Klassensprecherin werden und hat damit geworben, dass sie Tampons für Cole kaufen würde. Und wenn sie ihn mit einem Origami erwischen, muss er es aufessen.«

Geschrei in der Ferne. Die Kamera schießt an Madeleines Körper entlang nach oben, zielt an ihr vorbei auf ihren Bruder, der einen zweiten Schmetterling gefaltet und neben dem ersten vor seinen Knien abgelegt hat. Er hebt die Arme und schwenkt sie über dem Kopf.

»Und wie hast du reagiert«, fragt Hope ruhiger, während man Cole jubeln sieht, »als – Misty, nicht wahr? Als Misty dir das mitgeteilt hat?«

Plötzlich findet Madeleine den Boden ungemein interessant. »Ich hab nur gesagt, dass Cole ein Spast ist und dass sie ihn ignorieren soll.«

»Ich verstehe. Dann richte deiner Freundin und ihrer Schwester doch bitte Folgendes aus.« Hopes Stimme klingt gefährlich ruhig; Nicky sieht ein Krokodil vor sich, das aufs Flussufer zuschwimmt. »Sag den beiden, dass Misty ein Nuttenname ist und Aspen ein Name für eine Nutte, die sich für was Besseres als eine Misty hält.«

Cole klatscht seinem Team Applaus, während Hope fortfährt: »Und falls die junge Aspen auch nur *einen Gedanken* daran verschwenden sollte, jemals wieder *einen Gedanken* an deinen Bruder zu verschwenden, werde ich persönlich in die Ley Academy kommen, sie an ihrem Kinder-BH aus der Cafeteria zerren und dafür sorgen, dass diese kleine primitive Drecksschlampe bei ihrer Abschlussfeier zur Miss ›Hat den größten Anspruch auf einen Behindertenparkplatz‹ gewählt wird.«

Madeleines Kiefer klappt nach unten.

»Und falls du *je* wieder hören solltest, dass irgendwer zu jemandem sagt, er solle sich umbringen, dann denk daran, dass der Vater deines Vaters …«

Cut.

Im nächsten Moment staksen drei Mädchen in türkisen Gymnastikanzügen über den Bildschirm und springen gleich darauf im Scheinwerferlicht auf einer kleinen Bühne herum. Die Tänzerinnen links und rechts lächeln strahlend ins Publikum; zwischen ihnen starrt Madeleine, einen Kopf größer, finster konzentriert vor sich hin, mit ihren Bewegungen immer knapp dem Takt hinterher. Nicky braucht ein paar Sekunden, bis sie das Stück erkennt: George Michaels *»I Want Your Sex«*.

»Das ist dann wohl die Talentshow«, sagt Diana. »Wahrscheinlich würde Madeleine nicht wollen, dass wir das sehen.«

Sie schauen ein paar Minuten zu, dann schaltet Diana

den Fernseher aus. »Das war leider nicht das herzerwärmende Filmerlebnis, das ich mir vorgestellt habe.« Sie dreht ihren Ehering. »Ich glaube, Sebastian hat seinen Vater nie in der Öffentlichkeit erwähnt. Soweit ich weiß, hatte Madeleine bis zu diesem Augenblick keine Ahnung.« Sie zieht die Stirn in Falten. »Tatsächlich weiß ich nicht, ob er …«

»Er hat es mir erzählt.« Und zwar mit einem Bier in der Hand, geradezu fröhlich, einen Fuß im Pantoffel wippend.

Diana nickt und räuspert sich. »Ich habe als Lehrerin erlebt, wie Schüler gemobbt wurden. Manchmal wurden die Opfer körperlich misshandelt, aber viel öfter psychisch oder sozial, und manchmal so heimtückisch, dass nicht einmal ich es genau einordnen konnte. Und doch bleiben die Opfer für ihr Leben gezeichnet.«

Nicky nickt.

»Ich glaube nicht an die These, dass Mobber sich selbst hassen oder dass sie andere nur verletzen, weil sie verunsichert sind. Manche Aspens glauben wirklich, sie wären etwas Besonderes, etwas Besseres. Dabei sind diese kleinen Scheißer nur gewöhnliche, feige Gangster.«

Es ist ein befriedigendes Gefühl, Diana fluchen zu hören. Nicky studiert ihre Spiegelbilder im Fernseher, graue Gespenster, die auf dem Bildschirm spuken. Und sie hört sich fragen: »Sie haben Cole zum letzten Mal …«

»… an dem Abend gesehen, an dem er – an Silvester. Ich fuhr die Jungs nach Hopes Geburtstagsparty zu Freddy nach Hause.«

»Wenn man vom Teufel spricht.« Die Frauen drehen sich um und sehen Freddy wieder in der Tür stehen. Nicky fragt sich, ob der Mann jemals normal einen Raum betritt. Er ist wie die Katze in einem Splatter-Film, die unerwartet in die Kamera springt, um das Publikum zu erschrecken.

»Abfahrbereit?« Er stößt sich vom Türrahmen ab und

grinst, und Nicky erwidert automatisch sein Grinsen; dann sagt er: »Für unsere Mission zur Mission«, und sofort würde sie ihn am liebsten treten.

Sie schultert ihre Tasche und folgt ihm aus dem Raum. Als sie gleich darauf zurückkehrt, sieht sie die Dame des Hauses auf den Schirm starren, auf das darin gefangene Phantom. Sie hat die Hand erhoben, als wollte sie jemand grüßen, als würde sie gleich gegrüßt werden.

Sie schrickt zusammen, als Nicky sie anspricht.

»Danke, dass sie mir Ihre Geschichte erzählt haben«, sagt Nicky und meint es auch so.

26.

Madeleine hat nicht geschlafen, hat es nicht einmal probiert. Sie schlingert wie ein Schiff im Sturm, während die Vergangenheit wie Meerwasser über ihre Decks gespült wird.

Wer wusste davon?

Eine Weile – vielleicht ein paar Minuten, vielleicht eine Stunde – starrte sie gestern Abend im dunklen Salon auf die Nachricht; immer, wenn der Bildschirm einschlief, weckte sie ihn mit einem Tippen auf. Der Weißwein in dem Glas in ihrer Hand wurde warm. Watson schnarchte zu ihren Füßen auf dem Teppich. Madeleine bemerkte nichts davon.

Wer weiß davon?

Diverse Halsabschneider von Anrufer-Identifikations-Webseiten verlangten zeternd vierzig Dollar, dann würden sie die Quelle offenbaren. Die erste Webseite offenbarte lediglich, dass die Nummer einer App zugeordnet war, mit der sich gefakte Telefonnummern erstellen ließen. Die zweite und dritte Website – unter anderen Umständen hätte der Name *whothefuckiscallingme.com* Madeleine amüsiert – förderten auch nicht mehr zutage.

Wer konnte von Magdala wissen?

Sie suchte im Internet nach einer Erwähnung des Namens in Verbindung mit ihrer Familie. Das Internet rief ihr in Erinnerung, dass es Simon St. John in seinem neunten Fall *Roses Are Red* mit einem charismatischen Abgeordneten zu tun hatte, dessen Frauen zum Verschwinden neigten, wobei sich die Mörderin als lesbische Suffragette namens Magda Smack entpuppte. Keine von Sebastian Trapps Sternstunden. Und so purzelte Madeleine auf der Jagd nach Magdala von einem Kaninchenloch ins nächste.

Vielleicht hatte Cole sich Freddy anvertraut. Vielleicht hatte Freddy etwas weitererzählt? Womöglich ihrer Tante? Nicht auszuschließen – Simone würde ihre Bankdaten verraten, wenn ihr jemand nur tief genug in die Augen sah –, aber dafür hätte einer von beiden von Magdala wissen müssen. Und Cole hatte den Namen immer nur heimlich verwendet, ihn in Madeleines Ohr gehaucht, wenn er sich gefürchtet hatte, ihn mit Gefühl ausgesprochen, wenn sie in Fort Point Spion gespielt hatten. Niemand hätte zufällig darauf stoßen können.

Aber offenbar hatte jemand ihn herausgefunden.

Madeleine zog sich aus, legte sich nackt ins Bett. Die Vorhänge standen einen Spalt offen, als wollten sie ihr etwas zuflüstern; auf einer Seite näherte sich die Hündin dem Bett wie ein Unterseemonster im diesigen Scheinwerferlicht eines U-Bootes, um zuletzt tragisch gegen ihre Schulter zu sacken.

Hi, Magdala.

Ich bin's. Magdala.

Die ganze Nacht hindurch verbrachte sie geistig in einem Vernehmungsraum, in dem sie eine Unzahl an Verdächtigen verhörte: Freunde, Bekannte, diesen Ex, jenen Klassenkameraden … Sie hörte sich ihre Alibis an: *Magda-wie?* Oder *Woher sollte ich deine Nummer haben?* Und *Wer bist du noch mal?* Irgendwann hörte sie, wie ihr Vater Diana um ein Frühstück für drei gestandene Männer bat (»Drei *Holzfäller«)* und dann ihren Namen rief (»Maddy? Fühlst du dich heute Morgen holzfällerisch?«). Später klopfte Freddy an ihre Tür und fragte, was sie vorhätte. Nachdem er und Nicky losgefahren waren, jagte sie Watson erst nach draußen, dann wieder ins Haus und ließ die Hündin anschließend in Richtung Küche trotten. Sie brauchten beide etwas Freiraum.

Jetzt ist es 10:53 Uhr, und sie ist ausgehöhlt vor Hunger. Ihr Magen grollt. Sie auch. Sie wischt ihr Telefon wach, überfliegt noch einmal die Nachricht.

Wer könnte von Magdala wissen?

Ihre Finger stepptanzen übers Display.

Beweis es, tippt sie und drückt auf *Senden*.

27.

»Sebastian ist high.« Freddys Kiefer bearbeiten einen Kaugummi, während der Nissan Richtung Süden rollt, an niedrigen Wohnanlagen und Bäumen vorbei, deren Kronen sich wie frohlockend himmelwärts recken. »Da drüben liegt Japantown, falls du auf Sushi stehst«, erklärt er Nicky. »Und auch, wenn nicht.«

»Er ist high?«

»Verrate es niemandem, aber ich schiebe ihm immer ein Edible unter, bevor ich ihn an den Tropf hänge. Ein THC-

Gummibärchen mit Kirschgeschmack. Spezialanfertigung. Damit groovt er ab.«

Nicky kann sich Sebastian unmöglich beim Abgrooven vorstellen. »Darf ich die Musik aussuchen?«

Freddy bietet ihr sein Handy an. »Überrasch mich.«

»Mann, Freddy.« Sie verzieht das Gesicht, während sie durch Albumcover aus dem letzten Jahrtausend scrollt. »Du bist so ein mittelalter weißer Mann.«

»Gefällt dir die Auswahl nicht?« Er grinst.

»Sieh dir die Tattoos von diesem Typen an. Wie eine Straßenkarte durch das Königreich von Arschloch. Würdest du dir ein Tattoo zulegen?«

»Du hast meine Mutter kennengelernt. Sie würde mich bei lebendigem Leib verbrennen.«

Nicky hält inne. Sie hatte ihn gar nicht in die Falle locken wollen – aber er hat *sehr wohl* ein Tattoo. Sie hat es gleich an ihrem ersten Abend bemerkt: die Textzeile unter seinem Ellbogen. Warum streitet er es jetzt ab?

»Also, was soll es sein?«, fragt er.

Sie tippt auf das Handy, und Freddy wendet sich ihr lächelnd zu, mit bläulichen Schatten unter den Augen und blassen, spröden Lippen. »Also, *das* nenne ich eine Ansage. *›I get knocked down …‹«*

»›… but I get up again …‹«, ruft sie. Sie werden mehrmals umgehauen und stehen wieder auf, bevor er anmerkt, dass sie nicht singen kann. »Ich bitte um Vergebung, Pavarotti«, schießt sie zurück.

»Und gefällt es dir bei uns? Vermisst du deine Freunde?«

»Ich bin doch erst vier Tage hier. Noch halte ich es aus.« Sie streicht ihren Rock glatt, sieht ihn an. »Hast du dir je überlegt, von hier wegzuziehen?«

»Jesus – ist es *so* schlimm?«

»Nein«, antwortet sie lachend. »Ich meine nur …«

»Nein, ich habe lebenslänglich. Ich muss hier bei den Überresten meiner Familie bleiben.« Und die nächste Viertelstunde hört Nicky, während der Wagen durch den Morgenverkehr ruckelt und aus den Lautsprechern Musik aus den Neunzigern schallt, mit langsam erlöschendem Lächeln, wie Freddy sein Leben vor ihr ausbreitet, Vergangenheit wie Gegenwart: seine Arbeit als Trainer, seine Freundinnen, die unausweichliche Emigration seiner Kumpel in die Vorstädte und vor den Altar …

»Und ich langweile dich wirklich nicht?«

»Du langweilst mich wirklich nicht.« Nicky mag Menschen, sie hört sich gern ihre Geschichten an; sie mag auch Freddy, trotz seiner Aufschneiderei – mag ihn umso mehr, seit er ihr ein Leben beschrieben hat, das sich für sie (obwohl er es nicht ausspricht, obwohl er das vielleicht gar nicht so empfindet) nach einer fortschreitenden Erosion von Möglichkeiten und Hoffnungen anhört. Genau wie bei Madeleine. Ist das herablassend von ihr? Hoffentlich nicht.

Und das müde Gesicht, die müde Stimme: vielleicht nur eine harte Nacht, aber – es ist, als hätte ihn etwas *gezeichnet.* Nicht nur der gestrige Abend. Vielleicht schon vor langer Zeit. Selbst sein Musikgeschmack ist in den Nullerjahren stehen geblieben. Und das war kein guter Zeitpunkt, um innezuhalten.

Plötzlich ist sie sicher: Es gibt Dinge, die er ihr nicht erzählt. *Fühlen Sie ein fatales Klopfen im Kopf? Es wird Sie nicht mehr loslassen.* Sie spürt, wie das detektivische Fieber sie packt.

Freddy sieht sie von der Seite an und grinst. »Ich verrate dir ein Geheimnis.«

Sie beugt sich zu ihm. »Und welches?«

Er hält am Straßenrand an, beugt sich ihr ebenfalls zu und flüstert: »Wir sind da.«

28.

Damit bezeichnet Freddy ein schmales, zweistöckiges viktorianisches Stadthaus in Karibikblau, das zwischen zwei Häusern in Sonnenbrandrot klemmt, und Isaac Murray selbst wird von einer Sommergrippe geplagt. Der fadenscheinige, blumengemusterte Morgenmantel schmeichelt seiner kantigen Figur nicht; »alles andere ist verseucht«, krächzt er und winkt Nicky ins Haus.

Seine Stirn und sein Haaransatz verhandeln über eine bedingungslose Kapitulation; sein Salz-und-Pfeffer-Bart ist deutlich übersalzen, und seine Haut glänzt unter einem dünnen Schweißfilm. Trotzdem kann Nicky, als sie an seinem Küchentisch sitzt und im Licht eines Erkerfensters badet, noch zwanzig Jahre später Madeleines kleinmädchenhaftes Verschossensein nachvollziehen. Es ist dieser Poetenblick, beschließt sie, es sind diese dunklen, tiefen Augen, die sie gefühlvoll durch eine Schildpattbrille betrachten.

»Der Mission District hat ein eigenes Mikroklima«, sagt Isaac und drückt dabei Zitrone in seinen Tee, »deshalb bekomme ich regelmäßig schon vor der übrigen Stadt die Sommergrippe. Der Honig ist übrigens unser eigener. Der Bienenstock steht im Garten.« Er tippt auf ein Honigglas. »Möchten Sie?«

Nicky nickt.

Er rührt einen Löffel voll in ihre Tasse und sinkt danach ihr gegenüber in die Polster. »Ich hatte Sie komplett vergessen. Die vielen Antihistaminika.« Ein Schniefen. »Ich bin enttäuscht von Sebastian. Und natürlich überrascht. Eine Sekunde fragte ich mich, warum er nicht mich um Hilfe gebeten hat. Beim Schreiben, meine ich. Ich schreibe für viele Prominente.« Ohne sich zu beklagen.

»Sie sind überqualifiziert. Ich sammle nur ein paar Geschichten. Für die Familie.«

Isaac nimmt einen Schluck. »Ich will nicht zynisch klingen – da fehlt noch Zitrone –, aber es ist ein geschickter Ansatz, um sein Image aufzupolieren. ›Laut einem privaten Erinnerungsbuch für seine geliebte Familie‹, und so weiter. So was lässt sich nicht in einer Presseerklärung ausschlachten. Dafür klingt es zu menschlich.«

Nicky lässt sich das durch den Kopf gehen, während ihr Blick die Küche mit ihren hellen Schränken und abgewetzten Dielen abwandert. *Vielleicht sollte ich Ihre Ergüsse etwas weiter zirkulieren lassen,* hat Sebastian gesagt – aber wenn er bisher keine Anstrengungen unternommen hat, sein öffentliches Bild aufzupolieren, wo er noch davon profitieren könnte, warum dann posthum?

»Hope und Cole werden nach seinem Tod viel Raum einnehmen. In den Nachrufen und auch lange danach. So wie bei William Burroughs – ich wette, die meisten Artikel, die über einen Absatz hinausgehen, erwähnen in einem Nebensatz, dass er seine Frau in den Kopf geschossen hat.«

»Versehentlich.«

»Machte für die Frau keinen Unterschied. Die Sache ist die: Wenn du Autor bist – noch dazu von Kriminalromanen –, und Blut an deinen Händen klebt …«

»Niemand weiß, ob an Sebastians Händen Blut klebt.«

»Wahrscheinlich tut es das nicht.« Isaac zupft ein, zwei, drei Taschentücher aus einer Schachtel und schnäuzt sich mit Wirbelsturmkraft. »Ich glaube, ich bin gerade ein Kilo leichter geworden. Wie gesagt: Sebastian konnte ein unglaublicher Arsch sein – vielleicht zitieren Sie das lieber nicht –, und hat sich bis aufs Messer mit Hope bekriegt – auch das sollten Sie nicht zitieren –, aber ich glaube, ich kann mir nicht vorstellen, dass er seine Frau und seinen

Sohn *beseitigt* hat, so wie die Schurken in seinen Büchern ihre Opfer *beseitigen.*« Er verzieht das Gesicht. »Aber das tut nun auch nichts mehr zur Sache.«

Nicky tippt auf ihr Handy. »Sie haben – ich würde das gern aufnehmen, wenn Sie nichts dagegen haben –, Sie haben ihm bei den Recherchen zu seinem Sachbuch geholfen.«

»Wahnsinn und Methode«, verkündet Isaac. »In dem wir herausfanden, dass Kriminalromane eine Form von moralischer Erziehung bieten und dass durch die Aufklärung des Falles – haben Sie es gelesen?«

»Dass durch die Aufklärung des Falles die Ordnung wiederhergestellt und das Recht durchgesetzt wird.«

»Es ist irreduzibel moralisch. Aristotelisch sogar. Sebastian wählte mich wegen meiner Erfahrungen bei der Recherche, aber er wollte vor allem – nachdem es hier um Pop-Philosophie ging – einen Skeptiker an seiner Seite. Jemanden, den er überzeugen konnte.« Er tupft mit dem Ärmel seine Stirn ab. »Und ich mochte ihn, ich mochte die Familie. Als das neue Jahrtausend anrollte, waren wir schon bei seinem nächsten Roman.«

Nicky nickt.

»Schenken Sie mir bitte nach. Ich hole währenddessen meine Requisiten.«

Diese erweisen sich als sechs oder sieben Gegenstände, die in sechs oder sieben Anekdoten um Sebastian eine Rolle spielen: ein Strafzettel wegen überhöhter Geschwindigkeit, ein Champagnerkorken, ein Smokingtaschentuch (»Er zeigte mir fünf verschiedene Arten, es zu falten«). Isaac versteht es zu erzählen und seinem Thema zu schmeicheln, und als die Mittagssonne über den Tisch kriecht, beginnt sogar das Honigglas zu leuchten wie eine Laterne.

Schließlich lehnt er sich wieder zurück. Nicky kritzelt

noch eine Notiz und sieht dann auf. »Sollte ich Sie noch etwas fragen?«

Er überlegt, lässt seinen Tee kreisen. »Die Philosophie«, erklärt er langsam, »lehrt dich, die Stärken einer Idee hervorzuheben und ihre Schwächen zu verstecken. Literarische Schriftsteller – Sie; in gewisser Weise auch ich – tun das ständig, wenn sie eine Geschichte schmieden. Und hier …«, sagt er mit einem Blick auf ihr Handy und seinen Mementos, »hier stimmt die Gewichtung nicht.« Er nimmt seine Brille ab und putzt sie mit einem Taschentuch. »Verstehen Sie, was ich meine?«

Ein leichtes Kopfschütteln ihrerseits.

»Hope und Cole.« Seine Augen glänzen. »Das größte Mysterium in Sebastians Leben, richtig? Warum startet er so kurz vor seinem Tod nicht einen letzten öffentlichen Aufruf? Um nach Möglichkeit doch noch die Wahrheit ans Licht zu zerren? Dafür muss es doch einen Grund geben.«

»Sie meinen, er kennt die Wahrheit bereits?«

»Könnte doch sein.«

»Aber Sie haben selbst gesagt, dass Sie sich nicht vorstellen können …«

»Ich habe gesagt, ich glaube, ich kann mir das nicht vorstellen.«

»Aber warum sollte er schweigen, wenn er die Wahrheit kennt?«

Ein Achselzucken. »Zauberer heben oft ihre rechte Hand, damit niemand merkt, was die Linke tut.« Er setzt die Brille wieder auf. »Hat er über sie gesprochen? Ich weiß, das geht mich nichts an, aber ich bin auch nur ein Mensch.«

»Über Hope. Über Cole weniger.«

»Weniger.« Ein Seufzen. »Cole war nicht … sagen wir so: Er war nicht Sebastian Trapp. Und wäre es nie geworden.«

»Er hatte nie die Chance.«

»Mag sein. So oder so frustrierte er Sebastian. Vor allem, nachdem der Sohn seines Bruders so ein Draufgänger war. Sie haben Freddy kennengelernt?« Sie nickt. »Ich habe für ihn Bier gekauft, als er fünfzehn war. Der Junge schuldet mir noch zwanzig Dollar.« Dann mit einem Blick auf ihr Handy. »Schalten Sie das kurz ab, in Ordnung?«

Sie tippt aufs Display. Gleich darauf räuspert er sich und fährt fort: »Als ich ein paar Monate für Sebastian arbeitete, verletzte sich Cole. Absichtlich«, ergänzt er, als ihre Augen groß werden. »Ich wollte gerade durch die Haustür, als seine Mutter herausgerannt kam, Cole in den Armen, in ein Badetuch gewickelt. ›Sag Sebastian, dass sein Sohn sich die Pulsadern aufgeschnitten hat‹, rief sie, dann steckte sie das Kind ins Auto und raste los. Mehr weiß ich nicht. Ich habe nie erfahren, warum.« Er dreht sich zum Fenster, verzieht das Gesicht. »Ich sah ganz kurz sein Gesicht über ihrer Schulter«, erzählt er. »Er wirkte …«

Nicky wartet ab.

»Hoffnungslos«, entscheidet Isaac. »Zutiefst hoffnungslos. Später sah ich ein paarmal seinen nackten Arm. Wenn man genau hinschaute, konnte man die Narben erkennen, eine richtige kleine Leiter.«

Sie studiert stumm das Honigglas. *Wie traurig*, denkt sie. *Wie traurig, sich so hilflos zu fühlen.*

Beide zucken zusammen, als quietschend die Haustür aufgeht und gleich darauf zufällt. »Das ist ein Einbruch«, ruft eine Frau. »Bist du noch am Leben? Denn sonst gehört mir deine Brieftasche …«

Sie betritt die Küche, groß und adrett in Jeans und Jacke, mit intelligenten Augen unter einem Helm aus blau glänzendem Haar.

»Darf ich vorstellen – die größte Ermittlerin von allen«, sagt Isaac zu Nicky. »Meine Frau, Detective B.B. Springer.«

29.

»Entschuldigen Sie – nein«, als Nicky zur Begrüßung aufstehen will und mit dem Tisch zu kämpfen hat, »entschuldigen Sie die Unterbrechung. Ich sehe nur kurz nach dem Patienten. Ich hab dir Sauerteigbrot mitgebracht.« B.B. Springer lässt eine Papiertüte auf den Tisch fallen, aus der die Spitze eines Brotlaibs herauslugt.

»Ich werde dich nicht küssen, aber sei versichert, dass ich es gern tun würde. Wo ist Tequila Sunrise?«

»Im Bullenstall. Mein neuer Partner ist blond und hat einen Latinonamen«, erklärt B.B. Nicky, während sie sich dem Kühlschrank zudreht. »Auch Antonio Blonderas genannt.« Sie findet ein Tütchen mit Babykarotten. »Seid ihr schon an der Stelle angekommen, wo du mich kennengelernt hast?«

»B.B. gehörte zu den Detectives, die im Trapp-Fall ermittelten«, erklärt Isaac. »Zum ersten Mal begegneten wir uns in einem Verhörraum.«

»Und etwa zwölf Monate später ruft er an und fragt: ›Interessiert sich die Polizei immer noch für mich?‹ Und ich sage: ›Nein‹, und er sagt …«

»›Lässt sich das ändern?‹«, lallen sie im Chor.

»Ich war betrunken«, erklärt Isaac.

»So hatte die ganze Sache wenigstens etwas Gutes.« B.B.s Lächeln erlischt; sie beißt in eine Karotte.

Nicky inspiziert ihr Handy. »Ich sollte mich auf den Weg machen. Danke für Ihre Zeit.«

»Bitte richten Sie Diana meine besten Grüße aus«, sagt Isaac.

Seine Frau grinst. »O ja, Isaac hatte schon immer eine Schwäche für Prinzessin Diana.«

»Ich ziehe es vor, zu glauben, dass die Schwäche *beiderseitig* war.«

»Und doch ist sie zwanzig Jahre später mit Sebastian Trapp verheiratet.«

»Nur, weil ich dich zuvor geheiratet habe.«

»Ich hätte auf die Schwägerin getippt. Als Nachfolgefrau.« B.B. killt eine weitere Karotte und sieht Nicky scharf an.

Isaac greift nach dem leeren Taschentuchspender. »Bin gleich wieder da.« Er eilt aus dem Zimmer.

Die Frauen sehen einander schweigend an, B.B. kauend, Nicky nervös – so direkt einer echten Detective gegenüber, fühlt sie sich wie ein Untersuchungsobjekt auf einem Obduktionstisch.

Plötzlich kommt B.B. auf sie zu und geht vor ihr in die Hocke. Sie beugt sich vor, schiebt eine blaue Locke hinter ihr Ohr. »Wissen Sie, wenn Sie irgendwann über Sebastian Trapp reden wollen …«

»Nicky ist kein Maulwurf, Babe.« In der Tür trompetet Isaac in ein Taschentuch.

B.B. richtet sich wieder auf und hebt kapitulierend die Hände. »Kein Fall ist jemals so kalt, dass man ihn nicht wieder aufgreifen könnte.« Sie geht zu ihrem Mann und küsst ihn auf die Stirn. »Der Morgenmantel steht dir besser als mir. Passen Sie auf sich auf, Nicky!«, ruft sie und geht dabei rückwärts aus dem Zimmer.

Isaac zieht ein Honigglas aus dem Schrank. »Würden Sie das Sebastian übergeben? Ich habe mich immer schlecht gefühlt, weil ich ihm nie Adieu sagen konnte. Oder dass es mir leidtut. Ich habe ihm ein paar Briefe geschrieben.« Er führt sie in den Flur. »Auch mit Diana habe ich nie wieder gesprochen. Nach dieser Nacht. Nicht, bis sie gestern anrief. Das letzte Mal sah ich sie auf dem Revier, wo sie ihre Aussage machte. Geht es ihr gut?«

Nicky lächelt. »Ich glaube schon.«

Sie treten aus dem Haus in die Sonne. »Kennen Sie ihn?«, fragt Isaac und blickt argwöhnisch auf den Nissan am Straßenrand.

»Das ist Freddy Trapp. Meine Mitfahrgelegenheit.«

»Ihre Mitfahrgelegenheit hat Sie eben fotografiert. Oder uns beide.« Mit zusammengekniffenen Augen. »Vielleicht hat er auch nur etwas geschrieben und sein Handy in unsere Richtung gehalten. Hören Sie gar nicht auf mich. Man wird paranoid, wenn man mit einer Polizistin zusammenlebt.«

Er winkt ihre Hand weg – »Immer noch ansteckend« – und beugt sich dann zu ihrer Verblüffung vor, als würde er befürchten, dass Freddy sie hören könnte.

»Meine Frau hat immer geglaubt, dass jemand in dieser Familie mehr weiß, als er oder sie zugibt.«

Nicky bleibt stehen. »Und wer?«

»Sie ist nicht sicher. Es ist nur ein Gefühl. Aber passen Sie in diesem Haus gut auf sich auf«, ermahnt er sie leise. »Zu viele Zimmer, zu viele Treppen. B.B. sagt, es sei ein Ort, an dem jederzeit ein sehr gefährlicher Mensch hinter einem stehen könnte.«

Nicky wartet ab, doch er lässt es damit bewenden.

»Viel Spaß noch in San Francisco«, verabschiedet er sich und verschwindet im Haus.

Nach ein paar Sekunden steigt sie die Stufen zum Gehweg hinunter. Als sie sich dem Fahrerfenster nähert, sieht sie Freddys Daumen über das Display tanzen. Er bemerkt sie gar nicht. Nicky legt den Kopf schief und versucht, den Text zu erfassen.

»Hab dir Kaffee geholt«, vermeldet er, ohne aufzusehen. Sie erschrickt derart, dass sie zurücktaumelt und um ein Haar den Honig fallen lässt.

30.

»Ich glaube, ich schulde dem Typen noch zwanzig Dollar.« Freddy lenkt den Nissan ruckartig vom Bordstein weg, während aus den Lautsprechern der Song von vorhin dröhnt. »Hier ist dein Americano.«

Auf dem Becher steht *GEBRAUT IN BETTY'S CAFÉ*. Nicky beschließt, Freddy nicht darauf hinzuweisen, dass sie keinen Kaffee trinkt; stattdessen tut sie so, als würde sie vorsichtig nippen, wobei sie insgeheim ihren Fahrer mustert. *Vor allem, wo der Sohn seines Bruders so ein Draufgänger war.*

Der Draufgänger haut kurz auf den Blinker.

»Es läuft immer noch *We get knocked down, but we get up again*«, stellt Nicky fest.

»Oh, sorry.«

»Das war keine Beschwerde.«

»Mir ist eingefallen, dass Cole den Song mochte. Und das brachte mich zum Nachdenken.« Er räuspert sich. »Ich habe dir doch gestern von dieser Party erzählt.«

»Vom Flaschendrehen.«

»Und dass ich Cole später unten heulen hörte. Im unteren Bett.«

Nicky wartet ab.

»Das einzige Mal, dass er *je* oben schlief? War in der Nacht, in der er verschwand.«

Sie merkt, wie sich ihre Nackenhaare aufstellen.

Als Freddy sich ihr zudreht, sind seine Pupillen winzig und zittrig. »Ich habe nie – darüber habe ich nie nachgedacht. Ich schätze, weil mich nie jemand danach gefragt hat. Außerdem schlief er danach nie wieder bei mir.«

Als sie sich einem Stoppschild nähern, hört er auf zu sprechen, als würde ihn das Schild zum Schweigen auffordern. Kurz kneift er beide Augen zu.

»An diesem Abend wollte er unbedingt oben schlafen.«

»Warum?«

»Warum ist die richtige Frage. Er sagte – es ist *Jahre* her, dass ich ...«

Seine Finger spielen am Lenkrad. Nicky wartet stumm ab.

»Er hoffte, dass das nächste Jahr besser würde. Schätze, das hat nicht so hingehauen.« Freddy sieht sie an und verzieht das Gesicht, während der Wagen an der Kreuzung steht. »Warum wollte er das obere Bett?«

Hinter ihnen ein kurzes Hupen. Er ignoriert es.

»Und wie ist es möglich, dass ich alles verschlafen habe, was in dieser Nacht passiert ist?«

Verglichen mit vorhin erscheint ihr Freddy irgendwie langsamer, düsterer. Nicky schüttelt den Kopf.

Seine Stimme quetscht sich durch die Kehle. »Simone hat gesagt, ich wäre ihm ein Freund gewesen. Aber ...«, er schlägt sich mit einer Hand an die Stirn, verzieht das Gesicht und bricht schließlich zusammen; Tränen rollen über sein Gesicht, »... das war ich nicht immer.« Noch ein Hupen. Freddy hebt den Mittelfinger, redet weiter. »Der Hund, den er küssen musste? Das ...«

Ihm versagt die Stimme. Nicky wartet weiter.

»Jesus, das war meine Idee. Es sollte nur ein Gag sein, aber – ich hatte gehofft, ich könnte, keine Ahnung, mein schlechtes Gewissen *beschwichtigen,* wenn ich es so erzähle. Ich habe ihn hin und wieder verarscht. Ach, Scheiße.« Sein Schluchzen erreicht Erdbebenstärke.

Ihr Gurt rollt sich zischend ein. Sie schlingt ihre Arme um seinen Körper, hakt das Kinn über seine breite Schulter und presst ihr Haar an eine raue Wange. Nach ein paar Sekunden beruhigt er sich und verstummt.

Schließlich fährt er sich mit der Hand übers Gesicht. »Ich

hätte damals alle verprügeln sollen, die ihm wehtun wollten.« Seine Augen werden schmal. »Angefangen mit seinem Dad.«

»Du hast immer noch den Finger ausgestreckt«, erklärt sie ihm nach einer Sekunde.

»Oh.« Ausatmen. »Vergiss es. Ich bin in letzter Zeit ein Wrack.«

»Willst du darüber reden?«

»*Nein«,* lacht er und versprüht dabei Speichel. »Persönlicher Scheiß. Ich sollte dir das überhaupt nicht erzählen.«

Sie zupft an einem Daumennagel. »Und warum erzählst du es mir?«

Freddy betrachtet sich im Rückspiegel, tätschelt seine Wangen (»Jesus – schau mich an«) und wirft ihr dann einen Seitenblick zu. »Warum? Ich schätze, weil man mit dir gut reden kann.« Ein trostloses Lächeln, dann rollt der Wagen wieder an. Aber die Knöchel auf dem Ganghebel sind weiß.

»Also, welche Theorie hast du?«, fragt er. »Über Hope. Und Cole. Eine nach der anderen.«

Nicky sieht den vorbeiziehenden Telefonmasten nach. »Ich meine, ich weiß über die Geschichte Bescheid, aber deswegen bin ich nicht – ich bin hier, um über deinen Onkel zu schreiben. Über seine Bücher.« Immerhin beinahe die Wahrheit.

»Szenario Eins«, sagt Freddy, als hätte er ihr nicht zugehört. »Sie sind beide getürmt. Wobei irgendwer sie früher oder später gesehen hätte. Jedenfalls innerhalb der letzten zwanzig Jahre.«

Nicky lässt sich auf das Gedankenspiel ein. »Agatha Christie verschwand auch mal. Sie war einfach weg, ohne dass jemand sie entführt hatte. Landesweite Suche, Medienrummel, das ganze Trara.«

»Wie lange hat es gedauert, bis sie gefunden wurde?«

»Elf Tage. Sie wurde von einem Banjospieler in dem Hotel identifiziert, in dem sie sich versteckt hatte.«

»Wo ist ein Banjospieler, wenn man einen braucht? Szenario Zwei: eine Entführung. Nur – keine Nachricht? Keine Lösegeldforderung? Kein gar nichts? O nein.« Drei Finger wackeln. »Szenario *Tres:* ein UFO. Ob du es glaubst oder nicht, manche Leute sind davon überzeugt.«

»Glaube ich sofort.«

»Es gibt, was weiß ich, Chatrooms und Threads, in denen die Leute Verschwörungstheorien austauschen. Sie nennen sich Trappisten. Total irre. Du hast keine Ahnung.«

Nicky hat eine ziemlich genaue Ahnung.

Während sie durch Hayes Valley kreuzen, beginnt Freddys Handy zu blöken. »Simone«, murmelt er nur und lässt es ohne weiteren Kommentar läuten. Nicky muss an B.B.s Worte denken: *Ich hätte auf die Schwägerin getippt. Als Nachfolgefrau.*

Sie trommelt mit den Fingern auf das Honigglas, das zwischen ihren Schenkeln klemmt. »Standen sich deine Mutter und deine Tante nahe?«

»Eigentlich nicht.« Er bremst. Nicky sieht aus dem Fenster; wie konnte sich ein so großes Haus so unerwartet anschleichen?

»Danke für die Fahrt«, sagt sie und klettert aus dem Auto.

»Danke für die Umarmung.«

»Ich schicke dir die Rechnung.«

»Du hast was vergessen.«

Nicky inspiziert den Beifahrersitz, klatscht sich auf die Hosentaschen.

»Szenario *Cuatro.* Und wenn du mich fragst, die wahre Lösung.« Vier Finger zappeln. »Sie sind gestorben.«

Selbst in der Frühnachmittagssonne muss Nicky schaudern. »Und wie?«

»Das«, antwortet Freddy achselzuckend, »ist die große Frage.«

31.

Er ist es wirklich.

Den ganzen langen Tag über baut er mit Unterbrechungen, aber unerbittlich, Nachricht um Nachricht seine Beweiskette auf, während Madeleine zusammengekauert auf ihrem Sofa in der Dunkelheit sitzt.

Zwei Dutzend Geschichten – über Ferienabenteuer, Kinderspiele, diverse Watsons. Wie er für Madeleines ersten Spind in der Junior High ein Schild malte, mit so falsch geschriebenem Namen, dass er kaum zu entziffern war; wie sie nach der Schule aus großen Bechern süßen Tee mit Fruchtsaft tranken, während im Fernsehen Wiederholungen von *Remington Steele* liefen; wie er stundenlang geduldig und friedlich in ihrem Zimmer saß, während sie sein Gesicht mit Make-up zukleisterte.

Ein Dossier über Familiengeheimnisse, darunter der Streit ihrer Eltern über die Wachstumshormone, gegen die Hope sich sperrte, weil Cole »natürlich wachsen« sollte. Der Grundriss ihres Hauses in England; der Suizid ihres Großvaters.

> Deine Freundin Patti fütterte Watson III mit weißer Schokolade, um festzustellen, ob er davon sterben würde.
> Und als Watson sich im Solarium übergab, hast du Mama und Dad erzählt, ich hätte ihm die Schokolade gegeben.

Natürlich würde auch Patti das wissen, aber die sitzt zurzeit vier Jahre wegen Bestechung ein.

An Weihnachten 1996 dachtest du, du wärst schwanger.

In ihrem letzten Highschool-Jahr, von Cameron Dunlop, auf dem Wasserbett seines Bruders, und zwei Wochen darauf war sie mit Cole zur Drogerie gefahren und hatte ihn einen Schwangerschaftstest kaufen lassen. (»Klau ihn, wenn es sein muss.«) Es dauerte gefühlt Monate, bis er wieder aus dem Laden kam. »Ich wollte den allerbesten haben«, erklärte er, als er mit einem rosa Karton und einer Tüte M&Ms ins Auto kletterte. »Die M&Ms kriegst du, wenn du traurig bist, dass du kein Baby bekommst.« Daheim teilte Madeleine, nachdem ein knappes *NO* auf dem Teststäbchen erschien, die Packung schwesterlich mit ihm.

Einmal sind wir mit den Rädern nach Fort Point gefahren und haben in den Katakomben Verstecken gespielt. Du konntest mich eine Stunde lang nicht finden. Als ich rauskam, hast du mich erst geohrfeigt und dann umarmt.

Er fuhr so gern Rad, und am liebsten nach Fort Point: eine Backsteinzitadelle aus der Zeit des Goldrauschs (unbemannt) direkt an der Bucht mit einem Leuchtturm (außer Dienst gestellt) und freiem Blick auf Alcatraz (leer stehend), für alle Zeiten unter der Golden Gate Bridge eingemauert. Als er zwölf geworden war, fuhr er die drei Meilen von Pacific Heights allein, mit einem Sandwich und einem Zeichenblock im Rucksack.

Ich vermisse das Versteckspielen mit dir.

Sie hatten damals ihre eigene Sprache. Und die Person am anderen Ende dieser Verbindung ist Muttersprachler. Die Person am anderen Ende dieser Verbindung ist Cole.

Ihre Hände zittern. Natürlich hat sie immer gehofft, dass er noch lebt. Sogar daran geglaubt. Aber das ist überwältigend.

Ihre Augen schmerzen. Sie schaltet die Schreibtischlampe ein (»Willst du keine mit weicherem Licht?«, hatte ihr Vater damals gefragt. »Mit dem Ding könntest du Batman herbeirufen.«) und lässt sich zum Sofa treiben, spricht dabei lautlos seinen Namen und formt ihre bleichen Lippen um das Wort. *Beruhige dich,* ermahnt sie sich selbst. *Frohlocke!,* ergänzt sie plötzlich ganz kirchlich: Frohlocke, denn Cole, ihr Fleisch und Blut, ist auferstanden. Frohlocke, denn dieses verlorene, berühmte Kind, das so aufsehenerregend verschwand, kann so viele Mysterien aufklären. Frohlocke …

… aber *wie viele* Mysterien genau? Was kann er ihr erzählen? Und wieso spielt er den unsichtbaren Mann?

Warum jetzt? Nach so vielen Jahren!

Magdala. Ich brauche deine Hilfe.

Neunzig Minuten seit seiner letzten Nachricht. Sie pickt aufs Display.

Jederzeit.

Wo bist du? Können wir uns treffen?

Sie hält den Atem an.

In seinem Antwortfeld blubbern Pünktchen wie in einem Morsecode. Dann platzt die Blase mitsamt allen Pünktchen.

Madeleines Finger fliegen bebend über das Glas.

Ich freue mich so, dass du dich meldest

Bitte wir müssen uns treffen, damit du mir ales erzählen kannst

Aales

Scheite

Scheiße

Wieso können die Leute im Film immer fehlerfrei Nachrichten schreiben, selbst wenn sie gerade die Welt retten müssen? Zittern Coles Finger auch so?

Es geht um Dad.

Ich weiß, dass er stirbt. Ich brauche deine Hilfe, bevor er tot ist.

Nicht *von uns gegangen,* sondern *tot.* Madeleine verzieht das Gesicht.

Willst du nicht wissen, was mit Mama passiert ist?

Sie blinzelt.

Weißt du was darüber?

Vielleicht. Aber ich
brauche deine Hilfe.

Natürlich will sie ihn fragen, was er weiß, genau wie diese knochige Disney-Prinzessin die Spindel des Spinnrades berühren wollte: Es wird wehtun, aber was ist, wenn er recht hat?

(Und was ist, wenn er sich irrt?)

Wie kann ich helfen?

Sag ihm, du würdest zu
gern wissen, was mit ihr
passiert ist.

Er kann es dir verraten.

Ich würde zu gern wissen, was mit DIR passiert ist, und das kannst du mir verraten.

Weiß Dad über dich Bescheid?

Keine Ahnung. Sei vorsichtig.

Hat ihr Vater keine Ahnung, dass Cole lebt? Oder hat Cole keine Ahnung, ob ihr Vater Bescheid weiß? Und was genau *weiß* Sebastian, wenn es nach Cole geht? Und …

Es ist ein Knoten. Madeleine massiert ihre Stirn, wie um ihn aufzulösen, aber die Frage treibt immer wieder nach oben wie ein versenkter Leichnam, der trotzdem nicht unter Wasser bleiben will: Hat ihr Vater ihr etwas verheimlicht?

Sie wird ihn nicht fragen. Sie will es nicht wissen.

Wieder schaudert ihr Handy.

Wir sehen uns bald.

Sie schaudert ebenfalls. Und hört nicht das Knarren der Tür.

32.

»Madeleine?«

Das Telefon fällt klappernd auf den Schreibtisch. Sie sagt etwas nicht Druckbares.

»Entschuldige die Störung.« Diana tritt ins Zimmer. »Watson lag draußen vor der Tür. Grunzend.«

»Ach so.« Madeleine räuspert sich, löst die Haare von ihrer Wange. »Entschuldige.«

»Sie hat dir bestimmt schon verziehen.« Eigentlich galt Madeleines Entschuldigung nicht der Hündin, die mit ganz und gar nicht verzeihender Miene in den Raum stolziert, aber egal. Madeleines trüber Blick ist auf Diana gerichtet, die in ihrer ärmellosen schwarzen Bluse und der beigen Hose wie eine Fata Morgana schimmert.

»Es ist dunkel hier drin«, bemerkt sie. Madeleine blickt sich im Zimmer um und sieht sich auf einer Theaterbühne sitzen – um sie herum von Schattenvorhängen verdunkelte Wände und Regale und Fenster mit echten Vorhängen; der Spiegel in der Ecke ist nichts als schwarzes Glas. Sie sitzt im Scheinwerferlicht der Schreibtischlampe. Diana steht knapp außerhalb. »Alles in Ordnung bei dir?«

»Alles super«, erwidert Madeleine. »Ganz super.«

»Ich habe eben deinen Vater vom Tropf abgehängt. Freddy ist noch nicht zurück.« Madeleine verzieht das Gesicht. Der Nephrologe hat die ganze Familie trainiert – mit Kappen, Klammern, Schläuchen, Ventilen; alles nicht besonders kompliziert, behauptete er, aber Madeleine brachte es nicht über sich, ertrug die Prozedur nicht.

»Was machst du, wenn er nicht mehr da ist?«, hört sie sich fragen.

Diana neigt den Kopf. »Fragst du, wie ich damit umgehen werde? Oder wohin ich gehen werde?«

Madeleine hat zu ihrer Schande keinen einzigen Gedanken daran verschwendet, wie Diana damit wohl umgehen wird. »Beides.«

Diana tritt ins Licht, lehnt sich gegen die aufgerollte Armlehne des Sofas und nun spielen sie eine intime Szene zu zweit. »Na ja. Ich verliere nicht zum ersten Mal einen Menschen, weißt du?«

Am Abend, bevor er Diana einen Antrag machte und nachdem Madeleine ihn gefragt hatte, warum er wieder heiraten wollte, erzählte Madeleines Vater ihr Dianas Geschichte: von dem jungen Ehemann, dem Unfall, dem tot geborenen Baby, dem Leben, das über Diana zusammengestürzt war wie ein brennendes Haus. »Sie kennt den Verlust genau wie ich«, erklärte er ihr. »Ich glaube, wir können einander helfen.«

Madeleine neigt sanft den Kopf. Sie und Diana haben nie darüber gesprochen.

»Allerdings ist es diesmal eine andere Art von Verlust«, sagt Diana. »Dein Vater hat gelebt. Ausgiebig! Und wenn er stirbt – ich verwende dieses Wort mit Absicht, denn genau das wird passieren«, ihre Lider senken sich, und sie packt eine Hand auf ihre Brust, »dann werde ich ihn vermissen. Ach, ich werde ihn schrecklich vermissen. Aber«, dabei sieht sie Madeleine wieder an, »ich habe selbst noch ein ganzes Leben zu leben. Ich weiß nicht, wie es aussehen wird, aber ich weiß genau, dass ich es deinem Dad verdanken werde. Viel von mir ist gestorben.« Sie sagt das ganz schlicht. »Vieles ist verloren gegangen. Eine Weile hoffte ich, die einzelnen Teile würden irgendwann wieder zusammenfinden – aber nein: Sie bleiben verschwunden. Wie verlorene Puzzlestücke. Die Umrisse sind geblieben, die klaren Ränder, aber das Bild ist nicht mehr komplett. Und wird es nie wieder werden.«

Madeleine hat sie noch nie so reden hören. Hat Diana noch nie *so lange* reden hören. Auch deshalb hat sie nie etwas von der – in gewissen Chatrooms populären – Theorie gehalten, dass Diana und ihr Vater schon vor dem Verschwinden ihrer Mutter ein Paar waren. Damals sprach Diana noch weniger und Sebastian hätte absolut kein Interesse an einer schweigsamen Frau gehabt. Selbst als er und Hope einen Kalten Krieg gegeneinander führten, *sprachen* sie noch miteinander, stürzten sie sich immer noch mit Feuereifer in ihre Wortduelle. Später hingegen, nach den finsteren Jahren, war ein stiller Mensch die ideale Gesellschaft für ihn: jemand, der ihm zuhörte, während er allmählich seine Stimme wiederfand. Auftritt Diana. Oder Wiederauftritt Diana.

Deren Augen klar sind. Sie glänzen.

»Aber es ist immer noch genug von mir zurückgeblieben. Und … ach, ich könnte mir vorstellen, in die Provence zu ziehen.« Sie lächelt. »Um mein Französisch aufzupolieren. Oder vielleicht in den Nahen Osten – das wäre ein echtes Abenteuer, nicht wahr? Ich habe das Gefühl, dass der Tod mich immer wieder ins Visier nimmt, aber jedes Mal stattdessen die Menschen in meiner Nähe trifft. Vielleicht findet er im Ausland sein Ziel. Eine *Begegnung in Samarra.*« Ihr Lächeln verblasst. »Auf keinen Fall werde ich in San Francisco bleiben.«

Entsetzt merkt Madeleine, dass ihre Rippen die Luft aus ihrer Lunge pressen. Sie wird allein zurückbleiben. Sie hatte nie angenommen, dass Diana hierbleiben würde – sie hätte das nicht einmal gewollt –, doch jetzt fährt ihr der Schreck durch alle Glieder.

»Ich kenne sein Testament nicht«, sagt Diana. »Falls du dich das fragst. Aber ich will das Haus nicht haben. Keines von beiden.« Madeleines Puls beschleunigt sich. »Ich will gar nichts. Deinem Vater ist das bewusst. Ach, Watson«, die schnaufend auf sie zuwandert, »auch dich werde ich schrecklich vermissen.«

Watson seufzt.

»Madeleine.« Madeleine wird bewusst, wie selten Diana ihren Namen ausspricht; in diese bezaubernde, leise Stimme gekleidet, klingt er beinahe exotisch. »Du bist die Letzte aus dieser Familie und dies ist dein Heim. Ich habe nicht vor, lange zu bleiben«, wieder die kurze Panikattacke, »aber wenn du eine Weile von hier entkommen möchtest, würde ich mich freuen, wenn du mich begleitest.«

Sie wissen beide, dass Madeleine das nicht tun wird, jedenfalls weiß Madeleine das, aber in diesem Moment schließt sich klickend die Haustür. »Unser Gast«, murmelt Diana, steht auf und tritt damit aus dem Scheinwerferlicht. Die Szene ist zu Ende.

»Was das angeht«, setzt Madeleine an. »Was sie angeht. Ich – vergiss es.« Die Hündin kaut auf einem Zigarettenpäckchen. »Warum nicht ich?« Sie klingt zornig; ihr Blick verschwimmt plötzlich. »Warum hat er nicht mich gefragt?«

Diana dreht sich an der Tür um.

»War ich ihm als Schriftstellerin nicht gut genug?«

»Oh – aber ja. Das …« Diana hält inne. »Ich glaube, er wollte nicht, dass du dich zu sehr mit seinem Tod beschäftigst«, sagt sie. »Vielleicht solltest du nicht noch einmal durchleben müssen, was du damals erlebt hast.«

»Hat er das gesagt?«

»Ich sage das. Weil ich es glaube.«

Nachdem Diana gegangen ist, zieht Madeleine die Vorhänge auf; müdes Nachmittagslicht kriecht ins Zimmer, kapituliert und verendet auf dem Sofa. Sie kehrt an den Schreibtisch zurück und checkt ihr Handy.

Sie wird also zurückbleiben. Sie wird allein in diesem Haus leben. Bis auf Freddy wahrscheinlich, und bis auf Simone. Bis auf Simon St. John, falls sie ihn aus der Vergangenheit holen und auf den Bildschirm projizieren kann.

Und – eventuell – bis auf ihren um zwanzig Jahre gealterten Bruder, der offenbar über eine anonyme Telefonnummer und einen Plan verfügt.

33.

Sie wird beobachtet.

Den ganzen Nachmittag bemerkt Nicky es nicht – nicht, während sie am Schreibtisch Sebastians Geschichten transkribiert; nicht, während sie in einem sonnigen Fleck auf dem Boden ihre Sätze schleift und poliert; nicht, während sie auf dem Bett liegend nach Rechtschreibfehlern sucht. Nicht, während ihre Gastgeberin an die Tür klopft und mit bedruckten Seiten und etwas Sashimi aus einem Restaurant eintritt.

(»Isaac hält Bienen?« Diana inspiziert den Honigtopf. »Das hätte ich nicht gedacht.«)

Später schiebt Nicky – nachdem sie eine Weile auf dem Flur gewartet und vergeblich auf das Geklapper der Schreibmaschinenanschläge gehorcht hat – die Seiten unter der Tür zur Bibliothek durch. Neuntausend Worte, seine Stimme im Duett mit ihrer. Sie kann kaum glauben, wie sehr sie hofft, dass ihm ihre Arbeit gefällt.

Jetzt jedoch, im fahlen Mondschein, spürt sie das Gewicht eines Blickes wie ein leises Schulterklopfen. Sie wendet sich dem Kommando ausgestopfter Bulldoggen zu, das seine nächtliche Tarnkleidung angelegt hat, doch alle Augen starren mit militärischer Konzentration an ihr vorbei.

Nein: Die auf Nicky gerichteten Augen, erkennt sie, sitzen im Gesicht eines Kindes von unbestimmbarem Geschlecht, das fein gemalt und in Gold gerahmt im durchhängenden Sitz eines Schaukelstuhls lehnt. Das Porträt ist mindestens hundert Jahre alt und das darauf abgebildete Kind ist ungewöhnlich hässlich.

Nicky geht durch den Raum und nähert sich langsam dem androgynen Wesen in Öl. Sie hat es bisher gar nicht bemerkt. Auf der Plakette unten am Rahmen steht, wenig hilfreich, *Ein Kind.*

Nicky bleibt stehen und wippt auf den Fußballen. Die Diele unter ihrem Absatz gibt sanft nach.

Sie tritt zurück. *Ein Kind* beobachtet sie stumm.

Nicky geht auf die Knie, drückt die Diele in den hohlen Boden und löst damit eine Stauberuption aus.

Sie hält den Atem an, späht in die Dunkelheit, erkennt einen …

… roten Schmetterling.

Sie blinzelt.

Und schiebt die Hand in die Lücke. Der Schmetterling ist glatt, die Dunkelheit rundherum weich wie ein Pelz. Sie zuckt kurz zurück, presst dann die Fingerspitzen gegen das Fell, fährt an der langen Kante entlang …

Und hebt alles aus seinem Bau.

Ein Buch, klein und dick, mit einer mehligen Staubschicht überzogen und mit einem Schmetterlingsaufkleber auf dem pflaumenblauen Umschlag.

Nicky schlägt es auf.

Die erste Seite ist mit Magic Marker in Neonfarben und sorgsam gemalten Blockbuchstaben beschriftet.

Tagebuch von
Cole Trapp

Darunter kleiner:

Copyright Mcmxcvii

Cole Trapps Tagebuch unter zwanzig Jahren Staub. Nicht zu glauben.

Sie blättert um.

31. Dezember 1997. Bitte nicht weiterlesen!
Danke und frohes neues Jahr!

In unbeholfener, verkleckster Schreibschrift.

Nicky merkt, dass *Ein Kind* über ihre Schulter mitliest, und zieht sich ins Bett zurück. Wo sie im Lampenschein zu lesen beginnt.

Dyslexie oder etwas in der Art, hatte Simone geseufzt, und tatsächlich ist Coles Rechtschreibung miserabel, aber gewissenhaft: Auf jeder Seite finden sich ausgestrichene und neu zusammengesetzte Worte. Und trotzdem hatte er beschlossen, Tagebuch zu schreiben. *Gut für ihn*, denkt Nicky.

Wie bei den meisten jungen Tagebuchschreibern sind seine Einträge eindeutig an ein imaginäres Publikum gerichtet, wenigstens zu Anfang: knappe Zusammenfassungen von Mahlzeiten oder Matheprüfungen, von Abenteuern im Zoo. Die Transkription eines extrem vulgären Witzes, den er in einem Auto mitgehört hat (*Ich kapir ihn einfach nicht!*). Ein halbes Jahr an Aufzeichnungen über Größe und Gewicht, ohne wesentliche Änderungen. Alle paar Monate eine Spritztour mit seiner Mutter: nach Napa zum Traubenstampfen, an den Puget Sound, um Wale zu beobachten, nach Disneyland. Schlecht gezeichnete Blüten umranken die Ränder, zwischen den Zeilen schweben Bienen und Schmetterlinge.

Gegen Ende der achten Klasse werden die Einträge düsterer, tiefgründiger; selbst die Tinte wirkt schwärzer. *Ich habe etwas an mir, das andere Menschen abstößt*, schreibt Cole am letzten Schultag, an dem er eine blutige Lippe vermeldet (*Teddy sperrte mich in meinem Spint, damit der nächste Schüler nur einen Haufen Knochen findet, wenn er im Setpember die Tür aufmacht*) sowie ein Sperrfeuer von Beleidigungen durch seine Klassenkameraden während der morgendlichen Versammlung.

Nicky überfliegt den Sommer: Nachmittage in der Versorgungsstation für Babyschildkröten und verletzte Vögel; regelmäßige Besuche des Swimmingpools seiner Pateneltern. Immer wieder taucht Hope auf, verständlicherweise, auch Madeleine in den Monaten vor ihrem zweiten Jahr in Berkeley – auf einer Seite hat Cole eine Postkarte eingeklebt, die sie ihm aus Belize geschickt hat; auf einer anderen macht sie sich über ihn lustig, weil er aus *Der Soldat James Ryan* geflüchtet war (*Eigentlich hätte sie mit mir in Mulan gehen solen*). Freddy hatte den ganzen Sommer mit einem Auslandssemester in Berlin verbracht und ihm einen Brief geschrieben, unter dem Cole die darin enthaltene Botschaft ins Englische übersetzt hat: *Dad sagt, das heißt ICH BIN EIN BIERFASS OHNE BODEN UND STECKE MEINE ZUNGE IN SO VIELE DEUTSCHE FRAUENGESICHTER WIE NUR MÖGLICH.*

Schlaf zupft an Nickys Lidern. Doch sie liest weiter.

Anfang des Jahres 1998 war Sebastian auf Lesereise – im Februar verzeichnet Cole einen Bumerang als Geschenk, der ihm aus Perth zugeschickt wurde, zusammen mit der Nachricht: *Gib ihn deiner Schwester, wenn du ihn nicht haben willst –*, doch nach seiner Rückkehr fegt Sebastian durch das Tagebuch wie ein Frühlingssturm, so eisig und beißend, dass sich beinahe die Seiten sträuben. März: Es ist peinlich, dass der Sohn eines Schriftstelers nicht schreiben kann, hat Dad zu Mama gesagt. April: Dad fragt, warum ich nicht wie Freddy sein kann. Muttertag: Dad sagt, ich verbringe zu viel Zeit mit Mama. Vatertag: Dad hat sich für meine Zeichnug bedankt, aber Maddy hat gesagt, er hat sie gleich weggeworfen. Vierter Juli: Feuerwerk am Abend. Dad hat gesagt, ich darf mir nicht die Ohren zuhalten, er meint, nicht mal Watson würde sich an dem Krach stören und seine Ohren währen viel größer.

Und dann, einen Monat nach Schulbeginn, an seinem vierzehnten Geburtstag, dieselben Worte: Ich habe etwas an mir, das andere Menschen abstößt.

Nicky fröstelt.

Den ganzen Morgen hatten sich die anderen Schüler um ihn geschart und ihn abgeklatscht – Alle haben mir gratulirt –, und Cole hatte eifrig ihre High Fives erwidert. (Misty hat mich zweimal abgeklatscht.) Erst beim Lunch erfuhr er von Freddy, dass jemand ein loses Blatt an seinen Rücken geklebt hatte: HIGH FIVES FÜR DIE GEBURTSTAGSSCHWUCHTEL.

Ich bin heimgegangen und Dad war da. Er wurde sauer und hat gesagt, ich soll mich nicht so anstellen. Isaac hat mich wieder in die Schule gefahren. Er hat gesagt unser Auto ist so burschuah und dass Mobber sich selbst hassen. Sie tun mir fast leid, denn ich hasse mich auch und das ist ein Scheißgefühl.

Plötzlich muss Nicky den Blick von Coles Erinnerungen abwenden. Sie schwingt ihre Füße auf den Boden, denkt an die Postkarten in ihrer Tasche, an seine ungelenke Handschrift und verstaut das Tagebuch unter dem Porträt. *Ein Kind* beobachtet sie mit Verschwörerblick.

Sonntag, 21. Juni

34.

Nachdem Jonathan die gecharterte Jacht in offenes Wasser gesteuert hat, überlässt er Nicky das Ruder. Sie war seit Jahren auf keinem Segelboot mehr und sie hat eindeutig noch nie das Ruder einer über vierzig Fuß langen Jacht übernommen.

Die Jacht – eine *Bavaria* – kreuzt durch das leicht kabbelige Wasser. Nicky blickt über die Wellen, die durch die San Francisco Bay rollen; Inseln im Norden, Osten und Westen; weiter südlich die geschwungene Küstenlinie, hinter der sich auf steilen, durchgekämmten Hängen die Stadt stapelt; in der Ferne die Bay Bridge zwischen San Francisco und Oakland. Alles – das Wasser und die Wolkenkratzer und selbst das kränkliche Steingrau von Alcatraz – in grellen Technicolorfarben unter einer weißen Mittagssonne.

»Aye, Kameraden«, knurrt sie.

Während sie die Jacht unter prall gefüllten Segeln am ehemaligen Gefängnis entlangführt, liest Jonathan ihr aus der Broschüre des Jachtverleihs vor. »Angel Island State Park«, sein Finger kreist in der Luft, bis er eine schroffe, mit dichtem Grün überzogene Erhebung gefunden hat, »ist die größte natürliche Insel in der San Francisco Bay. Während des Zweiten Weltkriegs wurden japanische und deutsche Kriegsgefangene auf Angel Island festgesetzt, bevor sie in Internierungslager auf dem Festland kamen.«

»Bezaubernd.«

»Und das«, eine schwimmende Stadt direkt voraus, »müsste Treasure Island sein. Eine künstliche Insel, die 1930 zur Golden-Gate-Ausstellung aufgeschüttet wurde. Ein paar Menschenopfer in den Fünfzigern gab es auch.«

Als Nicky am Morgen erwachte, lag ein Umschlag unter ihrer Tür, fast wie in einem Spionageroman. Sebastian bat sie, seine Abwesenheit zu entschuldigen – er müsse heute seine **Quacksalber** besuchen –, aber Nicky sollte **ein wunderbares Abenteuer genießen**. Morgen will er ihr demnach **ein paar Steine in den Weg legen**. Und unter seinen tintenblauen Initialen:

Falls Sie mich tot vor Ihrer Tür finden, hat mich der Aufstieg umgebracht.

Sie lächelte. Und warf für alle Fälle einen Blick ins Treppenhaus. Keine Minute später rief Jonathan an, als hätte er die Gunst der Stunde geahnt, und lud sie zu einer Segeltour ein.

Sie haben die Zeit mit lockerem Small Talk verbracht, seit sie sich an der Werft getroffen haben: über seine Londoner Jahre als Banker, ihre Jahre in New Yorker Klassenzimmern; sein Studium in Romanistik und Altgriechisch, ihre Masterarbeit; seine Freunde daheim, ihre Freundinnen daheim.

»In letzter Zeit lese ich viele Klassiker auf Latein. Mein Altgriechisch ist verloren, aber in Latein möchte ich up to date bleiben.«

»Up to date in einer toten Sprache«, sagt Nicky.

»Wenn ABBA wieder zum Leben erwachen kann, kann alles wieder zum Leben erwachen.«

Erst als sie den Schatten unter der Bay Bridge durchquert haben und die Segel wieder unter der Sonne aufstrahlen, fragt sie ihn, warum er nach San Francisco gekommen ist. Er steht auf dem Kabinendach, flankiert vom leuchtenden Großsegel auf der einen und dem blauen Himmel auf der anderen Seite, weshalb sie sein Gesicht nicht erkennen kann.

»Ich war vor Ewigkeiten schon mal eine Weile hier«, sagt er. »Eigentlich kann ich mich nicht erinnern, dass ich es besonders ansprechend gefunden hätte, aber ...« Ein Achselzucken. »Hier bin ich wieder. Seit zwei Monaten inzwischen.«

Es ist keine erhellende Antwort. Sanft dreht Nicky das Ruder, sodass die Schatten von ihm abgleiten. Er beugt sich vor und fiert das Großsegel auf. »Es ist eine schräge Stadt. Voller alternder Hippies, altem Lokaladel, Tech-Nerds, die über Penner auf dem Gehweg steigen – o Mann, ein paar von den Start-up-Vögeln in meinem Fußballteam ...«

Nicky richtet das Ruder aus und drückt sich die Sonnenbrille auf die Nase.

»Ein Typ – er heißt Chad ...«

»Wie sonst?«

»Dieser spezielle Chad hatte eine App entwickelt, die Bros mit Bro-freundlichen Arbeitgebern in Verbindung bringen sollte.« Jonathan lehnt sich an den Mast. »Du konntest verschiedene Unternehmen nach ihrem Flirtfaktor durchsuchen, nach der Häufigkeit von Bürofeiern oder was weiß ich. Und dann konntest du dich mit anderen Usern zusammentun – ›Brofessionals‹ genannt – und dich in einen Job wieseln.«

»Was könnte da schiefgehen?«

»Was schiefging, war, dass Chad und die anderen Brogrammierer der App einen Griff ins Klo taten, als sie ihre App tauften.«

»Wie hieß sie denn?«

»BroJobs.«

Sie kacheln durch die Bay, schießen von einer Insel zur nächsten, wechseln sich am Ruderstand ab, über rollenden Wellen und unter summenden Segeln. Nicky ist überdreht vor Sauerstoff. Sie lässt kurz das Ruder los und umarmt sich selbst.

Im selben Moment schneiden sie durch die Heckwelle eines Powerboats, und Jonathan kommt von unter Deck mit zwei Whiskygläsern voller Merlot den Aufgang hinauf; die Gläser springen ihm aus der Hand und zersplittern auf dem Deck, färben das Fiberglas blutrot. Er starrt verloren auf das Gemetzel. »Sieht aus, als wäre hier ein Mord passiert«, klagt er.

Also trinken sie gemeinsam aus der Flasche, Nicky im Schneidersitz, Jonathan mit einer Hand lässig am Ruder. Bei jedem Schluck sieht sie die Muskeln in seiner Kehle hüpfen und schluckt ebenfalls. »Und wie lange willst du hierbleiben?«, fragt sie.

»Keine Ahnung. Ich mag es kühl im Sommer. Letzten Juli wurde in London die Hundert geknackt.« Er grinst. »Ich spreche von Fahrenheit.«

»Und wohin«, sagt Nicky im Aufstehen, »wirst du nach dem kalten, trüben Sommer ziehen? Wo sind all die anderen – wie heißt du mit Nachnamen?«

»Grant.«

»Wo leben die übrigen Grants? Deine Granti?«

Jonathan dreht sich so schnell zu ihr um, dass seine Brillengläser in der Sonne aufblitzen wie Fernlichter. Seine Bewegung kommt so plötzlich und das Licht mit einer solchen Intensität, dass Nicky zurückweicht und die Reling in ihre Schulterblätter schneidet.

»Überall und nirgends«, erwidert er und dreht das Ruder, steuert das Boot weiter in den Wind. »Sollen wir Richtung Süden segeln?«

Er wickelt das Tau um seine Knöchel, holt das Großsegel dicht. Während Nicky zum Bug geht, um das Vorsegel von der Klampe zu lösen, beschleunigt das Boot und schneidet glatt und straff durch die Wellen, auch wenn die Reling dabei vor Anstrengung zittert. Nicky rutscht auf dem Deck aus, fängt sich mit den Handballen ab. »Warte!«, ruft sie ihm zu, aber schon drehen sie in den Wind, ein Knall peitscht wie ein Schuss durch die Luft und das Großsegel jagt in weitem Bogen auf sie zu. Sie kann sich gerade noch unter dem Baum wegducken, der über das Deck schwingt und den Segelschatten hinter sich herzieht, sodass sie beim Aufstehen von der grellen Sonne geblendet wird. Sie kneift die Augen zusammen und stürzt zur Klampe.

»Entschuldige!«, brüllt Jonathan gegen den Lärm an.

Nicky eilt atemlos zur nächsten Klampe, holt das Vorsegel dicht und kehrt ans Ruder zurück.

»Ich glaube, ich bin betrunken.«

»Ich übernehme«, erklärt sie ihm.

Als sie später in Richtung Golden Gate rasen, sitzt Jonathan im Niedergang und umschließt mit den Armen seine Schienbeine; er sieht fast pubertär aus, denkt Nicky, mit seinen wie ein demontiertes Zelt zusammengefalteten Gliedern. »Freds Onkel muss ein interessanter Mensch sein.«

»Du hast keines seiner Bücher gelesen, hast du gesagt?«, fragt Nicky.

Er inspiziert einen Schorf auf einer kahlen Kniescheibe. »Wie ich Freddy erklärt habe, mögen wir es nicht besonders, wenn amerikanische Schriftsteller Kostümpartys in unserer Vergangenheit abhalten.«

»Ich glaube, er ist auch bei euch ziemlich populär.«

Jonathan zuckt mit den Achseln. »Erzähl mir aus seinem Leben.« Er legt den Kopf schief und das Boot ahmt die Bewegung nach. »Du arbeitest doch an seiner Biografie, oder?«

Nicky spreizt die Füße und gibt dem Großsegel ein paar Zentimeter, damit sich der Wind im Segel sammelt und sie wieder auf Kurs kommen. »Ich sammle nur ein paar Erinnerungen. Und schreibe sie nieder.«

»Kann der berühmte Autor sie nicht selbst niederschreiben?«

»Er wird schnell müde.« Sie denkt an die Tastenanschläge, die immer wieder in der Dunkelheit aufblitzen, am Morgen, zu allen möglichen Tageszeiten. *Rat-atrat-trapp.*

Jonathan steht auf und schaut durch die Golden Gate Bridge auf den blauen Horizont. »Stell dir vor, du sitzt bei deiner Mum auf dem Schoß, während sie ihre Geburtstagskerzen auspustet, und nur Stunden später ...« Er dreht sich zu Nicky um. »Habe ich das richtig im Kopf? Es war eine Geburtstagsparty?«

»Erst ein Geburtstagsessen und anschließend eine Silvesterfeier. Wahrscheinlich war er ein bisschen zu alt, um auf ihrem Schoß zu sitzen.«

Jonathan zuckt mit den Achseln. »Ich schätze, sie sind gestorben. Irgendwie. Und wurden nie gefunden.« Ein Seufzen. »Oder sie wollen nicht gefunden werden.«

Nicky schaut an ihm vorbei auf die im Nachmittagslicht strahlende Brücke. Heute Abend wird der Nebel durch die Bucht und über die Brücke kriechen, bis nur noch die Spitzen der Pfeiler und die steil abfallenden Kabel aus dem Dunst ragen; doch noch ist die Luft klar unter der langsam dem Horizont entgegenrollenden Sonne, alle Konturen sind hell und scharfkantig wie Brillanten. Sie könnten auf Kurs bleiben, unter der Golden Gate Bridge durchsegeln, hinaus in den Ozean, wo niemand sie je finden würde. Es ist so einfach zu verschwinden.

35.

Es ist so einfach zu verschwinden, denkt Madeleine, die ihre Bettdecke straff wie Klarsichtfolie über ihren Kopf gezogen hat. Sie könnte einfach in ihrem Bett liegen bleiben, unsichtbar, abgeschieden von der Welt und ihren Mysterien und den tausend Schrecken, die es offenbar auf sie abgesehen haben. »Hat nicht einst jemand in diesem Zimmer gewohnt?«, würden die Menschen Jahre später fragen, während sie hier verborgen liegen würde, nicht als jemand, nicht einmal als Leichnam, sondern nur als verblasste Erinnerung aus einer fernen Vergangenheit.

So wie Cole.

Ihr Vater und Diana sind heute Vormittag zum Nephrologen gefahren. Sie hört Adelina und ihre beiden Nichten bei den Vorbereitungen für die morgen anstehende *Fête*, wie Sebastian gern dazu sagt, hauptsächlich, um Madeleine zu ärgern. Es gefällt Madeleine, wie sie in musikalischem Italienisch nacheinander rufen. Wie Vogelgezwitscher: eine Sprache, die sie nicht versteht, aber gern hört.

Als die Stimmen verhallt sind, öffnet sie ihre Tür und sieht Watson jenseits der Eingangshalle unter einem Tisch im Puzzlezimmer dösen.

»Mad!«

Ihr stockt der Atem.

Die Stimme einer Frau.

Die Stimme ihrer Mutter.

Ihr Herz setzt aus. Schwankend steht sie in der Zimmertür.

»Mad! Komm her!«

Erst ihr Bruder. Jetzt ihre Mutter. Sie bekommt keine Luft.

Watson erwacht und watschelt zum Wohnzimmer. Madeleine merkt erst nach Sekunden, dass sie der Hündin hinterher schlafwandelt.

»*Madel* – na los. Du hast noch fünf Sekunden. Vier.«

Stimmen rascheln wie Laub. Madeleines Füße klatschen schneller über den Marmor.

»Drei. Zwei.«

Sie folgt der Hündin durch die Tür.

»Da ist sie ja endlich«, sagt ihre Mutter.

Madeleine entdeckt sie im Wohnzimmer – genauer gesagt im Fernseher, wo sie neben Cole, der am Kopf des Esstischs sitzt, in der Hocke kauert. Kerzen ragen aus dem Kuchen vor seinem Platz auf. Madeleine weicht zurück: Sie hat Cole nicht mehr in Bewegung gesehen, seit … Seit 1999? Es muss 1999 gewesen sein.

Sie sieht sich selbst auf den Bildschirm stürmen und neben ihrem Vater Platz nehmen, Freddy und Dominic gegenüber. Dom sieht besser aus als in ihrer Erinnerung, wie ein weicherer Sebastian, mit an den Schläfen grau durchzogenem schwarzem Haar. Er wirkt glücklich und entspannt und plaudert mit seinem Sohn, bis die Kamerafrau kommandiert: »Ruhe, jetzt wird gesungen, bevor die Kerzen weggebrannt sind!«

»Danke, Simone«, sagt Hope, und Madeleine hält den Atem an: Wie jung ihre Mutter aussieht! Wie gesund in ihrem Polohemd mit dem hochgeschlagenen Kragen und ihrer Schildpattbrille! Madeleine mustert Cole mit leicht zusammengekniffenen Augen, fixiert den Kuchen, versucht das Ereignis zeitlich einzuordnen – aber er blieb so lange klein, ihr Bruder, dass es sein neunter, aber auch sein vierzehnter Geburtstag gewesen sein könnte.

In ihrem Augenwinkel bewegt sich etwas. Diana sitzt im Tennisdress auf dem Sofa vor dem Fernseher, die Fernbedienung in einer Hand. Wie eine Märchenfee: im weißen

Kleid und mit einem Zauberstab in der Hand, mit dem sie die Vergangenheit heraufbeschwört.

Was tust du da? Und warum?, fragt Madeleine nicht. Stattdessen verzieht sie sich in die kleine Nische zwischen der Tür und dem Wandabschnitt, gegen den die Tür knallt, wenn sie zu fest aufgestoßen wird. Als Kind verkroch sie sich oft hier, wenn sie Versteck spielten; inzwischen ist die Nische reichlich eng, vor allem, nachdem Watson zu Madeleines nackten Füßen parkt und fragend zu ihr aufsieht. Aber sie kann von hier aus immer noch den Fernseher sehen und hören, wie die Familie »Happy Birthday« massakriert.

Zwölf Kerzen, wenn sie richtig gezählt hat. 1997. Cole pustet, bis Simone ihm Freddy zur Unterstützung schickt. »Eigentlich sollte das kein Mannschaftssport sein«, bemerkt Sebastian. Freddy lacht. Cole ebenfalls.

Madeleine reckt sich vor, um an der Wandkante vorbeischauen zu können; sie sieht Dianas verschränkte Hände in ihrem Schoß liegen, aber ihr Gesicht bleibt verborgen. Sie hat die Fernbedienung neben sich abgelegt. Sich zum Fernsehen eingerichtet.

Die Kamera heftet sich auf Sebastian, beobachtet, wie er seinen Sohn beobachtet. Blauer Anzug, die rote Krawatte zu einem dicken Knopf am Hals verknotet; er fühlt sich unübersehbar unwohl.

»Lächeln, Geburtstagskind!«, befiehlt Simone in einem Tonfall wie ein Geiselnehmer. Das Geburtstagskind strahlt gehorsam mit blinkender Zahnspange, während es gemeinsam mit der Geburtstagsmutter ein Messer in der Torte versenkt.

Dann schwenkt die Kamera zurück zu Sebastian, der einen Champagnerkorken knallen lässt, während Simone einen Toast auf seinen Sohn einfordert.

»Auf Cole!«, verkündet er und macht eine kurze Pause. »Aus dir wird ein wunderbarer junger Mann werden und eines Tages wirst du diese Familie stolz machen.«

Madeleine stöbert im Dachboden ihrer Erinnerungen nach diesem Augenblick. Unter ihr kratzt Watson an ihrem Knöchel.

Schweigen im Esszimmer. Und Verlegenheit; sie strahlt durch den Bildschirm aus ins Wohnzimmer. Die Kamera richtet sich kurz auf Cole, auf sein verunsichertes, aufgeklebtes Lächeln.

»Mist«, sagt Sebastian. »Ich hätte erst einschenken sollen.«

Hope spießt ein Stück Kuchen auf ihre Gabel. »Cole, mein Liebling, du machst uns jetzt schon stolz.« Ihre Stimme klirrt leise. »Du bist nett und großzügig und einfühlsam. Du hast die Stärke, du selbst zu sein.« Cole strahlt sie an; Jahrzehnte später merkt Madeleine, dass sie ihn ebenfalls anstrahlen möchte.

»Und endlich hast du dein funkelnagelneues Fahrrad!«, verkündet Hope und zeigt auf einen Punkt außerhalb des Bildes. »Wer weiß, wohin es dich tragen wird? Dir stehen große Abenteuer bevor, mein Schatz, und ich – wir – wir alle sind unglaublich glücklich, dich bei uns zu haben.« Sie schießt einen Blick auf ihren Mann ab, der nickt.

»Essen wir auf Cole!«, ruft sie, und fünf Stimmen wiederholen ihre Worte, während sich auf fünf Gabeln Kuchenstücke zu fünf Mündern heben (Coles Stück ist auf den Boden gepurzelt). Die Kamera folgt Sebastian an die Anrichte.

Und im Wohnzimmer drückt plötzlich die Tür gegen Madeleines Schulter.

36.

»Was schaust du dir da an?«

Die Stimme überrumpelt sie von der anderen Seite der Tür her. Augenblicklich zieht sich Madeleine tiefer in die Nische zurück, drückt sich gegen die Wand. Die Hündin schnuppert.

»Du hast mich erschreckt«, sagt Diana.

Wieder rammt sich die Tür in Madeleines Flanke. Offenbar lehnt sich Freddy wie üblich dagegen. Kann der Mann nicht normal einen Raum betreten? Außerdem hat er sich wieder mit diesem Bodyspray eingenebelt, auf das er so steht – tropischer Warmduscher oder etwas in der Richtung.

Jetzt stolziert er ins Zimmer und blockiert ihre Sicht; eine Aura aus digitalem Licht umgibt seinen Kopf und seine Schultern. Der Mann ist eine wandelnde Sonnenfinsternis.

»Was tust du hier?«, fragt Diana.

»Ich wollte helfen. Aber Adelina sagt, er sei schon vor Stunden aus dem Haus gegangen.«

»Ist er. Sind wir. Er ist immer noch unterwegs.« Dianas Hand greift nach der Fernbedienung. »Tut mir leid. Ich habe vergessen, dir Bescheid zu sagen.«

Madeleine holt Luft. Die letzte Gelegenheit, sich zu zeigen – *Hab den Fernseher gehört, wollte dich nicht stören, ach, hallo Freddy!*

»Hey«, sagt Freddy und tritt vor den Fernseher. »Sieh dir den jungen Fred Trapp an, bevor er zu Ruhm und Reichtum gelangte! Was ist in der Schachtel, die ich in der Hand halte?«

»Wie es aussieht, hattest du ein Geburtstagsgeschenk für deinen Cousin dabei.«

»So sieht es *wirklich* aus«, stimmt Freddy ihr staunend zu. »Nein, lass es weiterlaufen. Was ist in der Schachtel?«

Der Bildschirm friert ein. Diana tritt in Madeleines Blickfeld.

»Ich bin zum Tennis verabredet.« Sie bietet Freddy die Fernbedienung dar. »Du kannst dir gern …«

Freddy nimmt sie ihr ab. »Was *war* eigentlich in der Schachtel? Nicht in *der* da«, wobei er mit der Fernbedienung in Richtung Fernseher sticht, »sondern in der von der Haustür. Der *mysteriösen* Schachtel.«

»Der mysteriösen Schachtel?« Diana verschränkt die Arme.

»Ich habe sie Mad gegeben. Sonderauslieferung. Rosa Schachtel, blaues Band. Vielleicht auch blaue Schachtel, rosa Band. Mit einem S und einem T darauf. Also eventuell für meine Mutter«, kichert er, »aber wohl eher nicht. Hat dir niemand davon erzählt?«

»Ist alles in Ordnung, Freddy? Du kommst mir ein bisschen aufgedreht vor.«

»Ich bin einfach fantastisch.« Er wendet sich wieder dem Fernseher zu. »Wer hat das aufgenommen?«

»Deine Mutter, nehme ich an.«

Die Hündin grunzt. Madeleine blickt nach unten, gibt ein lautloses *Pst* von sich.

Jetzt gleitet Freddy zu Diana hinüber. Sebastian steht zwischen ihnen, die Hände voller Gläser. »Es ist praktisch eine *Sebastian-Show.* Ist sie in ihn verschossen?«

»Natürlich nicht.«

»Vielleicht nicht heute, aber damals?«

»Freddy, du kannst doch nicht von mir erwarten …«

»Ist doch ganz natürlich.« Sein Tonfall ist es nicht; er klingt samtig, hungrig. »Auch Frauen können begehren. Oder etwa nicht?«

Was ist das denn für ein Liedermachergeschwurbel? Wieder grunzt Watson. Madeleine lächelt ihr beruhigend zu, flüstert lautlos *Schnauze.*

»Ich muss los, Freddy.« Als Diana an ihm vorbeigeht, hält er sie an der Schulter fest; sie blickt vielsagend auf seine Hand.

Er lässt sie los, beugt sich aber zu ihr. »Sie hat ihn damals begehrt«, sagt er, »auch wenn ihr Mann und seine Frau zwischen ihnen standen, und wahrscheinlich begehrt sie ihn immer noch.«

»Du sprichst über deine Mutter.«

»Das weiß ich selbst. Die Frau verschwindet, das Kind auch, und zuletzt noch Dominic in einer dunklen Nacht ...«

»Willst du etwa andeuten, dass deine *Mutter ...*«

Er tritt auf sie zu und ergänzt butterweich: »Und dann tauchst *du* auf.«

»Warum sagst du so was?« Sie sieht ihn argwöhnisch an.

»Nimm dich einfach in Acht. Verstehst du? Nimm dich in Acht. Für Simone ist dies die letzte Chance auf einen Tanz. Wie gesagt, jeder begehrt.« Und dann küsst er sie.

Nur kurz – so kurz, dass Madeleine kaum Zeit hat, den Atem anzuhalten –, aber intensiv. Und obwohl Diana ihre Handflächen gegen seine Brust presst, zögert sie einen winzigen Moment, bevor sie ihn von sich stößt. So kommt es Madeleine wenigstens vor.

Er wippt auf den Fußballen; sie weicht zurück. »Das wollte ich schon ewig tun«, erklärt er, plötzlich schüchtern.

»Bitte geh jetzt.«

Freddy blinzelt und fügt sich dann. »Entschuldige. Entschuldige.«

»Geh einfach.« Kühl, doch Dianas Hände zittern, wie Madeleine sieht.

Ein, zwei Sekunden sieht sie, wie Freddy kiefermahlend mögliche Erwiderungen abschmeckt; dann wendet er sich ab, legt höflich die Fernbedienung auf die Armlehne des

Sofas und geht zur Tür. Ein Schwall *Tropischer Sturmangriff* oder was auch immer und Freddy ist abgegangen.

Madeleine kocht vor Wut – vielleicht aus Sympathie für Diana, aber ganz unerwartet auch für Simone. Unvorstellbar, dass sie ihren Mann ermordet haben könnte. Oder ihre Schwägerin. Wer könnte so etwas auch nur denken? Abgesehen von Freddy, wie es aussieht.

Diana steht im Scheinwerferlicht des Bildschirms. Madeleine beobachtet sie nachdenklich.

Dann bückt sich Diana, hebt ihren Tennisschläger neben dem Sofa auf – Madeleine hatte ihn gar nicht bemerkt, und Freddy offenbar auch nicht, sonst hätte er sich zurückgehalten, darauf würde Madeleine wetten –, atmet tief aus, tupft ihre Augen und verlässt den Raum durch die Tür am anderen Ende.

Madeleine zählt bis sechzig, bevor sie aus ihrem Versteck tritt. (Wenn sie sich vorstellt, dass ihre Mutter sie hergelockt hat!) Auf der anderen Seite des Zimmers füllt Sebastian den Bildschirm, das Gesicht ihr zugewandt, ein Zeuge des Kusses.

Und jetzt, wo Watson aus ihrer Gefangenschaft wackelt, sieht sie auch Cole am Tisch sitzen und seinen Vater anstrahlen. Sie tritt an den Fernseher und betrachtet ihn genauer: den kleinen spitzen Bug seiner Nase, die blonden Haare über den Brauen. So jung, noch unfertig – niemand hätte damals sagen können, wie die Zeit sein Gesicht formen, wie tief seine Stimme absinken, ob er so groß würde wie seine Eltern. Wie Madeleine.

Niemand hätte sagen können, wie er sich entwickeln würde.

Wer er heute sein könnte.

37.

Nicky trägt Lippenbalsam auf und fährt sich mit den Händen durch die Haare (strohtrocken; die viele Seeluft). Es ist schön, sich für jemanden zurechtzumachen. Und eine Weile her.

Mit schimmernden Lippen und locker schwingendem Haar tritt sie aus der Toilette. Jonathan wohnt in einer aufgelassenen Kirche nahe Dolores Park; sein Loft besteht vornehmlich aus Betonböden und einer Küche in Stahl, aber der Architekt hat auch Elemente aus der Vergangenheit bewahrt: die Ziegelmauern und die Spitzbogenfenster mit ihren Buntglasscheiben, die zwei Stockwerke überspringen, dazu zwei Kirchenbänke am Eingang. »Der Schlafplatz für meine Gäste«, hat Jonathan ihr beim Eintreten erklärt.

Jetzt sitzt er vor zwei Tassen, die auf dem Kaffeetisch stehen. Das sparsame, moderne Mobiliar gehört dem Vermieter; Jonathans persönliche Habe, hat er Nicky erzählt, beschränkt sich auf seine Klamotten, eine Zahnbürste und zwei Dutzend ungeöffnete Kartons. (»Die Jury hat das Urteil über San Francisco noch nicht gesprochen.«)

Er lädt sie ein, sich neben ihn aufs Sofa zu setzen. »Ich dachte, wir könnten einen Film anschauen. Wenn du Bock hast.« Mit dem Daumen an der Fernbedienung, den Blick eisern auf den Fernseher gerichtet.

»Klar.« Nicky hebt eine Tasse an ihre Lippen.

»Nur um das klarzustellen, ich hatte diese Abendunterhaltung schon vorab geplant. Ich hatte dabei deinen Boss im Kopf. Fred redet wirklich gern über seinen Onkel Sebastian.« Auf dem Bildschirm erscheint ein Vorspann: ein malerisches, längst vergangenes London, ein Mann mit langem Mantel und Zylinder, der einen Schatten über eine

Kopfsteinpflasterstraße wirft. Tiefes Schwarz und Jadegrün und ein goldener Titel: Simon says.

»Ich schätze, du hast ihn schon gesehen?«, fragt Jonathan.

»Nur ein einziges Mal. Das Buch ist besser.«

»Das sind die Bücher fast immer – Dreck.« Er hat ihre Tasche vom Sofa geschubst. Sie ergießt sich über den Boden wie eine aufgeplatzte Piñata. »Dreck. Entschuldige.« Hände scharren über den Beton, lesen Stifte und Handdesinfektionsfläschchen und einen schlanken Pfeffersspraybehälter auf, den Jonathan ihr ohne einen Kommentar und ohne zu erröten überreicht.

Nachdem alles wieder aufgesammelt ist, faltet sie ihre Beine im Schneidersitz – »Bereit?«, fragt er –, und der Film beginnt.

Auch die zweite Vorführung kann Nicky nicht bezaubern, dafür amüsiert Jonathan sich königlich und japst und lacht immer wieder. Schüchtern studiert sie, wie Licht und Schatten mal langsam, mal schnell über sein Gesicht ziehen, dazu die vielleicht gebrochene Nase, die sanften, hellen Augen. Sie mag diesen Mann, findet ihn fast gravitativ anziehend.

Ab und zu fällt ihr Blick auf seine linke Hand, die mal lässig an einem Hemdknopf spielt, mal diskret sein Geschlecht zurechtrückt, mal ein paar Zentimeter über das Sofa wandert, bevor sie sich in die Sicherheit seines Schoßes zurückzieht.

»Boah!«, ruft er, als Spring-Heeled Jack aus einer Gasse springt. *»Boah!«,* gefolgt von einem begeisterten Schlag auf die Schenkel.

Nicky kann Jack in seiner Maske kaum ansehen. Die fleischigen Züge, die winzigen Augen lassen sie immer noch gruseln. Sie schaudert und lächelt.

Direkt nach St. Johns Entdeckung des zweiten Leichnams – eines Fischhändlers, in einer Telefonzelle –, kracht draußen ein so lauter Donnerschlag, dass Nicky und Jonathan aufschrecken. Hinter dem Fenster, jenseits von Dolores Park, zerreißt ein gezackter Blitz den Himmel.

Während Nicky ihre Wetter-App aufruft, wendet er sich ihr zu. »Das wollte ich dich schon vorhin fragen«, sagte er. »Darf ich dich küssen?«

Überrascht sieht sie auf. »Das – das ist echt sexy.«

»Dass ich dich frage, ob ich dich küssen darf?«

»Dass du das richtige Hilfsverb verwendest.«

Jonathan grinst verlegen und verstrubbelt seine Locken. »Ich wollte nicht, dass du dich unwohl fühlst. Ein Fremder. In einer entweihten Kirche.« Auf dem Bildschirm zirpt eine Violine, während Simon ein Rebus dechiffriert, das in die Schulter des Opfers tätowiert wurde.

Nicky erwidert sein Lächeln, legt den Kopf schief und überrascht sich selbst mit einem: »Nein.«

Als er sich zu entschuldigen beginnt, übertönt sie ihn. »Nur, weil ich jetzt gehen muss. Das Gewitter wird heftig.« Sie tippt auf ihr mit digitalen Regengüssen überzogenes Handydisplay.

»Na dann.« Jonathan steht auf. »Soll ich dir ein Taxi rufen?«

»Ich habe schon eins bestellt, danke. Du solltest den Film zu Ende sehen.«

»Weißt du, ich glaube, das mache ich wirklich. Würde mich interessieren, wer der Bösewicht ist.«

Nicky verrät ihm nicht, dass Jack auch in diesem Fall nicht enttarnt wird. Stattdessen steht sie auf und schultert ihre Tasche. »Hast du eine Ahnung?«

»O nein, ich bin miserabel im Raten. Aber ich weiß, dass es nie der ist, auf den man tippt.«

Nicky tritt aus der Kirche in eine nasse Frühsommernacht. Bis ihr Uber durch den reißenden Bach am Rinnstein pflügt, um sie am Fuß der Trappschen Einfahrt abzusetzen, ergießen sich bereits Wasserschleier über die Stadt und die Straßen brodeln. Sie eilt zum Haus hinauf; an der Tür geht sie in die Hocke und kramt im bläulichen Licht ihres Handys in ihrer Handtasche.

Er muss noch auf Jonathans Boden liegen.

»Ich habe meinen Schlüssel verloren«, gesteht sie, als Madeleine, umtanzt von Watson, auf ihr Läuten hin die Tür öffnet. »Tut mir schrecklich leid.«

Madeleine tritt zur Seite.

Im dunklen Bassin der Eingangshalle glüht an jeder Wand nur ein einsamer Wandleuchter. Das Prasseln des Regens wird schwächer, sobald sich die Tür hinter Nicky schließt, trotzdem kann sie ihn weiter draußen flüstern hören.

Madeleine sieht aus wie ausgeblutet: die Haut so weiß wie der Marmorboden, das Haar grau getönt, die Ringe unter den Augen dunkel wie Blutergüsse. Selbst ihr Nachthemd – wer hätte sich Madeleine in einem Nachthemd vorgestellt? – ist nur ein von ihren Schultern hängender Schatten.

»Ich sehe furchtbar aus, ich weiß«, grollt sie.

Aus den Tiefen der Eingangshalle nähert sich ein Gespenst. Diana in ihrem Tennisdress starrt sie aus trüben Augen an; noch während sie auf sie zukommt, flammt ein wütender Blitz hinter den Zwillingsfenstern oben an der Treppe auf und zuckt über die Wände, den Boden, die Treppe und lässt alles für einen, zwei Augenblicke hell erstrahlen.

O nein, denkt Nicky. Sie fühlt sich wie in einem Horrorfilm von *Hammer Films* oder wie in dem Todeshaus auf Soldier Island in *Und dann gab's keines mehr*, in dem zehn Gäste im Sturm ausharren. Die zweite Ehefrau, die altjüngferliche Tochter, die Fremde – und dazu das Gewittergetöse, der gegen die Scheiben trommelnde Regen. Ihr Blick gleitet die Treppe hinauf zum Porträt. Es flackert bei jedem Blitz wie eine defekte Glühbirne und die vier Gesichter leuchten wie geisterhafte Totenschädel.

Es war eine dunkle und stürmische Nacht.

Jetzt grollt der Donner. Die drei Frauen sehen zur Decke auf, als würde oben ein Mörder lauern. Nicky hält den Atem an. Niemand bewegt sich.

Dann lässt der Lärm nach, Watson niest in der eintretenden Stille und der Bann ist gebrochen.

»Nicky hat ihren Schlüssel verloren«, sagt Madeleine.

»Ich weiß, wo er liegt.« Sie stampft mit ihren durchnässten Sneakers auf. »Aber das nützt mir im Moment nichts.«

Diana blinzelt. »Ich bin eingenickt«, sie deutet zum Wohnzimmer, »beim Fernsehen. Bei einem alten Film.« Der Ansatz eines Lächelns.

»Komm mit, Watson«, fordert Madeleine die Hündin auf und kehrt zu ihrer Tür zurück.

Während Nicky zur Treppe geht, hört sie einen kurzen Regenschauer an Klickgeräuschen: Watson folgt ihr über den Marmor. »Dort geht's lang, Lady«, sagt Nicky und deutet auf Madeleine. Watson wirft einen Blick auf ihre Herrin, lässt den Hintern auf den Boden plumpsen und sieht mit herausquellenden Augen zu Nicky auf.

Nicky bückt sich, um sie aufzuheben – »Ab ins Bett mit dir« –, doch als sie sich aufrichtet, ist Madeleines Tür zu und Diana verschwunden. Einen Moment steht sie unschlüssig da, denkt traurig an ihre Gastgeberinnen und fragt sich, ob sie ihnen Tee oder Toast anbieten sollte; stattdessen beginnt sie ihren Aufstieg unters Dach, wo sie Tante Julia Meldung machen wird, dass sie weiterhin unter den Lebenden weilt.

38.

Warum hat sie Watson gehen lassen? Ausgerechnet heute Nacht?

»Ich bin einsam«, sagt Madeleine mit enger Kehle. Diesen Satz zu sich selbst zu sagen, fühlt sich viel trauriger an, als ihn zu einem anderen Menschen zu sagen.

»Ich will nicht einsam sein«, setzt sie hinzu. Dann löscht sie die Nachttischlampe, während ein Blitz die Wände entflammt.

In solchen Nächten schlich Cole oft in ihr Zimmer, und sie inszenierte regelmäßig ein kleines Drama – mit Rumoren und Fluchen und *O-Mann*-Stöhnen –, bevor sie die Decke für ihn zurückschlug. Beim Frühstück beschwerte sie sich dann und drohte, nächstes Mal ihre Tür abzuschließen.

Sebastian: »Du bleibst auf deinem Zimmer, Cole.«

Hope: »Sei nicht so gemein, Mad.«

»Ich wünschte, ich wäre netter zu dir gewesen«, flüstert Madeleine so leise, dass es fast wie ein Gedanke klingt. Sie wünscht sich, Watson läge eingerollt unter der Decke, nicht oben bei …

Der Usurpatorin. Sie hat Cole noch nichts von Nicky erzählt, oder? Dem Mädchen, das von ihrem Vater … benutzt wird, oder etwa nicht? Sogar manipuliert? Um *sein Bild für die Nachwelt zu formen* oder so?

Madeleine zieht in der Dunkelheit die Stirn in Falten. Ihr war nicht klar gewesen, dass sie das dachte. Und doch ist es so. Jedenfalls teilweise. Warum sollte er sonst jemandem gestatten, in seiner Vergangenheit zu wühlen?

Cole sollte davon wissen.

Sie weckt mit einem Tippen ihr Handy. Attackiert mit den Daumen das Tastaturfeld, lässt textgefüllte Ballons übers Display nach oben treiben. Erzählt ihm von ihrer Besucherin, von Sebastians Arbeitsauftrag und dass er Nicky wie eine Untermieterin auf dem Dachboden – Coles Dachboden – einquartiert hat. Dass sie ungewollt die Vergangenheit wachruft.

Und er hat sie in unser
Haus EINGELADEN

Ich finde, sie muss verschwinden

Nach einer Minute blickt Madeleine wieder auf ihr Handy. Das dunkel vor sich hin träumt.

Sie fixiert in der Düsternis den gerahmten Druck über ihrer Kommode, die vergrößerte deutsche Postkarte: eine sepiagetönte junge Frau, die von hinten zu sehen ist, mit einem dünnen Band um den Hals und einem kecken Hut mit weißem Tuch über den schwarzen Haaren. Da ist meine Frau … aber wo ist meine Schwiegermutter? fragt die Textzeile darunter. Wer genau hinsieht, weiß Madeleine, entdeckt die verschwundene Matrone im selben Bild, im selben Körper, die Hakennase der Mutter in der weichen Wange der Tochter, das greisenhafte Lächeln der Alten im Halsband des Mädchens.

Beide Frauen tragen denselben Hut. Das hat Madeleine immer gefallen. Sie und ihre Mutter konnten nie Kleider tauschen: unterschiedliche Größen, unterschiedlicher Stil.

Als Helligkeit auf ihre Lider trifft, sieht sie automatisch zum Fenster – doch das Leuchten kommt aus ihrem Handy.

Name?

Nicky Hunter

Seine nächste Nachricht zeigt Nickys Porträtbild von der Webseite ihrer Universität. Sie sieht nach einem sonnigen Gemüt und einer Leseratte aus und gar nicht so, als könnte sie Madeleine das Leben zur Qual machen.

Sie lächelt wirklich oft

Wie ist sie so? Was erzählt er ihr?

Seine größten Erfolge, soweit ich das beurteilen kann

Pause.

Dann lass sie bleiben.

Feinde sollte man im Auge behalten etc.

Ist sie eine Feindin?

Je nachdem

Warum sollte er eine Feindin hier wohnen lassen?

Vergiss nicht: Dad liebt Spiele.

Vielleicht ist das alles nur ein Spiel für ihn.

Montag, 22. Juni

39.

Nicky schiebt das Tagebuch unter die Decke, wirft einen kurzen Blick auf *Ein Kind.* »Herein.«

Ein Kind beobachtet sie gespannt.

Die Tür geht auf, und Sebastian füllt den Rahmen aus. Zum ersten Mal seit ihrer Ankunft trägt er keinen Anzug; heute ist es eine blassviolette Mohair-Hausjacke mit grauem Kragen und grauen, bis zu den Ellbogen hochgeschobenen Manschetten. Hosen aus weißem Flanell und Stiefel aus festem Leder. Seiner Taschenuhr und seines Halstuchs beraubt, mit polierten und geglätteten Kanten und Furchen wirkt er beinahe menschlich, fast wie aus Fleisch und Blut.

»Darf ich hereinkommen?«, fragt er im Hereinkommen. »Wie ich sehe, schließen Sie nicht ab.«

»Sollte ich?«

Er zuckt mit den Achseln und schreitet langsam durch die Säulen aus Sonnenlicht unter den Giebelfenstern. Nicky beobachtet seine Diashow-Miene – hier ein Lächeln, da ein Augenkneifen, ab und an ein fassungsloses Starren und zuletzt ein fröhliches Lachen, als er auf die aufgereihten vergangenen Watsons zusteuert.

»Wenn ich ein neues Land bereiste«, erzählt er, »war ich jedes Mal überzeugt, dass ich bestimmt nicht das Glück haben würde, noch einmal dorthin zurückzukehren. Also schickte ich Mementos nach Hause. Dieser Oktopus war eine echte Herausforderung. Hat einer von euch eben gegrunzt?«

Nicky deutet auf die aktuelle Watson, die am Fußende auf ihrem Bett sitzt.

Sebastian tritt zu der Hündin und packt, als sie sich zur Begrüßung auf die Hinterbeine erhebt, mit beiden Händen ihre Vorderpfoten; sie beginnen einen schwerfälligen Tanz. »Heute bekommen Sie Steine in den Weg gelegt«, erklärt er Nicky. »Wie angekündigt.«

Ein merkwürdiges Gefühl, mit diesem Mann allein in einem Schlafzimmer zu sein – noch dazu in Cole Trapps Schlafzimmer. Als wäre er ein Vater, der sein Kind weckt, weil es in die Schule muss. Aber jetzt muss sie daran denken, was sie eben gelesen hat, in der immer noch wackligen Schrift, auch wenn Cole keine Sternchen mehr auf das I setzt: *Ich fühle mich, als würde ich bestraft werden. Ich will untertauchen.*

Cole ist tatsächlich untergetaucht und liegt jetzt hastig zugeklappt und vergraben unter einer Schneewehe aus weißen Laken. Sie wird auf ihn aufpassen.

»*Cherchez la femme*«, sagt Sebastian und versucht dabei den Hund abzusetzen. »Das hat mich hergeführt.« Er hebt Watson vom Bett und schreitet zur Tür; seine Stimme weht wie ein Banner hinter ihm her. »Um zehn werden die Segel gesetzt. Ziehen Sie sich warm an.« Und dann, wieder im Türrahmen, dreht er sich um. »Ich hoffe wirklich, Sie fühlen sich bei uns zu Hause.«

»Ich verspreche, dass ich nicht zu lange bleiben werde.«

Sebastian verschmilzt mit dem Schatten der Treppe. »Bleiben Sie, solange Sie mögen«, ruft er. »Sie können bleiben, bis Sie sterben.«

40.

Sebastian nimmt Nicky mit auf eine »Panoramatour« und kurvt mit ihr im Jaguar durch die Wildnis des Presidio, unter den Monterey-Kiefern hindurch, die wie Wände zu beiden Seiten aufragen; sie schlängeln sich an den leer stehenden Militärbaracken vorbei, an einem Friedhof und einem verlassenen Flugfeld, das in den Neunzigern als weitläufiger Park rehabilitiert wurde. »Hope war mit im Komitee«, ergänzt er. »Ein richtiger Gutmensch, meine Frau.«

Einen Hügel hinauf bis zu einem Palast im Beaux-Arts-Stil – die *Legion of Honor*, erklärt er ihr, heute ein Kunstmuseum –, dann wieder abwärts durch einen weiteren Baumtunnel, wobei sich die Straße gerade wie eine Bowlingbahn vor ihnen erstreckt. »Nur wir beide«, sagt er und fährt sein Fenster hinunter, »hier draußen am nordwestlichsten Zipfel der Erde. Ohne Bürden«, die Brise peitscht sein Haar, »ohne Sorgen ...«

»Ohne Zeugen«, ergänzt Nicky.

Sebastian stutzt, dann lacht er, und sie rollen auf einen verlassenen Parkplatz, vorbei an einem verwitterten Holzschild: LANDS END.

»Wenn ich mit meinen Kindern herkam, stellten wir den Wagen immer versteckt bei der Legion ab. Aber heute steht mir der Sinn nach einem kleinen Strandspaziergang.« Er stellt den Motor ab, zaubert aus dem Nichts einen Pfirsich hervor und rollt ihn in Nickys Hand. »Das Frühstück ist serviert.«

Als Nicky aussteigt, hört sie in der Ferne ein Donnergrollen: das Meer, gleich hinter einer Barrikade aus hohen Kiefern am Asphaltrand. »Hören Sie dieses Brausen!«, seufzt Sebastian, schlägt die Autotür zu und reckt die Arme. »Ach, heut' wär ich gern ein Meerjungmann.«

Er marschiert los zum anderen Ende des Parkplatzes und Nicky eilt ihm nach. Ein heller Pfad führt sie durch die Bäume, dem lauter werdenden Meeresrauschen entgegen, bis Sebastian schließlich an einen Aussichtspunkt kommt, wo er sich mit den Händen auf der niedrigen Mauer abstützt.

Nicky schließt zu ihm auf – und schlagartig erfüllt das Panorama hinter ihrem Begleiter ihr Blickfeld, breitet sich vor ihr aus, drängt ihr noch beim Näherkommen entgegen. Es ist ein Zeitlupenmoment, denkt sie: die Wellen des Ozeans in klarem Greenscreen-Grün mit den in der Sonne leuchtenden Kronen; die zerzausten Wolken über ihnen, scheinbar so dick, das man sie kneifen könnte; und unter ihnen, direkt hinter der Mauer, eine steile Felskaskade, die in der brodelnden Brandung verschwindet. Alles gestochen klar und scharf.

Nicky und Sebastian stehen schweigend nebeneinander. Möglicherweise levitieren sie auch, denkt sie.

Als sie ein paar Augenblicke später wieder festen Boden unter den Füßen spürt, fragt sie sich, woran er wohl denkt, während er mit schmalen Augen Sonne und See fixiert. Hört er unter dem Rauschen des Ozeans das Rieseln des Sandes in seiner Lebensuhr? Malt er sich, wenn er den unendlichen Himmel betrachtet, vielleicht aus, wie seine Seele dorthin aufsteigt? Nicky ist nicht religiös, dennoch ist es ein fast heiliger Augenblick.

Abrupt dreht er nach rechts ab und sie folgt ihm auf einen Pfad mit dem Schild *Coastal Trail*. Vielleicht sollte sie aufschließen, an seiner Seite gehen, doch er geht mitten auf dem Küstenweg, ohne dass links oder rechts besonders viel Platz wäre, und sie möchte nicht wie ein Terrier neben ihm hertrotten. Dann lieber hinter ihm hertrotten, findet sie. Auch wie ein Terrier.

Der Mann macht riesige Schritte.

Der Seewind drückt die Wellen gegen einen schmalen Steinstrand. Jenseits des Wassers jene Landzungen, die gestern an ihrem Boot vorbeigezogen sind, und weiter im Osten die Golden Gate Bridge, die sich über die Zufahrt zur Bucht zieht. Ab und zu passieren sie eine auf den Klippen schwankende Zypresse mit ausgestreckten Zweigen, als würde sie verzweifelt Halt suchen.

Der Weg biegt in einen dichten Hain aus Kiefern und Eukalyptusbäumen. Die Luft kühlt ab, das Licht wird matter. Nicky bibbert in ihrem Pullover.

Sekunden später wendet sich Sebastian nach links, wo eine Steintreppe am Steilufer hinunterführt. Sie treten in die Sonne, auf einen mit Steinen übersäten Strand. Jenseits der Brandung glänzen große Felsen, gegen die Gezeiten zusammengekauert.

Wasser entrollt sich wie ein Teppich auf dem bronzefarbenen Sand. Sebastian streift seine Schuhe ab, hakt sie über zwei Finger – »Ich werde meine Hosen umgeschlagen tragen«, verkündet er und marschiert nach Norden. Nach zwanzig Minuten Schweigen klingen seine Worte wie eine neue Sprache.

Nicky drängt sich zwischen ihn und das Meer. »Können Sie schwimmen?«, fragt er.

Warum will er das wissen? Sie wirft einen Blick über ihre Schulter. »Allerdings.«

»Hoffen wir, dass es nicht dazu kommen wird. Ihr Handy funktioniert hier draußen nicht«, ergänzt er, als sie aufs Display tippt.

»Ich wollte nur nachsehen, wie kalt das Wasser ist.« Und ob sie Empfang hat.

»Nie kälter als im Juni.«

Nicky schiebt das Handy wieder ein. Warum hat er sie hierhergebracht?

Sie gehen weiter, Sebastian mit forschem Schritt voran, Nicky rutscht in ihren Sneakers über die Steine. »Ob Sie es wagen, einen Pfirsich zu essen?«, fragt er und beißt in seinen; als sie es ebenfalls wagt, beginnt er wieder zu erzählen und lässt sich darüber aus, dass er früher bei Interviews behauptet hatte, seine jungenhafte Liebe für Militärgeschichte hätte seine Simon-St.-John-Romane inspiriert.

»Die Wahrheit ist ein bisschen persönlicher. Wie es die Wahrheit oft ist. Meine erste Frau weckte mein Interesse am England nach dem Ersten Weltkrieg. Ihr Großvater hatte den Krieg an der Somme überlebt, im Gegensatz zu seinem Bein. Dennoch kehrte er fröhlich und entspannt heim, im Reinen mit sich und der in Trümmern liegenden Welt. Kein Tinnitus, kein Kriegszittern, keine nächtlichen Albträume. Als Hope mir von ihm erzählte, musste ich an meine geliebten alten Kriminalromane denken: mit ihren ungebrochenen, geistig gesunden Veteranen, so als hätte der Krieg ausschließlich ihren Charakter geformt. Gut, manchmal wurde einer dieser Männer von Poirot oder Alan Grant oder einem der anderen als Mörder entlarvt – tatsächlich sogar recht oft –, aber auch dann hatten sie immer aus Profitgier gemordet. Aus einem rationalen Grund, will ich damit sagen. Falls man bei Mord überhaupt von rationalen Gründen sprechen kann. Darum beschloss ich Jahre später, *Simon Says* Anfang der Zwanziger spielen zu lassen, als die Welt – oder jedenfalls diese Welt, die englische Welt – sich redlich bemühte, ihre Wunden zu verbergen. Und ich entwarf einen Helden wie Hopes Großvater: einen angenehmen, freundlichen Menschen, zwar ein wenig welterfahrener als der Durchschnittsrentner von nebenan, aber dennoch volksnah, der – obwohl er in Schützengräben ausharren musste und sich Stacheldrahtwunden zugezogen hatte und seine Freunde explodieren sah – im Wesentlichen geistig gesund aus dem Krieg zurückgekehrt war.« Er kneift sein linkes Ohrläppchen zusammen, genau wie Nicky das ihre. Simon St. Johns war von einer feindlichen Kugel gekappt worden.

»Allerdings konnte er das nicht sein. Geistig gesund. Jedenfalls nicht uneingeschränkt – nicht, nachdem er so vieles miterlebt hatte. Daher seine Stimmungsschwankungen, die wilden Höhenflüge, die niederschmetternden Abstürze. Daher die Plaudereien mit den Geistern seiner Freunde.« Unerwartet schwingt sein Arm im Kreis, einmal, zweimal, und kurz schwant Nicky, dass sie gleich seine Faust spüren wird; dann lässt er den Pfirsichkern über ihren Kopf in den Himmel segeln. Sie schaut ihm auf seinem Flug übers Wasser nach. Falls er irgendwo landet, kann sie es nicht erkennen.

»Ich glaubte – und ich glaube, ich glaubte ganz richtig –, dass eskapistische Leser mit einem psychologischen Krimi wenig anfangen könnten«, sagt Sebastian. »Darum stellten wir den historischen Blickwinkel in den Vordergrund und schmuggelten die Psychologie durch die Hintertür ein.« Er zieht seine Ferse über den Strand und damit eine Furche in den glatten Sand. »Wir betonen gern: ›Sie hat ein gutes Herz‹ oder: ›Er hat Nerven‹, aber in Wahrheit bestehen die meisten von uns zu einem beträchtlichen Teil aus Narbengewebe. Mich interessieren vor allem die Wunden, die jemand verbergen möchte. Selbst der Wahnsinn. Warum verstecken wir ihn?«

»Warum sollten wir ihn zur Schau stellen?«

Er sieht sie an, aber ohne Sonnenbrille muss sie die Augen zusammenkneifen. »Welche Geheimnisse hüten Sie wohl, junge Miss Hunter?« Seine Stimme lädt sie ein.

Sie lacht. »Ich tanze ständig allein in meinem Zimmer. Ich habe einmal über drei Wochen eine verletzte Taube in meinem Apartment versteckt, bis sie sich erholt hatte. Ich bin nicht interessant genug für richtige Geheimnisse.«

Während er sie einen struppigen Hügel hinaufführt, verfolgt von seinem Schatten, der sich an seine Absätze heftet, ahnt sie, dass sie ihn enttäuscht hat. Oben am Pfad gelangen sie wieder auf den Hauptweg und bleiben nebeneinander stehen.

»Ich kann keine Kinder bekommen.« Damit überrascht sie sich selbst; eigentlich hatte sie ihm das nicht verraten wollen. Dennoch möchte sie, dass er es weiß. Oder es stört sie wenigstens nicht, wenn er es weiß. »Und das finde ich traurig, weil ich – weil ich genug in mir trage, was ich gern weitergeben würde. Eine Freundin von mir sitzt im selben Boot wie ich, darum haben sie und ihr Mann ein Kind adoptiert. Ich würde gern erst jemanden kennenlernen, aber das ist nicht unbedingt nötig. Ich mag mein Leben. Manchmal habe ich das Gefühl, ich sollte *das* geheim halten: Ich mag mein Leben, ich habe wenig zu klagen.«

Plötzlich wird Nicky verlegen. Doch dann nickt Sebastian und lächelt sie an. »Wenn Sie im Leben auf nichts weiter verzichten müssen als auf das Gebären, dann können Sie glücklich sterben.«

Der Wind weht ihr die Haare ins Gesicht. Sie sieht aufs Meer, auf die steile Küste hinter ihr. Ein Fehltritt und jemand könnte sich den Hals brechen.

Ein Schubs und jemand könnte sich den Hals brechen.

Sie wendet sich wieder Sebastian zu, der immer noch versonnen lächelt.

»Ihre Geheimnisse sind bei mir sicher«, sagt er und marschiert weiter.

Sie atmet aus und folgt ihm hangabwärts zu einer breiten, flachen Klippe, einem mit Kies und losem Gestein bedeckten Vorsprung, der scheinbar über die Felskante hinausragt. Dahinter und darunter dröhnt die dunkle See.

Bis sie plötzlich verschwindet. Der Wind hält den Atem

an. Wolken hasten vor die Sonne und tönen die Welt grau. Ein Irrgarten erscheint vor ihnen.

Sieben konzentrische Kreise breiten sich vor ihnen auf dem Boden aus, jeder einzelne ein Ring aus losen Steinen, der äußerste direkt am Klippenrand; innerhalb der einzelnen Kreise wirbeln Nebenwege und Sackgassen um ein leer gebliebenes Zentrum. Alle Kreise zusammen sind knapp zwanzig Meter weit und die Wege gerade so breit, dass sie begehbar bleiben. Die Steine ragen höchstens ein, zwei Handbreit auf, aber für Nicky wirken sie geradezu abschreckend.

»Habe ich nicht angekündigt, dass ich Ihnen Steine in den Weg legen werde?«, ruft er, als der Ozean seine Stimme wiedergefunden hat.

Nicky verzieht das Gesicht (Sebastian Trapps Mund ist einfach nicht für Kalauer geschaffen) und bleibt vor dem äußersten Ring stehen.

»Madeleine und ich waren oft zum ›Sonnenaufstehen‹ hier«, sagt er und steht plötzlich neben ihr. »Unser kleines Vater-Tochter-Ritual. Ankunft vor Sonnenaufgang mit Donuts und Kaffee.«

»Warum hier?«

»Welcher Ort könnte interessanter sein als ein Labyrinth?« Ein Finger sticht nach vorn. »Genau dort im Zentrum habe ich Hope einen Antrag gemacht. Eines Abends im Winter sechsundsiebzig. Nur ein paar Stunden später haben ein paar betrunkene College-Kids jeden einzelnen Stein ins Meer geschmissen.«

Er hebt einen Fuß an, als wollte er ihn ins Labyrinth setzen; dann stellt er ihn wieder ab.

»Seither wurde es immer wieder neu angelegt. Jedes Mal anders mit einer anderen Anzahl von Kreisen. Ein paar Jahre später kehrten meine Frau und ich hierher zurück. Und dort«, wieder im Zentrum, »haben wir Cole gezeugt.«

Nicky blinzelt. »Sie haben …«

»Im April fünfundachtzig. Ein guter Rat, junge Miss Hunter: Ziehen Sie sich hier nicht im April nackt aus. Und zwar in keinem Jahr.«

Sie tritt über die Steinbegrenzung in den siebenten Kreis. Blickt nach links und rechts. Geht langsam im Uhrzeigersinn, das Gesicht dem Meer zugewandt. Sebastian begleitet sie außerhalb des Kreises.

»In einem Irrgarten gezeugt«, spricht er in ihren Rücken, »unser Cole. Obwohl es ihm hier nie besonders gefiel. Zu viel Drama, zu viele … Naturgewalten, schätze ich. Er war lieber zu Hause. Spielte gern Verstecken. Und er *liebte* Fort Point. Dort drüben«, ergänzt er und deutet dabei nach Nordosten zur Golden Gate Bridge. »Gleich unter der Brücke, an ihrem Südende. Ein alter militärischer Außenposten, der nie benutzt wurde. Weder damals noch heute. Ein guter Ort, um über eine Leiche zu stolpern, fand ich immer.«

Nicky landet in einer steinernen Sackgasse, tritt nach einer Vierteldrehung in den nächsten Ring, geht in entgegengesetzter Richtung weiter. Sebastian hält knapp außerhalb des Kreises Schritt, fast wie ein Tier, das nicht über einen Feuerstreifen springen will. Sind sie darum hier, an diesem Ursprungsort? Fühlt er sich hier seiner verlorenen Frau, seinem verlorenen Kind besonders nahe? Sie bleibt stehen, hebt den Blick stirnrunzelnd zu einem stummelhaften Leuchtturm, der draußen aus den Wellen ragt.

»Was mochte Cole sonst noch?«, fragt sie.

Sebastian seufzt in ihrem Rücken. »Ach – lange Wochenendreisen mit seiner Mutter. Alle paar Monate fuhren sie nach Disneyland oder Yellowstone oder stiegen in einen Zug. Beide hatten es nicht mit dem Fliegen.«

Nicky hat auf seinen Postkarten von diesen Reisen gelesen. »Ich kann auch nicht ohne Beruhigungsmittel fliegen.«

»Dann vielen Dank, dass Sie bis Kalifornien durchgehalten haben. Was, glauben Sie, ist damals mit meinem Sohn und seiner Mutter passiert?«

Als hätte sie gehört, wie er den Hahn einer Pistole spannt. Sie versucht nachzudenken.

»Wissen – wissen Sie es?«, fragt sie zurück, den Blick aufs Wasser gerichtet.

»Würde ich Sie fragen, wenn ich es wüsste?«

»Würden Sie es erzählen, wenn Sie es wüssten?«

»Das käme darauf an, was genau ich wüsste.«

»Wir drehen uns im Kreis.«

»Sie *stehen* im Kreis.«

Nicky atmet tief durch, blickt auf den Klippenrand, die Steilküste zur See.

Und dann muss sie an Isaacs Worte denken: *ein Ort, an dem jederzeit ein gefährlicher Mensch hinter Ihnen stehen könnte.*

Sie wirbelt herum. Sebastian hat die Augen geschlossen, den Kopf in den Nacken gelegt und lässt sein Haar vom Wind zerzausen; die Hände in den Hosentaschen, lächelt er den Himmel an. »Sie werden sich erinnern, dass ich Ihnen erzählt habe, ich wäre beinahe gestorben. Mehr als einmal. Mehr als zweimal.«

Nicky atmet aus. Er hat sein Spiel vorerst wieder eingepackt.

Sebastian geht langsam den Rand des Labyrinths ab, ohne hinzusehen, aber mit sicherem Schritt. »Bis meine Mutter starb, war ich nie unglücklich – nicht wirklich unglücklich. Selbst meine Träume waren süß. Auch lange danach noch. Dann, eines Nachts, Jahre später«, er wartet ab, bis sich die Wellen zurückziehen, »kletterte ich ins Bett und fand mich auf einer Waldlichtung wieder. Ich hatte diesen Ort nie zuvor besucht, weder im Traum noch im Leben: nackte weiße Birken, ein brauner Laubteppich auf dem Boden. In meinem Augenwinkel bewegte sich etwas.«

Er bleibt stehen. Seine Augäpfel zucken unter den Lidern.

»Ich drehte mich um«, er dreht sich um, »aber es war verschwunden.« Seine Stiefel verharren an Ort und Stelle, während er mit geschlossenen Augen in die Vergangenheit entschwindet. »Doch ein paar Sekunden später sah ich es wieder: nur einen buschigen Schweif. Und dann hörte ich ein Knacksen und Krachen in meinem Rücken. Ich drehte mich im Kreis: Zwischen den Bäumen entdeckte ich goldene Augen – sechs, ein Dutzend, ein ganzes Kommando, dann noch mehr –, und schleichende Pfoten hinter einem ein niedrigen, dunklen, glatten Wirbel aus Rauch, der die Lichtung umkreiste. Und die ganze Zeit das Beißen der Blätter unter meinen Füßen. Als würde der Wald selbst die Zähne fletschen. Der Rauch verzog sich. Die Wölfe traten aus dem Wald, mit strahlenden Augen, tiefschwarzem Fell. Sie hatten mich eingekreist, und sie kamen immer näher, als würden sie einen Knoten festzurren. Der Atem wollte kaum noch durch meine Kehle. Ich taumelte rückwärts und stolperte. Als ich mich wieder aufrappelte, hallte ein leises Knurren aus zahllosen Kehlen über die Lichtung. Doch nun hatte ich das Gefühl, dass die Wölfe mich nicht an-, sondern an mir vorbeisahen, und als ich mich umdrehte, stolperte ich erneut – diesmal über einen Leichnam auf dem Waldboden.«

Sebastian setzt eine Pause. Seine Augen bleiben geschlossen.

»Seine Haut war kreideweiß, die Uniform verdreckt und das Loch im Hinterkopf unerwartet, aber natürlich erkannte ich ihn. Natürlich: Es war mein Vater.«

Nickys Augen sind weit aufgerissen.

»Aber bevor ich auch nur nach seinem Atem lauschen oder ihn wachrütteln konnte, stürzten die Wölfe in einer Meute aus Fell und Fängen an mir vorbei und fielen über ihn her.« Endlich sieht Sebastian sie voller Trauer an. »Ich schreckte auf. Ich lag da und spürte, wie mein Herz in der Brust explodierte. Ich zupfte Wolfshaare von meinem Laken. Und während ich ein paar Stunden später unter der Dusche stand, die Nacht abzuschrubben und mich mit einem Lied aufzuheitern versuchte, frühstückte der Sergeant eine Kugel aus Blei.«

Er neigt den Kopf ein wenig, während er seine Schritte zurückverfolgt. Sie bleibt an seiner Seite.

»Sie haben im Traum den Tod Ihres Vaters vorausgesehen?«

Er zuckt mit den Achseln. »Ich glaube nicht an derlei Dinge, aber – es sieht ganz danach aus.« Ein Seufzen. »Von da an träumte ich Nacht um Nacht von Wölfen. Schaute zu, wie sie den am Boden liegenden Leichnam kahl fraßen. Jedes Mal erwachte ich in schwärzerer Stimmung. Exakt ein Jahr, nachdem der Sergeant seinen endgültigen Abschied genommen hatte, zog ich in meinem winzigen Apartment in Tenderloin einen Müllbeutel über meinen Kopf und schnürte ihn an meiner Kehle zu. Während mir langsam die Luft ausging, musste ich an eine Geschichte über einen Mann denken, den man in seinem Keller hängend mit lauter Kratzspuren am Hals gefunden hatte. Nach vierzig Sekunden kämpfte ich mich an die Luft zurück. Und schwor mir, so etwas nie wieder zu versuchen. Vier Monate später versuchte ich es wieder: ein neuer Beutel, dazu Pillen und Whisky …« Ein Seufzen. »Nachdem ich meine Frau kennengelernt hatte, hörten die Träume vorübergehend auf. Doch in der Nacht nach Maddys zweitem Geburtstag ertappte sie mich in der Garage – mit einem Schlauch am Auspuff unseres Kombis.«

Er schaut mit schmalen Augen an ihr vorbei. Nicky dreht

sich um und sieht in der Ferne eine Jacht gegen die Wellen ankämpfen.

»Sie hatte mich in meinen dunkelsten Stunden erlebt. Und in meinen glücklichsten. Hatte mich im Rausch reden hören, hatte mich lachen und lügen und austeilen hören. Blenden und langweilen, bezaubern und provozieren. Mit nichts als Bierschaum im Kopf. Verkatert und selbstkritisch am nächsten Morgen. Aber nach der Nacht in der Garage führte sie mich im Polizeigriff zu einem Psychiater, der mir Lithium verschrieb. Und ich schwor ihr, dass ich mir unserer Tochter zuliebe niemals das Leben nehmen würde. Sie zwang mich mit vorgehaltenem Messer zum Schwur, was wohl ein bisschen widersinnig war.«

Nicky sieht ihn wieder an.

»Und es war ein Höllenleben«, sagt er. »Wenigstens werde ich nicht wie dieser Leichnam auf dem Waldboden enden. Mit einem Loch im Schädel und meinem Kind an meiner Seite.«

Er wippt mit einem Fuß auf einem Stein, als wäre ihm der Einlass in das Labyrinth untersagt. »Und trotzdem höre ich die Wölfe fast jeden Tag. Wenn ich wach bin, meine ich. Manchmal ein Knurren im Gang, manchmal Krallen auf der Treppe. Oder das Schlabbern einer trockenen roten Zunge im Teich. An manchen Morgen spüre ich beim Aufwachen Bissspuren an meinem Hals. Angeführt wird das Rudel von einem massigen Untier, das zusammengerollt neben dem Kamin in meinem Kopf liegt. Mein Kopf ähnelt meiner Bibliothek«, erklärt er, »voller tiefer Farben und Schatten. Und Waffen. Und mit diesem ewigen Feuer im Kamin.« Er schaut hinaus aufs Meer, seufzt. »Dort liegt der Wolfskönig und wartet. Wartet und hofft.«

Ein Windstoß eilt vorbei. »›Alle menschliche Weisheit‹«, sagt Sebastian, »›liegt in den zwei Worten Harren und Hoffen.‹ *Monte Christo.* Eines meiner Lieblingsbücher. Der erste Psychothriller, wenn Sie mich fragen. Und diese Gerissenheit! ›Tut euer Schlimmstes, denn ich werde das meinige tun‹ – stellen Sie sich vor, das zu jemandem zu sagen!«

»Stellen Sie sich vor, das zu hören«, erwidert Nicky.

Er lächelt sie an, ein Auge gegen die finsteren Wolken zusammengekniffen. Sie sieht ihn über drei winzige Bergketten hinweg an. Hinter ihr krachen Wellen an die Felsen; hinter ihm fegt der Wind Staub über die Klippe; und doch scheint die Luft zwischen Nicky und dem Sterbenden eigenartig ruhig.

»Ihre Frau und Ihr Sohn«, setzt sie behutsam an. »Sie haben – gegen Ende unseres ersten Gesprächs haben Sie gesagt, wir könnten gemeinsam ein Geheimnis aufklären.«

»Ich sagte *vielleicht.* Und ich sagte *ein, zwei alte Geheimnisse.* Ich vergesse niemals meine eigenen Aussagen.«

»Irgendwelche Theorien?«

Wieder blickt er auf die Falte zwischen Himmel und Meer. »Sie werden es mir nicht einfach machen, nicht wahr, Miss Hunter?«

Unvermittelt fragt sich Nicky, ob Sebastian Trapp noch einmal nach Lands End zurückkehren wird – oder ob er hier und heute Abschied nimmt vom Meer und den Zypressen und dem (wieder und wieder) wiedergeborenen Labyrinth am Rand einer Klippe, in dem seine Ehe und sein Sohn ihren Anfang nahmen. Vielleicht ist sie deshalb heute hier: als Zeugin seines Abschieds. Und plötzlich hört sie sich fragen: »Glauben Sie, sie sind noch am Leben?«

Vielleicht hat der auffrischende Wind ihre Worte über die Klippe aufs Meer getrieben, wo sie eines Tages möglicherweise ins Ohr eines vorbeifahrenden Seemanns geweht werden; oder vielleicht steht Sebastian in diesem Augenblick vor fünfundzwanzig Jahren barfuß am Strand, oder er geht 1976 das Labyrinth ab; vielleicht überlegt er auch nur, ob er pinkeln gehen sollte, bevor sie nach Pacific Heights zurückfahren. So oder so blickt er stumm an ihr vorbei.

Schließlich dreht sie sich um und schaut den dunklen Wogen zu, die mit schaumigem Maul anrollen wie eine Herde wilder Pferde.

»Ich harre und hoffe«, sagt Sebastian.

41.

Den gesamten Vormittag kontrolliert Madeleine ihr Handy, als wäre es ihr Puls. Vier Stunden in der Bücherei: kein Cole. Mittags zu Hause: kein Cole. Sie löst die perlenbesetzte Henkerschlinge von ihrem Hals, tauscht ihr unförmiges Kleid gegen einen unförmigen Morgenmantel, inspiziert ihre Robe für den heutigen Abend, ein weinrotes Wickelkleid (falls sie Rotwein verschütten sollte). Dreht den Hahn der Badewanne auf. Wasser strömt heraus.

Sie dreht den Hahn in die andere Richtung.

In der Eingangshalle bauen die Angestellten des Cateringdienstes eine Cocktailbar sowie eine Fonduestation auf und direkt an der Treppe eine Champagnerpyramide. Madeleine ignoriert sie; sie ignorieren Madeleine.

Sie betritt das Fernsehzimmer. Misstrauisch nähert sie sich dem Videorekorder wie einem in Ketten gelegten Untier. Wartet nur darauf, dass es sich von seinen Kabeln losreißt und sie aus seiner Klappe anbrüllt.

Es scheint zu schlafen. Sie zieht die Schublade darunter auf.

Madeleine hat diese Bänder nicht mehr durchgesehen, seit ... wahrscheinlich überhaupt noch nie; ihre Eltern waren keine gewissenhaften Dokumentarfilmer. Sie überfliegt die Aufkleber der an der Schubladenseite aufgereihten Kassetten. *Cole im Zoo. Mad Tennis 96 & KOCHEN.* Geburtstage und Hochzeitstage und willkürliche Daten. Aber nicht das Datum, nach dem sie sucht.

31. Dezember 1999.

Ob damals jemand Aufnahmen gemacht hat?

Prom 97. HT Surprise 45 1994. Nein, nichts weiter zu sehen, außer dem Camcorder im Format eines kleinen Lieferwagens. Eine rote Auswurftaste wölbt sich über dem Kassettenfach.

Madeleine schluckt.

Drückt auf den Knopf. Das Fach springt auf.

Eine Kassette liegt darin. Unbeschriftet.

Aber sie kann sich gut vorstellen, was darauf zu sehen ist, auf Film gebannt, auf Spulen aufgerollt und längst vergessen. Sie befreit die Kassette und füttert den Videorekorder damit. Die Maschine schluckt und räuspert sich. Madeleine tritt vom Fernseher zurück.

Wieder ist die Familie im Esszimmer versammelt, wieder brennen ruhige Flammen auf Kerzen, wieder wird »Happy Birthday« verunstaltet, aber in dieser Szene sind die Fenster nächtlich dunkel, und die Plätze wurden getauscht: Freddy sitzt zwischen seinen elegant gekleideten Eltern, Sebastian ihnen gegenüber in Anzug und Straßenschuhen. Am Kopf des Tisches thront diesmal Hope in einem zitrusroten Overall, dem blutigen Farbton einer reifen Grapefruit, während Cole – immer noch klein, immer noch blond – an der Armlehne ihres Stuhles steht wie eine Kammerzofe.

Nachdem der Gesang verstummt ist, nachdem Hope ein Dickicht von Kerzen ausgeblasen hat, richtet sich die Kamera auf Isaac, der an der Anrichte Champagnerflöten füllt. »Häng einen Löffel in die Flasche, Isaac«, befiehlt Simone. »Das kühlt den Champagner.«

»Ich glaube nicht, dass das funktioniert, Simone«, singt Isaac freundlich. Er trägt Jeans und eine Jeansjacke und sieht gut in beidem aus.

Als die Kamera an einem Spiegel vorbeiwandert, entdeckt Madeleine auch Diana in einem aquamarinblauen Fitnessdress und lila Legwarmern. Kaum zu glauben, aber es steht ihr.

Silvester 1999: Der Abend der Party unter dem Motto Achtzigerjahre. Der Abend, an dem die Trapps ihre letzte atemberaubende, menschenberaubende Gala schmissen. Der Abend, an dem zwei Menschen verschwanden.

»Da bin ich wieder.«

Madeleine wirbelt herum. Ihr Vater steht in der Tür, mit zerzaustem Haar und rosa leuchtendem Gesicht. »Was ist das?«, fragt er.

Während sie noch um Worte ringt, piepst die Stimme ihres Bruders aus den Lautsprechern: »Kann Watson auch ein Stück Torte bekommen?« Immer noch im Sopran, trotz seiner vierzehn Jahre.

»Ich war ...« Madeleine lässt den Satz sterben. Sebastian Trapp – mit seinen vollen zwei Metern und noch einem Zentimeter dazu – auf sich zukommen zu sehen, ist so, als würde man einer Flutwelle gegenüberstehen.

»Watson soll Torte essen! Lasst uns *alle* Torte essen!«, ruft er zwanzig Jahre früher, woraufhin Cole zur Wand flitzt und das Licht einschaltet, Hope die Torte anschneidet und Isaac den Champagner serviert und Freddy sein Glas leert, ehe seine Mutter ihn daran hindern kann. »Diana«, ruft Sebastian in die Kamera. »Überlass Isaac das Ding. Auch *du* sollst Torte essen!«

In der Gegenwart ragt Sebastian stumm neben Madeleine auf und starrt in den Fernseher.

»Macht Platz für den Autorenfilmer«, hört man Isaac

sagen. Dann wackelt die Linse, und Diana tritt ins Bild; sie zieht ein flaches Geschenk aus ihrer hinteren Hosentasche und geht neben Hope in die Hocke, die gleich darauf einen Flachmann in rotem Leder aus dem Geschenkpapier wickelt. Hope schraubt laut lachend den Flachmann auf und schüttelt ihn über ihrem offenen Mund. Umarmt Diana und umfasst dabei ihren Hinterkopf.

Der aktuelle Sebastian verlässt das Wohnzimmer. Madeleine schaut weiter.

Gerade als Simone die am Tisch Versammelten informiert, dass die Gäste in »neununddreißig Minuten, Ladys und Gentleman« eintreffen werden, hört Madeleine wieder Schritte in ihrem Rücken, diesmal an der anderen Tür; es ist Diana und sie hat dunkle Ringe unter den Augen. Sie sieht erschöpft aus; hat sie – hat sie etwa ihre Bluse verkehrt herum angezogen?

Diana hält den Atem an. »Das war an dem Abend …« Ihre Stimme verweht. Madeleine macht sich keine Mühe, danach zu suchen.

Stattdessen beobachten sie, wie Cole Geschenke vor seiner Mutter auslegt, als würde er ihr den Tisch decken. Von Isaac eine Kant-Ausgabe; von Schwager und Schwägerin einen transparenten Schal (»Für Schwarz bist du zu blass«, erklärt Simone, »und was anderes hatten sie nicht«); von Cole ein gemurmeltes »Alles Gute« und ein Silberkettchen mit einem Anhänger (»Mit Gravur«, staunt Hope); von Freddy einen Flakon, *Diavolo* von Antonio Banderas. »Das ist ein Männerparfüm«, merkt sein Vater an, woraufhin Freddy trotzig insistiert, dass Männer kein Parfüm tragen. »Diavolo ist ein sinnlicher Tanz, voller Spannung und Tempo«, liest er von der Schachtel ab.

Hope betupft ihren Hals damit und strahlt ihren Neffen an. Sie legt den Schal über ihre Schultern, schließt das Kettchen um ihren Hals, steckt den Flachmann in ihren Ausschnitt und tut so, als würde sie die *Kritik der reinen Vernunft* lesen (»Erkenntnistheorie rockt so was von, Bitches!«, johlt Isaac), während die Familie ihr applaudiert.

»Sie hat das auch zur Party getragen, das weiß ich noch«, sagt Diana zu Madeleine. »Alles. Den Schal, die Halskette. Das Parfüm.«

Hope wendet sich Cole zu, besprüht ihn mit Antonio Banderas' sinnlichem Tanz. Er bietet ihr einen roten Papierschmetterling dar.

Jetzt stockt Madeleine der Atem.

Hope macht »Ooh« und Isaac »Ahh« und Sebastian knurrt: »Verfluchte Scheiße«, und kneift sich mit den Fingern in die Nasenwurzel. Niemand hört ihn, oder jedenfalls tun alle so, während Hope die fein gearbeiteten Flügel flattern lässt.

»Verfluchte *Scheiße.«* Das Geplauder verstummt, als hätte jemand einen Stecker gezogen.

»Geht der Satz noch weiter, *Basher*?«, fragt Hope und lässt den Schmetterling Coles Nase küssen.

»Allerdings geht er noch weiter. ›Verfluchte Scheiße, fünfzehnjährige Jungs falten keine Schmetterlinge.‹«

»In Japan schon«, widerspricht Cole leise.

»Mach das aus, Isaac!«, raunzt Sebastian mit wütendem Blick in die Linse.

Die Kamera landet auf dem Tisch und fällt um, sodass die Familie um neunzig Grad kippt, wie Passagiere auf einem kenternden Schiff: Dominic, Simone, Freddy und Diana am unteren Bildrand, Hope und Cole seitlich in der Luft und der tobende Sebastian an der Decke.

»Weißt du, warum dich niemand leiden kann? Weil du ein Schwächling bist.«

Hope führt den Schmetterling in Coles Handfläche. Dort kommt er bebend zur Ruhe.

»Du hältst es nicht einmal eine Nacht im Zelt aus«, sagt sein Vater. »Halloween macht dir Angst. Donner sogar *Todesangst.* Du kannst nicht werfen, du kannst nicht schwimmen – selbst ein Daumenringkampf ist dir zu wild.«

Dominic, ruhig: »Bash, lass ihn …«

»Dein Junge spielt nicht mit buntem Papier.« Sebastian wird noch ruhiger. »Wenn du deinem Jungen einen Bumerang schenken würdest, würde er damit auf eine Wiese laufen und ihn werfen, richtig, Fred? Du würdest ihn nicht mit dem Nagellack deiner Schwester bemalen, nehme ich an?«

Der gekippte Raum scheint sich zu verdunkeln. Die Kerzenflammen kratzen an der Luft.

»Ich kann segeln«, sagt Cole leise.

»O ja – und wie haben sie dich an dem Tag auf der Bucht genannt?« Sebastian beugt sich vor. »Deine Klassenkameraden auf dem Ausflug – wie haben sie dich genannt, als du ans Ruder durftest?«

Cole starrt den Schmetterling in seiner Hand an. »Die Piratenbraut.«

Sebastian seufzt. »Da beaufsichtige ich ein Dutzend Kinder auf meiner eigenen gottverdammten Jacht und die nennen meinen Sohn …«

Isaac, Diana, die Cousins – alle schweigen fassungslos. Nur Hope beobachtet Sebastian unbewegt, mit eiskaltem und kalkweißem Gesicht.

Eine Träne tropft von Coles Kinn auf den Schmetterling, kleckst auf einen Flügel.

»So wirst du nicht durch dieses Leben kommen, Cole.« Die Fäuste auf dem Tisch, die Finger fest verschränkt, eine Barrikade von spitzen Knöcheln gegen seinen Sohn. »Also keine Kleinmädchenhobbys mehr. Kein Rockzipfelhängen mehr. Deine Mutter kann dir nicht ewig beistehen. Keine Duftschaumbäder mehr, kein Nachtlicht mehr, kein Geheul mehr.« Cole schluchzt. »Was habe ich gerade – kein *Geheul* mehr.« Er lehnt sich zurück, greift nach seinem Champagner.

Madeleine dreht sich um. Dianas perfekte Zähne zupfen an einem Niednagel.

Nach einer Schrecksekunde erhebt sich Simone und klopft so fest mit dem Löffel an ihre Champagnerflöte, dass das Kristall zerspringt. Die Tischgesellschaft zuckt wie unter einem elektrischen Schlag zusammen – selbst Coles Schmetterling segelt zu Boden –, nur Hope und Sebastian heben stumm ihre Gläser und trinken lang und langsam, die kalten Blicke fest aufeinander gerichtet.

Simone tupft ihr Kleid trocken, während Freddy sie informiert: »Du hast Kräfte wie Hulk!«

»Ich weiß nicht, was das bedeutet, Frederick. Ich wollte nur darauf hinweisen – schneid dich nicht, Isaac –, dass in einer halben Stunde die Gäste eintreffen.«

Sebastian steht auf, streicht sein Hemd glatt. »Noch eine halbe Stunde!«, ruft er und stolziert aus dem Bild. »Die Show beginnt in exakt dreißig Minuten!«

Madeleine würde gern sehen, wie sich die anderen von der Szene erholen; aber gerade als Diana sich zu Cole beugt, gerade als Hope das Halskettchen nachdenklich um ihren Finger wickelt, schaut Isaac zur Kamera und verschwindet aus dem Bild. Seine Finger klopfen auf die Kameraverkleidung, bis das Bild erlischt. Für volle zwanzig Jahre.

Madeleine kneift die Augen zu und presst die Handflächen auf die Ohren; sie will ihren Vater – ihren und Coles – zur Rede stellen, einen ganzen Hagel Pfeile auf ihn abschießen. Auf den Heiligen Sebastian.

Sie hat gehört, dass es damals eine Szene gegeben hatte; Simone hat es irgendwann erwähnt oder vielleicht Freddy – »Dein Dad ist an dem Abend voll auf Cole losgegangen« –, aber ihr Dad ging oft auf Cole los, darum schenkte Madeleine dem keine große Beachtung. Jetzt streicht sie mit der Hand über ihre Wange. Schluckt ihren Zorn hinunter. Fragt sich, wie deutlich sich Cole wohl daran erinnert.

»Das hatte ich ganz vergessen.« Dianas Stimme bleibt leise. »Ich habe gestern ein paar Aufnahmen angeschaut, aber das – das war wirklich schlimm.«

»Warum hast du dir die Aufnahmen angesehen?«

Diana schüttelt langsam den Kopf. »Anfangs bloß, weil ich die beiden wiedersehen wollte. Deine Mutter. Deinen Bruder. Ich hatte nicht damit gerechnet, dass ich auch deinen Vater sehen würde. Jedenfalls nicht *so.* Ich habe ihn so nicht in Erinnerung. Obwohl ich – obwohl ich *dabei* war.« Sie deutet auf den Fernseher. »Vielleicht ist sie unter all den Jahren … verschüttet worden. Aber was für ein Mensch …«

Madeleine wartet ab. *Aber was für ein Mensch redet so mit seinem Kind? Aber was für ein Mensch ist dein Vater eigentlich?*

Wieder am Daumennagel. »Man kann andere Menschen nie wirklich entschlüsseln, oder?«, meint Diana nachdenklich. »Sie können dich immer überraschen. Sie bleiben ein Rätsel.« Dann dreht sie sich Madeleine zu, und ihr Blick wird schärfer, als wäre ihr eben etwas eingefallen. »Was war in der mysteriösen Schachtel?«

»Welcher mysteriösen Schachtel?«,

»Der Schachtel, die Freddy draußen gefunden hat. Was war darin?«

Freddys überfallartiger Kuss hatte die Erinnerung daran aus Madeleines Kopf geblasen. »Ein roter Schmetterling«, sagt Madeleine und verschränkt die Arme vor der Brust. »Origami. Mit einer Aufschrift auf den Flügeln. *CHERCHEZ LA FEMME.*«

Diana bleibt stumm.

»Dad meint, es sei nur ein Streich.«

»Sagt er das?«, fragt Diana und ihre Stimme klingt auf einmal anders.

Madeleine reibt die Handflächen aneinander, als wollte sie ein Feuer anfachen. »Um halb sieben geht's los, richtig? Ich will zuvor noch ein Nickerchen machen und ein Bad und ein Xanax nehmen. Bevor die Show beginnt.«

Diana zieht sich lautlos zurück. Madeleine starrt auf den dunklen Bildschirm. Dann spult sie vorwärts, bis die Kassette anhält und klickt. Minute um Minute Dunkelheit, ein sternenloser Himmel, ohne dass ihre Mutter und ihr Bruder, im Weltall verloren, irgendwo zu sehen wären.

Nach dem Bad und vor dem Xanax föhnt sie ihr Haar. Betrachtet prüfend ihr weiches Kinn, die runden Schultern (»Gebaut wie ein Quarterback«, hatte jemand mal gelästert). Im Spiegel bleibt ihr Blick an der Illusionskarte, der bösen Alten hängen. Sie starrt darauf, doch die junge Frau zeigt sich nicht, sie weigert sich.

Das Handy schaudert auf dem Waschbecken. Madeleine senkt den Blick. Lässt den Föhn fallen.

Er windet sich schlangengleich über den Boden, dreht sich zu ihren Füßen im Kreis, während sie gebannt aufs Display starrt.

Bis heute Abend

42.

»Ein Maskenball, wie?«, fragt Irwin. »Lass mal die Hardware sehen.«

»Du meinst die Maske, richtig?«

»An dem Kleid liegt mir nicht *wirklich* was. Es sei denn, es ist dir wichtig. Dann liegt mir extrem viel daran.«

»Du weißt, dass nicht einmal mir was daran liegt«, sagt Nicky – obwohl ihr mehr daran liegt, als sie erwartet hätte. Heute hat Sebastian Trapp sie windzerzaust und sonnenbeschienen gesehen; heute Abend will sie Eindruck machen.

Die Maske ist eine schlichte Zorromaske in violettem Samt mit breitem Band und Augenausschnitten, die so weit auseinanderliegen wie Nickys Augen. »Genau das, was ich auch für mich ausgesucht hätte«, sagt Irwin. »Ach ja – seit Tagen hat niemand von dir gehört. Ich habe allen erzählt, dass du dich bei mir nur wegen des Hundes meldest.«

Nicky verzieht das Gesicht. »Tut mir leid – bitte sag allen, dass es mir leidtut. Es ist hier – einfach überwältigend.«

»Aber du bist nicht in Gefahr?« Plötzlich klingt er todernst.

»Ich glaube nicht«, antwortet sie.

»Das reicht nicht.«

»Lass uns morgen reden. Ich muss wieder an die Arbeit, ich muss noch eine Maske aufsetzen.«

Nachdem sie aufgelegt hat, widmet sie sich wieder dem Tagebuch.

1999. Sie prescht durch den Valentinstag (*Irgendwer hat eine Karte in meinen Spint gesteckt, und darauf war ein Mops, ein Mops ist doch keine französische Bulldoge ihr Idioten!!*) und einen Skiausflug im März (*Dad wollte, dass ich eine schwarze Piste nehme ich bin hingefallen und hab mir den Daumen verstaucht*), und geht dann duschen. Den ganzen April hindurch föhnt sie ihr Haar, während Cole sich an einen Roman macht, den ihm sein Vater empfohlen hat, und am letzten Tag der neunten Klasse legt sie eine kurze Pause ein, um sich in ihr Kleid zu zwängen.

Im Mai:

Heute hat Dad mich festgehalten. Dabei hat er versentlich meine Schulter ausgeränkt und ist mit mir ins krankenhaus gefahren, weil Mama in Berkley war. Er hat mir nicht gesagt, was ich sagen soll, und als die Krankenschwester gefragt hat hab ich ihr gesagt, ich bin beim fußballspielen hingefalen, ich hab gedacht Dad würde sich freuen, aber er sah ganz traurig aus und hat gesagt es tut ihm leit und ich hab gesagt es tut mir auch leit obwohl ich nicht weiß warum.

Er zitiert aus dem Buch, dessen Lektüre ihm sein Vater aufgetragen hat.

»Ich habe gewis genug geliten. Möge der Herr mir gnädig sein und für mich tun, wozu ich selbst nicht in der Lage bin!«

… und darunter, in Kapitälchen

Der Graf von Monte Cristo
(das les ich gans durch)

Gedankenverloren schiebt Nicky einen Fuß in einen Pump. Bis zum nächsten Eintrag hat Cole sich wieder erholt:

Etwas aufregendes pasiert!!

Als sie ein Klopfen hört – gefolgt von: »Sind Sie angezogen?« –, klappt sie das Tagebuch zu und schiebt es unters Kopfkissen. Vielleicht würde Madeleine es nicht erkennen; vielleicht doch. »Ja!«, ruft sie.

Madeleine tritt zögerlich ein, eng umhüllt von einem roten Kleid und mit einer schlanken, silbernen Acht als Maske vor dem Gesicht. Sie hat die Arme vor dem Bauch gefaltet, eine Haltung, die Nicky aus einer Phase vor fünf

Jahren kennt, als sie selbst zu viel wog, kurz nach dem Tod ihres Vaters und ausgerechnet zu Beginn der Hochzeitssaison. Der enge Klammergriff ihrer Kleider, die Röte im Gesicht … Es gefiel ihr nicht, sich so zu fühlen, und es gefiel ihr noch weniger, dass ihr das wichtig war.

»Oho!«, sagt sie.

Madeleine weicht automatisch einen Schritt zurück. »Was heißt das?«

»Gar nichts. Sie sehen bezaubernd aus.«

Madeleines Antwort kommt leise und beinahe verzagt: »Bitte machen Sie sich nicht über mich lustig.«

Offenbar hat sie sich damit selbst überrascht. Nicky würde sie am liebsten in die Arme schließen. »Das meine ich ganz ernst«, sagt sie und steht auf. »Das Kleid, das Haar – Rot und Gold. Klassisch. Sie sehen klassisch aus.« Madeleine graut vor dieser Feier, sie hat das mehr oder weniger gesagt, und niemand sollte sich für sein Aussehen schämen.

Madeleine streicht über ihre Hüften. »Danke.«

Nicky wartet lächelnd ab.

»Ich wollte …«, setzt Madeleine an; dann schiebt sie die Maske in die Stirn.

Nicky sieht, wie ihr Blick den Raum abtastet: erst den gesprungenen Spiegel, dann die Ährenbündel aus Zuluspeeren, den künstlichen Formschnittbuchsbaum in seiner Kupferwanne. An der Reihe ausgestopfter Watsons hält sie inne. »Ich weiß gar nicht, wann ich das letzte Mal hier oben war.« Ihr Blick wandert über das Bett, den Schreibtisch, die Taschenbuchstapel auf dem Boden. »Ich hatte wohl immer Angst, es würde sich wie … wie ein Grab anfühlen.«

Nicky wartet höflich ab.

»An den hier kann ich mich erinnern.« Ein viktorianischer Kinderwagen in speckigem schwarzem Satin mit heruntergeklapptem Verdeck. »Als mein Bruder noch ein Baby war, fuhr ich ihn damit oft durchs Haus. Und eines Tages, als ich ihn von der Küche aus die Hintertreppe hinaufwuchten wollte, rutschte ich aus, und – er rumpelte nach unten. In seinem Kinderwagen.« Madeleine betrachtet den Kinderwagen wie einen alten Gegner. »Er kippte nicht um. Er holperte einfach von einer Stufe zur nächsten. Ich rannte ihm hinterher und fragte mich, wo ich wohl den kleinen Leichnam verstecken könnte, aber als ich in den Wagen schaute …« Sie verstummt; Madeleine neigt genauso zur Dramatik wie ihr Vater, denkt Nicky. »Da war ihm nichts passiert. Es gab keine Tränen, nicht mal Geschrei. Er ist zäher, als ich dachte.«

»*Ist*?«

»War.« Madeleine hustet. »Dad schickt mich, Sie zu holen. In den langen Ärmeln könnte es warm werden.«

»Der Wetterbericht sagt zwölf Grad Celsius und Nebel voraus.«

»Haben Sie eine Maske?«

Nicky hebt sie vom Kissen, schiebt den nackten Fuß in den anderen Schuh, folgt Madeleine zur Tür.

Sie verlassen den Dachboden, steigen hinab in die Dunkelheit. Ein Stockwerk im Zickzack, dann noch eines, während unter ihnen die Musik anschwillt wie eine Flut, und gleich darauf stehen sie oben an der großen Treppe, wo ihnen die Geigenklänge entgegenspringen und sie begrüßen wie ein übereifriger Hund.

Die Eingangshalle schimmert in Weiß und Gold, der Marmorboden ist spiegelblank. Auf einem Tisch neben der Treppe erhebt sich die Champagnerpyramide – fünf Etagen von Gläsern, die sich zu einer einzelnen Flöte verjüngen, für den Schampusschauer bereitgestellt, aber im Moment nur mit pinkem Abendlicht gefüllt. Schon strömen die

Gäste herbei, Frauen in Sommergartenfarben, in Lila oder Gelb und in einem Fall in einem spektakulär hässlichen Chamäleongrün; die Männer in Leinenanzügen, weiß und taubengrau und in einem Fall in einem spektakulär hässlichen Chamäleongrün. Und die *Masken!* Eine Frau verbirgt ihr Gesicht hinter einem Taubenschwarm; ein Mann trägt eine vorn spitz zulaufende Pestmaske mit Augenlöchern rund wie Brillengläser. Eine knochige Kreatur in Mitternachtsblau trägt einen weißen Sichelmond an ihrer Wange; eine ältere Dame versteckt ihre Augen hinter einem Spitzenvorhang; ein Mann in einer Reagan-Gummimaske.

Caterer kreisen mit Platten voller Horsd'œuvres über den Marmorboden. Nicky, die tagsüber kaum etwas gegessen hat, stellt erleichtert fest, dass San Franciscos Elite eine Schwäche für belegte Brötchen hat.

Neben ihr seufzt Madeleine: »Als meine Eltern noch gemeinsam gefeiert haben, war es eine Cocktailparty«, sagt sie. »Jetzt spielen wir *Eyes Wide Shut.* Vielen Dank dafür, Simone.« Sie zieht ihre Maske wieder über die Augen. »Los geht's.«

Nicky setzt ebenfalls ihre Maske auf und verknotet das Band an ihrem Hinterkopf – aber sie wartet ein paar Sekunden ab, bevor sie Madeleine die Treppe hinunter folgt. Ihr Atem geht flach; sie fühlt sich, als würde ihr Blut in der Gegenrichtung zirkulieren. *Etwas aufregendes pasiert!!*, denkt sie. Sie atmet tief ein, knackt einmal mit den Knöcheln und geht los.

43.

»Das kann man kaum als Maske bezeichnen«, befindet ihr Vater tadelnd, als Madeleine in der Eingangshalle auf ihn trifft. Seine eigene ist aus himmelblauer Seide, umspielt die Nasenwurzel und aus dem oberen Rand brechen goldene Speichen. Die Krone eines Sonnengottes.

»Meine Maske muss nichts beweisen«, erwidert sie. »Sie ist sich ihrer selbst sicher und spielt nach ihren eigenen Regeln. Genau wie ihre.« Nicky hat sich zu ihnen gesellt.

»Nun denn, willkommen auf der *Fête*. Ist das eines von Maddys?« Mit Blick auf Nickys Kleid.

Madeleine seufzt. »Natürlich, Dad. Aus der Zeit, als ich dreißig Kilo leichter und dreißig Zentimeter kleiner war.« Sie nimmt einem vorbeischwebenden Kellner zwei Champagnergläser ab und reicht Nicky eines davon. »Wo ist die Gastgeberin? Und wo ist Freddy?« Freddy darf sie nicht vergessen, den Bezwinger der Gemahlinnen.

Ihr Vater zupft seine Taschenuhr aus der Westentasche, während eine Kellnerin Horsd'œuvres präsentiert. »Fred habe ich noch nicht gesehen. Vielleicht – oh, vielen Dank –, vielleicht mache ich mich lieber auf die Suche nach Diana. Dieser Anzug sitzt straffer als eine chinesische Fingerfalle.« Wobei er einen Finger unter den Kragen bohrt.

Er sieht gesund aus, beschließt Madeleine, während er eine in Speck gewickelte Dattel verzehrt; seine Haut ist rosa und das Haar schwingt in einer vollen Welle aus seiner Stirn zurück. (Muss er vor dem Ende noch mal zum Friseur?) Er trägt einen hellgrauen Leinenanzug. Und Socken, aber keine Schuhe.

»Ich konnte die verfluchten Manschettenknöpfe nicht finden. Geformt wie winzige Blutstropfen. Sind sie vielleicht irgendwo aufgetaucht?«

»Nein«, antwortet Nicky pflichtbewusst.

Madeleine sucht den Raum ab. »Jemand Interessantes hier?« Schon jetzt sind es neunzig Gäste und sie rechnen mit weiteren zweihundert.

Nur mit einem Gast nicht.

Sebastian legt den Kopf schief. »Inwiefern interessant?«

»Zum Beispiel – jemand Neues.«

Er kaut. »Nicky ist neu. Nicky ist interessant.«

Madeleine sieht Nicky an, die sichtbar ratlos ist, wie sie mit einem Mini-Cheeseburger zwischen den Zähnen interessant aussehen soll.

»Erwartest du jemanden, Tochterherz?«

Aber plötzlich purzelt die Taschenuhr aus seinen Fingern und baumelt zappelnd und kreiselnd unter seiner Hüfte wie ein Gehenkter am Galgen. Sebastian steht mit aufgerissenen Augen da. Madeleine und Nicky drehen sich um.

Jenseits des Marmormeers, oben am Gipfel der Treppe, unter dem Familienporträt steht eine Frau in Sonnenuntergangsrot – so strahlend, dass es die Lichter in ihrem Rücken dämpft, das Gemälde über ihr auslöscht. Sie presst die Hände auf die Hüften, als müsste sie sich stabilisieren, und dann kommt sie – vorsichtig, als sei sie diese Art von Bewegung nicht gewöhnt – die Treppe herab, das Kleid am Saum anlupfend, das Haar lose über den Schultern.

Körper treiben durch Madeleines Blickfeld wie tropische Fische; durch ihr Kielwasser hindurch verfolgt sie, wie Diana die Treppe herabgleitet. Als sie schließlich den Fuß auf den Boden im Parterre setzt, wird es still im Raum.

Ihre Stiefmutter ist eine sehr schöne Frau. Eine sehr schöne Frau, die ebenfalls Rot trägt. Madeleine fragt sich, ob sie sich umziehen oder lieber verstecken sollte.

Jetzt kommt Diana auf sie zu, das einzige nackte Gesicht

unter all den Masken, und bleibt vor ihnen stehen. Sie wirkt leicht verstört.

»Du bist eine Erscheinung, geliebtes Weib«, sagt ihr Gemahl. »Ohnegleichen. Ohne Maske.«

Diana legt die Hände an die Wangen. »Ich habe sie oben vergessen«, erklärt sie nervös.

»Warum dieses Antlitz bedecken?«, fragt Sebastian.

Madeleine wendet sich ab. Wer wird alles heute Abend dieses Haus besuchen, wer wird alles an ihrer Schlafzimmertür vorbeispazieren? Die Eltern ihrer früheren Freunde? (»Arme Madeleine – ich schätze, sie hat ihr Leben verpasst.«) Die Freunde selbst? (»Sag ihr, sie sieht toll aus … Jaja, ich *weiß*, aber sag es trotzdem.«) Fremde? (»Ach ja – das da drüben ist die Tochter. Lebt immer noch zu Hause. Möglicherweise lesbisch.«) Vermutlich werden sie etwas Ähnliches auch in ein paar Monaten sagen, bei der Beerdigung.

Bis heute Abend. Wird sie ihn erkennen? Wird irgendwer ihn erkennen? Was will er? Und was – dabei bleibt Madeleine mit weit aufgerissenen Augen stehen – wird *ihr Vater* tun, falls Cole plötzlich auftaucht?

»Alles okay?«, fragt Nicky. Im ersten Moment ist Madeleine dankbar; dann wird sie wütend. Und dann sieht sie ihre Tante in einem schwarzen Kleid und Silberschmuck auf sie zusteuern.

Madeleine kippt ihren Champagner hinunter und wischt sich mit der Hand über den Mund. »Ich frag mal nach, ob es auch Bier gibt«, informiert sie niemand Bestimmten und taucht in die Menge ein, ehe ihre Tante bei ihnen ankommt.

44.

Nicky schaut der flüchtenden Madeleine hinterher. »Wohin will das Mädchen denn so schnell?«, ruft Simone. »Ach – und Nicky ist immer noch hier«, ergänzt sie, als wäre Nicky ein hartnäckiger Fleck.

»Ich finde das Haus interessanter mit ihr darin.« Sebastian sieht seine Frau an. »Du nicht auch, meine Braut?«

Diana nickt verloren, schiebt sich eine Strähne aus den Augen.

»Die haben mir die falsche Maske geschickt.« Simone ist aufgebracht. »Ich hatte eine knallbunte *Thalia* geordert – die Muse der Komödie, du weißt schon, die lachende Maske –, als Kontrast zu meinem schwarzen Kleid. Versteht ihr? Ich wollte nicht, dass der *Körper* das *Gesicht* aussticht. Stattdessen haben sie mir eine Alabastermedusa geschickt. Diese grässliche, schreiende kalkweiße Frau mit einer Schlangengrube auf dem Scheitel. Jetzt sehe ich mit Maske aus wie eine Verrückte, aber ohne Maske, so ganz in Schwarz, wie eine Witwe. Eine *bedürftige* Witwe. Versteht ihr das?«

»Aber ja«, versichert ihr Nicky, weil niemand sonst etwas sagt.

»Also habe ich aus einem der leeren Zimmer ein paar funkelnde *Reliquien* stibitzt.« Sie lässt die Finger über ihrer Brust, dann über ihren Ohren zappeln. »Und von Madeleine. Wie eine Einbrecherin. Ist sie deshalb so sauer? Auch Parfüm. Irgendwas namens *French Lover.* Wobei mir einfällt: Was ist eigentlich aus Jean-Luc geworden?«

Aus wem?, wundert sich Nicky. »Wem?«, fragt Sebastian.

»Jean-Luc. Dem Architekten.«

»Ihr wisst doch, aus Frankreich.« Hinter Simone hat sich Frederick materialisiert wie ein Zeitreisender vom Ende der Party: Sein Blick ist verschleiert, unter seinen Augen liegen dunkle Hängematten. Langer Tag, vermutet Nicky. Vielleicht auch langes Wochenende. »Der Typ ist Gitarrist in einer Band. Und Kitesurfer. Richtig, Simone?«

»Und Vegetar- … vergesst es. Was hat Madeleine denn? Wieso hat sie geweint?«

Geweint?, denkt Nicky. »Geweint?«, fragt Sebastian.

»Ich habe vor einer halben Stunde aus dem Fenster in ihrem Bad geschaut. Da stolperte sie rauchend und trinkend und schniefend durch dieses sinnlose Labyrinth. Ich hoffe, *deine* Montagabende sehen anders aus, Frederick.«

»Mein Gartenlabyrinth wird zurzeit umgestaltet.«

Sebastians Blick überfliegt den Raum. »Ich kümmere mich um Madeleine.« Er wendet sich an seine Frau. »Und du – du überstrahlst alles, mein Schatz.«

Nicky studiert ihre Gastgeberin, während Diana nervös zur Wand jenseits der Eingangshalle blickt, wo die Standuhr über dem Streichquartett aufragt wie ein gestrenger Maestro. »Ja, ja«, antwortet sie angespannt, als Freddy sie fragt, ob alles in Ordnung sei – aber dann legt sie den bezaubernden Kopf in den Nacken und murmelt ihrem Ehemann ins Ohr: »Sebastian …«

Sein Name hallt als Echo in Nickys Rücken wider und gleich darauf von der einen Seite, dann von der anderen; Fremde drängen wie eine Springflut durch die Haustür herein, strömen auf ihren Gastgeber zu.

Eilig brieft Simone die Familie: »Ihr Mann wurde ausgerechnet an *Heiligabend* von einem Getränkeautomaten in einem Bordell zerquetscht, sprecht daher bitte auf keinen Fall über Weihnachten oder Getränkeautomaten oder Bordelle – also, ich würde sagen, es gibt viele Dinge, über die man stattdessen sprechen könnte, Freddy. Und das ist Pam Dolara; jeder mag sie, was irgendwie nicht koscher ist …«

Diana tippt hilflos auf die Schulter ihres Mannes. »Sebastian, kann ich …«

»Schatz, möchtest du nicht Nicky unter deine Fittiche nehmen? Vielleicht findet sich in diesem Haufen Leute guter Stoff. Sieh sie dir nur an! Eine tobende Meute!«

Und während sich die Neuankömmlinge um Sebastian drängen, sich an ihn heften, ihn zu einem Magneten inmitten von Eisenspänen machen, merkt er, dass Nicky ihn beobachtet, und zwinkert ihr zu.

Sie hat das Gefühl, dass sich ein Vorhang hebt. Nehmen Sie Platz, Ladys und Gentlemen. Der zweite Akt beginnt.

45.

Madeleine hat sich neben dem Streichquartett positioniert und hält in beiden Händen je eine Flasche Hoegaarden im Würgegriff; der Lärm hier sollte alle Gesprächsversuche abschrecken. Durch ihre Maske fixiert sie finster die Gäste, die in einem Schwall durch die Haustür hereinbrechen, oder die Caterer, die sie mit ihrem Fingerfood ansteuern wollen, oder ihre Stiefmutter, die nur die Treppe herunterkommen muss, und schon bleibt die Zeit stehen.

Ein Mann wie ein Golden Retriever schlendert in quastenbesetzten Mokassins auf Madeleine zu, blond und zottelig und sichtlich beflissen; als sie vor Jahren miteinander schliefen, musste sie nach dem Sex jedes Mal den Impuls unterdrücken, ihn lobend hinter den Ohren zu kraulen.

»Schon Bierzeit?«, fragt Benjamin Bentley der Zweite. Sie bietet ihm eine Wange dar, hauptsächlich, um ihn wenigstens eine Sekunde zum Schweigen zu bringen. »Wie geht's dem alten Knaben?«

»Ach, du kennst den alten Knaben – eine harte Nuss.«

»Liegt wohl in der Familie.« Ein kurzes Lachen. »Ich sag immer zu Biss, für Maddy Trapp braucht man eine Gebrauchsanweisung.«

»Als könntest du die ohne Bilder lesen«, erwidert sie. Er lacht wieder.

Während Ben ihr aus seinem Eheleben berichtet, nimmt Madeleine ihre Observation wieder auf und zieht den Blick über die brodelnde Menge wie ein Whale-Watcher an Deck. Vielleicht ist Cole gar nicht mehr blond. Vielleicht ist er dick geworden oder hochgeschossen; vielleicht hat er sogar diese Wachstumshormone genommen. Sie beißt sich auf die Unterlippe.

Ben ringt ihr eine ihrer Flaschen ab, nimmt einen Schluck und legt brüderlich die Hand auf ihre Schulter. »Du brauchst einen Mann, Mad.«

»Es gibt für alles ein erstes Mal …« Und im selben Moment steuert genau das auf sie zu: ein Mann – kantig, blass, nicht zu groß, mit Zorromaske und zerzaustem Haar.

Zerzaustem, blondgeröstetem Haar. Watson in seinen Armen.

Madeleine macht einen Schritt auf ihn zu.

Plötzlich platzt Freddy, Peiniger der Stiefmütter, aus dem Gedränge. »Mein Kumpel hat die Kleine vor dem sicheren Verderben gerettet!«, quiekt er mit wildem Blick.

Der Fremde lächelt. »Hab sie erwischt, wie sie am Boden einem Meatball hinterhergejagt ist.« Spröder englischer Akzent. »Ich hab bei Partys schon Schlimmeres aufgelesen.«

Freddy stellt sie einander vor, während Madeleine Jonathan Grant inspiziert – die steile Klippe seiner Braue, den Schwung seiner Lippen. Die blassblauen Augen. »Bist du Brite?«, fragt sie.

Ein Schluck Champagner. »Mein Fluch.«

»Was bringt dich – ach, schon gut, du kannst sie wieder absetzen.«

»Wirklich? Es ist gefährlich da unten.«

»Im Zweifelsfall wird sie glücklich sterben. Was bringt dich nach San Francisco?«

Freddy antwortet an seiner Stelle. »Er ist vor ein paar Monaten hergekommen, um sich selbst zu finden.«

»*Eat, Pray, Love*«, pflichtet Jonathan ihm bei.

»Ein bisschen jung für eine Midlife-Crisis.« Madeleine lächelt ihn angespannt an. »Bist du überhaupt schon fünfunddreißig?«

»Und wo ist Nicky?«, fragt Freddy und klatscht in die Hände. »Jonathans neue Freundin, weißt du?«

»Davon kann keine Rede sein«, murmelt Jonathan.

»Du warst mit ihr *segeln* …«

Madeleine stutzt. Um mit Nicky segeln zu gehen, muss er sie zumindest bemerkt haben.

»… es macht dir also nichts aus, mit meiner umwerfenden Cousine zu plaudern, während ich deiner Nicht-Freundin zeige, was sie alles verpasst?«

Er grinst, Jonathan läuft rot an, Ben nimmt einen tiefen Schluck Bier, und Madeleine überlegt, dass der Akzent wirklich dreist wäre.

Während Diana sie durch die Eingangshalle geleitet, hört Nicky einzelne Worte wie Pfeile durch die Luft sirren und bebend in ihrem Rücken landen.

Fremde.

Geschichten.

Sterben.

»Haben Sie hier irgendwo Schmetterlinge gesehen?«

Diana hat sich ihr zugewandt; die Haut unter den bezaubernden Augen ist ein bisschen nachgedunkelt.

»Schon – mehrere«, antwortet Nicky. »In Sebastians Schreibtisch, auf der Tapete in …«

»Schmetterlinge in Schachteln. Freddy hat an der Tür eine Schachtel gefunden und darin war ein roter …« Nicky sieht den Satz davonflattern. Diana ist nicht sie selbst.

»Schmetterling?«, schlägt sie vor.

»Mit der Aufschrift *CHERCHEZ LA FEMME* auf den Flügeln.«

Ein Schaudern zieht sich an Nickys Rückgrat empor, legt die Hände auf ihre Schultern.

Diana beißt sich auf die Lippe. »Sebastian meint, es sei ein Scherz.«

Autor.

Dachboden.

Verschwunden.

Eine Champagnerflöte erscheint in Dianas Hand. »Haben Sie schon viel über Sebastian Trapp erfahren?«

»O ja. Er ist ein Naturereignis.«

Diana nickt, als hätte Nicky noch nicht die korrekte Antwort gegeben.

»Und seine Geschichten sind – also, genau wie seine Bücher. Fesselnd. Voller Überraschungen.«

»Er überrascht selbst mich immer noch.«

Es kommt zu einem Gedränge, auch Nicky und Diana werden gegeneinander geschoben, und plötzlich ist Dianas Mund an Nickys Ohr.

»Ich habe Ihnen doch gesagt, ich könne mir nicht vorstellen, dass er anderen Menschen Gewalt antut. Erinnern Sie sich? Das war, bevor wir dieses Fußballspiel anschauten. Also, seither habe ich vieles gesehen, was durchaus gewalttätig war. Ohne Blut und blaue Flecken, aber nichtsdestotrotz brutal.«

Dann tritt sie zurück – sie hat zu viel ausgeplaudert, erkennt Nicky. »Suchen wir jemanden, mit dem Sie sich unterhalten können«, sagt Diana und schlüpft durch eine Lücke in der Menschenmenge.

Witwe.

Ehefrau.

Mord.

Puppengesicht!

Dies von einem Mann in einer grimmigen Kabukimaske, der mit einer Hand Nickys Schulter in den Klammergriff genommen hat. »Sie habe ich doch letzte Woche im Baron Club gesehen, nicht wahr? Sie sind die kleine Lady, die …«

»Ja.« Sie sucht die Menge ab, entdeckt ein rubinrotes Leuchten.

»Gefährlicher Auftrag! Also, ich hätte da ein paar *Informationen …«*

Ein Tablett voller Gläser kracht zu Boden; eine Woge von Gästen bricht durch die Tür. Als Nicky wieder Ausschau hält, ist Diana verschwunden.

Madeleine nimmt Jonathan Grant unauffällig ins Verhör.

Voriger Aufenthaltsort? »London.«

Gegenwärtiger Aufenthaltsort? »Dolores Park.«

Tätigkeit? »Zurzeit keine.«

Vorige Tätigkeit? »Finanzwesen.«

Verbindungen nach San Francisco? »Keine.« (»Ah – du hast doch *mich,* Kumpel«, sagt Freddy und verschwindet daraufhin.)

Familie? »Einzelkind.« Ziert er sich?

Lieblingsfilm? *»Eine Dame verschwindet.«* Er lächelt milde.

Woher kennt er Nicky? »Wir sind uns *begegnet.* Bei Fred. Und am Wochenende waren wir auf der Bay segeln. Segelst du?«

Früher mal. Heimat? »Lyme Regis. An der Küste von Dorset. Aber den westenglischen Akzent habe ich abgeschrubbt.«

»Meine Mutter kam aus Dorset«, sagt Madeleine.

»Ooh arr!« Er grinst.

»Ihr lernt euch gerade besser kennen?« Ben, mit leicht anzüglichem Unterton.

»Jedenfalls lernt Madeleine *mich* besser kennen«, antwortet Jonathan freundlich und rückt dabei seine Maske zurecht.

»Gib mir deine Nummer«, platzt sie heraus.

»Wow!«, kommentiert Ben.

»Nein, ich meine – ich würde gern …« *Ich würde gern mehr erfahren.* »Ich gebe nächsten Monat eine Party für Fred.« Nichts läge ihr ferner.

»Wieso? Er hat im Mai Geburtstag, genau wie ich.«

»Halt die Klappe, Ben. Es ist keine Geburtstags…

Ich lade nur seine Freunde ein. Du bist nicht eingeladen.«

»Wenn du Freds Freunde einlädst«, sagt Jonathan und tippt seine Nummer in ihr Handy.

Eine Nymphe irrlichtert in ihren Kreis, mit rosengoldener Haut über dem grünen Kleid. Madeleine fühlt sich neben ihr wie ein Koloss. »Zweimal in einer Woche!«, begrüßt Bissie sie und verabschiedet sich mit einem Schön-dich-nicht-kennengelernt-zuhaben-Winken von Jonathan, der sich im selben Moment entschuldigt. »Du bist eine unglaublich großzügige Gastgeberin, Madeleine.« Wobei sie ihr Glas hebt.

Madeleines Handy bebt.

»Auf Madeleine ...«, sagt Bissie.

»Auf Madeleine«, sagt Ben.

Madeleine lächelt matt und nimmt einen Schluck Hoegaarden. Wirft einen Blick auf ihr Handy.

Schau nicht so nervös.

Und halte nicht nach mir Ausschau.

Als die Flasche auf dem Boden zerspringt, verstummt die Musik und sekundenlang hört sie nur das Zischen und Platzen des Schaumes inmitten der Scherben.

Alle glauben, dass er sie umgebracht hat.

Im wild summenden Bienenstock der Eingangshalle, unter den an der Wand im Salon klebenden Schmetterlingen, draußen im Heckenlabyrinth – wohin es Nicky beim Geschichtensammeln auch treibt, fällen Sebastian Trapps Gäste ausnahmslos dasselbe Urteil.

Drei steife Gentlemen rufen sich Sebastians Missgeschicke in der eleganten Jagdhütte des Baron Clubs ins Gedächtnis – den Abend, an dem ein ehemaliger Senator einen Pfeil in seine Schulter jagte; das Wochenende, an dem er ein kränkliches Rehkitz aufpäppelte, obwohl »wir es lieber gegessen hätten« – ehe ergänzt wurde: »Aber natürlich kennen wir alle Bashers Ausbrüche.« (Was meinen sie damit? »Ach, gar nichts!«)

Eine neunzigjährige Bibliothekarin, mit dünnem Haarflaum wie eine angepustete Pusteblume: »Falls er diese Wichtigtuerin wirklich losgeworden ist, hatte er gewiss gute Gründe. Nein, ich weiß nicht, *was für Gründe*, ich bin nur sicher, dass er sie hatte.«

Ein klassischer Komponist: »Was mich an Trapp stört, fragen Sie?« Nicky hatte nichts in dieser Richtung gefragt. »Nicht, dass er gemordet hat. Sondern seine verfluchte Zitiersucht! Oh, er nennt seine Quellen. Ich will aber nicht wissen, was Sherlock Holmes dachte. Ich will wissen, was *Sebastian Trapp* denkt!«

»›Ein großer Vorrat an Zitaten übertüncht die Abwesenheit eigener Gedanken‹«, bemerkt Nicky.

»Schön gesagt!«

»Das ist von Dorothy Sayers. Was sagten Sie über die Morde?«

Eine Tierpsychologin entsinnt sich, dass Sebastian bei der Silvesterparty 1999 zerstreut wirkte. »Vielleicht schmiedete er da Pläne für später?«, sinniert sie. »Hat er etwa Ihnen gegenüber etwas angedeutet? Dass er jemanden umgebracht hätte? Lassen Sie es mich auf jeden Fall wissen, falls er das tut!«

Ein portugiesischer Architekt spottet: »Alles nur Klatsch. Es gibt ein geflügeltes Wort: Moralische Entrüstung ist der Heiligenschein der Scheinheiligen.« Er nimmt einen Schluck Champagner. »Und es geht ihm nicht gut, habe ich gehört?«

Nicky dreht sich um und blickt auf den Sonnenkönig Sebastian, heliozentrisch, umkreist von einem Planetengebinde aus Hofschranzen. »Tut es nicht«, erwidert sie. »Was haben Sie gesagt? Moralische Entrüstung …«

»… ist der Heiligenschein der Scheinheiligen, genau. Wobei er sie natürlich beide umgebracht hat.«

Die Küche: Teller klirren, Wasserhähne fauchen, Madeleine kippt Glasscherben in den Mülleimer. Die Caterer ignorieren sie.

Sie sackt auf die breite Fensterbank. Schaut durch das Fliegengitter auf das mondbeschienene Labyrinth, die silbrigen Blätter, die sonnenlose Sonnenuhr.

Jetzt, wo Cole hier ist, in diesen Mauern, bekommt Madeleine plötzlich Angst vor ihm, so als hätte sie einen düsteren Geist mit ungeahnten Kräften heraufbeschworen. Er könnte überall sein, dieser Geist eines Geistes. Er könnte jeder hier sein.

Am Ende sogar Jonathan? Sie spricht den Namen aus, schmeckt ihm nach, lässt ihn in ihrem Mund kreisen wie Wein. Wer kann schon sagen, wie sehr Cole sich verändert hat? Als sie ihn das letzte Mal sah, hatte die Pubertät immer noch nicht seine Wangen mit Pickeln gespickt, sein Gesicht oder seine

Beine mit Flaum überzogen. Und warum sollte er sich ausschließlich auf die Zeit als Tarnung verlassen? Er könnte sich das Haar färben oder einen Bart wachsen lassen …

»… Lady da drüben spricht mit sich selbst.« Ein Kellner findet das amüsant. Madeleine weniger: Sie ist zu einer Frau im Fenster geworden, die sich stumm Fragen stellt, eine Lady da drüben, die mit sich selbst spricht.

Der Abend dreht sich wie ein Rouletterad und Nicky kullert mit unterschiedlichem Gewinn von einer Unterhaltung in die nächste. Irgendwann bemerkt sie, dass Madeleine ihren Posten bei den Streichern aufgegeben hat; von Zeit zu Zeit weht Diana durch die Eingangshalle und erfrischt sich an der Bar. Und in der Mitte des Raumes sprudelt Sebastian wie eine entkorkte Flasche Champagner, prickelnd und überschäumend.

Gerade als die Uhr zehn schlägt, vollführen zwei Finger einen Stepptanz auf Nickys nackter Schulter. Sie dreht sich um und steht Lionel Lightfoot gegenüber, dessen Hintern sich derart in die Menge wölbt, dass die anderen Gäste einen Bogen um ihn machen müssen.

»Guten A- ja, hallo – guten Abend, Miss Hunter. Also«, Lionel schwingt seinen massigen Rumpf zur Seite, »ich möchte Sie mit jemandem *bekannt machen.* Einem äußerst interessanten Burschen. In gewisser Weise ein *Kollege.* Wo ist er noch gleich …«

»Mister Lightfoot!« Ein junger Mann, blond und dünn wie eine Bohnenstange, nähert sich mit einem hocherhobenen Arm und einem Martiniglas in den

Fingern. »Mister Lightfoot!« Dabei drängt er sich weiter vor.

Simone rempelt ihn im Vorbeigehen an, woraufhin sich das Glas über seinen Kopf entleert wie ein winziger Wasserfall und die Olive an ihrem Zahnstocher über die Kante gespült wird wie ein zum Untergang verurteilter Floßfahrer. Lionel streckt grüßend die fleischige Hand aus, aber Simone schlägt sie weg.

»*Werte* Simone«, erklärt Lionel. »Ihre Gäste sind keine *Blumen.* Sie brauchen sie nicht zu *gießen.«*

»Wie können Sie es wagen …«

»Diana hat mich eingeladen – mich und meinen *Freund* hier, der gerade Gin aus seinen *Haaren wringt.* Äußerst interessanter junger Bursche …«

Während sie in Kursiv zu streiten beginnen, entschuldigt sich Nicky, wirft dabei dem äußerst interessanten Burschen – mit scharfer Nase, scharfem Blick – ein bedauerndes Lächeln zu und prescht los, an Sebastian vorbei (»Er sagte: ›Nennen Sie mir einen Ort, und ich schreibe Ihnen eine sinnliche Liebesszene, die dort spielt – Kerker, Schlachthaus, was Sie wollen‹, und meine Antwort war: ›Eine geflochtene Hängematte‹«) und über Watson hinweg, bis sie endlich dem Getümmel entkommt und, an die Flanke der Treppe gepresst, Luft holen kann.

»Miss Trapp?«

Ein junger Mann in schickem Anzug tritt Madeleine geschmeidig in den Weg, als sie sich der Bar nähert. »Timbo Martinez. Ich wollte mich für die Einladung heute Abend bedanken.«

Dieser Martinez ist bleich wie Casper, das Gespenst, und sonnenscheinblond, sein Gesicht kantig, eine Wange leicht von Aknenarben verkratert. Ernste Augen. Aus irgendeinem Grund sind seine Haare und sein Kragen nass. »Sie meinen bestimmt meine Tante«, erklärt sie ihm. »Mrs. Trapp. Oder vielleicht meine Stiefmutter. Gleichfalls Mrs. Trapp.«

»O nein, Ihrer Stiefmutter habe ich schon gedankt. Und Ihre Tante hat mich mit Gin übergossen. Aber dies ist doch auch Ihr Heim, nicht wahr?« Die ernsten Augen ticken beim Reden hin und her. Madeleine fühlt sich wie unter Beobachtung.

Dann sieht er an ihr vorbei. Sie dreht sich um. In der Mitte des Raumes steht höflich lauschend die Gleichfalls-Mrs.-Trapp, umgeben von einem plappernden Pöbel aus alten Freunden – Sebastians und Hopes Freunden, nicht ihren –, sowie einigen, durch Simone handverlesenen Neuzugängen. Und Madeleine begreift mit schmerzlichem Mitgefühl, dass Diana eine Fremde geblieben ist: eine Kopie, die ihre eigene Party unter dem kritischen Blick des Originals betreten muss, eine Besucherin, die sich in ihrem eigenen Haus versteckt. Kein Wunder, dass sie wegwill.

»Ich habe alle Bücher Ihres Vaters gelesen.« Timbo Martinez sagt das ohne Nachdruck, nur als Information. »Tatsächlich helfe ich Mister Lightfoot zurzeit mit *seinem* neuen Buch.«

»Lionel schreibt ein neues Buch?« Ihre Stimme ist eisig.

»Es ist ein ungelöster Fall.«

»Wieso das denn? Schreibt er oder schreibt er nicht?«

»Im *Buch* geht es um einen ungelösten Fall«, stellt Timbo Martinez klar. »Wussten Sie nichts davon?«

»Und meine Stiefmutter hat ihn eingeladen?«

Plötzlich schießt Watson unter der Bar hervor und spielt mit einem Eiswürfel Hockey. Madeleine streckt die Hand an ihrem Gast vorbei, packt ein Bier an der Gurgel und stakst ins Gefecht.

Nicky ist nicht betrunken, aber Nicky ist auch nicht mehr nüchtern. Farben wirbeln vorbei, Aquamarinblau und Absinthgrün, Kreischen und Gelächter platzen in der Luft wie Jahrmarktballons; von den Streicherbögen tropft der Schweiß, hoch über ihren Köpfen glitzern Lichter und in der Mitte des Spektakels steht Diana wie eine flackernde Flamme.

Nicky hebt gerade das Glas an die Lippen, als ihre freie Hand so fest umklammert wird, dass ihre Knöchel stumm aufschreien. Nicky blickt auf zehn verknotete Finger hinab.

»Wer stirbt als Nächstes?«, dröhnt eine Stimme, und sie blickt auf zum Besitzer der Hand, der lachend die Zähne bleckt. Der Boden kippt unter ihr weg.

»*Das* ködert den Leser. *Das* reißt ihn mit. Oh, natürlich will er wissen, wer der Täter war; er giert auf die Auflösung des Falles. Und falls unser Leser der Gattung der Fantasielosen angehört, reduziert er das Buch womöglich auf einen ... wie heißt das noch? Lackmustest. Ein Gladiatorenurteil: Daumen hoch oder Daumen runter. ›Überrascht mich das Ende? Falls ja, werte ich die vorangegangenen mehreren Hundert Seiten als Erfolg. Falls nicht, habe ich Zeit und Geld vergeudet.‹«

Er quetscht Nickys Hand so fest, dass sein Ehering gegen ihren Finger reibt.

»Aber es geht hier nicht um ein Überraschungsmoment, es geht um einen Roman! Geht es solchen Menschen beim Vögeln ausschließlich um den Orgasmus?«

Jetzt wechselt die Musik die Tonart …

… und der Boden kippt weiter …

… und der Mob schlittert durch den Raum.

Körper drängen sich an sie, Fleisch und Stoff, bringen Nickys Gliedmaßen zum Klingen. Sie versucht, ihre Finger von seinen zu entflechten, doch …

»Wer stirbt als Nächstes?«, dröhnt Sebastian. »Während der Tod sich an das Personal des Romans anschleicht – umschleicht er auch uns, die wir im Pyjama im Bett liegen und lesen! Das Dach könnte einstürzen. Kohlenmonoxid könnte sich in den Räumen ausbreiten. Keiner von uns weiß, wann sein Herz zu schlagen aufhört. Vielleicht schlagen auch unsere Feinde ausgerechnet *heute Nacht* zu und jagen eine Kugel in unseren Schädel oder eine Klinge in unsere Brust!«

Nicky versucht ruhig zu bleiben, hebt ihre Champagnerflöte an, nimmt einen Schluck – doch der Mob schiebt sie vorwärts, schiebt sie gegen seine Schulter, gegen seine dröhnende Stimme. Durch eine winzige Lücke sieht sie Jonathan an der Treppe stehen.

»Wer stirbt als Nächstes? *Wer weiß das schon?* Es könnte *jeder* sein. Doch sobald wir die letzte Seite umblättern, endet das Spiel; es ist ausgestanden. Für *sie* – aber nicht für uns. Ab jetzt teilen wir unsere Ängste nicht mehr, fürchten wir keinen gemeinsamen Gegner mehr. *Unser* Mysterium dauert an. *Uns* lauert der Tod weiterhin auf.«

Schweiß läuft wie in unterirdischen Flüssen

unter ihrem Kleid herab. Wieder kann sie Jonathan sehen; er klatscht lautlos Beifall.

»Und darum sind wir wieder allein, sobald wir erfahren haben, wer der Täter war. Niemand steht uns bei, wenn wir uns dem Tod stellen oder ihn betrügen. Wir haben uns verabschiedet.«

Sie sieht zu ihm auf und dabei in die blendenden Lichter. Sie kneift die Augen zu.

»Denn wie Chandler uns vor Augen hält: ›Jeder Abschied ist ein kleiner Tod.‹«

»Auf den kleinen Tod!«, ruft jemand, und als Nicky den Blick zu heben wagt, nimmt sie ein Rudel Zuschauer wahr, die mit erhobenen Gläsern fieberhaft ihren Gastgeber anstarren. Sie wiederholen den Toast mehrmals in unterschiedlichem Tempo wie ein schlecht ausgebildeter Chor und probieren es dann wieder, bis die Worte wie in einer Echokammer um Nicky kreisen:

Auf den kleinen Tod!
Auf den kleinen Tod!
Auf den kleinen …
… kleinen Tod!
Tod!

Madeleine tappt aus der Eingangshalle, lässt sich von den Wogen der Feiernden durch den Salon spülen und strandet schließlich im Garten. Diana steht am Heckenlabyrinth, in ihrer Hand baumelt eine Champagnerflöte. Der abendliche Dunst mildert ihre scharfen Kanten.

»Lionel Lightfoot ist hier«, verkündet Madeleine dem nackten Rücken ihrer Stiefmutter.

»Ich habe ihn eingeladen. Die Vergangenheit ruhen lassen und so weiter. Sein Begleiter scheint recht nett zu sein. Fühlst du dich sicher, Madeleine? In diesem Haus?«

Diana dreht sich um. Sie klingt anders als sonst, findet Madeleine: bedächtig, misstrauisch. Sie sieht auch anders aus – natürlich liegt das an dem Kleid, aber auch der Dunkelheit in ihrem Blick und der scharfen Falte zwischen ihren Brauen. Sie *riecht* sogar anders – keine Spur dieses namenlosen Parfüms.

»Natürlich fühle ich mich sicher. Sollte ich nicht?«

Diana fährt mit einer Fingerspitze am Glasrand entlang.

»Ihr zwei!« Simones Stimme rempelt in Madeleines Rücken. »Die Champagnerpyramide!«

Diana nickt, lächelt, bleibt kurz im Vorbeigehen neben Madeleine stehen. »Irgendwann später will ich mit dir über deinen Vater sprechen.«

Sie weht davon. Als Madeleine sich zur Terrassentür wendet, ist ihre Tante schon verschwunden, Diana ist verschwunden, auch die Gäste sind verschwunden, nur der Nebel ist geblieben und kriecht langsam über die Pflastersteine.

Endlich kann Nicky Sebastian abschütteln und kämpft sich durch die Menge, bis sie an der Treppe von Jonathan abgefangen wird, der mit den Fingern wackelt wie ein Zauberkünstler.

»Abraka*scheiße*«, sagt er und etwas Silbernes fällt zu Boden. Er bückt sich und richtet sich mit einem Schlüssel in der Hand wieder auf. »Ta-da!« Er presst ihn in ihre Hand. »Ich hatte schon Angst, dass du immer noch verzweifelt und halb verhungert vor der Haustür hocken könntest, wenn ich heute Abend hier ankomme.«

»Danke«, antwortet sie. »Ich bringe ihn nach oben, bevor ich ihn noch mal verliere.«

Nach einem halben Dutzend Stufen merkt sie, dass Jonathan ihr mit zwei Schritten Abstand folgt.

»Stört es dich, wenn ich mitkomme? Uns beobachtet niemand«, ergänzt er und tippt sich an den Schädel. »Ich habe Augen im Hinterkopf.«

»Das klingt echt schlimm. Du solltest einen Spezialisten aufsuchen.«

»Ich werde es dir beweisen.« Er kneift die Augen zu. »Ich sehe … lauter weiße Menschen.«

»Bemerkenswert.«

Er nimmt die nächste Stufe und Nicky geht weiter. Sie fragt sich, ob seine Hand über ihrer Taille schwebt.

Auf dem oberen Treppenabsatz ist die Luft kühler, sind die Farben weicher. Vier gerahmte Gesichter verfolgen das Schlachtengetümmel unten, ein Grüppchen von Mauerblümchen bei ihrem eigenen Tanz. Nicky dreht sich um und stellt fest, dass Jonathan an ihr vorbeischaut und dabei mit einer Hand über sein Kinn streicht. Er sieht aus wie ein Tourist in einer Galerie, der ein berühmtes Bild betrachtet, das er bisher nur auf Papier zu sehen bekommen hat.

»Wir haben hier deinen Boss und – hieß sie nicht ›Madeleine‹?«

»Hieß sie. Und heißt sie.«

»Und das ist die Mutter, die Ehefrau.« Nicky sagt nichts; mit jedem Namen wird es auf dem Absatz stiller, rückt die Party in weitere Ferne. »Und das«, seine Finger lösen sich vom Kinn und formen sich zu einer Pistole, deren Lauf auf Cole zielt, »ist der verschwundene Sohn.«

Sie nickt.

Jonathan zieht lächelnd die Brauen hoch. »Hübscher Bengel«, sagt er.

46.

»Für so ein Zimmer hätte ich als kleiner Junge getötet.«

Jonathan begutachtet mit weit aufgerissenen Augen die hohen Fenster, den Spitzgiebel, das Museum, während Nicky den Schlüssel auf dem Schreibtisch ablegt. »Stehst du auf ausgestopfte Tiere?«

Er schält seine Maske vom Gesicht, zieht die Hosenbeine nach oben und geht vor dem Kommando untoter Bulldoggen in die Hocke. »Es stört dich nicht, mit diesen Biestern zu schlafen?«

»Sie beißen nicht.«

»Wohl nicht. Watson Vier«, liest er ab, während er sanft mit dem Daumen am Halsband eines plumpen, kohlschwarzen Kadavers entlangfährt. »Neunzehnhundertdreiundneunzig bis zweitausendzwei.«

Nicky tritt zu ihm, bleibt neben ihm stehen. Als er nicht aufsteht, zupft sie an ihrem Kleid und geht ebenfalls in die Hocke.

»Das hier war der letzte Familienhund. Richtig?«, fragt Jonathan. »Ich frage mich, was er von der ganzen Sache hielt. Was er *mitangesehen hat.*« Er streichelt den dicken Kopf und murmelt: »Ich frage mich, ob *Simone* ihn abserviert hat.«

»Wie meinst du das?«

Er dreht sich langsam zu ihr um und seine Schuhe knarzen dabei hell über die Dielen; dann entspannt sich sein Gesicht und er grinst. »Ich wollte dich nur verarschen.« Leicht auf den Fußballen wippend. »Watson – die gegenwärtige Watson, die aktuell regierende Watson – hat eine Kellnerin zu Fall gebracht, weil sie auf der Treppe einem gefüllten Ei nachjagte. Und sofort ist Simone zur Stelle. ›Ich bringe dieses Tier um‹«, erklärt sie mit bebenden Nüstern. ›Und zwar mit einem Lächeln.‹«

Er ahmt Simone erstaunlich gut nach, schraubt die Stimme mühelos nach oben und lässt die sinnlichen Vokale entspannt von seiner Zunge rollen.

»Ich frage Freddy, ob er seiner Mutter auch einen Mord zutraut. Und er antwortet: ›Dude, ich traue meiner Mutter einen Völkermord zu.‹« Jetzt kalifornischer Sprechgesang, gedehnt und locker und seinem Freund so ähnlich, dass sich Nicky beinahe fragt, ob sich Freddy in einer Ecke versteckt hat und ihm die Worte bauchredet.

Jonathan grinst. »Ich habe eine Begabung für Stimmen. Hat mir bei Schulaufführungen gute Dienste geleistet.« Er rückt näher.

Das Blut strömt schneller unter ihrer Haut, durch das Geflecht ihrer Adern. *Etwas aufregendes pasiert!!*

»Kannst du auch ich sein?«, fragt sie.

Seine Lippen treffen auf ihre. Sein Kuss ist weich, aber sanft.

»Ich könnte jeder sein«, flüstert er und küsst sie noch mal. Sie mag ihn deswegen. Er legt die Hand auf ihre Schulter. Sie presst die Hand gegen seine Brust, spürt sein Herz schlagen.

Schweigend knien sie einander gegenüber, vor dem Treibgut aus mehreren Jahrhunderten und unzähligen Reisen.

Ihre Gesichter lösen sich voneinander, bleiben sich aber nahe, wie magnetisch angezogen.

»Wir sollten wieder runtergehen«, sagt sie und schließt die Augen, während seine Lippen über ihre streichen.

Sie spürt, wie er lächelt. Er steht auf und zieht sie auf die Füße. »Sieh uns an. Garantiert sind all diese Hunde und ein sehr hässliches Kind total schockiert.«

»Du redest von meinem Mitbewohner.« Nicky hat das eigenartige Gefühl, *Ein Kind* in Schutz nehmen zu müssen.

»Ich frage mich, ob sie uns vermisst haben«, sagt Jonathan und rückt seinen Krawattenknoten zurecht. »Hoffentlich fällt niemandem auf, wie du mich zugerichtet hast.«

»Träum weiter.«

Er lächelt wieder und folgt ihr zur Tür.

47.

»Ein Mann sollte immer vor der Frau die Treppe hinuntergehen, wusstest du das?«, erklärt Jonathan ihr in der Dunkelheit des Treppenhauses. »Denn wenn eine Frau auf den Stufen stolpert, purzelt sie nur gegen einen großen, starken Rücken, aber wenn *er* auf *sie* niederstürzt, ist das ihr sicheres Ende.«

»Wirst du gleich auf mich niederstürzen?«

»Nicht *absichtlich*, meine ich.«

Vom Treppenabsatz her scheint Licht. Als sie den ersten Stock erreicht haben, schnippt Jonathan mit den Fingern. »Du hast mir von einer Bibliothek erzählt. Auf dem Wasser – erinnerst du dich?«

»Mm«, erwidert sie, denn sie erinnert sich nicht.

»Darf ich sie sehen?«

Lärm torkelt die Stufen herauf, taumelt ihnen entgegen: Gelächter, Gekreische, heranstürmende Geigenklänge.

»Es sei denn, du willst gleich wieder nach unten«, ergänzt Jonathan.

Nicky nimmt seine Hand, drückt sie und schleicht mit ihm durch den Flur, an den hohen Fenstern vorbei (»Ist das ein *Teich?«,* fragt er. »Ist das ein *Labyrinth?«),* um an der Tür zur Bibliothek einen Blick über die Schulter zu werfen und dann sanft die Klinke zu drücken.

Verhangenes Mondlicht streicht durchs Fenster; die Golden Gate Bridge hat sich heute in Nebelschleier gekleidet. Im Kamin lecken lange Feuerzungen an der Kehle des Abzugs und vergolden den Schreibtisch, die Schreibmaschine, die Gestalt auf dem Stuhl.

Nicky bleibt stehen.

»Wer zum Teufel ist das?«, flüstert Jonathan.

Wer zum Teufel das auch ist, sitzt über die Schreibunterlage gebeugt und hält die Hände unter dem Schreibtisch.

Sie nähern sich unbemerkt, schleichen dicht an den Bücherregalen entlang. Nickys Fingerspitzen überfliegen Buchrücken um Buchrücken. Stanniolbuchstaben flackern in der Dunkelheit auf.

Die Gestalt hebt ein Objekt an ihr Auge: einen Glaswürfel, eine kleine Flammenbox im Feuerschein des Kamins.

Nicky hält auf den Schreibtisch zu.

Die Gestalt betrachtet den Würfel.

Nicky nähert sich.

Die Gestalt hebt den Kopf.

Nicky sagt: »O Gott.«

Fahl leuchtende, weiße Haut, Knollennase und Knollenkinn, tief ins Fleisch eingesunkene Augen, Hörner wie zwei Haken an der Stirn. Aber am grausamsten ist das kranke Feixen der dicken, roten Lippen. »Ein Lächeln, das dich bei lebendigem Leibe auffrisst«, bemerkte Simon St. John einst schaudernd. »Ich würde alles geben, um zu erfahren, wer dahintersteckt.«

Es ist Simon St. Johns Erzfeind – Spring-Heeled Jack. Dieser Anblick stand Laureline St. John in ihren letzten Sekunden vor Augen; dieses Gesicht grinst Nicky in ihren Albträumen an und starrt ihr jetzt ins Gesicht.

Sie würde alles geben, um zu erfahren, wer dahintersteckt.

»Warte«, zischt Jonathan. Aber sie wagt sich bereits weiter vor, ganz langsam, mit ausgetrocknetem Mund, die Absätze tief im Teppich und die Augen fest auf Jack gerichtet. Der Widerschein der Flammen kräuselt sich auf der gläsernen Schreibtischplatte. Die Tasten der Remington glänzen wie poliert. Jacks Kopf verfolgt ihren Weg, während die Finger weiter den Glaswürfel kneten.

Erst jetzt bemerkt Nicky die Webley in seiner anderen Hand, die genau auf sie gerichtet ist.

Sie bleibt stehen.

Jack beobachtet sie, ohne zu blinzeln, die rastlosen Augen unter einer dicken Gummischicht vergraben.

Ihre Haut kribbelt unter den Ärmeln. »Die schießt nicht mehr«, behauptet sie.

Er spannt den Hahn.

Jonathan tritt vor. »Spar dir das, Kumpel, das Ding schießt nicht …«

Plötzlich springt Jack ungestüm aus dem Stuhl, stößt Jonathan aus dem Weg und stolpert über den Teppich. Jonathan fliegt gegen das Regal, aber Nicky streckt eine Hand vor und krallt sich mit den Fingern in Jacks Arm, woraufhin sie gemeinsam zu Boden gehen. Sie hört das leise, nach einer Blasenfolie klingende Platzen von Nähten an der Schulter, dann löst sich der Ärmel mitsamt der Waffe.

Jack landet auf der Seite und grunzt, als Nicky auf ihn fällt. Sie packt seine beiden Handgelenke, wälzt ihn auf den Rücken und setzt sich rittlings auf ihn. Sein Körper und sein Gesicht bleiben in ihrem Schatten, aber der nackte linke Arm liegt, über dem Kopf abgeknickt, im Feuerschein, und die kleinen Buchstaben über dem Ellbogen sind so klar zu lesen, als wären sie mit Schreibmaschine geschrieben: Mir hätte schon viel früher ein ganzer Kronleuchter aufgehen müssen.

Sie pflanzt ein Knie auf seinen Arm, packt die kalte Maske, reißt das Gummi weg.

Auf den Wangen tiefe Schattenteiche, unter den Stoppeln kleine schattige Grübchen – sein Gesicht ist kaum wiederzuerkennen. Nicky dreht sich zu Jonathan um.

Kaum hat sie sich von Freddy abgewandt, da schlägt er zu.

Genauer gesagt ohrfeigt er sie mit einer Hand und sie hört den Glaswürfel in seiner Handfläche gegen ihren Wangenknochen krachen. Vor allem spürt sie ihn. Freddy versucht sich mit wilden Armbewegungen zu befreien; wahrscheinlich wollte er sie gar nicht treffen, überlegt Nicky, während sie die linke Faust in sein Auge rammt. Den Daumen unterhalb der Knöchel, das Handgelenk gerade ausgerichtet, so wie es ihr beigebracht wurde. Der Aufprall ist so hart, dass sie sich am liebsten entschuldigen würde.

Der Würfel kullert über den Teppich – dann haken sich zwei Hände unter Nickys Arme und ziehen sie nach oben. Es sind Jonathans Hände, und darum trifft sie auch Jonathans Weichteile, als sie protestierend den Kopf zurückwirft. Die Maske fliegt ihr vom Gesicht.

Freddy hat sich aufgerappelt. Einen Moment sehen er und Nicky sich stumm an; so im Feuerschein, eines Ärmels beraubt, mit blutbeträufeltem Kragen, sieht er halb verendet aus. Und dann dreht er sich mit entsetzt aufgerissenen Augen um und flieht, wobei seine nackte Schulter in der Tür gegen die Schulter von Madeleine prallt.

Bis Nicky den Flur erreicht, ist er schon verschwunden. Sie rennt zum Treppenabsatz, schleudert unterwegs erst den einen, dann den anderen Schuh von ihrem Fuß und hört immer lauter das Plappern und Klappern, bis zuletzt, als sie oben an der Treppe steht, auch die Violinen ein Stück anstimmen, als wollten sie ihren Auftritt ankündigen.

Im selben Moment rutscht Freddy unten an der Treppe aus, strauchelt und kracht – »Oh«, haucht Nicky – in die Champagnerpyramide.

Die Pyramide birst wie ein Staudamm.

Saiten quietschen. Die Menge hält, zu einem Marmorfries erstarrt, geschlossen die Luft an, dann herrscht Totenstille. Durchbrochen nur vom Scharren von Freddys Schuhen, die auf seinem hastigen Weg zur Küche über den Marmor kratzen.

Er verschwindet. Ein paar Idioten applaudieren. Ein paar andere folgen ihrem Beispiel und das gerade noch verstummte Plappern kocht über. Was war das? *Wer* war das?

Während die Caterer die Gäste von dem Scherbenhaufen wegdrängen, während das Orchester ein neues Stück anstimmt, fühlt sich Nicky unter bohrender Beobachtung. Ihr Blick tastet die Eingangshalle ab. Auf einmal wirkt die Bühne unter ihr wie abgedunkelt.

Bis auf das Zentrum, in dem aufrecht wie ein Leuchtturm Sebastian Trapp steht und sie ansieht.

48.

Als Nicky und Madeleine zurückkehren, steht Jonathan vornübergebeugt neben dem Schreibtisch und hat die Hände auf die Knie gestützt. »Ist dir klar, dass dein Kopfstoß genau in meine Eier ging?«, pfeift er.

»Du hast mich von hinten gepackt. Und ich musste nicht gerettet werden.«

»Ich wollte *Freddy* retten. Du hast ihm direkt in die blutige Visage geschlagen.«

»Ist das hier die Waffe?«, Madeleine hebt die Webley an ihrem schmalen Lauf an.

»Freddy saß da drüben«, sagt Jonathan. »Und hat in den Sachen Ihres Dads gewühlt.«

Madeleine geht zum Schreibtisch, legt den Revolver auf einer Ecke ab. Nicky sammelt den Glaswürfel, den abgetrennten Ärmel und – mit leichtem Gruseln – die Gummimaske ein.

»Wonach suche ich überhaupt?«, fragt Madeleine. »Und Sie bluten übrigens.« Nicky legt die Hand an ihre Wange; ihre Fingerspitzen werden feucht.

Jonathan schwenkt ein Taschentuch. »Nimm das. Jesus, meine Klöten.«

Diana erscheint strahlend hell in der Tür und eilt zu Madeleine. »Wollte Freddy …« Stirnrunzelnd sieht sie in die offene Schublade.

Jetzt stürmt Simone laut quakend in den Raum, doch Sebastian überholt sie mit so langen, schnellen Schritten, dass Nicky fast spürt, wie er frischen Sauerstoff ins Feuer drückt, woraufhin die Flammen den zurückgekehrten Meister wie aufspringende Hunde begrüßen.

»Fred saß an Ihrem Schreibtisch, Sir.« Jonathan lässt sich nicht darüber aus, wie sie das entdeckt haben. »Und als ihn die junge Lady zu Fall brachte, schlug er mit diesem Dingens zu.« Nicky widersteht der Versuchung, Sebastian ihre Wunde zu präsentieren; stattdessen stellt sie den Glaswürfel auf die Schreibunterlage zurück. »Daraufhin hat sie ihm eine mitgegeben.«

Wahrscheinlich ist es nur der Widerschein des Feuers, doch als Sebastian sich ihr zuwendet, entdeckt sie den Schatten eines Lächelns auf seinem Gesicht. »Sie kann boxen. Der gehört Freddy, nehme ich an«, ergänzt er und nickt zu dem Ärmel in ihrer Hand hin. »Und an der Rückenlehne hängt noch sein Mantel. Er hat einen ganzen Satz Wechselkleidung hinterlassen, unser Freddy. Und …« Er verstummt. Nicky hat ihm die Jack-Maske mit den grausam grinsenden dicken Lippen und leeren Augenhöhlen gezeigt.

Simone quiekt. Sebastian grunzt.

Alle fünf flattern wie ein Vogelschwarm durcheinander, als er hinter seinen Schreibtisch tritt; sie versammeln sich um ihn und hinter ihm, die Wärme im Rücken, während er in die schwarz ausgekleidete und völlig leere Schublade blickt.

»Er hat alles mitgenommen«, schluchzt Simone.

Sebastian seufzt. »Es war nichts zum Mitnehmen darin außer diesem Würfel. Ich bitte um etwas Manövrierraum.« Er beginnt nacheinander Schubladen aufzuziehen: Umschläge, leere Briefbögen … »Die meisten sind unverschlossen, also hat sie unser junger Frederick entweder gar nicht aufgezogen oder nichts Interessantes entdeckt. Hier, Schreibmaschinenfarbbänder. Hat er keine Verwendung für Farbbänder?« Jetzt beugt sich Sebastian über den Schreibtisch, fährt mit einer Hand über seine Waffensammlung: Giftflasche, Kerzenhalter … Dolch. »Nur eine Schublade schließe ich grundsätzlich ab«, erklärt er und schiebt die

Klingenspitze in die unterste. »Die Schlösser wurden eigens für diesen Dolch – mal sehen. Gut! Unberührt. Dokumente für die Nachwelt«, er zwinkert Frau und Tochter zu. »Nur noch etwas Geduld.«

Nicky beugt sich leicht vor, erspäht einen Stapel Schreibpapier. Erspäht die beiden getippten Worte auf der obersten Seite.

Sebastian schiebt die Lade zu, sticht ins Schloss und dreht den Dolch. »Wonach der junge Fred wohl gesucht hat?« Er legt den Dolch ab, nimmt den Glaswürfel in die Hand und knetet ihn, während er den Schreibtisch absucht.

»Fehlt irgendwas?«, fragt Jonathan.

Sebastian blinzelt. »Wer zum Teufel sind Sie?«

»Ein Freund von Fred.«

»Nicht unbedingt etwas, was ich laut hinausposaunen würde. Aber ja, alles in Ordnung. Dieser Glasklumpen ist ein Erbstück«, erklärt er. »Gehörte meinem Vater. Nur von sentimentalem Wert. Ein paar eingravierte Tacitusworte, wie hier zu sehen. War mir immer rätselhaft, wie das Ding bei einem alten Soldaten endete, der so gut wie nie sprach – und erst recht kein Latein. Aber mir gefiel es immer, mir gefiel seine Wuchtigkeit. Miss Hunter weiß inzwischen natürlich am besten über seine Wuchtigkeit Bescheid.«

Nickys Wange pocht.

Schatten fliegen über Sebastians Gesicht, während er den Würfel in der Hand wiegt. *»Proprium humani ingenii est odisse quem laeseris.«* An Jonathan gewandt: »Da Sie fragen, Fremder in meinem Haus, der teuerste Gegenstand hier ist die Schreibmaschine und die lässt sich schlecht hinausschmuggeln …«

Er versteift sich.

Nicky beobachtet ihn gespannt von der Seite. Mit dem Rücken zum Feuer, ist sein Gesicht nur eine dunkle Maske.

»Was ist?«, fragt Simone.

»O nein.« Madeleine. »O nein.«

Nicky runzelt die Stirn, spürt, wie ihre Nerven knistern, blickt auf Jonathan. Er starrt auf die Schreibmaschine.

In der Vertiefung inmitten der Typenhebel ruht ein scharfer, kühner, scharlachroter …

»Ein Papierschmetterling?«, fragt Jonathan. »Irgendwie finster, oder?«

Nicky betrachtet ihn angestrengt. »Auf den Flügeln steht etwas.«

Sebastian sieht sie an, wobei sich der Feuerschein über ein weit aufgerissenes Auge und einen angespannten Mundwinkel stiehlt.

Er hebt den Schmetterling aus der Remington und dreht sich dem Kamin zu; das Papier errötet noch mehr.

Es ist als, als würde sie ein Gebäude einstürzen sehen, denkt Nicky, als er von unten nach oben in sich zusammensackt: Erst knicken seine Knie ein, dann geben seine Hüften nach, seine Schultern fallen nach unten, und schließlich plumpst er mit gesenktem Kopf auf seinen Stuhl, den Schmetterling in einer Hand, den Glaswürfel in der anderen.

Diana kniet neben ihm nieder. Vorsichtig, als würde sie eine Kugel herausoperieren, löst sie das Insekt aus seiner Hand, steht auf und liest die Worte vor, die Nicky dunkel und klar in Schreibmaschinenschrift auf den Flügeln liest.

SAG IHNEN WAS DU IHR ANGETAN HAST

»Das klingt eindeutig finster«, murmelt Jonathan.

Niemand sonst sagt etwas.

Plötzlich zieht Madeleine ihren Vater auf die Füße. »Ich bringe ihn ins Bett«, verkündet sie entschieden und führt ihren Vater durch die dunkle Bibliothek davon.

»Simone.« Dianas Stimme ist kühl. »Könntest du mir bitte helfen, die Gäste nach Hause zu schicken?«

»Selbstverständlich. Aber ich verstehe nicht …« Nachdem Sebastian nicht mehr da ist, weiß Simone offenbar nicht, wen sie ansprechen soll. »Warum sollte Freddy ihm einen so … hässlichen Streich spielen? Das Oregano und dieses *Sag ihnen, was du getan hast …«* Sie sammelt den Mantel, den Ärmel und – mit angewidertem Gesicht – die Maske auf und verschwindet leise murmelnd.

Diana starrt auf den Schmetterling in ihrer Hand, bis sich Jonathan räuspert. »Können wir irgendwie helfen?«

Sie wirft ihm einen benommenen Blick zu. Dann Nicky. Stellt den Origamischmetterling auf die Tasten der Remington – vorsichtig, um ihn nicht aufzuschrecken – und schließt die Schublade, bevor sie weggeht.

Doch vom anderen Ende des Raumes aus ruft sie, ein Schatten unter Schatten: »War der Schmetterling schon dort, als ihr Freddy gefunden habt?«

»Natürlich«, antwortet Jonathan.

Diana wartet kurz ab. Dann tritt sie in den hellen Flur und erstrahlt dabei kurz wie eine aufgehende Sonne.

»Natürlich war er schon hier, oder?« Jonathan greift nach dem Schmetterling, kneift in einen Papierflügel. »Ich meine, Fred hat ihn *gemacht,* oder? Es sei denn, jemand hat ihn auf der äußerst wertvollen Schreibmaschine abgestellt, während wir alle um den Schreibtisch standen.«

In Nickys Hirn arbeitet es.

»*Funktioniert* die Waffe eigentlich?« Jonathan nickt zu der Webley hin. »Wir sind immerhin in Amerika. Wahrscheinlich gibt es hier in jedem Zimmer ein geladenes Gewehr.« Er geht um den Schreibtisch herum; seine Hand schwebt über der Pistole. »Wie hieß noch mal dieser russische Stückeschreiber? Der mit der Theorie über Gewehre?«

»Tschechow. Wenn im ersten Akt ein Gewehr an der Wand hängt, muss es spätestens im letzten abgefeuert werden.«

»Richtig.« Jonathan wendet sich von der Webley ab. »Was schätzt du, was Fred hier wollte?«

Nicky will sich auf keine Einschätzung einlassen. Sie schüttelt den Kopf.

»Gut. Unten wird gerade die letzte Runde ausgeschenkt, nehme ich an. Ist dir nach einem Drink?«

Nicky nimmt seine Hand.

Sie überqueren den Teppich und verlassen den Raum und wandern den Gang entlang und sehen vom Treppenabsatz aus, wie die Gäste aus der Eingangshalle drängen, weg von den immer noch glitzernden Scherben der Champagnerpyramide.

Und die ganze Zeit muss Nicky an die beiden Worte auf dem Papierstapel in Sebastians Schreibtisch denken.

Für Cole

49.

In der Küche, in der Stille, verkündet die ältere Mrs. Trapp müde ihre Absicht, die Nacht hier zu verbringen, »falls Sebastian irgendetwas brauchen sollte«, meint Diana. Hier sieht Nicky auf die jüngere Mrs. Trapp, Simone, die zusammengesunken auf der gepolsterten Fensterbank sitzt, bevor sie davonmarschiert.

Noch eine halbe Stunde bis Mitternacht, verrät Nickys Handy. »Soll ich noch mal die Eingangshalle durchfegen?«, fragt sie. »Ich möchte nicht, dass Watson humpeln muss.«

Die Augen ihrer Gastgeberin bleiben geschlossen.

Sie fliegen auf, als Simone Sekunden später wieder in die Küche gepoltert kommt. »Madeleine reagiert nicht.« Seufzend, die Hände in die Hüften gestemmt, als wollte sie fragen: *Was machen wir nur mit diesem Mädchen?* »Oh, sie ist bei ihm, ganz sicher. Aber wenn ich anklopfe – ist keiner zu Hause. Was *machen* wir nur mit ihr?«

Nicky ist gerade dabei, den Wasserkessel zu befüllen, und sieht im Spiegel des Fensters über der Spüle, wie Simone ihre Halskette löst; wie sie die winzigen Stecker aus den Ohren pflückt. »Würdest du das hier der jungen Miss zurückgeben, wenn sie wiederauftaucht? Ich hatte für einen Abend genug Kämpfe. Vielen Dank.« Simone kippt den Schmuck in Dianas Hand. »Ich bin dann oben. In dem Zimmer mit all den Totenmasken, nehme ich an.« An der Tür dreht sie sich noch mal um. »Bitte sag mir Bescheid, wenn Sebastian aufwacht.«

Wenig später beginnt der Kessel zu singen. Nicky hängt einen Teebeutel in eine Tasse und stellt sie auf den Boden neben Diana, die die Augen wieder geschlossen hat; dann setzt sie sich auf die Kücheninsel und lässt die Beine baumeln. Entdeckt dabei einen kleinen Riss in ihrem Ärmel, quer über dem Ellenbogen. Die ganze Party war ein einziger Nahkampf.

»Proprium humani ingenii est odisse quem laeseris.«

Nicky schluckt und hustet.

So an die Fensterscheibe gelehnt, mit geschlossenen Augen, offenem Haar und in einer toten Sprache redend, wirkt Diana wie ein Orakel. Der Alkohol macht ihre Worte schlüpfrig. »Ich hatte diesen Glasklumpen noch nie auf Sebastians Schreibtisch gesehen. Aber ich kann ihn übersetzen. ›Es ist der menschlichen Natur eigen, den zu hassen, den man verletzt hat.‹« Sie öffnet die Augen wieder und sieht ihre Teetasse. »Wir hassen die, die wir verletzen.«

»Ein bisschen deprimierend«, meint Nicky.

»Ein bisschen. Für Sie nur Milch? Ich nehme nicht an, dass es einen Krimi über Milch gibt?«

Nickys Kiefer zuckt. »O doch – *Vor der Tat.* Von Hitchcock adaptiert als *Verdacht.* Darin gibt es eine berühmte Szene, in der Cary Grant seiner Frau ein Glas mit vergifteter Milch nach oben bringt. Sie installierten ein Lämpchen in dem Milchglas, damit es gefährlicher wirkt.«

»Er versucht ... also, sie loszuwerden? Seine Frau?«

»Das Studio wollte nicht, dass Cary Grant einen Mörder spielt. Im Film ist alles nur ein Missverständnis. Doch im Buch bringt er sie um. Also, genau gesehen bringt sie sich selbst um – sie lässt sich von ihm vergiften.«

»Können Sie sich vorstellen, dass Sie sich umzubringen versuchen?«

Die Frage treibt unförmig, aber klar über die Kücheninsel wie eine wabernde Seifenblase. »Ich kann mir nicht vorstellen, dass ich sterben möchte«, antwortet Nicky langsam. »Aber ich glaube, ich kann mir vorstellen, dass ich nicht mehr leben möchte.«

Die Zeit hat sich verlangsamt, ist fast zum Stillstand gekommen. Nicky fühlt sich ... nicht gerade unwohl, aber doch auf der Hut. Sie fragt sich, ob sie sich zu ihrer Gastgeberin setzen sollte, ob ...

»Nachdem ich meinen Mann und meine Tochter verloren hatte, hatte ich schwer zu kämpfen.« Diana muss sich räuspern. »Unbeschreiblich schwer. Auch Sebastian hatte schwer zu kämpfen. Das hat er mir einmal erzählt – das Leben tat einfach weh.«

Kurz bleibt es still, und Nicky spürt, wie ihr Herz schmerzt.

»Dieser Schmetterling«, sagt Diana. »Sind Sie sicher, dass er schon da war, als Sie ins Zimmer kamen?«

»Nein«, erwidert Nicky nach kurzem Zögern. »Es erscheint logisch, aber nein, sicher bin ich nicht. Warum?«

»Weil andernfalls jeder ... Viele unserer Gäste wussten das mit dem Origami. Freddy natürlich auch. Aber ...«

Diana lallt ganz bezaubernd. Nicky springt ein: »Aber der Schmetterling an der Tür?«

Die Tasse wird mit einem spröden *klink* abgestellt und Diana schwingt langsam die Füße auf den Boden. »Auch da war Freddy hier.« Sie bedeckt ihr Gesicht mit beiden Händen. »Er hat ihn ins Haus gebracht.«

Nicky beugt sich vor. »Was wissen Sie über ihr Verschwinden?«

Diana lässt die Hände sinken, ihre Augen sind nass.

»Was wissen Sie über ihr Verschwinden?«, wiederholt Nicky.

»Ich weiß, dass wir Sie niemals hätten bitten sollen, diese Geschichte zu schreiben.« Die trockene Hand an der feuchten Nase. »Das ist nicht Ihre Schuld. Sebastian wollte es um jeden Preis. Aber inzwischen ist alles – vielleicht war schon immer alles zu ... merkwürdig.«

Sollte sie anbieten, ihre Koffer zu packen? Nicky ist unschlüssig. Nein: Das Detektivfieber brennt.

»Gehen Sie schlafen«, erklärt ihr Diana. »Ich trinke meinen Tee aus. Und dann nehme ich ein paar Tabletten und schlafe durch bis nächste Woche.«

Widerstrebend lässt sich Nicky von der Kücheninsel herab.

Jemand – vermutlich Simone – hat die Lichter in der Eingangshalle gelöscht; monochrom, trostlos und leer breitet sie sich vor Nicky aus, nichts als Schatten, die in den Ecken kauern. Sie kann beinahe den Nachhall des Jubels und Gelächters, des Gläserklirrens hören ...

... Sebastians Stimme über dem Trubel ...

Unter Madeleines Tür liegt ein Goldstreifen. Nicky beginnt ihren Aufstieg.

Auf dem Absatz, vor den in Öl gebannten Trapps, bleibt sie stehen. Die Trapps starren Nicky an, und sie starrt zurück: Sebastian im Anzug, Madeleine im Kleid, beide wie Geister schwebend. Hope ist nicht zu sehen. Von Cole nur ein weißblonder Schopf – und in seinen nicht sichtbaren Händen ein weißer Schmetterling:

Für Cole

Nicky sieht vor sich, wie die Tasten aufs Papier donnern und die Lettern tintenschwarz glänzend zurückbleiben, als Sebastian diese vier Tasten tippt: *Co …*

Sie spürt eine Bewegung im Erdgeschoss und dreht sich um. Selbst in der Dunkelheit leuchtet Dianas Kleid; Nicky sieht sie durch das Foyer wandern, sieht die Pumps an ihrer Hand baumeln.

Als die Standuhr Mitternacht zu schlagen beginnt, zuckt Nicky zusammen, doch Diana bleibt nur stehen und senkt den Blick auf ihre Hände. Als würde sie ihre Finger studieren.

Nach dem sechsten Schlag geht Nicky weiter. Bis sie auf ihrem Dachboden angekommen ist, ist in tiefer Schwärze ein neuer Tag angebrochen.

Und zum ersten Mal seit ihrer Ankunft in San Francisco schließt sie ihre Tür ab.

50.

Freddy, bist du das?

Madeleine sitzt nackt auf der Bettkante. Vier Stunden in diesem Kleid und sie möchte nie wieder etwas anziehen.

Sie wartet auf Magdalas Antwort.

Als keine kommt:

Freddy?

Freddy war an der Schreibmaschine. Der Schmetterling war *in* der Schreibmaschine. Freddy kannte Cole – vielleicht besser, als Madeleine dachte.

Aber nichts von alledem riecht auch nur entfernt nach seinem Bodyspray: weder die theatralischen Auftritte an der Haustür und in der Bibliothek noch das sinistre Origami … übrigens genauso wenig die Rate-mal-Nachrichten.

Trotzdem hat er den Schreibtisch durchwühlt. Er hat sich mit Nicky angelegt (und dabei Prügel bezogen, worüber Madeleine nicht unglücklich ist). Er hat dreihundert Champagnergläser vernichtet und die Flucht ergriffen. Sie sucht in ihrem Handy die Nummer ihres Cousins heraus.

Schreibst du mir unter einer anderen Nummer?

Sind diese Schmetterlinge von dir?

Freddy?

Sie starrt auf ihr Handy, bis es verschwimmt. Gleich darauf hört sie die Uhr im Foyer langsam Mitternacht abzählen.

Sie wartet und starrt.

Dienstag, 23. Juni

Gleich wird man sie finden.

Im marmorierenden Wasser treibend, die Finger weit gespreizt, das Haar ausgebreitet wie ein japanischer Fächer. Koi gleiten darunter weg, schieben sich hindurch; streichen an ihrem Körper entlang.

Die Filteranlage brummt. Der Teich simmert, schimmert. Sie schaudert leicht an der Wasseroberfläche.

Am frühen Morgen wälzten sich noch dicke Nebelschwaden über den Boden – typischer San-Francisco-Nebel, samtdicht und kühl –, aber inzwischen verbrennen die letzten Schleier in der Wärme, und der Garten der Villa badet im Sonnenschein: die Pflastersteine, die Sonnenuhr, ein stummer Chor von Narzissen. Und natürlich der Teich, dieser perfekt gezogene Kreis nahe der Hauswand mit den glänzenden Fischen und den sterngleichen Seerosen.

Gleich wird ein Schrei die Luft zerreißen.

Bis dahin ist alles still, alles reglos, bis auf das leichte Kräuseln an der Wasseroberfläche, die langsamen Bewegungen der Koi, das Schaudern ihres Körpers.

Auf der anderen Seite des Innenhofs öffnet sich eine Terrassentür und Sonnenstrahlen prallen vom Glas ab. Ein Atemholen. Dann der Schrei.

Man hat sie gefunden.

51.

Der Schrei reißt Nicky aus dem Bett.

Sie schießt zur Tür, rennt zwei Stockwerke nach unten, schneidet dabei die Ecken, die Stufen materialisieren sich zu ihren Füßen …

… oben an der breiten Treppe bleibt sie stehen und fragt sich, ob sie überhaupt etwas gehört hat.

Sie geht in die Küche, die Morgenkaffee-friedlich im frühen Sonnenschein liegt.

Der zweite Schrei könnte Glas bersten lassen. Nicky jagt in den Salon, wo die Terrassentüren gähnend weit offenstehen.

Sie spürt die kalten Pflastersteine unter ihren Füßen. Blumenbeete. Buchsbäume. Sonnenuhr. Ein Gespenst.

Sie blinzelt.

Das Gespenst steht am Rand des Koiteichs, in einem weißen Kapuzenmantel, der es vom Kopf bis zu den Füßen verhüllt. Der rechte Arm deutet, bis zu den Fingerspitzen im Ärmel verborgen, aufs Wasser. Nicky eilt an den Teich und das Gespenst wendet sich ihr zu.

»Was machen wir nur?«, fragt Simone.

Im Wasser treibt eine Frau, mit dem Gesicht nach unten, das Haar aufgefächert, mit nacktem Rücken und nackten Armen.

Nicky springt in den Teich und sinkt einen Meter ein; orange Fische wirbeln wie Funken um sie herum. Kälte umklammert ihre Beine, ihre Taille. Seerosenblätter zur Seite schlagend, watet sie zu dem sanft schaukelnden Körper, hakt eine Hand unter eine nackte Schulter und dreht die Frau auf den Rücken.

Ihre grauen Augen sind ohne Leben, die Lippen blau; die Wunde an der Schläfe ist tief. Aber sie ist immer noch die schönste Frau, der Nicky je begegnet ist.

»Was *machen* wir nur?«

Eine Hand in Dianas Nacken und umkreist von bunten Fischen, bleibt Nicky reglos stehen, bis das Wasser zur Ruhe kommt. Sollte sie diese Augen schließen? Den dünnen Träger des Kleides hochziehen?

Dann explodiert der Teich, sie wird zurückgeschleudert, strauchelt gegen die Randmauer und taucht bis zu den Schultern ein. Sie wischt sich schnaufend die Augen. Wie ein Seeungeheuer erhebt sich Sebastian aus den Fluten, seine Frau in den Armen. Ihr Kleid ist dunkel. Ihre züchtig an den Knöcheln gekreuzten Beine sind weiß.

Er sieht mit wildem Blick auf Diana, wiegt ihren Kopf in der Ellenbeuge. Ein Finger betastet ihre Wunde. Er zuckt zurück.

Nicky beobachtet ihn über die Wellen hinweg. Er hebt den Kopf und sieht sie so trostlos an, dass sie seinen Blick kaum erwidern kann. Dann senkt er das Gesicht langsam auf diese klare Schläfe und küsst seine Frau auf die Stirn.

Winzige Klauen scharren über Nickys Schädel, dann purzelt Watson in den Teich und versinkt. Nicky holt sie an die Oberfläche zurück, drückt sie an ihre Brust. Die Hündin stimmt ein lautes Jaulen an – kein scharfes Angst- oder Schreckgebell, sondern ein lang gezogenes, tiefes Heulen wie von einem trauernden Wolf.

»Ist Watson hier draußen?«

Nicky dreht den Kopf und sieht Madeleine, das Handy in der Hand, in Sweatshirt und kurzer Sporthose an der Terrassentür stehen.

Sie runzelt die Stirn. »Was zur Hölle macht ihr alle im Teich?«

52.

»Wir müssen aufhören, uns so zu treffen!«

Detective B.B. Springer überblickt, im schimmernden Schlangenhautblazer, von der Tür her den versammelten Haushalt. »Viele vertraute Gesichter. Ihres eingeschlossen.« Sie strahlt Nicky an. »Sie erinnern sich? Letztes Mal war mein Helm noch blau.« Wobei sie an ihre glatte Haube aus kaugummirosa Haaren tippt.

Nicky erinnert sich.

Die vertrauten Gesichter sind um den Tisch im Esszimmer versammelt. Sebastian am Kopfende gleich bei der Tür, immer noch im klatschnassen Pyjama, ein Handtuch über den Schultern und einen Brandyschwenker in Reichweite. Nicky beobachtet ihn vom anderen Ende aus; er sieht aus wie eine kollabierte Vogelscheuche: über seine Knie gebeugt, mit scheinbar an den Gelenken ausgekugelten Gliedmaßen. In der einen Stunde, seit Nicky den Rettungswagen gerufen hat, hat Simone fünfmal alle fünf Stadien der Trauer durchlaufen; Madeleine ein halbes Dutzend Zigaretten geraucht; und Nicky nach einem ungestümen Tränenausbruch in ihrem Bad trockene Sachen angezogen, bevor sie sich wieder nach unten begeben und den Sanitätern zugesehen hat, die rund um den Leichnam standen.

Bis B.B. Springer hereinschneite. »Wir warten nur noch auf meinen Partner«, erklärt sie fröhlich.

Madeleine klemmt sich die nächste Zigarette zwischen die Zähne und zündet sie an. Pustet den Rauch von Watson weg, die in ihrem Schoß zusammengesackt ist und von Teichwasser glänzt.

»Kannst du mir bitte auch eine geben?«, fragt Simone.

Madeleine zögert kurz, dann lässt sie Päckchen und Feuerzeug über den Tisch schlittern. Interessiert beobachtet sie ihre paffende Tante, fast wie eine Wissenschaftlerin, die bei einem bereits erforschten Tier ein unerklärliches Verhalten feststellt.

Simone atmet Rauch aus. »Limettengrün.«

B.B. blinzelt. »Pardon?«

»Ihr Haar. Vor zwanzig Jahren. Limettengrün.«

»Oh, ich bin seither schon ein Dutzend Mal ergrünt. Die Chefetage lässt mir das durchgehen, weil ich so verflucht wichtig … *¡Hola, amigo!«* Dies zu dem blassen jungen Mann im Maßanzug und mit straff sitzender Krawatte, der stumm ins Esszimmer getreten ist. Sein Haar ist so blond, dass es in Flammen aufgehen könnte, würde er versehentlich in die Sonne treten, denkt Nicky, und seine Koteletten sind genauso scharf geschnitten wie sein Anzug. Das ist ein ernsthafter Detektiv.

»Mein Partner, Timbo Martinez«, stellt B.B. ihn vor. »Unser Wunderknabe. Schlauer als Sie und ich und der Hund zusammengenommen, also versuchen Sie nicht, ihn zu belügen. Und falls doch, dann nehmen Sie sich in Acht. Richtig, Tim?« Sie grinst den Wunderknaben an, der jetzt neben dem Eingang steht wie ein Portier und prüfend den Raum inspiziert. Sein Blick bleibt kurz auf Sebastian liegen.

»Die Hälfte meiner Zeit versuche ich ihn zum Lachen zu bringen«, sagt B.B. »Ich hoffe immer noch.«

»Sie sehen gar nicht spanischstämmig aus«, bemerkt Simone.

»Ich wurde adoptiert«, antwortet Timbo Martinez höflich. Seine Stimme ist flach und neutral, fast roboterhaft.

»Meine Haare, seine Kindheit – wir sind alle irgendwie Gefangene.« B.B. platziert ihr Hinterteil auf dem breiten Fenstersims hinter Madeleine. »Leute, mir gefällt dieses Treffen nicht«, sagt sie und lässt ihre Schlangenschuppen schimmern. »Dieses Haus hat eine Geschichte. *Wir* haben eine Geschichte. Aber wir sollten die Gegenwart nicht mit der Vergangenheit vermengen. Solange das nicht notwendig wird.«

Sebastian bedeckt, in seinem Stuhl hängend, mit einer Hand sein Gesicht.

»Mein Beileid zu Ihrem Verlust«, fährt die Detective fort. »Wann ging Mrs. Trapp gestern Abend zu Bett?«

»*Jetzt schon* Fragen?«, platzt es aus Simone heraus. »Während wir noch *unter Schock* stehen?«

»Entspannen Sie sich, Mrs. Trapp, Sie werden nichts spüren. Wann also …«

»Um Mitternacht.«

Alle Blicke richten sich auf Nicky. Plötzlich fühlt sie sich wie im Scheinwerferlicht. »Die Uhr schlug zwölf, als sie aus der Küche ging«, erklärt sie heiser. »Ich war da gerade auf dem Weg in mein Zimmer.«

B.B. klopft gegen die rautenförmigen Scheiben in ihrem Rücken. »Laut meiner Freundin da draußen …«, Nicky erhebt sich kurz; neben dem Teich hockt eine Frau mit Dreadlocks, deren Jacke sie als CORONER ausweist, »… trat der Tod vor circa neun Stunden ein. Also gegen Mitternacht.«

Nicky setzt sich wieder. »Ich lese viele Krimis, und in den meisten wird behauptet, dass ein Todeszeitpunkt nicht so leicht festzustellen sei.«

»Heutzutage können wir ihn auf einen Zeitraum von fünfundvierzig Minuten eingrenzen. Ohne Obduktion.«

»Allerdings lag die Leiche im Wasser …«, murmelt Timbo.

»War es – *Selbstmord?«* Simone kann das Wort kaum flüstern.

B.B. knackt mit einem Knöchel. »Gäbe es einen Grund dafür?«

»Ihr Schlafzimmerfenster steht offen. Das ist mir vom Garten aus aufgefallen, bevor ich sie entdeckt habe.«

B.B. seufzt und hüpft vom Fenstersims. »In diesem Fall stellen sich mehrere Probleme. Erstens ist ein Sturz über drei Stockwerke nicht notwendigerweise tödlich. Es sei denn – Problem zwei – die Lady hätte einen Kopfsprung gemacht. Dann wäre sie entweder bäuchlings auf dem Wasser aufgekommen – und hätte sich eventuell das Genick gebrochen oder aber wäre nasser, doch klüger aus dem Wasser geklettert – oder sie wäre auf den Steinen gelandet, wobei – ich will nicht unappetitlich sein – ihr Kopf aufgeplatzt wäre wie eine Grapefruit. Wie hoch stehen die Chancen, dass sie genau am Teichrand landet und dann elegant ins Wasser gleitet?«

Simone zieht an ihrer Zigarette. »Aber möglich wäre es?«

»Könnte sein, dass uns jemand das glauben lassen will.«

Timbo hätte sich fast mit erhobener Hand zu Wort gemeldet. »Wirkte Mrs. Trapp in letzter Zeit irgendwie deprimiert?«

»Ich werde bald sterben.« Sebastians Stimme dringt zwischen seinen Fingern durch wie Wind durch einen Türspalt. »Das deprimiert uns beide.«

»Und gestern Abend? Ist Ihnen da etwas aufgefallen?«

Nach einer Sekunde begreift Nicky, dass sie mit *Ihnen* gemeint ist. »Sie kam mir ein bisschen nervös vor.« Darauf hat Agatha Christie sie nicht vorbereitet: echte Fragen von echten Polizeibeamten zu beantworten. »Sie wollte reden …«

Plötzlich erkennt sie Timbo Martinez wieder: Gestern Abend begleitete er Lionel Lightfoot und wurde in Ausübung seiner Pflicht begossen. Äußerst interessanter *junger Bursche. In gewisser Weise ein* Kollege.

»Ms. Hunter?« B.B.s Stimme rüttelt an ihrer Schulter.

»Ja?«

»Worüber wollte Mrs. Trapp reden?«

Nicky sieht Sebastian an.

»Ich frage Sie, Ms. Hunter, nicht Mr. Trapp.«

»Über die Vergangenheit«, antwortet Nicky.

B.B. dreht sich zu ihrem Partner zu, redet leise mit ihm. Er lauscht und nickt.

»Natürlich war es kein Selbstmord«, schnaubt Madeleine.

»Warum?« B.B. wandert zu Sebastians Stuhl, bleibt hinter ihm stehen.

»Weil es ganz offensichtlich ein Unfall war. Ein nächtlicher beschwipster Spaziergang. Ein Ausrutscher am Fischweiher.«

»Unternahm Mrs. Trapp regelmäßig nächtliche Spaziergänge?«, fragt Timbo.

Einmal Rauch einziehen, einmal ausstoßen. »Ich werde auch nicht regelmäßig zu Hause von der Polizei befragt, aber heute sehr wohl, oder etwa nicht?«

»Nicht zum ersten Mal«, strahlt B.B. »Timbo hier hatte einen Logenplatz bei der Show gestern Abend. Klingt nach einer echten – wie würden eure Leute so was nennen, Tim?«

»Fiesta«, antwortet er staubtrocken.

»*Sì.* Aber plötzlich war die Fiesta vorbei …?«

»Nur – ein Missverständnis.« Asche bröckelt von Simones Zigarette. »Mein Sohn. Dieser *Aufruhr …«*

Nicky schließt die Augen. So viele Jahre liest sie schon Mordgeschichten, aber noch hat sie nie einen Leichnam gesehen – geschweige denn angerührt. Zahllose Nächte schwebte sie wie ein dunkler Engel über Bücherseiten, verfolgte heimlich Autopsien und tastete in dunklen Seitengassen nach Pulsschlägen, schloss die geschminkten Lider erdrosselter Tänzerinnen … Der Tod war jedes Mal ein Rätsel. Der Tod war eine Herausforderung. Der Tod versprach Spannung.

Aber jetzt, wo sie dem Tod tatsächlich begegnet ist, wo sie ihn im Arm gehalten hat, findet sie ihn nur traurig – und befremdlich.

»… auf den Schwingen«, sagt Simone gerade. »Getippt. In fetten Buchstaben.«

»Cole Trapp faltete damals Origamischmetterlinge«, informiert B.B. ihren Partner.

Er runzelt die Stirn. »›*Sag ihnen, was du ihr angetan hast* – in Bezug auf Mrs. Trapp? Der ersten Mrs. Trapp?«

Madeleine wischt über Watsons Augen. »Das müssen Sie Freddy fragen.«

»Sie glauben, Freddy hat das geschrieben?«, fragt B.B.

»Natürlich«, sagt Madeleine.

»Natürlich nicht«, sagt Simone.

B.B. legt den Kopf schief. »Hat jemand den Schmetterling aufbewahrt?«

Madeleine seufzt. »Ich schätze, er liegt noch oben in der Bibliothek. Ich kann ihn holen …«

»Noch nicht. Und nicht Sie. Wer von Ihnen hat die Nacht hier verbracht?«

Die Frauen sehen einander an. »Alle an diesem Tisch«, antwortet Nicky.

»Und Diana.« Sebastians Stimme ist immer noch zu Schotter geklumpt. Seine Hand gibt sein Gesicht frei; langsam richtet er sich auf. Zum ersten Mal, seit B.B. ins Zimmer getreten ist, sieht er sie an.

»Hallo, Sir«, sagt sie sanft. Als würde sie ein Baby nach dem Mittagsschlaf begrüßen, denkt Nicky. Oder ein gefährliches Tier hinter Gittern.

Sebastian und die Polizeibeamtin sehen einander an. *Wir müssen aufhören, uns so zu treffen.*

»Gab es Probleme in Ihrer Ehe, Mister Trapp?«, fragt B.B. »Ihrer jüngsten Ehe, meine ich?«

Sebastian leert seinen Schwenker in einem Schluck. »Sie glauben, es war Mord«, stellt er fest.

Das Wort schwebt in der Luft wie Rauch.

»Sie glauben nicht, dass sie gesprungen ist?«, fragt Simone.

»Sie glauben nicht, dass sie ausgerutscht ist?«, fragt Madeleine.

»Sie glauben, es war Mord«, wiederholt Sebastian.

B.B. zuckt mit den Achseln. »Ich glaube jedenfalls, dass es nicht so einfach ist, mit Ihnen verheiratet zu bleiben.«

»Sie verdächtigen mich also.«

»Ich verdächtige alle Anwesenden.«

Nicky beobachtet sich selbst aus der Ferne, wie eine Filmfigur. *Ich bin eine Verdächtige in einem möglichen Mordfall.*

»Falls es ein Mord war«, ergänzt B.B.

»Hat jemand außer den Anwesenden einen Hausschlüssel?«, will Timbo wissen.

»Adelina«, antwortet Simone. »Die Haushälterin. Sie …«

»Freddy.« Der Brandy hat Sebastians Stimme geölt.

»Schon wieder Freddy!«, singt B.B. »Das Stadtgespräch. Ich würde mich zu gern mit Freddy unterhalten. Und zu gern dieses berühmte Papierinsekt sehen. Würdest du dein Schmetterlingsnetz zücken, Timbo? Ms. Hunter, bitte zeigen Sie ihm den Weg …«

Als Nicky aufsteht, sehen Madeleine und Simone sie an wie Häftlinge, deren Mitgefangene auf Bewährung entlassen wird.

»Watson …«, ruft Madeleine. Nicky dreht sich um und sieht, dass die Hündin dem Schoß ihrer Herrin entflohen ist und ihr schaukelnd wie ein Wasserballon zur Tür folgt. Sebastian sieht den Hund und dann sie an, die Augen von schwarzen Untiefen umringt – und dann verlässt Nicky den Raum. Timbo lässt Watson galant den watschelnden Vortritt.

»Oh!«, ruft Simone, als sie in die Eingangshalle treten. »Jonathan – der Freund meines Sohnes – hat Nicky gestern

Abend einen Schlüssel gegeben. Es *sah aus* wie ein Schlüssel. Fragen Sie …« Ihre Stimme verliert sich hinter der Biegung der Treppe.

Nicky wartet auf Timbos Frage. Aber er steigt wortlos und leise summend hinter ihr die Stufen hinauf.

53.

Im ersten Stock gibt der Hund auf und plumpst zu Boden. Timbo hört zu summen auf. Betrachtet nachdenklich das Porträt.

»Hm«, brummt er.

Sonnenstrahlen stechen mit gespenstisch weißen Speeren auf den Teppichboden im Flur ein und heizen Nickys nackte Füße auf. Vor sechs Tagen ging sie eben diesen Flur entlang, hinter Diana her, deren Hüften sittsam in ihrem taubenblauen Kleid schwangen; vor sechs Tagen blickte sie aus eben diesen Fenstern in eben diesen Garten. Und nun …

»Glauben Sie wirklich, dass es Mord war?« Das Wort fühlt sich fremd an auf ihrer Zunge an, so als hätte sie es immer nur gelesen, aber nie ausgesprochen.

»Ich muss Sie nach diesem Schlüssel fragen«, erklärt Timbo beinahe bedauernd.

Doch im selben Moment richtet sich ihr Blick auf die Szene unter dem Fenster, wo die Rechtsmedizinerin neben dem auf den Pflastersteinen ausgelegten Leichnam kniet. Dianas Haut ist blass, ihr Kleid wie dunkles Blut.

»Jonathan Sowieso?«

Nicky geht weiter zur Bibliothekstür, zu dem an seinem Eisenreifen knabbernden Totenschädelanklopfer, und sieht, als sie sich umdreht, den Detective in respektvollem Abstand warten, die Hände über dem Gürtel gefaltet. »Jonathan Grant«, sagt sie. »Ich kenne ihn kaum.«

»Bekommen Sie oft Schlüssel von Männern zugesteckt, die Sie kaum kennen?«

»Es war mein Schlüssel.« Sie drückt die Tür auf, tritt ein. Heute trumpft die Bucht mit winzigen weißgekrönten Wellen auf, die wie Metallspäne gleißen, und dahinter zieht sich die Brücke zur Landspitze im Norden; dennoch packt der – grottentiefe, immer hungrige – Raum das helle Licht mit scharfen Zähnen und verschlingt es.

»Mann.« Timbo bestaunt die Flügelfenster. *»Mann«,* wiederholt er, als er sich umdreht und die vielen Lagen düsterer schwarzer Regalbretter, das Kamingitter und die Leiter, die Bücher mit ihren goldbestaubten Rücken bestaunt. Als er in die Hocke geht, um die Edmund Crispins zu inspizieren, und sich dabei dieser perfekte Anzug zu einem kantigen S faltet, fällt Sonnenlicht auf sein Gesicht und Nicky erkennt ein schwaches Tüpfelmuster von Narben. Sie malt sich aus, wie der pubertierende Detective Martinez seine Haut im Spiegel betrachtet, verzweifelt, unglücklich oder zumindest ein bisschen traurig, und fragt sich, ob seine Umwelt wohl nett zu ihm war. Und obwohl er ein Detective ist und sie eine Verdächtige (was wird *Tante Julia* dazu sagen?), empfindet sie kurz Mitgefühl.

Er richtet sich wieder auf. Während er sie ansieht, zuckt sein Blick nach links und rechts, als würde er ein Tennismatch verfolgen. Als wollte er so viele Informationen aufnehmen wie nur möglich.

»Woher kennen Sie Lionel Lightfoot?«, fragt sie.

»Er hat den Commissioner um Hilfe bei seinem neuen Roman gebeten. Der Commissioner hat mich vorgeschlagen. Es geht um einen Polizeiroman.« Timbos Finger klettern den gerippten, ledergebundenen Rücken eines Buches hinauf:

Israel Zangwill, *Das große Geheimnis der Bow Street.* »Ist das da drüben die Schreibmaschine? Ja: Ich berate Mister Lightfoot in Fragen der Polizeiarbeit. Verhörmethoden. Waffen.« Hinter dem Schreibtisch gähnt der Kamin mit flammendem Maul. »Wer hat hier Feuer gemacht?«

»Das ist Gas. Es brennt immer. Wie die olympische Flamme.«

»Jedenfalls hat mich Mister Lightfoot gestern Abend eingeladen, ihn zu begleiten. Ich wollte Mister Trapp kennenlernen. Ich mag seine Bücher.«

»Und haben Sie ihn kennengelernt?«

»Erst heute Morgen.« Der Detective umkreist den Schreibtisch, tastet mit seinem Blick die Schreibunterlage mit ihren Artefakten ab – den Dolch, die Schlinge, die Giftflasche. Die Pistole.

Und Nicky bekommt zu sehen, wovon B.B. Springer immer nur geträumt hat: ein Lächeln – klein, aber aufrichtig.

Es löst sich in Luft auf, sobald er sie ansieht. »Das ist Simon St. Johns Revolver«, erklärt er ihr.

»Ja. Glauben Sie, es war Mord?«

Timbo beugt sich über die Schreibmaschine und zappelt währenddessen die linke Hand in einen Latexhandschuh, der nur geringfügig weißer ist als seine Haut. Der Schmetterling ist die Stufen der Tastatur hinuntergerutscht. Timbo hebt ihn an einem Flügel an und vor sein Gesicht. Nicky fragt sich, ob er kurzsichtig ist.

»Ich bin erst vor sechs Monaten hierhergekommen«, sagt er, wobei er einen Beweismittelbeutel aufschlägt und den Schmetterling vorsichtig hineintut, »und B.B. war knapp zwei Jahre in ihrem Job, als sie dieses Haus aufsuchte. Zum ersten Mal, meine ich.« Als er den Handschuh abzieht, fällt der Beutel auf den Boden. Er geht auf die Knie, um ihn aufzuheben. »Als wäre es ein trauriges Ritual …«

Er schiebt eine Hand hinter die Schreibtischecke. Nicky sieht, wie sich sein Rücken versteift, und fragt sich perplex, ob da womöglich noch ein Schmetterling liegt.

Timbo steht auf. In der einen Hand hält er den Beweismittelbeutel, in der anderen …

»Eine Maske«, stellt er überflüssigerweise klar.

Die samtene Zorromaske. Nicky nickt. »Das ist meine. Die habe ich verloren – beim Zweikampf.«

Seine Augen zucken hin und her. »Klingt fast nach einem Gladiatorenduell.«

»Sie sollten den anderen Typen sehen.«

»Darauf hoffe ich. Mann – das ist *die* Webley.« Kopfschüttelnd. »Eigentlich mag ich keine Waffen«, ergänzt er.

»Sie sind Polizist.«

»Nicht, weil ich Waffen mag.«

Er zieht seinen Kragen gerade, der locker um seinen dünnen Hals liegt, und marschiert dann forsch zur Tür. Der Schmetterling schwebt in der Plastiktüte neben ihm her.

Nicky schließt sich selbst in die Arme. *Sie glauben tatsächlich, dass Diana ermordet wurde.*

Und es gibt nur einen Menschen im Haus, dessen Ehefrauen schon früher vom Unglück verfolgt waren.

54.

»An das Wandgemälde kann ich mich gar nicht erinnern«, sinniert B.B., während sie sich langsam zwischen den Puzzletischen durchschiebt. Sie bleibt kurz bei dem Trickpuzzle mit der Katze und dem Kanarienvogel stehen und lässt sich dann auf einen Stuhl fallen. »Eigentümliche Dinger, Räume. Sie verraten eine Menge über die Menschen, die darin leben. Hey – diese Prostituierte sieht aus wie Sie.«

Madeleine sitzt neben *Madame X.* Und wünscht sich, ihre Hündin würde ihr schnaufend zu Füßen liegen.

»Ich bin Ihrer Stiefmutter nur ein einziges Mal begegnet, damals im Vernehmungsraum. Ein stiller Mensch. Ich mochte sie.«

»Ich mochte sie auch.« Merkwürdig, in der Vergangenheitsform über Diana zu sprechen.

»Irgendjemand aber offenbar nicht.« B.B. verschiebt mit der Fingerspitze ein Puzzleteilchen. »Mein Partner mochte Diana – im Trapp-Fall. Er war überzeugt, die beiden seien tot, er glaubte, Diana und Ihr Dad hätten dafür gesorgt.« B.B. sieht Madeleine kurz an. »Immerhin wurden sie später ein Paar.«

»Fünfzehn Jahre später.«

»Ich hätte auf Isaac gewettet. Sie erinnern sich an meinen Ehemann?«

»Vage.«

»Deswegen ist er mir aufgefallen. Und wegen seines Bartes.« B.B. bemerkt, dass Madeleine errötet, und lächelt. »Tja. Wir haben das damals nicht aufklären können und werden es auch heute nicht tun.« Sie klickt ein paar Schnurrhaare in die Wange der Katze ein.

Aber genau das hofft sie, erkennt Madeleine. Sie hofft inständig, alles aufklären zu können.

»Außerdem haben wir jetzt einen *neuen* Mordfall! Vielleicht sogar eine *Fortsetzung.* Wie ist Ihre Stiefmutter wohl im Goldfischteich gelandet?«

»Koiteich«, korrigiert Madeleine automatisch. »Wieso fragen Sie mich das?«

»Vielleicht wissen Sie etwas, das ich nicht weiß?«

»Ich weiß weniger, als Sie sich vorstellen können.«

B.B. lehnt sich zurück. »Merkwürdige Begebenheiten im Hause Trapp, nicht wahr? Man könnte fast meinen, hier würde irgendwas in der Luft liegen. Ms. Hunter hat gesagt, Ihre Stiefmutter sei gestern Abend ›nervös‹ gewesen. Irgendeine Vorstellung, warum?«

»Ich nehme an, dass jeder nervös ist, der eine Party für dreihundert Fremde geben soll. Vor allem, wenn es die letzte Party deines Ehemannes ist. Probieren Sie's aus und geben Sie mir hinterher Bescheid.«

»Und Ihr Cousin. Guter Sohn. Guter Junge. Und doch wühlt er gestern Abend in einer Freakmaske in der Bibliothek herum – niemand weiß, warum – und dann *kawumm*: Fight Club.«

»Klingt korrekt.«

»Und dieser Origamischmetterling? ›Sag ihnen, was du getan hast‹, richtig?«

»›Was du ihr angetan hast.‹«

»*Ihr angetan.* Glauben Sie, Ihr Dad weiß, was aus Ihrer Mom wurde?«

»Nein. Glauben *Sie,* mein Dad weiß, was aus meiner Mom wurde?«

B.B. hebt die Hände. »Ich sage nur eins: Wenn irgendjemand Mister Trapp auf diese Weise bedroht, klingt das für mich, als wüsste der- oder diejenige *irgendetwas.* Tippen Sie dabei auf Freddy?«

»Freddy weiß nicht mal, welcher Wochentag gerade ist.« Eis in Madeleines Stimme, Schweiß in ihren Handflächen. Er mag die Dahingeschiedene geküsst haben, er mag die Party gekillt haben – aber Freddy ist kein *Mörder.*

»Jetzt bin ich aber verwirrt.« Die Detective betrachtet stirnrunzelnd die Katze, schiebt eine Tatze an ihren Platz. »Im Esszimmer haben Sie noch behauptet, jawohl, er hätte diese Nachricht geschrieben. Und jetzt sagen sie Nein, er ist zu – verzeihen Sie meine offenen Worte – blöd dazu.«

Madeleine starrt sie an. Sie wird ihren Cousin nicht

belasten. Aber sie ist ziemlich sicher, dass Dianas Tod kein Unfall war. Gleichzeitig ist sie auch überzeugt, dass es kein Suizid war. Und das bedeutet …

»Wer hat diese Nachricht geschrieben, Miss Trapp?«

»Das weiß ich nicht.« Nur dass sie es sehr wohl weiß, oder?

Eine uniformierte Rothaarige tritt mit einem Plastikumschlag in der Hand ein. »Aus dem Schlafzimmer, lag neben dem Schreibtisch auf dem Boden«, murmelt sie.

»Immer her damit, immer her damit«, gurrt B.B. und betrachtet mit zusammengekniffenen Augen das Papier darin. Das Lächeln fällt ihr aus dem Gesicht wie ein falscher Schnauzbart.

Nach einem Moment schiebt sie Madeleine den Umschlag hin.

Es ist ein schreckliches Klischee, aber ich kann so nicht weiterleben.

Ich ertrinke in meiner Schuld.

»Ist das ihre Handschrift?«

Die Handschrift ist weich und schüchtern.

»Miss Trapp, ist das …?«

»Ja.« Madeleine schwillt die Kehle zu. Diana hat das geschrieben. Und dann ist sie gestorben.

Diana, die ihr im Garten noch erklärt hat: *Irgendwann später will ich mit dir über deinen Vater sprechen.*

B.B. kneift die Augen zusammen, als würde sie an einem Rätsel knobeln.

»Was genau untersuchen Sie hier eigentlich, Detective?«, fragt Madeleine.

»Einen Mordfall«, sagt B.B., den Abschiedsbrief in ihrer Hand.

55.

Der blasse Polizist – Madeleine hat seinen Namen vergessen – tritt forsch und blond ein, in einigem Abstand gefolgt von Nicky. Er nickt Madeleine zu (halb rechnet sie mit einem »Madam«) und lässt einen Beweismittelbeutel vor seiner Partnerin baumeln. Darin gefangen der rote Schmetterling.

B.B. liest stumm die Worte auf den Flügeln ab. »Wer hat ihn berührt?«

Madeleine: »Mein Vater. Und Diana.«

»Ich wohl auch«, fügt Nicky hinzu. »Und Jonathan. Vermutlich auch Freddy.«

»Haben Sie den Schmetterling tatsächlich in Freddys Hand gesehen?«, fragt Timbo.

Eine Pause. »Nein.«

»Hat eine der Damen in letzter Zeit von Cole Trapp gehört?«, fragt B.B.

Nicky sieht sie an, als würde sie den Witz nicht begreifen. »Nein«, antwortet sie langsam.

»Nein.« Madeleine schüttelt den Kopf. »Seit zwanzig Jahren nicht mehr.« *Kling nicht so verzweifelt.* »Was könnte mein Bruder mit Diana zu tun haben?« Schon besser.

Aber der Gedanke setzt sich in einem Winkel ihres Verstandes fest wie ein Fremder, dessen Blick man besser ausweicht. Könnte Cole einen Grund haben …

»Es gab noch einen Schmetterling«, erklärt Nicky aus heiterem Himmel und Madeleine hätte sie am liebsten einen Kopf kürzer gemacht.

B.B. runzelt die Stirn. »Noch einen Schmetterling?«

»In einer Schachtel vor der Haustür. Diana hat mir davon erzählt. Ein roter Schmetterling mit einer Aufschrift auf den Flügeln. *CHERCHEZ LA FEMME.*«

»Was soll Cher gesagt haben?«

In höchstens drei Sätzen wird B.B. die Verbindung von der Schachtel zu Madeleine gezogen haben. »Das heißt ›sucht die Frau‹«, erklärt sie. »Cole gefiel der Klang des Satzes. Das war am Freitag. Freddy fand die Schachtel und gab sie mir und ich gab sie Dad.«

»Und er hat Mrs. Trapp davon erzählt, die wiederum Ihrem Gast hier davon erzählt hat?«

»Wir sind ein mitteilungsfreudiger Haushalt.« So mitteilungsfreudig auch wieder nicht: Nicht Sebastian, sondern *Freddy* hatte Diana von der Schachtel erzählt – direkt bevor er sie *ge*küsst hat, dieser Esel; noch ein Geheimnis, das sie hüten muss. »Aber die Schachtel hätte jeder an der Tür ablegen können. Und jeder hätte *diesen* Schmetterling in die Schreibmaschine stecken können. Gestern Abend waren mehrere Hundert Menschen im Haus.« Wenn die Detectives Cluedo spielen wollen, wird Madeleine es ihnen nicht allzu einfach machen. »Außerdem«, ergänzt sie, »hat Diana eine schriftliche Erklärung hinterlassen.«

Ihre Stimme klingt gequetscht. *Ich kann nicht weiterleben.*

Sie bemerkt, wie Nicky stirnrunzelnd auf das Papier in B.B.s Hand schaut. Die Polizeibeamtin bläht ihrerseits die Nüstern wie ein Pferd am Pflock. »Hat eine von Ihnen zufällig in letzter Zeit einen Mann Mitte dreißig kennengelernt, mit blauen Augen, eventuell blond, der ein ungewöhnliches Interesse an der Trapp-Familie zeigte?«

Los geht's. »Ich würde meinen Bruder garantiert erkennen«, lügt Madeleine.

»Ihre Tante erwähnte einen gewissen Jonathan?«

Timbo räuspert sich. »Er hatte einen Schlüssel.«

»Er *bräuchte* keinen Schlüssel«, seufzt Madeleine. »Gestern Abend waren mehrere Hundert Menschen hier. Jeder von ihnen hätte sich irgendwo verkriechen und in einem leer stehenden Gästezimmer die Zeit totschlagen können, ehe …« *Wortwahl, Madeleine!* »Ganz im Ernst, es wurde überhaupt niemand totgeschlagen! Sie haben doch diesen *Brief* gefunden …«

»Wie alt ist unser Freund Jonathan?«, fragt B.B.

Nicky zuckt mit den Achseln. »Ende dreißig, würde ich tippen.«

Madeleine erinnert sich an sein lockeres Geplauder gestern Abend, an die breiten Schultern, den Akzent. Sicher nicht, hatte sie geschlossen.

Dann fallen ihr die Nachrichten ein, die durch ihr Handy rasselten, kaum dass er sich von ihr entfernt hatte.

Schau nicht so nervös.

Und halte nicht nach mir Ausschau.

»Ende dreißig, würden Sie tippen«, wiederholt B.B. »Besonderes Interesse an Sebastian Trapp?«

Nicky schiebt den Unterkiefer hin und her. »Er hat ein paar Fragen gestellt. Aber eher aus Höflichkeit, denke ich. Wir haben uns zusammen einen Simon-St.-John-Film angesehen.«

»Seine Idee?«

Noch ein Achselzucken. »Ja.«

»Wir brauchen seine Adresse.«

Schweiß simmert auf Madeleines Stirn. Cole taucht wieder in der Welt der Lebenden auf, Diana verschwindet daraus – wie wahrscheinlich ist so ein Zufall?

Vielleicht ist der Zeitpunkt schon verpasst. Vielleicht ist es noch nicht zu spät. Sie schmeckt den Worten nach: *Mein Bruder hat mir Nachrichten geschickt.*

Aber will sie nicht wissen, was er über ihre Mutter weiß?

Nein: die Nachrichten, das Origami, jetzt eine Leiche. Feuere die Signalpistole ab. *Mein Bruder hat mir Nachrichten geschickt. Ich habe zurückgeschrieben.*

»Wann haben Sie aufgehört, sich zu fragen? Ob es Isaac war?«

Die Stimme ist schroff und rau und ihre eigene.

B.B. legt den Kopf schief, und ein winziges Lächeln tritt auf ihre Lippen. »Wer sagt, dass ich das je habe?«

Er hat mir Nachrichten geschickt.

»Er hat ...«

Aber wieder tritt die rothaarige Polizistin ins Zimmer und trampelt ihre Worte nieder. »Können Sie schnell kommen? Es ist dringend.«

56.

Nicky bleibt mit offenem Mund in der Tür stehen. Sebastian schlägt mit einer Champagnerflasche auf den Kronleuchter ein, hinterlässt mit seinen wütenden Streichen geplatzte Birnen und verbeulte Metallarme. Winzige Diamanten regnen auf den Tisch nieder; Glasscherben funkeln in seinem Haar. Die Schmetterlinge an der Tapete haben fluchtbereit die Flügel ausgebreitet und Simone zupft erfolglos an seinem Morgenmantel.

Madeleine und B.B. schießen auf ihn zu, während Nicky neben Timbo in der offenen Tür stehen bleibt. Sobald Sebastians Tochter seinen Arm berührt, kommt er zur Ruhe; er lässt die Flasche auf den Teppich fallen und sich selbst, an je einer Hand von Madeleine und Simone geführt, ins Sofa drücken, den Rücken der Terrassentür zugewandt.

Nicky betrachtet erst ihn in seinem Morgenmantel, dann Madeleine in Sweatshirt und Sporthose, dann die schlangenhäutige B.B. Sie spürt Timbo an ihrer Seite, sieht Simone in die Küche eilen. Sie befinden sich in einem Boulevardstück mit wild zusammengewürfelten Kostümen und chaotischem Bühnenbild: sechs Figuren auf der Suche nach einer Antwort.

Sebastian seufzt. »Ich wollte irgendwas kaputt machen.«

»Also«, kommentiert B.B. gut gelaunt, »da haben Sie ganze Arbeit geleistet. Ich will nicht instinktlos sein, Mister Trapp …«

»Dann seien Sie es nicht«, ruft Simone.

»… aber erkennen Sie das wieder?« Wobei sie den Couchtisch umkreist.

Sebastian studiert den Zettel in dem bebenden Plastikumschlag in seiner Hand. Sein Gesicht scheint zu altern.

B.B. betrachtet ihn, als würde sie ein anspruchsvolles Kreuzworträtsel studieren. Wahrscheinlich, denkt Nicky, hat die Detective noch nie in ihrem Leben so lange geschwiegen.

Dann nimmt ihm B.B. den Zettel wieder ab und reicht ihn an Timbo weiter. Er räuspert sich. »Es ist ein schreckliches Klischee, aber ich kann so nicht weiterleben.«

Nicky hört ein Luftschnappen, merkt, dass es von ihr selbst kommt. Sie hört einen Aufschrei, begreift, dass er von Simone kommt, die mit einem Glas Wasser und einem Abreißzettel zurückgekommen ist.

»Ich ertrinke in meiner Schuld«, endet Timbo monoton.

»Das ist ihre Handschrift.« B.B. klingt unglücklich. Sebastian und Madeleine nicken gedankenverloren.

Timbo runzelt die Stirn. »Warum Schuld?«

»Ich wusste es. Es tut mir leid, aber ich wusste es.« Simone streckt B.B. energisch den Zettel hin. »Fredericks Nummer. Aber er antwortet nicht. Und er antwortet *immer*, wenn ich anrufe. Ich habe Wasser aufgestellt …«

»Ich gehe nach oben. Wenn Sie gestatten.« Sebastian erhebt sich, und Nicky sieht, wie er zu beben beginnt, als wäre er eine Maschine kurz vor dem Kollaps. Sollte sie …

»Ich bringe dich hoch«, sagt Madeleine und schließt einen Arm um seine Taille, während er eine Hand auf ihre Schulter bettet. Er wirft Nicky einen verlorenen Blick zu, der sie fast zum Weinen bringt.

B.B. tritt einen Schritt zurück, lässt die beiden vorbei und verfolgt, wie Madeleine kurz stehen bleibt und Kristalle von ihren Sohlen abstreift. »Timbo, würdest du …?« Er nickt und bietet Vater und Tochter an, sie nach oben zu begleiten.

Madeleine will widersprechen, lässt es aber bleiben.

Nicky drückt sich gegen die stehen gebliebene Standuhr, um der Dreiergruppe Platz zu machen, die schwankend verschwindet. In der Küche beginnt der Teekessel zu kreischen.

57.

Schwankend fährt der Aufzug in die Dunkelheit auf.

Als Kind hat Madeleine Stunden in diesem Käfig verbracht, ist auf- und ab- und wieder aufgefahren, glückselig desorientiert, ohne irgendetwas zu sehen oder zu hören außer dem Rasseln der Zahnräder, dem Surren der Kabel, dem Kreischen des Metalls. Hin und wieder leistete ihr Cole Gesellschaft, aber er bestand regelmäßig darauf, auf den Fluren die Türen zu öffnen, damit Licht auf sie niederströmte und die Dunkelheit wegspülte.

»Dunkel«, bemerkt Timbo und regt sich neben ihr.

Klacken. Surren. Kreischen.

Im zweiten Obergeschoss hält der Otis schaudernd an. Madeleine und ihr Vater taumeln auf den Korridor, begleitet von Timbo.

Hinter der zweiten Tür links liegt Dianas Schlafzimmer. Madeleine wirft, unter Sebastians Arm festgeklemmt, einen Blick auf die Polizisten im Zimmer, auf das hochgeschobene Fenster. Ihr Vater verlangsamt den Schritt, starrt fassungslos durch die Tür; sie zieht ihn weiter.

Als sie ihn in sein Himmelbett sinken lässt, sprüht ein Schluchzen aus seinem Mund, dann noch eines – schrille Aufschreie, die im Raum umherflattern und sich in den Ecken unter der Decke festsetzen. Madeleine möchte nur noch fliehen; stattdessen legt sie ihn auf dem Bett zurecht. Timbo beugt sich vorsichtig vor und greift nach Sebastians knotigen Knöcheln. Ein nackter Absatz erwischt ihn an der Schulter; der Detective schnauft kurz, fängt dann den anderen Fuß mit der Hand ein und dreht ihn so scharf zur Seite, dass Sebastian auf die Seite rollt und die Luft aus seinen Lungen zischt wie aus einem Ballon.

Madeleine würde gern wissen, wie der knochendürre Timbo das bewerkstelligt hat. Ihr Blick fliegt über den engen Anzug, die kühlen blauen Augen. Vielleicht hat sie ihn unterschätzt.

Vorerst jedoch zieht sie nur die Decke über ihren Vater. Er gurgelt leise und kehlig; seine Stirn ist feucht.

In der Kommode findet sie ein Röhrchen Valium und eine Schachtel Gummibonbons. »Das nimmst du jetzt«, befiehlt sie. »Mund auf.«

Er macht den Mund auf, schluckt beides.

Neben ihr bläht Timbo wie ein Karnickel schnuppernd die Nasenflügel. »Ist das Gras?«

»Daddy ist ganz verrückt danach, seit Freddy damit angerückt ist. Ich dachte mir schon, dass er sich einen kleinen Vorrat zugelegt hat.« Sebastians Lider senken und schließen sich.

»Mister Trapp«, sagt Timbo leise und dabei klingt die roboterhafte Stimme beinahe menschlich, »verzeihen Sie – wollten Sie noch etwas sagen, Sir? Als Sie sich gerade hingelegt haben?«

Ohne dass sich der Brustkorb sichtbar heben oder senken würde, seufzt der Patient: »Nicht schon wieder.« Madeleine bleibt am Fuß der Matratze stehen. »Nicht schon wieder, sagte ich.«

Dann schließen sich die Lider wirklich.

Timbo beugt sich über ihn. »Würden Sie Ihren Sohn erkennen, wenn er wieder auftauchen würde?«

Sebastians Augen fliegen so abrupt auf, dass Madeleine einen Schritt zurücktaumelt. Ihr Vater starrt den Detective an. Und dann antwortet er mit leiser, aber glasklarer Stimme.

»Jederzeit«, sagt er.

58.

Ihr Tee ist während des Aufstiegs zum Dachboden erkaltet. Nicky steigt über das Kleid von gestern Abend hinweg; die violette Maske blinkt in der Sonne. Als sie sich aufs Bett legt, berührt ihre Hand Coles Tagebuch, das vergessen unter der Decke liegt. Sie beschließt, es noch etwas länger zu vergessen.

Erst das Entsetzen über den Aufschrei, dann das Entsetzen über den Leichnam, dann das Entsetzen über das Auftauchen der Polizei – und dann das Entsetzen über den Abschiedsbrief.

Es ist ein schreckliches Klischee, aber ich kann so nicht weiterleben. Ich ertrinke in meiner Schuld.

Sie hat gestern Abend nichts gehört. Aber wie sollte sie auch – wie hätte sie hören sollen, wie Diana in ihrem roten

Kleid die Treppe hochstieg, einer Fackel in der Dunkelheit gleich, wie sie das Fenster hochschob, wie sie …

Hat sie sich erst auf das Fensterbrett gesetzt? In den Himmel geschaut? Sich eine Weile an ihren Mann, ihr Kind erinnert? An Hope und Cole?

Zu ihrem eigenen Erstaunen fühlt Nicky sich hintergangen. Vor nicht einmal einer Woche hat Diana sie in ihrem Haus willkommen geheißen, sie mit Tee und Keksen gefüttert, sie auf ihrem Dachboden einquartiert, den Diana persönlich vorbereitet hatte. Sie hat Nicky den Soundtrack ihrer Jugend vorgespielt. Sie hat ihr von ihren schlimmsten Sekunden, den schlimmsten Jahren erzählt. Wann begann sie, ihre Kapitulation zu planen?

Hör auf damit. Hör auf. So zu sterben, hat nichts mit *Planung* zu tun. Das würde selbst Sebastian Trapp so sehen.

Und doch ist sie zwanzig Jahre später mit Sebastian Trapp verheiratet, hatte B.B. Springer ihrem Mann ins Gedächtnis gerufen. Hat sich Nicky zu Recht gewundert, was Diana eigentlich mit Sebastian verband? Hat die Vergangenheit – in irgendeiner Gestalt, irgendeiner Verkleidung – sie eingeholt?

Und was hat diese Nachricht zu bedeuten?

Nicky setzt sich auf. Plötzlich will sie nur noch fliehen – nicht aus diesem Haus, nicht von diesem Dachboden, sondern aus dem Hier und Jetzt. Sie will sich entführen lassen – in eine alternative Dimension, wo der Tod keine Tragödie, sondern ein Rätsel ist; wo ein Menschenleben so unwichtig ist wie der Wetterbericht in der gestrigen Zeitung; wo die Menschen aus Geldgier, aus Mordlust oder Rachedurst sterben und niemals aus unerfindlichen Gründen.

Sie springt aus dem Bett und hastet zu der niedrigen Hecke aus Taschenbüchern an der Wand neben Coles Schreibtisch. Ihre Finger fliegen über die Oberkanten der Christies, und jede Bewegung löst eine Erinnerung aus, so als würde sie mit der Hand über eine Klaviatur streichen: ein Kreuzfahrtschiff auf dem Nil; ein volles Zugabteil in tiefster Nacht; eine Hand, die sorgsam Textstreifen zu einem Drohbrief zusammenfügt; sieben Gäste an einem Restauranttisch.

Das Buch heißt *Blausäure.* Das gefällt ihr deutlich besser als der Titel der zugrunde liegenden Kurzgeschichte *Lasst Blumen sprechen.*

Wieder im Bett sinkt Nicky in die Kissen und schlägt das Buch auf. *Sie war depressiv, völlig am Ende … das war durchaus ein Motiv für einen Selbstmord, oder etwa nicht? Wie wenig man doch oft über die Menschen wusste, mit denen man unter einem Dach gelebt hatte!*

Nicky kann sich nicht mehr genau an den Inhalt der Geschichte erinnern. Sie blättert um.

Im London der Vierzigerjahre, eine Debütantin in Gefahr, eine vergiftete Schwester. *Der Dachboden des Hauses am Elvaston Square wurde als Lager für diverse Möbel, für Kisten und Koffer gebraucht.* Nicky muss fast lächeln.

Ein paar Absätze weiter lässt sie das aufgeschlagene Buch auf ihre Brust sinken. Sie kann sich einfach nicht vorstellen, wie Diana aus ihrem Schlafzimmerfenster springt. *Sie war depressiv, völlig am Ende* – vielleicht; aber eine Frau, die so gefasst jeden Raum betrat, würde ihn doch bestimmt nicht so würdelos verlassen. Ein Fenstersturz … so etwas sähe Diana gar nicht ähnlich.

Nicky kann nicht daran glauben, jedenfalls nicht bedingungslos. B.B. Springer auch nicht; sie jagt immer noch Coles Schatten nach.

Aber was hat es nun mit dieser *Nachricht* auf sich?

Es ist ein Knoten. Und als Schleife obendrauf ein Hinweis, den nur Nicky kennt: *Für Cole.* Das Blatt mit der mysteriösen Widmung in Sebastians Schreibtischschublade.

Was ist für Cole? Man könnte fast annehmen, dass die beiden irgendwie … kommunizierten.

Dann lieber wieder die Flucht ins Jahr 1945. Um einen Blick in den Koffer der Toten zu werfen.

Während die trauernde Schwester am Elvaston Square ein verstaubtes, fleckiges Seidenkleid heraushebt, trennt Nicky die Nähte von B.B.s Gedankengängen auf: Es könnte schließlich auch einen Mörder geben, der nicht Cole heißt. Vielleicht hat Jonathan ihren Schlüssel nachmachen lassen. Freddy besitzt ohnehin einen.

Und man braucht überhaupt keinen Schlüssel, wenn man schon im Haus ist. *Zu viele Zimmer, zu viele Treppen. Ein Ort, an dem jederzeit ein sehr gefährlicher Mensch hinter dir stehen könnte.*

Nicky kehrt an den Elvaston Square zurück, wo die Heldin einen überraschenden Brief entdeckt hat. *Er könnte eines Tages wichtig werden, weil er zeigt, warum Rosemary sich das Leben nahm,* beschließt sie. *Sie strich ihn glatt, nahm ihn mit nach unten und schloss ihn in ihrem Schmuckkästchen ein.*

Das Kapitel endet mit einer anonymen Nachricht: *Sie glauben, Ihre Frau hätte sich umgebracht? Falsch. Sie wurde ermordet.*

Nicky klappt das Buch zu. Atmet tief ein.

Falsch.

Sie wurde ermordet.

Hope und Cole vor zwei Jahrzehnten; Diana gestern Nacht. Und beide Male in der Nähe: Sebastian, Madeleine, Freddy, Simone.

Wenn sie wissen will, was Diana zugestoßen ist – und das will sie; das detektivische Fieber lodert in ihr –, muss sie herausfinden, was vor zwanzig Jahren passiert ist.

Ihr Handy zappelt auf der Decke. Bitte mach, dass es Julia ist; oder ihre Patentochter, die ihr einen ausgefallenen Zahn zeigen will, oder Irwin und Potato unter der Decke; ein Kollege oder Vermieter oder vergessener Freund – irgendjemand aus ihrem wahren Leben. Nur niemand aus dem Mysterium, in dem sie sich verheddert hat.

»Hallo?« Sie hört das Krächzen in ihrer Stimme.

»Selber hallo«, antwortet Jonathan. »Wie ist das allgemeine Befinden heute Morgen?«

59.

Diana ist gestern Nacht gestorben.

Tut mir leid, dass ich dir das schreiben muss.

Die Polizei glaubt offenbar nicht an einen Unfall.

Sie interessiert sich anscheinend für dich.

Madeleine sitzt mit dem Rücken zur Tür an einem Tisch im Puzzlezimmer, schiebt gedankenverloren Puzzleteile umher und wartet auf seine Antwort. Irgendwann hört sie Watson mit klickenden Krallen in den Raum traben. Die verlorene Hündin.

Gerade als sich Madeleine herunterbeugt und Watson hochheben will, plingt ihr Handy. Sie wirft einen schnellen Blick aufs Display.

Psst.

Um ein Haar hätte sie die Hündin fallen lassen.

»Alles okay?«

Madeleine dreht sich um, sieht Nicky in der Tür stehen. »Machen Sie die Tür zu.«

Nicky gehorcht. Wartet ab, während Madeleine Watson auf ihren Schoß hebt.

Wie ist sie?, hat Cole gefragt. Ist es Zufall, dass er wenige Tage nach Nicky aufgetaucht ist? *Wusste* er, wie sie ist?

Nein, wahrscheinlich nicht. Irgendwie hat Cole das Todesröcheln ihres Vaters vernommen – es war kaum ein Geheimnis – und ist daraufhin zurückgekehrt. Aus demselben Grund und mit Blick auf den seinen letzten Abgabetermin hat Sebastian Nicky hierher eingeladen – sie hat sich nicht selbst eingeladen. Notfälle haben etwas Magnetisches.

Außerdem schreiben sich Nicky und Sebastian schon seit fünf langen Jahren. Ist es wahrscheinlich, dass sie Cole schon früher kannte? Aber warum sollte sie dann seinen Vater anschreiben? Fünf Jahre sind eine lange Wartezeit für … was könnte Nicky überhaupt wollen? Hat sie Cole kennengelernt, *nachdem* sie und Sebastian zu korrespondieren begannen? Das wäre allerdings ein sehr großer Zufall. Und auch hier gilt: Selbst wenn?

Es ist ein Knoten. Trotzdem: Was weiß sie wirklich über Nicky?

Auf dem Tisch plingt ihr Handy.

Madeleine sieht Nicky an, die ihrerseits geduldig auf weitere Anweisungen wartet, und würde sich am liebsten die Haare raufen. Sie weiß nicht mehr, was sie weiß oder vermutet oder lieber ignorieren möchte; ihre Zweifel und Ängste und Erinnerungen sind wie Reisende, die auf den Gleisen umherirren, während in der Ferne eine Pfeife schrillt und drei große runde Scheinwerfer auf sie zuhalten. Sie zieht die Luft tief in die Lunge, muss beinahe husten.

»Alles in Ordnung bei Ihnen?«, fragt Nicky.

»Mehr als bei anderen. Eine merkwürdige Theorie hat diese Polizistin.«

»Welche?«

»Die, die ihren Mund nicht halten kann.«

»Welche Theorie, meinte ich.«

»Dass mein lang verlorener Bruder unser Haus mit Insekten verwanzen soll. Ich weiß beim besten Willen nicht, was das mit Diana zu tun haben könnte.« Trotzdem interessiert sich die Polizei für ihn. Für Cole! Madeleine liebt ihren Bruder, aber interessant war er nie.

Nicky seufzt. »Also, wenn das hier ein alter Kriminalroman wäre, würde ich sagen, ich glaube das auch.«

»So etwas passiert dort ständig, nicht wahr?«

»*Das Geheimnis des roten Hauses, Der Erbe von Latchetts* …«

»Danke, das reicht schon. Die Polizistin hat mich gefragt, ob ich von Cole gehört hätte.«

»Ja, ich war dabei«, sagt Nicky.

»Sie hat Sie dasselbe gefragt.«

»Auch da war ich dabei.«

Sie ist heute ein bisschen giftig. Das gefällt Madeleine beinahe.

»Er hat mir Nachrichten geschickt«, hört sie sich sagen. »Er ist es. Es ist Cole. *Cole.*« Sie fühlt sich, als wäre sie mit dem Auto von der Straße abgekommen und würde jetzt durch die Luft segeln.

Nickys Augen sind riesig. »Was?«

Madeleine nickt. »Kennen Sie ihn?«

Noch größer. »Ob ich – woher sollte ich ihn kennen?«

»Sie sind vor sechs Tagen hier angekommen. Er hat mir vor vier Tagen zum ersten Mal geschrieben.«

Ein Stirnrunzeln. »Ihr Vater hat mich eingeladen. Nachdem wir jahrelang korrespondiert hatten. Über Kriminalliteratur.«

»Aber Cole hat gesagt, ich soll Sie im Haus lassen.« ***Feinde sollte man im Auge behalten etc.***

»Inwiefern sollte ich denn für Cole von Nutzen sein?« Nicky klingt neugierig, nicht entrüstet. »Sie haben doch selbst gehört, wie ich der Polizei von dem ersten Schmetterling erzählt habe. Ich wäre also nicht besonders gut als Komplizin.«

»Sie sind in *nichts* besonders gut!« Madeleine springt auf, Watson in den Armen, und die Worte spritzen aus ihr wie Wasser aus einem Hydranten. »Sie sind keine besonders gute *Schriftstellerin* – das hat Dad gesagt. Sie sind kein besonders guter *Gast,* ständig schweben Sie wie ein vorwitziger Geist durchs Haus und erschrecken die Leute. Sie sind – seit Sie hier angekommen sind, um dieses *witzlose, irrsinnige Erinnerungsbuch* zu schreiben, herrscht das Chaos. Überall, Nicky!« Ihre Augen fließen über, ihre Brust hebt und senkt sich schwer; die Hündin stemmt sich gegen ihre Rippen. »Menschen sterben und sterben nicht, und ich vermisse meine Mom, ich vermisse sie *wirklich.* Ich vermisse – ich will – ich habe nur noch *drei Monate* mit Dad, dann stirbt er, und ich bleibe allein zurück – *allein* –, und plötzlich taucht *Cole* wieder auf, weil er noch irgendwas erledigen muss oder weiß Gott was will, aber *ich war als Einzige die ganze Zeit hier! Von Anfang an! Ich war nie weg.* Und jetzt weiß ich nicht mehr, was ich tun soll. Und *Sie* sind keine besonders große Hilfe.«

Sie holt tief Luft. Ihre Stimme scheint nachzuhallen; sie wendet den Blick ab. Die Bettler und Dandys an den Wänden staunen sie mit großen Augen an. Die Schankmädchen erröten über ihren Biertabletts.

Nicky kommt mit angespannter Miene auf sie zu. »Sie

kann boxen«, hat ihr Vater gestern Abend verkündet, darum weicht Madeleine zurück, drückt Watson an ihre Brust und schirmt ihr verknittertes Gesicht ab, falls Nicky …

… sie umarmt.

Nicky umarmt sie. Madeleine schaut auf ihr feuchtes Haar hinunter.

Stille.

»Es tut mir leid, dass alles aus dem Ruder läuft«, sagt Nicky in Madeleines Schulter. Und drückt sie. »Es tut mir leid, dass Sie nie von hier weggekommen sind.« Sie rülpst.

Nein – Watson hat gerülpst. Die Hündin wird zwischen ihnen platt gedrückt. Madeleine tritt zurück, reibt sich über die Augen und setzt sich. Nicky geht in ihren Sportsachen geschmeidig vor ihr in die Hocke.

»Ich kann abreisen. Ich sollte abreisen«, sagt sie leise. »Sie sollten allein sein. Nicht *Sie* – die Familie.«

»Nein, nein.« Madeleine beginnt den Hundebauch zu kraulen. Der Ausbruch hat sie besänftigt, oder (vielleicht) die Umarmung. »Ich dachte – oder hoffte –, dass Sie ihn kennen könnten«, sagt sie milder. »Und er will auch, dass Sie hierbleiben.«

»Wieso?«

»Er fragt nach meiner Mutter.« Madeleine schluckt. »*Unserer* Mutter. Seiner und meiner. Sie sind ständig mit Dad zusammen, sie durchkämmen sein Leben, darum glaubt er …«

»… dass Sebastian Trapp mir erzählen könnte, was er mit seiner Frau und seinem Sohn angestellt hat? Oder wohl eher nur seiner Frau.« Nicky lehnt sich an die Wand, gegen Jack the Ripper, und rutscht langsam daran zu Boden, bis ihr Kopf zu seinen Füßen ist. Sie schließt die Augen. »Ja, ich interessiere mich für Ihre Familiengeschichte«, sagt sie leise. »Sie ist auch interessant. Aber ich bin hergekommen, weil er mich darum gebeten hat.«

Madeleine betrachtet ihr blasses Gesicht, die zu langen Ärmel ihres Sweatshirts. »Dad hat nicht wirklich gesagt, dass Sie nicht schreiben können.«

Ein müdes Lächeln. »Das freut mich.«

»Und Sie erschrecken uns nicht ständig.«

»Hoffentlich nicht.« Das Mädchen sieht erschöpft aus.

Es ist Zeit, eine Allianz zu schließen. Wenigstens bis zu einem gewissen Grad. »Seine Nachrichten«, setzt Madeleine an. »Sie klingen so ... ominös. Er scheint sicher zu sein, dass Dad weiß, was mit unserer Mutter passiert ist.«

Ein Auge öffnet sich. »*Weiß* Ihr Vater, was mit Ihrer Mutter passiert ist?«

Genau dieselben Worte wie von B.B. Springer vor einer Stunde. Madeleines Finger spielen an der Kehle ihrer Hündin. *Weiß* er es? »Soll ich den Detectives erzählen, dass er hier ist?«, fragt sie. »Und wenn *er* Diana etwas angetan hat?«

»Warum sollte er?«

»*Jemand* hat ihr etwas angetan.«

»Was ist mit der Nachricht?«

»Ich glaube nicht ...« Ein Gedanke springt Madeleine so plötzlich von der Seite an, dass ihr der Atem stockt. »Freddy.«

Nicky setzt sich auf. »Freddy?«

»Er hat sie geküsst.« Madeleine sieht zur Tür. »Diana. Er hat sie gestern geküsst. Oder vorgestern. Es ist zu viel passiert in den letzten Tagen.« Sie sackt in ihren Stuhl. »Sie hat ihn weggestoßen. Freddy ist – nicht gerade *besessen,* aber ... er ist seit Jahren versessen auf sie. Er war mir immer ein guter Freund, müssen Sie wissen. Seit Cole weg ist. Er war auch gut zu Dad, obwohl Dad ... nun gut. Aber in letzter Zeit ist er so *merkwürdig.* Als würde er irgendetwas planen. Ich weiß, es klingt albern, aber ...« Sie gibt auf. »Irgendwas läuft hier.«

»Irgendwas läuft hier«, pflichtet Nicky ihr bei.

Madeleine sieht zu ihrem Handy auf dem Puzzletisch.

Pst.

»Ich würde gern wissen, was Cole weiß. Ich will nicht, dass er in Gefahr gerät.« Und wenn er schon in Gefahr *ist?*

»Sie glauben, er hat diese Schmetterlinge gefaltet? Sie glauben, er ist hier, ohne dass ihn jemand bemerkt hätte?«

Madeleine sieht auf die Wand, sieht auf Jack, diesen fernen Schatten in Hut und Cape, in seinem Mörderaufzug. »Niemand hat ihn *erkannt.* Er hätte der Geiger gestern Abend sein können. Er könnte Ihr Galan sein. Er könnte jeder sein.«

Nicky blinzelt.

»Oder er könnte jemand sein, den ich nie zuvor gesehen habe«, schließt Madeleine.

Zum zweiten Mal an diesem Tag hören sie einen gellenden Schrei.

Nicky springt auf. Madeleine rennt ihr ins Foyer hinterher, Watson fest an ihrer Brust.

Jenseits der weiten Marmorfläche steht Simone in der Tür zum Wohnzimmer, beide Hände vor Nase und Mund und den Blick starr auf die Bahre gerichtet, die von zwei Polizisten über den Boden gerollt wird. Der weiße Leichensack steht an einem Ende hoch und liegt am anderen fast eben auf wie bei einer schlecht gepackten Reisetasche.

Madeleine sieht zu, wie die Beamten ihre Stiefmutter aus dem Haus manövrieren. Neben ihr tupft sich Nicky mit dem Ärmel die Augen.

Während sich die Standuhr zu einem elegischen Schlag entschließt, stößt B.B. Springer in forschem Schritt zu ihnen. Mit einer Hand streicht sie ihren Haarhelm glatt, den anderen Arm hat sie um Simone gelegt. »Wir waren gerade fertig mit der Befragung ihrer Tante, als sie die Tür öffnete und … na ja, Sie haben es selbst gesehen.« B.B. packt mit beiden Händen den Aufschlag ihres Jacketts und ruckt daran, dass die Schlangenhaut knistert. »Sie brauchen etwas Zeit. Mit Mister Trapp sprechen wir, wenn er in besserer Verfassung ist. Die Spurensicherung möchte, dass Sie das Schlafzimmer nicht betreten. Und den Garten.«

Timbo erscheint mit drei Beweismittelbeuteln – mit einem Mantel, einem Ärmel und dieser Albtraummaske – und vermeldet, dass Frederick Trapps gegenwärtiger Aufenthaltsort unbekannt sei. »Seine Vermieterin meint, sie hätte ihn Anfang Mai rausgeworfen. Keine Nachsendeadresse.«

»Er wurde *aus seiner Wohnung geworfen?«,* blökt Simone.

B.B. zückt drei Visitenkarten aus ihrer Sakkotasche. »Falls Sie von ihm hören, will ich von Ihnen hören. Noch mal unser Beileid.«

»Herzliches Beileid«, murmelt Timbo.

Madeleine, Nicky und Simone sehen sie aus dem Haus gehen, Timbo voran, wobei sein Haar kurz im Sonnenschein auflodert. B.B. bleibt auf der Schwelle stehen, dreht sich um und betrachtet die Eingangshalle voller … Trotz?, fragt sich Madeleine.

B.B. lächelt. Zieht die Tür von außen ins Schloss.

Plötzliche Stille. In Madeleines Kopf spielt die morgendliche Sinfonie leise weiter: die Schreie ihrer Tante, der Tobsuchtsanfall ihres Vaters; das Stöhnen des Aufzugs, das Plätschern des Teichwassers.

Alle drei bleiben noch einige Sekunden stehen und verteilen sich dann. »Ich werde mal nach Sebastian sehen«, erklärt Simone und wackelt zur Treppe.

»Entschuldigen Sie mich.« Madeleine wendet sich von Nicky ab, die keuchende Watson an der Brust, und eilt in ihre Suite, wo sie eine Nachricht in ihr Handy klopft:

Dann löscht sie das ***Bitte***. Drückt auf Senden.

Einen Moment später bricht sie auf ihrem Sofa zusammen, das Gesicht in beiden Händen, die Hündin in einer tiefen Falte zwischen den Kissen.

Ein ganzes Jahr sitzt Madeleine so da.

Sitzt sie da, bis sie die Haustür ins Schloss fallen hört.

Sie geht zu ihrem Bett und sieht durchs Fenster, dass ein Auto in der Einfahrt steht. Sie sieht Jonathan am Steuer sitzen. Sie sieht Nicky einsteigen.

Wer ist er?

Und *warum* interessiert er sich so für dieses Mädchen?

60.

»Verflucht, was für ein Morgen.«

Jonathan pfeift. Er trägt ein frisches Rugbyshirt und eine Sonnenbrille, und an jedem anderen Morgen hätte Nicky nur zu gern das fortgeführt, was sie auf dem Dachboden begonnen haben – mit ihrer Hand auf seiner Brust, ihrem Mund auf seinem Mund, ihren Adern in Flammen –, aber heute hat sie genug geredet und sieht nur stumm aus dem Fenster.

»Arme Frau. Armer Fred – er hat immer in den wärmsten Tönen von ihr gesprochen. Und du – ist bei dir alles in Ordnung?«

Nicky zieht die Stirn in Falten. »Ich kannte sie nicht besonders gut. Aber trotzdem.«

»Trotzdem.« Er seufzt. »Was muss das für ein Gefühl sein, keine Hoffnung mehr zu haben. Keinen Ausweg mehr zu sehen.«

Sie verschränkt die Arme und schließt die Augen. »Sie glauben nicht an einen Suizid.«

»Hast du nicht gesagt, es gäbe einen Abschiedsbrief?«

»Doch.« Ein Hügelpark draußen; zwei Männer, die lachend mit einem Labrador ringen; eine Mutter, die Hand in Hand mit ihrem Kind spazieren geht.

»Also – noch mal zurück: Warum sollte irgendjemand sie … *ermorden* wollen?« Als wäre es ein schmutziges Wort. Was es wohl auch ist. »Ich habe das Gefühl, jedes Wort besonders betonen zu müssen. *Warum? Irgendjemand? Sie?«*

»*Ermorden* hast du auch betont.«

»Ermorden ist immer was Besonderes.«

Gestern hätte Nicky noch darüber gelacht. »Sie interessieren sich für Cole Trapp«, sagt sie.

»Was, wegen des kleinen Telegramms gestern Abend?« Vor einer Reihe von Stadthäusern in Sommerfarben drängen die Touristen vom Gehweg auf die Fahrbahn; Jonathan tippt kurz auf die Hupe, dann noch mal länger. »Wo wir gerade von Mordlust reden. Aber ist Cole Trapp nicht tot und verschwunden? Oder wenigstens verschwunden?«

Nicky schweigt.

Eine Pause. »Wohin fahren wir eigentlich? Wenn du willst, können wir auch ziellos durch die Gegend fahren. Du darfst bestimmen.«

»Irgendeine Ahnung, wo Freddy stecken könnte?« *Er hat sie geküsst. Diana.*

»Zu Hause, würde ich meinen, seine Wunden lecken. Wobei es wahrscheinlich gar nicht einfach ist, sein eigenes Auge zu lecken. Ich habe ihn gestern Abend und heute Morgen angerufen. Keine Reaktion. Sollen wir bei ihm vorbeifahren?«

»Ich glaube nicht, dass er zu Hause ist.« Sie beißt sich auf die Lippe.

»Was *wollte* er gestern Abend überhaupt in der Bibliothek?«

Aber Nickys Fingerspitzen tanzen schon über das Handy, legen die Route fest. »Kannst du hier rechts abbiegen?«

Minuten später parken sie unter einem Gespinst aus Trambahnkabeln und betreten auf der gegenüberliegenden Straßenseite das Spalier der Castro Street. Regenbogenflaggen blähen sich an den Telefonmasten wie Segel; Boutiquen und Laserbehandlungszentren schultern die oberen Stockwerke von Stadthäusern aus dem goldenen Zeitalter der Stadt. Das Sonnenlicht bleicht die Erkerfenster aus und bringt die Glastüren von Delikatessenläden und Tierboutiquen zum Funkeln. Mittendrin steht eine einsame Bankfiliale in trübem Backstein-Outfit wie die Anstandsdame auf einer Party.

»Total schräge Vorstellung, dass direkt unter dir jemand gestorben ist, während du geschlafen hast«, sagt Jonathan und Nicky muss sofort wieder mit den Tränen kämpfen.

Sie passieren das majestätische Castro Theatre (auf dem Aushang: *BOHEMIAN RHAPSODY* ZUM MITSINGEN! Und ein deutsches Kriegsdrama namens *Phoenix*, vermutlich eher nicht zum Mitsingen), einen Cannabisshop und eine Pizzeria. Sie schaut auf ihr Handy. *Diese unbehagliche Wärme im Magen, dieses fatale Klopfen im Kopf …*

Als sich der Pfeil auf ihrem Handy nach Westen dreht, biegen auch sie ab.

Nicky tritt in eine mit Neongraffiti ausgeschmückte Gasse. Neben ihr winkt auffordernd ein weißes Kaninchen mit einer Taschenuhr in der Pfote; auf beiden Seiten drängen sich Wunderlandbewohner an den Wänden: die träumende Schlafmaus; die zeternde Herzkönigin … alle in psychedelischen Farben, alle feixend und glotzend. Tiefer und tiefer wagt Nicky sich in die Gasse vor. Über ihr Buchstaben, die auf einer Wolke von Pfeifenrauch treiben: Wir sind alle verrückt.

Links von ihr kauert eine monströse Cheshire-Katze mit sichelbreitem Grinsen und einem zum Fragezeichen aufgerollten Schwanz.

Es *ist* ein Fragezeichen, erkennt Nicky, und der kunstvoll gespritzte lila Tintenklecks darunter ist ein Türknauf. Sie dreht den Knauf, öffnet die Tür – »Warte«, zischt Jonathan, genau wie gestern Abend in der Bibliothek – und tritt in die Dunkelheit.

Dahinter verbirgt sich eine Art Höhle, größtenteils mit Fliesenboden, der unsichtbar unter ihren Füßen liegt. An einer Wand ducken sich drei verschrammte Sitznischen, in schummriges Licht getaucht von einsamen Wandleuchtern, die längst reif für die Rente sind. Auf der anderen Seite umringen Hocker eine halbrunde Theke und dahinter buchstabieren runde Glühbirnen wie aus einer Schauspielergarderobe den Namen BETTY über einer Skyline aus Schnapsflaschen.

Nicky geht darauf zu. Sie mag zwielichtige Bars. Zwielichtige Bars mögen sie.

Die massige, fleischige Barkeeperin fasst Nicky sofort ins Auge; sie trägt ein Tanktop, ein Ballettröckchen und einen Dreitagebart. »In meinem nächsten Leben will ich so niedlich wiedergeboren werden wie du«, sagt sie mit erdiger Stimme. »Wie heißt du, Baby Girl?«

»Nicky.«

»Betty.« Mit ihrem Händedruck könnte sie Eiswürfel zerdrücken. »Und wie heißt dein Schnuckel?«

»Jonathan. Jesus«, ergänzt er, als Betty seine Hand packt.

»Willkommen bei Betty. Café am Tag, Bar in der Nacht. Und am Tag.« Sie zwinkert. Paillettenbesetzte Wimpern rahmen ihre Augen ein.

Nicky hüpft auf einen Barhocker. »Und wann schläfst du?«

»Ach, Baby – ich habe nachmittags um vier Schichtende. Mir gehört der verdammte Laden.« Betty tippt auf ihr Handy, und aus unsichtbaren Lautsprechern weht ein einsames, vor Alter knisterndes Saxofonsolo in den Raum. »Viel besser. Was darf's sein?«

»Ich trinke keinen Kaffee.«

»Dann trink keinen Kaffee.«

»Was schlägst du vor?«, fragt Jonathan.

Betty lauscht den Saxofonklängen nach, die unter der Decke dahintreiben. »Ein Manhattan wird im Foxtrott-Rhythmus gemixt, ein Bronx im Two-Step-Rhythmus und ein Dry Martini grundsätzlich im langsamen Walzertempo.«

Nicky lauscht ebenfalls. »Ich kann überhaupt keinen Rhythmus heraushören.«

»Dann ist es ein Whisky.« Betty dreht den Deckel von einer Flasche Hibiki und gießt drei Gläser ein.

Ehe sie sich zuprosten können, bricht ein Husten aus den Tiefen des Raumes wie aus einem Vulkan. Nicky dreht sich auf ihrem Hocker: In der hintersten Nische tunkt ein Mann wie ein zerzauster Storch in einem leblosen braunen Anzug seinen Schnabel in ein Bierglas, schluckt und zieht dann an einer Zigarette. Rauch kringelt sich unter seiner Wandleuchte.

»Stirbt da gerade jemand?«, fragt Jonathan.

»Das ist der Professor«, antwortet Betty. »Wir haben ihn mit dem Laden übernommen. Noch hat er den Löffel nicht abgegeben.«

Ein kurzer Lichtblick, als die Tür auf- und wieder zuschwingt. Betty winkt einer Frau im Kittel zu und schaltet eine Espressomaschine von der Größe eines Automotors ein.

»Wartet ihr zwei Süßen auf jemanden?«

»Wir suchen nach jemandem«, antwortet Nicky in ihren breiten Rücken, »einem Mann ungefähr in deinem Alter.«

»Und was für ein Alter wäre das?«

»Gut in den Dreißigern«, antwortet Jonathan.

Die Espressomaschine beginnt zu gurgeln.

»Halbwegs gut aussehend und groß«, sagt Nicky.

»Fit«, sagt Jonathan.

»Tiefdunkle Haare«, sagt Nicky.

»Na ja«, sagt Jonathan.

Die Maschine zischt.

»Und ein kleines Tattoo am Arm – eine Zeile aus einem Buch.«

Die Maschine faucht, und im nächsten Moment bringt Betty eine Tasse und ein Wasserglas zu der Frau im Kittel, die ein paar Hocker weiter an einer Camel saugt. Nicky muss beinahe lächeln. Der im Dämmerlicht wabernde Rauch, die abgebrühte Barkeeperin, das trauernde Saxofon ... eine Szene wie aus einem alten Schwarz-Weiß-Krimi.

»Er hat hier letzte Woche Kaffee getrunken«, sagt sie. »Mir ist die Tasse aufgefallen.« Sie tippt auf ihrem Handy herum, fördert Freddys Lehrerfoto aus dem letzten Jahr zutage. Betrachtet es nachdenklich: Damals sah er deutlich gesünder aus.

Betty nickt, ihr Lächeln wird dünn. »Süß. Leider kann ich euch nicht helfen. Seid ihr mit dem Auto da?«

Jonathan blinzelt. »Ja.«

»Wo habt ihr geparkt?«

Jonathan nennt ihr die Straße.

»Da kannst du nachmittags nicht parken. Die schleppen dich ab.«

»Scheiße«, sagt er, klettert vom Hocker und gelobt zurückzukehren. Sobald die Tür hinter ihm zugefallen ist, beugt sich Betty vor und gibt Nicky ein Zeichen, es ihr gleichzutun.

»Dem Auto passiert nichts. Ich wollte ihn loswerden. Also, mit Fred kann ich dir nicht weiterhelfen, aber ich weiß nicht, ob mir dein Lover gefällt.«

Nicky stutzt. »Er ist nicht mein – wie meinst du das?«

»Ich sehe ihn heute zum ersten Mal«, sagt Betty und streicht über ihr Stoppelkinn, »aber ich kenne diesen Typus.«

»Und was für ein Typus wäre das?«

»Der Typus, der was zu verbergen hat.« Dann kippt sie ihren Hibiki.

Nicky rollt ihr Glas zwischen den Händen. Sie mag Jonathan – mag seine lockeren Sprüche, mag seine Lippen. Mag sogar die Verbindung über Südengland zwischen ihm und Hope Trapp.

Obwohl er *tatsächlich* zur selben Zeit wie Diana in London gelebt hat.

Und obwohl er Nickys Schlüssel vierundzwanzig Stunden behalten hat.

Und obwohl er Freddy kennt – der auch wieder kaum ein Mörder ist, aber definitiv irgendein heimliches Spiel treibt, wie seine Cousine erklärt hat.

Und jemand könnte auch ein Mörder sein, ohne dabei Cole zu sein. Ohne Sebastian zu sein.

Nicky kippt ihren Whisky, verzieht das Gesicht, kippt Jonathans Whisky, verzieht das Gesicht – Betty beobachtet alles mit Wohlgefallen – und wischt sich zuletzt den Mund ab. »Okay. Danke für den Drink.« Sie klatscht einen Fünfzig-Dollar-Schein auf die Bar – »Für deinen und für unsere« – und geht rückwärts zur Tür. »Vielleicht auf bald.«

»Ich warte auf dich, Baby Girl«, ruft Betty ihr zu.

Erst als Nicky wieder in der Gasse steht und gegen die

Sonne anblinzelt, geht ihr auf, dass Betty Freddys Namen wusste, ohne dass irgendwer ihn ausgesprochen hat.

61.

Vielleicht ist es das detektivische Fieber, vielleicht auch der Whisky – aber Nicky wäre bereit, dem weißen Kaninchen durchs Wunderland zu folgen, bis die Gasse unter einem blauen Schmetterling – der wiedergeborenen Raupe – abknickt. Sie wendet sich nach links.

Einen Moment später knallt eine Tür hinter ihr zu. Sie dreht sich um und sieht den Storch aus der Bar in seinem speckigen Gefieder auf seiner Zigarette kauen. Er schaut nach links und rechts und stakst dann auf sie zu.

Sie beschleunigt ihren Schritt, an den Lettern auf den Backsteinen vorbei: O, WAS FÜR EIN WUNDERSAMER TRAUM!

Als sie um die Ecke biegt, hat sie das Wunderland verlassen, die Gasse allerdings nicht. Sie wird nur enger, die schmuddeligen Wände rücken bis auf einen fernen Splitter sonnigen Gehweg zusammen.

»Hey!« Seine Stimme torkelt in die Sackgasse, stolpert ihr hinterher. »Mädel!«

Sie wirft einen schnellen Blick zurück – niemand außer dem Schmetterling zu sehen – und duckt sich in einen flachen Hauseingang. An der Glasscheibe in der Tür klebt ein mit roter Tinte beschriebener Zettel: WARNUNG VOR DEM ARSCHLOCH-HUND.

»Mädel! Ich will mit dir reden.« Der Professor kommt näher, seine Füße klatschen auf den Boden. Nicky weiß nicht, ob sie flüchten oder ihn attackieren soll.

Nach Alkohol und kaltem Rauch riechend, marschiert er vorbei, das ölige Haar bis auf die Schultern …

... und in ihrem Rücken eine Bellattacke, gefolgt von einem Türenbeben, das sie auf die Gasse springen lässt, in den Storch hinein, der dadurch an die Backsteinmauer gegenüber gepresst wird. Er stöhnt und die Zigarette fällt ihm aus dem Mund.

Nicky hat (unabsichtlich) ihr Knie in seinen Weichteilen versenkt und ihn (unabsichtlich) an beiden Schultern gepackt, sodass er nicht zu Boden gehen kann. Sie klammert sich an seinem schmierigen Mantel fest, dreht den Kopf. Durch die Tür kläfft sie ein tobender Köter mit Schaum an den Lefzen an, der mit beiden Vorderpfoten an der Glasscheibe scharrt.

»Scheiße, Lady«, krächzt der Professor. »Ich wollte doch nur – Gott, halt die Klappe, dummes Vieh!« Der Arschloch-Hund speichelt die Glasscheibe ein, schnappt nach ihnen.

Nicky gibt den Mann frei, tritt einen Schritt zurück – und wirbelt so schnell und unter einem so bösartigen Knurren herum, dass der Hund erschrocken abtaucht und auf der Scheibe in der Tür nur eine Spur Hundesabber zurückbleibt.

Sie wendet sich wieder dem Professor zu. »Was wollten Sie?«

Er keucht. »Fred. Macht irgendwas mit Sport. Großer, muskulöser Typ.« Als sich sein Blick auf die heruntergefallene Zigarette richtet, bückt sich Nicky und hebt sie auf. »Danke«, sagt er und pflanzt den Stummel zwischen seine Lippen.

»Sie kennen ihn?«

Er schüttelt den Kopf. »Aber ich hab ihn oft da drin gesehen.« Mit einer Daumenbewegung zur Bar hin. »Kommt immer mit Take-away an. In einer Tüte mit chinesischem Gekrakel.« Eine Qualmwolke. »Das Restaurant heißt Tigress. Das hat sich mir eingeprägt, weil meine Frau und ich mal eine Katze hatten, die auch Tigress hieß. Eines Morgens wache ich auf und sie ist abgehauen. Die Katze, nicht die

Frau. Hab sie nie wiedergesehen. Ein Jahr später wach ich auf und meine Frau ist abgehauen. Hab sie auch nie wiedergesehen.« Er seufzt. »Die Katze vermisse ich wirklich.«

Nicky mustert den Professor, seine fahle, alkohol- und rauchgegerbte Haut, seine vergilbten Fingerspitzen, die traurigen Augen; sie stellt sich ihn gesund oder wenigstens voller Hoffnung vor, mit einem Job und einer Verabredung zum Essen und – warum nicht? – einer Katze. »Warum erzählen Sie mir das?«

Er streicht sein Hemd glatt, das mit Brandlöchern durchsiebt ist, als hätte ihn ein übereifriger Killer mit Schrot beschossen. »Mit dem Mann stimmt was nicht. Vor ein paar Monaten taucht er auf und sieht aus, als hätten sie ihn rückwärts durch die Hölle geschleift. Seither kommt er immer wieder mit seinem chinesischen Essen an, immer nervös, und ein bisschen später taucht dann ein junger Bursche auf, setzt sich zu ihm und …«

»Wer?«

»Keine Ahnung. Aber sie reden eine Minute, dann verschwindet der andere wieder. Und Ihr Mann auch, sobald er seine Dim Sums gegessen hat. Vielleicht einmal in der Woche.«

»Und wann? An welchem Tag, meine ich?«

»Mädel, ich weiß nicht mal, welchen Tag wir heute haben.« Er zieht an seiner Zigarette, schnippt sie auf den Boden.

Nicky klopft ihre Taschen ab, angelt ihren Geldbeutel heraus. »Danke, Sir«, sagt sie und hält ihm einen Zwanziger hin. Er schnappt ihn blitzschnell aus ihren Fingern.

»Passen Sie auf sich auf, Miss.« Dann wackelt er die Gasse wieder hoch zurück ins Wunderland. »Der Mann könnte eine harte Nuss sein.«

»Bin ich auch«, ruft sie ihm nach.

62.

Niemand hat ihr geschrieben: weder Cole noch Freddy, obwohl sie ihm mehrmals gedroht hat. Und wer sollte sie ansonsten kontaktieren? *Du bist die Letzte aus dieser Familie.*

Madeleine schlurft aus ihrem Zimmer, steigt die Treppe hinauf; als sie oben angekommen ist, geht hinter ihr die Haustür auf und Nicky tritt mit einem hoffnungsvollen Lächeln ein.

Ihre Umarmung ist Stunden her. Madeleine geht weiter.

In der Tür zum Schlafzimmer ihres Vaters bleibt sie stehen; sie sieht ihn unter der Decke liegen und gleichmäßig unter dem roten Betthimmel schnarchen, mit geschlossenen Augen und die Hände auf der Brust gefaltet. *Vermutlich eine Vorschau auf das Ende,* denkt sie.

»Irgendwas Neues von Frederick?«

Erst jetzt bemerkt sie Simone am Bett ihres Vaters. Immer noch im Bademantel. Auch Madeleine hat sich noch nicht umgezogen. Vielleicht sollten sie sich beide endlich ankleiden.

»Frederick?«, fragt ihre Tante flehentlich.

Madeleine schüttelt den Kopf. Geht weiter.

Wie viel *hat* Freddy mit der Sache zu tun? Die Schmetterlinge, die Nachrichten – es könnte alles eine One-Man-Show sein. Allerdings garantiert nicht, wenn Freddy dieser eine Mann ist. (Garantiert?) Coles einziger Freund: sein Bodyguard im Umkleideraum, sein Pfadfinderkamerad, sein Übernachtungsgenosse. Haben sie sich wiedergefunden?

Ein schlaffes Absperrband hängt vor der Tür jenes Raumes, der für sie immer noch das Zimmer ihrer Mutter ist. POLIZEI POLIZEI, krakeelt es arrogant. Betreten verboten.

Sie duckt sich darunter durch.

Hier drin kommt ihr die Luft dünner vor; die violetten

Wände sind verblasst. Das Bett ist gemacht, ein dunkles Kleid liegt wie ein Kreideumriss darauf und auf dem Boden steht eine Reisetasche.

Vielleicht fühlt sich ein Raum so an, sieht ein Raum so aus, wenn jemand darin gestorben ist.

Obwohl Diana nicht hier drin gestorben ist.

Diana hatte in Samarra sterben wollen. Diana hatte noch reisen wollen. Diana hatte Pläne.

Stirnrunzelnd sieht Madeleine auf den Tisch. Warum hat sie dann diese Nachricht geschrieben?

Die Polizei hat das Unglücksfenster geschlossen. Madeleine stellt sich an die Scheibe, darauf bedacht, nicht das Fensterbrett zu berühren, und schaut nach unten in den Garten, in den Teich. Ein paar herzförmige Seerosenblätter. Fische, die im klaren, schwarzen Wasser dahintreiben.

Hatte sie Selbstmordgedanken?

War sie betrunken?

Wurde sie gestoßen?

Madeleine wendet sich ab, geht zur Kommode, auf der nichts als eine Lampe und eine schwarze Parfümflasche und eine weiße Schmuckkassette stehen, alles im Spiegel verdoppelt. Als sie den Deckel des Kästchens anhebt und damit einen kleinen Schlüssel aufzieht, treiben zerbrechliche, metallische Klänge wie Luftballons durch das Nachmittagslicht. Ein französisches Lied: Madeleine erinnert sich an die Melodie aus dem Französischunterricht der siebten Klasse.

Nach ein, zwei Sekunden inspiziert sie die Parfümflasche. Endlich erfährt sie, wie Dianas mysteriöser, sauberer, kühler und weicher Duft heißt: *Mystery*. Reichlich fantasielos, findet Madeleine.

Sie sprüht etwas davon auf ihr nacktes Handgelenk. Schraubt den Deckel wieder zu, stellt die Flasche auf die Kommode zurück, hebt den Arm an die Nase.

Die Musik schläft langsam ein; die zaghaften blechernen Noten verenden zittrig. Madeleine schließt den Deckel der Schmuckkassette, streicht mit der Hand darüber und verlässt das Schlafzimmer. Das Absperrband löst sich von der Tür; sie sieht es zu Boden flattern, bückt sich danach, presst es wieder gegen den Türrahmen.

Während sie den Gang zum Zimmer ihres Vaters entlanggeht und das letzte Echo der Melodie aus ihrem Kopf verschwindet, erinnert sie sich an den Titel: »*J'ai descendu dans mon jardin.*«

Ich ging hinab in meinen Garten.

63.

Simone empfängt Nicky in der Küche, indigniert und offenkundig überrascht, dass sie das Haus verlassen hatte – noch dazu mit Jonathan (»Keine Ahnung, was dieser Betty-Typ gemeint hat«, hatte er gesagt. »Da war überhaupt kein Parkverbot«).

»Die Detectives haben mich auf ihn angesprochen.« Simone ist noch im Morgenmantel und sitzt auf einem Hocker, über die Kücheninsel gebeugt, auf der ein Becher Kaffee steht. »Sie haben mich sogar gefragt, ob er mich an jemanden *erinnert!* Womit *Cole* gemeint war. Als würde ich meinen eigenen *Neffen* nicht erkennen.«

Nicky empört sich mit ihr. Wer könnte Jonathan Grant mit Cole Trapp verwechseln? … Offenbar die Polizei.

Sie nimmt einen Milchkarton aus dem Kühlschrank, wartet insgeheim auf eine spitze Bemerkung, dass sie sich anscheinend schon sehr zu Hause fühlt; stattdessen lädt Simone sie ein, die Fotos vom vergangenen Abend durchzusehen.

»Ich dachte, ich sollte ein paar Fotos machen, falls Sie welche für Ihr … Erinnerungsbuch brauchen«, erklärt die letzte überlebende Mrs. Trapp, während sich Nicky neben sie setzt. Zwei von Simones Fingern wischen regelmäßig wie Scheibenwischer über das Display. »Da ist die Champagnerpyramide. Ach, ich ertrage den Anblick nicht.« Wisch. »Warum habe ich bloß die Shrimpcocktails fotografiert?« Wisch-wisch-wisch-wisch. »Lionel Lightfoot. Ich weiß wirklich nicht, was Diana sich dabei gedacht hat.«

Sie wird kurz still.

Als Nächstes kommt Freddy. Simone seufzt. »Er verhält sich in letzter Zeit so *unberechenbar.* Diese *Szene* gestern Abend. Ich wünschte … ich wünschte, er würde sich endlich melden.«

Jetzt beschwört sie Diana herauf: im strahlenden Kleid, mit offenem Haar, ein leeres Glas in einer Hand und im Gespräch mit Freddy, den Blick aber an ihm vorbeigerichtet. »Oh«, sagt Simone.

Er hat sie geküsst.

Auf dem nächsten Bild hält Freddy die Kamera auf Armeslänge über seinen Kopf und er und seine Mutter flankieren Diana. »Er bestand auf einem Selfie«, erklärt Simone. »Was für ein Winkel.« Sie runzelt die Stirn. Auch auf dem Bild runzelt sie die Stirn und wirkt leicht zerzaust – das silberne Haar hat sich in ihrer silbernen Kette verfangen, ihre Wimpern sind mit Mascara berußt.

Dianas Ränder sind leicht verschwommen. Sie wirkt beinahe schemenhaft.

»Können Sie mir das Bild schicken?«, fragt Nicky und überrascht sich mit der Bitte selbst. »Ich hätte es gern – einfach so.«

»Freddy wollte es auch haben.« Simone reicht ihr das Handy und Nicky schickt sich das Foto weiter. Es ist tröstlich zu wissen, dass Diana in ihrem Handy weiterlebt, als Geist in der Maschine.

»Und da ist Sebastian. Oder wenigstens ein Teil von Sebastian. Sie sehen selbst, wie schwierig es ist, ihn ganz einzufangen, wenn er mit einem kleinen Gegenüber spricht wie dieser Frau im Rollstuhl.« Dann Sebastian beim Lachen, Sebastian beim Verbeugen, Sebastian beim Biertrinken.

»Waren Sie schon immer in ihn verliebt?«

Nicky weiß sofort, dass sie die Erste ist, die Simone diese Frage stellt. Sie dreht beinahe fassungslos den Kopf, wie ein einsamer Geist, der unerwartet sichtbar wurde.

Dann beginnt sie zu sprechen – ganz, ganz leise: »Seit meinem Hochzeitstag.« Ihre Mundwinkel heben sich. »Da sah ich ihn zum ersten Mal. Wir hatten unser erstes Date –Dominic und ich, meine ich –, als Sebastian gerade mit Hope und Madeleine zusammen eine lange Lesereise angetreten hatte. Ich weiß nicht mehr für welches Buch. Das tut auch nichts zur Sache. Dann wurde ich schwanger, und meine Mutter wollte nicht, dass das Kind unehelich geboren wurde – und so heirateten Dominic und ich sechs Wochen später. Sie waren auch nicht bei der Probe. Sebastian und seine Familie. Ihr Flug war abgesagt worden, glaube ich. Auch das tut nichts zur Sache. Aber am folgenden Morgen …« Sie schließt die Augen. »Als ich ihn als Trauzeuge im Anzug neben Dominic am Altar stehen sah, dachte ich: O nein – *dich* will ich, *dich* liebe ich, nur *dich, dich, dich.*« Sie strahlt die Decke an, entblößt ihre Kehle, und kurz kann Nicky die Simone von früher erkennen, bevor das Leben Falten in ihr Gesicht grub und das Alter ihr Haar zebrastreifte. *»Warum du?«*, fragt sie hilflos. *»Warum jetzt? Wenn ich gerade zum Altar gehe?«*

Nicky hört ihr zu.

Simone kehrt ins Hier und Jetzt zurück, schlägt die Augen auf. »Natürlich sagte ich: ›Ich will‹ zu Dominic. Und es war mir ernst. Er war der Wegbereiter. Und ich liebte ihn wirklich, ich liebte auch Frederick, damals und heute und bis zu meinem letzten Atemzug. Ich war Sebastian und Hope eine pflichtbewusste Schwester, und nach – nach der Silvesterfeier, all die Jahre hindurch kümmerte ich mich um Sebastian. Wie wir alle. Als dann mein Mann starb, dachte ich – *hoffte* ich –, dass ...«

Nicky spürt, wie ihr Blut schneller fließt. *Das kann einem doch keine Ruhe lassen, oder?,* hatte Simone gefragt. *Jemandem das Leben zu nehmen. Und sich nie jemandem anvertrauen zu können. Wer bringt so was fertig?*

Cui bono, hatte Nicky geantwortet. Wer *profitierte* damals von Dominics Tod? Und wer nun von Dianas?

Simone seufzt. »Aber ich wusste nicht, wie ich es bewerkstelligen sollte, dass Sebastian etwas anderes in mir sehen würde als seine Schwägerin. Die keine Sekunde den Mund halten kann, die ihren Jungen herumkommandiert, immer das Sagen haben muss. Tut auch nichts zur Sache.«

Ihr Handy wird schwarz. Sie tippt automatisch darauf und Sebastians Gesicht taucht wieder auf. Simone betrachtet ihn.

»Dann brachte er Diana ins Haus. Das hatte ich nicht kommen sehen.«

Und jetzt ist Diana tot. Diana, die das wahrscheinlich auch nicht kommen sah.

Simone lässt den Löffel in ihrer Teetasse kreisen. »Ich interessiere mich nicht für Kriminalromane. Ich finde sie lächerlich. Sogar die Simon-Romane. Natürlich habe ich sie alle gelesen. Ich habe auch Sherlock Holmes gelesen. Ich wollte verstehen, was *er* in ihnen sah. Ich kann mich nur an den Mann erinnern, der sich Jahre zuvor auf einer Ozeanreise in eine Frau verliebte und später zu Sherlock sagte: ›Als wir uns trennten, war sie ein freies Weib, aber ich war kein freier Mann mehr.‹« Noch ein schwaches Lächeln. »Sie sind eine gute Zuhörerin. Ich verstehe, warum die Menschen mit Ihnen reden.«

»Mhm«, antwortet Nicky schluckend.

»Haben Sie schon einmal jemanden geliebt, der Ihre Liebe nicht erwidert hat?«

Ich frage mich, ob Simone *ihn abserviert hat,* hatte Jonathan über einen längst verblichenen Watson gesagt. *Ich frage Freddy, ob er seiner Mutter auch einen Mord zutraut. Und er antwortet: »Dude, ich traue meiner Mutter einen Völkermord zu.«*

»Ja«, antwortet Nicky, die Stimme im Würgegriff.

»Es kann beinahe angenehm sein, habe ich festgestellt.« Simones Fingerspitze gleitet über das Display. Kurz sitzen sie schweigend nebeneinander. »Aber die meiste Zeit ist es unerträglich. Oh – schon nach fünf. Wahrscheinlich gehen sich die Katzen inzwischen an die Gurgel. Ich muss los. Natürlich werde ich die Beerdigung organisieren. Sebastian kann das nicht. Madeleine wahrscheinlich auch nicht.« Sie klettert von ihrem Hocker. »Ich finde, Sie sollten ebenfalls verschwinden.«

Nicht nur für einen Abend, meint sie. »Ich verstehe.«

»Es hat einen Todesfall in der Familie gegeben. Sebastian ist krank, Madeleine ist … Madeleine. Frederick zerstört fremdes Eigentum und attackiert fremde Menschen – bitte entschuldigen Sie, übrigens.«

Nicky räuspert sich. »War nicht meine erste Ohrfeige.«

»Bestimmt können Sie und Sebastian Ihr Projekt bald weiter diskutieren. Aber vorerst …«

»Ich verstehe. Wirklich.«

Simone steckt das Handy ein. In der Tür bleibt sie stehen, sieht an ihrem Morgenmantel herab. »Ich werde darin heimfahren, denke ich«, sagt sie. »Es ist seiner.«

Nachdem sie gegangen ist, leert Nicky ihr Milchglas und atmet tief durch. *Das detektivische Fieber wird Sie nicht mehr loslassen.*

Sie spielt kein Schach, dennoch kann sie das Brett vor sich sehen: Simone opfert einen Springer, um ihren Platz an der Seite des Königs einzunehmen. Aus dem Nichts erscheint die Königin. Irgendwann schlägt Simone auch sie.

Nicky zupft an ihrem Daumennagel. Aber warum sollte Simone erst wenige Monate vor Sebastians Tod zur Tat schreiten? Vielleicht fühlt man sich irgendwie verpflichtet, die Sache zum Abschluss zu bringen, wenn man schon zwei Menschen aus einem einzigen Grund umgebracht hat …

Sie senkt den Kopf, greift nach ihrem Glas.

Warum nicht drei Menschen?

Und jetzt ein Dröhnen in ihren Ohren, als das Fieber sie packt: Was war mit der ersten Königin? Wo war Simone in dieser Nacht? Zu Hause, sagte sie, mit ihrem Mann und ihrem Sohn.

Und Cole.

64.

Oben sitzt Madeleine auf dem Stuhl neben dem Bett ihres Vaters und betrachtet im matten Nachttischlampenlicht nachdenklich seine Hände. Pianistenhände, sagte ihre Mutter früher: lange, feinknochige Finger. Madeleine vergleicht sie mit den Fingern, die in ihrem Schoß liegen. Pummelig, das weiß sie, oder zumindest klobig.

Nun hat er zwei Ehefrauen verloren. Und ein Kind.

»Sie hatte ein trauriges Leben.«

Madeleine schreckt auf. Seine Augen sind geschlossen,

seine Lider bläulich und dunkel wie die Augenhöhlen in einem Totenschädel.

Es bleibt still, bis sie halb glaubt, sie hätte sich seine Stimme nur eingebildet. Hinter dem Fenster verglimmt das letzte Abendlicht.

»Ein trauriges Leben«, wiederholt er und schlägt die Augen auf. Madeleine fragt sich, ob er immer noch high ist.

»Sie hatte fünf Jahre mit dir«, sagt sie. »Ihr seid gereist. Ihr …« Sie waren Freunde gewesen. Sie hatten oft miteinander gelacht. »… habt euch geliebt«, beendet sie den Satz.

Aber er rollt den Kopf auf dem Kissen hin und her. »Ihr wahres Leben war schon vor mir zu Ende.«

Madeleine fällt alles wieder ein.

»Darum hat sie sich zurückgezogen. In die Vergangenheit, wo ihr alles vertraut war. Wenn du mich fragst, ist sie aus diesem Grund nach San Francisco zurückgekehrt: nicht, um ihr Leben zu leben, sondern um ihr Ende abzuwarten.« Jetzt sieht er seine Tochter an. »Wir waren beide nicht unsere erste Wahl. Aber gerade darum passten wir zueinander: Wir hatten uns damit abgefunden. Keiner von uns suchte nach einem Leben jenseits von jenem, das wir schon geführt hatten. Wir waren gegenseitig unser Nachleben.« Seine Augen sind feucht. Dann, mit einem traurigen Lächeln: »Nur herein.«

Madeleine dreht sich um. Nicky steht in der Tür wie ein Todesengel, der nicht genau weiß, ob er zu spät oder zu früh kommt. »Entschuldigen Sie die Störung«, sagt sie. »Ich sollte abreisen. Bestimmt wollen Sie das Haus für sich allein.«

Madeleine nickt zufrieden. Sie und ihr Vater haben diesen Krieg schon einmal geführt, zu zweit gegen die ganze Welt, zu zweit gegen dieses Haus: sie haben damals gemeinsam in die dunklen Flure gespäht, gemeinsam die Last dieses Dachbodens geschultert, nebeneinander vor den Fenstern zurückgescheut …

»Es würde mich tief treffen, wenn Sie jetzt abreisen würden, Miss Hunter. Maddy«, er hält ihr seine Hand hin, »bitte sag unserem Gast, dass wir sie unbedingt hierbehalten möchten.«

Irritiert drückt sie seine Finger. »Heute Abend reist jedenfalls niemand irgendwohin.«

»Bleiben Sie noch einen Augenblick, Miss Hunter. Ihr wisst, dass ich mir für Diana nichts sehnlicher gewünscht habe als die Mutterschaft. Sie besaß eine wesentliche, *elementare* Eigenschaft für eine gute Mutter.«

Madeleine hätte sich beinahe mit erhobener Hand zu Wort gemeldet. »Güte?«

»Nein. Sie *besaß* Güte, aber nein.« Er sieht Nicky an, die nach kurzem Überlegen antwortet: »Diana war erbarmungslos.«

»Sehr gut. Das musste sie auch sein, um so einen Verlust zu überleben. Nicht viele Menschen hätten das in ihr gespürt, aber Sie schon.«

Madeleine sieht wütend ihren Vater an, will, dass er mit ihr spricht, nicht mit dieser Fremden – und jetzt tut er es auch. »›Die Liebe einer Mutter zu ihrem Kind ist mit nichts auf der Welt zu vergleichen. Sie kennt kein Gesetz, kein Mitleid. Sie riskiert alles und tritt erbarmungslos alles nieder, was ihr im Weg steht.‹« Seine Hand bewegt sich in ihrer. »Also sprach Agatha Christie. Und eine so erbarmungslose Frau wie sie wäre eine wunderbare Mutter gewesen.« Sebastian sinkt tiefer in die Kissen, seine Stimme schwindet. »Aber sie wollte es nicht noch einmal versuchen, nicht noch einmal riskieren. Nicht noch einmal alles verlieren.«

Einen Augenblick später ist er schon wieder eingeschlafen und schnarcht. Madeleine dimmt die Lampe. Als sie sich zur Tür dreht, ist Nicky verschwunden.

Im dunklen Flur – natürlich hatte Diana es immer übernommen, die Wandleuchten einzuschalten – stolpert Madeleine über den verfluchten Hund. Zu zweit steigen sie in den Garten hinab. Während Watson einen Buchsbaum mit Stickstoff düngt, blickt Madeleine in die dunkle Ecke, wo heute früh (war das wirklich heute?) ihr Vater vor Schmerz brüllend seine Frau in Armen hielt; wo jetzt die Fische gleichgültig durchs Wasser ziehen.

Sie schaudert.

Im nächtlichen Salon, wo der Kristalllüster wie ein vergessener Christbaum von der Decke strahlt, haut Madeleine auf das Regal ein, bis ihr die Wand entgegengleitet. Die Beleuchtung im Katerzimmer ist weich und schummrig.

Sie setzt sich auf die Chaiselongue. Ihr Blick wandert über die Wände, über die Galerie aus Drucken und Karten – hatte Diana all diese Orte besucht? Madeleine hat sie das nie gefragt.

Das Licht erstirbt.

Jetzt lauscht sie dem Teichwasser, dessen Plätschern knapp über dem Boden durch das Lüftungsgitter dringt. Dianas Körper lag in diesem Teich. Ihr Blut floss ins Wasser. Was Madeleine hier hört, dieses Wasserrauschen, ist tatsächlich rauschendes Blut.

Und während es in ihren Kopf strömt, sucht sie ihr Handy heraus und tippt eine Nachricht an ihren Bruder ein.

Magdala.

Ich fürchte mich.

Die Antwort kommt postwendend.

Magdala.

Ich glaube, du fürchtest dich längst nicht genug.

65.

»N'Abend«, sagt Jonathan.

»N'Abend«, antwortet Nicky, das Handy zwischen Schulter und Ohr geklemmt.

»Zu spät für einen kleinen Schwatz?«

Es ist noch nicht einmal halb zehn, aber sie könnte ein ganzes Jahr lang schlafen. *Gehen Sie schlafen*, sagte Diana erst gestern Abend (war das wirklich erst gestern Abend?). *Und dann nehme ich ein paar Tabletten und schlafe durch bis nächste Woche.*

Jonathan ist nicht zu bremsen. »Ich habe ein bisschen nachgedacht. Nachdem ich dich abgesetzt hatte. Und ich denke, dass dieser Schmetterling auf der Schreibmaschine – dass das nur ein Witz sein sollte oder so.«

Nicky versucht, ein Bein in ihre Pyjamashorts zu bugsieren, verfehlt den Einstieg und stolpert über die Dielen.

»Hört sich nach einem Rugbymatch an.«

»Fühlt sich auch wie eins an.« Sie pickt mit dem Finger auf die Lautsprechtaste, wirft das Handy aufs Bett.

»Aber sie – die Polizei, meine ich – hält ihn für eine Drohbotschaft?«, fährt er fort. »Sie glauben, dass dieser Origamikünstler – ob es nun Cole Trapp war oder wer auch immer – wissen könnte, was aus der Ehefrau, der Mutter wurde? Und dass er Sebastian zu einem Geständnis zwingen will? Und dass es nicht Fred ist?«

Nicky zerrt die Shorts über ihre Hüfte. »Das ist eine von mehreren Theorien.«

»Und er will Sebastian damit einschüchtern?«

Sie lässt sich auf der Bettkante nieder und dann nach hinten fallen. »Oder ihm eine Falle stellen. Oder ihn erpressen. Oder ihn terrorisieren. Aber er scheint ziemlich sicher zu sein, dass Sebastian in irgendeiner Hinsicht schuldig ist.«

Eine Hand fährt über die Decke, berührt das Tagebuch.

»Ich glaube, ich würde gar kein Origami zustande bringen. Könntest du kleine Papiertiere falten?«

»Ich kann kaum eine Serviette falten.«

Sein Lachen klingt verkniffen. »Sie wollen mit mir reden. Die Bullen. Das macht mich ein bisschen nervös.«

»Ich würde mir keine Sorgen machen. Die Wahrheit ist die beste Verteidigung.« Nicky kriecht unter die Decke, legt das Tagebuch auf ihren Bauch.

»... er war als Kind auffallend klein«, hört sie Jonathan sagen, »und dieser Krümel soll sich zu einem atemberaubenden Seebären wie mir entwickelt haben, ist das der Gedanke dahinter?«

Während er irgendwo bei ihrer Hüfte weiterplappert, blättert Nicky zu dem letzten Eintrag, den sie gelesen hat (erst gestern – war das wirklich erst gestern?) *Etwas aufregendes pasiert!!*

Sie blättert um und blättert weiter – alle Seiten sind leer. Hier, im Juni 1999, verstummt Coles Stimme.

Ihre Augen versagen ihr den Dienst. Sie schließt sie, breitet das Buch aufgeschlagen über ihre Brust. Als Jonathan kurz schweigt, murmelt sie: »Ja.« Und sofort redet er weiter wie eine Aufziehpuppe.

Erst in der letzten Sekunde vor dem Einschlafen hört sie ihn noch einmal – klar, leise und weich:

»Wieso bist du so sicher, dass ich mir keine Sorgen machen muss?«

Mittwoch, 24. Juni

66.

Etwas summt.

Madeleine schlägt ein Auge auf. Ihr Handy zittert sich übers Kissen. »Hallo?«, meldet sie sich verschlafen.

»Ms. Trapp, ich bin vom *Chronicle.* Wir würden gern mit Ihnen über die Frau Ihres Vaters sprechen …«

»Ich würde mir lieber ein Bein abhacken!«, schreit Madeleine.

Dreiunddreißig verpasste Anrufe stapeln sich auf ihrem Display, alle von unbekannten Nummern. Dreizehn Nachrichten wurden aufgesprochen. »Madeleine«, gurrt ein eine fremde Stimme, »mein tiefstes Beileid. Ich gehöre zur Redaktion von …« Löschen. »Guten Morgen. Wir würden gern von Ihnen einige Details bestätigt bekommen …« Löschen.

Schweiß im Blut, Säure im Magen, mordet sie Nachricht um Nachricht – *Lasst mich in Ruhe, lasst uns in Ruhe* –, aber als das Handy wieder erschauert, als wollte es sich wehren, nimmt sie das Gespräch an. »Verwählt.«

»Hier ist der *Oakland Star.* Könnten Sie auf ein paar Worte zu uns kommen?«

»Als würde ich dafür extra nach Oakland fahren«, faucht Madeleine.

»Nicht nötig. Sie brauchen nur aus dem Haus zu kommen.«

Madeleine dreht sich zum Fenster, reißt die Vorhänge zurück.

Ein Dutzend Fremde haben sich unten an der Einfahrt versammelt, wie Vampire, die auf eine Einladung ins Haus warten. Zwei haben eine Kamera geschultert; die übrigen hacken auf ihre Handys ein, nur eine Frau nicht, die eben in Madeleines Ohr spricht.

»Wenn Sie nur ein paar Minuten …«

Madeleine schießt so wütend von ihrem Bett, dass Watson aufschreckt, und rennt im Pyjama in die Eingangshalle. Mit trockener Zunge, zugeschnürter Kehle, eng sitzender Haut: Es ist wieder Neujahr, es ist wieder der ganze verfluchte Januar und der ganze verfluchte Winter. Sie wird die Haustür aufreißen und in die Vergangenheit hinausschreien.

Die Haustür steht schon offen. Wie eine Klinge schneidet ein Lichtkeil durch den Marmor.

Madeleine erstarrt.

»… Familie bittet um Privatsphäre in dieser … schweren Zeit. Mister Trapp hofft, bald eine Erklärung abgeben zu können, aber im Moment bittet er … einfach um Zeit zum Trauern.«

Madeleine verharrt neben der Tür. Eine Tasche quer über der Schulter, spricht Nicky wie eine kleine Stadtausruferin von der Vortreppe aus zu den Kakerlaken.

»Bitte.« Sie schwenkt ihr Handy. »Niemand möchte ein Onlinevideo davon sehen, wie er einen Witwer belästigt.«

Noch während sie ins Haus zurückkommt und die Tür schließt, beginnt sich die Gruppe zu zerstreuen. »Was war das?«, zischt Madeleine.

»Jesus!« Nicky macht vor Schreck einen Satz. »Entschuldigung. Ich habe vom Dachboden aus den Mob gesehen und mich gefragt, was Simone in so einem Fall tun würde. Wahrscheinlich würde sie ihn verscheuchen, bevor Sie oder Ihr Vater …«

Ein leises Wuff. Watson steht in der Schlafzimmertür. »Kommen Sie in mein Zimmer«, sagt Madeleine und verschwindet dort kurz im Bad, um Atem zu holen und sich das Gesicht zu waschen.

Als sie wieder ins Zimmer kommt, liegt die Hündin schnarchend genau dort, wo sie eben noch gebellt hat, und Nicky steht am anderen Ende des Zimmers vor dem Druck mit der optischen Täuschung. »Im Polizeibericht gab es gestern Abend eine Kurzmeldung«, erklärt Nicky. »Nur ›Diana Trapp gestorben, vermutlich ohne Fremdeinwirkung.‹«

Wer's glaubt, denkt Madeleine.

»Als ich aufgewacht bin, hat schon der Hashtag ›Nachfolgemord‹ getrendet.«

»Na wunderbar. Ganz wunderbar.« Madeleine geht zum Bett, starrt wütend aus dem Fenster. Die letzten Kakerlaken verziehen sich. »Fickt euch«, murmelt sie.

»Verzeihung?«

»Ich habe nur geflucht.« Sie dreht sich zu Nicky. »Danke. Dafür, dass … Sie getan haben, was Simone getan hätte. Wollen Sie abreisen?« Mit Blick auf die Reisetasche.

»Ich brauche einen Tapetenwechsel. Ich muss schreiben.« Nicky räuspert sich. »Und: Ja, Ihr Dad hat mich gebeten, noch zu bleiben, aber – ich denke, ich sollte gehen. Wirklich. Wie ich gestern gesagt habe: Sie trauern und …« Die Stimme bricht in ihrer Kehle wie eine dünne Eisplatte.

Madeleine beobachtet es entsetzt. Ihre Arme begehren auf, heben sich von selbst zu einer Umarmung, bis Madeleine sie energisch vor der Brust verschränkt.

»Entschuldigung«, murmelt Nicky und schmiert mit einem Fingerrücken unter ihren Augen entlang. »Sie war – ein wirklich guter Mensch.«

Madeleine tätschelt ihren Kopf wie einem braven Hund und hört sich sagen: »Sie werden feststellen, dass es nicht so einfach ist, dieses Haus zu verlassen. Außerdem ist es Dad gewohnt, Frauen um sich zu haben. Mich. Diana. Watson.« Die Hündin strampelt prompt im Schlaf. »Und vielleicht ist die Vergangenheit ein besserer Ort für ihn. Selbst wenn sie hinter uns liegt.«

»Falls sie nicht auf der Lauer liegt.«

Madeleine zieht die Stirn in Falten.

»Das hat er gesagt«, erklärt Nicky. »›Die Vergangenheit liegt nicht hinter uns. Sie liegt auf der Lauer.‹«

Madeleine muss an ihren Bruder denken, der auch irgendwo auf der Lauer liegt. Aber mit welcher Absicht?

Angenommen, Cole wäre tatsächlich ... wie auch immer ... *beteiligt* an Dianas Tod. Weil er vielleicht dachte, sie wüsste etwas über ihre Mutter. Oder weil er Sebastians Aufmerksamkeit auf sich ziehen wollte. Warum auch immer – angenommen, er hätte sich vom Schmetterlingsfalter weiterentwickelt. Sollte sie in diesem Fall nicht der Polizei von seinen Nachrichten erzählen? Bekäme das Haus, ihr Vater dann vielleicht Polizeischutz?

Ich glaube, du fürchtest dich längst nicht genug.

Mit jeder Stunde verdunkelt sich der Schatten, den er in ihrem Kopf wirft. Sie braucht eine Verbündete.

»Bitte bleib«, sagt Madeleine.

Nickys Handy zirpt. »Ich werde abgeholt. Aber ich komme wieder«, ergänzt sie und steigt dabei vorsichtig über den Hund hinweg.

Madeleine springt aufs Bett, starrt aus dem Fenster. Keine Schaulustigen, nur ein bananengelbes Taxi, das die Auffahrt heraufgleitet und Nicky entführt.

Watson fixiert sie mit einem rollenden Auge, während sie sich nähert. Draußen in der Eingangshalle kann sie sich fast atmen hören. Der Cateringservice hatte gerade erst die Ruinen der Champagnerpyramide zusammengefegt, als

Simone energisch das Haus räumte; in den Ecken liegen immer noch zusammengeknüllte Servietten wie Tumbleweeds, unter ihren Füßen zersplittern winzige Zahnstocher. Das ganze Haus scheint kurz vor dem endgültigen Untergang: *Der Untergang des Hauses Trapp*, denkt sie. Sie mochte Poe nie besonders, aber sie erinnert sich noch gut an diese Geschichte, an dieses Haus mit seiner heruntergekommenen neogotischen Halle und der unglückseligen Frau, die dort hauste. Madeline.

67.

Im Taxi telefoniert Nicky erst mit Irwin (der schon von Dianas Tod gelesen hat), und dann mit Julia (die das nicht hat). Sie versichert beiden, dass sie bald heimkommen wird – aber sie hat die Nacht überlebt, oder etwa nicht?

Kein Lächeln von Irwin, obwohl er die schnaufende Potato auf dem Schoß hält. »Böse Menschen haben eine Schwäche für Unschuld, Nicky.« Er sagt das leise, aber eindringlich. »Und du bist die unschuldigste Person, die ich kenne, und außerdem die mit dem größten Herzen. Und es gibt dich nur einmal.« Sofort geht ihr das große Herz über.

»Du bist die sturste Person, die ich kenne«, sagt Julia. »Genau das hatte ich befürchtet – habe ich es nicht von Anfang an gesagt?« Kein Strohhalmgurgeln diesmal; nur ihre gepresste Stimme. Nicky würde sie gern mit einem Wort des Tages ablenken, aber ihr fällt kein einziges ein und Julia ist ohnehin nicht in Stimmung.

Auf ihrem Display tummeln sich die Nachrichten, darunter sogar ganz oldschool ein paar Voicemails: Freunde und Kollegen sorgen sich um sie. Nicky nimmt sich fest vor, heute Nachmittag ein Lebenszeichen zu schicken, sobald sie dieses fatale Klopfen in ihrem Kopf zum Verstummen gebracht hat.

Am Dragon Gate in Chinatown steigt sie aus. Der Wagen rollt weiter, weg von einer Bestattungsprozession, die durch die Bush Street in Richtung Osten kriecht.

Sie bleibt im Schatten der drei mit grünen Ziegeln gedeckten Pagodendächer des Tors stehen. Zwei identische Seeungeheuer grüßen sich auf dem Giebel, und in der Toröffnung hängt ein wie ein exotischer Teppich bemaltes Schild mit goldenen Schriftzeichen. Neben den kleineren Durchgängen zu beiden Seiten wachen mit lila Lippenstift geschminkte Steinlöwen.

Und hinter dem Dragon Gate, die steil ansteigende Grant Avenue hinauf, Stimmengewirr.

Nicky macht sich an den Aufstieg – vorbei an Antiquitätengeschäften, einigen kleinen Restaurants, ausnahmslos zweisprachig beschrifteten Schaufenstern. Vor ihr wettern drei blonde Frauen in Designersportkleidung gegen Lohndiskriminierung. Die blondeste drückt Nicky ein Flugblatt in die Hand. »Mach dich schlau!«

Ab der Kreuzung flacht die Grant Avenue ab, dafür erhebt sich unerwartet die Pine Street in Richtung Westen, so als wollte sich die Stadt selbst Nicky in den Weg stellen. Sie nähert sich dem ausfransenden Rand einer Menschenmenge.

Zwischen Feuertreppen und Balkons, Fenstern und Hausdächern wurden dicke, rubinrote und mit Troddeln behängte chinesische Laternen über die Straße gespannt, die den Block zu erdrücken scheinen. Menschenmassen schieben sich zwischen den Ständen durch – Köche traktieren ihre Woks, Kinder versuchen Seidenschals und Tourishirts an den Mann zu bringen. Auch hier gibt es exotische Tierwesen: Eine ganze Schar von Drachen gleitet durch das Gedränge, in knallbunten Farben und freudekreischend unter den Schuppen. Nicky späht kurz unter den Bauch eines blutroten Monsters – ein halbes Dutzend Schulkinder auf Stelzen, die von den Passanten fordern: »AUS DEM WEG! AUS DEM WEG!«

Auf den Bürgersteigen stauen sich die Menschen, stehen mit den Rücken gegen die Schaufenster gepresst. Nicky sieht auf ihr Handy. Kann sie sich knapp hundert Meter durch die Menge kämpfen?

Ein Drache kehrt inmitten in der Menge um. Nicky packt eine Faustvoll blauer Schwanzfedern und lässt sich mitziehen.

An der Hälfte des Blocks angelangt, entdeckt sie eine Lücke und biegt ab zur Tür des Restaurants Tigress. Überblickt das Interieur: weiße Tischtücher, lachende goldene Buddhas. Fünf Gäste, keiner davon Freddy.

Als die Bedienung auf sie zukommt, zeigt ihr Nicky das Selfie von Freddy und Simone und zieht sein Gesicht groß. Die Frau antwortet lächelnd und in kaum verständlichem, weichem Englisch: »Weise.«

»Ich möchte ihn sprechen.«

»Wei-*se.*«

Nicky runzelt die Stirn.

»Weise, weise!«, beharrt die Frau und führt Nicky aus dem Restaurant und durch die Touristen, die ihre Selfiesticks wie Florette durch die Luft schwenken, zu einem Hauseingang ein paar Schritte weiter.

Nicky legt den Kopf in den Nacken. Eine senkrechte Reklametafel klammert sich an die Fassade und läuft unten zu einem Pfeil aus. *Bearded Dragon Hotel*, ist in silbernen Lettern auf abblätternder grüner Farbe zu lesen.

Sie dreht sich um. Ihre Begleitung ist schon wieder verschwunden.

Von ihrem Unterstand aus sieht Nicky die Passanten vorbeiströmen und wartet kurz ab, bis sie wieder zu Atem gekommen ist. Untersucht dabei die Gegensprechanlage mit den sich abschälenden Aufklebern: 1A. 1D. 2B. 2C.

2C. Wei-se – fürwahr! Sie fühlt sich versucht, »Heureka« zu murmeln, unterlässt es aber.

Sie drückt auf 2C. Drückt noch mal, solange sie das Knarren des Summtons erträgt. Dann drückt sie eine Klingel nach der anderen, bis ihr die Gegensprechanlage etwas entgegenkrächzt.

»Lieferservice!«, ruft sie, verzieht das Gesicht und wartet ab.

Die Tür brummt. Sie tritt ein.

Der einzige Farbtupfer in der dunkelfeuchten Lobby ist ein pinker Post-it an der Aufzugtür: AUSSER BETRIEB. Unter der Anschlagtafel an der Wand liegen abgelöste Zettel wie abgeworfene Hautschuppen.

Nicky geht zur Treppe.

Sie erklimmt im Zickzack zwei Stockwerke – das erste neonhell weiß gestrichen, das nächste tiefdunkel – und biegt dann in einen kurzen Korridor mit fünf Türen, die jeweils mit Abklebeband gekennzeichnet wurden. Kein Apartment 2C im zweiten Stock.

Sie klettert eine weitere gleißend weiße Treppe hoch zu einem weiteren Korridor, wo ein fernes Fenster den Straßenlärm hereinlässt. Auf der linken Seite findet sie 2C.

Die Temperatur ist mit ihr angestiegen. Sie tupft sich mit einem Ärmel die Schläfe. Klopft an das dünne Sperrholz.

Nichts. Sie klopft noch mal.

Nichts.

Vorsichtig dreht sie den Knauf, dreht ihn bis zum Anschlag, ohne Erfolg. Sie seufzt.

Dann wippt sie auf einem Absatz zurück, dreht eine Schulter nach vorn und versucht 2C zu erstürmen.

Das Holz ächzt und hält. Sie tritt einen weiteren Schritt zurück, nimmt Anlauf und hechtet mit vollem Einsatz gegen die Tür. Sie springt auf.

68.

Das Apartment ist winzig – wie passt Freddy hier nur rein? –, und das Tageslicht, das sich durch ein einsames verdrecktes Fenster kämpft, scheint vor dem Raum zurückzuscheuen. Eine Mikrowelle auf dem Linoleumboden, ein Spülbecken in der Ecke, ein schlanker Flatscreen auf drei umgedrehten Supermarkteinkaufskörben. Zu Nickys Füßen ausgeweidete Reisetaschen: Kleider, Sneaker, eine Dose Bodyspray.

Alles zwischen vier nackten Wänden.

Sie drückt die Tür zu und geht zu dem niedrigen Couchtisch, auf dem aufgereiht Pillendosen stehen, teils kurz und dick, teils schlank und hoch. Nicky geht in die Hocke, studiert einen Aufkleber:

OXYCODON 40mg

Ausgestellt ist er auf Nancy Houghton. Eine Adresse in Oakland.

Das Röhrchen daneben, Percocet 10mg, gehört Robert Andersson in Sausalito, und das nächste – Oxycontin 15mg – wurde für einen A. H. Chatham aus San Francisco abgefüllt. Nicky schüttelt einen Behälter nach dem anderen. Es rasseln nur ein paar Pillen.

Als Nicky die Tür neben dem Fernseher öffnet, seufzen die Türangeln, als wären sie das Ritual leid. Nicky tritt ein. Ihre Augen werden groß.

Sebastian lächelt sie an.

Madeleine hält mitten im Wort inne.

Und Diana schaut nach links, die Lippen leicht geöffnet.

Es sind Schnappschüsse, aber klar und gut komponiert, zum Teil in lebhaften Farben, zum Teil in Sepia oder Schwarz-Weiß. Zu Dutzenden bedecken sie zwei teufelsrote Wände in einer Ecke, wo ein Deckenfluter aus dem Boden aufragt und sein weißes Licht über die Fotos und Schlagzeilen und Artikel wirft, in dramatischer Filmbeleuchtung, elektrischem Weiß und tiefem Schwarz:

Frau und Sohn von Bestsellerautor verschwunden
Lady löst sich in Luft auf!
Polizei: »Kaum Fortschritte« im Fall Trapp
10 Jahre später – wo sind die Trapps?
Sebastian Trapps neuer Roman – Der Schlüssel zu seinem Familiengeheimnis?

Zusammengesetzt wie Puzzleteile. Sehet die Lebenden und die Toten: Lionel und Cassandra Lightfoot; Dominic Trapp und seine schwangere Braut; B.B. Springer und ein rothaariger älterer Polizist; Isaac Murray und, aus dem Vorleben vor ihrem Vorleben, Diana Gibson.

An der Wand gegenüber stehen ein Klappstuhl und ein Kartentisch mit wackligen Beinen. Dazu ein zugeklappter Laptop; ein schlanker Farbdrucker; mehrere Kerzen mit flackernden Flammen an überlangen Dochten.

Nicky stockt das Herz. Er muss ganz in der Nähe sein.

Sie passiert die Matratze auf dem Boden und den in einer Wasserpfütze hockenden Minikühlschrank und bleibt vor seinem Schreibtisch stehen.

Auf dem Stuhl liegt ein abgetrennter Kopf.

Nicky verschluckt einen Aufschrei.

Nein – nur ein Gesicht: diese Gummihaut, dieses Todesgrinsen. Spring-Heeled Jack feixt sie von der Sitzfläche aus an. Offenbar besitzt Freddy eine Ersatzmaske. Nicky schaudert und dreht sich wieder zu dem Mosaik an der Wand um.

Seltsam, dass er seinem Schrein den Rücken kehren sollte.

Neben dem Computer ein gefaltetes Blatt Papier und ein Umschlag. Sie streicht den Brief glatt, liest ihn im Kerzenschein. Grüne Tinte, zittrige Handschrift:

Das neueste Mitglied im Cast

Und unten in Laserdruck:

Der Käufer verpflichtet sich den Verkaufsbedingungen gemäß, den Inhalt nicht zu digitalisieren.

Die andere Seite ist leer.

Dann der Umschlag. Sie greift danach: eine Adresse im Mission District.

Heraus segelt ein Foto mit dem Gesicht nach unten. Auf der Rückseite dieselbe Kursivschrift: *Bei der Arbeit.* Nicky dreht es um.

Hier sitzt sie in dem veganen Café, dem *Give Peas a Chance*, blickt streng in ihren Laptop, das Handy auf dem Tisch, der Hals der Corona-Flasche mit einem Limettenschnitz zugestopft. Eine einsame Frau in einem einsamen Diner, fast wie auf einem Hopper-Gemälde. Er hat sie durchs Restaurantfenster aufgenommen, in Schwarz-Weiß, was die Szene trotz der elektronischen Geräte zeitlos wirken lässt.

Eine Gänsehaut kribbelt auf Nickys Armen. Und als sie sich umdreht, als sie noch einmal an die Galerie tritt, entdeckt sie zwei weitere Fotos von sich. Wie sie mit Jonathan auf der Party die breite Treppe herunterkommt. Wie Isaac Murray sie an seiner Haustür warnt.

Ihre Mitfahrgelegenheit hat Sie eben fotografiert. Oder uns.

Stirnrunzelnd betrachtet sie den Ausdruck in ihrer Hand. Warum sollte irgendwer ein Bild von ihr verkaufen? Wer würde so ein Bild *kaufen* …

Ein Schmatzen von einem Sneaker auf dem Linoleumboden.

Sie erstarrt.

Stille.

Die Tür ist links von ihr. Aber von ihrem Standort aus kann sie nicht hindurchsehen – entweder muss sie rückwärts in die Mitte des Zimmers treten oder sich an der Wand entlangschleichen. Sie entscheidet sich für die Wand: Falls er hereinkommt, kann sie ihn überraschen. Sie setzt sich in Bewegung.

Noch ein Schmatzen. Nicky erstarrt.

Wieder Stille. Sie atmet leise, hält Umschlag und Foto fest in der Hand.

»Wer ist da?« Er klingt nervös. Vielleicht sollte sie sich zeigen, denkt Nicky, in die Tür …

»Ich bin bewaffnet.«

Ihre Fingernägel bohren sich in die Handfläche.

Sie wartet – vielleicht auf das Klicken einer Pistole oder auf ihre eigene Stimme. Das wäre doch die beste Lösung, oder? Sich ganz ruhig zu melden und ihren Namen zu sagen. Richtig?

Während sie ihre Lunge füllt, schlüpft das Foto aus ihren Fingern und segelt in die offene Tür. Kommt lautlos und mit dem Gesicht nach oben auf dem Boden zu liegen.

Nicky blickt entsetzt auf die Szene im Café, wünscht

sich, sie könnte zu sich selbst an den Tisch springen. Ihr Herz prügelt gegen ihre Rippen.

Schließlich schielt sie ängstlich durch den Türrahmen.

Freddy glotzt sie mit großen Augen an, in fleckigem T-Shirt und Sweatpants, eine Hand am Knauf, in der anderen eine Tüte mit Take-away. Have a nice day, ermahnt die Tüte sie über einem Smiley.

Sie hört den Straßenlärm, hört ihr Herz pumpen.

Sie tritt auf ihn zu.

Er rennt los.

69.

Sie rennt los.

Als sie in den Korridor platzt, ist er schon einen Treppenabsatz tiefer. Das Licht im Treppenhaus blendet sie; sie verzieht das Gesicht, stürmt ihm hinterher, landet auf dem Treppenabsatz und wirbelt herum.

Die nächsten Stufen. Unter ihr klatschen seine Sohlen auf Zement. Das Treppenhaus ist heiß und eng wie ein Schlund.

Bamm auf dem nächsten Absatz. Sie packt das Geländer, beugt sich darüber, sieht seine Schulter nur ein dunkles Stockwerk tiefer, wirbelt die nächste Treppe hinunter, wo es zu schnell dunkel wird, als dass sich ihre Augen anpassen können, und donnert blindlings …

Sie hört einen Aufschrei, eilt weiter, knallt gegen die Wand, kehrt um, taucht tiefer in die Dunkelheit …

… ihr Aufprall wird durch nichts gebremst, ein Zusammenprall von Knochen und erneut dieser Aufschrei, diesmal direkt an ihrem Ohr. Sie hat ihn gegen die Wand geschmettert: einen jungen Chinesen.

Sie schnauft ein »Verzeihung!« und rennt weiter unsichtbare Stufen hinab. Streckt ein Bein vor, hofft auf dem nächsten Treppenabsatz zu landen.

Stolpert, rammt mit der Schulter die Wand. Rennt weiter.

Über das Geländer sieht sie ihn die untersten Stufen hinunterrennen und verschwinden. An der nächsten Kehre beleuchten Neonröhren ihre Ankunft. Sie kneift die Augen zusammen.

Auf dem vorletzten Absatz rutscht ihr Fuß auf einem Haufen Linguine mit Tomatensoße aus wie auf einem blutigen Wischmopp. Sie fällt auf ihre Hüfte und rutscht die letzten Stufen auf dem Hintern hinunter, den Kopf zwischen den Ellbogen, den Fuß zum Bremsen vorgestreckt.

Ihr Absatz rammt in den Boden, bohrt einen Plastikbeutel ins Linoleum – Have a Nice day –, bevor sie sich aufrappelt, mit Sternchen vor den Augen ...

... Eingang, Haustür ...

... auf den Markt, wo die Farben noch greller, das Gedränge noch schlimmer, der Lärm noch lauter ist als vorhin. Nicky streckt einen Arm in den Strom von Fußgängern, kreuzt rücksichtslos den Fußweg. Als sie sich zum Bordstein durchgeschlängelt hat, bemerkt sie das Papierknäuel in ihrer Hand.

Das neueste Mitglied in unserem Cast.

Ein Wokkoch rumpelt rückwärts gegen sie, schreit entrüstet auf. *Los,* befiehlt sich Nicky selbst, stopft den Umschlag und Brief in ihre Tasche ...

... und erstarrt, weil ein Blick sie festhält und sie genau weiß, dass es seiner ist.

Die Panik hat sein Gesicht um Jahre verjüngt; er sieht aus wie ein verängstigter kleiner Junge. Zwischen ihnen zehn Meter dichtes Gedränge auf dem Gehweg. Sie sieht zur Straße, wo sich Wege öffnen wie Strömungen im Wasser.

Er rennt los.

Sie rennt los.

Zwischen dem Wokstand und einem Tisch mit billigen Handtaschen durch, mit breiten Schultern und angehaltenem Atem, als würde sie in tiefes Wasser tauchen. Zerquetschtes Obst unter ihren Füßen, schwingende Lampions über ihrem Haupt – und überall tanzende Drachen. Sie dreht den Kopf: Hinter ihr nähert sich mit geblähten Nüstern ein jadegrünes Untier, vor dem sich die Fußgänger eilig in Sicherheit bringen.

Zurück zu Freddy: Der Bordstein macht ihn zwei Handbreit größer, sodass sie seinen Weg verfolgen kann – und dann spürt sie einen eisigen Hauch im Nacken, während um sie herum die Menschen schreiend und lachend flüchten.

Wieder dreht sie sich zu dem Drachen um und blickt in eine Dampfwolke, die ihr ins Gesicht weht. Tief im Rachen des Untiers, in seiner Kehle sieht sie eine junge Chinesin mit einem Föhn in der Hand.

»Kunstnebel!«, erklärt sie mit beschlagener Brille. »Wasser und Glycerin!«

»Mach das noch mal!«, bittet Nicky und dreht sich wieder um.

In ihrem Rücken speit der Drachen wieder kalten Dampf, vor dem die Umstehenden flüchten. »Immer geradeaus!«, ruft sie über ihre Schulter. »Dann könnt ihr abheben.« Der Drachen hickst begeistert, speit wieder Dampf.

Nicky marschiert in einer Wolke die Straße entlang, unter einem Cape aus Drachenatem, während sich vor ihr die Menge teilt wie ein geöffneter Reißverschluss und über ihr die Lampions an ihren Schnüren schaukeln. Links sieht sie, wie sich Freddy hinter Obstbuden und Blumenständen durchkämpft. Sie holt auf.

Eine niedrige Absperrung riegelt die nächste Kreuzung ab. »Schneller!«, ruft Nicky dem Untier zu und ihr Kommando hallt durch das ganze Rückgrat wider.

Dort, zehn Schritte vor ihr: Er hat den Gehweg verlassen und kämpft sich nun mit wirbelnden Armen auf der Straße vorwärts. Wirft einen blutunterlaufenen Blick zurück.

Sie jagt in großen Sätzen voran. Letzte Nebelschwaden hängen an ihr, fallen dampfend von ihrem Rücken ab.

»Aus dem Weg! Aus dem Weg!«, brüllt sie und zwängt sich dabei zwischen Schultern durch, schlägt sich mit angedeuteten Karateschlägen einen Weg frei. Sie ist schnell und flink, gleitet durch die Menge wie ein Fisch durchs Wasser, hört sich selbst rufen: »Los! Los!«

Noch drei Meter. Er dreht den Kopf, entdeckt sie, wird schneller.

Sie taucht in sein Kielwasser, ehe sich die Menge hinter ihm schließen kann. Kollateralschäden vermüllen das Pflaster: ausgeweidete Dim Sums, ein Strauß von Chopsticks in Regenbogenfarben. Eine Gischt aus babyrosa Pflaumenblüten schlägt ihr ins Gesicht. Sie rennt weiter, Blütenblätter auf dem Haar.

Inzwischen ist sie direkt hinter ihm. Sie ist ihm so nah, dass sie seine Schulterblätter bei jedem Schritt aufragen und abfallen sieht. So nah, dass sie die California Street nach Osten aufsteigen sieht. Sie sieht schon die Sohlen seiner Sneakers aufblitzen, da ragt plötzlich das Sperrgitter vor ihnen auf, sie streckt einen Arm nach ihm aus, ihre Fingerspitzen berühren sein Hemd – ein glatter Sprung, seine Füße landen mit einem applaudierenden Klatschen auf dem Boden und im nächsten Moment kreuzt er den Weg einer schwarzen Limousine mit einem Trauerkranz auf dem Kühlergrill.

Reifen kreischen auf. Die Menschen hinter Nicky auch.

Freddy rollt in einem donnernden Trommelsolo über die Motorhaube.

Nickys Hände umklammern das Sperrgitter. Er ist nirgendwo zu sehen. Der Kranz kommt auf der Straße zu liegen, ein Heiligenschein aus Lilien um das Porträt eines glücklichen chinesischen Geschäftsmanns. Es ist der Leichenwagen der Bestattungsprozession, den Nicky beim Dragon Gate gesehen hat.

Hupen blöken. Der Fahrer eilt aus dem Wagen, hält sich an der Tür fest.

Und dann springt Freddy hinter dem Wagen auf, sieht Nicky, dreht sich um und sprintet über die Kreuzung davon, schnell und geschickt zwischen zwei Teslas hindurch.

In ihrem Rücken entspannt sich die Menge. Irgendein Idiot applaudiert.

Schon hat sich der Fahrer wieder ans Steuer gesetzt – zu schnell, als dass Nicky die Straße überqueren konnte –, und schon ist Freddy einen halben Block entfernt.

Die Limousine räuspert sich, nimmt ihre Fahrt wieder auf und zermalmt den Lilienkranz mitsamt dem fröhlichen chinesischen Geschäftsmann unter ihren Reifen.

70.

»Hätten Sie einen Augenblick für mich?«

Detective B.B. Springer hat ihre Schlangenhaut eingetauscht gegen – tropfen da etwa indigoblaue Pfauenfedern von ihrer Jacke? Ihr Haar leuchtet immer noch Lavalampenrosa. Sie lächelt.

Madeleine lächelt nicht. Sie tritt stumm zurück und zieht die Haustür auf.

Im Salon schlägt B.B. vor, dass sie sich draußen unterhalten. Madeleine geht voran und widersteht dem Drang, einen Blick zum Koiteich zu werfen.

»Nettes Labyrinth haben Sie hier«, sagt die Detective. »*Das* habe ich mich noch nicht oft sagen hören! Stört es Sie, wenn ich mich solo reinwage?«

Es wird ihr ein Vergnügen sein, denkt Madeleine, B.B. Springer zuzusehen, wie sie sich stolpernd darin verläuft.

B.B. wagt sich solo rein. Als sich der Weg teilt, leckt sie an ihrer Fingerspitze und deutet zum Himmel, bevor sie abbiegt und selbstbewusst voranschreitet.

Madeleine folgt ihr in einiger Entfernung. Die Polizistin zögert nie länger als eine Sekunde, sieht einfach nur nach links und rechts, als wollte sie eine Straße überqueren, und geht dann weiter. Rechts, links, links, wieder rechts …

An der Sonnenuhr hebt sie triumphierend die Arme wie eine Turnerin nach einem gelungenen Abschlusssprung.

»Sie kennen sich aus«, gesteht Madeleine ihr zu.

B.B. geht zu dem Eisentisch, lässt sich auf einen Stuhl fallen. »Ohne Sie hätte ich es nicht geschafft. Hier links, meine Liebe«, als die Dame des Hauses irritiert an einer Abzweigung zögert.

»Aber Sie haben es ohne mich geschafft.« Madeleines Wangen stehen in Flammen.

»Na ja, ich habe *ein bisschen* gespickt. Aus dem Augenwinkel. Sobald ich mich in die falsche Richtung drehte, sind Sie unwillkürlich stehen geblieben. Menschen neigen dazu, die Bremse anzuziehen, wenn sie Ärger ahnen. Damit verraten sie sich.«

Madeleine tritt aus dem Labyrinth und setzt sich neben die Sonnenuhr. B.B. hat den Stuhl mit dem Rücken zum Teich genommen; hinter ihrem rosa Bubikopf kann Madeleine die lose Konstellation aus Seerosenblättern und dunklem Wasser sehen. Das Fenster drei Stockwerke darüber.

»Hey, wo ist Ihr Schoßhündchen?«

»Oh – die wird uns irgendwann aufspüren. Und dann wird sie sich im Labyrinth verlaufen, als würden wir hier das Ende von *Shining* nachspielen.«

B.B. lacht laut. »Isaac hat immer gesagt, dass Sie witzig sind.«

»Wirklich?«, fragt Madeleine milde.

»Ja. Und er sagte auch, dass sich Ihr Bruder bestimmt mit Ihnen in Verbindung setzen würde, wenn er zurückkäme.«

Madeleine fühlt sich, als wäre sie von einer freundlichen Gastgeberin ins Haus gebeten worden und hätte im nächsten Moment eine Pistole zwischen die Rippen gerammt bekommen. »Cole ist vor zwanzig Jahren verschwunden«, knurrt sie.

»Und trotzdem diese Schmetterlingsplage! Glauben Sie, Ihr Cousin steckt dahinter?«

»Nein.« Es ist eine Erleichterung, die reine Wahrheit auszusprechen. Sie fragt sich, ob ihre Stimme anders dabei klingt.

»Glauben Sie, Ihr Bruder steckt dahinter?«

Zurück zur Lüge. »Nein.«

»Sie haben gesagt, Sie hätten sich damals nicht wirklich nahegestanden. Vielleicht tun Sie es jetzt?«

»Jetzt tun wir gar nichts.«

B.B. nickt kurz. »Mir gefällt dieses Puzzlezimmer da drinnen. Genauso gehe ich Diana Trapps Tod an. Als großes Puzzle.« Als Madeleine nicht reagiert, fährt sie fort: »Ich will Ihnen zeigen, was ich zusammenfügen möchte. Eins: Sie starb durch Suizid. In letzter Zeit oft depressiv, die ganze Nacht überdreht. Eigenartige Selbstmordmethode, aus dieser Höhe ins Wasser zu springen – so was muss nicht tödlich enden –, aber es hat geklappt. Die Rückstände in der Kopfwunde entsprechen dem Teichrand. Es deutet nichts auf Tod durch Ertrinken hin. Falls das ein Trost ist.«

Madeleine schluckt. Malt sich Dianas blasses Gesicht in einem kalten Sektionssaal aus, sieht ein blitzendes Skalpell vor sich.

»Sie haben ihr Schreiben«, ruft sie der Polizistin und sich selbst in Erinnerung.

»O ja, allerdings. ›Es ist ein schreckliches Klischee, aber ich kann so nicht weiterleben. Ich ertrinke ...‹«

»... in meiner Schuld«, ergänzt Madeleine nach einer Sekunde. »Ziemlich eindeutig.«

»Das ist unsere erste Option.«

»Und die andere?«

»Wer sagt, dass es nur zwei gibt? Die zweite ist ein Unfall. Irgendeiner Art. Obwohl das schwer mit dem Brief in Übereinstimmung zu bringen wäre.«

»Und die dritte?«

»Diana starb nicht durch eigene Hand. Sie wurde umgebracht.«

»Dieser Gedanke scheint Sie nicht loszulassen.«

»Sieht so aus. Option Nummer vier, oder genauer drei-A: Diana wurde umgebracht.«

»Sie wiederholen sich, Detective.«

»Durch Cole.«

B.B. sieht aus wie ein Kind, das auf einen Knopf gedrückt hat und jetzt sehen will, was passiert. Madeleine rutscht auf ihrem Stuhl herum. »Warum sollte er Diana ermorden?«

»Das weiß ich nicht. Des Rätsels Lösung liegt im Motiv.« Sie lehnt sich zurück. »Vielleicht kannte sie ein Geheimnis. Vielleicht wollte er ihr etwas heimzahlen?«

»Heimzahlen?« Madeleine versucht zu schnauben. »Sie kennen Cole nicht.«

»Nein, er verschwand, bevor ich das Vergnügen hatte. Und wollten Sie nicht sagen, dass ich ihn nicht *kannte?«*

Madeleine hätte sie am liebsten geohrfeigt.

»Vielleicht«, fährt B.B. fort, »wollte Cole auch seinen Vater bestrafen und Diana war ein unschuldiges Opfer.«

»Wofür bestrafen?«

Achselzucken. »Ich würde vermuten, dass er glaubt, Ihr Dad sei für die Geschehnisse an Silvester verantwortlich. Vielleicht *weiß* er, dass Ihr Vater verantwortlich war.«

»Dad war nicht – niemand war für irgendwas verantwortlich. Niemand in diesem Haus.«

»Sehen Sie, die Nachricht, die Nervosität, selbst den Teich – all das könnte ich gerade noch akzeptieren. Aber nicht den Cole über allem.« B.B. beugt sich wieder vor. »Das Origami. ›Sag ihnen, was du ihr angetan hast …‹«

»Das könnte jeder geschrieben haben.« Quecksilber steigt in Madeleines Kopf. »Wirklich *jeder* hätte diese Schachtel vor der Tür abstellen können. Vielleicht möchte derjenige eine Information aus Dad herauslocken. Mit einem kräftigen Schlag auf die Piñata. Sie wissen doch von den Trappisten, oder?«

»Denen möchte ich nicht im Dunkeln begegnen.«

»So einer könnte sich auf die Party geschmuggelt haben. Aber nicht Cole. Jeder *außer* Cole. Es *gibt keinen* Cole!« Ihre Stimme bricht.

B.B. betrachtet sie eingehend. Dann hebt sie nacheinander die schlanken Finger. »Suizid. Unfall – warum nicht. Mord durch eine unbekannte Person. Mord durch eine bekannte Person.« Die Finger formen sich zur Faust. »Also, Detective Martinez und ich tun Folgendes: Wir starren *wie hypnotisiert* auf unsere Theorien, auf sämtliche Falls-dies-dann-das-Hypothesen. Wir untersuchen jede ganz genau, durch Lupen und Monokel und weiß Gott was, bis alle Informationen, alle Begleitgeräusche, alle Details … bis wir *spüren,* wie das Bild schärfer wird. Wie in einem Kaleidoskop.«

»Klingt ungeheuer befriedigend«, murmelt Madeleine

und wünscht sich, Watson würde durch die Buchsbäume donnern.

»Madeleine.« Der abrupte Wechsel in B.B.s Tonfall schockiert sie. Sie sieht die Polizistin an, blickt in das plötzlich strenge Gesicht. »Ich muss die kalte, harte Wahrheit wissen: Stehen Sie in Kontakt mit Ihrem Bruder? Er ist vielleicht kein so netter Mensch mehr wie früher.«

Nein, das ist er nicht. »Seit zwanzig Jahren nicht mehr.«

B.B. sieht sie lange an. »Bitte rufen Sie an«, erklärt sie schließlich, »sobald Ihr Dad wieder fit und auf den Beinen ist.« Dann steht sie auf, reckt die gefiederten Arme. »Ich finde selbst hinaus.«

Madeleine sieht sie durch das Heckengewirr wandern, ohne auch nur einmal stehen zu bleiben, eine Frau bei einem Spaziergang. Als sie sich dem Ausgang – oder Eingang – nähert, dreht sie sich noch einmal in ihren schillernden Pfauenfedern um und ruft: »Ich richte Isaac einen Gruß von Ihnen aus!«

Dann verschwindet die dumme Pute im Salon. Madeleine sackt erleichtert zusammen.

Am Rand des Gartens kann sie das Küchenfenster ausmachen, an dem sie vor zwanzig Jahren, am schlimmsten Tag ihres Lebens saß und von einem mürrischen Bullen mit nach Bier stinkendem Atem ausgefragt wurde, was sie zwischen Mitternacht und neun Uhr morgens getrieben hätte.

B.B. Springers Vernehmung eben fühlte sich noch finsterer an.

Ihre Augen wandern an der Rückwand des Hauses aufwärts, Stockwerk um Stockwerk, dann an den sechs Dachbodenfenstern entlang und danach wieder abwärts zum Teich. Fast erwartet sie, dass die Fische auseinanderstieben, die Seerosenblätter erbeben und der Leichnam aus dem schwarzen Wasser aufsteigt.

Dann wischt sie über ihr Handy und sendet eine Nachricht ab.

Die Polizei glaubt, dass du
Diana umgebracht hast.

71.

»Es handelt sich um eine vertrauliche Angelegenheit.« Das schwarz glänzende Auge der Videokamera fixiert sie böse.

»Dafür vereinbaren Sie bitte einen Termin.« Die Stimme der Frau klingt so ruhig und klar, dass es Nicky nicht gewundert hätte, wenn sie angefügt hätte, dass das Gespräch zur Qualitätssicherung aufgezeichnet werden kann.

»Es ist dringend.«

»Bitte vereinbaren Sie einen Termin oder wählen Sie die 9-1-1, falls es sich um einen medizinischen Notfall handelt.«

»Es geht um Cole Trapp.«

Die Frau trennt die Leitung.

Harren und hoffen, hat Sebastian Nicky gelehrt. Wie Dumas es Sebastian gelehrt hatte.

Sie studiert erst ihren Mantel – irgendwo in Chinatown hat sie ihn aufgerissen; das rote Futter glimmt in dem Schlitz wie Blut in einer Wunde –, und dann die Fassade des Stadthauses, ein kalt funkelnder Wasserfall aus Glas und Granit. Weiter oben am Hügel sieht sie das andere Ende der Lombard Street – berühmt als kurvigste Straße der Welt, ohne wirklich die kurvigste Straße der Welt zu sein – den Abhang herunterschlittern wie eine Natter durchs Grün.

Sie blickt auf Freddys leeren Umschlag, auf die Initialen über der Adresse. Dieser Adresse.

Sie hat noch nie einen Trappisten kennengelernt. Jedenfalls nicht in freier Wildbahn. Sie fühlt sich wie eine Detektivin bei einer verdeckten Ermittlung.

Im nächsten Moment wird die Schiefertür aufgezogen und eine Frau mustert Nicky streng durch eine randlose Brille. Die Kleidung entspricht ihrer Aussprache: sauber, neutral, aschgrau, dazu eine flauschige Strickjacke. Anfang fünfzig. Durch und durch Autoritätsperson.

»Tag«, sagt Nicky.

Augenblicklich verwandelt sich ihr Gegenüber von der Geschäftsfrau in einen Freizeitwerwolf: Ihre Augen glitzern, ihre Zähne blinken, ihre Hände rasseln, als sie die Finger unter dem Kinn verschränkt. »*Sie* sind das!«, quietscht sie. »Kommen Sie rein, kommen Sie *rein* …« Sie packt ihre Besucherin am Arm, zerrt sie ins Haus. *Ich werde hier sterben,* denkt Nicky.

Auf einer flachen Treppe steigen sie zum ersten Stock auf, wo sie eine rauchig hellgraue Granitfläche überqueren. Man kann durch das ganze Haus durchsehen; die Luft ist frisch. Ein Heim wie ein Eiswürfel. Nicky schlüpft wieder in ihren Mantel.

»In einer kühlen Umgebung neigen Menschen eher dazu, die Wahrheit zu sagen«, erklärt die Frau. »Außerdem wirkt sie aggressionshemmend. Kommen Sie!«, befiehlt sie aggressiv.

Nicky dreht sich zur Treppe um. Sie könnte immer noch um ihr Leben rennen.

»Ich bin eine Trappistin der ersten Stunde«, gesteht die Frau mädchenhaft und mit einem strahlenden Lächeln über ihre Schulter hinweg. »Seit dem ersten Tag. Wir sind nicht mehr viele.« Wobei sie Nicky zur Rückseite des Hauses führt, wo eine Fensterwand über einem kleinen Garten aus graugrünem Gras und frostblauen Büschen schwebt. Zwei Stühle, ein niedriger Tisch, ein Flokati, alles in dem gleichen unnahbaren Weißton.

»Willkommen in meiner Praxis.« Die Frau lässt sich in einen Stuhl fallen. »Meine Klienten finden den Ausblick beruhigend. Setzen Sie sich«, befiehlt sie mit einer Stimme, die Glas schneiden könnte.

Nicky gehorcht. »Was für Klienten sind das?«

»Nein, erzählen Sie über *sich.* Sie *leben* in diesem Haus! *Schreiben* in diesem Haus! Sebastians *Lebensgeschichte!«* Wieder dieser scharfe Blick. »Leugnen Sie es nicht. Jack hat es mir erzählt.«

»Ich leugne es gar nicht. Welcher Jack?«

»Seinen *Namen* kenne ich nicht«, lacht die Frau. »Er wollte mir Ihren auch nicht nennen. Aber immerhin habe ich ein Bild von Ihnen erstanden. Ich hätte mir nicht träumen lassen, dass Sie es mir persönlich vorbeibringen!«

»Wie ... läuft das eigentlich?« Nicky tippt auf den Umschlag. »Mit Jack?«

»Das müssen Sie doch wissen!«

»Tun Sie so, als wüsste ich es nicht.«

»Er ist Auktionator! Und offenbar ein ehemaliger Angestellter, der jemanden innerhalb des Hauses kennt. Darum offeriert er – also, er *verkauft* – gelegentlich eine Auswahl persönlicher Gegenstände, wie er es nennt. Nichts allzu *Wertvolles,* versteht sich. Eine Serviette mit Monogramm, ein Paar Manschettenknöpfe. Ein Familienfoto. Stücke von Cole sind besonders rar.«

Sie lächelt. Scharfe Zähne.

»Bevor man sein Gebot abgibt, kann man mit ihm facetimen. Er mag es theatralisch«, sie klingt liebevoll, »mit Kerzen und Musik und einer Fotowand wie bei einer Mordermittlung. Und er trägt dabei diese äußerst sinistre Maske.« Sie schlüpft aus ihrer Strickjacke. »Jack hat uns von Ihrem Projekt erzählt, das ich *wirklich* aufregend finde. Endlich dringen wir zum Kern der Sache vor.«

»Kern von welcher Sache?«

»Der Geschichte um Hope und Cole natürlich.« Mit funkelnden Augen. Sie hebt einen Krug und ein Glas vom Tisch. »Wasser?«

Nicky hat den Verdacht, dass alles, was sie hier berührt, zum Beweismittel wird. Sie schüttelt den Kopf.

»Sebastian Trapp spielt mit Ihnen. Er fordert sie heraus, ihn auffliegen zu lassen. Ich weiß so einiges über den menschlichen Geist.« Es fließt aus der Frau heraus. »Fragen Sie sich einmal selbst: Warum bin ich hier, in diesem Haus, und soll seine Geschichte schreiben? Kann er seine Geschichte nicht *selbst* schreiben? Fragen Sie sich das! Laut!«

»Warum bin ich hier und soll diese Geschichte schreiben?«, wiederholt Nicky gehorsam.

»Wenn wir uns laut Fragen stellen, zwingt uns das zu genauerem Nachdenken. Irgendwelche Antworten?«

»Ich schreibe diese Geschichte, weil ich von ihm eingeladen worden bin. Das ist meine Antwort.«

»Warum wurden Sie eingeladen?«

»Weil …«

»Fragen Sie sich das.«

Nicky seufzt. »Warum wurde ich eingeladen? Ich wurde eingeladen, weil ich alle Romane um Simon St. John gelesen habe und weil …«

»Sie wurden eingeladen, *weil Sebastian Trapp seine Frau und seinen Sohn umgebracht hat.«* Flach wie der Horizont. Das Lächeln ist verschwunden. »Und auch seinen Bruder, davon bin ich überzeugt. Und er *stirbt* vor Verlangen, dieses Wissen mit jemandem zu teilen. Er stirbt auch auf andere Weise – das wissen wir alle –, aber davor will er die Welt wissen lassen, dass *er damit durchgekommen ist.* Er *muss* Ihnen Hinweise gegeben haben.«

»Und Sie sind überzeugt?«

»Wie gesagt, ich kenne den menschlichen Geist. Kann ich es *beweisen?* Ich könnte es, wenn ich mit diesem Mann in einem Haus wäre. Ich wiederhole: Er treibt sein Spiel mit Ihnen, ob Sie es wissen oder nicht.«

»Und was passiert, wenn ich gewinne?«

»Dann gewinnen wir alle. Aber fragen Sie sich: Was passiert, wenn ich *verliere?«*

Diese Frage stellt Nicky sich nicht, jedenfalls nicht laut. Das Licht der Nachmittagssonne schneidet durch das Oberlicht wie die Klinge einer Guillotine.

»Was lieben Sie auf dieser Welt?«

Nicky überlegt. Meine Freunde, denkt sie. Meine Patentochter. Meinen Hund. Meine Tante. Meine Cousinen. Einige meiner Studenten. Krimis. Schwimmen in der Nacht. Reisen bei …

»Ihr Kopf ist voll«, erkennt die Frau mit einem dünnen Lächeln. »Wenn Ihnen alles, woran Sie gerade denken, wirklich lieb ist, dann seien Sie sehr, sehr vorsichtig in Sebastian Trapps Nähe.« Sie streckt die Hand aus. »Mein Foto, bitte.«

Nicky greift nach dem Umschlag – es wird der Frau nicht gefallen, dass er leer ist. »Sicher, aber … haben Sie eigentlich noch mehr Fotos von mir?« Sie bemüht sich, geschmeichelt zu klingen.

Die Psychologin steht auf und winkt ihr. Nicky steckt den Umschlag wieder in die Tasche und folgt der Frau zu einer Tür in einer düsteren Ecke.

In der Kammer stehen vier hüfthohe Aktenschränke. Die Frau geht in die Hocke, zieht eine Schublade ganz unten auf. Als sie zu Nicky aufsieht, glüht ihr Gesicht. »Meine Kollektion«, strahlt sie.

Nicky schaut zu, während sie Zeitungsausschnitte und

Schlagzeilen aus Hängeordnern zieht (»Lauter Originale«) und sie behutsam auf dem Boden ausbreitet. Sie zeigt ihr eine Ausgabe von *Simon Says* (»Signierte Erstausgabe«). Dann entdeckt sie einen Umschlag und legt ihn in Nickys Hand. (»Machen Sie nur keinen Fleck drauf.«)

Nicky blickt auf Diana in ihrem roten Kleid, flankiert von ihren angeheirateten Verwandten. Es ist das Selfie, das Simone ihr geschickt hat.

»Wahrscheinlich das letzte Foto, das je von Diana Trapp gemacht wurde«, sagt die Frau glückselig. »Sie sieht absolut nicht depressiv aus, finden Sie nicht auch?« Sie zieht ein zweites Bild aus dem Umschlag und steht auf. »Und *das*«, wobei sie es in Nickys Hand drückt, »sind Sie.«

Ein grüner Wagen, der vom Gehsteig wegfährt. Sebastians Jaguar mit Sebastian auf dem Beifahrersitz und Nicky am Steuer. Freddy hat sie zum Baron Club verfolgt. Freddy hat ihre Fahrstunde beobachtet.

»Nein! *Nein! Nein!«*

Ein Aufschrei wie ein Rauchmelder. Das Foto verbiegt sich und knittert in Nickys Hand (*»Nein! Nein!«,* während die Frau mit scharfen Krallen an ihren Händen kratzt), dann marschiert Nicky aus dem Raum.

»*Stopp!«*

Aber Nicky marschiert schon über den Granitboden.

»Warten Sie!« Oben an der Treppe hat die Frau sie eingeholt. Sie schiebt sich das Haar aus den Augen, rückt die Brille auf ihrer Nase zurecht. Atmet aus.

»Bekomme ich ein Autogramm von Ihnen?«, fragt sie.

Draußen in der warmen Luft, die ihr das Eis von der Haut brennt, wendet Nicky noch einmal den Kopf, um sich zu überzeugen, dass ihr niemand folgt. Neben der Tür fällt ihr eine Tafel ins Auge, die sie vorhin nicht bemerkt hat.

Dr. Elizabeth Rome, PsyD
Verhaltenspsychologie

Verfluchte Scheiße, wie Sebastian gern sagte.

72.

»Was verschafft mir das Vergnügen?«, fragt Jonathan.

»Ich müsste mal dringend auf die Toilette«, erklärt ihm Madeleine.

Tatsächlich braucht sie nur seinen Spiegel, um sich eingehend zu betrachten, weil sie ihr Gesicht als Blaupause braucht, bevor sie seines inspiziert. Ist der Mann vor der Tür möglicherweise ihr Bruder? Also, immerhin zeigt er eine unerklärliche Zuneigung zu einem Mitglied ihres Haushalts. Und sie darf Dorset nicht vergessen.

Außerdem muss irgendwer Cole sein.

Sie drückt zum Schein die Toilettenspülung, wäscht sich zum Schein die Hände, tritt ins Wohnzimmer. Fenster über zwei Stockwerke, heilig rotes Backsteingemäuer, zwei kümmerliche Kirchenbänke – Madeleine ist anscheinend im Schiff einer ehemaligen Kirche gelandet, das als Junggesellenwohnung wiederauferstanden ist. Die an den Wänden schwebenden Bücherregale sind nackt; in einer Ecke kauert ein Bogenhanf mit Blättern wie gespaltenen Zungen. Dazu ein niedriger Couchtisch voller Papiere und Quittungen. Überall Kartons.

»Haben Sie in letzter Zeit Ihren Hausgast gesehen?«, fragt Jonathan, während er mit beiden Daumen sein Handy bearbeitet. Er hat die Locken unter einer Baseball-Cap verstaut. Sein blaues T-Shirt – mit einem lateinischen Motto auf der Brust – lässt seine Augen strahlen wie Gasflammen. Seine Nase scheint, wenig hilfreich, gebrochen worden zu sein.

»Nein«, lügt Madeleine, weil sie nicht über Nicky reden will.

»Ich verstehe. Mögen Sie Oldies?«

Motown dröhnt aus unsichtbaren Lautsprechern. Er stellt die Musik leiser und lächelt sie an. »Entschuldigen Sie die Unordnung«, sagt er. »Kartons über Kartons.«

Madeleine nickt. »Sie bleiben also … länger in San Francisco?«

»Jedenfalls richte ich mich hier häuslich ein. Was Sie auch tun sollten.« Sie setzt sich aufs Sofa. Er entscheidet sich fürs andere Ende. »Das mit Ihrer Stiefmutter tut mir wahnsinnig leid. Eine Kollegin von mir hat Suizid begangen, und …«

»Wer sagt, dass es Suizid war?«

»Ihre …« Falten furchen seine Stirn. »War es keiner?«

»Das würde ich gern wissen.«

Die Furchen werden tiefer. »Heute Morgen hat mich ein Inspector besucht. Hernandez, glaube ich, oder Fernandez. Unerwartet blond. Der unerwarteterweise meine Geburtsurkunde sehen wollte. Ich habe ihm erklärt, dass ich sie ihm auf keinen Fall zeigen würde, selbst wenn ich sie nicht in England aufbewahren würde.«

Als Jonathan ihre Hand tätschelt, zuckt sie zusammen. Sieht seine Finger an; mustert dann ihre Haut, wo er sie berührt hat. Spürt sie gerade die Körperwärme ihres Bruders?

»Ich habe wirklich eine wunderbare Toilette«, sagt er sanft, »aber ich weiß nicht, ob sie eine Reise durch die halbe Stadt wert ist.«

Tiefes Atemholen. »Ich fand, dass wir uns persönlich unterhalten sollten.«

Er wartet ab. Madeleine sieht ihn an, versucht zwanzig Jahre von seinem Gesicht zu pusten.

»Na schön«, verkündet er, steht auf und drückt die Kappe noch fester auf seinen Scheitel. »Ein Schlückchen Weißwein? Rotwein?«

Gott sei Dank. »Steht auch Bier auf der Karte?«

»Ein Mädchen ganz nach meinem Geschmack. Bleiben Sie sitzen. Ich wollte gerade eine Fleischplatte anrichten, ganz für mich allein«, sagt er und verschwindet in einen Gang.

Hinter den Fenstern senkt sich der Abend auf den Park, gerinnt um die Bäume herum, lässt den Rasen ausbleichen. Neben ihr liegen auf einem kleinen runden Beistelltisch zwei Bilderrahmen mit dem Gesicht nach unten. Sie hebt sie nacheinander an. Beide sind leer. Hat sie ein Familienfoto erwartet? Von ihrer Familie?

Jetzt paradieren die Four Seasons aus den Lautsprechern, und Jonathan flötet in der Küche: »*Walk like a man, talk like a man, walk like a man, my son …*«

Gespenstisch. Sein Falsett könnte das von Frankie Valli sein.

An der Ziegelwand hinter Madeleine hängt ein Poster mit fetten schwarzen Buchstaben über einem Union Jack: QUI AUDET ADIPISCITUR, verkünden sie, und darunter in kleineren Lettern: Wer wagt, gewinnt.

»Sprechen Sie Latein?«, ruft sie. »Oder verstehen Sie es?«

Sein Lachen rollt durch den Gang. »Ich trage es *am Körper*. Auf meiner Baseball-Cap. Als Universitätsmotto auf dem Hemd. Ich bin eine lebende tote Sprache.«

Madeleine dreht sich im Sitzen zur Seite und betrachtet das Poster. »Wo sind Sie noch mal aufgewachsen?«

Grinsend und mit einem Fleischermesser in der Hand

tritt er in den Gang. »Wie ich neulich erzählt habe.« Er sticht mit der Klinge in Richtung der Flagge an der Wand. »In Dorset. Genau wie Ihre Mum.«

»Und wann?«

»Wann ich dort meine Kindheit verbracht habe? Ungefähr zu der Zeit, als ich Kind war. Annähernd.«

»Ist das in der Nähe von Wiltshire?« Sie weiß, dass es nicht weit ist.

Er legt den Kopf schief. »Wo Diana Trapp herstammte?«

Madeleine wartet ab.

»Ungefähr neunzig Minuten entfernt, je nachdem. Warum?« Immer noch strahlend. »Sie überlegen, ob sich die beiden Ladys in ihrem Vorleben begegnet sein könnten? Bevor sie nacheinander Sebastian Trapps Gemahlinnen wurden?«

»Meine Mutter kam mit vierundzwanzig in die Staaten.«

»So viel dazu.« Er fährt mit einer Fingerspitze über die Klinge. Dann kehrt er in die Küche zurück, während aus den Lautsprechern das Schubidu einer Girl Group flattert wie Lametta aus einem Ventilator. »*One fine day …*«

»*… you're gonna want me for your girl*«, murmelt Madeleine.

Sie senkt den Blick und entdeckt hinter der Rückenlehne des Sofas zwei gedrungene Umzugskartons. Der Deckel des oberen Kartons ist unbeschriftet; Madeleine beugt sich über die Lehne und kontrolliert die Seiten. *Zeitschriften* in schwarzem Marker und auf dem Karton darunter *XBox*. Cole interessierte sich nie besonders für Videospiele. Jedenfalls nicht vor zwanzig Jahren.

Sie hebt den Deckel über den *Zeitschriften*. *The Economist* und *Gentleman's Quarterly* in glänzenden Stapeln, dazu ein Jachtjournal und eine britische Vierteljahreszeitschrift über Videospiele. Sie entscheidet sich fürs Segeln (das Cover verspricht *atemberaubende karibische Ausblicke,* das klingt beruhigend) und lässt sich, die *Ahoy!* in der Hand, wieder ins Polster sinken. Sieht ihr Spiegelbild im Fernsehschirm. Allein.

Hat Jonathan das wirklich aus England hierher transportieren lassen? Sie studiert die Adresse unten auf dem Cover: eine Straße in London. Sie liest seinen Namen:

Grant Jones

Das ist nicht sein Name.

»Haben Sie ein Pseudonym?« Ihr Mund ist schneller als ihr Hirn.

Er verstummt mitten im Gesang. »Wie bitte?«

Kurz bevor sie antwortet, verhallen die Chiffons. »Wer ist Grant Jones?«, fragt sie.

Stille.

Madeleine fragt sich, ob er sie überhaupt gehört hat, ob er zu sehr mit seinen Gastgeberpflichten beschäftigt ist. Sie sollte den Namen auf einer zweiten Zeitschrift nachprüfen.

Aber schon sieht sie im Spiegel des Bildschirms einen Schatten an der Wand im Flur vorbeischleichen und gleich darauf tritt Jonathan ins Zimmer.

Er bleibt stehen – ein gesichtsloser Schemen hinter ihr. Seine Hand umgreift immer noch das Messer.

»Was haben Sie gesagt?«

Er könnte jeder sein.

»Ich habe gerade in Ihrer *Ahoy!* geblättert«, erklärt sie ihm beiläufig, den Blick zum Schein in die Seiten gesenkt, »und dabei ist mir der Name Grant Jones auf dem Aufkleber aufgefallen.«

»Ach so.« Ebenso beiläufig. Madeleine dreht sich um, gibt sich überrascht, ihn hinter ihrem Rücken stehen zu sehen. *Könnte* er es sein? Im richtigen Licht? »Grant. Ein Kumpel von mir in der alten Heimat. Hat mir immer seine Zeitschriften überlassen, wenn er damit durch war. Allerdings nicht die heißen Sachen.« Ein weiteres Mal verschwindet er. »Hab's gleich. Diesem Messer fehlt der letzte Schliff.«

Madeleine starrt auf den Namen und klatscht dann die *Ahoy!* auf den Tisch. Ein paar lose Papiere seufzen. Sie beugt sich vor: Schriftverkehr über die Vermietung, alle an Grant Jones adressiert. Auch Quittungen in seinem Namen. Wie viele Identitäten braucht ein Mensch? Zwei?

Mehr?

»Das ist nicht nur ein Höflichkeitsbesuch«, erklärt sie.

Durch das Glas des Tisches bemerkt sie ein einzelnes weißes Blatt auf dem Teppich, verknittert und unter den vielen Papieren auf dem Tisch kaum zu sehen.

Sie hebt es auf. Das Papier ist unbeschriftet, aber mit zahllosen Knicken überzogen, gefalteten und wieder geglätteten Rauten. Madeleine drückt gegen die Seiten, biegt die Ecken. Die Falten und Knicke geben nach.

Das Papier verwandelt sich in einen Schmetterling.

»Wirklich armselig, ich weiß.«

Sie schaut erschrocken auf und sieht Jonathan an ihrer Seite stehen.

Er platziert einen großen Teller mit Wurstwaren auf dem Tisch, stellt zwei schwitzige Flaschen daneben. »Die jüngsten Ereignisse haben mich inspiriert.« Er setzt sich neben sie, nimmt sich ein Bier. »Irgendwo muss noch ein Schwan rumliegen. Jedenfalls sollte es einer werden. Im Video sah es viel einfacher aus.«

Er grinst steif, trinkt aber nicht. Genauso wenig wie Madeleine. Dieser scharf geschliffene Akzent. Cole liebte Rollenspiele.

»Hören Sie«, seufzt er. »Es ist nur ein verknittertes Blatt Papier. Nichts weiter. Ich schwöre Ihnen, genau wie schon diesem Ramirez, dass ich nicht Ihr von den Toten auferstandener Bruder bin.«

»Wer sagt, dass er tot ist?« Sie schluckt. »Und haben Sie, unter welchem Namen auch immer, zufällig meine Stiefmutter kennengelernt, als Sie beide über Jahre zur selben Zeit in London lebten?«

Jonathan stellt seine Flasche auf dem Boden ab. »Wollen Sie damit ernsthaft andeuten, dass ich an ihrem Tod … *beteiligt* gewesen sein könnte? Dem Tod einer Frau, die ich kaum kannte?«

»Und?« Sie packt den Schmetterling wie eine Waffe. »Sie ziehen von London nach San Francisco und schließen direkt danach Freundschaft mit dem Neffen einer Frau, die ebenfalls von London nach San Francisco gezogen ist. Und die bald darauf zu Tode kommt. Sie hätten sich in dieser Nacht im Haus verstecken können. Sie hätten einen Schlüssel nachmachen lassen können. Und Sie bekommen Post für Grant Jones an diese Adresse.« Wieder sucht sie in seinem Gesicht, dem Haar, den ungehorsamen Zähnen nach Ähnlichkeiten. Sollte sie ihn noch mal berühren? Sie versucht, seine Wange zu streicheln …

Sein Blick ist finster und düster. »Und wer wäre ich in diesem Szenario? Der *Lover* Ihrer Stiefmutter? Gegenwärtig oder vergangen? Oder ihr Vertrauter … ›Das spielte sich damals wirklich in der Trapp-Familie ab‹? Vorausgesetzt, sie wusste darüber Bescheid? Wer davon soll ich Ihrer Meinung nach sein?« Er schnippt mit den Fingern, als wäre ihm eben ein Gedanke gekommen. »Habe ich sie aufgespürt, um sie zu erpressen? Oder bin ich ein alter Stalker, den sie nicht wiedererkennt und der sie mit Kunst und Krempel quält? Sagen Sie mir, Madeleine: *Für wen halten Sie mich?*«

Ihr Atem wird schwächer.

»Sie könnten jeder sein«, sagt sie.

Seine Hand schießt vor wie eine Schlange und schnappt ihr den Schmetterling aus den Fingern, und augenblicklich erhebt sie sich, reißt ihre Tasche vom Boden hoch, marschiert zur Tür, während sich die Righteous Brothers beschweren: »*You've lost that lovin' feeling …*«

Draußen im blauen Abendlicht überquert sie die Straße, biegt aber auf dem Mittelstreifen ab. Lehnt sich an eine Palme, spürt die raue Borke an ihrem Rücken. Atmet tief durch. Tippt mit zwei zittrigen Daumen auf ihrem Handy.

Das Internet kennt zu viele Grant Jones, vor allem im Vereinigten Königreich. Und dieser spezielle Grant Jones hat nie erwähnt, wo er gearbeitet hat, oder? Auf der Party glänzte er mit farbenfrohen Anekdoten vom Börsenparkett, erzählte von Freunden mit Namen wie Hugo oder Rafe, aber er hat kein einziges Mal erwähnt, für wen er damals arbeitete. Sie probiert es mit ***»grant jones« »lyme regis«.*** Das Internet zuckt nur mit den Achseln.

73.

Für wen halten Sie mich?

Madeleine bremst scharf am Bordstein, eilt die Auffahrt hinauf. Im Haus quinquiliert die Schreibmaschine wie ein stählerner Singvogel.

Unten an der Treppe zögert sie, sieht zu dem Porträt auf, in das ernste Gesicht ihres Vaters.

Woran *schreibt* er?

Und was *weiß* er?

Ihre Nerven brennen durch wie eine defekte Sicherung. Sie zieht sich in die Küche zurück, belegt ein Sandwich –

wirklich schade um die Wurstplatte – und übt eine volle Stunde die Zeilen ein, die sie zwanzig Jahre lang vor Angst nie ausgesprochen hat:

Dad, wir hätten dieses Gespräch schon längst führen sollen.

Dad, wir müssen uns unbedingt unterhalten.

Dad, wegen dieser Nacht …

Schließlich verstummt der Singvogel oben. Ihr Vater ist auf dem Weg ins Schlafzimmer. Sie sieht auf das unberührte Sandwich. Angst füllt ihren Magen.

Bis Madeleine an seiner Tür ankommt, mit einem Teller voller Rindfleisch und Schweizer Käse, hat er das Licht schon gedämpft und sein Anzug liegt mit Hemd und Krawatte wie ein Leichnam auf dem Teppich. Ihr Blick wandert an der Silhouette des Körpers unter der Bettdecke aufwärts.

»Was ist denn, Maddy?«

Sie erschrickt. »Ich wollte dich nicht wecken.«

»Hast du nicht. Deine Tante war vorhin hier und hat Dianas Beisetzung organisiert. Ich bin müde und todunglücklich, aber hellwach. Komm herein, mein Schatz, komm herein.«

Er schaltet die Lampe ein, und Madeleine setzt sich in einen Sessel und stellt den Teller neben ihm ab – »Ich habe dir ein Sandwich gemacht« –, bevor sie auf die am Boden liegenden Kleider zeigt. »Du hast dich heute schick gemacht?«

»Ich habe mich nicht schick gemacht, Madeleine, ich habe mich angezogen.« Er liegt wie zerschmettert unter dem schützenden Betthimmel, die dünnen Lippen sind rissig, und Haare sprießen auf seinen Wangen und seinem Kinn; die Haut auf seinen nackten Schultern ist weiß wie Gips.

»Ich habe deine Schreibmaschine gehört«, sagt sie. »Woran schreibst du?«

»Woran schreibst *du,* mein Kind?« Er lächelt, als sie die Stirn krauszieht. »Ich habe in den vergangenen Wochen ab und zu einen Blick in dein Zimmer geworfen, weißt du? Nun gut, du wusstest es wohl *nicht.* Leise wie ein Schatten war ich. Und sah dich gebeugt an deinem Computergerät sitzen.«

»Ach so. Ich – tatsächlich wollte ich dich etwas fragen.« Warum auch nicht? Sie räuspert sich. »Also – ich meine, ich habe schon angefangen – aber – was hältst du von einem weiteren Simon-Film?« Ehe er etwas einwenden kann: »Ich würde gern das erste Buch adaptieren. Fürs Kino. Noch mal.«

Die Worte kleckern ihr aus dem Mund wie Babybrei. Sie kommt sich kindisch vor.

Sekundenlang starrt er sie stumm an. Dann vertreibt ein Lächeln die Überraschung von seinen Lippen, treibt sie in seine Augen. »Das halte ich für eine sehr gute Idee, Maddy.«

»Oh.« Ihr geht das Herz über. »Gut. Ich war sicher, dass du was dagegen haben würdest. Du wirst ihn dir sowieso nicht ansehen müssen.«

»Das werde ich nicht, nein. Aber eigentlich wolltest du mich etwas anderes fragen, oder?«

Sie senkt den Blick in ihren Schoß. Wünscht sich, Watson säße darin. Sieht ihren Vater wieder an. »Ich glaube, wir sollten uns unterhalten, Daddy.«

»Schatz«, antwortet er, »das glaube ich auch.«

74.

Die Haustür hat sich gerade erst hinter Nicky geschlossen, ihre Hand sich in der dunklen Eingangshalle gerade hinter Watsons Ohr gesenkt, als …

»Miss Hunter, könnten Sie bitte zu mir nach oben kommen?«

Er sitzt in seinem Bett, mehrere Kissen im Rücken, Madeleine in dem Sessel an seiner Seite. Die Lampe bescheint ihre Gesichter mit mildem Licht: seines ausgezehrt, aber hellwach, ihres mit Tränen satiniert. Madeleine starrt auf den Lampenschirm, als wäre es ein Lagerfeuer. Watson watschelt herbei, lässt sich auf ihren Füßen nieder.

Sebastian räuspert sich. »Würden Sie morgen mit mir frühstücken gehen? Ich fahre. Ich werde nicht mehr allzu oft mit diesem Wagen fahren können. Ich hoffe, darin zu sterben, allerdings noch nicht morgen.«

Nicky nickt.

»Und wo wir gerade dabei sind, sollten auch Sie wissen, dass ich beschlossen habe, meine Behandlung abzubrechen, wie ich eben meiner Tochter mitgeteilt habe.«

Madeleine schaut weiter unverwandt in die Lampe. Nicky fühlt sich, als hätte sie einen Tritt in den Bauch bekommen, würde aber den Schmerz noch nicht spüren.

»Danke für Ihre Selbstbeherrschung«, fährt Sebastian fort. »Ich kann dramatische Szenen nicht ausstehen.«

Madeleine richtet die geröteten Augen auf Nicky. »Würde es Ihnen etwas ausmachen, wenn ich Watson heute Nacht bei mir behalte?«

Nicky kann nur den Kopf schütteln. Madeleine wuchtet die Hündin auf ihren Schoß. »Braves Mädchen«, murmelt Sebastian. Es bleibt offen, wen er meint.

Auf dem Dachboden stellt sich Nicky zuerst unter die Dusche – ihre Arme und Beine sind mit Blutergüssen übersät wie mit Leopardenflecken; was für ein Kampf auf der Straße –, und schleppt sich dann ins Bett. Schaltet das Licht aus. Blickt zu dem Sternbild über ihrem Kopf auf. Schließt die Augen.

Öffnet sie wieder.

Schaltet das Licht an. Hebt ihre Tasche vom Boden und studiert die zwei Fotos: Fahrschülerin Nicky Hunter vor dem Baron Club, das Lenkrad im Klammergriff; und Simone und Diana und Freddy im Selfie.

Sie schiebt den Unterkiefer hin und her.

Nein, nichts.

Licht wieder aus. Augen wieder zu. Nicky fällt in den Schlaf wie durch einen verrotteten Holzboden.

75.

Das Ding brennt sich in Madeleines Faust, bis sie im Erdgeschoss angekommen ist. Stieg Rauch aus seiner Hand, als er es ihr gab? Als sie ihre dunkle Suite erreicht hat und es auf den Schreibtisch fallen lässt, erwartet sie, dass das Holz zu schmoren beginnt und Brandwunden in ihrer Hand zu sehen.

Zitternd tritt sie zurück. Dann noch einen Schritt und noch einen, bevor sie sich endlich umdreht.

Im halbdunklen Spiegel sieht sie eine verängstigte Frau, das Haar schlaff, die Kleidung formlos. Sie fragt sich, wie diese Frau dorthin gekommen ist.

Sie gehen aufeinander zu. Als sich Spiegel-Madeleine nähert, blicken beide auf die Reliquiensammlung auf ihrer Kommode: eine gesprungene Schneekugel. Sizilianische Zigaretten. Ein Hundehalsband. Eine Schmuckschatulle. Eine kleine rosa Muschel. Exponate ihres kleinen Lebens.

Du bist die Letzte aus dieser Familie. Diana hatte das genau hier in diesem Zimmer gesagt. *Wenn du eine Weile von hier entkommen möchtest, würde ich mich freuen, wenn du mich begleiten würdest.* Aber Diana ist inzwischen an einem Ort, an den Madeleine sie nicht begleiten kann. Die Einladung ist erloschen. Sie ist unwiderruflich allein.

Sie sieht der Frau im Spiegel in die tränenfeuchten Augen.

Abrupt fegt Madeleine mit einem Arm über die Kommode, löscht dieses kleine Leben in einem Hagel von Scherben und Schalsplittern auf, bringt die Schneekugel zum Bersten, die Muschel zum Zerspringen und die Schmuckschatulle zum Aufplatzen, sodass der glitzernde Schatz über den Boden verstreut wird.

Am anderen Ende des Zimmers, auf ihrem Schreibtisch, plingt protestierend ihr Handy.

Langsam dreht Madeleine den Kopf. Ihr schreibt nur ein Mensch.

Der Raum scheint sich in die Länge zu ziehen und dabei schmäler zu werden, so als würde sich der Boden wie bei einem Trickeffekt im Film ausrollen, weshalb ihr der Weg wie Wochen vorkommt (am Sofa vorbei, an den Regalen vorbei, zwischen den engen Wänden durch), und immer wieder plingt das Handy, bis Madeleine schließlich ihre Hand über den Stuhl streckt, dann über den Schreibtisch und über die entzündliche Substanz, die ihr Vater ihr in die Hand gedrückt hat, und auf das Display tippt.

Magdala.

Mein Tagebuch.

Du weißt, wo es liegt.

Sei vorsichtig.

Madeleine wartet auf mehr.

Was soll ich damit
machen?

Er tippt.

Was du immer damit
gemacht hast.

Es lesen.

Donnerstag, 25. Juni

76.

Während Sebastian unter dem düsteren Blick einer Eule Kondolenzbekundungen entgegennimmt (»Wirklich zu gütig von Ihnen, Reynold«; »Nein, Walker, beim zweiten Mal ist es definitiv nicht leichter«), wirft Nicky einen verstohlenen Blick auf ihr Handy:

Bock auf einen Spaziergang durch Muir Woods an diesem verhangenen Nachmittag?

Soll im Nebel nicht von dieser Welt sein.

Drei Emojis sind angetackert: eine Golden Gate Bridge mit Nebelwolke, ein Baum, ein schielendes Gespenst. *Der Typus, der was zu verbergen hat,* hat Betty sie gewarnt.

Jetzt trollen sich die letzten Kondolierenden von ihrem Tisch – demselben Tisch wie beim ersten Mal, in derselben düsteren Ecke, nur dass an diesem Morgen Nicky im samtbezogenen Lehnsessel sitzt und ihr in einen dunkelgrauen Anzug mit blutroter Krawatte gekleideter Gastgeber im Leder versinkt. Er ist seit ihrem letzten Besuch stark und unvorteilhaft gealtert.

»Inzwischen sind die Eier kalt und das Bier ist warm.« Sebastian piekt in die Dotter, nickt, nimmt einen Schluck Lager, nickt. »Aber Ihre jüngsten Texte gefallen mir«, erklärt er ihr. »Besser, als ich es verdient habe. Die Familie ...« Seine Lippen formen stumm und probeweise ein paar Silben. »Der Rest der Familie wird das ausgesprochen gern lesen.«

»Ich würde das Buch gern fertig schreiben.«

»Wir haben reichlich Zeit«, sagt er und lehnt sich zurück. »Nehmen Sie mich gerade auf?«

»Möchten Sie?«

»Nein.«

»Dann schalte ich es aus.« Nicky wischt über ihr Handy, tippt – mit zittrigen Händen – auf *Aufnahme* und legt das Handy mit dem Gesicht nach unten neben die Kerze. Was er auch zu sagen hat, sie will es speichern.

»Wissen Sie«, setzt er an und zögert sofort. »Wissen Sie, nach dieser unerwarteten Wendung im Plot bin ich nicht mehr sicher, wie unsere Geschichte enden wird.«

»Ihre Geschichte.«

»*Unsere* Geschichte. Ein Leben ist kein Laufknoten – es lösen sich nicht alle Verwicklungen auf, sobald man einmal am Ende der Schnur zupft. Die Geschichte eines Menschen ist unauflöslich mit der seiner Mitmenschen verbunden.« Sebastian nimmt einen Schluck Bier; seine Hände zittern. »Madeleines Geschichte, Dianas Geschichte, Hopes Geschichte. Auch Ihre; Sie sind nicht ausgenommen, nur weil Sie so spät die Bühne betreten haben. Und ich kann nicht voraussehen, wie *diese* Geschichte enden wird.«

»Was ist mit Cole?« **Für Cole.**

»Die Geschichte meines Sohnes endete vor vielen Jahren. Die Schmetterlinge wirken wie eine gruselige Fortsetzung, aber ich würde nicht sagen, dass sie von Cole sind.«

»Haben Sie ihn gehasst?« Mit dieser Frage überrascht Nicky sich selbst.

Lange blinzelt er nicht einmal, sondern betrachtet stumm seinen Gast. Seine Augen sind wie Falltüren. »Was für eine Frage«, sagt er schließlich.

»Wenn Sie von Cole sprechen, dann nicht besonders … liebevoll.«

Nicky sieht in diese Falltüraugen, und während er antwortet, lässt sie sich vorsichtig hineinsinken.

»Sie werden sich erinnern«, sagt Sebastian, »dass ich meine Kindheit auf dem Militärstützpunkt verbracht habe. Das hat mich abgehärtet und kampflustig gemacht. Und ehrgeizig und ziemlich clever, auch wenn sich das nicht im Klassenzimmer gezeigt hat. Ich begeisterte mich für Mädchen, fürs Lesen, fürs Schwimmen, fürs Schwitzen. Sogar dafür, Prügel zu beziehen, denn das bedeutete einen Freibrief für einen Gegenschlag. Ich kann mich nicht erinnern, dass ich mich je gefürchtet hätte, außer an meinem fünfzehnten Geburtstag, als mich eine üppige Prostituierte namens Greta in ihr Bett zerrte.« Sein Gesicht wird kurz weich.

»Danach wurde ich zum Mann. Damals waren mir die Wölfe schon auf der Spur. Tag um Tag, Jahr um Jahr überlebte ich, aber immer nur knapp. Ich wollte damals um jeden Preis einen Sohn …«

Nicky sinkt tiefer in die Dunkelheit hinter seinen Augen.

Er tastet sich vorsichtig weiter, wie über eine dunkle Treppe: »Ich *erhoffte mir* einen Sohn, der meinem Überleben – vielleicht nicht direkt *Sinn gab,* aber es doch *gewinnbringend* machen und der an meiner Stelle überleben würde. Der *leben* würde. Wie es mir versagt geblieben war.«

»Sie haben nicht gelebt?«

»Nicht so, wie ich es mir gewünscht hätte. Nicht so, wie es sich *irgendwer* gewünscht hätte. Leben tut weh, Nicky.«

Ihr Name klingt fremd aus seinem Mund, und ihr geht auf, dass er sie noch nie damit angesprochen hat. Bedächtig fahren seine Finger den Glasrand nach. Sie beobachtet ihn, lauscht seiner Geschichte.

»In der Nacht, in der wir Watson die Erste retteten, blieb ich bis weit nach Mitternacht, sogar bis nach dem Morgengrauen wach und beobachtete, wie sie auf meiner Brust auf- und abwogte, als wäre sie auf hoher See. Ich betrachtete sie voller Ehrfurcht. Und Freude. Aber schon in dieser Nacht hatte ich Angst um sie – sie war ein so verletzliches Wesen in einer Welt voller Gefahren, denen sie so leicht zum Opfer fallen konnte.«

Schatten scharen sich um ihren Tisch. Die Votivflamme beginnt zu flackern.

»Madeleine beschwichtigte meine Ängste um sie noch vor ihrer Geburt. Schon im Mutterleib trat sie um sich wie eine Karatekämpferin. Ein energisches Baby, ein energisches kleines Mädchen, eine energische Person bis heute. Cole hingegen …« Er schließt seufzend die Augen. »Ein Notkaiserschnitt elf Wochen zu früh. Gerade mal vier Pfund schwer. Er kam direkt auf die Intensivstation.« Jetzt sieht er Nicky an. »Schon als ich ihn das erste Mal sah, war er zusammengeschrumpelt wie ein vertrocknetes Blatt. Er lernte spät laufen, spät sprechen. Selbst seine Zähne kamen spät! Blass wie ein Gespenst, so als wäre er nie ganz auf diese Welt gekommen. Konnte nicht lesen, konnte nicht schreiben. Abend um Abend ackerte ich mit ihm Bücher durch: Bilderbücher, Bücher mit kurzen Kapiteln … Er – bemühte sich, ich weiß, aber …« Er setzt das Bier an die Lippen. »Immerhin mochte er die Illustrationen.«

Nicht verbittert, nur müde. Nicky lauscht ihm von ihrem Platz hinter seinen Augen.

»Ich wollte ihm beibringen, wie er sich durchsetzen kann. Meldete ihn zum Fußball an. In der Little League. Zum Segeln. Die anderen Jungen machten sich über ihn lustig, die anderen Väter übrigens auch. Das verletzte meinen Stolz. Es mag kleinlich sein, trotzdem verletzte es meinen Stolz. Cole, nahm ich an, merkte das gar nicht oder interessierte sich nicht dafür, also versuchte ich es ebenfalls zu ignorieren. Denn irgendwann würde er sich doch bestimmt ändern, oder etwa nicht? Irgendwann würde er doch lernen zu überleben? Nicht mehr mit dem Kopf in den Wolken schweben, das Origami bleiben lassen, ein paar Freunde finden?« Er nimmt einen tiefen Schluck. »Er änderte sich nicht. Er wurde nicht einmal größer. Ich erkundigte mich beim Arzt nach Hormonen, aber meine Frau drohte mir mit Mord. Und so blieb Cole klein und eigenwillig und viel zu empfindsam, so als hätte er sich irgendwann gehäutet und seine Nerven und sein Herz bloßgelegt. Falls Sie eines Tages Kinder haben sollten – und noch einmal vielen Dank, dass Sie mich ins Vertrauen gezogen haben; ich hoffe aufrichtig, dass Sie einen Weg finden werden, falls Sie eines Tages beschließen sollten, dass Sie welche haben wollen –, dann werden Sie begreifen, dass das Gerücht stimmt: Wir sind bestenfalls so glücklich wie unser unglücklichstes Kind. Mit einem unglücklichen Kind konnte ich nicht überleben; Cole würde mich ins Verderben reißen. Er musste sich *für mich* ändern. Für sich selbst natürlich auch, aber eben auch für mich. Sonst würden mich die Wölfe irgendwann ins Unterholz zerren und mir das Fleisch von den Knochen reißen. Und wenn sie danach die Jagd auf Cole eröffnen würden? Wie sollte ich ihn verteidigen, wenn meine Gebeine dann schon auf dem Waldboden verrotteten?«

Nicky spürt das Moos unter ihren Füßen. Ihr Sinkflug endet hier, auf einer halbdunklen Lichtung – mit einem reglosen Körper auf dem Boden und Bestien in Sichtweite, die ihn lautlos umkreisen.

»Ich sah in Cole eben jene Schwäche, gegen die ich so

lange angekämpft hatte. Jetzt stand sie wieder vor mir, starrte mir ins Angesicht.«

Er sieht ihr ins Angesicht. Immer noch sieht sie ihn an, während sie gleichzeitig den Körper im Wald im Auge behält, sich ihm nähert, dabei das kratzende Laub an ihren Knöcheln spürt.

»Ich habe Cole nicht gehasst. Ich hatte Angst. Vor ihm und *um* ihn. Um mich auch. Darum versuchte ich verzweifelt, ihn wehrhafter zu machen; ihm Kraft zu geben. Selbst wenn ich die Geduld verlor, selbst wenn ich die Beherrschung verlor, glaubte ich ihm immer noch zu helfen.« Er greift mit einer zittrigen Hand sein Glas, in dem das Bier aufschäumt – ein Sturm im Bierglas.

»Ich wünschte, ich hätte alles anders gemacht«, sagt er. »Ich wünschte, mir wäre damals dieser Gedanke gekommen.«

Wölfe knurren in ihrem Rücken. Sie nähert sich dem Körper.

Sebastian atmet aus, leert sein Glas. »Habe ich Ihre Fragen beantwortet?«

»Nicht alle.« Nicky bückt sich und wischt das Laub vom Gesicht des Körpers. »Was wissen Sie über Ihre Frau und Ihren Sohn?«

Er setzt das Glas scharf auf dem Tisch ab. Ein Ruck zwischen ihren Schulterblättern und sie wird rückwärts aus der Lichtung in den Baron Club zurückgeschleudert. Die Falltüren in Sebastians Augen klappen zu.

»Über ihr Verschwinden, meinen Sie vermutlich«, sagt er ruhig.

»Sie haben gemeint, dass Sie und ich möglicherweise ein Rätsel oder zwei aufklären könnten. Ihre Frau und Ihr Sohn – das ist eines davon. Und vielleicht gibt es eine Verbindung zwischen den Geschehnissen damals und Diana. Das nächste Rätsel.«

Er stemmt die Finger gegeneinander. Einen Augenblick bleibt er absolut reglos.

»Die alten Geister längst vergangener Zeiten«, sagt er schließlich. »Ein Moment in der Gegenwart, der einen Moment in der Vergangenheit widerhallen lässt. Ohne diese Zutat lässt sich definitiv kein traditioneller Kriminalroman schreiben. Aber, mein liebes Kind«, erklärt er ihr in warmem und gleichzeitig bedrohlichem Tonfall, der sie an einen Windstoß vor dem Sturm erinnert, »wir stecken hier in keinem traditionellen Kriminalroman. Sondern in einem Psychothriller!«

Ein alberner Spruch, denkt Nicky, dennoch gefriert ihr das Blut in den Adern.

»Dies ist eine Geschichte ohne Helden. Vielleicht auch ohne Schurken.« Er bleckt die Zähne, dass sie funkeln. »Eine Geschichte mit schwer greifbaren Identitäten.« Die Krawatte tropft blutrot von seinem Hals, als hätte man ihm die Kehle aufgeschlitzt, und das Ende sammelt sich in einer Lache auf dem Tisch. »In der das Rätselhafte und die Gewalt hauptsächlich in uns selbst zu finden sind und wo uns die Hinweise unausweichlich an Orte führen, die wir eigentlich lieber meiden würden.« Seine Augen funkeln wie Messerspitzen.

Dann lächelt er sanft. »Wir sind alle in dieser Geschichte gefangen. Das Leben ist ein Thriller. Mit fatalem Ende und finaler Auflösung.«

Lange studiert er ihr Gesicht, dann lehnt er sich wieder zurück. »Sie glauben nicht an einen Suizid«, seufzt er mit einem prüfenden Blick auf seine Taschenuhr. »Verflucht, vielleicht sollten Sie das auch nicht. Aber was sollte *ich* Ihrer Meinung nach denn wissen? Was für eine Geschichte möchten Sie von mir erzählt bekommen?«

»Eine, die wahr ist.«

»Guten Morgen.«

Sie dreht sich zur Seite. Lionel Lightfoot ist aus heiterem Himmel an ihrem Tisch aufgetaucht.

»Basher, ich wollte Ihnen nur sagen – wie schrecklich leid es mir tut.«

Sebastians Blick bleibt ungerührt. »Irgendwas im Besonderen?«

»*Diana* im Besonderen. Sie war eine – *besondere Blume.«*

Nicky sieht auf ihr Handy. Vor drei Minuten ist lautlos eine Nachricht eingegangen: ein Kartenausschnitt mit einer Markierung knapp abseits der Castro Street.

»Erwartet mich jetzt der nächste Roman über meine Familie?«, fragt Sebastian.

»Nein, nein – ich …«

Nicky sieht auf, rechnet mit Blutvergießen – aber Sebastian reagiert nur mit einem schwachen Lächeln.

»Sie könnten ihn sowieso nicht schnell genug schreiben. Ich habe beschlossen, in nächster Zeit das Atmen einzustellen.«

»Ah.« Lionel nickt. »Ein einsamer Sturz über die Reichenbachfälle.«

»Es sei denn, Sie möchten mir Gesellschaft leisten?«

»Schon bald, schon bald.«

»Sie haben Maddy tief verletzt.«

Lionel verzieht das Gesicht, wobei sich die Haut um seine Augen wölbt; als er wieder spricht, stehen seine Worte aufrecht. »Das bedaure ich zutiefst. Cassandra hat mir das nie verziehen. Sie sagte immer, es sei *unterirdisch* … Ach, junge Lady, dürfte ich kurz unter vier Augen mit unserem Freund sprechen?«

Schon ist Nicky aufgestanden. »Aber gern. Wir reden später weiter. Danke für das Frühstück.«

Sebastian neigt den Kopf. Eine Minute später erscheint ein Auto und entführt sie in den außerweltlichen Nebel.

77.

Die Tür zum Dachboden knarrt, als Madeleine sie aufzieht. Das ist nicht Nickys Zimmer, rechtfertigt sie sich; sondern Coles. Cole, der sie hierhergeschickt hat.

Und sie weiß tatsächlich, ***wo es liegt.***

Sie hat das Tagebuch ihres Bruders schon gelesen, während er es schrieb, oder wenigstens die Einträge der ersten Wochen; das war ihr gutes Recht als Schwester. Der Inhalt war wenig fesselnd: *Heute sind Freddy + ich mit dem Rat nach Frot Point gefahren und haben Spion gespilt.* Oder *(nicht entzifferbar) hat mir Kaugummi ins Haar geklebt, ich hab ihn mit der Schere rausgeschniten, jetzt hab ich eine kahle stelle. Ich hab Mama gesagt, dass es ein Gag war.* Und so weiter.

Er wusste es von Anfang an, so wie es aussieht. Hätte sie genauer lesen sollen?

Ihr Handy summt. Ein Alert: wieder eine Meldung über den Todesfall. Immerhin ist der Tonfall gedämpft, größtenteils von Fakten geprägt, nur wenig unheilschwanger. Ihr Vater ist nicht mehr so interessant wie früher. Vielleicht sind auch Morde an Gattinnen nicht mehr so interessant wie früher.

Auf dem Schreibtisch liegt ein *Magic 8 Ball* mit einem Pelz aus feinem Staub, in den sich zehn kleine Fingerspitzen gedrückt haben. Madeleine schüttelt ihn und das blaue Dreieck purzelt ins Sichtfeld.

UNMÖGLICH VORHERZUSAGEN.

Sie hat vergessen, eine Frage zu stellen. Eine kurze Pause, dann hört sie ihre Stimme und schüttelt die Kugel erneut.

DAS VERRATE ICH LIEBER NICHT.

Madeleine stellt die Kugel stirnrunzelnd zurück. Blödes Ding.

Sie wandert weiter zu dem Tohuwabohu von Pfeilschwanzkrebsen und Pfeilen mit silbernen Spitzen – was wird sie damit *anfangen,* wenn die Zeit gekommen ist? – und geht dann langsam an den dahingeschiedenen Watsons vorbei, wobei sie darauf wartet, dass die Diele unter ihren Füßen nachgibt.

Merkwürdig: Madeleine ist überzeugt – jedenfalls beinahe überzeugt –, dass sie vor vielen, vielen Monden, irgendwann nach Coles Verschwinden, schon einmal auf die Suche nach dem Tagebuch gegangen ist und dabei entdeckt hat … na gut, gar nichts entdeckt hat. Offenbar hatte die Polizei es mitgenommen. *Irgendjemand* musste es mitgenommen haben. Und doch behauptet Cole, dass es wie ein verräterisches Herz unter den Dielen weiterschlägt.

Der Boden gibt nach. Madeleine kauert Auge in Auge diesem beeindruckend hässlichen Wesen gegenüber (*Ein Kind* steht, wenig hilfreich, auf der Plakette unten am Rahmen) und hebt die Planke an.

Ein roter, auf den Einband geklebter Schmetterling breitet vor ihr die Flügel aus. Madeleine hatte ihn ganz vergessen. Sie betrachtet ihn argwöhnisch und geht mit dem Buch zum Bett.

Sie setzt sich hin, die Füße auf dem Boden, und schlägt das Buch auf: *31. Dezember 1997. Bitte nicht weiterlesen!*

Wie sich seine Stimme verändert hat.

Das, was du immer damit gemacht hast.

Es lesen.

Und so beginnt sie im Morgenlicht zu lesen.

78.

»Wir warten schon auf dich, Baby Girl.«

Lichter färben die Schnapsregale knallblau; die Glühbirnen, die Bettys Namen herausplärren, verleihen auch ihrer Perücke, einem Marilyn-Monroe-Lockenkopf, einen Heiligenschein. »Erst mal die Kehle anfeuchten«, erklärt sie und schwenkt eine Flasche über zwei Whiskygläser.

Nicky tritt an die Bar. »Was trinken wir heute?«

»Du trinkst Bourbon. Wie der Gentleman.«

Nicky dreht sich um und sieht ihn in der hintersten Nische sitzen, wo er einen leeren Tumbler über die Tischplatte rollt.

Sie rutscht ihm gegenüber in die Bank und schiebt ihm ein Whiskyglas über die Kunststoffplatte zu. Er fixiert sie aus der Gruft seiner Kapuze heraus. Stoppeln überziehen seine Wangen und sein Kinn; die Haut unter seinem blutunterlaufenen Auge hat sich zu fahlem Grün erwärmt.

»Du bist in meine Wohnung eingebrochen«, sagt Freddy.

»Schuldig. Bist du Trappist?«

Er sieht sie finster an, kratzt seine Hand. »Scheiße, nein. Diese Aasgeier. Ich nehme nur ihr Geld. Und ja, ich höre mich selbst reden.«

»Okay. Und wie lange bist du schon drauf?«

Er blinzelt. »Wie lange weißt du es schon?«

Wie lange *weiß* sie es schon? Nicky wendet den Blick ab.

»Neun Monate.« Freddy spricht in sein Glas, seine Stimme klingt hohl. »Seit ich mir die Schulter ruiniert habe. Der Arzt hat mir für ein paar Wochen Oxy verschrieben. War das ein geiles Zeug. Aber auf der Straße kostet es ein Vermögen. Wie alles in San Francisco.« Er kratzt seine Hände. »Ab Februar hab ich welches auf der Arbeit mitgehen lassen – wir haben es im Sanitätszimmer, für Notfälle. Niemandem ist was aufgefallen. Bis es jemandem aufgefallen ist.« Wieder ein Seufzer. »Im April. Der Leiter der Sportabteilung ist mein Kumpel – war mein Kumpel, schätze ich –, darum hat er der Direktorin erzählt, er würde mich wegen Unzuverlässigkeit feuern. Zwei Tage später wurde ich aus meiner Wohnung geworfen. War eine harte Woche. Ich konnte unmöglich wieder zu Simone ziehen; ich kann nicht glauben, dass sie noch nichts gemerkt hat. Außerdem ertrage ich diese gottverdammten Katzen nicht. Also bin ich ausgezogen und – du hast es selbst gesehen. Dann bekam Sebastian seine äh endgültige Kündigung überreicht und Diana bat mich um Hilfe. Das Schuljahr war zu Ende, darum ging sie davon aus, dass ich Zeit hatte.« Inzwischen hat er seine Knöchel blutig gekratzt. »Ich wusste ja, dass es genügend Irre gibt, die auf diesen Trapp-Kram stehen. Und ich rechnete mir aus, dass sich niemand beschweren würde, wenn mal ein Foto verschwand oder ein Füller oder auch ein Buch. Aber jetzt …« Er seufzt. »Jetzt brauche ich Kohle. Einen Haufen Kohle. Darum wollte ich seinen Schreibtisch plündern: Ich dachte, darin bewahrt er die richtig guten Sachen auf. Und falls ich nichts gefunden hätte – was ich nicht habe –, konnte ich immer noch irgendwas einstecken.«

»Wie diesen Glaswürfel.«

»Ja, das tut mir leid.«

»Mir auch.« Sie sieht zu, wie er vorsichtig sein Auge betupft. »Wozu die Maske?«

»Manchmal wollen die Kunden online mit mir chatten, die Ware begutachten. Sie dürfen mein Gesicht nicht sehen. An diesem Abend wollte ich in der Bibliothek ein kurzes Video aufnehmen. Du verstehst – Jack an Sebastian Trapps Schreibmaschine, Jack an Sebastian Trapps Kamin.«

»Und das Apartment? Die Wände, die Kerzen?«

»Alles Theater. Genau wie das Tattoo.« Er krempelt den

Ärmel hoch. Die Buchstaben flocken ab. »Für diese Trappisten – was für ein blöder Name – ist das alles nur Spektakel, nur Unterhaltung. Ich biete ihnen eine *Erfahrung.«*

»Und schlägst so aus der Tragödie deiner Familie Kapital.«

Freddy kneift die Augen zu, nickt – und beginnt zu weinen. »Ja«, gesteht er und seine Schultern zucken dabei.

Nach einer Minute schiebt Nicky die Hände in seine Richtung, bis …

»Das hier ist der gute Stoff, Kinder.« Beide sehen zu Betty auf, kippen im Gleichklang ihre Schnäpse.

»Aber er brennt«, ergänzt sie und schenkt Wasser ein, während sich Freddy die Nase trocknet.

Licht klatscht in den Raum. Freddy dreht erschrocken den Kopf, reißt die Augen auf. In der Tür stehen zwei Senioren, alt genug für Golf und Partnerpoloshirts.

»Die zwei haben sich bestimmt verirrt«, stellt Betty fest. Sie geht los und begrüßt die beiden.

Freddy hat sich in seine Kapuze zurückgezogen. »Früher war ich immer zum Kaffeetrinken hier«, murmelt er. »In letzter Zeit komme ich für andere Sachen. Ich kenne einen Typen, der Senioren betreut. Viele von ihnen nehmen ihre verschriebenen Medikamente nicht. Sein Büro ist ganz in der Nähe. Mir jucken die Knochen.« Er umarmt sich.

Nicky möchte ihn ebenfalls umarmen, doch nicht so schnell: Sie ist Dianas wegen hier. Die von Freddy geküsst wurde. Von Freddy, der gewalttätig werden kann.

»Oh«, sagt er. »Hör zu. Ein Detective hat mir eine Voicemail hinterlassen. Er würde sich gern mir mit unterhalten, es geht um …«

»Diana.«

Kopfschütteln. »Es war … als hätte mich jemand *entleibt*. Als ich das von ihr gelesen habe. Noch dazu in einem Chatroom.«

Nicky sagt nichts über Cole, interessiert sich im Augenblick nicht für Cole. Nur für Diana. »Ich will wissen, was ihr zugestoßen ist.«

»Weiß man das nicht?« Freddy neigt den Kopf. »In dem Beitrag stand, dass sie vollkommen unerwartet gestorben sei. Was so klingt, als«, er flüstert nur noch, »hätte sie selbst Schluss gemacht.«

»Hat sie?«

»Was wäre die Alternative? Ein Mord?«

»Die Polizei glaubt das. Und du hast Diana gekannt. Du hast das Haus gekannt.«

»Genau wie mein Onkel. Dessen Ehefrauen auffällig früh abtreten.«

»Aber du hast sie geküsst.« Nicky wartet ab.

Falls ihn das überrascht, zeigt er es nicht. »Ich war high.«

»Wahrscheinlich nicht, um sie zu trösten.«

»Ich habe sie geliebt, weißt du?«

Nicky bleibt stumm. Das hätte sie nicht gedacht. *Verliebt* hätte sie für möglich gehalten, aber …

»Schon als Kind wusste ich es, schon damals wusste ich, dass ich sie immer lieben würde. Und dann kam sie zurück, und … ich meine, natürlich ging es um Sebastian. Aber irgendwie war das immer nur eine Zwischenlösung. Und jetzt werde ich nie mehr mit jemandem zusammen sein.« Seine Stimme klingt voll und weich und anrührend traurig. »Ich kann keine andere Frau mehr lieben, so gern ich es auch würde. Nicht so, wie ich Diana geliebt habe. Und das – das wäre unfair jeder anderen Frau gegenüber. Immer im Schatten einer anderen leben zu müssen.« Er wischt sich über die Augen. »So wie Diana.«

Wie deine Mutter, denkt Nicky. Freddys Arm zuckt, fegt sein Glas vom Tisch. Wie viele Gläser er wohl in dieser Woche vernichtet hat?

Nicky rutscht aus der Bank, geht in die Hocke, um die Scherben aufzulesen, und häuft sie auf den Tisch. Betrachtet Freddy in seinem Hoodie, zappelig und in Tränen aufgelöst und verängstigt wie ein kleiner Junge, und plötzlich sitzt sie neben ihm.

»Also, soll ich mit diesem Detective reden?«, fragt er.

Sie zuckt mit den Achseln. »Unterhaltungen sind nur gefährlich, wenn man etwas zu verbergen hat.«

Wieder ein Nicken. »Entschuldige, dass ich dir gegenüber so ein Arschloch war.«

»Du warst kein Arschloch mir gegenüber.« Sie nimmt seine Hände, studiert sie. Haben sie Diana niedergeschlagen? Nicky kann es sich nicht vorstellen.

Seine Handgelenke schlottern – »Hab das Flattern« –, und als sie seine Finger drückt, lässt er den Kopf auf den Tisch sinken, legt die Wange auf die Kunststoffplatte und schaut zur Theke. »Betty bringt mich heute Nachmittag in eine Klinik. Sie sieht alles.«

»Allerdings!«, ruft ihre Wirtin.

»Und hört alles.«

»Kannst du dir das leisten?«, fragt Nicky.

Er lächelt. »San Francisco zahlt.«

Sie greift in ihre Tasche, holt ihren Geldbeutel heraus und schichtet mehrere Zwanziger neben Freddys Nase auf. »Wer zahlt heute noch bar?«, murmelt er.

»Willst du es haben oder nicht?«

Er setzt sich auf. »Warum?«

»Du hast dich um mich gekümmert. Jetzt kümmere ich mich ein bisschen um dich.«

Ihr Handy zirpt: Jonathan. Den sie seit ihrem Besuch hier drin nicht mehr gesehen hat. Sie steht auf. »Fragst du dich manchmal, was mit deinem Dad ist, Freddy?«

»Ob er im Himmel ist oder was?«

»Nein, also … wer …«

»Ach so – wer ihn umgebracht hat. Das fragt mich meine Mom auch manchmal. Nein. Ich meine, ich *würde* es gern wissen, aber mal ehrlich, mit diesem Wissen kann ich mir nicht mal eine Busfahrkarte kaufen, oder?« Er kratzt sich am Handgelenk. »Manche Geschichten enden einfach ohne Auflösung. Weißt du?«

»Ich weiß«, sagt Nicky. »Ich mag solche Geschichten nicht.«

79.

Im Januar 1999 schlitzte sich ihr Bruder die Handgelenke auf. Das ist Madeleine neu.

> Heute war Mama mit mir bei einer Frau, die spychologin ist und mich gefragt hat, warum ich sterben will. Ich hab gesagt, das will ich gar nicht aber leben tut so we.

Sie schaut zum Fenster. Hört ein leises Wimmern in ihrer Kehle.

Ihr Rücken schmerzt. Trotzdem liest sie weiter, das Tagebuch auf ihren Schenkeln, die Füße auf dem Boden.

> In der Shule sagen sie ich soll mich umbringen. Wozu lebst du überhaupt du friek? Bring dich doch um in der Schule wird soviel gemobbt.
>
> Sie erfinden lauter Lügengeschichten über mich und beschimpfen mich als Loser oder perwerser. Sie tun mir weh. Letzte woche hab ich gesagt, das ich im Sommercamp Ringen gelernt hab und gleich haben sich drei Ringer im Klo auf mich geworfen und gerufn ZEIGS UNS SCHWUCHTEL und ich hab mir so fest auf die Zunge gebissen, das sie geblutet hat.

Wie man Schwuchtel schreibt weis ich inwzischen weil das so oft auf meinem Spint stet.

Ihr Blut kocht. Nächste Seite.

Ich hab der spychologin auch erklärt das mein Dad immer wütend auf mich ist. Weil ich ihn enttäusche.

Ich bin nur eine belastug. Das hab ich der ~~spochg~~ Lady auch gesagt und dass ich keine Hoffnung hab. Ich bin nur hier, dass mich andere fertikmachen. Ich gehör hir nicht her.

IRGENDWAS STIMT NICHT MIT MIR

Madeleine scheut vor dem Aufschrei in Großbuchstaben zurück. Kneift die Augen zu. Öffnet sie wieder.

Magdala hat gesagt bis Weinachten muss ich mich ändern. Sie hat gesagt ich sol drauf hören was andre über mich reden.

Sie kann sich gar nicht daran erinnern. Hat sie das wirklich gesagt?

Mein Vater und meine schwester schämen sich für mich.

Nächste Seite.

Hat Magdala gesagt.

Das hat sie gesagt?!

Heute hat die lady gefragt warum Dad nicht dabei ist und mama hat gesagt er ist nicht in der Stadt. Das ist gelogen heute mogen hab ich gehört wie er zu mama gesagt hat, wenn ich einen Abschietsbrif schreiben würde könnte kein mensch ihn lesen.

Die Nachmittagsstunden vergehen und mit ihnen weitere Monate in Coles Tagebuch. Er borgt sich trostlose Worte aus dem *Grafen von Monte Christo* –, den er damals natürlich nur las, um ihrem Vater zu gefallen. *(das les ich gans durch.)* Seine kursiven Bögen und Schleifen welken dahin. Er schreibt immer weniger; er schreibt mehr als genug.

Sie schlägt die Juniseite auf, nur vier Worte:

Etwas aufregendes pasiert!!

Die nächste Seite ist leer. Genau wie die übernächste: Nichts passiert, ob aufregend oder nicht. Sechs Monate vor seinem Verschwinden hört Cole auf zu schreiben.

Sie befreit das Handy aus ihrer Hosentasche.

Ich habs gelesen.

Ich wusste nicht, wie
schlimm das für dich war.

Unten stimmt Sebastian erneut das zittrige Stakkato seiner Schreibmaschine an.

Ich wusste nicht, wie
gemein Dad zu dir war.

Sie löscht diese letzten Worte. Sie hatte genug gewusst.

Selbst wenn ich das zu
spät sage.

Sie wartet ab. Kein Lebenszeichen.

Selbst die Schreibmaschine verstummt.

Nach einer Minute:

Deshalb brauche ich dich.

Nicht weil er mich damit
gequält hat.

Sondern weil es ihn und
Mama gequält hat

Es hat sie kaputtgemacht

Ja.

Er hat ihre Ehe getötet.
Er konnte nicht anders.

Aber er konnte sie nicht
gehen lassen.

Du glaubst, er hat nicht
nur ihre Ehe getötet.

Noch mal ja.

Und wie?

Du musst ihn aufrütteln.

Frag ihn, was er über
Silvester weiß.

Du hast mir immer noch
nicht verraten, was DU
weißt!

Ich weiß, du glaubst mir nicht.
Oder zweifelst zumindest.

Denn wenn du mir
glauben würdest, würdest
du dich fürchten.

Bitte glaub mir, Magdala.

Bitte fürchte dich.

Tatter-ratter-rat-tat-Trapp!

Sie senkt den Blick auf das Tagebuch. Etwas aufregendes pasiert!!

Als sie es auf den Schoß hebt, blättern die Seiten von selbst weiter. Auf der Rückseite des letzten Blattes hat Cole einen letzten Eintrag vorgenommen.

31. Dezember 1999

Silvester, stellt er klar.

Seine Handschrift hat sich gewandelt im Lauf der Monate, die Buchstaben stehen aufrechter, die Kurven sind scharf geschliffen. Diesmal ist der Eintrag sicher und fehlerfrei:

»Sterben! Oh nein«, rief er. »Ich will nicht sterben, nachdem ich so viel erlebt, so viel erlitten habe!«

Der Graf von Monte Cristo
(ich bin durch)

Madeleine blickt auf das rote Deckblatt auf der anderen Seite. Trommelt mit den Fingern darauf.

Spürt eine Erhebung unter dem Einband.

Ihr Blick wird scharf. Sie untersucht das Tagebuch genauer.

Die Erhebung verläuft parallel zum Deckblatt und auch parallel zur oberen und unteren Kante. Winzige Wellen kräuseln sich am Rand des Deckblatts, so als wäre es vorsichtig abgelöst und wieder angeklebt worden.

Madeleines Fingernägel bohren sich unter das Papier, bis sie es abschälen kann. Darunter liegt eine Postkarte: ein Schwarm von orange-weißen Clownfischen. Madeleine zieht sie aus dem Umschlag und dreht sie um.

3. Juni 1999 (krakelige, kaum lesbare Handschrift)

Lieber Cole,

danke für die wunderbare Modell-Trambahn! So was gibt es bei uns in Seattle natürlich nicht. Gutes erwartet dich!

Darunter, in demselben Lügendetektorgekrakel, *Dein Freund Sam Turner.*

Madeleine hat den Namen noch nie gehört.

Warum hat dieser Mann ihrem vierzehnjährigen Bruder eine Postkarte geschickt? Warum hat Cole sie in seinem Tagebuch versteckt? Ihr Puls beschleunigt sich.

Sie könnte fragen.

Aber sie tut es nicht.

Sie kaut auf ihrem Daumennagel. Sinkt in die Kissen.

Seattle.

Cole hat in seinem Tagebuch ein halbes Dutzend Mutter-Sohn-Ausflüge vermerkt – nach Los Angeles, Tahoe, sogar nach Vegas –, aber keinen nach Seattle, und nach dem Suizidversuch gar keinen mehr. Blieben sie das ganze Jahr

1999 in San Francisco? Woher soll Madeleine das wissen? Schließlich hat sie den Frühling und Herbst in Berkeley verbracht und den Sommer in einem Tenniscamp in Florida.

Dennoch: *Falls* es weitere Reisen gab, warum hat er sie dann nicht erwähnt?

Hinter der halb offenen Tür das Scharren und Pfeifen eines asthmatischen Tieres, das eine Treppe erklimmt. Watson linst feixend wie Batmans Joker durch die Tür und Madeleine wird weich. »Hallo, Butzemann«, sagt sie und klappt das Tagebuch zu. »Verschwinden wir von hier.«

Sie streicht das Bett glatt, passt das Dielenbrett wieder ein und wandert mit Hund und Tagebuch auf dem Arm nach unten. In ihrem Zimmer tippt sie ***sam samuel turner seattle*** in eine Adressensuchmaschine. Einunddreißig Einträge in Seattle, zweiundzwanzig Telefonnummern.

Ein Treffer für ***samantha turner seattle.***

Schon nach zehn – zu spät für einen Anruf und zu früh, um sich verrückt zu machen. Stattdessen schickt Madeleine eine Nachricht an ihren Cousin:

Kennst du einen Sam Turner in Seattle?

Und zum letzten Mal: Bitte komm heim. Niemand ist sauer auf dich.

»Ich bin stinksauer auf ihn«, informiert sie Watson.

Im Bett studiert Madeleine noch einmal die Postkarte, die stachelige Handschrift. Sie wird Cole nichts davon erzählen. Weil sie nicht sicher weiß, ob er sich an die Postkarte erinnert. Und das heißt, dass sie vielleicht etwas weiß, was er nicht weiß.

Freitag, 26. Juni

80.

Als Nicky aus dem Dschungeldampf der Dusche tritt, sieht sie, wie ihr Handy eben bibbernd vom Waschbeckenrand ins Becken gleitet. Sie angelt es heraus, wischt übers Display. Schlägt sich am Klauenfuß der Wanne einen Zeh an.

»Miss Hunter?«

Ein Mann, auch wenn Nicky das vor Schmerz kaum registriert; sie beißt sich auf die Lippe und saugt Luft ein. »Ja?«, zischt sie.

»Detective Timbo Martinez. Ich konnte Ms. Trapp nicht erreichen. Ihr Cousin war gestern bei uns auf dem Revier. Er meinte, jemand hätte ihm geraten, mich zu kontaktieren. Wollte aber nicht sagen, wer.«

Nicky ist währenddessen auf einem Bein zur Toilette gehüpft und umwickelt nun den blutenden Zeigezeh mit Toilettenpapier.

»Frederick hat gestanden, persönliche Gegenstände aus dem Haus seines Onkels gestohlen zu haben. Er hat kein Alibi für die Stunden, nachdem er von der Cocktailparty aus dem Haus geflüchtet ist.«

Eine Pause.

»Er besteht darauf, keinen Kontakt zu Cole Trapp zu haben. Er hätte den Karton mit dem Schmetterling an der Haustür gefunden, behauptet er, aber das kann niemand bezeugen. Möglicherweise hat er diese Schmetterlinge selbst gebastelt, obwohl – wissen Sie, Miss Hunter, ich erzähle Ihnen das alles, weil ich hoffe, dass Sie irgendetwas dazu beizutragen haben.«

»Wo ist Freddy jetzt?«

Ein Seufzen. »Seine Mutter hat ihn abgeholt. Es war alles sehr dramatisch. Ich glaube, sein nächster Stopp ist eine Entzugsklinik. Bitte sagen Sie Madeleine Trapp, dass sie mich anrufen soll. Es ist wichtig.«

Er hat aufgelegt.

Eilig zieht Nicky sich an. Die Dusche konnte sie nicht beruhigen. Sie hat ein ungutes Gefühl, genau wie ihr Kalender prophezeit hat. Als würde ein Ende nahen.

»Das Leben ist ein Thriller«, hat Sebastian ihr gestern erklärt. *»Mit fatalem Ende.«*

Und dann: *Was für eine Geschichte möchten Sie von mir erzählt bekommen?«*

»Ein, die wahr ist«, hat sie geantwortet.

Nicky will diese wahre Geschichte hören. Und zwar heute. Sie findet ihn bestimmt unten …

… doch schon wieder bettelt ihr Handy um Aufmerksamkeit. Nicky sieht aufs Display: Jonathan.

Sie drückt ihn weg. Er wird es überleben. Im Gegensatz zu einigen anderen.

Unter der Tür liegt eine zusammengefaltete Notiz. Nicky hebt sie auf – blaues Briefpapier, schwarze Druckbuchstaben

Pistolen im Morgengrauen. In der Bibliothek.

Und darunter der Schwung und das Kreuz seiner Initialen.

Natürlich ist es inzwischen weit nach dem Morgengrauen. Nicky wollte heute ohnehin Zeit mit Sebastian verbringen. Dass sie immer noch auf dem Dachboden haust, hat sie weder Julia noch Irwin erzählt – tatsächlich hat sie das niemandem erzählt. Inzwischen fühlt sie sich hier heimischer als in ihrem früheren Leben, erkennt sie, und der Gedanke macht ihr Angst.

Während sie die Treppe hinuntergeht, steigert sich das Schreibmaschinengeklapper zu einem unerwarteten Trommelwirbel, so als würde sie einen Pokal überreichen oder unter dem Galgen stehen. Das Geräusch eilt ihr bei jedem Schritt über den sonnigen Korridor voraus, bis es – genau an der Tür zur Bibliothek, als sie den Eisenring des Totenkopfklopfers anhebt – verstummt. Der Pokal wurde überreicht. Die Gefangene gehenkt.

»Herein!«

Der Morgen hat das Zimmer gereinigt. Hinter den Fenstern erstrahlt die Golden Gate Bridge wie frisch geputzt, nur ein paar Nebelwimpel hängen noch an den Pfeilern fest.

Am Schreibtisch sitzt Pfeife rauchend in (elfenbeinweißer) Jacke und (blauer) Krawatte Sebastian, der für einen frischgebackenen Witwer bemerkenswert soigniert aussieht. Natürlich, er hat Übung.

»Woher wussten Sie, dass ich vor der Tür stehe?«, fragt Nicky.

»Das wusste ich keineswegs.« Rauch wölkt sich aus seinem Mund. »Hin und wieder habe ich meine Finger ruhen lassen und ›Herein‹ gerufen – nur für den Fall, dass Sie draußen stehen.«

Sie setzt sich auf den Stuhl ihm gegenüber, so wie am Abend ihrer Ankunft. Aber jetzt, so aus der Nähe – wie *müde* er aussieht, wie zerknülltes Papier, das wieder glatt gestrichen wurde. Seine bleiche Haut ist ergraut, sein graues Haar erbleicht; seine Lippen sind gesprungen, seine Brauen widerborstig. Sie bemerkt die Falten in seiner Kleidung, wie Risse auf einem Ölgemälde; den schiefen Krawattenknoten, das schlaffe Taschentuch … selbst die Taschenuhr in seiner Hand wirkt ermattet. Vielleicht ist die Zeit doch nicht der beste Mörder. Sondern die Trauer.

»Trauer steht mir nicht«, sagt Sebastian, und Nicky zuckt überrascht, ihn in ihrem Kopf vorzufinden, während er ihr gleichzeitig gegenübersitzt. In seinem Rücken tanzen die Flammen erschöpft im Kamin.

»Trauer fühlt sich an wie Angst. Und ich habe vor langer Zeit gelernt, mit meiner Angst zu leben. Eigentlich sollte mir Trauer angenehmer sein. Und Ihnen?«

Nicky blinzelt. »Ob mir Trauer angenehm ist?«

Er nickt.

»Ich …« Sie weiß nicht, was sie sagen soll. Dann antwortet sie nachdenklich: »Ich würde sagen, wenn ich um etwas trauere, muss ich es geliebt haben, was es auch war und wie ich es auch verloren habe. Trauer ist wie eine Narbe, die mich an ein vergangenes Abenteuer erinnert. Oder wie der Abspann eines schönen Films. Also … nein, sie ist mir nicht angenehm, aber ich bin dankbar dafür.« Sie überlegt kurz. »Vielleicht fühlt sich Trauer wie Angst an, aber auch wie eine Erinnerung, und bei einer Erinnerung gibt es kein – Erinnerung ist eine nicht endende Geschichte.«

Sie weiß nicht, ob das albern klingt. Sie betrachtet ihn, sein glanzloses Haar und die angespannten Lippen; seine Augen leuchten, tasten düster und angespannt ihr Gesicht ab.

»Alle Geschichten enden irgendwann«, sagt er. Dann beugt er sich vor und legt die Hand auf einen flachen Papierstapel. Als er wieder spricht, hat sich seine Stimme wiederaufgerichtet.

»Sie haben exzellente Arbeit geleistet«, sagt er, wobei er auf den Stapel tippt. »Sogar erhebend. Die Wasserfälle in Peru: Ich kann ihn dröhnen hören. Das Verfassen der ersten

Romane: Ich kann die Schreibmaschine hören. Ein Tag am Strand: Ich kann die Kinder jammern hören.«

Nicky lächelt. »Das bedeutet mir viel.«

»Ich habe ein bisschen über ihr Manuskript geblutet – in roter Tinte, meine ich –, also möchte ich Sie bitten, sich meine Anmerkungen anzusehen.« Er schiebt den Stapel über den Schreibtisch; auf den Seitenrändern tummeln sich Hieroglyphen und unentzifferbare Notizen. Sebastian hat nicht nur ein bisschen geblutet – über manchen Seiten hat er eine Schlagader geöffnet –, aber Nicky fühlt sich trotzdem geschmeichelt. *Exzellente Arbeit.*

Er gähnt und deckt dabei mit einer Hand sein Gesicht ab. »Verzeihen Sie. Es waren ereignisreiche Tage für mich. Ich wage zu behaupten, dass es auch für *Sie* ereignisreiche Tage waren. Jesus.« Er verzieht das Gesicht. »*Ich wage zu behaupten.* Wenn Sie lang genug historische Romane schreiben, werden auch Sie eines Tages so was bei Ihrem letzten Atemzug krächzen, wage ich zu behaupten.«

»Sie *waren* ereignisreich«, stimmt Nicky ihm zu.

»Das habe ich gesagt. Sie haben einen sommerlichen Maskenball mitsamt einem Diebstahlversuch erlebt. Und einer *Rauferei*! Dann einen Massenmord an Hunderten Champagnergläsern. Sie haben eine Fahrstunde bekommen. Und Drohbriefe – nun, genau besehen habe ich die bekommen. Sie haben zweimal in einem Gentleman's Club gefrühstückt, ohne sich auch nur verkleidet zu haben. Dass Sie die Weisheit und den Zuspruch von Watson der Siebten genießen durften, versteht sich von selbst. Sie haben das Labyrinth gesehen, in dem das Leben meines Sohnes seinen Anfang nahm, und den Teich, in dem das Leben meiner Frau sein Ende nahm. Sie haben eine Tragödie mit uns durchgestanden.« Er schnauft. »Ach, junge Miss Hunter – wo sind Sie da nur hineingeraten?«

Bereut sie seine Einladung, fragt sich Nicky. Wird sie am detektivischen Fieber sterben?

»Haben Sie inzwischen erkannt, was hier gespielt wird?«, fragt Sebastian. »Haben Sie den Plot durchschaut?«

»Nein.«

»Aber das müssten Sie inzwischen, mein liebes Kind. Wir befinden uns praktisch im letzten Kapitel.« Sebastian hebt die Lupe, die ihm Nicky vor nur einer Woche überreicht hat, von der Schreibunterlage und dreht sie langsam in den Händen. Kurz blitzt das Waffenarsenal zwischen ihnen wie ein Wetterleuchten: der Dolch, das Giftfläschchen, die Pistole, der Kerzenhalter, alles flammt nacheinander auf.

Ihr Magen rebelliert hörbar. »Verzeihung. Ich sollte etwas essen.«

»Falls Adelina unten ist …«

»Ich mache Tee und Toast.« Schon ist sie aufgestanden. »Möchten Sie auch etwas?«

Er sieht zu ihr auf. »Beides.«

Im Weggehen hört sie das Schnalzen und Klacken der Schreibmaschine.

Als sie zurückkommt, lädt er sie an den Kamin ein. Sie kniet davor nieder wie ein Kind, schaut in die Flammen und wartet ab.

»Eines haben wir übersehen.« Er tunkt seinen Toast ein. »Wissen Sie, warum ich Simon St. John nach diesem letzten Buch verabschiedet habe? Natürlich nicht«, beantwortet er seine Frage selbst, bevor sie den Kopf schütteln kann. »Es war nicht so, dass ich seiner überdrüssig geworden wäre. Ich hielt es einfach nicht mehr aus, jemanden um mich zu haben, der unweigerlich eine Lösung für jedes Problem fand, das sich ihm stellte. Weil ich *mein* Rätsel nicht lösen konnte. Ich konnte unmöglich zusehen, wie Simon sich in die nächste Verkleidung zwängte und *seine Rätsel* löste.«

Ein gedankenversunkener Blick in die Teetasse. »Natürlich habe ich es versucht. Mit *The Crooked Man.* Aber dann kam die Sache mit Dominic …« Ein Seufzen. »Noch ein Verbrechen ohne Hoffnung auf Aufklärung. Darum schickte ich Simon St. John in den Ruhestand. Und mich selbst dazu.«

Während Nicky in ihren Toast beißt, beobachtet sie, wie seine Zehen in den Socken wackeln, so dicht am Feuer, dass sie dampfen würden, wenn sie feucht wären. Hinter ihr trommelt aus dem Nichts ein Regenguss gegen die Fensterscheiben.

»Vor einigen Monaten, nachdem die Ärzte den Daumen über mich gesenkt hatten, setzte mich Diana wieder an die Remington. Die stählerne Traummaschine, sagte sie dazu.«

»Was Diana angeht …«

»Hin und wieder hatte ich die Remington für ausgewählte Korrespondenzen abgestaubt – mit Ihnen beispielsweise –, doch meine bezaubernde Frau drängte mich, eine neue Geschichte zu schreiben. Legte meine Finger auf die Tasten und weigerte sich zu gehen, bis ich eine davon gedrückt hatte. Und so drückte ich die »1«. Damit hatte ich, schwarz auf weiß, mein erstes Kapitel angezeigt. Ich hatte Simons Rückkehr angekündigt.«

»Sie arbeiten an einem neuen Roman?« Nicky ist fassungslos. Ein Testament, Anweisungen für die Trauerfeier, Briefe – vielleicht sogar ein Geständnis auf dem Sterbebett: Sie war überzeugt, dass etwas oder mehreres davon während der vergangenen Tage die Anschläge im Stepptanz durch die Gänge und Stockwerke hallen ließ. Auf diesen Gedanken ist sie nicht gekommen: ein letzter Krimi.

»Darf ich ihn lesen?«

Sebastian schenkt Tee nach. »Immer ruhig mit den jungen Pferden. Es gibt noch nicht viel zu lesen. Nur ein paar Ideen, die mir durch mein ausbrennendes Hirn geschossen sind. Ein letztes Auflodern der Gasflamme, nachdem sie ausgestellt wurde. Außerdem fehlt mir immer noch das Ende.« Er hebt die Tasse an die Lippen. »Was auch auf mich zutrifft. Das Ende meiner Geschichte.« Er trinkt. »Zum Glück arbeite ich unter Zeitdruck am besten. Sie hatten ein Tête-à-Tête mit Tacitus, nicht wahr?« Wobei er zum Tisch hin nickt.

Nicky schaut über ihre Schulter auf den Glaswürfel. Flammenschein krabbelt an seinen Kanten auf und ab. »Es liegt in der menschlichen Natur …«, erinnert sie sich langsam.

»… den zu hassen, den man verletzt hat.«

Schweigend sitzen sie da.

»Aber jetzt«, verkündet er, »muss ich mich zu einem Nickerchen zurückziehen. Wann wohl der Mietvertrag für diese Nierenmaschine ausläuft? Ich würde sie gern Freddy hinterlassen. Sie fasziniert ihn. Ich könnte mir gut vorstellen, dass er sie an seinem Penis ausprobiert.«

»Warum das denn?«

Sebastian zuckt mit den Achseln. »Er ist ein Mann.«

Donner grollt, als er sich erhebt. Die Tasse hakt sich von seinem Finger los und stürzt sich auf dem schwarzen Schiefer der Kaminumrandung zu Tode. »Dreck«, sagt Sebastian und fällt auf seinen Stuhl zurück.

Nicky sammelt die Scherben auf. »Soll ich Sie nach oben bringen?«

»Bitte«, antwortet er unerwartet. »Plötzlich fühle ich mich sterbensmüde.«

81.

Sebastians Hand liegt fest auf Nickys Schulter, als sie gemeinsam das Zimmer verlassen. Schweigend gehen sie den Flur entlang, an den regenglänzenden Fenstern vorbei, und biegen in die Eingangshalle; jeder Schritt scheint ihn zu erschöpfen, als würde er eine lebenswichtige Flüssigkeit auf den Teppich tropfen.

»Sollen wir vielleicht den Aufzug nehmen?«, fragt Nicky besorgt.

Sie ruft den Otis herbei. Bockig und protestierend lässt er sich zu ihnen herab; als er angekommen ist, schiebt sie das Gitter zur Seite, tritt mit Sebastian in die Kabine und schließt das Gitter wieder. Drückt auf den Knopf für den zweiten Stock.

Klacken. Surren. Kreischen.

Sebastian hat seine Hand weggenommen, aber sie hört ihn atmen, während der Aufzug rumpelnd in die Dunkelheit aufsteigt. Nicky senkt den Blick, sieht erst ihre Hände verschwinden. Dann ihre Schienbeine. Dann ihre Füße.

Einen Moment schließt sie während der Fahrt durch das tiefe Schwarz die Augen (oder auch nicht? Das lässt sich nicht feststellen) und fragt sich, was wohl als Nächstes kommen mag.

Als Nächstes kommt ein mächtiger Donnerschlag, als wäre das Himmelsgewölbe zersprungen. *Klack-surr-kreisch* schreit das Aufzuggetriebe, und dann bleibt die Kabine so abrupt stehen, dass Nicky das Gleichgewicht verliert und mit den Armen rudert, bis ihr Handgelenk in die trockene Schraubzwinge von Sebastians Griff gleitet.

»Stromausfall.« Er klingt, als müsste er die Stimme aus seiner Kehle kratzen.

In der Weltallschwärze fühlt sich Nicky völlig schwerelos, nur Sebastians Hand scheint sie mit der Erde zu verbinden.

»Der Generator müsste irgendwann in den nächsten Tagen anspringen.«

Sie sagt nichts. Das Donnern kehrt zurück – diesmal leiser, als wollte der Aufzug, immer noch grimmig, eine Nachbemerkung hinterherschieben.

Langsam gleiten seine Finger an ihrer Hand abwärts, landen in ihrer Handfläche und schieben sich vorsichtig in die Lücken zwischen ihren Fingern. Gemeinsam falten und knicken sie die Finger ein, bis sich ihre Knöchel ineinander verschränken.

Wie lange schweben sie so in dieser Nachtkammer? Sebastians Hand beginnt in ihrer zu zittern; sein Atem rasselt.

»Haben Sie das gehört?«, fragt Nicky unvermittelt.

Keine Antwort.

»Schritte? Im Gang?« Sie hört das Zögern in ihrer Stimme. Ihre Finger bewegen sich.

Gerade als sich ihre Lippen öffnen, zerteilt sich der Himmel mit einem weiteren brutalen Reißen wie von rücksichtlos zerfetztem Stoff. Finger zerdrücken ihre Hand, wringen sie …

… und der Aufzug nimmt schaudernd Fahrt auf und klettert langsam nach oben, bis ein Wasserfall aus grauem, unheilverheißendem Licht in Zeitlupe auf sie herunterbricht.

Die Kabine hält an. Durch die Rauten des Scherengitters späht Nicky in den langen Flur im zweiten Stock.

»Einen Augenblick fühlte ich mich recht unsicher«, gesteht Sebastian. Ihre Finger lösen sich und Nicky sieht ihn an. Er ist älter als der Mann, der in den Otis gestiegen ist, so als wären sie durch einen Zeittunnel gereist.

Er lächelt schwach. »Wollten Sie mir Angst machen, junge Miss Hunter?«

Sie zieht das Gitter auf, umgreift seinen Ellbogen, will ihn zu seinem Zimmer führen.

Aber sobald sie aus der Kabine treten, schnappt Sebastian nach Luft, seine Beine geben nach und er kippt gegen Nicky, bevor er zu Boden geht und sie dabei mit sich zieht, sodass sie unter seiner Jacke begraben und ihr Kopf gegen seine Seite gepresst wird.

»Ich kann es nicht!«, schreit er, während sie das Ohr an seinem Körper hat. Seine Stimme hallt darin wider.

Nicky schüttelt seine Jacke ab und sieht ihm ins Gesicht: das silberne Haar wirr in der Stirn, die silbernen Augen mit wildem Blick. Sie blickt an seinem ausgestreckten Arm entlang, über die ausgestreckten Finger.

Dort auf dem schmalen Teppich im Flur liegt, die Flügel grüßend ausgebreitet, ein knallroter Papierschmetterling.

Selbst in der Düsternis sieht sie die kleinen maschinengeschriebenen Lettern auf den Schwingen.

Nicky rappelt sich auf, beugt sich über den Schmetterling – er hat Dämonenhörner, einen gegliederten Brustkörper, ist eher Waffe als Spielzeug – und hebt ihn an.

Sie dreht sich um und sieht Sebastian an. »SAG ES IHNEN«, rezitiert sie.

Sein Arm fällt in seinen Schoß. »Ich kann es nicht.«

Weit weg im Gang, irgendwo im Haus, donnern Schritte über die Treppe.

82.

Das Handy ans Ohr geklemmt, hastet Madeleine im Regen über den Parkplatz der Bücherei. Detective Timbo Martinez wünscht ihren Rückruf, sobald es ihr genehm ist. Im Moment ist es ihr ganz und gar nicht genehm, auch wenn der

Detective halbwegs gelassen klingt, allerdings würde Timbo Martinez wahrscheinlich auch meditieren, während sein Flugzeug vom Himmel stürzt, darum schnallt Madeleine sich an und drückt die Rückruftaste.

Er bringt sie auf den neuesten Stand, während Donner über ihr Autodach rollt: Freddy, Revier, Geständnis (»Natürlich erstatten wir keine Anzeige!«, faucht Madeleine), kein Grund zu der Annahme, dass er mit ihrem Bruder gemeinsame Sache machen könnte. »Wir haben auch keinen Grund zu der Annahme, dass eine solche Person überhaupt existiert.«

Ihre Hand umklammert den Ganghebel. »Haben Sie denn Grund zu der Annahme, dass der Tod meiner Stiefmutter kein Selbstmord war? Einen echten, gerichtsfesten Grund?«

»Noch nicht.«

»Noch nicht oder überhaupt nicht?«

»Im Moment sehe ich da keinen Unterschied, Miss Trapp. Mir ist klar, dass Frederick Ihr Cousin ist, aber ich rate dennoch zur Vorsicht.« Was für ein edler Pfadfinder. Madeleine stellt sich vor, dass er jeden Abend in Uniform zu Bett geht.

Ein titanischer Donnerschlag erschreckt sie so, dass sie beinahe in den Alta Plaza Park gerauscht wäre. »Jesus«, murmelt sie. »Sorry.«

Timbo hat schon aufgelegt. Madeleine lenkt den Wagen wieder auf die Fahrbahn; die Scheibenwischer flackern hin und her.

Wir haben auch keinen Grund zu der Annahme, dass eine solche Person überhaupt existiert. Madeleine hat sehr wohl einen. Doch der Mensch, der im Moment durch ihr Gehirn wandert – gestaltlos, aber nicht lautlos, so wie ein Museumsbesucher, dessen Schritte immer nur aus dem nächsten Saal zu hören sind –, ist Sam Turner aus Seattle.

Sie parkt am Straßenrand, steigt im Regen aus. Rennt die Auffahrt hinauf und durch die Haustür.

»Ich kann es nicht!«

Die Schlüssel fallen ihr aus der Hand.

Ihre Schuhe schlittern über den Marmor, während sie sich die Treppe hochkämpft, ihre Schenkel glühen noch von der Bibliothek, ihre Lunge brennt und ihre Tasche purzelt die Treppe hinab … dann entdeckt sie die beiden auf der nächsten Etage, am anderen Ende des Flurs.

Keuchend rennt sie zu ihnen, und Nicky steht auf, einen roten Stern in der Hand. Nein: Es ist ein Schmetterling.

Madeleine wirft einen Blick auf seine Flügel, schaut Nicky an und bückt sich dann zu der gefallenen Birke, die ihr Vater ist, ein Wust von weißen Ästen auf dem Boden. Nicky hilft ihr, ihn wieder auf die Beine zu stellen. Gemeinsam schleifen sie Sebastian an Dianas Zimmer vorbei in seines, wo sie ihm die Jacke ausziehen und ihn wie einen gefällten Baum auf die Matratze kippen.

Wird sein Leben von nun an immer so aussehen? Täglich bis zu seinem letzten Tag ein neuer Schock – mal ein Leichnam inmitten der Goldfische, mal ein Schmetterling im Gang; dazu ein durchwechselndes Team, das ihn jeweils auf seinem Bett ablädt?

»Polizei«, sagt Madeleine nur. Das Mobiltelefon in der Hand, verschwindet Nicky gehorsam aus dem Zimmer in den Gang.

Madeleine hört, wie Nicky die vergangenen zehn Minuten schildert – Schwächeanfall, Aufzug, Stromausfall, Schritte, Origami –, während sie selbst die Krawatte ihres Vaters löst, seine Manschetten aufknöpft. Schweißwolken zeichnen sein Hemd.

Sie kniet neben seinem Bett nieder, streichelt seine Finger. Sie zittern, genau wie ihre.

Sebastian fixiert sie mit einem Auge, dessen Weiß nur geringfügig heller ist als das seiner Haut.

Und erst jetzt, nachdem das Wort kurz auf der Oberfläche ihres Hirns geschaukelt ist, wird ihr bewusst, was Nicky gerade gesagt hat:

»Schritte?«, fragt Madeleine.

83.

»Martinez ist schon unterwegs.« Nicky tritt ins Zimmer, wo Madeleine neben ihrem Vater kniet. Sebastian sieht aus wie ein Gespenst.

»Ich habe ihm einen Cannabisgummi gegeben«, sagt Madeleine. »Wollen Sie auch einen?«

Nickys Handy zuckt. Sie sieht aufs Display, verschwindet wieder in den Gang. »Hi. Hör zu …«

»Zuhören wird schwierig«, brüllt Jonathan. »Ich bin gleich um die Ecke in Harry's Bar. Wusstest du, dass man hier eine ganze Badewanne Bier bestellen kann? Aus Porzellan, gefüllt mit vierundzwanzig Flaschen nach Wahl.«

»Jetzt ist nicht …«

»Ich bin Engländer, aber *so viel …«*

»Ich rufe dich später zurück.«

Eine Pause. »Alles in Ordnung? Wir haben uns länger nicht gesehen.«

»War ein anstrengender Vormittag.«

»Was ist los bei euch? Soll ich vorbeikommen?«

»Nein. Bitte.«

»Bist du allein?«

Sie zögert. Auf welche Antwort hofft er? »Ich schreibe dir«, lügt sie.

Unten singt die Glocke. Madeleine ruft nach ihr.

»Hör zu«, sagt Jonathan. »Wenn du nicht interessiert bist …«

Nicky legt auf.

Unten öffnet sie die Haustür, mit Madeleines Tasche und Schlüssel in der Hand, und steht vor Detective Martinez, kantig in einem eleganten grauen Anzug, sowie der ernsten Detective Springer in einem Mohair-Rollkragenpullover und schwarzem Sakko. »Wo ist Mister Trapp?«, fragt Timbo.

»In seinem Zimmer.«

»Sie haben Schritte gehört? Woher kamen sie?«

»Das weiß ich nicht und weiß ich nicht.« Ihre Nerven sind in Fetzen.

»Sie haben also keine Schritte gehört?«, bohrt Timbo nach.

»Ist doch egal, wer wann was gehört hat«, sagt B.B. »Jemand war in diesem Haus. Und ist es vielleicht immer noch.«

Nicky sieht sie mit großen Augen an.

Timbo nähert sich leise dem Wohnzimmer, während B.B., die Hand an der Hüfte, sich in Richtung Puzzlezimmer wendet. »Miss Hunter«, ohne den Kopf zu drehen, »bitte bleiben Sie an der Haustür, vielen Dank.«

Sie klopft an den Türrahmen, betritt den Raum. Kehrt gleich darauf zurück und gibt Nicky ein Zeichen, sich nicht vom Fleck zu rühren, während sie nach hinten verschwindet.

Nicky lauscht dem letzten Regenschauer hinter den Fenstern. Sie sieht Madeleines aschgraues und übermüdetes Gesicht vor sich und wünscht sich, sie könnte ihr helfen. Als die Uhr vier schlägt, schreit sie beinahe auf.

Die Detectives tauchen wieder auf. »Also«, sagt B.B., »wo ist dieser berühmte Aufzug?«

Oben streift Timbo schnalzend einen Handschuh über und hebt mit spitzen Fingern den Schmetterling vom Teppich. Nicky sieht, wie sich sein Kopf dem von B.B. zuneigt, während sie die Aufschrift studieren.

»War heute Morgen jemand außer Ihnen im Haus? Oder gestern Abend?«, fragt B.B.

»Nein.«

Timbo inspiziert den Aufzug, leuchtet mit dem harten Lichtstrahl seines Handys alle Ecken der Kabine aus. »Lag der Schmetterling schon dort, als Sie heute Morgen herunterkamen?«

»Da habe ich die andere Treppe benutzt. Am anderen Ende des Flurs. Wie immer.«

Timbo steckt das Beweisstück ein, und sie begeben sich in Sebastians Zimmer, wo Madeleine neben ihrem Vater sitzt. Nicky geht ans Fenster, schaut durch die regengetüpfelten Scheiben.

»Sie schon wieder«, haucht der Patient, als Timbo in sein Blickfeld kommt.

»Sieht aus, als hätten Sie Insektenbefall im Haus, Sir«, sagt B.B. »Ich frage Sie also noch mal: Hat irgendwer von Ihnen Kontakt zu dem Künstler, der früher als Cole Trapp bekannt war?«

Nicky wagt es nicht, Madeleine anzusehen.

»Enttäuschend«, sagt B.B.

»Mir hätte schon viel früher ein ganzer Kronleuchter aufgehen müssen«, murmelt Sebastian und schließt die Augen.

Timbo tritt ans Bett. »Was haben Sie gesagt?« Zum ersten Mal, seit Nicky ihn kennengelernt hat, hat seine Stimme so etwas wie einen Puls.

»Das ist ein Zitat aus seinen Büchern«, erklärt Nicky. »Simon St. John sagt das immer.«

»Ich habe die Bücher gelesen. Ich weiß, was Simon

St. John sagt. Ich will wissen, warum Mister Trapp das gesagt hat.«

Mir fehlt immer noch das Ende. Das Ende meiner Geschichte.

B.B. probiert es erneut. »Miss Hunter hat etwas von Schritten gesagt?«

Der Patient nickt. »Genau. Die vom Aufzug weggerannt sind, glaube ich.«

»Zur anderen Treppe hin. Miss Trapp, kam Ihnen jemand entgegen, als Sie heraufkamen?«

»Na sicher. Wir sind kurz stehen geblieben und haben ein bisschen geplaudert.«

»Ich musste das fragen. Also Sie, Miss Hunter, hören Schritte und sehen im selben Moment den Schmetterling …«

Sebastian schweigt. »Kurz darauf«, stellt Nicky klar.

»Gerade als ich ins Haus kam«, ergänzt Madeleine. Nicky sieht, wie sie die Hand ihres Vaters massiert, und es zerreißt ihr fast das Herz.

»Also, nachdem der Schrittemacher nicht mit Miss Trapp geplauscht hat und wir ihn unten nicht ausgeräuchert haben, ist er entweder durch die Hintertür getürmt, als Sie die Aufzugstür geöffnet haben, oder er hat sich auf dem Dachboden verkrochen.« B.B. zupft gedankenverloren einen Fussel von ihrem Rollkragenpullover. »Sagen Sie, hat eine von Ihnen von Mister Grant gehört?«

»Ich habe gerade mit ihm gesprochen«, sagt Nicky. »Er sitzt in Harry's Bar.«

»Gleich um die Ecke. Wie praktisch. So leicht erreichbar. Warst du schon mal bei Harry's, Tim?«

»Eine Badewanne voll Bier«, murmelt Timbo.

»Machen sie das immer noch? Gut für Harry's. Ich denke, wir sollten dort mal vorbeischauen, wo es schon auf dem Weg liegt.«

»Ich denke, wir sollten zuerst noch nach oben gehen, die Durchsuchung beenden.«

B.B. sieht ins Zimmer. »Miss Trapp, würden Sie vielleicht – ich würde gern mit Ihnen über diverse Sicherheitsvorkehrungen sprechen.«

Madeleine und die Detectives vertagen sich in den Gang. Nicky schaut aus dem Fenster. Der Regen starb jung.

Als sie sich wieder umdreht, sieht Sebastian sie an.

»Können Sie der Sache ein Ende machen?«, murmelt er schwach und erschöpft.

Nicky sieht ihn lange an. Geht langsam zu ihm, berührt seine Schulter. Schließlich flüstert sie: »Ich weiß nicht, wie.« Es klingt wie eine Entschuldigung.

84.

Während ihr Vater oben schläft, sitzt Madeleine mehrere Stunden zusammengesunken an ihrem Schreibtisch und spricht persönlich oder über die Mailbox mit fast zwei Dutzend Sam Turners. »Ich bin auf der Suche nach Informationen über einen Jungen namens Cole«, erklärt sie vage. Man weiß nie, wer True-Crime-Fan ist.

Einige Sam Turners sind zu jung, um ihr helfen zu können; andere sind zu tot.

Anschließend setzt sie die Jagd in den sozialen Medien fort – hat er irgendwann etwas geschrieben, kommentiert, geliked? Sie tourt durch Instagram-Galerien, wagt sich in Twitter-Hinterzimmer, durchstöbert Facebook.

Es ist, als würde sie durchs Fenster eine Party beobachten, zu der sie nicht eingeladen ist und an der sie auch nicht teilnehmen möchte. Nacheinander versetzt Madeleine alles wieder in Tiefschlaf.

Auf der letzten Plattform, einem Instagram-Klon, strahlen Bissie und Ben Bonner wie Mormonen, während sich ihr Sohn an dem runden Bauch seiner Mutter festkrallt. Alle drei tragen rosa.

Madeleine starrt auf das Bild, bis ihr Blick verschwimmt. Sie löscht ihren Account.

Dann – und obwohl die Detectives das Haus durchsucht haben – dreht sie sich auf ihrem Stuhl um. *Hinter Ihnen steht jemand sehr Gefährliches,* hatte sie Nicky an ihrem ersten Abend hier geneckt. Jetzt ist das kein Scherz mehr.

Zehn Uhr. Watson ist im Salon, liegt ausgestreckt vor dem Bücherregal. Rebeccas Name strahlt auf, als sie den Finger an den Buchrücken legt. Ein Ruck, und Madeleine könnte durch ein Portal treten, sich auf den Diwan legen, der Gegenwart entfliehen.

Die Hündin seufzt. Madeleine seufzt.

Im Bett spürt sie, wie sich der Schlaf schneegleich auf sie niedersenkt. Ehe sie darunter versinkt, tippt sie noch eine Nachricht in ihr Handy:

Bitte sag mir, wo du bist.

Sie musste es versuchen. SAG ES IHNEN.

85.

Nicky umklammert ein Glas Milch und sieht Sebastian beim Schlafen zu.

Ein verstörendes Bild (weiß sie) – verstörend und schwierig: Die Vorhänge halb zugezogen, das Zimmer eine Leinwand voller Schatten. Aber sie hat ihn so selten so friedlich gesehen! Unter seiner Decke sieht er nach so wenig aus:

nur eine lange, zerklüftete weiße Erhebung wie eine ferne winterliche Bergkette, und darüber sein ihr zugewandtes Gesicht. Und er hört sich auch nach wenig an; eigentlich hört sie nur die kühle Luft, die bedauernd durch die Lüftungsschächte rauscht.

Leise erklimmt sie die Treppe zum Dachboden. Setzt sich an den Schreibtisch, rupft an der Kette der Schreibtischlampe, trinkt ihre Milch. Zieht ihren Laptop aus der Tasche. Zwei Blätter segeln zu Boden.

Nicky hebt sie auf, legt sie auf den Schreibtisch. Die Fotos, die sie der Trappistin abgenommen hat: sie und Sebastian im Jaguar, Freddy und Diana und Simone auf der Party.

Ein Knarren hinter ihr.

Nicky fährt herum, hält den Atem an, sucht mit den Augen den Dachboden ab.

Nichts. Nur das Haus, das sich noch einmal rekelt, bevor es sich schlafen legt.

In der Dunkelheit schmunzelt *Ein Kind,* unbescholten, aber vielsagend.

Als sich Nicky erneut über die Fotos beugt und auf das Indiz stößt – denn genau das ist es, ein entscheidendes Indiz –, steht sie erschrocken auf. Alles ist auf einmal klar wie ein Fingerabdruck auf einem Glas, wie Phosphor auf einem Fell. »Oh«, sagt sie.

Sie findet die Spielzeuglupe in der Schublade, hebt sie an ihr Auge. Beugt sich wieder über das Bild.

Cherchez la femme, wahrhaftig.

Ihre Beine knicken ein. Sie sackt in den Stuhl.

Nein: Es beweist gar nichts. Jedenfalls beweist es nicht das, was sie beweisen will. Ist das alles, was ihre Schnüffelei erbracht hat? Sieht so das Ende der Geschichte aus?

Sie löscht die Lampe, steht auf. Als sie um den Schreibtisch herumgeht, streift ihre Hüfte den Magic 8 Ball. Er rollt über die Kante, knallt auf den Boden, rollt weiter. Verklemmt sich in einer Ecke. Eine neonblaue Rune glüht im Sichtfenster.

DAS VERRATE ICH LIEBER NICHT.

Nicky lässt sich auf der gepolsterten Fensterbank nieder, lehnt den Kopf an die Scheibe. Denkt an den silbernen Mann, der lautlos in seinem Zimmer schläft.

Erst später wird ihr einfallen, dass Sebastian Trapp grundsätzlich schnarcht.

Samstag, 27. Juni

86.

Watson scharrt auf ihrer Bettdecke und wufft leise.

Madeleine setzt sich verschlafen auf. Watson bellt praktisch nie.

Sie sieht auf ihr Handy: fünf nach vier. Sieht die Hündin kritisch an.

Der Mann an ihrem Bett flüstert ihren Namen, bevor sie aufschreien kann.

> Auf ihrer Fensterbank träumt Nicky von Tastenanschlägen, energischer als je zuvor, so laut, dass die Dielen zu tanzen beginnen, die Nägel aus dem Holz springen. Sie träumt von Sebastian Trapp, der leise schlafend …
>
> Sie regt sich.
>
> … Sebastian Trapp schnarcht im Schlaf. Trotzdem war in der Dunkelheit seines Schlafzimmers kein Laut zu hören.
>
> Langsam taucht sie aus dem Schlaf auf.
>
> Warum sollte er wach und mit geschlossenen Augen daliegen, wissend, dass sie draußen stand, und keinen Ton sagen? Zurückhaltung kann kein Grund sein. Es gibt kein Zimmer, das er ihr nicht gezeigt hätte.
>
> Was für ein Spiel wird hier gespielt?

»Auf und los.«

In der Dunkelheit leuchtet Sebastian in einem elfenbeinhellen Anzug – seinem Lieblingsanzug, wie Madeleine weiß, irisches Leinen, blaues Futter. Weißes Hemd. Lavendelfarbene Krawatte. »Wir haben seit Ewigkeiten keinen Sonnenaufgang mehr angesehen. Mir bleiben nicht mehr viele Tage. Komm, komm. Unser alter Fleck! Ich bringe den Jaguar zum Schnurren.«

»Warum so früh?« Ihre Stimme klingt rostig.

»Ich bin rastlos. Beeil dich! Gehen wir Sonnenaufstehen!« Er verschwindet aus dem Raum wie ein Stern.

Nicky öffnet ein Lid, sieht aus dem Fenster.

Sieht stirnrunzelnd ein Auto auf der anderen Straßenseite stehen.

Direkt unter der Straßenlaterne, wo ein schwaches Licht aufs Straßenpflaster fällt.

In den vergangenen zehn Tagen hat sie nie ein Auto dort stehen sehen.

Madeleine zieht eine Jacke aus ihrer Kommodenschublade. 04:10 Uhr sagt ihr Handy. Sie wirft einen Blick in den Spiegel. 04:10 Uhr sagt ihr Gesicht.

Ihre Hand schwebt über der Schmuckschatulle. Sie weiß, was darin liegt, was auf seinen Augenblick wartet.

Sie klappt den Deckel auf, greift danach, verstaut es in der hinteren Hosentasche.

»Sitz!«, ermahnt sie Watson, die nichts anderes getan hat, als zu sitzen, und eilt aus dem Raum.

Nicky zoomt mit ihrem Handy auf das Auto, auf das Fahrerfenster.

Dann bemerkt sie unten eine Bewegung.

Kalte Nachtluft kippt ins Haus, als hätte sie an der Haustür gelehnt. Madeleine läuft so schnell die Stufen zur Einfahrt hinunter, dass ihre Jeans an den Knien knirschen, und zwängt sich unten auf den Beifahrersitz. Neben ihr zieht Sebastian an einer Pfeife. »Ich habe Orangen und etwas nicht-mehr-sprudelndes Wasser eingepackt«, sagt er. Madeleine dreht sich zur Seite, sieht seine verbeulte Ledertasche auf dem Rücksitz liegen. »Und ein Päckchen altbackene Oreos. Das Frühstück der Champions. Und jetzt aufgemerkt! Und angeschnallt!« Er rammt den Schlüssel ins Zündschloss und dreht ihn.

Nicky drückt ihr Gesicht ans Fenster, als der Jaguar die weißen Augen aufschlägt und die Auffahrt hinuntergleitet. Ist Madeleine da gerade eingestiegen?

Sie rammt die Füße in ihre Turnschuhe, wirft ein Hoodie über, eilt zur Tür. Und tritt auf den Umschlag.

»Wirf dein Handy an, Maddy«, befiehlt ihr Vater, während er am Lenkrad kurbelt und sie auf die Straße biegen. »Spiel uns ein paar *Golden Oldies*. Lass uns die Zeit zurückdrehen.«

Madeleine zieht den Gurt über ihre Brust und wirft einen sehnsüchtigen Blick auf ihr Haus, bevor ihr die Hecke den Blick versperrt.

Nicky dreht sich dem Mond zu. Ihre Initialen sind ins Papier gekratzt.

Natürlich ist der Brief mit Maschine geschrieben.

Werte Miss Hunter,

dies wird kein langer Abschied. Ich sitze spätnachts in meiner Bibliothek – so weit nach zwölf, dass es schon beinahe dreizehn schlägt.

Vor nicht allzu langer Zeit habe ich Ihnen (zweimal!) erklärt, dass wir ein altes Rätsel (oder zwei!) lösen könnten.

Aber ich muss zugeben, dass die Detektivarbeit auf Papier deutlich einfacher ist. Keine Sackgassen, keine überflüssigen Figuren, alles klar wie unter einem Kronleuchter.

Darum werde ich das tun, was die Leser am innigsten hassen: Ich werde Ihnen die Auflösung verraten. Wenn Sie sie wirklich nicht wissen wollen, müssen Sie jetzt aufhören zu lesen.

Haben Sie aufgehört?

(Hatte ich auch nicht angenommen.)

Und darum:

Auch wenn es abwegig erscheinen mag, ich habe meinem Kind und meiner Frau das Leben genommen.

Falls Sie weiterhin die Geschichte meines Lebens erzählen möchten, erteile ich Ihnen hierzu meinen Segen.

ST

Nicky blinzelt.

Dann bricht der Boden unter ihr ein. Sie stürzt ein Stockwerk tiefer, dann noch eines, bis sie auf dem Stuhl vor seinem Schreibtisch landet – vor zwei Wochen.

Sebastian lächelt sie über die Schreibmaschine an.

»Ich hoffe, Sie können etwas Gutes in mir finden«, sagt er. »Hoffentlich müssen Sie dafür nicht allzu tief graben.«

Die Situation ist nicht real, das weiß sie – der Schock stieß sie durch zwei Stockwerke, nagelte sie auf diesem Stuhl fest; der Sebastian vor ihr, die Bibliothek hinter ihr sind nichts als Erinnerungen –, dennoch schaut sie in ihrem Wachtraum nach oben, durch das Loch in der Zimmerdecke und das Loch in der nächsten Decke, und sieht sich selbst in der dunklen Dachkammer stehen, Sebastian Trapps Geständnis in der Hand und ohne viel Gutes gefunden zu haben.

Sie faltet den untersten Abschnitt der Seite auf.

PS Ein Stück aus meinem Nachlass bleibt einzigartig. Den entscheidenden Hinweis finden Sie oben.

Oben auf diesem Brief ist nichts. Oder meint er den Umschlag? Mit ihrem hingeschmierten Namen?

Keine Zeit. Endlich hält sie sein Geständnis in Händen. Jetzt muss sie ihn nur noch erwischen.

87.

Sebastian ist kein *Righteous Brother*. Es hat Madeleine immer gewundert, dass ihr Vater nicht singen kann. Zu ihm hätte ein Barpianisten-Bariton gepasst, so fest, dass man ein Bier darauf abstellen kann, nicht dieses kaputte Dudelsackpfeifen.

Qualm wölkt sich aus seinem Mund, strömt aus dem Fenster. Madeleine wendet sich ihrem zu, sieht sich darin als Zwilling sitzen: mit borstigen Wimpern, spröden Lippen. Als ihr Vater sie mit dem Ellbogen anstößt – »Du kennst den Text!« –, stimmt sie schwach ein. Sie kennt den Text wirklich.

»Das ist mein Mädchen!« Strahlend legt er die Pfeife neben sich ab und singt mit.

Die Trommeln dröhnen. Sie merkt, wie ihr Herz sich aus seiner Verankerung löst und in ihrer Brust zu schweben beginnt, während der Jaguar in die Dunkelheit davonröhrt. Für einen ekstatischen Moment können sie den vergangenen zwei Wochen, den vergangenen zwei Jahrzehnten entfliehen; sie hört die Jahre hinter dem Auto her klappern wie Dosen hinter dem Auto eines frisch vermählten Paares.

»So don't …« Schneller.

»Don't …« Lauter.

»Don't …« Sie sitzt laut rufend neben ihrem Vater, ihre Stimmen erklimmen unaufhaltsam die Tonleiter.

»Don't let it slip away!«, grölen sie, und dann singen sie sich schmachtend an, und erst als der Song eine Minute und fünfzehn Sekunden später endet, geht Madeleine auf, dass sie nicht Richtung Lands End fahren.

Nicky stürmt in beide Zimmer. Sebastians Bett ist perfekt gemacht; Madeleines überhaupt nicht. Beide sind leer.

Nicky rechnet nicht damit, jemanden in der Bibliothek zu finden, aber die Tastenanschläge in ihrem Traum ... die waren real und frisch. Dort kann sie die Fährte aufnehmen.

Der Knochenklopfer lacht sie aus. Sie drückt die Hand auf sein Gesicht und schiebt ihn beiseite.

Hinter den Fenstern sieht sie die beleuchteten Brückenpfeiler. Das geschriebene Geständnis flattert in ihrer Hand, während sie sich durch die Dunkelheit zum anderen Ende des Zimmers vortastet, vorbei an den schimmernden Lettern auf den Bücherrücken, die wie Augen im Dschungel funkeln. Hinter dem Schreibtisch, im Kamin, wo sich sonst helle Flammenzähne bleckten, gähnt tiefes Schwarz. Das Feuer ist erloschen.

Mit der Handytaschenlampe untersucht sie erst die Schreibmaschine – kein Papier – und dann den Schreibtisch: Dolch, Giftfläschchen, Kerzenhalter, Henkerschlinge. Der Glaswürfel. Die unter der Oberfläche schlummernden Schmetterlinge.

Nicky schaudert.

Unten hängt an der Kühlschranktür eine auf die Rückseite eines Kassenzettels gekritzelte Nachricht:

Sind beim Labyrinth auf Lands End zum Sonnenaufgang. Bitte Watson rausbringen. Danke.

Timbo Martinez antwortet nach dem zweiten Läuten. »Miss Hunter.« Unerwartet wach.

»Sie haben das Haus verlassen«, erklärt sie ihm.
»Ich weiß.«
»Woher wissen Sie das?«
»Weil ich unten stehe.«

Der Song hängt in einer Schleife fest, während sich der Jaguar ins Presidio schleicht, wo die Scheinwerfer nur notdürftig die gewundene Straße vor ihnen erhellen. Irgendwo zwischen den Bungalows und Baracken liegt der Golfplatz, auf dem Madeleine ihren ersten Joint geraucht hat, und der Offiziersklub, in dem sie ihren ersten Jungen geküsst hat. Aber die Sandbunker und spanischen Ziegel und Friedhöfe scheinen an einen anderen Ort, in eine andere Zeit zu gehören, während sie durch den tiefen, dunklen Wald rauschen, wo sich die Bäume über ihren Köpfen die Hände reichen und der silberne Nebel zwischen den Stämmen nistet.

Sie fährt das Fenster hinunter und schließt die Augen. Die Luft ist mit Eukalyptus gewürzt. Das Haar fliegt ihr um die Schultern, ums Gesicht. Ihr Körper wiegt sich im Takt der Straße.

Jetzt steigt ihr scharfer Salzwassergeruch in die Nase. Rechts von ihnen liegt Crissie Field, wie sie weiß, erst ein Flugplatz, später Ödland, dann Park; dahinter die Torpedo Wharf, wo ihre Familie einst einen Vormittag lang Krabben fing und Madeleine mit ihrem Vater und ihrer Mutter die Fallen hochzog, während Cole am Eimer stehend protestierte, dass sich die Tiere in Panik gegenseitig massakrieren würden. Schließlich kippte er, den Tränen nahe, den gesamten Fang in die Wellen zurück. Sebastian tobte; Hope eskortierte Cole zurück zum Oldsmobile. Madeleine fand am Boden des Eimers eine saumselige Felsenkrabbe und … warf sie das Tier ins Wasser zurück? Oder suchte sie noch einmal die Fallen ab? Sie weiß es nicht mehr.

Der Wagen wird langsamer, hält an. Die Musik erstirbt. Ihre Augen öffnen sich.

Direkt vor ihr kauert, mit dem Rücken zur Bucht und unterhalb der Auffahrtsrampe zur Golden Gate Bridge, Fort Point.

Vor dem Haus, oben an den Stufen, sucht Nicky die Straße ab. Keine Spur von Timbo. Keine Spur von irgendjemandem – nur der seidige, kalte Nebel und das unbekannte Auto.

Dessen Scheinwerfer zweimal aufblenden.

Die Tür öffnet sich.

Nicky tritt zurück, und Timbo steigt aus, in Röhrenjeans und hautengem schwarzem Sweatshirt mit einem aufgestickten UNIVERSITY OF WASHINGTON auf der Brust. Im Laternenlicht erstrahlt sein Haar in einem wilden Strahlenkranz wie eine Sonneneruption. »Mister Trapp wollte keinen Personenschutz«, ruft er. »Ich war anderer Meinung.«

»Aber Sie sind ihnen nicht gefolgt?«

»Mich interessiert vor allem, wer ins Haus kommt, nicht, wer herauskommt. Außerdem konnte ich nicht erkennen, wer im Wagen saß.«

Nicky schließt die Haustür und eilt die Stufen hinunter. Timbo wartet auf sie. Sie überreicht ihm Madeleines Notiz, sieht die Ausbeulung der Waffe an seiner Hüfte.

»Und das hier«, ergänzt sie und reicht ihm das Geständnis.

Sie beobachtet ihn, während er es liest. Natürlich ist das nicht sein Rätsel. Aber sie braucht eine Mitfahrgelegenheit und Polizeibegleitung. Und sie muss hören, wie jemand es ausspricht …

»Er hat sie beide umgebracht.« Timbo klingt beinahe verdattert.

»Wir müssen nach Lands End fahren.«

Er runzelt die Stirn. »Sie glauben, er könnte seiner Tochter etwas antun? Warum?«

»Fragen Sie das seine Frauen«, antwortet Nicky.

Jetzt hört Madeleine nur noch den leerlaufenden Motor, die murmelnden Wellen.

Nebelschleier schleichen wie graue Füchse zwischen den Scheinwerferstrahlen. Auf der einen Seite eine raue Felskante, in der ein Flutlicht klemmt, auf der anderen die Bucht; und vor ihnen aufgetürmt die breiten Backsteinmauern des Forts, schwach erhellt und von Schießscharten gekerbt. Den Leuchtturm auf dem Dach – der ohnehin vor beinahe hundert Jahren zu leuchten aufgehört hat – kann Madeleine vom Parkplatz aus nicht sehen, aber über ihnen schießt der Bogen der Golden Gate himmelwärts zu der von Lampen gesäumten Brücke, deren Pfeiler hüfthoch im Nebel stehen.

»Wunderbare Atmosphäre heute Morgen«, bemerkt Sebastian und pafft an seiner Pfeife.

Die Kinoleinwand aus Backsteinen flackert. Das Flutlicht erstirbt. Madeleine dreht sich der Brandungsmauer zu und sieht die dicken, rostigen Ketten zwischen dicken, rostigen Pfosten baumeln.

Ihr Vater deutet ans andere Ende des Parkplatzes, wo er ins Wasser abfällt. »Weißt du, dass da drüben *Vertigo* gefilmt wurde?« Er weiß, dass sie das weiß. »Das Mädchen springt, weil es ertrinken will. Hitchcocks Blondine – wie hieß sie noch?«

»Kim Novak.«

»Nein, die Figur.«

Er weiß, dass sie das weiß. »Madeleine.«

Sie spürt, wie er im dunklen Wagen lächelt. »Madeleine. Natürlich.«

Das Flutlicht flackert erneut. Die Fortmauer blinkt wie ein Kameraverschluss.

»Als Junge hätte ich diesen Ort geliebt«, sagt Sebastian. »Geheime Gänge und Wendeltreppen. Versteckspiele, Spionagespiele. Cole war gern hier.« Eine Rauchwolke. »Cole liebte Spiele.«

Madeleine schaut auf die Ketten, auf das schwarze Wasser. Sie fragt sich, wie das Gesicht ihres Vaters im nachlassenden Licht der Laternen und dem aufgehenden Licht der Sonne wohl aussieht; fragt sich, was er wohl denkt – was in Sebastian Trapps Fall etwas ganz anderes sein kann als das, was er sagt.

Warum sind sie hierhergekommen? Sie begreift, dass sie sich zum ersten Mal in ihren vierzig Jahren in seiner Nähe fürchtet; es ist ein schockierendes und unnatürliches Gefühl, so als müsste sie an einem wärmenden Feuer frösteln.

»›Die Franzosen haben eine Redewendung dafür‹«, sagt Sebastian. »›Diese Hunde haben für alles eine Redewendung und sie haben immer recht.‹«

Mehr geliehene Worte. Trotzdem würde Madeleine gern wissen, womit diese Hunde diesmal recht haben.

»›Jeder Abschied ist ein kleiner Tod.‹«

Im Jaguar, in der Stille, subtrahiert sie ihre Abschiede von der Summe ihres Lebens. Und schließt die Augen.

»Die Sonne geht bald auf«, sagt sie.

Ampeln hängen wie chinesische Laternen über der Straße, und in jeder glimmt ein unheilvolles rotes Auge; nacheinander ergrünen sie verstört vor Timbos Auto. Nicky sieht, wie der Tacho über die vierzig, fünfundvierzig Meilen bis in die Fünfziger klettert.

Sie kaut auf ihrem Daumennagel, schaut aus dem Fenster. Kleine Ladenpassagen und vereinzelte Wohnhäuser stehen müde unter dem blutergussblauen Himmel, als wüssten sie genau, wie früh es ist.

Ihre Finger streichen über das Geständnis auf ihrem Schoß. Es stimmt nicht. Drei Worte gehören dort nicht hinein.

Sie schließt die Augen, sieht die Typenhebel aufs Papier springen und diese drei unmöglichen Worte bilden – und jetzt leuchtet eine winzige Frage in ihrem Hirn auf wie ein Glühwürmchen: Was hat in der Bibliothek gefehlt? *Irgendetwas* – etwas Kleines, das eindeutig dorthin gehört hätte wie ein fehlendes Puzzleteil.

»Was hat Ihr Freund Jonathan eigentlich über sich selbst erzählt?«, fragt Timbo.

Nicky interessiert sich im Moment nicht besonders für Jonathan, sie interessiert sich ausschließlich für den Jaguar und Lands End und **auch wenn es unmöglich erscheinen mag, ich habe meinem Kind und meiner Frau das Leben genommen,** aber sie muss reden, um das *fatale Klopfen im Kopf* zu übertönen. »In Dorset aufgewachsen. Später nach London gezogen. Im Finanzsektor gearbeitet.«

»Ein Drittel davon stimmt. Er hat in London gewohnt, dort stammt er auch her, und er ist Journalist. Freier Journalist. Er heißt auch nicht Jonathan Grant.«

Nicky schlägt die Augen auf und sieht Timbo an, der eine Wasserflasche aufschraubt und mit hüpfendem Adamsapfel einen tiefen Schluck nimmt. »Das wissen wir seit gestern Abend. Vor ein paar Monaten hört ein gewisser Grant Jones, dass Mister Trapp sich demnächst aus dieser Welt verabschieden wird, und beschließt daraufhin, sich in San Francisco niederzulassen, um endlich den großen Verschwindezauber zu lüften – das ist der Titel seines Stücks. Er will den Fall noch vor der Deadline knacken. Sozusagen. Er zieht in die leer stehende Wohnung eines Cousins – ich tippe, die Familie hat Geld – und macht sich an Mister Trapps alte Bekannte heran. Erzählt allen, er heiße Jonathan Grant und sei ein Banker mit Burn-out, der hier seine Batterien aufladen will. Tritt einem Fußballteam bei, um sich mit Frederick anzufreunden, der allerdings von begrenztem Nutzen für ihn bleibt. Dann fallen Sie ihm auf. Sie bluten auf das Beweisstück.«

Nicky sieht in ihren Schoß, wo vier hellrote Flecken das Blatt besprenkeln.

Jetzt beschleunigt der Wagen. Mal windet sich die Straße, dann richtet sie sich wieder aus, rollt sich ein und wieder aus wie eine Folge von Fragezeichen. Sie rasen nach Westen, durch die Blättertunnel im Presidio, bis plötzlich das Wasser ihren Weg begleitet, eisengrau und rastlos – doch im nächsten Moment jagt der Jaguar knurrend weiter, unter zerrupften Bäumen hindurch, die sich immer enger zusammenrotten und ihnen schließlich den Blick verstellen. Madeleine sieht Villen aus dem Boden von Sea Cliff brechen; ausnahmsweise schießt ihr Vater daran vorbei, ohne Lionel mit einem ausgestreckten Mittelfinger zu bedenken, und schließlich biegen sie, ans Meer zurückgekehrt, aufwärts in Richtung Lands End.

Sie kaut auf ihrem Daumennagel, schmeckt Blut. Das Spiel wurde eröffnet. Am liebsten würde sie die Sonne zwingen, schneller aufzugehen, noch vor ihnen das Meer zu erreichen. *Ah, dumm gelaufen – lass uns nach Hause fahren.*

Die Legion of Honor rollt vorbei, ein steifer Steinwald aus Säulen und Bögen. Am Ende der halbherzigen Straße hinter dem Museum stellt Sebastian den Motor ab.

Madeleine dreht sich um. Die Straße hinter ihnen sieht so trostlos aus wie der Weg vor ihnen.

Ihr Vater schaut auf seine Taschenuhr, windet sich aus dem Jaguar. »Komm, komm«, sagt er und öffnet die hintere Tür. Er hängt sich die Ledertasche über die Schulter, knallt die Tür wieder zu. Madeleine rührt sich nicht.

»Die Sonne ist für ihre Pünktlichkeit bekannt, mein Herz«, ruft ihr Sebastian zu und marschiert los ins Unterholz. Sie sieht seinen weißen Anzug verschwinden wie ein Gespenst auf der Flucht, sieht die Tasche an seinem Arm hängen, als würde er mit seinen letzten irdischen Besitztümern das Weite suchen.

»Tut mir leid, dass Sie das von mir erfahren müssen«, sagt Timbo. »Ich hatte den Eindruck, dass Sie ihn mochten.«

Der Typus, der was zu verbergen hat. Nicky ist zwar verletzt – war dieser Kuss auf dem Dachboden nur gespielt? –, bringt aber nicht die Kraft auf, sich wirklich zu entrüsten. Später wird sie Jonathan oder Grant oder wem auch immer (er hat ihr nichts vorgemacht: Der Mann hätte wirklich *jeder* sein können) die Leviten lesen; im Moment ist ihr nur Sebastian Trapp wichtig.

Die graue Straße vor ihnen verliert sich in der grauen Ferne. Am liebsten würde sie die Sonne zwingen, langsamer aufzugehen.

Der Detective verschluckt einen Hickser. Nicky sieht ihn an, seine mit winzigen Narben übersäte Wange, und stellt ihn sich noch einmal jung und unsicher und unglücklich mit seinem Gesicht vor, vielleicht unglücklich mit sich selbst.

Als er sie mit seinem Wuschelkopf und diesen strahlend blauen Augen ansieht, kommt er ihr vor wie ein kleiner Junge.

Sie schließt wieder die Augen, kehrt in die Bibliothek zurück. Verfolgt das Glühwürmchen an den Regalen entlang, in den Kamin, um den Schreibtisch herum …

Und dann sieht sie es oder sieht sie es viel mehr

nicht, und als sie sich dem Detective zuwendet und ihm sagt, was ihr aufgefallen ist, schaut er sofort wieder nach vorn auf die im Wind schaukelnde rote Ampel und rast so schnell darunter durch, dass er fast einen Radfahrer vom Rad weht.

Die schaukelnde Ledertasche unter dem Ellenbogen, führt ihr Vater sie unter einem schwarzen Laubdach eine lange Treppe mit flachen Stufen abwärts; dann biegen sie in der allmählich schwächer werdenden Dunkelheit auf einen Pfad zwischen mannshoch wucherndem Unkraut; mit jedem Schritt schmiegt sich seine Gestalt enger um die Pflanzen, bis er schließlich verschwunden ist.

Madeleine holt ihn am oberen Ende eines steilen Abhangs ein, wo sich mehrere Wanderpfade treffen, verknoten, wieder lösen und voneinander wegführen. Vor ihnen fällt ein langer, grüner Hügel zum Mile Rocks Beach und dem kabbeligen Ozean dahinter ab.

»Schau dir das an«, schnauft Sebastian und schaut es sich schwer atmend an, in einem Anzug wie einem weißen Riss vor dem farbiger werdenden Himmel.

Gleich darauf ist er wieder unterwegs, gefolgt von seiner erschöpften Tochter.

Vier Dutzend Stufen später bleibt sie unter einem Netzwerk von Zypressenästen stehen und stemmt keuchend die Hände auf die Knie. Hinter ihr grummelt das Wasser.

Sie hebt den Kopf und blickt auf die ferne Brücke und die Bucht, in der die weißen Wolkenkämme wie Reißzähne leuchten. Sieht ihren Vater auf einem schmalen Felssims balancieren.

Ihr Handy zeigt 05:11 Uhr an. Und keinen Empfang.

Jetzt stapft sie über den Felssims. Rutscht ungeschickt einen schmalen Pfad hinunter, der sich zwischen einem großen Felsvorsprung und einem mörderischen Steilhang über den schwarzen, von brodelndem Wasser umgebenen Felsen tief unter ihnen durchschlängelt.

Die gesamte Klippe bildet eine nach Nordwesten weisende Pfeilspitze; und in ihrem Zentrum kreiselt ein zu Wegen und Kreuzungen und Sackgassen geronnener Strudel von Steinen, jeder einzelne so groß wie ein menschliches Herz. Das verborgene Labyrinth, das auf diesem verborgenen Vorsprung über dem Meer um sich selbst kreist.

Ihr Vater wirft neben dem Labyrinth eine karierte Decke aus und beschwert sie mit seiner Tasche. Dann dreht er sich zu Madeleine um und winkt sie heran; sie wischt sich mit dem Ärmel über die Stirn und gehorcht.

Der Wagen schießt über den Parkplatz und hält an. Nicky springt aus der Tür, drückt das Handy ans Ohr. »Die Mailbox«, erklärt sie zum dritten Mal. »Hier draußen gibt es keinen Empfang«, ergänzt sie, ebenfalls zum dritten Mal.

»Schreiben Sie ihr noch einmal.« Timbo schließt die Fahrertür. »Und Sie sind sicher, dass Sie bei diesem Labyrinth sind? Der Parkplatz ist leer.«

Nickys Daumen schlittert übers Display. In ihrer rechten Hand knattert Sebastians Geständnis im Wind. »Dann haben sie woanders geparkt.« *Wenn ich mit meinen Kindern herkam, stellten wir den Wagen versteckt bei der Legion ab.*

Sie eilen über die Promenade und die Stufen hinunter zum Coastal Trail, wo Nicky den Blick zu dem Ausblick hebt, den sie vor wenigen Tagen in diesem Zeitlupenmoment an Sebastians Seite bestaunt hat: über die schimmernden Wellen hinweg zu den Bilderbuchwolken, den Landspitzen … Aber heute reißt das Wasser wütend die Kiefer auf, hat Schaum vor dem Mund; der Himmel hat seine wahren Farben noch nicht enthüllt und …

»Bitte bleiben Sie zurück, sobald ich es Ihnen sage. Schaffen Sie eine halbe Meile im Laufschritt?«

Nicky zieht ihre Sweatpants hoch und folgt ihm, während er an dem Felsvorsprung vorbei dem Pfad folgt. Wo sich immer noch dieselben Bäume in den Boden krallen und mit den Ästen um sich schlagen. Wo dieselben störrischen Felsbrocken unter ihnen im Wasser liegen. Wo die Vergangenheit zur Gegenwart wird.

Die Vergangenheit ist ein merkwürdiger Ort. Meine Vergangenheit zumindest. Was ist mit Ihrer?

Aber die Vergangenheit liegt hinter uns.

O nein. Sein Lächeln war so traurig, dass sie heulen könnte. *Die Vergangenheit liegt nicht hinter uns. Sie liegt auf der Lauer.*

88.

Beinahe Sonnenaufgang.

Eine Weile haben sie schweigend vor dem Labyrinth gesessen. Sebastian schaut gedankenversunken aufs Meer; Madeleine sieht auf die mit winzigen Strassscheinwerfern bestreute Brücke.

»Zweihundert Schiffswracks liegen da draußen, hast du das gewusst?«

Sie lächelt.

»Die *SS City of Rio de Janeiro.* Gesunken um die Jahrhundertwende, also die vorletzte Jahrhundertwende. Ein nebliger Morgen kurz vor der Dämmerung. Sie lief auf ein Riff und sank innerhalb weniger Minuten. Hunderte ertranken.« Hundertdreißig, entsinnt sich Madeleine, aber ihretwegen kann er die Opferzahl gern aufblasen; er hat im Lauf der Jahrzehnte schon so viele Menschen sterben lassen.

»Monatelang wurden Leichen angespült. Größtenteils chinesische Einwanderer, sehr traurig, aber auch der Kapitän – weißt du, woran sie ihn identifiziert haben?« Sie weiß es. Trotzdem schüttelt sie sanft den Kopf.

»An seiner silbernen Taschenuhr.« Wobei er seine aus der Weste zieht. »Die Kette hatte sich in seinen Rippen verfangen. So konnten sie seine Uhr retten. Aber …«

»… seinen Kopf haben sie nicht gefunden«, murmelt Madeleine.

»Genau.« Ein Seufzer. »Wenn man sich vorstellt, was in diesem Kopf alles vorging, während sein Besitzer noch lebte. Interessanter als jedes Uhrwerk, würde ich wetten. Mein Gott, was für ein Ausblick.«

Sie fixiert die Brückenpfeiler, zwei identische Fackeln, um die herum sich inzwischen der Nebel auflöst.

»Ich wollte mir hier einmal das Leben nehmen«, sagt ihr Vater milde.

Als sie sich mit großen Augen zu ihm umdreht, spricht er zu den Bergen. »Vor vielen Jahren fuhr ich eines Abends – an einem äußerst frischen Aprilabend – nach Lands End. Mit G.K. Chesterton im Sinn. ›Was wir am meisten fürchten, ist ein Irrgarten ohne Zentrum.‹«

Sie ist sprachlos. Erst Cole, jetzt ihr Vater.

»So war es für mich in jener Nacht. So ist es für mich fast jede Nacht. Mein ganzes, langes Leben lang.« Der Adamsapfel zittert in seiner Kehle. »Vielleicht hoffte ich, dass es mir helfen würde, einen Irrgarten mit Zentrum zu sehen. Noch dazu mit einer Richtung. Hier konnte ich nicht immer nur in einer Sackgasse landen.«

Plötzlich röhrt die Bucht unter ihnen auf wie ein erwachendes Untier, das sich gähnend und reckend aus seinem Bett erhebt. Madeleine lenkt ihren Blick über den Rand des Labyrinths und über den Rand der Klippe auf die Knöchel aus schwarzem Stein, die sich, von Gischt umschäumt, tief unten aus der Bucht erheben.

Sebastian streift seine Schuhe ab. »Deine Mutter hatte den ›Rätselhaften Fall des verschwundenen Ehemanns‹ in Windeseile gelöst. Offenbar hatte ich zuvor wiederholt über Labyrinthe gesprochen.« Er lächelt. »Ich stand genau dort, als sie mich fand.« Er nickt zur Spitze der Klippe hin. »In der Dunkelheit und im Nieselregen. Ich schaute ins Wasser. Und hörte, wie sie mich rief.« Jetzt deutet er auf die nächstliegende Kurve des Labyrinths. »Sie blieb knapp außerhalb des Labyrinths stehen, mir gegenüber, und hörte mir nur zu. Und«, seine Stimme schrumpft in seiner Kehle, »wie muss es in ihren Ohren geklungen haben. Von einem geliebten Menschen diese tobenden Worte zu hören. Die allesamt von Wind und Wasser verdreht und zerrissen wurden.«

Der Himmel ist hellblau und blassrosa getönt. Die bezauberndsten Farben, die Madeleine je gesehen hat.

»Für mich war es, als hätten wir dort den ganzen Frühling verbracht, obwohl es höchstens eine Stunde gewesen sein kann. So oder so hatte ich mich erschöpft. Ich weiß nicht, wie entschlossen ich gewesen war, als sie mich zum ersten Mal ansprach – ich nehme an, endgültig weiß man das erst, wenn man wirklich zur Tat schreitet –, aber als sie es nochmals tat, als sie mich nochmals rief, wollte ich mich schon nicht mehr von der Klippe stürzen. Von dieser Klippe. Deine Mutter bat mich, für jeden Schritt, den sie auf mich zuging, ebenfalls einen Schritt auf sie zuzugehen. Und so durchquerten wir dieses Labyrinth Kreis um Kreis, bis wir uns schließlich in der Mitte trafen und auf die Knie sanken. Sie breitete ihren Mantel auf dem Boden aus, wir legten uns hin und schließlich schlief ich ein. Als ich aufwachte, hatte sich der Himmel aufgeklart und sie schaute in die Sterne. Sie hatte sich nicht vom Fleck gerührt, obwohl mein kolossaler Schädel auf ihrer Brust lag.«

Ein Seufzen. Sebastian schließt die Augen. »Ich fühlte mich so lebendig. So *belebt.*« Seine Finger wandern aufwärts zu seiner Krawatte, ziehen sie auf; sie wandern abwärts an seinem Kragen, knöpfen ihn auf. »Und sechs Monate später wurde dein Bruder geboren.« Er gräbt einen Flachmann aus seiner Umhängetasche. »In einem Irrgarten gezeugt.« Er schraubt den Deckel auf. »Trinken wir auf Cole.« Er setzt den Flachmann an und trinkt. Schmatzt kurz und reicht ihn Madeleine. »Kann Scotch eigentlich schlecht werden?«

Madeleine nimmt einen Schluck, reicht ihm den Flachmann zurück. »Sagen wir, er war schon immer schlecht.«

»Ja, sagen wir das«, stimmt er ihr zu und trinkt erneut.

»Cole wurde – hier gezeugt? Wo wurde ich denn gezeugt?«

»Ich versuche mich gerade zu erinnern. Ich würde gern sagen in einem Graben.«

»Das würdest du *gern* sagen?«

»Oder in einem verlassenen Postauto am Rand von Las Vegas. Da war unser Auto in der Wüste verreckt.«

»Oh.«

»Entschuldige.«

Das Licht pellt vor ihnen die Schatten von den Steinen wie eine alte Haut. Der Ozean rumort.

»Hast du Angst vor dem Sterben, Daddy?«

Er steckt den Flachmann weg und räuspert sich. »Seit meine Mutter starb, hatte ich immerzu Angst. Die Angst ist mein ständiger Begleiter; ich merke es, wenn sie mich verlässt, und dann vermisse ich sie.« Er schaut zu, wie der Wind eine Staubwolke über die Klippe jagt. »Es ist nichts Schlechtes, sich zu fürchten. Es ist nicht so schlecht, in Angst zu leben.«

Schweigen.

»Möchtest du ein Kind haben?«

Er fragt das, als würde er ihr ein Sandwich anbieten. Madeleine sieht ihn finster an.

»Was hast du denn? Du wärst die geborene Mutter. Du hast so viel *Liebe* zu geben. Außerdem gefällt mir die Vorstellung von einer weiteren Generation Trapps.«

»Dad, Männer schauen mich an wie einen herrenlosen Koffer auf dem Flughafen.«

»Männer.« Er schnaubt. »Bei den Männern hat sich die Evolution selbst ins Aus manövriert.«

Sie nickt.

Ihr Vater birgt die Taschenuhr in seiner Hand. »Fünf Uhr fünfzig.« Er lächelt.

Die Sonne verbirgt sich weiterhin hinter den Hügeln von Berkeley; doch Madeleine sieht ihm Geist, wie das Licht westwärts auf die Bay zuströmt, an Treasure Island vorbei, wie es sich durch die vergitterten Fenster von Alcatraz ergießt und von Welle zu Welle hüpft, unter der Golden Gate Bridge hindurch und durch die Meerenge, wo es die Schaumkronen vergoldet und ein gleißendes Kielwasser hinter sich herzieht.

Nach ein paar Minuten wendet sich ihr Vater an sie.

»Mein Herz, nimm du den Jaguar.« Er lässt die Schlüssel in ihre Hand fallen.

»Was ist mit dem Sonnenaufgang?«

»Die Sonne wird auch morgen aufgehen. Sie ist ein äußerst hartnäckiger Stern. Ich würde gern noch etwas sitzen bleiben.«

»Ich kann mit dir zusammen sitzen bleiben«, bietet sie ihm an. »Mir steht heute alles offen.«

Er beugt sich zu ihr, umfasst mit einer Hand ihren Kopf und drückt seine trockenen Lippen gegen ihre Schläfe. Sie schließt die Augen; sie riecht das Floris an seinem Hals.

Er löst sich von ihr. »Fahr vorsichtig. Ich liebe dich und ich liebe dieses Auto.«

Mühsam richtet Madeleine sich auf. »Und wie kommst du nach Hause?«

»Ach, ich rufe mir von der Legion aus ein Taxi.«

Sie dreht sich um und geht los, um den Felsvorsprung herum, begleitet von der Musik des Meeres und der Küste. Sie schaut noch einmal zurück. Der Fels verbirgt ihren Vater; Madeleine sieht nur einen Zipfel der Decke im Wind flattern.

Sie schnauft den Abhang hinauf, den sie vorhin heruntergestolpert ist, und versucht gerade abzuschätzen, wie viele Stufen sie noch ersteigen muss, als in ihrer Tasche das Handy vibriert.

Sie gräbt es aus, tippt aufs Display.

Runzelt die Stirn.

Läuft wieder hinunter zum Felsvorsprung.

Umrundet wieder den Felsen und sieht ihren Vater barfuß am Rand des Labyrinths stehen, die Ledertasche an seiner Hüfte. Die Decke liegt, von seinen Schuhen beschwert, bibbernd am Boden.

»Dad?«, ruft sie.

Er erstarrt, eine Hand in der Ledertasche.

Madeleine versucht zu lachen. »Hast du eine Pistole dabei?«

Langsam dreht er sich zu ihr um. Das Haar weht ihm über die Augen.

»Leider ja, mein Schatz«, antwortet er, die Webley in der Hand, und er klingt dabei, als wäre er von sich selbst enttäuscht.

89.

Madeleines Kiefer rasselt herab wie ein Anker.

»Warum bist du nicht nach Hause gefahren?«, ruft ihr Vater, als hätte sie einen schrecklichen Fehler begangen. »Mach schon«, fleht er sie an. »Bitte fahr nach Hause, Maddy.«

Sein Arm schwingt von ihr weg, richtet die Pistole auf einen Punkt außerhalb der Bühne und seine Stimme erkaltet. »Bitte stecken Sie die Waffe weg, Detective.«

Madeleine dreht sich um. Fünfzehn Schritte von ihr entfernt, jenseits der Fläche voller Kiesel und Staub, tritt Timbo Martinez in Sweatshirt und Jeans auf das Plateau, mit umgeschnalltem Holster und seinem Dienstrevolver in der linken Hand.

»Und seien Sie so nett, meine Tochter nach Pacific Heights zurückzubringen«, sagt Sebastian.

»Warum fahren wir nicht alle zusammen, Sir?«, ruft Timbo. »Wir haben eine Menge zu bereden.«

Langsam kommt er näher und das menschliche Dreieck verlagert seinen Schwerpunkt. »Dad!« Madeleine spricht so ruhig wie möglich in den Wind. »Ich muss mit dir über Cole sprechen. Es geht um Cole.«

»Es ging *immer* um Cole!« Sebastian versagt die Stimme,

dann bricht ein helles, bitteres Lachen aus ihm, bevor er sich in den äußersten Ring des Labyrinths zurückzieht. »Keinen Schritt weiter, Detective. Werfen Sie Ihre Waffe auf die Decke. So ist es gut. Danke.«

Timbo hebt die leeren Hände. »Sie haben da eine sehr schöne Waffe, Mister Trapp«, sagt er. »Sie ist mir schon auf Ihrem Schreibtisch aufgefallen. Eine Webley-Fosbery Halbautomatik.«

Und dann, gemeinsam mit Sebastian: »Vier fünfundfünfzig, sechs Schuss.«

»Ich habe alle Ihre Bücher gelesen.« Der Detective macht einen Schritt nach vorn. »Aber ein so alter Revolver – der funktioniert nicht mehr, Sir.«

Der Schuss ist so laut, dass das Echo wie ein Einsturz klingt. Madeleine unterdrückt einen Aufschrei; Sebastian schwenkt die Waffe wieder auf Timbo und zieht sich in den nächsten Ring zurück. Den sechsten.

Madeleine atmet aus. Sie hat vorhin sieben Kreise gezählt – sieben konzentrische Ringe in einem Zwanzig-Meter-Radius. Der Strudel saugt an seinen Füßen.

Sie löst sich vom Felsen und streckt die Hand nach ihrem Vater aus. Die Webley schaut in ihre Richtung – nur ganz kurz; schon richtet sie sich wieder auf den Detective –, doch der Schock wirft Madeleine um einen Schritt zurück.

Sebastian Trapp – der berühmte, legendäre, mächtige Trapp – ist nervös.

Trotzdem bleibt seine Stimme erstaunlich ruhig. »Ich habe sie zweiundneunzig für eine Vorführung restaurieren lassen. Wie sich herausgestellt hat, bin ich ein ganz guter Schütze.«

»Vielleicht möchten Sie mit jemand sprechen?«, schlägt Timbo vor. »Ich könnte jemand für Sie anrufen.«

»Mit *jemandem und* jemand*en*«, korrigiert Sebastian ihn automatisch, aber die Augen glitzern unter seinen Brauen. Er kombiniert, erkennt Madeleine. Sucht nach einer Lösung. Eine Bö streift über die Klippe, und sie fragt sich, ob ihr Vater vielleicht zum ersten Mal in seinem Leben nachgeben könnte – die Webley wegstecken, seine Tasche schultern, aus dem Labyrinth treten, ihre Hand nehmen …

Doch dafür ist es zu spät, weiß sie; irgendwie weiß sie, dass es dafür zu spät ist.

Und jetzt lächelt er – ein schwer zu deutendes Lächeln wie von jemandem, der grimmig zufrieden ist – und spricht: »Damit wären wir alle versammelt.«

Madeleine wirft Timbo einen Seitenblick zu und sieht, wie er sie ansieht.

Augenblicklich lässt der Wind nach. Madeleines Haare legen sich um ihr Gesicht. Die Decke legt sich wieder auf den Boden. Der Staub legt sich auf die Steine.

Hinter dem Detective erscheint ein aus dem Bett gerissenes Kind. Die Pyjamahose knapp über den Hüften, die Arme bis zu den Fingerspitzen in langen Ärmeln versteckt. Ein blaues Blatt Papier in der Hand.

Timbo wirbelt herum. »Ich habe Ihnen gesagt, dass Sie zurückbleiben sollen«, bellt er und nickt dabei zum Weg hin. Seine Stimme ist so rau, dass Madeleine beinahe einen Schritt zurücktritt.

Doch Nicky geht weiter am Außenrand des Labyrinths entlang, gelassen, aber hellwach, wie eine Jägerin.

90.

Als hätte der Wind nur auf ihren Auftritt gewartet, frischt er auf, und Nicky spürt, wie ihr das Haar aus dem Gesicht geweht wird.

Selbst vor dem weiten Panorama aus Wasser und Luft ist Sebastian Trapp eine imposante Erscheinung; vor den weichen Schultern der Landspitzen und den durchhängenden Kabeln der Brücke wirkt seine Silhouette noch kantiger, noch schärfer. Die Webley verfolgt jeden ihrer Schritte.

»Guten Morgen, Miss Hunter«, begrüßt er sie.

»›Einer meiner Namen‹«, sagt sie, »›ist Nemesis.‹«

Sein Lächeln wird messerscharf – der Mann kennt seine Christie. »›Und was bedeutet das?‹«

»›Ich glaube, das wissen Sie. Die Nemesis kommt manchmal mit großer Verspätung, doch entkommen kann ihr niemand.‹«

Er neigt den Kopf.

»Gehen Sie«, knurrt Timbo. »Jetzt.«

»Miss Hunter ist sehr eigensinnig, Detective.« Sebastians Blick bleibt fest auf sie gerichtet. »Und diesmal ist sie meinetwegen gekommen.«

Nicky atmet tief durch. So fühlt sie sich immer, wenn sie das letzte Kapitel eines Kriminalromans beginnt – der Vorhang, die große Aufklärung, das Ende: Ihr Blut summt, ihre Augen strahlen; die Wärme in ihrem Magen, das Klopfen in ihrem Kopf … das detektivische Fieber hat seinen Scheitelpunkt erreicht. Das Papier raschelt in ihrer Hand. Ob die Nerven all jener aus Druckerschwärze geborenen Detektive auch so in Flammen standen, wenn sie in einem Eisenbahnwaggon oder einer Hotelsuite vor ihrem Publikum die Lösung eines Falles präsentierten?

Sebastian beobachtet sie aufmerksam. *Wir sind in einem*

Psychothriller. Wo uns die Hinweise unausweichlich an Orte führen, die wir lieber meiden würden.

Nein. Sie will dorthin. Die letzten Fragen auflösen, den Vorhang fallen lassen. Die Geschichte zu Ende bringen. Nicky streckt ihm das Blatt hin, das im kalten Wind knattert. »Der Brief.«

Sebastian nickt.

»Auf der Schreibmaschine in der Bibliothek getippt.«

Er nickt wieder.

»Und eigenhändig unterschrieben.«

Die Tasche rutscht an Sebastians Arm herab, klatscht auf den Boden. Jenseits des Labyrinths, sieben Kreise entfernt, beobachtet Madeleine das Geschehen mit einem eigenartigen Leuchten in den Augen.

»Ein Schreiben mit einem Mordgeständnis«, ruft Nicky. Erinnert er sich nicht?

Jetzt schnappt Madeleine nach Luft, als hätte ihr jemand auf die Brust geschlagen, und im selben Moment befiehlt Timbo Sebastian, die Waffe langsam und vorsichtig abzulegen. Eine Bö fegt über das Plateau und Nicky reißt den Mund auf ...

Dann löst sich ein Schuss aus der Webley.

91.

Einen Sekundenbruchteil vor dem Schuss sieht Madeleine die Decke vom Boden abheben und in die Luft steigen wie einen fliegenden Teppich – um sich dann, als die Kugel sie durchschlägt, zu verdrehen und neben den umgedrehten Schuhen auf den Boden zu fallen. Der Dienstrevolver landet dabei in Timbos Nähe.

Sie sieht ihren Vater an, dann betrachtet sie die Decke,

als wäre sie etwas Lebendiges – ehemals Lebendiges –, das Sebastian gerade getötet hat.

»Sie kommen mir ziemlich nervös vor, Mister Trapp«, sagt der Detective. Er nickt zu Nicky hin. »Sie haben also ein Geständnis verfasst. Stammen die anderen Nachrichten auch von Ihnen? Und die Schmetterlinge?«

Sebastian schüttelt den Kopf. »Die sind von Cole.«

»Das wissen Sie?«

»Ich bin mir sicher.«

»Das ist nicht dasselbe, Sir.«

»Als Ältester und am besten Gekleideter hier möchte ich widersprechen.«

»Hat Cole Kontakt zu Ihnen aufgenommen?«

Die Worte spritzen aus Madeleines Kehle, als würde sie Gift erbrechen. »Er hat mit mir Kontakt aufgenommen.« Sie schluckt und sieht verschämt ihren Vater an. »Er wollte herausfinden, was Mom zugestoßen ist.« Ihr Blick rutscht an ihm vorbei zu Nicky, die hinter all diesen Kreisen immer noch das Geständnis in ihren Fingern hält. »Er hat mir geschrieben, ich soll ... die Vergangenheit aufrühren«, ruft Madeleine. Es klingt dramatisch, aber der Wind, der sie wie ein Wolfsrudel umkreist, ist es nicht minder.

»Und ich bin ihm *begegnet*!« Ihre Stimme ist ihr fremd geworden, sie klingt rau und wild, während ihre Augen feucht werden. »Ich weiß nicht, wann oder wo oder wie ... aber ich weiß, dass ich ihm *begegnet* bin.« Die Wahrheit bricht aus ihr heraus; sie fühlt sich orientierungslos, schwindlig, wie ein Taucher, der zu schnell auftaucht.

Als der Wind nachlässt, dreht sie sich zu Timbo um, sieht seine Haut wie unter hellen Flammen flackern, fühlt die vertraute Wärme. »Ich dachte, dass Sie es sein könnten«, gesteht sie schüchtern.

Er blinzelt.

»Sind Sie es?«, fragt sie. »Bist du …?«

Er schweigt.

»Bitte«, sagt Madeleine leise.

In der salzigen Luft, unter dem bleicher werdenden Himmel kann sie Timbo genau betrachten: das offene Gesicht, die blauen Augen, das widerspenstige blonde Haar. Seine Kehle spannt sich an und entspannt sich. Und in diesem Moment weiß sie, dass er Cole ist, sie weiß es so sicher, dass sie ihn sofort umarmen möchte, hier bei diesem Labyrinth, in dem er gezeugt wurde, während die Brise wiedererwacht und die Luft um ihre Füße streicht. Ihr Vater sieht es ebenfalls: Er schüttelt verwundert den Kopf.

»Sag mir, dass du mir vergibst«, bittet sie unter Tränen, den Kopf leicht schiefgelegt, erst mit einem Achselzucken und dann einem Lächeln: »Oder dass du es nicht tust.«

»Ich vergebe dir.«

Madeleines Nerven sprühen Funken wie kurzgeschlossene Drähte. Aber nicht Timbo hat ihr geantwortet.

Eine Windbö versetzt Madeleine von hinten einen Schubs, fegt an ihr vorbei wie ein dahineilendes weißes Kaninchen. Sie sieht zu, wie der Wind die dahingeschlachtete Decke zerzaust und im nächsten Moment erst Sebastians Hose, dann den Staub vom Boden aufscheucht; sie sieht zu, wie er weitereilt …

… zu Nicky, ihren Pyjama zum Flattern bringt und ihr das Haar aus dem Gesicht streicht.

Der Schmetterling in ihrer Hand erbebt nicht einmal. Er schwebt stumm über ihrer Handfläche, während sie ein letztes Mal einen blauen Flügel faltet.

92.

»Ich war vierzehn, als ich zu Mama sagte, dass ich im falschen Körper lebe.«

Ich wetze meine Stimme am Wind, baue mich vor Sebastian auf und sehe ihn an. Ich habe diese Szene geprobt; ich will gehört werden.

»Am Valentinstag neunundneunzig. Am selben Morgen hatte ich mir im Bad unter dem Dach mit deinem alten Rasiermesser die Adern aufgeschlitzt. Ich würde unsere Familie zerstören – das hatte Maddy mir erklärt. Aber ich setzte den Schnitt falsch an. Später hast du gesagt: ›Er schafft es nicht einmal, sich umzubringen.‹«

Ich schiebe den rechten Ärmel zurück, entblöße meinen Unterarm. Die kleinen Narbensprossen sind kaum noch zu sehen; trotzdem habe ich in den vergangenen zwei Wochen meine Arme bedeckt gehalten. Allzeit bereit: Insofern hat sich die Zeit bei den Pfadfindern doch ausgezahlt.

»Mama ging mit mir zu einem Kinderpsychologen. Damals war ›diese Art von Therapie‹ – damit meinte er eine Behandlung für Kinder mit Geschlechtsdysphorie – noch nicht allgemein verfügbar. Aber er verwies uns an einen Arzt in Seattle. Ich flog äußerst ungern, wie du dich vielleicht erinnerst, und Mama auch, darum fuhren wir mit dem Zug, auch wenn das dreiundzwanzig Stunden pro Strecke dauerte. Eines unserer langen Wochenenden, erzählten wir dir. In der Nacht lag ich in meiner Koje und malte mir aus, dass ein Unbekannter oder ein Dutzend Unbekannte in mein Abteil schleichen und mich umbringen würden, so wie im *Orientexpress*. VIERZEHNJÄHRIGER JUNGE TOT MIT ZWÖLF MESSERSTICHEN IM SCHLAFWAGEN AUFGEFUNDEN. ZWÖLF ZEUGEN HABEN NICHTS GESEHEN.«

Er beobachtet mich gleichmütig, mit im Wind flatternder

Krawatte, den Revolver in der Hand. »Als ›Junge‹ bezeichnet zu werden, war ein noch unnatürlicheres Gefühl, als tot zu sein«, ergänze ich und schiebe meinen Kiefer nach links und rechts. *Irgendwann wirst du dir das Ding ausrenken,* ermahnte er mich oft. Jetzt ermahnt er mich nicht mehr.

»Der Arzt in Seattle war Spezialist für Jugendpsychiatrie. Er starrte mich nicht an; er schnauzte mich nicht an. Er hörte einfach zu, während ich mich selbst beschrieb. Als Freak. Pervers. Unheimlich.« Mein Blick bohrt sich in seine Augen. »Unerträglich peinlich.«

Kein Blinzeln. Die Worte tropfen weiter von meinen Lippen: »Schwuchtel. Homo. Mädchen.« Ich schlucke. »Das tat besonders weh, denn ich *war* ein Mädchen, auch wenn mir das niemand *glaubte*. Außer Sam Turner. Ehe wir uns verabschiedeten, fragte er mich nach meinem wahren Namen, und ich antwortete: ›Nicole‹.« Ich atme kurz durch. »Nicole statt Nicholas. Ich schätze, es fehlte mir an Fantasie.«

Ich schau zu Timbo. Auch zwei Jahrzehnte später bin ich noch auf Ablehnung gefasst, aber er sieht mich nur nachdenklich an. Hinter ihm wehen Madeleines Haare um ihren Kopf. Sie sieht so fassungslos aus, wie ich mich fühle.

»Sam Turner sah mich als den Menschen, der ich war und der ich immer gewesen war. Und er hörte mir zu, so als würde er eine Sprache sprechen, die keiner außer uns beiden verstand.«

Das ist mein Text, trotzdem bin ich nervös; ich stocke, atme ein. »Er stellte mich einem Arzt vor. Ich war vierzehn – die Pubertät würde nicht ewig warten. Dad konnten wir später einweihen. Ende der Neunziger war der Prozess noch nicht besonders ausgefeilt, trotzdem musste ich schon damals eine gründliche vorausgehende Psychotherapie durchmachen. Mama nahm einen Kredit dafür auf. Sobald ich grünes Licht bekommen hatte, fuhren wir alle acht Wochen mit dem Coast Starlight Express zur Behandlung nach Seattle. Abfahrt vom Jack London Square in Oakland, Ankunft fast einen vollen Tag später an der King Street Station in Seattle. Absolut unpraktisch, selbst ich wusste das, aber immerhin waren wir auf diese Weise weit weg von San Francisco und von jedem, dem auffallen könnte, dass Sebastian Trapps Frau und Sohn ein Krankenhaus aufsuchten. Außerdem gab es so keine Aufzeichnungen über irgendwelche Flugbuchungen. Wir lernten Sam Turners Frau kennen. Millie. Über sechzig, genau wie Sam, und kinderlos. Wir wohnten im Gästehaus der beiden. Wir aßen zusammen, schauten Filme, spielten Spiele. Ich fühlte mich dort zu Hause. Nur nicht bei mir zu Hause.

In der Schule hatte ich eine Brieffreundin für ein Schreibprojekt zugeteilt bekommen, aber die hatte mir nie geantwortet. Sam schlug vor, dass ich stattdessen an mein zukünftiges Selbst schreiben sollte. Ich könnte mir selbst Fragen stellen, mir ins Gedächtnis rufen, was mir wichtig war, was ich mir erhoffte. Also schickte ich einmal im Monat eine Postkarte nach Seattle. Nicky antwortete nicht, versteht sich, aber bei jedem meiner Besuche bei Sam und Millie erwarteten mich ein paar aufmunternde Nachrichten. Ich mochte Cole, stellte ich fest. Er war lieb und aufrichtig und tollpatschig und hatte es verdient, glücklich zu sein. Ich bewahrte die Postkarten auf. Das Faultier. Den Skorpion. Den Schmetterling.

Dann: Weihnachten. Ich wurde seit sieben Monaten behandelt, doch bisher schien niemand etwas zu bemerken. Santa hatte mir eine Packung Origamipapiere gebracht. Ich weiß bis heute nicht, was dich damals so wütend gemacht hat: ob ich etwas Falsches gesagt habe oder im falschen Augenblick gelacht habe oder – und das begriff ich erst später – ob vielleicht du das Problem warst und nicht ich. Aber an diesem Nachmittag bis du mit meinem wertvollen Papier auf den Dachboden, und bis ich dich eingeholt hatte, warst du schon im Bad und das Waschbecken stand in Flammen. Du hattest jedes einzelne Blatt angezündet. Das blaue Satin, das rote Yuzen – alles loderte im Waschbecken.« Es steht mir heute noch vor Augen, das regenbogenbunte Lagerfeuer, das unter meinen Händen knisterte.

»Du gingst wieder nach unten, und ich starrte auf den Aschehaufen. Am nächsten Morgen packte Mama ein paar Anziehsachen in einen Karton und schickte ihn nach Seattle. Ich hatte Schmetterlinge gefaltet, weil ich sein wollte *wie du*, verstehst du? Bis ich es nicht mehr wollte.«

Er sieht an mir vorbei aufs Meer.

»An Silvester, kurz vor ihrem Geburtstagsessen, war ich mit Mama in ihrem Schlafzimmer. Sie überreichte mir eine runde rote Schachtel. Darin lag eine glatte, lange, blonde Perücke. Und darunter ein Pullover mir Argyle-Muster und ein schlichter Rock. Sie ließ nicht zu, dass ich alles anprobierte, nicht in diesem Haus, nicht einmal eine Minute lang; und so verstaute ich alles in meiner Reisetasche – Perücke, Pullover, Rock, Süßigkeiten, Bücher, vierhundertelf Dollar, die ich gespart hatte, außerdem Wechselkleidung für Mama –, und wir gingen ein letztes Mal unseren Fluchtplan durch: Um drei Uhr morgens würden wir uns an Fort Point treffen, meinem Lieblingsfleck in San Francisco. Ein guter Ort, um ein Abenteuer zu beginnen, und von Freddys Haus aus leicht mit dem Fahrrad zu erreichen. Mama würde zu Fuß eine halbe Stunde in die falsche Richtung gehen müssen, und danach bräuchten wir noch eine halbe Stunde mit dem Taxi zum Bahnhof, aber so konnten wir sicher sein, dass niemand uns folgte – und Cole konnte sich vom Fort und von der Brücke verabschieden. ›Das wird eine lange

Nacht für uns, meine Süße‹, erklärte sie mir. Dann gingen wir hinunter ins Esszimmer.«

Ich zögere. *Du bist ein Schwächling.*

Der Wind beißt mir in die Fingerspitzen. »Nach der Geburtstagsfeier fuhr Diana mich und Freddy zu ihm nach Hause. Ich beanspruchte das obere Bett für mich, falls jemand in unser Zimmer schauen sollte, nachdem ich weg war. Fred schlief sofort ein; ich brachte kein Auge zu. Dom und Simone kamen nach Hause und warfen einen Blick ins Zimmer, was mein Stichwort zum Aufbruch gewesen wäre, aber anschließend blieben sie noch eine volle Stunde wach, während ich in den Laken schwitzte. Sobald ich ihre Schlafzimmertür zugehen hörte, schlich ich aus dem Haus und rollte Freddys altes Kinderrad aus der Garage. Ich hatte es mir schon vor Wochen ausgesucht; mir war klar, dass er es nicht merken würde, falls es fehlte. Die Nacht war kalt und ich jagte durchs Presidio in Richtung Fort. Keine Spur von irgendwem, auch nicht von Mama, darum machte ich meine Tasche auf und zog mich um, zog meine Perücke auf. Ich fühlte mich endlich wie ich selbst. Ich fühlte mich mächtig.«

Einen Moment sehe ich Nicole in Rock und Pullover vor mir, mit blonden Haaren bis auf den Rücken; lächelnd steht sie unter dem Vollmond. »Ich wartete. Und wartete. Zwei Stunden später – um fünf Uhr morgens – entdeckte ich auf der Lake Street ein Taxi. Ich verstaute das Rad im Kofferraum und ließ es darin liegen, als ich am Bahnhof ausstieg.«

Ich sehe Timbo an, der immer noch die Hände erhoben hat, und meine Schwester, die ihre Hände herabhängen lässt und eine davon zur Faust geballt hat.

»Ich hoffte, dass Mama am Bahnhof auf mich warten würde. Aber sie war nicht da. Vielleicht war sie nach Hause zurückgekehrt, aber ich konnte das nicht … Die Turners würden wissen, was zu tun war. Ich erinnere mich noch an die Frau am Schalter, die mich mit ›junge Lady‹ ansprach. Und ich erinnere mich, wie mir aufging, dass ich mein Tagebuch nicht eingepackt hatte. Ich erinnere mich an den Halt in Sacramento, wo Mama dich anrufen wollte, ehe du uns vermisst melden konntest. Am nächsten Tag holten Sam und Millie mich an der King Street ab. Und am Morgen darauf stand es auf Seite drei: Die Polizei hatte uns für vermisst erklärt. Im Artikel hieß es, ich sei ein kleiner, blonder Junge. Niemand, der die Überwachungsbänder aus dieser Nacht kontrollierte – an Flughäfen oder Bahnhöfen –, würde Cole Trapp darauf entdecken; nur ein langhaariges Mädchen im Rock. Sam wollte dich anrufen, aber Millie redete es ihm aus: Und wenn du Mama etwas angetan hattest? Darum setzten wir die Behandlung fort, während wir auf Mama warteten, auf Neuigkeiten warteten. Dann zogst du dich zurück. Und wir hörten auf zu warten.«

Ich verstumme, bis Sebastian mich wieder ansieht. »Die Turners nahmen mich bei sich auf. Ich war das Kind, das sie sich immer gewünscht hatten. Und wenn nicht, dann ist mir das nie aufgefallen. Bis zum Ende des Schuljahres unterrichteten mich Millie und ihre Schwester Julia zu Hause. Julia war Englischlehrerin, und es stellte sich heraus, dass ich unter Dyslexie litt. Nicht ungewöhnlich. Und durchaus zu behandeln. Alte Kriminalromane dienten mir als Stützräder – kurze Bücher, unterhaltsame Geschichten, einfache Sprache. Im folgenden September wurde die Transferstudentin Nicole Hunter in der Highschool aufgenommen. Drei Jahre später schloss sie ab, mit einem sehr guten Zeugnis und sogar ein paar Freunden. Sie beendete das College eine Woche, bevor Millie starb. Sie inhalierte weiter Detektivgeschichten, denn sie trösteten mich und beschäftigen mein rastloses Gehirn. Und weil«, ein Achselzucken, »mir diese Geschichten im Blut liegen.«

Jetzt steigt mir dieses Blut zu Kopf. »Und ich habe mit Jungs geknutscht und bin mit zwei Freundinnen durchs Land gefahren und Gleitschirm geflogen und durch Südamerika gereist und habe ein Jahr lang Kochkurse absolviert und einen Sommer lang in einer Bar in Amsterdam gearbeitet und unzählige Bücher gelesen und einem Typen den Daumen gebrochen, weil er kein *Nein* akzeptieren wollte. Ich habe Osteuropa kennengelernt und mich als Violinistin versucht und dreimal die Führerscheinprüfung vergeigt und mir das Herz brechen lassen und kein einziges Thanksgiving allein verbracht und mehr Freunde, wirklich *gute* Freunde, immer-noch-treue Freunde gefunden, die *stolz* auf mich sind, weil ich einfach *ich* bin, und die mir zur Familie wurden, so wie ich auch ihre geworden bin. Ich habe eine Patentochter. Ich habe eine Wohnung angezahlt. Ich habe einen Hund. Und ich falte immer noch Origami. Das Origami und die Detektivgeschichten – beides hat Cole überlebt. Ich habe gelebt«, sage ich. »Selbst wenn diese Klippe in diesem Augenblick abstürzen sollte, selbst wenn du mich *erschießen* solltest, habe ich gelebt. Als ich selbst.« Der Schmetterling flattert in meiner Hand; ich halte ihn vorsichtig mit zwei Fingern fest, um ihn nicht zu zerquetschen. »Aber erst, nachdem ich dein Haus verlassen hatte.«

Wieder werfe ich Maddy einen Blick zu und richte ihn dann auf Timbo. Ich sehe, wie beide mein Gesicht nach einer Spur meines früheren Ichs absuchen.

»Natürlich hatte ich Angst um Mama. Anfangs schreckliche, dann etwas weniger, als sich mein Leben änderte, als ich mich änderte. Meine Freunde wissen nicht, wer ich früher war. Sie wissen, dass ich im falschen Körper geboren wurde, aber sie wissen nicht, welcher Name zu ihm gehörte. Wozu auch? Trotzdem konnte ich nicht mit diesem offenen Ende leben. Schon während ich in diesem Zug nach Seattle saß und darauf hoffte, dass sie irgendwann durch den Waggon eilen würde, obwohl ich mir schon damals ziemlich sicher war, dass das nicht passieren würde, hatte ich den Verdacht, dass du – der du so lang und so erbittert mit ihr gestritten hattest, der du vielleicht unseren Plan aufgedeckt hattest und der du schon so viele Menschen hattest sterben lassen und so viele Alibis erschaffen – dass du zum Mörder geworden und ungestraft davongekommen warst.«

Hier oben auf dieser Klippe über dem Meer, im Wind, in der Kälte kann ich meinen Text nur mit Mühe aufsagen. Die letzten Worte überraschen mich; so spricht höchstens ein Krimidetektiv.

Nur dass ich keine Krimidetektivin bin. Das hier ist keine Szene, sondern ein realer Ort. Diese Menschen sind keine ausgedachten Figuren. Mein klopfendes Herz ist real. Die Tränen meiner Schwester sind real. Die Waffe in der Hand meines Vaters ist real.

93.

»Vor fünf Jahren verbrachte ich eine Nacht, es war nach Sams Beerdigung, im Gästehaus der Turners. Auf dem Regal stand ein Simon St. John. Die beiden waren keine großen Fans, wie du dir denken kannst – offenbar hatte ein Gast das Buch zurückgelassen. Ich las es auf dem Rückflug an die Ostküste. *Little Boy Blue*«, ergänze ich. »Mir gewidmet. Ich habe deine Bücher schon immer geliebt – anfangs, weil du mein Vater warst, später trotzdem. Ich liebte Simon. Das war nicht gespielt. Und ich verliebte mich neu in ihn. Ich glaube nicht an Vorzeichen, aber dieses Buch fühlte sich tatsächlich wie eines an. Darum schrieb ich nach meiner Ankunft in New York einen Brief. An dich, meinen ersten Vater.«

Timbo räuspert sich. »Warum?«

Nachdem mein erster Vater keinen Ton sagt, beantworte ich eben Fragen aus dem Publikum: »Mir war ein Fehler aufgefallen. Das nutzte ich als Vorwand. Aber – im Grunde war es wohl Trauer. Ich hatte meine Familie verloren; ich wollte einen Blick durchs Fenster auf das Leben werfen, das ich einst geführt hatte.« Wieder an ihn gewandt. »Auf den Umschlag klebte ich eine Briefmarke von einer Rolle, die du mir Jahrzehnte zuvor in einem Museum gekauft hattest. Es war ein unerwartet schöner Nachmittag gewesen; wahrscheinlich hatte ich mir etwas von dir aufbewahren wollen. Dann die Überraschung: Du schriebst zurück. Und so nahm die Sache ihren Lauf. Ich fragte mich, wie weit ich mein Glück auf die Probe stellen konnte – was du mir beispielsweise über deine verschwundene Frau erzählen würdest. Denn ich *wusste«,* kurz schnürt mir der Zorn die Kehle zu, so fest, dass er blaue Flecken an meinem Hals hinterlassen könnte, »ich *wusste,* dass du etwas darüber wusstest.«

Wogen zerschellen an den Felsen unter uns. Der Wind zerrt an dem Schmetterling in meiner Hand.

»Immer wieder lenkte ich unsere Korrespondenz auf Mama – und Cole. Du hast die Köder nicht einmal angeknabbert. Ich sammelte deine Antworten wie Liebesbriefe, las sie wieder und wieder, als wären es verschlüsselte Nachrichten. Aber vor allem wartete ich auf eine Gelegenheit, dich zur Rede zu stellen. Ich wusste nur nicht, wie ich das anstellen sollte. Und dann hast du das übernommen. ›Dies sind die Worte eines Toten‹, schriebst du mir. ›Kommen Sie nach San Francisco.‹ Wenig später fand ich mich in meinem alten Kinderzimmer wieder, zwei Stockwerke über meiner Schwester; ich trank Tee mit der ehemaligen Assistentin meiner Mutter und besuchte meine Tante und meinen Cousin. Und keiner von euch – *keiner von euch* erkannte mich!« Selbst jetzt verblüfft mich das, begeistert es mich. »Ich war der Graf von Monte Christo, von den Toten auferstanden und mit einem Plan bewaffnet, mit klarem Blick und kaltem Herzen.«

Ich klinge wie er. Doch das stört mich nicht.

»›Sie und ich könnten sogar ein, zwei alte Geheimnisse aufklären‹, hast du gesagt, als wir uns begegneten. Um mich zu provozieren. Also habe ich aufmerksam zugehört – jedem, der mit mir sprechen wollte, aber ganz besonders dir. Ich habe auf Hinweise gelauscht. Schließlich war das dein großes Geheimnis: Was hattest du ihr angetan? Und ich – mein Herz ...« Wieder schließt sich meine Kehle, und meine Augen schließen sich mit; als ich sie wieder öffne, blicke ich in den hellblauen, blassrosa Himmel. Es sind die bezauberndsten Farben, die ich je gesehen habe.

So viel zu meinem kalten Herzen.

»Es zerriss mir das Herz«, bricht es aus mir heraus. »Es zerriss mir das Herz, euch alle wiederzusehen – euch überhaupt wiederzusehen, aber auch, euch *so* wiederzusehen. Ich fand sogar mein altes Tagebuch in seinem Versteck – ich war schockiert, dass die Polizei es nicht gefunden hatte. Es verriet mir nicht viel, aber es half mir, einen kühlen Kopf zu bewahren. Ich hatte schon fast vergessen, wie du wirklich warst, wie wenig ich mich damals in meinem eigenen Heim zu Hause fühlen konnte ...«

Eine Bö wie eine Ohrfeige. Ich kneife die Augen zusammen, konzentriere mich. »Du hast mir erklärt, dass man mir gut Geheimnisse beichten könnte. Ich hatte es lang genug mit Stupsen versucht; es wurde Zeit für einen energischen Schubs. Auf dem Rückweg von Simone hielt ich an einem Papierwarengeschäft. Du kannst dir denken, was ich dort gekauft habe. Bevor ich ins Haus trat, faltete ich einen Schmetterling und stellte ihn in einem Karton auf der Türschwelle ab. Doch falls dich der Fund beunruhigte, war dir das nicht anzumerken. Also rekrutierte ich eine Verbündete.« Tief durchatmen und aufrichten. »Ich lud eine App herunter, mit der sich anonyme Telefonnummern generieren lassen, und schrieb an Maddy. Magdala an Magdala.« Magdala, die jetzt wütend auf den Boden starrt.

Ich sollte mich bei ihr entschuldigen – ich *werde* mich bei ihr entschuldigen. »Ich brauchte einen *Beweis«,* rufe ich ihr zu. »Im Gegensatz zu mir konntest du ihn zur Rede stellen. Darum habe ich dich zu dem Tagebuch geführt. Du musstest begreifen, *warum* ich ...«

Sie hält den Kopf gesenkt. Ich setze neu an. »Während du Cole suchtest, während *alle* Cole suchten, konnte ich mich darauf konzentrieren ...«

Schuld verätzt meine Kehle wie Säure. Ich zwinge sie hinab, schlucke den heißen, fauligen Geschmack hinunter. Ich wende mich wieder ihm zu.

»›Glauben Sie, sie sind noch am Leben?‹, habe ich dich gefragt, hier in diesem Labyrinth. Du hast mich mit ›Harren und Hoffen‹ vertröstet. Und genau das konnte ich *nicht.* Also keine weiteren Schubse mehr. Ich beschloss, das Haus durchzuschütteln wie eine Schneekugel: Ich hatte keine Ahnung, wie es hinterher aussehen würde, aber auf jeden Fall anders. Und Diana blieb ein Fragezeichen: Vielleicht wusste sie nichts, vielleicht wusste sie alles.«

Das Haar tobt auf seinem Scheitel, während er mich ansieht.

»Nach unserer Rückkehr vom Strand tippte ich eine

Nachricht auf der Remington. Ich behielt sie während der Party bei mir und wollte sie später auf die Schreibmaschine setzen, wo du sie am nächsten Tag finden solltest – aber dann fragte mich Jonathan, ob wir einen Blick in die Bibliothek werfen könnten.« Was Grant Jones natürlich gelegen kam. »Was mir natürlich gelegen kam. Denn so konnte ich den Schmetterling platzieren, bevor du an deinen Schreibtisch kamst. Alle sahen dich zusammenbrechen. Und nachdem Freddy getürmt war, gab es sogar einen Verdächtigen. Eine falsche Fährte.«

Freddy: noch eine fällige Entschuldigung. Ich schüttle den Kopf, um ihn klar zu bekommen.

»Dann eine Wendung, die ich nicht kommen sah: Diana im Teich.« Gefühllos, zugegeben. Aber dies ist kein Nachruf, sondern eine Abrechnung. »Es war offensichtlich, dass du sie umgebracht hattest – Macht der Gewohnheit –, aber was war mit dem Abschiedsbrief? Und was war das *Motiv?* Warum sich die Mühe machen, eine weitere Ehefrau zu töten? Vor allem so kurz vor dem eigenen Ende?«

Ein winziges Zucken.

»So ein Sturz erschien mir ganz und gar nicht todsicher, aber bekanntlich konnte ich mich nicht einmal selbst umbringen. Wurde Diana vielleicht doch von ihren Schuldgefühlen aus dem Fenster gestoßen? Immerhin stand es so mehr oder weniger in ihrem Brief. Aber weswegen sollte sie sich schuldig fühlen? Auftritt der beiden Detectives. Sie wussten von dem zweiten Schmetterling, darum erzählte ich ihnen von dem ersten – sie hätten ohnehin bald davon erfahren und immerhin hatte *ich* Diana nichts getan. Sie nahmen diese Fährte ernster, als ich erwartet hatte. Schon an diesem ersten Morgen zuckte Detective Springers Nase. Maddy warnte mich. Ich riet ihr, den Mund zu halten.« **Pst.** »Sie fürchtete sich, schrieb sie – aber längst nicht genug, schrieb ich zurück. Diana war gestorben. Niemand wusste, wie oder warum. Jonathan Grant oder wer auch immer war aus dem Nichts aufgetaucht. Und Freddy hatte Diana geküsst, obwohl Freddy ein braver Junge ist. Und immer war.«

Mein Vater zieht eine Braue hoch.

»Die Presse tauchte auf. Ich verjagte sie – ich wollte dieses Rätsel selbst aufklären. Und währenddessen«, wieder ein tiefes Durchatmen; ich umarme mich selbst, »schrieb ich weiter an deiner Lebensgeschichte, durchsuchte sie nach Andeutungen oder Hinweisen. Und mir gefiel dein Leben. Mir gefielen deine Geschichten. Mir gefiel es, wie du mich *ansahst* – früher hattest du mich nie angesehen, jedenfalls nicht, ohne zu seufzen oder das Gesicht zu verziehen. Aber offenbar bin ich keine besonders gute Detektivin. Plötzlich wolltest du noch früher sterben. Zeit für einen dritten Schmetterling. Ich platzierte ihn im oberen Korridor, bevor ich zu dir in die Bibliothek ging. In der Küche gab ich ein Beruhigungsmittel in deinen Tee – ein starkes, ohne das ich nicht fliegen kann –, und als du davon müde wurdest, brachte ich dich in den Aufzug. Um den Verdacht von mir abzulenken, behauptete ich, ich hätte Schritte gehört. Und als die Türen aufgingen …«

»›Ich kann es nicht‹«, nimmt er mir das Wort aus dem Mund. Seine Stimme klingt hohl, sein Blick ist traurig. »Ich sagte: ›Ich kann es nicht.‹«

»Aber nun hast du es doch gestanden.« Der Schmetterling schaudert in meiner Hand, die Spitzen der mit seinen Worten tätowierten Flügel stechen mir in die Haut. *»Ich habe meinem Kind und meiner Frau das Leben genommen,* hast du geschrieben.«

Hinter ihm treibt der Wind Tränen über Maddys Wangen. »Allerdings hast du das nicht«, gebe ich zu. »Jedenfalls nicht *mir.«* Er sieht mich ruhig an. »Du hast also nicht die

Wahrheit gesagt. Was für ein Spiel treibst du dann? Denn es *ist* doch ein Spiel, nicht wahr? Ist das alles eine Finte oder ist es etwas anderes?«

»Etwas anderes«, antwortet mein Vater.

»Ich wusste, dass du zurückgekommen warst.« Madeleines Stimme stolpert quer über das Labyrinth. »Ich habe es gleich gefühlt. Ich habe dich bloß nicht erkannt.«

Schuld, sauer auf meiner Zunge. »Ich musste erst die ganze Geschichte erfahren. Du nicht auch?«

Ihre Schultern sacken herab.

Und jetzt wende ich mich zum letzten Mal an ihn. »Die Vergangenheit liegt nicht hinter uns, hast du gesagt; sie liegt auf der Lauer.« Wieder hebe ich den Schmetterling an. »Dann wollen wir mal sehen, was sie mit uns vorhat.«

Hinter ihm explodieren Brandungswellen wie Feuerwerksraketen. Ich warte ab, bis sie erloschen sind.

»Wenn man Menschen entblößt und häutet, bis sie sich wie ein Nichts fühlen – genau wie man es ihnen immer erklärt hat: dass sie *nichts* sind –, dann darf man sich nicht wundern, wenn sie dadurch geschliffen werden. Sie werden zu einer *Waffe*. Sie werden *gefährlich*. Denn wenn ihnen alles genommen wurde, brauchen sie nichts weiter als die Luft zum Atmen und ein Herz zum Durchbohren. Also, gut gemacht: Du hast deine eigene Nemesis geschaffen, du hast sie bewaffnet, du hast ihr ein Ziel gegeben. Und hier bin ich.«

Wind und Meer verstummen, während ich spreche. Ich herrsche über die Elemente.

Ich sehe ihm in die Augen.

Schließlich blinzelt er doch. »Hier bist du«, bestätigt er mit einem höflichen Nicken. »Wie mir von Anfang an klar war.«

94.

Die Klippe neigt sich leicht, kippt zum Ozean hinter mir ab.

»Ich mag exzentrisch sein, Miss Hunter, aber welcher Autor lädt eine vollkommen Fremde ein, auf seinem Dachboden zu hausen und in seiner Vergangenheit herumzustochern? Vor allem, wo das Stochern in deiner Vergangenheit mindestens genauso ergiebig wäre?«

Seine Stimme verklumpt in meinen Ohren, wird dick und flauschig. Ich schüttle ganz leise den Kopf, bis seine Worte klarer werden, bis mein Geist auf die richtige Frequenz eingestellt ist.

»›Bringt mir das Kind‹, habe ich gerufen, als du in unser Haus kamst.« Ein leicht verlegenes Lächeln. »Natürlich war ich da noch nicht *sicher*. Nicht, bis wir uns gegenüberstanden.«

Blufft er? *Was hat er in der Hand?*

»Limenitis archippus.«

Ich blinzle.

»Wir waren im naturhistorischen Museum«, führt er aus, »du warst damals zwölf Jahre alt. Wir fanden uns praktisch allein im Schmetterlingssaal wieder. ›Das ist der Monarch‹, hast du mir erklärt. ›Er ist giftig. Pass auf.‹ Was ich ausgesprochen niedlich fand.«

Der dunkle Saal, die helle Vitrine, die wie Edelsteine unter Glas arrangierten Schmetterlinge. Ich erinnere mich gut.

»Aber der Monarch sei größer, erklärte ich dir, und sein Schwarz tiefer. Du hattest einen harmlosen Vizekönig herausgepickt, der sich im Lauf der Evolution dazu entwickelt hat, dem Admiral *zu ähneln*. Und so vertrödelten wir eine ganze Stunde. ›Was ist das für einer?‹, fragtest du. Ich erklärte dir, das sei der *Diaethria anna,* der ›Achtundachtziger‹ mit seinen Ziffernmarkierungen auf den Flügeln. Und während du auf immer neue Schmetterlinge zeigtest und ich dir Geschichten darüber erzählte, war es für mich fast so, als würden wir Fangen spielen.« Das Haar fällt ihm in die Stirn; er schiebt es zurück, ohne den Blick abzuwenden. »Später, im Geschenkeladen, wolltest du unbedingt eine Rolle Briefmarken mit dem Vizekönig kaufen.«

Weil ich hoffte, dass ich eines Tages genau wie du Briefe an meine Freunde schreiben könnte – wenn ich erst einmal fehlerfrei schreiben könnte, wenn ich erst einmal Freunde hätte.

»Als ich vor fünf Jahren deinen Brief bekam, erkannte ich die Briefmarke wieder, noch bevor ich meinen Namen las. *Limenitis archippus.* Das Spiel war eröffnet.«

Die Klippe neigt sich ein Stückchen weiter. Bald werden die Steine auf mich zurollen.

»Ich borgte mir Dianas Laptop aus und suchte mehrere Sackgassen nach dir ab – die meisten Nicky Hunters waren offensichtlich weiblich. Ich setzte neu an und probierte es mit Nicholas, Nick, noch einmal mit Nicky. Bis ich schließlich auf dein Fakultätsprofil stieß und in dein Gesicht blickte – deines, nicht das von Cole«, ergänzt er. »Aber aus dem gleichen Material gemacht.«

»Wie konntest du dich an diese Briefmarke erinnern?« Meine Stimme klingt wie aus weiter Ferne.

Seine Augen werden schmal, als läge die Antwort auf der Hand. »Ich hatte einen glücklichen Nachmittag mit meinem Kind verbracht«, sagt er. »Wie könnte ich das je vergessen?«

Der Schmetterling zittert in meiner Hand. Die Wellen attackieren die Klippe. Er wartet ab, bis sie sich gebrochen haben.

»Was tun? Sollte ich dich zur Rede stellen? Deinen Namen auf den Umschlag schreiben – den Namen, den ich von früher kannte?« Ich stelle mir vor, wie erschrocken ich gewesen wäre: Nicholas Trapp quer über dem Umschlag, wie eine Drohung.

»Nein. Wie hätte ich das tun können? Hier gab es ein *Rätsel* zu lösen! Eine ganze *Serie* von Rätseln! Warum hattest du mir geschrieben und warum ausgerechnet jetzt? Wie hattest *du* dich entwickelt? Und so schrieb ich zurück.« *(Mr. oder Ms. Nicky Hunter.* Ich inspizierte die Rückseite, die Adresse in San Francisco. Lächelte sanft.) »Und so nahm die Sache ihren Lauf, wie du gesagt hast. Ich spürte, dass wir beide die Finger um das Seil geschlossen hatten, spürte einen ersten Ruck. Du suchtest etwas – und warst aus der Vergangenheit getreten, um es zu finden …«

»Die Wahrheit.« Der Schmetterling schlägt mit den Flügeln.

»Sir.« Ich hatte beinahe vergessen, dass Timbo noch da war. »Warum *haben* Sie Miss Hunter eingeladen, hier herumzustochern?«

Seine Stirn kräuselt sich. »Weil sie mein Kind ist«, sagt er. »Und weil ich dachte, dass Miss Hunter etwas wissen könnte, was *mich* interessiert.«

»Und was hätte das sein können, Sir?«

»Mein Motiv? Des Rätsels Lösung liegt im Motiv, sage ich immer – das sage ich wirklich immer«, versichert er meiner Schwester und dem Polizisten.

Beide verschwimmen vor meinen Augen, während er sich mir wieder zuwendet. Ich sehe nur noch den Mann vor mir, der meine Mutter ermordet hat.

»Ich würde dir gern versichern – ich *versichere* dir –, dass ich unsere Korrespondenz genossen habe. Ehrlich. Du hast eine wunderbare Stimme.«

Ich wende mich ab, schaue auf das Auf und Ab der Wellen. Die Rätsel, die Lösungen, die Einblicke in ein Leben abseits des Papiers: Auch ich hatte unsere Korrespondenz genossen. Ich möchte ihn fragen, wie meine Stimme klingt. Aber vor allem will ich sein Geständnis hören.

Also warte ich ab. Ich bin geübt im Warten.

»Schon bald saß mir das Ticktack meiner Lebensuhr im Nacken. Ein, zwei Monate war ich unschlüssig, was ich mit dir anfangen sollte – sollte ich einfach schweigen? Dich von meinem Nachruf überraschen lassen? Das erschien mir allzu harsch. Also spannte ich die Knöchel an, packte das Seil fester und zog dich quer über den Kontinent zu mir, damit ich dich in meinen letzten Stunden an meiner Seite hätte. Ich wollte dich kennenlernen. *Wirklich* kennenlernen. Und ich wollte, dass du mich kennenlernst. Darum habe ich dich vor ein paar Tagen hierhergebracht.« Er schwenkt den Arm über die Klippe. »Um dir zu erzählen, woher du kommst.«

Ich sehe ihn an und kann spüren, wie mein Mund das Wort formt, ohne dass ich etwas höre.

Er antwortet lächelnd: »*Warum?* Hast du mir nicht zugehört?«

Ich schlucke.

»Schon bei unserer ersten Begegnung in der Bibliothek war mir klar, dass du glaubtest, ich hätte dich nicht erkannt. Selbst als du mit dem Kiefer gewackelt hast. Ich war im Vorteil. Ich hatte schon das Fotoalbum vorbereitet, das Tagebuch versteckt.«

Das kann ich nicht glauben.

»Natürlich hatte die Polizei es gefunden«, fährt er unter meinem schockierten Blick fort. »Schließlich hattest du es unter einer losen Diele versteckt. Nachdem ich es zurückbekommen hatte, suchte ich darin nach Antworten; aber wie du schon gesagt hast, warst du sehr vorsichtig. Am Tag vor deiner Ankunft versenkte ich es wieder in seiner

Krypta. Besprenkelte es mit Requisitenstaub. Und zerrte sogar dieses Porträt hervor, um es dahinter Wache halten zu lassen. Ein Kind irgendwo zwischen den Geschlechtern – wahrscheinlich schlechter Geschmack. Nur ein paar Sticheleien, um dich auf Touren zu bringen. Ich hatte ja keine Ahnung, dass und wie schmerzhaft du zurückstechen würdest. Dieser erste Schmetterling im Karton – wirklich kühn. Und unergründlich. Was habe ich eben über Motive gesagt? Deines blieb mir ein Rätsel. Trotzdem: Mir gefiel die Herausforderung; und ich rechnete mir gute Chancen aus. Ich brachte dich hierher, wo wir jetzt stehen, und wollte dich dazu provozieren, dich zu offenbaren. Du hast nicht mitgespielt. Danach: *Sag ihnen, was du ihr angetan hast.* Das hat mich umgeworfen. (Wie du selbst sehen konntest.) Tagelang, *jahrelang* hatte ich mich gefragt, *warum* du mir geschrieben hattest, wonach du gesucht hattest …«

»Wonach sollte ich denn suchen außer nach …«

»*Und dann* hast du mich mit Beruhigungsmitteln ruhiggestellt. Ich merkte es zu spät; so etwas hatte ich dir nicht zugetraut. Das Gewitter war ein glücklicher Zufall, aber diese eingebildeten Schritte – eine nette Zugabe. Du hattest mich beinahe besiegt. ›Ich kann es nicht‹, sagte ich. ›Können Sie der Sache ein Ende machen?‹, fragte ich.«

Ich weiß nicht wie, hatte ich geantwortet.

»Und ich spielte mit«, ergänzt er. »Ich wollte genauso wenig wie du, dass dich die Polizei ins Visier nimmt.«

Es reicht. Es reicht. Mein Blick erfasst wieder Maddy und Timbo, der sich offenbar der Waffe auf dem Boden genähert hat. »Aber du hast es *gestanden …«*, schreie ich und schwenke das blutige Papier in meinen Händen. »Hier steht, du hättest sie *ermordet …«*

Plötzlich brüllt er ebenfalls: »Dort steht, ich habe ihnen *das Leben genommen …«*

»Dann sag mir *wie.*« Meine Kehle fühlt sich an wie unter Strom. »Hat Simone dir dabei geholfen?«

»Simone?« Seine Krawatte schlägt um sich, die Hosenaufschläge peitschen wild durch die Luft. Die Pistole in seiner Hand zittert. Der Strudel zu seinen Füßen hat ihn in den fünften Kreis gezogen.

»Ich habe einen Hinweis gefunden.« Ich klinge wie eine Kinderdetektivin, aber das ist mir egal. »Auf einem Foto. Ich habe die *Halskette* gefunden.« So laut, dass Maddy einen Schritt zurückweicht. »Am Abend, bevor Mama verschwand, habe ich ihr eine Halskette geschenkt. Einen silbernen, gravierten Anhänger an einer Silberkette. Wie konnte diese Kette zwanzig Jahre später auf einem Foto landen, am Hals deiner Schwester auf einer Cocktailparty?«

Er antwortet nicht; er wirkt einfach nur … traurig.

Stattdessen spricht Maddy – Maddy, die mit einer Metallkette in einer Hand nach vorn tritt.

»Ich habe sie Mama abgenommen, nachdem ich sie getötet hatte«, sagt sie.

95.

Eine Stunde und einunddreißig Minuten nach Beginn des neuen Jahrtausends setzte sich ihre Mutter hinten in den Saturn ihres Schwagers. Ihr Overall flammte hell in der Dunkelheit auf; dann schloss sich die Tür und der Wagen rollte auf der Straße davon.

Ein Stück entfernt saß Madeleine am Steuer ihres schrottreifen Jeeps und runzelte die Stirn. Sie war früher als vereinbart aus Berkeley zurückgekommen und hatte ihre Eltern überraschen wollen, wenn die beiden aufwachten oder wenn sie aufwachte, je nachdem, was als Zweites kam; stattdessen sah sie ihre Mutter von ihrer eigenen Party flüchten.

Madeleine war leicht stoned. Und äußerst neugierig.

Sechs Minuten später stieg ihre Mutter vor einem Schnapsladen im Marine District wieder aus und zog einen dunklen Mantel über. Aus dem Beifahrerfenster reckte sich ein Arm mit einem fetten Armband und einer Faust voller weißer Pfingstrosen. »Ach, willst du die nicht behalten?« Hopes Stimme hüpfte wie ein Ball die Straße herauf, doch Simone schüttelte vorwurfsvoll den Strauß wie eine Rumbarassel. Schließlich gab Hope nach und verabschiedete den Wagen mit einem Winken. »Fahrt nach Hause!«, lachte sie. »Ich rufe mir ein Taxi. Oder ich gehe zu Fuß, falls mir danach ist. Gebt Cole einen Kuss von mir!«

Während der Saturn ins neue Jahr davonfuhr, beobachtete Madeleine, wie ihre Mutter dem Eingang von *Better Liquor Fast* zustrebte, wo Madeleine vor Jahren nach einigen »Missverständnissen« mit einem gefälschten Ausweis Hausverbot bekommen hatte. Jetzt ertappte sie ihre Mutter beim heimlichen Schnapskaufen. Madeleine stellte den Motor ab und überlegte, ob sie ein kleines unerwartetes Wiedersehen in Gang drei inszenieren sollte … aber dann verlangsamte Hope auf Höhe einer einsamen Telefonzelle ihren Schritt, schaute kurz über die Schulter und blieb stehen.

Und trat dann auf die Straße.

Madeleine stieg aus. Blähte ihre Lungen auf, um den Namen ihrer Mutter über den Block zu katapultieren.

Aber was *machte* Hope Trapp da?

Madeleine schloss ihren Wagen ab, strich ihr Sweatshirt glatt (*HOMECOMING 1999*, mit immer noch glänzender Stickerei), und folgte ihrer Mutter unter dem Vollmond über den von Bäumen gesäumten Bürgersteig. Bevor sie die Straßenecke erreichten, würde Madeleine sie ansprechen.

Hope kam an die Straßenecke. Sie ging weiter und überquerte den verlassenen Boulevard, während Madeleine weiterhin mit gebührendem Abstand folgte. Sie durchquerte einen Jachthafen, wo die Segelboote an ihren Ankerplätzen schliefen, und eine Betonterrasse, von der breite Stufen zum silbernen Strand und der schwarzen Bucht hinunterführten.

Gute hundert Meter hinter ihr fragte Madeleine sich laut: »Was tut sie da?« Sie war ein bisschen stoned, gut, aber mehr als nur ein bisschen verwirrt.

Auf dem Strand schlüpfte ihre Mutter aus dem Mantel – die Luft war kühl, nicht kalt –, und faltete ihn über einen Arm. Madeleine sah den Samt im Mondschein schimmern. Sie schaute nach oben: Das Silvesterfeuerwerk hatte dem Himmel so zugesetzt, dass die Nacht wie lädiert wirkte.

Schließlich bog Hope auf einen breiten sandigen Weg, der zwischen einem verlassenen Parkplatz und einer Aufzuchtstation für kleine Stranddünen verlief. Kurz darauf wichen die Babydünen einem weiteren Strand, und der Parkplatz verendete im Gras – und nun folgte Madeleine ihrer Mutter über einen Holzsteg durch ein sumpfiges Marschgebiet, wo zu beiden Seiten Wasser glitzerte.

Irgendwann zog Hope ihre High Heels aus und hakte sie über ihre Finger, während in ihrer anderen Hand immer noch der Pfingstrosenstrauß baumelte.

Madeleine rechnete jeden Moment damit, dass Hope sich umdrehen und sie bemerken würde.

Aber Hope drehte sich nicht um. Sie bemerkte Madeleine nicht.

Madeleine legte den Kopf in den Nacken und sah sich selbst – und ihre Mutter – aus der Vogelperspektive westwärts wandern: links von ihnen runzliges Brackwasser, in dem sich der Mond spiegelte; rechts kleine Flecken mit Dünenflora – Sträucher und Wildblumen in niedrigen Einfriedungen aus Maschendraht – und dahinter der dunkle Strand und die dunkle Bucht. Sie sah den Pfad, der um die seit Ewigkeiten leer stehenden spanischen Baracken bog, sah die Kolonie außer Dienst gestellter Flugzeughangars … und als sich der Strand zu einem felsigen Band verengte, sah sie auch die Golden Gate Bridge, die wie ein himmlischer Fluss über ihnen hinwegströmte.

Schon wanderte Hope an der Werft vorbei, an der ihre Familie immer angeln und Krabbenfischen gegangen war. Madeleine sah argwöhnisch auf das Pier, als könnte sie sich selbst dort stehen sehen, zusammen mit ihrem Bruder und ihren Eltern.

Der Weg schwenkte nach Norden, verschmolz mit einer zweispurigen Landstraße zwischen einem steilen Abhang und dem Meer. Dicke rostige Ketten baumelten zwischen dicken rostigen Pfosten. Madeleine hörte die Wellen an die Kaimauer klatschen. Inzwischen war ihr klar, wohin ihre Mutter sie führen würde.

Dort, an der Spitze der Halbinsel, in Mondschein gebadet: die aufgegebene Bastion. Fort Point.

Unter der Brücke kauernd, mit dicken Backsteinmauern und Schießscharten. Unbeleuchtet, drinnen und draußen. Hope trat auf den geteerten Parkplatz, und Madeleine suchte Deckung hinter einem kleinen Geräteschuppen; sie hörte ihr Herz schlagen, obwohl die Wellen es mit ihrem *husch, husch* zu besänftigen versuchten.

Ihre Mutter wurde langsamer, blieb stehen. Schaute auf ihr Handgelenk. Madeleine tat es ihr gleich. 02:19 Uhr.

Sie hatte fast die Hälfte des neuen Jahrtausends damit zugebracht, ihrer Mutter nachzuschleichen. Wahrscheinlich würde das irgendwann zu einer jener Geschichten werden, über die alle lachten.

Hope drehte sich im Kreis, als würde sie nach jemandem Ausschau halten und gleichzeitig wissen, dass sie ihn nicht finden würde. Dann schlenderte sie mit ihren Schuhen und dem Mantel und den Blumen ans andere Ende des Parkplatzes, wo die Mauern des Forts aufeinandertrafen und fast bis ans Wasser ragten.

Dann war sie weg.

Madeleine kam hinter dem Schuppen hervor. Rannte über den Parkplatz zu der Ecke, hinter der ihre Mutter verschwunden war. Sie starrte auf den schmalen Asphaltstreifen, etwa einen Meter breit und zehn Meter lang, der das Fort vom Wasser trennte – und mit den gleichen niedrigen Pfosten, den gleichen schlaffen Ketten gesichert war. Nackte Felsen türmten sich am Wasser auf; die Wellen brachen sich daran.

Keine Spur von Hope.

Eine Hand an der Steinmauer, ging Madeleine den Weg entlang, bis er weiter vorne abknickte. Sie folgte dem Knick. Wo der Weg hinter dem Fort in einen breiten Hof mündete, sah sie einen Haufen liegen: die Schuhe und den Mantel ihrer Mutter. Hope hatte ihre Sachen fallen lassen und patrouillierte nun langsam an der Kaimauer entlang, zupfte Blütenblätter von ihren Blumen und warf sie hinaus in die Bucht.

»Mom?«

»*Verflucht …«,* schrie Hope erschrocken auf und wirbelte herum, die Hand auf ihr Herz gepresst. Mit fassungslosem Gesicht. »Schatz! Was tust du denn hier?«

»Was tust *du* denn hier?«, fragte Madeleine.

»Ich dachte, du kommst erst am Montag.«

»Ich bin früher gekommen und wollte euch überraschen. Dann habe ich dich ins Auto steigen sehen und bin dir gefolgt.« Eine Pause. »Zu einem Schnapsladen.«

Hopes Lächeln verblasste.

»Was *tust* du hier, Mom?«

Nach ein paar Sekunden wandte ihre Mutter den Blick ab und schaute aufs Wasser. »In diesem Laden verkaufen sie geschmuggelten Mezcal. Mit Wurm darin und allem. Ich habe Dad gesagt, ich würde ein paar Flaschen besorgen und wieder zurückkommen.«

»Aber das hast du nicht«, bemerkte Madeleine, »und das bist du nicht.«

»Nein.« Hope rieb mit einem Fuß über den anderen.

Die Wellen klatschten gegen die Mauer. In Madeleines Magengrube rollte sich ein ungutes Gefühl zusammen und begann leise zu zischen.

Hope fielen die Blumen wieder ein. »Die hat deine Tante heute Abend mitgebracht. Und sie dann im Auto gelassen, darum hat sie darauf bestanden, dass ich sie mitnehme. Ich werde einfach nicht schlau aus Simone.« Sie drehte nachdenklich einer Pfingstrose den Kopf ab und warf ihn ins Wasser. Dann seufzte sie erneut. Und sah wieder Madeleine an. »Ich bringe deinen Bruder von hier weg.«

Madeleine starrte sie an.

»Du hättest deinen Vater heute Abend erleben sollen. Nein – sei froh, dass du es *nicht* hast. Er hat sein Kind wegen eines *Schmetterlings* gedemütigt. Cole erklärt, er sei ein *Schwächling.*«

»Cole *ist* ein Schwächling«, sagte Madeleine.

»Dann wäre es die Pflicht seines Vaters, für ihn stark zu sein.« Hope riss ein Blütenblatt ab, ließ es in die Wellen segeln. »Und du täuschst dich«, erklärte sie nach einer kurzen Pause. »Cole ist stärker als wir alle.«

»Und wo ist er?« Madeleine deutete auf die Bucht, auf die Brücke über ihnen. »Kommt er gleich angerudert und holt dich ab? Alle an Bord und dann ab nach – wohin eigentlich?«

»Es reicht, es reicht. Ich rufe euch morgen früh an. Oder genauer gesagt heute früh.«

»Du glaubst, Dad merkt gar nicht, dass du verschwunden bist?«

»Heute Nacht nicht, nein.« Sie hatte alles berechnet. Das ärgerte Madeleine. »Die Party ist noch in vollem Gang. Irgendwann wird er in sein Schlafzimmer wanken und annehmen, dass ich in meins gewankt bin. Oder dass ich bei Dominic meinen Rausch ausschlafe. Ich rufe ihn später an. Aber ich will nicht, dass *du* in die Sache verwickelt wirst.« Ganz ruhig, doch ihre Knöchel waren weißer als die Pfingstrosen. »Liebling«, erklärte sie milder. »Fahr zurück zum Campus. Komm morgen Nachmittag wieder – bis dahin haben Dad und ich uns ausgesprochen.«

»Warum sprichst du dich nicht jetzt mit ihm aus?« Madeleine hörte selbst, wie verletzt sie klang. Wie zornig.

Ihre Mutter lächelte traurig. »Die Sache ist komplizierter, als du denkst, mein Herz.«

Falten zupften an ihren Mundwinkeln; die Brise wehte Haarsträhnen über ihr Gesicht. Sie sah *alt* aus. Aber ihre Augen leuchteten im Mondschein, genau wie die Halskette auf ihrer Brust. Madeleine sah sie wütend an.

»Die Kette hat er mir gezeigt, bevor er sie dir geschenkt hat. *Cherchez la femme.* Tut er das nicht ständig? Nach seiner Mama suchen?«

Hope wich zurück. Das ungute Gefühl in Madeleines Magengrube rollte sich noch fester zusammen und zischte noch lauter.

»Du behandelst ihn wie ein *Baby.* Er trottet dir hinterher wie ein zweiter Watson. Diese vielen kleinen Mutter-Sohn-Urlaube. Die sind so … *krank.*«

»Hör auf. Ich muss mir das oft genug von deinem Vater anhören.«

»Und warum hörst du ihm dann nie *zu*?«, schrie Madeleine sie an. »Warum ergreifst du nie für *Dad* Partei? Er will doch nur, dass Cole endlich erwachsen wird! Er will ihm *helfen*!«

»Nein«, sagte Hope rau. »Er will Cole zu jemandem formen, der …«

»… er nicht ist? Genau darum geht es doch! Willst du, dass er der bleibt, der er *jetzt ist?!* Dieser schräge, schwache …«

»*Hör auf*, Mad …«

»Er wechselt dauernd von einer Schule auf die nächste, aber auf keiner lernt er lesen oder findet er Freunde …«

»*Madeleine.*« So energisch, dass Hope sich selbst zu erschrecken schien. Sie baute sich vor Madeleine auf. »Geh. Jetzt. Geh zurück zu deinem Auto, fahr zu deiner Uni, und wage es nicht …«

»Wie kannst du Cole *uns* vorziehen?« Madeleine weinte. »Er ist ein *Freak!*«

Hopes offene Hand traf mit einem Knall wie einem Pistolenschuss auf ihre Wange. Und schmerzte genauso. Noch ehe Madeleines Haut zu brennen begann, starrte sie ihre Mutter schockiert an.

Der Schlag hatte sie aus ihrem Körper geschleudert. Sie verfolgte die Szene von außen wie eine in der Luft schwebende Augenzeugin: Sie sah, wie Hope eine Hand hob, sie ansprach – »Mad, bitte entschuldige« – und wie im selben Moment ihre eigenen Hände vorschnellten, ihre Handflächen auf Hopes Schultern trafen.

Ein weiterer Knall – aber diesmal war es Hopes Kopf, der auf einen der gedrungenen Pfosten an der Kaimauer schlug. Sie sackte zu Boden; ein Regen weißer Blütenblätter trieb durch die Dunkelheit davon.

Aus weiter Ferne, vom anderen Ende des dunklen

Asphaltstreifens vor dem Fort, beobachtete Madeleine sich selbst, wie sie ihre Mutter anstarrte, dieses Gemisch aus orangefarbenen und schwarzen Schatten, fast wie ein verglimmendes Feuer am Boden.

Aus noch weiterer Ferne verfolgte sie, wie sie ihre Mutter schüttelte. Noch einmal energischer schüttelte.

Ihren Mund auf den Mund ihrer Mutter presste, ihr Luft einhauchte.

Neben ihr kniete, sie umarmte, sie in den Armen hielt.

Und dann rannte sie über den Parkplatz. An der Werft vorbei, durch das Marschgebiet, wo sie sich schwer atmend über das Brückengeländer erbrach. Sie rannte weiter durch den Jachthafen zu dem dunklen Schnapsladen. Zu der einsamen Telefonzelle.

Mit bebender Hand riss sie die Tür auf und den Hörer vom Haken. Kramte in ihren Taschen – »Daddy, Daddy, Daddy ...« – und zwang einen Vierteldollar in den Apparat. Begann die Telefonnummer einzutippen.

Dann fiel ihr Blick auf das Tastenfeld, auf die dunkelrot lackierten Tasten. Sie sah auf ihre Finger.

Und ließ den Hörer fallen. Sah ihn wie einen Fisch am Ende der Leine zappeln. Setzte ihn wieder auf den Haken. Wischte das Tastenfeld mit dem Ärmel sauber. Und trat entsetzt aus der Kabine.

Sie schaute über die Schulter zu ihrem Jeep, der einen halben Block entfernt am Straßenrand stand.

Fünfzehn Minuten später stand sie über ihrer Mutter. Hopes Augen waren halb geöffnet, das Haar lag in einem Heiligenschein um ihren Kopf. Blütenblätter übersäten den Boden um sie herum – sie sah aus wie ein Schneeengel. Abgesehen von der tiefroten Wunde an ihrer blassen Schläfe.

Tränen flossen über Madeleines Wangen. Sie wischte sich mit den Ärmeln übers Gesicht, hakte die Arme unter die Achseln ihrer Mutter und schleifte den Körper in Richtung Parkplatz, wo der Jeep mit offener Hecktür wartete.

Der Jeep bremste ein paar Häuser vor ihrer Einfahrt. Sechs oder sieben Autos standen noch am Bordstein.

Sie sah auf die Uhr. 03:24 Uhr.

Ein Klopfen am Fenster. »Was hast du getan?«, fragte ihr Vater entsetzt.

Madeleine kniff die Augen zu. Als sie sie wieder aufschlug, war er nicht mehr da. (Natürlich war er nicht da.) Sie kaute auf ihrem Daumennagel.

»Was hast du getan?«, schrie er sie an.

Entsetzt schaute sie auf den Beifahrersitz. Leer. (Natürlich leer.) Sie kaute auf einer Haarsträhne.

»Madeleine ...«

Sie wusste, dass er nicht hinter ihr saß, trotzdem drehte sie sich um. Der umgeklappte Rücksitz war leer.

Bis auf den Leichnam ihrer Mutter, der sorgsam auf dem Boden ausgebreitet lag und dessen Kopf auf Madeleines Sweatshirt ruhte. Madeleine konnte es nicht ertragen, ihren schönen Mantel mit Blut zu beflecken.

Erneut schaute sie, in ihrem langärmligen Shirt schaudernd, auf die Uhr. 03:27 Uhr.

Der Jeep schlich sich davon.

Später sollte sie sich nicht mehr daran erinnern, wie sie sich während der Fahrt gefühlt hatte oder was sie gedacht hatte; sie sah sich immer nur aus großer Höhe, als würde sie in einem lautlosen Helikopter vom geschändeten Nachthimmel eines neuen Jahrhunderts herab ihre Flucht verfolgen.

Sie sah ihren Wagen in Richtung Westen fahren, an russisch-orthodoxen Kirchen und chinesischen Lebensmittelläden vorbei.

Sie beobachtete ihn auf seiner schnellen Fahrt über den berühmten tödlichen Pacific Coast Highway. Sie sah, wie die immer weiter auseinanderstehenden Häuser nach Osten zurückwichen, während sich am Meer Strände und Hügel mit grauem Gras breitmachten.

Sie verlor den Jeep für kurze Zeit aus dem Blick, als er in einen Geisterwald eintauchte, den die Scheinwerfer mit Röntgenstrahlen durchbohrten. Und in dem die Straße zu zappeln und zu zucken begann.

Dann sah sie ihn wiederauftauchen, am Fuß einer hohen Felswand, die links aufragte wie eine erstarrte Welle. Und rechts, hinter einem hoffnungslos dünnen Geländer und fünfzig Meter unter der Straße: der Ozean.

Und schließlich erreichte sie den Devil's Slide, einen Abschnitt voller zerklüfteter Felsklippen, die wie Dornen aus der brodelnden Gischt emporstiegen.

Ihre Fernlichter waren wie grelle Nadelstiche.

Schließlich endete das Geländer und sie lenkte den Wagen scharf an den Straßenrand. Löschte das Licht und kletterte aus dem Fahrersitz. Das Dröhnen der Wellen erfüllte ihre Ohren wie das Meeresrauschen in einer leeren Muschel.

Sie zog die Heckklappe auf.

Als sie sich aufrichtete, lag ihre Mutter in ihren Armen wie ein Kind, den Mantel über der Brust, den Kopf immer noch in Madeleines Sweatshirt gewickelt. Hope war zwar größer, aber Madeleine war breiter, stärker, athletischer. Und elektrisiert vor Angst. Sie konnte ihre Mutter hundert Meter tragen.

Sie überquerte den Staubstreifen am Straßenrand und ging über die kurzen Grasstoppeln der Klippe. Weiter unten an der Küste stand der Mond und betrachtete sie in ihrem Tun.

Madeleine betrachtete das Gesicht ihrer Mutter, das an ihrer Schulter lag. Betrachtete ihre makellose Schläfe. Hope sah aus, als würde sie schlafen.

Zaghaft wagte sich Madeleine den Abhang hinunter. Die hohen Felsen in ihrem Rücken, das Gestrüpp zu ihren Füßen, die steile Klippe vor ihr und die See darunter: eine Komposition in Steingrau, Eisenschwarz, Silber und Perlmutt – bis auf den Samtoverall ihrer Mutter, ein immer noch matt glimmendes, rauchiges Orange.

Der Hang fiel immer steiler zum Meer ab. Vorsichtig tastete Madeleine sich weiter, die Sneakers in den Boden gestemmt. Tief unten hörte sie die Wellen explodieren.

Einen Moment blieb sie stehen.

Dann setzte sie ihren Weg fort, ihre Mutter fester im Arm, bis sie den Rand der Klippe erreicht hatten. Wieder sank Madeleine auf die Knie, Hope in den Armen und zwischen ihren Schenkeln. Nur einen Schritt und einen Sturz vor ihr tobten das schwarze Wasser und die weiße Gischt in einer Aushöhlung inmitten der Felsen.

Lautlos trat Madeleine aus ihrem Körper. Beobachtete sich selbst, als wäre sie eine Kamerafrau und dies eine Szene aus einem albtraumhaften Film.

Hoch über der Klippenkante schwebend verfolgte Madeleine, wie sie ihre Stirn auf die von Hope senkte, wie sie ganz sanft die Nasenspitze ihrer Mutter küsste. Als sie den Kopf wieder hob, waren Hopes Wangen feucht.

Das Meeresdröhnen wurde leiser, während die Kamera an den Gräsern, an Madeleines Knien und an der Frau in ihren Armen vorbei auf das Gesicht zufuhr. Madeleines Gesicht in Großaufnahme. Mit feuchtglänzenden Wangen. Feuchtglänzenden Augen.

Sie blickte unverwandt geradeaus – nicht in ihr Publikum, nicht in eine imaginäre Linse; sie blickte auf die dunklen, wütenden Pazifikwogen. Dieselben Wogen, die sie nicht mehr hörte.

Stille.

Jetzt nur ihre Schultern und ihr Gesicht. Haarsträhnen strichen über ihre Brauen. Sie schloss die Augen.

Absolute Ruhe.

Aber schließlich strich eine Hand behutsam die Haare aus ihren Augen. Und die Kamera fuhr langsam zurück, ließ das Rauschen der Brandung wieder eindringen. Die andere Hand wischte über Madeleines Nase, ihre Wange.

Das Meer begann zu brüllen, während die Kamera weiter zurückfuhr, ihren leeren Schoß mit ins Bild nahm.

Madeleine schlug die Augen auf und nahm ihren Körper wieder in Besitz. Sie schaute auf die ungestümen Ozeanwellen, auf den kalten Mond.

Auf ihrer Uhr war es 04:35 Uhr.

Neben ihr glitzerte etwas im stumpfen Gras.

Sie löste es heraus: ein Metallstrang. Madeleine starrte ihn an. Hielt den Atem an. Die Kette schmiegte sich in die Falten ihrer Hand.

Sie schaute wieder auf den Ozean. Doch gleich darauf schloss sich ihre Hand und die Kette tropfte wie Wasser aus ihrer Faust.

96.

Die Kette tropft wie Wasser aus ihrer Faust.

»Ich habe sie behalten.« Madeleines Stimme hat die Geschichte überlebt, zwar angeschlagen, aber immer noch brauchbar. »Ich weiß, dass man das nicht tun sollte. Trotzdem. Und zwanzig Jahre später habe ich sie hierher mitgebracht, um sie … um sie im Meer beizusetzen.«

Einen Viertelkreis weiter wird Timbos Gesicht weich – nur ein bisschen, dennoch verwandelt es ihn.

Ihr gegenüber starrt Nicky – Cole – sie mit blankem Entsetzen an.

Ihr Vater schaut auf den Rand des Labyrinths, wo die erschossene Decke niedergesunken ist – mit flatternden Fransen wie den Fingern eines Sterbenden. Madeleine meint, seinen Aufschrei gehört zu haben, als sie die Worte aussprach – *Ich habe sie Mama abgenommen, nachdem ich sie getötet hatte* –, aber seine Stimme wurde vom Wind verweht, war nur ein Rauschen in der Windung einer Schneckenmuschel.

»Warum haben Sie Ihre Mutter nicht einfach in die Bay geworfen?«, möchte Timbo wissen.

Die Frage ist einfach zu beantworten. »Ich hatte früher mal für eine von Dads Geschichten die Gezeitenverläufe an verschiedenen Orten verglichen. Ich wusste, dass eine Leiche in der Bay wieder angespült werden kann, während sie weiter südlich …« Sie schaudert. »Also fuhr ich zurück zu meiner Uni. Genau wie Mama mir aufgetragen hatte. Meine Mitbewohnerin wollte eigentlich bei ihrem Freund in dessen Verbindungshaus übernachten.«

Madeleine weiß noch gut, wie sie Mantel und Schuhe an der Tür fallen ließ. Wie sie nur in Socken im Raum stand. Wie sie gerade ins Bad wollte, als ein nackter Mann herauskam.

»Aber sie hatte ihn in unser Apartment mitgenommen.«

Beide waren zurückgeschreckt, sie hatte die Halskette in der Faust versteckt, er mit seiner Hand sein Gemächt bedeckt.

Ich wusste nicht, dass du noch hier bist.

Sie presste ihre Faust so fest zusammen, dass sie pochte.

Ich habe geschlafen. Wahrscheinlich irgendein Infekt.

Na, dann zurück ins Bett mit dir, Mädel. Er deckte seine zweite Hand auf die erste und schlurfte an ihr vorbei. *Es ist drei Uhr früh oder so.*

(Tatsächlich war es schon kurz vor fünf. Aber als die damals limettengrüne B.B. Springer von Madeleines Mitbewohnerin wissen wollte, wo sich Madeleine an Silvester aufgehalten hatte, erinnerte sich ihr Freund an den Wortwechsel vor der Toilette: drei Uhr früh. Eine Stunde, nachdem Hope Trapp Schwägerin und Schwager Gute Nacht gewünscht hatte.)

Und ein frohes neues Jahr. Der Wunsch war noch durch die sich schließende Tür geschlüpft, schien von den gekachelten Wänden widerzuhallen. Sie schaltete das Licht an. Im Spiegel sah sie eine verängstigte Frau mit erschlaffter Kleidung und schlaffer Frisur stehen.

Die Frau öffnete ihre Faust. Die Halskette lag immer noch in ihrer Hand.

Madeleine räuspert sich. »Später fuhr ich nach Hause. Zum zweiten Mal. Bis ich dort ankam, hatte Dom bereits Alarm geschlagen.« Ihr Vater starrt weiter zu Boden.

»Ich konnte sie nicht wegwerfen«, wiederholt sie. »Von Zeit zu Zeit öffnete ich meine Schmuckschatulle und holte die Kette heraus. Ein paarmal legte ich sie sogar an. Aber hauptsächlich lag sie einfach … im Winterschlaf. Zwanzig Jahre lang.« Sie spürt, wie der Anhänger in ihre Handfläche schneidet, drückt noch fester zu. Dann sagt sie zu ihrem Vater: »Wahrscheinlich half sie mir, mit meiner Angst zu leben.«

Wellen lärmen hinter der Felswand, aber Madeleine hört sie kaum. Ihr Vater betrachtet sie tieftraurig. Sie hätte schweigen können, das ist ihr klar; aber sie war des Schweigens müde.

»Ich habe sie schätzungsweise fünf Jahre nicht mehr angesehen.« Sie sieht die Kette jetzt an. »Anders als meine Tante. Vor der Party. Sie wollte sich Schmuck von mir borgen, nur war ich nicht in meinem Zimmer.« Vor erst fünf Tagen! Beinahe hätte sie ungläubig den Kopf geschüttelt. Seither wurde die Welt wie eine Billardkugel aus ihrer Laufbahn geschossen und in ein Paralleluniversum geschleudert. Leben wurden beendet. Das von Diana. Und ihr eigenes auch.

»Also lieh sie sich ungefragt ein paar Stücke aus. Ich habe sie den Abend über kaum bemerkt. Ehrlich gesagt bin ich ihr aus dem Weg gegangen. Und nachdem die Party zu Ende war …«

Sein Vater hebt den Blick, und in diesem Moment begreift sie: Das letzte Kapitel wird er selbst schreiben. Sebastian Trapp wurde immer für seine Romanenden bewundert.

»Nachdem Simone die Gäste aus dem Haus gescheucht hatte, klopfte sie bei mir an. Ich hätte sie in mein Zimmer lassen sollen.« Madeleine schluckt. »Denn als ich nicht öffnete, übergab sie Diana die Halskette.«

Timbo scheint eine Hand höher zu heben, als wollte er sich zu Wort melden. »Woher wissen Sie das?«

Doch statt Madeleine antwortet Sebastian, einen bestrumpften Fuß erhoben, mit der letzten Kraft eines zu Tode erschöpften Mannes: »Wenn ich das erklären dürfte.« Dann tritt er einen Schritt zurück.

97.

Das ist das falsche Ende.

Mama ist tot und *Magdala* hat sie getötet?

Ich war davon ausgegangen, dass Mama tot ist. Aber ich war davon ausgegangen, dass *er* sie getötet hatte.

»Nach dieser Szene in der Bibliothek«, sagt er jetzt, »und es war eine präparierte, einstudierte Szene – brachte Maddy mich nach oben. Über eine Stunde lag ich im Bett und grübelte über das nicht allzu mysteriöse Mysterium um Cole nach. Auf meiner Brust lag der Glasklumpen, der Miss

Hunter nicht zu Fall gebracht hatte, obwohl dieser Trottel Frederick damit auf sie eingeprügelt hatte. Wobei Miss Hunter ihrerseits *mich* mit einem Stück Papier zu Fall gebracht hatte. Sie ging demnach davon aus, dass ich wüsste, was meiner Frau widerfahren war. Damit war sie kaum die Erste. *Ich* war davon ausgegangen, dass *sie* etwas über Hope wusste, nachdem beide gleichzeitig verschwunden waren – dass sie ein oder zwei alte Geheimnisse aufklären könnte. Aber als ich am Feuer die Aufschrift auf diesen Flügeln las, *sag ihnen, was du ihr angetan hast*, da wurde mir klar, dass wir beide im Dunkeln tappten. Nur eine im Haus wusste Bescheid.« Ein trauriges Lächeln in meine Richtung. Ich würde am liebsten laut aufschreien.

Die ganze Zeit hatte ich ihn beschuldigt, ihn *gehasst*. Doch für meine Schwester, die mit ihren in Silber gefesselten Händen vor mir kauert, empfinde ich nur Mitleid. Ich muss daran denken, wie sie früher war, und sehe sie jetzt, zwanzig Jahre später, über das Labyrinth hinweg an. *Das kann einem doch keine Ruhe lassen, oder? Jemandem das Leben zu nehmen,* hat Simone gesagt.

Madeleine hat es keine Ruhe gelassen.

»Dann, kurz nach Mitternacht, kam Diana zu mir, eine Halskette zwischen ihren Fingern. ›Diese Kette sehe ich heute zum zweiten Mal‹, sagte sie. ›Zum ersten Mal habe ich sie an Silvester gesehen, als Cole sie Hope geschenkt hat. Vor zwanzig Jahren. Und vor zwanzig *Minuten* drückt Simone sie in meine Hand. Sie hatte sie sich von Madeleine geborgt.‹ Ich nahm ihr die Kette ab, las die Inschrift auf dem Anhänger: *Cherchez la …* schön, wir alle kennen das inzwischen, nicht wahr? Ich schreibe genau diese Art von Geschichten, ich konnte die richtigen Schlussfolgerungen ziehen. Die Lösung fügte sich von selbst zusammen. Diana wirkte … wie in *Trance.* Als hätte sie in einem vertrauten

Gruppenporträt ein völlig neues Gesicht entdeckt. So empfand ich es jedenfalls, obwohl ich sofort protestierte. ›Wir sollten sie fragen, woher sie die Kette hat‹, dabei wussten wir beide, *wie* oder wenigstens *von wem* Madeleine sie bekommen hatte, was uns beiden eine ziemlich genaue Ahnung davon gab, *warum* Madeleine sie behalten und nie einen Ton gesagt hatte. Aber Diana war nicht zu beruhigen. ›Madeleine weiß Bescheid‹, sagte sie. ›Madeleine weiß, was damals ...‹ ›Du verlierst die Nerven‹, sagte ich. Ich versuchte Diana mit aller Macht in der Gegenwart zu verankern, in der Maddy völlig schuldlos war. ›Das vermutest du nur, weil Cole plötzlich wieder ein Thema ist. Weil auf einmal überall Schmetterlinge auftauchen und ...‹«

Der Wind verstärkt sich und der Schmetterling in meiner Hand schlägt mit den Flügeln. Meine Finger kneifen das Papier, falten Knicke hinein; die Kanten schneiden in meine Handfläche.

»Aber es war schon zu spät, das war mir klar; irgendwie wusste ich, dass es zu spät war. ›Es geht mir nicht um *Cole*‹, fauchte sie. ›Es geht mir nicht um *damals*. Mich interessiert, warum sie *diese Kette hat.*‹ In diesem Moment sah ich in dem gesprungenen Spiegel über der Kommode einen Mann in blauem Pyjama und mit kalkweißem Gesicht stehen, eine kleine Silberkette in der einen Hand, einen kleinen Glasklumpen in der anderen. Sah ihn näher an den Spiegel treten, Diana in seinem Rücken, nur eine flackernde orangefarbene Flamme, mit verschwommener Stimme.« Er schließt die Augen. »Ich sah meinen Schmuckkasten unter dem Spiegel stehen mit meinen – ach, meinen Manschetten, ein paar Krawattennadeln. Und im Futter steckte – steckt – ein altes Foto. Meiner vierjährigen Tochter. An jenem Tag schaffte sie es nur mit Mühe, ernste Miene zu bewahren.« Er schlägt die Augen auf; sie glänzen feucht. »Seit über fünfunddreißig Jahren sieht mich Madeleine an, wenn ich morgens überlege, wie ich meine Handgelenke und meinen Hals schmücken soll, und versucht dabei nicht zu lachen.«

Madeleine versucht nicht zu weinen.

»Plötzlich war die Rede von der Polizei. Ich konnte nicht mehr klar denken. Sollte ich behaupten, dass es sich bei der Kette um eine Kopie handelte? Sollte ich Maddy in den Jaguar stopfen und mit ihr zum Flughafen rasen? Mein Kopf, mein *Herz* ... Aber noch während ich in den Spiegel sah, erklärte mir Diana: ›Ich rufe die Polizei.‹ Mit stählerner Stimme. Ich sah nur das Foto, mein kleines Mädchen, das keine Ahnung hatte, in welchen Schwierigkeiten es steckte.«

Seine Krawatte peitscht durch die kalte Luft, zielt auf Madeleine; die Waffe in seiner Hand zittert.

»›Jetzt gib mir bitte –‹, sie sagte wirklich ›bitte‹ –, ›die Kette zurück.‹ Ich schloss die Augen. Bestimmt war niemandem außer ihr diese Kette aufgefallen – nicht einmal Simone hatte sie wiedererkannt. Wenn Diana nur ... Dann fragte sie erneut. Diesmal ohne ›Bitte‹. Ich hob den Blick, sah sie hinter mir stehen, die Hand ausstrecken. Mein Herz schlug ein Loch in meine Brust. Ich wirbelte herum und hob die Hand.«

Eine Pause.

»Nicht die Hand, in der ich die Kette hielt«, stellt er klar. »Sondern die mit dem Glasklumpen.«

Das ist das falsche Ende.

»Ich habe einmal einen Vogel im Flug sterben sehen. Auf einer Safari. Einen Eisvogel. Mit strahlend blauem Gefieder, grell orangefarbener Brust. Ich folgte ihm mit meinem Fernglas, als er urplötzlich aus den Wolken über dem Kongo trudelte. Als hätte man ihm den Stecker gezogen. Es brach mir das Herz, ihm zuzusehen.« Er stupst mit dem Fuß gegen einen Stein und tritt gedankenverloren rückwärts in den dritten Kreis. »Genauso stürzte Diana zu Boden. Noch ehe sie aufkam, wusste ich, dass ich sie getötet hatte. Sie landete auf der Seite, auf meinem Anzugsakko. Diesen Anzug habe ich nicht mehr, Detective.«

Timbo nickt.

Mein Vater wendet sich mir so abrupt zu, dass ich ebenfalls einen Schritt zurücktrete. »Ich kniete neben dem Bett nieder. Diana hatte das bezaubernde Gesicht mir zugedreht, sah mich mit ihren bezaubernden Augen an. Ich dachte an all die Leben, die ich in meinen Büchern ausgelöscht hatte. Ich dachte an all meine Mörder. Damit hatte ich mich zu ihnen gesellt; ich war zu dem Mörder geworden, den die halbe Welt seit Jahren in mir gesehen hatte. Und wie absurd mir das plötzlich vorkam – nicht, dass ein Mensch einen anderen auslöschen konnte, sondern dass er glauben könnte, dieser Tod würde ihn nicht ebenfalls auslöschen. Was für alberne Figuren ich mir ausgedacht hatte.«

Irgendwo der Trauerschrei einer Möwe. In Kürze wird der Ozean in Flammen stehen.

»Trotzdem ging ich so vor, wie es einer meiner Mörder getan hätte. Ich legte ein Handtuch unter ihren Kopf. Durchsuchte ihre Taschen – zwei winzige Ohrstecker, die Madeleine gehörten. Ich verstaute die Halskette in meinem Schmuckkasten. Und nun? Ich hatte schon Leichen in ungelöschtem Kalk aufgelöst; ich hatte Sherry mit nicht nachweisbarem Schierling versetzt. Aber nicht ein einziges Mal in siebzehn Romanen hatte ich mir eine plausible Methode zurechtgelegt, einen Mord an einer Frau mit Kopfwunde zu kaschieren. Ein Treppensturz? Aber die Marmorstufen sind abgerundet, und was wäre, wenn jemand zu dieser unchristlichen Stunde in die Küche geschlendert käme? Ich brauchte einen möglichst großen zeitlichen Abstand zwischen ihrem Tod und der Entdeckung der – von ihr. Je mehr Punkte es gibt, desto schwerer sind sie zu verbinden. Wäre ein Suizid nicht besser als ein Unfall?«

Seine Stimme versagt. Er verstummt kurz.

»Der Gedanke gefiel mir nicht, aber mir gefiel nichts von alledem. Ich öffnete die Tür – Gott, wie ich diese Dunkelheit fürchtete! – und schlich leise, leise in Dianas Zimmer. Wie Miss Hunter halte ich nicht viel von Vorzeichen – doch tatsächlich stand ein Fenster in ihrem Schlafzimmer verheißungsvoll offen. Ein Sturz daraus wäre zwar nicht hundertprozentig tödlich, aus genau den Gründen, die Ihre nervtötende Kollegin benannt hat. Er wäre wenig überzeugend. Dann fiel mir eine Geschichte ein, die ich irgendwann abgebrochen hatte, und in diesem Zusammenhang Dianas Tagebuch, das vor vielen Jahren in Ruhestand gegangen war und in dem sie nach dem Unfall über ihre Trauer und ihre Verzweiflung und ihre Scham nach dem Verlust ihres Kindes und ihres Mannes geschrieben hatte.«

Es ist ein schreckliches Klischee, aber ich kann so nicht weiterleben. Ich ertrinke in meiner Schuld.

»Vor unserer Heirat hatte sie mir erlaubt, ihr Tagebuch zu lesen – sie machte sich dadurch verletzlich, und ich liebte sie dafür. Darum wusste ich, wo sie es aufbewahrte: in ihrem Schreibtisch, immer in Reichweite. Ein weiterer Fingerzeig. Ich verbrachte nicht viel Zeit mit Blättern – ich wäre in meiner Schuld ertrunken –, doch diese Passage war ein ausgesprochen glücklicher Zufall. Sie hatte noch mehr auf dieser Seite geschrieben, doch was ihr gelesen habt, war alles, was ich brauchte; ich riss den Abschnitt heraus, legte ihn auf den Stuhl. Würde das den Fall klären? Nicht für Ihre nervtötende Kollegin. Aber ein handschriftliches Schreiben ist, selbst wenn es nicht der Wahrheit entspricht, ein Argument, gegen das kaum anzukommen ist. Bei einer Wasserleiche ist der genaue Todeszeitpunkt nur schwer festzustellen. Im Grunde meines Herzens hoffte ich, dass Diana wieder aufgewacht wäre, bis ich in mein Zimmer zurückkam. Das war sie nicht. Ich hob sie auf die Arme – ihr Körper war immer noch weich, immer noch grauenvoll warm –, und trug sie durch den Flur und die Treppe hinunter. Als würde unser Hochzeitstag rückwärts abgespielt. Wir kamen unter dem Familienporträt vorbei, jenem Porträt, das ich dorthin gehängt habe, um niemals zu vergessen, was ich verloren hatte. Ich legte Diana auf das Sofa im Salon, öffnete die Terrassentür. Als ich mich umdrehte, leckte der Hund ihre Fingerspitzen ab. Ich hätte beinahe geweint. Ich brachte sie nach draußen. Ich – ich stieg ins Wasser, kniete mich hin. Aus einem unerfindlichen Grund fragte ich mich, was die Fische wohl von der Sache halten würden. Dann rollte ich Diana – ich rollte sie ganz sanft zur Seite und drückte ihren Kopf an die Teichkante, damit Schmutz in die Wunde eindringen konnte. Und dort verabschiedete ich mich von ihr. Jeder Abschied ... nun denn.« Er zieht einen Ärmel über seine Braue. »Anschließend inspizierte ich in meinem Zimmer den Teppich – kein Blut zu sehen – und schlich dann wieder nach unten, diesmal in meine Bibliothek, wo ich den Anzug und das Handtuch ins Feuer warf und den tödlichen Glaswürfel auf die Schreibunterlage zurückstellte. Er hatte schon einmal an diesem Abend eine gewichtige Rolle gespielt; es wäre aufgefallen, wenn er gefehlt hätte. So saß ich am Schreibtisch und wartete.« Er schluckt. »Ich saß dort bis nach Sonnenaufgang. Ich saß dort, bis ich einen Schrei hörte.«

Die hinter den Hügeln aufsteigende Sonne hat das Wasser in tiefes Blau getaucht und die Steine zu unseren Füßen braun und weiß und rostrot gefärbt. Auf der anderen Seite des Labyrinths zeichnen Tränen das Gesicht meiner Schwester; neben mir glänzen Timbos Augen.

Meine sind trocken und in schierem Entsetzen aufgerissen.

»Als du mich in den Teich springen und durchs Wasser taumeln sahst – das war echte Trauer. Es war so, als würde ich fassungslos beobachten, wie sich mein Handabdruck auf der Wange meines Kindes abzeichnet. Diana hatte niemandem etwas getan. Diana war nicht zum falschen Zeitpunkt am falschen Ort. Sie hatte einfach unserem menschlichen Urinstinkt im Weg gestanden, um jeden Preis unsere Jungen zu beschützen.«

Das falsche Ende. Mein Blick wandert die Küste entlang, wo über den Hügeln das erste Sonnenlicht flimmert.

»Am folgenden Abend erfuhr ich von meiner Tochter, dass ihre Mutter – die auch deine Mutter war, wie Madeleine jetzt weiß – auf beinahe die gleiche Art sterben musste: ein Schlag gegen den Kopf, dann ein Grab im Wasser. Ganz zufällig hatte ich eine Nachahmungstat begangen.« Maddy senkt schluchzend den Kopf.

»Und so legte ich die Kette in ihre Hand – diese stetig wandernde Halskette, von Cole zu Hope zu Madeleine zu Simone zu Diana zu mir und wieder zu Madeleine – und stellte eine letzte Forderung: Beerdigt eure Toten.« Er nickt langsam. »Und ich beherzigte meinen eigenen Rat. Ich setzte mich an die Schreibmaschine und gestand – ich gestand, meiner Frau und meinem Kind das Leben genommen zu haben. Welcher Frau, überließ ich meinen Lesern. Auf jeden Fall hatte ich Diana das Leben genommen, aber auch Hope, weil ich ihr damals nicht zur Seite gestanden hatte. Dadurch trage ich Schuld an ihrem Schicksal. Und Madeleine ist das Kind, dem ich das Leben genommen habe – sie hat ihr Leben aufgegeben, um für mich zu sorgen, obwohl jeder, der diesen Brief las, annehmen würde, dass du damit gemeint wärst.« Er wendet sich mir zu. »*Dich einge-*

schlossen, so wie es aussieht. Du hast damals mein Haus verlassen, ehe ich auch dir das Leben nehmen konnte. Ich bin sehr froh darüber. Und darum habe ich auf jenem Blatt Papier, das du in deinen Händen neu geformt hast, alle Schuld auf mich geladen. Ich wollte die Last von Madeleines Schultern nehmen. Und ich wollte dir dein Geheimnis lassen. Ich wollte nicht, dass jemand nach dir sucht, solange du nicht gefunden werden willst; auch zu Madeleine hatte ich deshalb keinen Ton gesagt. Und so tötete ich dich, zumindest auf dem Papier. Und *das*, Miss Hunter, ist des Rätsels Lösung.«

Der Schmetterling knistert in meiner Hand. Irgendwo schreit ein Vogel.

»Ich habe Madeleine hergebracht, um Abschied zu nehmen.« Er räuspert sich. »Das Abschiedskomitee ist größer ausgefallen als erwartet.«

Auf der anderen Seite des Labyrinths drückt Madeleine die Faust auf ihre Augen und zieht den Ärmel unter der Nase durch. Dann sieht sie ihren Vater blinzelnd an. »Warum hast du eine Waffe mitgebracht?«, fragt sie.

»Um sie abzufeuern.«

98.

Ich blicke zu Timbo und sehe, wie er die Finger anspannt. »Wollen Sie etwa jemand erschießen, Mister Trapp?«

»Jemand*en.*« Sein Mantel öffnet sich erschreckt im Wind, breite Schweißbahnen überziehen sein weißes Hemd. »So viel zu unserem Lieblingsgenre, Miss Hunter! So viel zu hilfreichen Hinweisen und einem Ende ohne offene Fragen!«

Ich *wusste,* dass er schuldig war, ich *wusste* es – und

doch spüre ich keinen Triumph, nicht einmal grimmige Zufriedenheit; nur tiefe, dunkle Trauer. Die schönste Frau, die mir je begegnet war.

Der Wind erhebt sich und mit ihm das Meer. Das Labyrinth beginnt, sich im Kreis zu drehen. Als eine Welle gegen die Klippe donnert, tritt er, wie um das Gleichgewicht zu halten, in den zweiten Ring.

Er ruft mir zu: »Ich würde gern behaupten, dass all deine Plage eine Probe deiner Liebe war und du die Probe wunderbar bestanden hast. Ich würde gern sagen …«

»In deinen Worten!« Haarsträhnen haften an meinen Tränen. »In *deinen* Worten!«

Ein ganz sanftes Lächeln. »Ach, Miss Hunter, Ach, Nicole. Du warst stärker als ich.«

Meine Augen fließen über. Seine weiße Gestalt löst sich auf.

»Du bist die geworden, die du immer warst.«

Ich schließe weinend die Arme um mich. Dann blinzle ich und sehe ihn wieder klar vor mir, sehe die Webley in seiner Hand schlottern. Ich sehe meine Schwester, sehe den Polizisten an.

»Wir hassen die, die wir verletzt haben, mein Kind«, erklärt mir Sebastian Trapp. »Wir verletzen die, die wir hassen, und danach hassen wir sie noch inniger. Es ist ein Strudel, dem wir nicht entkommen können. Der uns abwärts zieht. Das habe ich zu spät begriffen.« Er sieht über seine Schulter zu Maddy. »Sammle dich, mein Kind«, ruft er gegen den Wind an.

»Mister Trapp.« Timbo sieht ihn stirnrunzelnd an.

»Sei nicht mehr bang. Sag' deinem milden Herzen: Kein Leid geschah.«

In einer schnellen Bewegung tritt Timbo vor, bückt sich und hält jetzt seine Beretta in der linken Hand. »Mister Trapp, ich hoffe, das sind keine liebevollen Abschiedsworte.«

Mein Vater wendet sich wieder mir zu. »Du bist eine exzellente Detektivin, Nicole«, erklärt er mir und es klingt beinahe stolz. Die Pistole wackelt in seiner Hand.

Mir wird gleichzeitig warm und eiskalt. »Tatsächlich?«

»Deine Methoden sind unorthodox. Sogar illegal. Aber ja.«

»*Mister Trapp.*«

Das Labyrinth wirbelt immer schneller, Wind und Licht eilen durch die Bahnen. »Du hast mich gefragt, ob ich mich tatsächlich so viele Jahre später an eine einzelne Briefmarke erinnern konnte.«

»Du hast einen glücklichen Tag mit deinem Kind verbracht«, antworte ich.

»Mister Trapp, ich zähle bis fünf.«

»Das ist reichlich Zeit. Ja, es war ein glücklicher Tag – so glücklich, dass ich tatsächlich zwei Rollen mit Vizekönigen kaufte.«

»Eins«, ruft Timbo.

»Dad.« Madeleine tritt vor.

»Meine Rolle liegt in der kleinen Metallkiste in der unteren linken Schreibtischschublade.«

»Zwei, Sir.«

»Und keine einzige Briefmarke fehlt. Kein einziger Schmetterling ist entflogen.«

»Dad«, sagt Madeleine wieder.

Auf den Steinen zwischen uns fließt das Licht wie Quecksilber hin und her.

Er lächelt. »Zwanzig Jahre lang habe ich sie mir angesehen. Ach ja, und ...«

»Drei.« Timbo spannt den Kiefer an.

»Bitte«, sage ich. »Dad.« Ich strecke die Hand aus.

»Und falls du jemals einen eigenen Roman schreiben solltest ...«

»Daddy«, fleht Madeleine und setzt einen Fuß in den Strudel.

»Vier!«

Aber mein Vater sieht nur mich an, lächelt nur mich an.

»Dann zieh das Ende um Himmels willen nicht unnötig in die Länge.« Er tritt ins Zentrum des Labyrinths und setzt die Waffe an seine Schläfe.

Und als der Schuss die Luft zerfetzt, entflieht der Schmetterling mit einem scharfen Flügelschlag meinem Griff und fliegt nach Westen davon, dem offenen Ozean entgegen, auf seiner ersten und letzten Reise.

99.

Von dem Moment an, in dem Detective Timbo Martinez auf der Jagd nach einem Handysignal in den Wald eintauchte, wechselten Maddy und ich kein Wort mehr – wir schwiegen, als er auf die Klippe zurückkehrte, wir schwiegen, als er erneut verschwand, um nach Verstärkung und der Gerichtsmedizinerin zu suchen, und auch, als er in Verkehrspolizistenmanier das SFPD auf die Klippe lenkte.

Mein Vater hatte die langen Arme ausgestreckt, die Stelzenbeine ebenso; die Decke, die Timbo über ihn gebreitet hatte, bedeckte gerade eben seinen Rumpf und Kopf. Mein Vater und sein Leichentuch, beide mit einer Schusswunde.

Irgendwann drehte ich mich weg und dem Strand zu, über den wir scheinbar vor ewigen Zeiten spaziert waren. Der feuchte Sand glitzerte.

Welche Geheimnisse hüten Sie wohl, junge Miss Hunter?

Nicht viel später führte Timbo uns den Coastal Trail entlang, durch Eukalyptus- und Kieferntunnel. Ich atmete Minze und Erde ein, lauschte der unsichtbaren grollenden

See, spürte, wie meine Wangen im Wind trockneten. Und in meiner Magengrube das festgefrorene Grauen darüber, dass ich mich so getäuscht hatte – dass *wir uns* so getäuscht hatten.

Fünf Schritte vor mir stapfte Madeleine dahin, die Kapuze im Nacken, das Haar darüber. Als sie hinter der letzten Biegung aus meinem Blickfeld verschwand, fragte ich mich kurz schaudernd, ob sie sich wohl in Luft aufgelöst hätte, bis ich selbst um die Biegung kommen würde, ob sie aus diesem Ort und vielleicht dieser Welt entflohen wäre.

Aber nein: Sie wartet am Aussichtsplatz, auf der einsamen Bank.

Timbo läuft uns voraus, sprintet die Stufen des Sandwegs zum Parkplatz hinauf. Mein Blick liegt auf Maddy; hinter ihrem gesenkten Kopf und den herabhängenden Schultern breitet sich das Panorama aus, das unser Vater in jenem Zeitlupenmoment mit mir geteilt hatte: Meer, Wolken, Hügel, alles ungebändigt und widerspenstig und übernatürlich klar.

Jetzt kehrt Timbo, gegen die Sonne blinzelnd, zurück. »Da oben steht ein halbes Dutzend Autos, aber keines parkt im Umkreis von zwanzig Metern zu meinem.« Er rollt eine Wasserflasche über seinen Nacken. »Als wüssten alle, dass ich Polizist bin.« Er streckt mir die Flasche hin, schirmt seine Augen mit einer Hand ab und verzieht das Gesicht, als er Madeleine ansieht. Stellt eine zweite Flasche neben ihr ab.

Ein tiefes Einatmen, dann marschiert er wieder hügelaufwärts. Ich setze mich neben Maddy, hebe mein Gesicht dem blauen Himmel entgegen. Denke daran, dass ich bei ihm war, als seine Seele aufstieg.

»Es ist wohl verwegen, zu hoffen, dass du eine Zigarette hast.« Ihre Stimme ist rau; ihr Gesicht wirkt nackt im Licht.

»Allzu verwegen«, antworte ich.

Sie schraubt ihre Wasserflasche auf, nimmt einen tiefen

Schluck. Wischt sich den Mund ab und sieht mich an. Ihre Augen sind gerötet. »Hast du je daran gedacht, es mir zu erzählen?«

Nein. »Ja.«

»Denn ich hätte mir gewünscht, ich hätte Bescheid gewusst.«

»Das hätte ich mir auch gewünscht«, antworte ich, und überraschenderweise stimmt das.

Sie schnieft so tief, dass ein Husten aus ihrer Brust bricht. »Ich dachte, du wärst wieder nach Hause gezogen, weil es dir keine Ruhe ließ, dass Mama verschwunden war.«

»Es ließ mir keine Ruhe.«

»Aber das war nicht der Grund.«

Sie studiert die See. Die Sonnenstrahlen auf dem Wasser splittern in meinen Augen und einen Moment sehe ich Maddy wieder an einem Faden im Hals einer Bierflasche zupfen und die Segel eines winzigen Schiffs im Bauch der Flasche hissen. *Das ist die SS Cole,* verkündet sie. Ich bin sieben und sie ist meine Heldin.

»Es kam mir nur fair vor«, sagt sie. »Es *war* nur fair. Sie hatte ihr Leben nicht leben dürfen. Also sollte ich meines auch nicht leben dürfen. Stattdessen würde ich mich Dad widmen – ich hatte ihm die Frau geraubt. Ich würde ...« Sie bietet ihr Gesicht dem Himmel dar und schließt die Augen; die Haare wirbeln um ihren Kopf wie ein eigensinniger Heiligenschein. »Ich habe sie geliebt!«, weint Madeleine. »Diese *fantas* ... diese *Naturgewalt*, die unsere Mutter war. Ich habe sie *geliebt.* Diese *eigensinnige*, wunderbare – diese *Schönheit* – diese ... ich kann nicht glauben, dass ich von ihrem Fleisch abstamme.« Sie umarmt sich selbst. »Wir beide.«

Ich schließe ebenfalls die Arme um mich und schaue über die Wellen.

Jetzt öffnet Madeleine die Augen wieder, blinzelt und sieht die unregelmäßigen Stufen des Sandwegs hinauf, an dessen oberem Ende Timbo auf eine Frau einredet, deren Pagenkopf bonbonrosa in der Sonne glüht.

Als hätten wir ihr auf die Schulter getippt, bemerkt uns B.B. Springer und hebt eine Hand. Dann drückt sie ihre Finger zusammen und reckt einen Daumen.

»Wir sind hier nicht bei *Top Gun*, du überzuckerte Kuh«, sagt Maddy. Wieder hustet sie. »Anständig von ihnen, mich nicht gleich zu verhaften.«

»Es war ein unglücklicher Unfall.«

»Aber es war kein Unfall, ihn nicht zu melden.« Sie klingt grimmig und überzeugt; sie hat das recherchiert. »Und definitiv keiner, ihre Leiche zu beseitigen.« Dann sieht sie mich durchdringend an. »Ich hätte das verstanden, weißt du? Andere hätten das vielleicht nicht, aber ich hätte mich für dich gefreut. Ich *freue* mich für dich, Nicky.«

Mein schlechtes Gewissen schnürt mir die Kehle zu. »Tut mir leid, dass ich dich hintergangen habe.«

»Das braucht dir nicht *leidzutun.«* Sie lächelt; sie hat ein so schönes Lächeln. »*Jeder* lügt. Du hattest deine Gründe. Wir brauchen also nie wieder darüber zu reden.«

»Ich habe dich manipuliert.«

»Leck mich am Arsch, das hast du. Aber du hattest deine Gründe.« Sie reibt über ihre Augen und ich reibe über meine. *Lass mich deine Hand nehmen,* versuche ich sie in Gedanken zu zwingen.

Stattdessen seufzt sie. »Es war die Schwester. Ich wette, damit hast du nicht gerechnet.«

»Nein.«

»Ich bin froh, dass du noch ein paar Tage mit ihm verbringen konntest. Und er mit dir.«

Wir sitzen schweigend da. Ich starre aufs Wasser.

»Ich hätte es wissen müssen«, sagt sie leise. Dann spüre ich eine Berührung an meinem Ohr. Ich halte den Atem an. Ich schließe die Augen.

Ihre Fingerspitze fährt ganz vorsichtig meinen Kieferknochen nach. Streicht über meine Nase, meine Wangen, wandert nacheinander über beide Brauen. Und jetzt schaue ich in Maddys strahlende volle Augen.

»Du bist schön«, sagt sie nur.

Ich antworte nicht. Ich kann nicht.

Gemeinsam drehen wir uns um und sehen B.B. und Timbo, wie sie langsam den Stufenweg herunterkommen.

Plötzlich frischt der Wind auf, als hätte ihn jemand heraufbeschworen, und verweht die Worte, die Magdala, ihre heiße Hand um meine geschlossen, mit dem Mund an meinem Ohr spricht.

»Du warst es schon immer«, flüstert sie.

100.

Die Tür öffnet sich mit einem leisen Luftschnappen, als hätte ich das Haus im Schlaf überrascht.

Ich stehe in der kühlen grauen Eingangshalle des ersten Heims, das ich je kannte.

Nach einer Weile gehe ich ins Puzzlezimmer. All diese halb fertigen Puzzles, dieser Kanarienvogel mit seinem misstrauischen Blick auf die Katze. Und an der Wand, mit einem Lachen, wie es die Londoner Huren vor hundertfünfzig Jahren wahrscheinlich selten zeigten: meine Schwester.

Aber dies ist kein Geschichtsbuch; es ist ein Krimi.

Ich drehe mich weg und zu ihrer Zimmertür.

Ich hatte den Raum nicht gründlich in Augenschein genommen, als sie mich vor ein paar Vormittagen hereinwinkte, während sich die Presse vor dem Haus verzog. Jetzt sehe ich ihn mir genauer an: zerlesene Taschenbücher mit rissigen Rücken auf den Regalfächern; eine tote Lavalampe; eine Sammlung von Sporttrophäen. Ein am Rand des ungemachten Betts kauernder Kobold.

Watson leckt ihre Lefzen, legt den Kopf schief, fragt, wann Maddy zurückkommt.

Ich drücke sie und setze sie auf den Teppich.

In absoluter Stille gehen wir Zimmer für Zimmer das Erdgeschoss ab. Dann nehmen wir die Treppe.

Oben sehe ich ihnen in die Augen – nacheinander, von links nach rechts. Meine Schwester, in ihr weißes Sommerkleid gepackt wie ein Geburtstagsgeschenk. Mein Vater mit überrascht hochgezogener Braue. Meine Mutter mit ihrem todesverachtenden horizontbreiten Lächeln, und auf ihrem Schoß ich in Knabenkleidung. Mit einem weißen Schmetterling in der Hand.

Ich wandere durch unbenutzte Zimmer voller Statuen und Planetenmodelle, Degen und untoter Tiere.

Ein Stockwerk höher gehe ich an Dianas Tür vorbei, werfe einen Blick ins Schlafzimmer meines Vaters. Suche nach dem Fleck, auf dem sie gestürzt sein müsste.

Ein Stockwerk weiter unten wage ich mich verstohlen in die Bibliothek. Ich gehe an den sonnigen Fenstern vorbei zu seinem Schreibtisch, zu dem erkalteten Kamin dahinter. Die Regale zu beiden Seiten neigen sich mir entgegen – nicht so weit, dass sie sich ihrer Bücher entledigen würden, sondern nur so weit, dass sie mich neugierig knarrend beobachten können. Ihr Tuscheln und Flüstern klingt wie Seitenblättern.

Der Hund hat sich aus dem Staub gemacht.

Ein kleiner Leuchtturmstrahl in meinem Auge. Der Glaskubus thront auf der Schreibunterlage, genau wie vorhergesagt. Ich wiege ihn in der Hand, presse den Daumen gegen eine Kante. Vielleicht hat er unsichtbar mein Blut absorbiert. Vielleicht kann Glas Erinnerungen speichern. Warum auch nicht? Alles andere kann das auch.

Hinter dem Schreibtisch ragt ein schwarzer Schlüssel aus einer Armatur in der Wand. Ich drehe ihn. Im Kamin erheben sich die Flammen nach ihrer nächtlichen Ruhepause und recken sich.

Ich lasse mich in seinen Stuhl sinken. Die Schmetterlinge schlafen unter der Schreibmaschine. Ich störe sie bestimmt nicht, immerhin hat es sein Tippen auch nicht getan.

Ich ziehe die Schublade unten links auf. Hebe den Deckel der Metallkassette darin an. Die Vizekönige liegen fest aufgerollt und strahlend bunt vor mir.

Ich angle in meiner Tasche, ziehe die Kette heraus. Sie ist kühler als in den Sekunden, als Madeleine diese letzten Worte sprach und sie in meine Hand drückte.

Ich neige sie den Flammen zu. Die Silberglieder fangen Feuer und die Gravur blitzt scharf und klar auf:

Cherchez la femme.

Ja, ich habe nach der Frau gesucht.

Das Metall fühlt sich weich an meiner Halsbeuge an. *Im Durcheinander verloren gegangen*, haben wir der Polizei erklärt. *Ins Meer gefallen und ertrunken.*

Ich stecke den Anhänger unter meinen Kragen. Dann schließe ich die Augen.

PS Ein Stück aus meinem Nachlass bleibt einzigartig. Den entscheidenden Hinweis finden Sie oben.

Jetzt, wo ich auf dem Platz sitze, an dem er sich all die Rätsel für seine Leser ausdachte, ist die Lösung einfach.

Der entscheidende Hinweis oben im Brief ist – war – der Anfang. Es sind die ersten Worte.

Ich weiß sie noch auswendig:

Dies wird kein langer Abschied. Ich sitze spätnachts in meiner Bibliothek – so weit nach zwölf, dass es schon beinahe dreizehn schlägt.

Einfach. Das liegt mir im Blut.

Ich gehe zum nächsten Regal. Falls es irgendein Ordnungssystem gab, ist es mit meinem Vater gestorben; ich verbringe zwei Stunden damit, die Leiter an ihrer Schiene hin- und herzuschieben, Rücken zu berühren und Cover zu inspizieren, bevor ich ihn schließlich finde, drei Meter über dem Boden, mit rissigem Schutzumschlag, aber fester Bindung: Raymond Chandlers *Der lange Abschied.*

Ich blättere zu Kapitel dreizehn, schlage die letzte Seite des vorigen Kapitels auf, in dem die letzte Zeile rot eingekringelt ist:

Keine Falle ist so tödlich wie die, die man sich selber stellt.

Ich schiebe das Buch zur Seite, greife in die Dunkelheit dahinter.

Das Manuskript ist (wie auch anders?) mit einem Band verschnürt. Nach einem kurzen Abschied von Chandler steige ich die Leiter wieder hinunter. Kehre an den Schreibtisch zurück. Löse das Band.

Für Cole

Ich lege das Deckblatt zur Seite.

Diese Geschichte ist nur für dich.

Der Titel steht auf dem Blatt darunter:

Down Will Come Baby
Ein Simon St. John Krimi
von
Sebastian Trapp

Und schließlich:

Werte Miss Hunter,

geben Sie acht, wenn Sie diese Leiter hinuntersteigen.

Denn: Meiner Erfahrung nach wollen wir alle nur die Wahrheit erfahren, bis wir sie gefunden haben. Manchmal kann es besser sein zu harren und zu hoffen.

In dem Brief, den ich unter Ihrer Tür durchgeschoben habe, übernehme ich die Verantwortung für Cole Trapps Tod oder sein Verschwinden, je nach Lesart. Dies gibt Cole – so er denn lebt – die Möglichkeit, inkognito zu bleiben, wo auch immer er sich aufhalten sollte, ob nun im peruanischen Dschungel, in einer venezianischen Gondel oder auch einer Bibliothek in San Francisco. Wer weiß?

In diesem meinem endgültig letzten Buch habe ich alles endgültig unter Dach und Fach gebracht. Natürlich kehrt Simon ein letztes Mal zurück, und an seiner Seite Inspector Trott, der umwerfende Mr. Myers, der ungewöhnlich unintelligente Hund Watson, dazu allerlei Kriminelle und Aristokraten und Giftmischer und Wahrsagerinnen … so wie auch Jack, den so viele schon so lange zu demaskieren versuchen.

Nur Ihnen, Miss Hunter, enthülle ich letztlich dieses Geheimnis, und nur für Sie habe ich eines meiner besseren Simon-St.-John-Abenteuer produziert. Es könnte sogar mein bestes sein. Und dafür habe ich Ihnen zu danken.

Ich bin froh, dass ich Sie kennenlernen durfte, auch wenn die Freude nur kurz weilte.

Dieser Roman gehört Ihnen – Sie können damit verfahren, wie es Ihnen beliebt. Sie können ihn für sich behalten. Sie können ihn mit der Welt teilen. Sie können ihn auch verbrennen – Sie hätten gewiss Ihre Gründe.

Bitte seien Sie nett zu Madeleine.

ST

Er dachte, er würde mit allem durchkommen, im Gegensatz zu seinen vielen Tätern. Er dachte, er könnte seine schützende Hand über Madeleine halten, sicherstellen, dass ich unbehelligt und ahnungslos bleibe, und unsere beiden Geheimnisse über *Das Ende* hinaus hüten.

Und Nacht um Nacht habe ich ihm gelauscht, während er nur für mich eine Geschichte schrieb.

Ich schaue auf den Glaskubus auf seinem Schreibtisch, auf die winzigen Flammen in seiner Tiefe, die hell leuchtende Inschrift. *Wir hassen die, die wir verletzen.*

Und ja, er *hatte* mich verletzt. Und mit dieser Geschichte, schätze ich, will er Abbitte leisten. Ich könnte sie behalten. Ich könnte sie verbrennen.

Ich hebe die Seiten an, lasse sie unter meinem Daumen durchlaufen. Ein Schwarm von Worten fliegt herbei.

St. John. Heimliche Nichte. Dolch. Jack. Blackfriars. Mr. Myers. Ein unerwarteter Kuss.

Ich drehe den Stuhl zum Kamin.

Ich könnte sie verbrennen.

Ich könnte sie behalten.

Ich schaue auf das Manuskript. Ich schaue auf die Flammen.

Ich blättere um. Ich beginne zu lesen.

End of Story.

Nachbemerkung des Autors

Paul Kantner beschrieb seine Heimatstadt San Francisco einst als »neunundvierzig Quadratmeilen, umgeben von der Wirklichkeit«, ein Maß, das im ersten Kapitel dieses Romans leicht abgeändert wurde. In diesem Geist habe ich *End of Story* in einem San Francisco spielen lassen, das von der Wirklichkeit losgelöst ist: Manche Straßen treffen in eigenartigen Winkeln auf andere, nach Lust und Laune wird Nebel über die Bühne geblasen und drei Tage Regen sind für einen gewöhnlichen Juni in der Bay Area drei zu viel.

Das verborgene Labyrinth auf Lands End wurde erstmals im Jahr 2004 angelegt, beinahe drei Jahrzehnte nach Sebastians Heiratsantrag in dessen Mitte. Während der nächsten siebzehn Jahre wurde es wiederholt von Vandalen zerstört und von freundlicheren Zeitgenossen wieder angelegt, bis es im Jahr 2021 traurigerweise endgültig verschwand.

Andere Details – die Sonnenaufgangszeiten, die Wege rund um Lands End und so weiter – habe ich nach bestem Wissen wirklichkeitsgetreu wiedergegeben.

In anderen Worten, es ist eine Geschichte, umgeben von der Wirklichkeit, wobei Letztere hin und wieder auf Abstand geht. Für alle Irrtümer, unbeabsichtigt oder nicht, trage ich die alleinige Verantwortung.

Danksagung

Jennifer Brehl, Liate Stehlik, Jennifer Hart, Kelly Rudolph und allen anderen bei Morrow. Julia Wisdom, Kate Elton, Liz Dawson, Kim Young und allen anderen bei Harper. Sindhu Vegesena, Rosie Pierce und Flo Sandelson. Den Kollegen bei den Verlegern in Australien, Kanada, Indien, Irland, Neuseeland und Südafrika. Mein Dank gilt darüber hinaus allen übrigen internationalen Verlegern, Agenten und Übersetzern. (Ich weiß, dass dieser Roman sich nicht leicht übersetzen lässt!) Danke für das Privileg, dass mein Buch in so vielen Sprachen erscheint. Und vielen Dank auch an Jake Smith-Bosanquet.

*

Außerdem danke ich: meiner neuen Kohorte damals und heute (Weston X!); meinen Professoren und Auftraggebern, die mich all die Jahre hindurch ermutigt und beraten haben; John Kelly, David Bradshaw, Christopher Butler, Craig Raine; vielen, vielen Menschen im Verlagsgewerbe – Autoren, Lektoren, Agenten, Buchhändlern und unzähligen anderen; meinen Freunden, meiner Familie und meinem Hund. Ich liebe euch über alles.

*

Im Gegensatz zu Sebastian Trapp hat mein Vater mir
mein ganzes Leben lang all seine Liebe geschenkt,
auch als und nachdem ich mich als schwul geoutet hatte.
Danke, dass du mir das so viel leichter gemacht hast.
Ich liebe dich, Dad.

Zitate

Wenige Autoren schreiben so zitierbar wie Kriminalautoren. In *End of Story* finden sich Verweise auf Raymond Chandler, G.K. Chesterton, Agatha Christie, Edmund Crispin, Arthur Conan Doyle, Alexandre Dumas und Dorothy L. Sayers. Die meisten werden im Text namentlich benannt, einige jedoch nicht, darum seien sie hier aufgelistet:[1]

Seite 6

CHARLES DICKENS, *Bleak House*, 1852/1853, übersetzt von Gustav Meyrink

Kapitel 5

»Ich habe solche Symptome schon öfter gesehen …«
»Fortwährend zeigt ihr Gesicht einen Ausdruck der Angst …«
ARTHUR CONAN DOYLE, *A Case of Identity (Eine Frage der Identität),* 1891

---

1 Das vorliegende Werk enthält Zitate aus Klassikern der Kriminalliteratur als Ausdruck der Wertschätzung für die Originale sowie als Hommage an die gesamte Kriminalliteratur. Die hierfür verwendete zitierende Kulturtechnik ist ein prägendes Element des zeitgemäßen kulturellen Schaffens und nach § 51a UrhG gestattet. Gleichwohl haben wir uns in allen Fällen, wo dies möglich war, um die Einholung der Zustimmung der Rechteinhaber bemüht, ohne dass hierzu jedoch eine rechtliche Verpflichtung besteht. Trotz sorgfältiger Nachforschungen konnten leider nicht alle Rechteinhaber ermittelt werden. Bei berechtigten Ansprüchen wenden Sie sich bitte an den Verlag.

Kapitel 8

»Feinfühlig ist mein zweiter Name.«, angelehnt an EDMUND CRISPIN, *Beware of the Trains (Morde – Zug um Zug)*, 1953

Kapitel 10 und 78

»Unterhaltungen sind immer gefährlich …«
AGATHA CHRISTIE, *A Caribbean Mystery (Karibische Affäre)*, 1964, zitiert nach Agatha Christie: *Karibische Affäre: Ein Fall für Miss Marple*, Atlantik 2014

Kapitel 11

»Mein Kopf ist wie eine übervolle Rumpelkammer …«
ARTHUR CONAN DOYLE, *Lion's Mane (Löwenmähne)*, 1927

Kapitel 12

»Wenn ich beim Tod nicht halten wollt' …«, angelehnt an EMILY DICKINSON, *Because I Could Not Stop for Death*, 1890

Kapitel 16 und 18

»Fühlen Sie nicht eine unbehagliche Wärme im Magen? …«
WILKIE COLLINS, *The Moonstone (Der Mondstein)*, 1868

Kapitel 20

»Was wir am meisten fürchten, ist ein Irrgarten ohne Zentrum.«
GILBERT KEITH CHESTERTON, »Father Brown – The Head of Caesar« (»Pater Brown – Der Kopf des Cäsar«), 1913

Kapitel 22

»Eine Frau, die nicht lügt, ist eine Frau ohne Fantasie und ohne Mitgefühl.«
AGATHA CHRISTIE, *Murder in Mesopotamia (Mord in Mesopotamien),* 1935

Kapitel 40

»Ach heut' wär ich gern ein Meerjungmann.«
»Ich werde meine Hosen umgeschlagen tragen.«
»Ob Sie es wagen, einen Pfirsich zu essen?«, angelehnt an
T. S. ELIOT, *The Lovesong of J. Alfred Prufrock (Das Liebeslied von J. Alfred Prufrock),*1915

»Alle menschliche Weisheit liegt in den zwei Worten Harren und Hoffen.«
ALEXANDRE DUMAS, *Le Comte de Monte-Cristo (Der Graf von Monte Christo),* 1844–1846

Kapitel 42

»Ich habe gewiss genug gelitten …«
ALEXANDRE DUMAS, *Le Comte de Monte-Cristo (Der Graf von Monte Christo),* 1844–1846

Kapitel 45 und 87

»Jeder Abschied ist ein kleiner Tod.«
RAYMOND THORNTON CHANDLER, The Long Good-Bye (Der lange Abschied), 1953

Kapitel 54

»Eigentümliche Dinger, Räume. Sie verraten eine Menge über die Menschen, die darin leben.«
AGATHA CHRISTIE, *Crooked House (Das krumme Haus),* 1949

Kapitel 58

»Sie war depressiv, völlig am Ende …« und weitere
AGATHA CHRISTIE, *Sparkling Cyanide (Blausäure),*
1945

Kapitel 60

»Ein Manhattan wird im Foxtrott-Rhythmus gemixt …«
FRANCES GOODRICH und ALBERT HACKETT,
The Thin Man (Drehbuch nach dem gleichnamigen
Roman von Dashiell Hammett, beides 1934)

Kapitel 61

»O, was für ein wundersamer Traum«
LEWIS CARROLL, *Alice's Adventures in Wonderland*
(Alice im Wunderland), 1865

Kapitel 63

»Als wir uns trennten, war sie ein freies Weib …«
ARTHUR CONAN DOYLE, »Sherlock Holmes –
The Adventures of the Abbey Grange«
(»Der Mord in Abbey Grange«), 1905

Kapitel 76

»Das verletzte meinen Stolz. Es mag kleinlich sein, …«,
angelehnt an ARTHUR CONAN DOYLE,
»The Five Orange Pips« (»Die fünf Orangenkerne«), 1891

Kapitel 79

»Sterben! Oh nein! Ich will nicht sterben, nachdem ich so
viel erlebt, so viel erlitten habe! «
ALEXANDRE DUMAS, *Le Comte de Monte-Cristo*
(Der Graf von Monte Christo), 1844–1846

Kapitel 80

»Aber das müssten Sie inzwischen, …«, angelehnt an EDMUND CRISPIN, *The Glimpses of the Moon (Der Mond bricht durch die Wolken),* 1977, zitiert nach Edmund Crispin: *Der Mond bricht durch die Wolken*, Goldmann 1984, übersetzt von Tony Westermayr

Kapitel 87

»Die Franzosen haben eine Redewendung dafür …«
RAYMOND THORNTON CHANDLER,
The Long Good-Bye (Der lange Abschied), 1953

Kapitel 90

»Einer meiner Namen …«
AGATHA CHRISTIE, *Nemesis (Das Schicksal in Person),* 1971

Kapitel 98

»Ich würde gern behaupten, dass all deine Plage eine Probe deiner Liebe war …«
»Sammle dich, mein Kind …«
WILLIAM SHAKESPEARE, *The Tempest (Der Sturm),* 1611, übersetzt von Franz Dingelstedt

Kapitel 100

»Keine Falle ist so tödlich wie die, die man sich selber stellt.«
RAYMOND THORNTON CHANDLER,
The Long Good-Bye (Der lange Abschied), 1953, zitiert nach Raymond Thornton Chandler: *Der lange Abschied*, Diogenes 2009, übersetzt von Hans Wollschläger

Songtexte

Zuletzt möchte ich auf die Komponisten und Künstler der in diesem Buch erwähnten Songs hinweisen. Ihre Werke haben dieser Geschichte Würze verliehen und sie besser gemacht: